कश्मीर की अंतिम महारानी

# कोटारानी

कश्मीर की अंतिम महारानी

# कोटारानी

राकेश के. कौल

अनुवाद

क्षमा कौल

प्रलेक प्रकाशन प्रा. लि.
Pralek Prakashan Pvt. Ltd.
(in Associaton with JVP Publication Pvt. Ltd.)

**प्रलेक प्रकाशन**

मुख्य कार्यालय : 702, जे-50, ग्लोबल सिटी, विरार (वेस्ट), मुम्बई, महाराष्ट्र-401303

दिल्ली कार्यालय : ए-107 जैतपुर एक्स., पार्ट-1, बदरपुर, नई दिल्ली-110044

दूरभाष : 7021263557

Email : pralek.prakashan@gmail.com

Website : www.pralekprakashan.com

कश्मीर की अंतिम महारानी : कोटारानी- राकेश के. कौल, अनुवाद- क्षमा कौल

Kotarani *by* Rakesh K. Kaul

Translated by Kshama Kaul

आवरण : प्रसिद्ध चित्रकार संजय शर्मा का तैल चित्र

ISBN : 978-93-5500-448-2



पेपरबैक संस्करण

*प्रलेक प्रकाशन का लोगो मिक्की पटेल की तुलिका से*

**समर्पण**

शिव महिम्न स्त्रोत के रचयिता

पुष्पदंत को

**अनुवादक का समर्पण**

संसार के अप्रतिम अनुवादक

कश्मीरी बौद्धभिक्षुक कुमार जीव को

# अनुवादक की ओर से...

जब भी मैं कभी कोटारानी के विषय में किसी को भी बात करते सुनती मानो मेरे हृदय पर वज्र सा गिरता। मैं न सुनना चाहती। लोगों के कथन में उसके विषय में ऐसा पाठ होता जिसमें मेरी पराजय का वास होता। इस पुस्तक के लेखक ने एक दिन अपनी कैलाश यात्रा के मध्य मुझे फोन किया। इसका अनुवाद करने के निवेदन के साथ। किंतु मैं अपने उपन्यास 'मूर्ति भंजन' के साथ अत्यंत व्यस्त थी, अत: मैं निवेदन स्वीकार न कर सकी। दो वर्ष बाद एक दिन उन्होंने कहा। कि वह अभी भी प्रतीक्षा में हैं, तो मैंने अब उन्हें अपनी स्वीकृति दी। इस प्रकार जिस कोटारानी की जीवन लीला को जानने से मैं कतराती थी क्योंकि वह जिहाद की क्रूर शिकार हो गई थी तथा एक साम्राज्ञी होकर भी निस्सहाय हो गई थी, अब मुझे उसके सम्मुख होना ही पड़ा। और अनुवाद आपके समक्ष है।

**–क्षमा कौल**

चैत्र शुक्ल चतुर्थी

सप्तर्षि सम्वत् 50098

# भूमिका

मैं कोटा पर सहसा ठिठक गया।

मैं कश्मीर के धर वंश पर शोध कर रहा था, जिनसे मेरी पत्नी है। धर वंश के प्रकाशमान तारकों में कश्मीर मुक्ति दाता वीरवर धर भी हैं। एक सर्वमान्य राजस्व अधिकारी जिसने अफगानों के कठोर शासन में कार्य किया, जिन्होंने कश्मीर में 1750 से उन्नीसवी शती के पूर्व भाग तक शासन किया। उसने एक गुप्त विनय महाराजा रंजीत सिंह से की कि वह कश्मीर में शासन स्थापित करें। अपने पुत्र के साथ यात्रा करते हुए, उसने अपनी पत्नी और बहू को अपने दूध वाले कुदूस के पास छिपा कर रखा था। शत्रु परिवार के मित्र के रूप में ही आया। तिलक चाँद मुंशी ने गवर्नर आदिम खान को स्त्रियों के छिपने के विषय में बताकर छल किया।

सैनिकों को दोनों स्त्रियों को लाने के लिए भेजा गया। वीरवर की पत्नी का सौंदर्य जाना जाता था और वह जानती थी कि वह वीरवर के गुप्त लक्ष्य के लिये प्रतिशोध लेने के लिए उसका मानमर्दन करेगा। इतिहास कहता है कि उसने विष लिया और उसके अंतिम शब्द थे, "सभी जानें कि कश्मीर में अभी एक कोटरानी है। मेरे स्वामी को मेरी स्मृति दिलाना। "

यह कोटरानी कौन थी? कौन थी यह स्त्री शक्ति की प्रेरक प्रतीक जो कि कश्मीर के सामाजिक इतिहास में स्त्रियाँ शताब्दियों से अपने साथ लिए चल रही हैं? तथ्य सरलता से प्राप्य थे पर वे उस ध्वज के साथ ठीक नहीं बैठते थे जो कोटा के विषय में वीरवर की पत्नी ने उठाया था। स्पष्ट है कि बहुत कुछ समय के आवरण में ओझल था। अत: इक्कीसवीं शती की मेरी यात्रा आरंभ हुई, उन कतरनों, चिंदियों और टुकड़ों में से जिनमें चौदहवीं शती की कोटा का संसार था, और उन को सहेजने का प्रयास आरंभ हुआ।

जो मुझे प्राप्त हुआ उससे विस्मित था मैं और मैं किसी भी पूर्व धारणा को चुनौती देता हूँ जो किसी को भी या मुझे ही कश्मीर के विषय में होगी। जो मुझे मिला वह अमूल्य कोष था, जो मानवता का सर्वोच्च रहस्य है। जो बहुत अधिक चमक रहा था वह था ज्ञात कश्मीर की चमक। और कोटा इसकी रानी थी। जिस ने बात ने मुझे विनीत किया वह था कि कोटा साहित्य के प्रकाण्ड पण्डितों से घिरी थी। भारतीय काव्य का नब्बे प्रतिशत संस्कृत में है। और भासित रूप में उसका बहुत सा भाग कोटा के समय का है। और इसे कश्मीरियों ने लिखा है। इन कवियों की कृतियाँ अमूल्य हैं। मैंने यह कार्य जो कभी कष्टकर था, आरंभ किया। उसे पुनः निर्मित करने का श्रम किया जिसे विलग किया गया था।

अपने कोटा के प्रति सच्चा होने के उत्साह में मैंने जाना कि मेरा लिखा संश्लिष्ट है, और कश्मीर के महान स्वामियों के प्रति सत्य भी नहीं। मैंने एक साहित्यिक शैली अपनाई जो कथा का प्रामाणिक पाठ होगा। कश्मीर का काव्य-शास्त्र इस बात पर बल देता है कि ऐतिहासिक कथाएँ सर्वप्रथम कलाएँ होती हैं। पण्डित कथा कहने में अग्रगण्य थे और शिक्षा से रंजन करने में भी। कथा किसी भी युग में अकाट्य होनी चाहिए। लेखक को उस हर विचार के प्रति प्रेम से मिलना था ऐसे जैसे माँ नवजात बच्चे का रुदन सुनकर कर उसे गोद में दुलराती है। इस घर्षण को आध्यात्मिक अनुभव बनना चाहिए जो दृष्टा और दृश्य में एकत्व उत्पन्न करें। चूँकि लिखित शब्द अलंकृत होता है और संकेतों से शक्ति प्राप्त करता है, अतः अंतिम कथ्य में सत्य की परिपक्वता होनी चाहिए ताकि पाठक उसमें अवगाहन कर सके। इसमें बहुस्तरीय अर्थवता होनी चाहिए और अंतिम परिणति में यह आत्मसाक्षात्कार और चौतन्य की ओर ले जाना चाहिए। उसमें एक सागर है, जो आपको अर्थात् पाठक को एक समझ प्रदान करें कि क्यों मुझे शोध और लेखन के मध्य दस वर्ष का बृहद समय लगा।

यह प्रथम साहित्यिक सम्पदा है जो अंग्रेजी में छप रही है। जिसमें कश्मीर के दुर्जेय सिद्धांतों का प्रयोग किया गया है। जिस प्रकार कोई निष्पादन कार का आनंद लेते हुए रसिकता का अनुभव करता है और बोनट के नीचे की अभियांत्रिकी की विवेचना करता हैं, उसी प्रकार वैश्विक पाठक इसे पढ़ने का आनंद लें पर इस बात से सचेत रहें कि इसकी सारी कलाकारी कश्मीरी है। महाभारत और राजतरंगिणी के बाद, कश्मीर की अंतिम रानी ' विरस रस शैली में लिखी गई है, जो एक असम्भव शैली है। विरस रस ग्रीक ट्रेजेडियों के विरेचन से बिल्कुल भिन्न है; परंतु उल्टे वह शांत रस का कटु, मधुर, शांतिपूर्ण रस है।

यह नैतिक पतन के अपुष्ट संसार में धर्म का खेल है। यह एक अप्रिय टीकाकरण है, पर स्वास्थ्य की ओर अग्रसर करता हुआ। इस तरह यह पुस्तक कश्मीर से एक नई आवाज का प्रतिनिधित्व करती है।

कोटा से एक बार पूछा गया कि, "ऐसी कौन सी एक चीज है जो तुम सब कुछ जानने के लिए जानना चाहती हो? जब यह कोटा और उसके कश्मीर के विषय में हैं, यह यह है, यह यह है।

# अनुक्रम


| | |
|---|---|
| अनुवादक की ओर से... | 7 |
| भूमिका | 9 |
| पूर्व कथन | 15 |
| बटल बालियां शरणार्थी शिविर | 15 |
| ऊधमपुर गैरिसन, कश्मीर | 15 |
| **एकम ग्रंथ (पुस्तक-1) विद्यार्थी** | **18** |
| तरंग-1 : पाठशाला और मंदिर | 18 |
| तरंग-2 : दुर्ग | 32 |
| तरंग-3 : सिंहासन | 51 |
| तरंग-4 : डामर | 80 |
| **द्विग्रंथ (पुस्तक-II)- बंधक** | **90** |
| तरंग-5 : पर्यटक | 90 |
| तरंग-6 : निकट की मुठभेड़ें | 122 |
| तरंग-7 : मोरनी और सर्प | 135 |
| तरंग-8 : सौजन्य | 149 |
| **त्रिग्रंथ (पुस्तक-III)- खेला** | **171** |
| तरंग 9 : विवाह | 171 |
| तरंग-10 : कश्मीर का सिंह | 180 |
| तरंग-11: वसुधैव कुटुंबकम | 195 |
| **चतुर्थ ग्रंथ (पुस्तक-IV)- कुलपति** | **224** |
| तरंग-12 : प्रेम पंछी | 224 |
| तरंग-13 : शासन | 253 |
| तरंग-14 : ईश्वरी | 274 |
| तरंग-15 : केंद्र | 302 |

तरंग-16 : आरोहण 323
तरंग-17 : खेल 335
**पंचमग्रंथ- पुनः जन्म** **354**
तरंग-18 : अवरोहण 354
तरंग-19 : महामारी 361
तरंग-20 : बिछोह 379
तरंग-21 : सदैव 398
**उपसंहार** **412**

## पूर्व कथन

# बट्टल बालियां शरणार्थी शिविर
# ऊधमपुर गैरिसन, कश्मीर

मेरा जन्म एक शरणार्थी शिविर में हुआ, 1990 के कश्मीरी हिंदू निष्कासन के बाद। एक निर्वासन, जन्म से पूर्व ही। कश्मीर मेरे अंदर एक अव्यक्त, आनुवंशिक अंकन था। सम्भवतः एक धरोहर जो उस काली आँधी में पूर्ण रूप से खो गई, जब आतंकियों की एक आँधी सुंदर और शांत कश्मीर घाटी को तबाह कर गई। मेरी दुनिया एक झोंपड़ी थी एक प्रदूषित हवा का उत्पादन करनेवाले उद्योग के पड़ोस में। गत्तेकी दीवार के एक छिद्र से राख रंग की धुँध और तैरते विषाणुओं को देखा जा सकता था। गर्मी 105 डिग्री फारनहाइट थी पर शिविर में विद्युत न थी। कोई बहता जल नल नहीं और गंदा नाला निकट, जो मीलों से आसपास की मक्खियों, मच्छरों को निमंत्रण देता। मैं निकट ही ऋषि मेमोरियल स्कूल में पढ़ रही छोटी लड़कियों की आवाजें सुन पा रही थी, तोते की तरह अपने अध्यापकों के निर्देशों को रटती। एक गायन की ध्वनि में। ग्यारह बार दोहराओ। स्मरण करने का रहस्य दाएँ से बाएँ, बाएँ से दाएँ। स्मरण करो, स्मरण करो, स्मरण करो, जैसे कि मैंने किया था...

मेरी दादी मेरी एकमात्र जीवित सम्बन्धी, एक रस्सियों की बनी चारपाई पर लेटती है, हाथ में है एक बुर्ज की दैनंदिनी, उसकी सतत सहयोगी। यही एक वस्तु थी जो उसने उठाई थी संग, जब उसने मेरी माँ का हाथ पकड़ कश्मीर को छोड़कर उस 19 जनवरी की रात एक पुरानी ट्रक के पीछे बैठ कर भाग गई थी। 'जल्द जल्द' ड्राइवर, जो कि एक मुसलमान पड़ोसी था ने कहा था। "मैं अब आपकी सुरक्षा की गारंटी नहीं दे सकता, अगर उन्होंने पहले ही पर्वत का मार्ग बाधित किया होगा। चिंता न करो अल्लाह की कसम, जब तक आप लौट आओगे, मैं तुम्हारे घर और सामान को सुरक्षित रखूँगा।"

मेरी दादी का सुंदर गोरा मुख उस रात के बाद वृद्ध हो चला, जबकि मेरे पिता का प्रकाश हमसे छीना गया था। मेरी माँ का देहावसान मेरे जन्म के बाद ही हुआ क्योंकि शरणार्थी शिविर में कोई चिकित्सीय सहायता न मिली। मेरी दादी के केश सफेद हो गए और उसकी आवाज दुर्बल हो गई थी, पर उसकी गर्वीली आँखों में प्रचण्ड नीली अग्नि शिखा बची थी। उसके कान के आभूषण, जो श्रृंखला में अंत में लटक रहे हैं, वह डेजिहोर, जिसमें दो ग्रह हैं, जो कि किसी भी कश्मीरी स्त्री के लिए बहुत मूल्यवान है।

"नानी", मैंने उसे बहुत हर्ष के साथ यह समाचार सुनाया, "यह मेरा कालेज में प्रवेश का पत्र। पूरी छात्रवृत्ति के साथ। एक हवाई जहाज का टिकट, सर्वोत्तम, देखो यूएस एम्बेसडर का पत्र, इस पर आधिकारिक ग्रेट ईगल स्टैम्प। मुझे वीजा के लिए साक्षात्कार देने जाना है। मैं हवाई जहाज में पहली बार यात्रा करूँगी, एक चील की तरह ही।"

उसने दुर्बल मुस्कान में मुस्कुराया। बुर्ज की दैनंदिनी को चूमा और उत्साह से कहा, "तुम कालेज जाने के लिए मुझे छोड़ कर जा रही हो और मेरे पास तुझे देने के लिए कुछ नहीं। कश्मीर में तुम अपने पूर्वजों के घर में होती, वितस्ता के तट पर। मैं तुम्हारा सूटकेस तैयार करती और कोष देती तुम्हारे लिए उचित। पर हम ने वह सब खो दिया।"

मैंने कहा, "दादी, मुझे विगत से कोई उपहार नहीं चाहिए। जाने दो उसे। मैं अमरीका के विषय में बात कर रही हूँ, जहां हर कहीं धन है। जहां स्त्री इतना ऊँचा उठ सकती है कि जैसे गगनचुंबी भवन जो आकाश का स्पर्श कर सकते हैं। मैं छात्रवृत्ति का धन बचा कर बहुत अद्‌भुत उपहार लाऊँगी। मैं वचन देती हूँ।"

उसके नेत्र अतीत में खोए लगते थे। "वे कश्मीर के विषय में भी वही कहते थे कि जब स्वर्ग ने कश्मीर के ऊपर सीधी दृष्टि से देखा तो उसका मुकुट धरती पर गिर गया।"

मैं संकल्पकृत हूँ जो कुछ मैंने उस दरवाजे से देखा जो मैंने खोला, तुम्हें बताऊँ, यदि मेरी दादी मेरे साथ नहीं आ पाएगी, तब भी।

"वहाँ मैं बहुत कुछ सीखूँगी। यह तो मेरा स्वप्न साकार हुआ।"

"तुम अमरीका से सीखोगी, पर क्या अमरीका तुम से कुछ सीखेगा?"

"दादी माँ, हम शिकार हुए लोग हैं पर अमरीका किसी से नहीं डरता। वह बहुत शक्तिशाली है बहुत ही बलवान।"

"अगर वे नहीं जानते कि कौन उनका शत्रु है, अगर उन्हें इस बात का

पता ही नहीं कि वे किस रूप में आ जाते हैं, तब कैसे अमरीका कह सकता है कि वह अधिक शक्तिशाली है?" मेरी रूखी दादी ने कहा।

"हमें मेरी चिंता करनी चाहिए, अमरीका की नहीं। मैं इतनी चिंतित हूँ कि कैसे क्या करूँगी मैं अमरीकी कालेज में। प्रथम बार लड़कों से मेरी स्पर्धा होगी। मुझे भविष्य के लिए तुम्हारे आशीर्वाद चाहिए।"

दादी माँ की मन:स्थिति बदल गई और उसने विश्वास के साथ अपना सिर हिलाया। "तुम ऋषि मेमोरियल स्कूल की सर्वोत्तम विद्यार्थी थी और तुम अमरीका के कालेज में भी सर्वोच्च रहोगी। तुम शीघ्र सीख सकती हो, स्मरण देर तक रख सकती हो, और लड़कों से बेहतर सिखा सकती हो। कभी न भूलना कि कोई भी स्त्री इस ब्रह्माण्ड पर शासन कर सकती है अपनी शक्ति को, अपने आंतरिक बल को उद्घाटित कर। आओ निकट अपनी दादी के आशीष ले लो।"

उसने जल के कुछ घूँट पिए। अपनी उँगलियों को प्रेम से मेरे लाल बालों में फेरा। और अचेतन में मेरी कलाइयों के जन्मचिह्न मल दिए। मुझे उसके स्पर्श में आनंद मिला, जब उसने मुझे पवित्र मंत्र जो बच्चों की रक्षा करता है, से आशीष प्रदान किया।

ऊं! अंतर के गुरु को नमन।
अनुभवी जैसे शुभ और ज्योतिर्मय।
ऊं, उसे सम्मान देती हूँ,
जिसका रक्षा कवच से ओतप्रोत
सर्वशक्तिमान महा देवी की कृपा से
विस्तृत जो यौवना शक्तिदायिनी प्रकाश से प्रकाशित करती है।

"तुम बड़ी हो गई हो, यदि तुम्हारा भविष्य तुम्हें जाने को कहता है तो जाओ पर जो दादी ने तुम्हें कहानियों में बताया है उसको जियो। समय आ गया है मैं तुम्हें वह रहस्य उद्घाटित करूँ जिससे जीवन का चरम छुआ जा सकता है। यह कोषीय मानचित्र एक कथा में छिपा है, जो हमें वंश के द्वारा हस्तगत होता रहा, माँ से पुत्री को। यह सब 1313 में कश्मीर में हुआ, और यह राजकुमारी कोटा की सच्ची कथा है, एक युवा लड़की जो तुम्हारे जैसी थी...।

## एकम ग्रंथ (पुस्तक-1) विद्यार्थी

**तरंग-1**

# पाठशाला और मंदिर

एकाकी राजकन्या कोटा, कश्मीर की एक प्रसिद्ध पाठशाला के कक्ष में प्रात: जाग गई। दीप के प्रकाश में उत्तेजित सी, होने वाली स्नातक परीक्षा की अंतिम क्षणों की तैयारी पूरी की। लघु दर्पण में स्वयं को निहारा। उसका भोला, दुग्ध धवल मुख, गुलाबी गाल, सादगी से सजे गहरे काले केशों के पॉनी टेल से उसकी आयु का अनुमान लगाना असम्भव था। उसकी गहरी काली आँखों में चिंता छलक रही थी। उसके गालों के गड्ढे उसके जबड़ों में चिंता के कारण गायब थे। उसने दोनों हाथों से गले में पहने पेंडेंट को पकड़ा, उसपर अंकित स्त्री के चित्र को चूमा तथा व्यग्र प्रार्थना की, "माँ मेरे लिए प्रार्थना करो।"

यदि वह सफल हो जाएगी तो वह कश्मीर के राजदरबार में उच्च स्थान प्राप्त करेगी। यदि वह असफल रही तो अपने पिता को क्या मुँह दिखाएगी। गणित उसका सर्वाधिक कमजोर विषय था और उसने अंतिम बार शीघ्रता से पाठ्यपुस्तक को अपने पलंग के एक तरफ सरका दिया। यह बुर्ज पत्र पर लिखित था। चौड़ी आड़ी पेटियाँ सुष्ठु आलेखन थे। उनको पूरे सौष्ठव के साथ उकेरा गया था। लोगाथीय पद्धति अनुसार एक ज्ञात परिमाप में से अज्ञात परिमाप को मापने की कठिन तकनीक। पतंजलि की पद्धति से समय में क्षण का मापन तथा 108 अंक की खगोलीय महत्ता।

उसने अपने को अंतिम बार निहारा। विश्वविद्यालय में यह उसका घर था, जैसे कि उससे पूर्व छात्राओं का भी रहा होगा। चूना पुती दीवार पर उस तक के नामों की कतार थी। प्रथम अंकन कुछ कुछ मिटा सा था। लिखा था "बुद्धः शारदा की राजकन्या" दूसरे पर एक हस्तलेख था। अंक-1।

विश्वविद्यालय की प्रथम गणमान्य स्त्री स्नातक का विवाह पंजाब स्थित एक जनपद तेलागाना, जो कि हिन्दूकुश पर्वत के दक्षिण में था, के नृप के साथ

हुई तथा लगभग ई. 495 में उसने एक बृहत् बौद्ध मठ निर्माण किया। प्रत्येक दूसरी स्त्री स्नातक ने अपना नाम नीचे उकेरा था किंतु शारदा सर्वोपरि थी। कोटा ने सोचा कि कितनी ही बालिकाएँ स्नातक नहीं कर पाई हैं। उनकी दूरस्थ स्मृति इन प्राचीरों में भण्डार थी।

प्रस्थान का समय था। कोटा ने अपनी हथेली 'बुद्ध...' की हस्तलिपि पर रखकर क्षणांश को निमीलित नेत्रों से शक्ति प्राप्ति अनुष्ठान कर, गहरा श्वास खींचा, निकटस्थ परीक्षा भवन की ओर चल पड़ी। उसने सादा गेरुए रंग का उत्तरीय, जो कि मठ की साध्वियों का पारंपरिक परिधान था, पहन रखा था। नीचे मलाई रंग का चुस्त पाजामा तथा कंधों पर उष्ण वस्त्र-पट्ट। ज्यों ही वह चल दी उसकी अनुचर सारस उत्साहित रूप से उसके साथ हो ली। प्रसन्न श्वेत परिधान में, चीनी नाक-नक्श वाली सारस कोटा की छायानुगामी थी। सदैव अत्यंत सचेत एवम् सतर्क उसकी गतिविधियों को देखती हुई। तुरंत ही उसके निजी शिक्षक का आगमन हुआ, 'गुरु गौतम भट्ट'। कोटा ने गुरुजी को चरण वंदन किया तथा गुरु ने आशीष दिया: माँ सरस्वती धन्य हैं जो बुद्धि-विवेक रूपा है, जो अपने भक्तों को ज्ञान प्रकाश एवम् बोध से कृतार्थ करती हैं।

'गुरुदेव आज मैं व्यग्र हूँ, मैं जैसे रिक्त-सी हो गई हूँ, आज मेरी विफलता निश्चित है,' कोटा ने व्यक्त कर ही दिया।

गुरु गौतम मंद स्मिति में बोले: "मेरे सभी शिष्य अपनी स्नातक परीक्षा से पूर्व यही बोलते हैं, किंतु आजतक कोई एक भी असफल न रहा। कोका पण्डित तुम्हें सूर्य नमस्कार करने को कहेंगे। अपने श्वास पर पूरा नियंत्रण रखते हुए इसे सहजता से करो। तुम्हारा ध्यान तुम्हें पूर्ण रूपेण फल प्रदान करेगा। सर्वाधिक कठिन प्रश्न तुम्हारे नितांत दक्षिण से नागेंद्र पंडित का होगा, जो कि एक दर्पयुक्त, रूढ़िवादी विशेषज्ञ विद्वान हैं। जब वह प्रश्न करे तुम उसकी ओर नहीं देखना। इससे उसका कठोर आचरण तुम्हें आक्रांत नहीं करेगा। अपने नेत्रों को दृढ़ता से अपने नासिकाग्र पर नियुक्त रखो। उन्हें तुम्हारे मनोयोग का पता चले पर भावों को व्यक्त न होने देना। स्मरण रखो कि सब कुछ व्यक्तिपरक है यद्यपि लगे कि सब कुछ उद्देश्यपरक है। प्रथा यह है कि शारदापीठ विश्वविद्यालय के प्रमुख एवं सहायक मंदिर के मुख्य तांत्रिक तुम्हें परीक्षा के नियमों से अवगत करायेंगे। प्रथम तथा अंतिम प्रश्न भी वही पूछेंगे। प्रथमत: वह किसी भी सैद्धांतिक विषय में पूछेंगे तथा अंत में उस के अभ्यास के विषय में। तुम निश्चित सफल होंगी। कल्याण हो। मेरे आशीर्वाद तुम्हारे संग हैं।

गुरु के शब्दों से कोटा में उत्साह और आत्मविश्वास भर गया। उसे एक

भवन में प्रविष्टि दी गई जहां उसने सभी एकत्रित विद्वानों को प्रणाम किया। अपने विद्वान शिष्यों के मुखिया के रूप में ये पंडित अत्यंत कठोर परीक्षक थे। उनके लिए यह कुछ असामान्य न था कि वैज्ञानिक विषय पर पाँच वर्ष एक सायं के शास्त्रार्थ के लिए परिश्रम करें। मंदिर से संलग्न यह विद्यालय मुख्यतया पुरुषों का ही स्थल था। शारदापीठ में स्त्री शिष्य न्यून थीं। कोटा यह अच्छी तरह से जानती थी कि उसके स्त्रीत्व में उसका सेना प्रमुख रामचंद्र (कंपनेश) की पुत्री होना उसके कुछ वैशिष्ट्य प्रदान करने में सहायक नहीं होगा। ये सभी दक्षिण-मध्य एशिया के अग्रणी विद्यालय के गौरवशाली शिक्षक थे, जो कि बराबर 500 वर्षीय उच्चस्तरीय स्नातकों एवं उनके सर्वश्रेष्ठ होने को बनाए हुए थे।

कोटा ने देखा कि देवस्वामी ने कक्ष में प्रवेश किया तथा उस समेत सभी विद्वान अभिवादन में खड़े हो गए। सफाचट दाढ़ी, सशक्त मुखमुद्रा, नुकीली नाक पर गंजा सिर, सफेद लट्ठे का परिधान पहने तथा एक श्वेत दुशाला ओढ़े। देवस्वामी के व्यक्तित्व से अद्भुत ऊर्जा प्रसारित हो रही थी। उसका जनेऊ विशिष्ट ढंग से उसके दाहिने स्कंध से बंधा था। ललाट पर बड़ा सा सिंदूर तिलक तथा दोनों कर्णातों पर भी सुशोभित था।

कोटा को विराजने की आज्ञा दी गई। सभी विद्वज्जन अर्धवृत्त में विराजे एवं एक आसन पर देवस्वामी कोटा के सम्मुख मध्य में विराज गए।

आत्मविश्वास से भरे, सिर मुँड़ाए इन विद्वत्तजन् के समक्ष, कोटा को लगा मानो वह इन तेजतर्रार व्याधों के समक्ष कोई हिरणी हो। उसके बंद मुख ने उसके भीतर के कोलाहल को व्यक्त न होने दिया। उसकी दृष्टि अपने पिता, सेनाध्यक्ष रामचंद्र पर पड़ी, जो कि कमरे के एक कोने में ओट में बैठे। उसका मन मचल उठा कि वह उसके साथ आए होते। उसने अपना सिर दूसरी ओर तीव्रता से घुमाया तथा अपनी दृष्टि पुनः देवस्वामी पर स्थिर कर ली, जिन्होंने गौतम भट्ट को सम्बोधित करना प्रारंभ किया, "प्रणाम! क्या क्या शिक्षा कोटा ने ग्रहण की है?"

"स्वामी! इसने सभी अनिवार्य शिक्षाएँ ग्रहण की हैं, साथ में वनस्पति, चित्रकला, सूची कला, काष्ठ कला, मिट्टी की कलाएँ, पाककला, संगीत कला, गायन, नृत्य, कला प्रदर्शन, त्रिक शास्त्र तथा अन्य सभी स्त्रयोचित कलाएँ।" गुरुदेव ने उत्तर दिया।

कोटा ने देखा कि देवस्वामी ने अब उसकी तरफ मुख किया। "राजकन्या कोटा! पहले मैं तुम्हारा परिचय परीक्षक समूह से कराऊँगा। यह ज्योतिष पंडित

हैं, अग्रणी। कुमार पंडित, प्रमुख इतिहासज्ञ एवं राज्य नीतिज्ञ। कोका पंडित, जीव वैज्ञानिक। नागेंद्र पंडित, हमारी विधियों एवं सामाजिक विज्ञान के प्रकांड ज्ञाता तथा मैं जो कि अधिकांशतः सारी गतिविधियों का श्रवण कर्ता हूँ। आजकी तुम्हारी परीक्षा सब से विलग है जिनका अनुभव तुम ने शिक्षा में इससे पूर्व किया है। पारंपरिक परीक्षा आपके उत्तर का आकलन करती है कि क्या तुम्हारा ज्ञान सद् के उद्देश्यपरक बोध का प्रतिबिंबन करता है अथवा नहीं। जो कि वास्तविक सत्य है। हम निश्चित ही तुम से ऐसे प्रश्न पूछेंगे यद्यपि हमारा आज का सर्वाधिक जानने का विषय तुम स्वयं हो। हम आज तुम्हारा आकलन वैसे ही करेंगे जैसे कि एक हीरक को, कि उसके सभी शक्तियों के समक्ष उसकी कमियों को परख कर। दोनों में अंतर को हम तुम्हारी योग्यता के माप का निर्णय लेंगे। व्यक्तिपरक आकलन पर हम सुनिश्चित करेंगे कि क्या तुम ने स्नातकता प्राप्त कर ली है अथवा नहीं। क्या तुम प्रस्तुत हो अथवा कुछ आशंकित?"

कोटा एक निष्ठापूर्ण स्वीकार करने ही वाली थी कि उसका अंतर्मन उसका सहाय हो उठा। यह प्रश्न उसके कुशलक्षेम को लेकर नहीं अपितु, एक सिद्धांत को लेकर था। उसने दृढ़ता से उत्तर दिया: "मेरा धर्म मुझे यहाँ ले आया है, मेरा धर्म ही मेरी रक्षा करता है। भय और आशंका का लेश मात्र भी नहीं।"

देवस्वामी ने मंद मुस्कान के साथ कोटा के वाम पार्श्व पर बैठे पंडितों को इंगित किया। कोका ने कोटा से आह्वान मंत्र का उच्चार करने को कहा तत्पश्चात् सुर्यनमस्कार करके दिखाने की आज्ञा दी।

सूर्य नमस्कार को खाली पेट तथा सूर्योदय पूर्व किया जाना था। व्यक्ति को भूमि से दृढ़ता से सटे रहना होता है मानो सिंहासन पर। कोटा ने अपने समक्ष रखे दोने का जल चरणों से लेकर शीर्ष तक अपने सारे शरीर पर छिड़का। तत्पश्चात् तीन बार प्राणाभ्यास, अपने हृदयपद्म में दिव्य शक्ति को सिंहस्थ देखते हुए किया। अंततः अपने हाथ उसके समक्ष। लचीले नरकुल की भाँति आकाश में एक साथ उठाए। क्लांत विद्वान तक प्रभावित हुए जब उसने अपने परिरेखित शरीर को अपने पूर्णरूपेण स्थिर एवम् तनुकटि पर उठाया। कोका के मुख से इस अभ्यास के सौंदर्य पर उल्लास की सहज धीमी अभिव्यक्ति निःसृत हुई जब चतुर कोटा ने धीमे से अपने हाथ आकाशोन्मुख उठाकर लचीले नरकुलों की भाँति पसारे। तब दीर्घ वर्णों में उच्चारा:

हमारा चैतन्य परमचैतन्य तक प्रसारित हो (सूर्य-रूप में)
हम सूर्य प्रदत्त बुद्धत्व पर ध्यान करें
सूर्य हमारा जीवन प्रकाशित करे!

कोका पंडित के प्रश्न उस पर तीक्ष्ण, नुकीले बाण से चले। " तुम्हारे मन से तीव्र गति किसकी है?"

"मेरी वांछा"।

"कौन अधिक शक्तिशाली है, तुम अथवा तुम्हारे जीवन में पुरुष?"

"दोनों ही एक पूर्ण के अर्ध हैं। पुरुष स्त्रीविहान नितांत जड है स्त्री पुरुष विहीन होकर एक निरुद्देश्य उल्कापिण्ड। "

"प्रेम में क्या प्रसादमय है?"

"दोनों आत्माओं से उद्भूत आनंद जो युक्त होकर दिव्य से संयुक्त करता है?"

"धर्म एवम् प्रेम में क्या व्यापक है। "

"कामना, जड़ें वासना में हैं। दस इंद्रियगत आसक्ति तथा अहंकार अथवा भावनाओं वा संकुचित मन की तुष्टि, यही सब कामदेव के भस्मीभूत होने को बाध्य है। भावावेग की दिव्यता, यही है कि कामना को धर्म को समर्पित किया जाए। उससे इच्छा का स्वरूप अलौकिक होकर परम उद्देश्य से जुड़ जाता है।"

"काम के संबंध में तुष्टिदायी क्या है।"

कोटा लज्जा गई पर उसे विदित था कि पंडित काम के संबंध में भी उतने ही नैदानिक हैं जितने कि अन्य मानवीय स्थितियों के। उसने अपनी प्रौढ़ वाणी में महामाहेश्वर अभिनवगुप्त को उद्धृत कर कहा, "कामशक्ति सृजन का सर्वोच्च उन्नयन है। काम स्वयं को आत्म में केंद्रित करना है।"

ज्योतिष पंडित ने कठोर ध्वनि में कहा, "जन्म लेने के समय का स्वभाव किसी का सच्चा स्वभाव होता है। क्या बाल्यावस्था में तुम ने सोचा कभी कि तुम कोई भिन्न हो?"

कोटा घबरा उठी, उसकी आवाज फुसफुसाहट में परिणत हो गई "मुझे बताया गया है कि जब मैं अत्यंत छोटी थी मैं अपने नाम पर अनुक्रिया नहीं करती थी।"

ज्योतिष अपनी परीक्षा लेने में सुदृढ़ था, पूछा," तुम्हें क्या लगता है कि तुम कौन हो?"

"मुझे लगता है मेरा नाम दिद्दा था पर मैं निश्चय ही उसका अर्थ नहीं जानती थी उस समय।" असहज कोटा ने कहा।

"रानी दिद्दा, हूँ,..जैसे तुम अब जानती हो कि वह कश्मीर की योग्यतम शासकों में से एक थी, पर कुमार तुम्हें बताएँगे कि वह शत्रुओं से मुक्ति हेतु अभिचार का प्रयोग करती थी। एक गढरिया उसका प्रेमी था पर वह भी उसकी

कामाग्नि बुझा न सका। यदि तुम उसका पुनर्जन्म हो तो तुम्हारे कर्म कैसे होंगे। क्या तुम्हें संसार त्याग कर शारदा पीठ में ही रहकर पूर्व कर्मों की शुद्धि के लिए तप नहीं करना चाहिए?"

"मैं पुनर्जन्म पर एवं कर्मों पर विश्वास करती हूँ, किंतु आरंभिक बाधा के इतर मैं यह भी मानती हूँ कि जीवन अमूल्य उपहार है जिसमें सभी को पूर्णता की एवं दिव्य अनुभूति प्राप्त करने का समान अधिकार हैं।"

"ये प्रतिफल कुछ को ही प्राप्त होता है, किंतु जीवन आश्चर्यों का घर है। कोई भला क्या करेगा यदि जीवन में उसे कुछ प्राप्त न हो। कोई आशा न हो, किसी दिव्य अनुभूति की प्राप्ति न हो?" ज्योतिष पंडित ने रूक्षता से पूछा।

"यदि जीवन आपको कुछ नहीं देता है तो कोई बात नहीं, आपके पास खोने को कुछ है नहीं। तब विराट हो जाओ और उच्चतर धर्म का निर्वाह करो।" विद्रोही कोटा ने उत्तर दिया।

कुमार ने कोटा पर दबाव को भांपा अतः भीतर प्रविष्ट हुआ। मृदुलता से कहा, "शासन करते हुए एक महाराजा का अपनी प्रजा से क्या संबंध होता है?"

"महाराजा अपनी प्रजा का माता पिता होता है। महाराजा को कभी भी अपनी प्रजा से उत्पादन का एक सोलह से लेकर एक चौथाई तक कर से अधिक नहीं लेना चाहिए और यह उस भूमि की उर्वरता पर निर्भर होना आवश्यक हो।"

"ब्रह्मणों के प्रति महाराजा का क्या कर्तव्य है?"

"ब्रह्महत्या न हो तथा ब्राह्मण का कल्याण किया जाए सदैव।"

"ब्राह्मण कठिनता से जीवन यापन करता है। एक व्यक्ति के पास कितना धन होना चाहिए?"

"जितना कि उसे धर्म निर्वाह के लिए चाहिए, शेष उसे दान में देना चाहिए। यदि वह ऐसा नहीं करता है तो फिर उसे पदार्थ ले घेरेगा जो कि उसके विपरीत होगा।"

"क्या विधि के लिए सभी नागरिक समान तथा क्या न्याय सब के लिए बिना किसी पक्षपात के समान होना चाहिए?"

"नहीं। न्याय प्रगतिशील होना चाहिए, जितना भी बड़ा व्यक्ति हो उतना ही अधिक दण्ड उसे उसी अपराध का मिलना चाहिए।

"ब्रम्हाण्ड कैसे बना।"

"ब्रह्माण्ड रचयिता की नाभि से उत्पन्न हुआ।

कोटा ने पंडित को, देवस्वामी को प्रश्नाकुलता से देखते देखा तो शीघ्र

बोली, "पौराणिक प्रसंग कहीं अधिक गहरा सत्य दर्शाता है कि महासंवित्त संकुचित एवं प्रसारित होता है भौतिक यथार्थ में।"

देवस्वामी ने इंगित किया कि उत्तर सटीक है। कोटा ने देवी माँ को धन्यवाद ज्ञापित किया कि वह सहाय हुई। वह तत्काल असफल घोषित की जाती। उसे विदित था कि विद्वज्जन विस्मरण को नहीं सहेंगे। उसने परीक्षा की तैयारी खूब की थी पर विदित न था कि प्रश्न इतने गुत्थिल होंगे। परीक्षा ने गति पकड़ ली थी, पर कोटा को पता था कि अवरोध में वह कैसे आगे बढ़ेगी। इसी का परीक्षण किया जा रहा था। क्षणभर के अवकाश में उसने स्वयं को एकाग्र किया। घंटो प्रश्नों ने उसे आक्रांत, एवं परीक्षित किया। कोटा ने आयुर्वेदिक औषधियों तथा कृषि में उत्कृष्टता अर्जित की। सारस हुंजा घाटी की थी अत: उसकी हुंजाघाटी की लोककथाएँ सुनाने ने गुरु गौतम से प्राप्त औपचारिक शिक्षा के साथ साथ, कोटा की और सहायता की। किंतु, जब गणित की बारी आई तो, उसने स्वयं को विनम्र किया। गणितीय गणनाओं का पद्धति-बद्ध अभ्यास किया। ताकि उससे कहीं चूक न हो।

कश्मीर का समाज इस सिद्धांत का कायल था कि सत्य की असि सदैव सफल रहेगी। पर सत्य को विवेक चाहिए। विष्णु दत्त शास्त्री द्वारा उत्कर्ष की शिक्षा के लिए लघु कथाओं की पुस्तक पंचतंत्र के लिखे जाने से लेकर सम्यक् निर्णयों के लिए जाने पर बहुत बल दिया जाता था। कश्मीर में अनैतिक, अयोग्य राजा भी बहुत संख्या में हुए थे। इससे शारदापीठ विश्वविद्यालय में नैतिक, शास्त्रगत एवं मूल्यपरक शिक्षा अनिवार्य कर दी गई थी। अब यह अवसर था विशिष्ट वक्तृत्व वाले श्री नागेंद्र पंडित का कि अपने प्रश्न दागे।

"तुमने कहा कि धर्म ही तुम्हें यहाँ ले आया। धर्म शब्द का अर्थ बताएँगी?"

"वहीं जो परिमित को शाश्वत रूप से धारण किए है।"

"तुम श्रद्धेय गुरु गौतम के शब्दों की तोतारटंत हो, तुम्हारे अपने शब्दों में धर्म क्या है?"

"वह सब करना जो मुझे सदैव धारण किए है के अनुरूप मेरी इच्छा एवं क्षमता के अंतर्गत है।"

"हूँ"...नासिका से लगभग गुर्राये नरेंद्र "धर्म की एक नई परिभाषा, पर एक स्त्री से अनपेक्षित नहीं। जब पंडित विष्णु दत्त शास्त्री ने 'वसुधैव कुटुंबकम' कि विश्व एक परिवार है लिखा, क्या वह नि:बुद्धि लोगों को जीवन शैली की ओर इंगित करते हुए चेता रहा था?"

"कोटा इस प्रश्न की प्रत्याशा में थी आदर्श से यथार्थ ओट नहीं होना चाहिए न ही यथार्थ से आदर्श ओट होना चाहिए।"

"स्त्री का सृजन करते हुए मनुष्य के जनक तथा प्राचीन विधिनिर्माता मनु ने उसे शैय्यासक्ति, पीठासक्ति एवम् आभूषण आसक्ति: मलिन इच्छाएँ, क्रोध, अनिष्ठा, द्वेष तथा दुराचरणलिप्त कहा। क्या तुम मनु से सहमत हो अथवा असहमत।"

कोटा पुरुष पाश भाँप गई, "मनु ने यह भी तो कहा है कि एक पूर्ण पुरुष तीन व्यक्तित्वों को एक साथ रखने से बन सकता है। पत्नी, बच्चे एवं स्वयं वह। पुरुष कैसे पूर्ण हो सकता है यदि स्त्री इतनी अपूर्ण है।" उसने विनोद से पूछा। एक शिष्य प्रश्न का उत्तर एक प्रश्न से ही दे, उसके भीतर के विरोधी को बताता है। कोटा का यह जोखिम भरा दांव था। पंडित ने अपने होंठ चबाए। सोचा उसके उस उत्तर का क्या करें। कोटा के सहायक कह सकते हैं कि लिंग संबंधी प्रश्न पूर्व में ही पूछा गया, जिसका उत्तर भी समीचीन था, अत: मैं उसका खीझ उठना स्वाभाविक था। इस प्रश्न को बने नहीं रहने देना है किंतु इस बालिका की धृष्टता को भी आड़े हाथों लेना ही है। अपना इस प्रकार का मन बनाकर वह अगले प्रश्न की ओर बढ़ गया।

"क्या एक माताविहीन बालिका संसार से जुड़ सकती है तथा समाज के साथ सहज संबंध बना सकती है?"

सुनकर कोटा क्रुद्ध हो गई तथा ऐसा प्रश्न पूछने पर लगभग रुंआंसी। "मेरी माता का देहांत हो गया है इसका अर्थ यह नहीं कि मैं उससे प्रेम नहीं करती अथवा वह मेरी सहायता अथवा पथप्रदर्शन नहीं करती।"

नागेंद्र उसकी कोमलता पर चोट कर अब अगले वार की ओर बढ़ गया, "क्या एक महाराजा को अपनी ही प्रजा की गुप्तचरी करानी चाहिए?"

कोटा ने कहा कि उसकी समझ से नहीं। तब पंडित तदनुसार आगे बढ़ा, "क्या महाराजा को अपने वैरी के विरुद्ध विष के सेवन को अधिकृत करना चाहिए?"

कोटा ने तीव्रता से उत्तर दिया कि, "नहीं।"

मुखमुद्रा को विकृत कर पंडित ने देवस्वामी की ओर दृष्टि डाल इंगित किया कि "असफल"।

परीक्षा भवन में पूर्ण मौन छाया रहा जब तक कि पंडित वृंद देवस्वामी के अंतिम निर्णय की प्रतीक्षा करते रहे। कोटा निराश हो उठीं। वह असफल हो रही है। शारदापीठ में एक ही अवसर प्राप्त होता है। यदि प्रथम बार आप स्नातक न हुए तो आप सदा के लिये गए।

कोटा ने देखा कि देवस्वामी उसकी ओर निर्निमेष देख रहे है, कि त्यों ही उन्होंने आरंभ किया, निश्चित ही वह उसके भीतर की ज्वाला उसके मुख पर अनुभव कर रहे थे एवं उसके व्यग्र हृदय का मुखर स्पंदन सुन रहे थे। अंततः वह बोले: "निरस्त करता हूँ, मेरी समझ से प्रश्नकर्ता ने यह नहीं बताया कि महाराजा ने अन्य सभी धर्म-सम्मत आयुधों का प्रयोग कर लिया था। शिष्य ने 'नहीं' में उतर दिया न कि 'कभी नहीं' कहा। यह उतर पूर्ण रूप से सटीक था तथा शारदापीठ में शासन को दिए गए नियमों के अनुरूप भी।"

आनंदित हो उठी कोटा, एक मुक्त श्वास लेकर परांबा का मन ही मन धन्यवाद कहा। पंडित ने कष्ट से अपना सिर झुका दिया। उसने गलत निर्णय लिया था अत: वह अब बहिष्कृत होगा। शारदापीठ एक उत्कृष्ट संस्थान था तथा यहाँ सबके लिए नियम समान रूप से कठोर थे।

अब बारी आई व्यवहार पक्ष की परीक्षा की। कोटा को विदित था कि उसे अब सफल होने के लिए अच्छे खासे अंक प्राप्त करने हैं। यह अंतिम प्रश्न पूछने का अधिकार मात्र देवस्वामी का था। वह खड़े हो गए तथा उनका अनुकरण अन्यों ने भी किया तथा वे बाहर आए।

शारदापीठ की प्रात: ऊर्जा एवं स्फूर्ति दायीं थी। शरद ऋतु पर नामित शारदा देवी जिसकी उज्ज्वलता शरदचंद्र के समान थी, वस्तुतः शीर्ष देवी थी। शारदापीठ का प्राचीन सौंदर्य इस बात का साक्षी है कि कश्मीर उषा आदि कुमारी देवियों का प्रिय विहार था। कि सूर्य उन्हें आकाश के आर पार ढूँढता फिरता। कोटा ने शुद्ध, शीत वायु का गहरा श्वास लिया। आज प्रखर स्वर्णिम रश्मियाँ पर्वत को आच्छादित कर रही हैं। सम्मुख तथा आसपास पर्वतों के उच्चतम शिखरों को दर्पीले हिम गोलों से संवलित कर उस शिखर को विद्यालय एवं मंदिर का चौखटा जैसे निर्माण करते, जब कि हिम नि:सृत दो नदियाँ इसके उभय पार्श्वों से बहती तथा दूर कहीं आपस में मिलती। एक सघन चीड़ वन पूरी भूमि को पर्वतों तक ढाँप रहा था। कोटा ने देखा कि देवस्वामी एक वृक्ष की टहनी के पास खड़े हो गए जो कि प्रात: के सूर्य में चमक रहे थे। इसके पत्ते ओस-भीगे थे तथा गत रात्रि में शीत से निर्मित मुक्ताजडित सी शिशिर गाँठें लटक रही थीं। उन्होंने वृक्ष की दिशा में इंगित कर पूछा, "क्या देख रही हो?"

कोटा समझ गई कि अब की यह अंतिम परीक्षा, 'विपश्यना' सत्य को सत्य के रूप में देखने की है। वह भूमि पर बैठ गई तथा नेत्र मूँद लिए। शनैः शनैः उसने अपनी हृदय गति को धीमा किया तथा उसका श्वास सामान्य से एक तिहाई पर चलने लगा। वह धीमे से मंत्रोच्चार के साथ ध्यानस्थ हुई।

"उषा की स्तुति कर रही हूँ जो साक्षात उष्मा है प्रात: की भूरी सुनहरी आभा है।"

धन्य कि वह समय के अंत तक रहेगी। उसको अर्पित जिससे कोटि सूर्य रश्मियों का भव्य प्रज्वलन प्रस्फुटित होता है।

उसी को अर्पण जो सर्वव्यापक आकाश में परम संवित निर्मित है।

उदित हो रहे सूर्य की भूरी स्वर्णिम आभा। "

कोटा के गुरुदेव ने उसे बताया कि मंत्र जाप से अस्थिर मन शांत होगा, विशेषकर जब यह दौड़ रहा है। और उसने उनकी बातें मानी। अब उसका मन दर्पण सा स्पष्ट था। उसने अपने नेत्र आधे खोले और देखा कि एक शाखा पर एक पारदर्शी बूँद लटक रही थी। बूंद टिमटिमाई और सूर्य का प्रकाश वापस उस पर प्रतिबिंबित हुआ। उसने दृष्टि को बनाए रखा, जमी हुई बूँद बदलती सी लगी तथा अकस्मात् एक निमिष में उसने यह सब देखा। उसने उस बूँद में अपने पीछे खड़े पंडितों को देखा, उन्हें उसे ध्यानपूर्वक देखते हुए देखा; उसने देवस्थान देखा, अपने पीछे नदी प्रवाहित देखी। उसने प्रासाद देखा, प्रासाद के पीछे पर्वत, तत्पश्चात् नीलगगन। इस ओस बिंदु में किशनगंगा घाटी का पूर्ण सिंहावलोकन था। मैं सूक्ष्म में संपूर्ण सूक्ष्म सृष्टि देख रही हूँ, मैं सूक्ष्म में सूक्ष्म देख रही हूँ। उसने धीमी आवाज में कहा, "हम सभी एक विराट के भाग हैं।"

देवस्वामी मुस्कुराए और सब के समक्ष घोषणा की कि वह सफल हो गई है।

कोटा का हृदय आनंद और सुख से फट सा पड़ा। "हे माँ आपका बहुत बहुत धन्यवाद। मेरी प्रार्थना को उतरित करने के लिए।" वह स्वगत बुदबुदाई।

सर्वप्रथम देवस्वामी उसके निकट आया, "तुम्हारे पिता तुम्हें एक शिशु रूप में हमारे पास आठ वर्ष पूर्व लाए। आज तुम विश्व की सर्वाधिक निर्भीक राजकन्या हो। बाढ़म। बाढम। तुम एक कश्मीरी भट्टारिका  हो, एक स्नातक। यह रहा तुम्हारा पत्र। स्नातक होने का प्रमाण।"

वह देवस्वामी के साथ विहंस दी। उसके पुष्ट सफेद दांत,जिनपर दोने आकार के गुलाबी औष्ठद्वय थे। उन्हें धन्यवाद देकर वह दौड़ पड़ी गुरु गौतम की तरफ, उनके चरणों पर गिर दण्डवत् करने के लिए। उसने सारस के प्रति हाथ हिलाया और वह उसके लिए एक सुंदर भोजपत्र लेकर आयी। कोटा ने इसे बड़ी विनम्रतापूर्वक अपने गुरु के समक्ष रखा। उन्होंने अपना दाहिना हाथ उठा कर उसका सम्मानपूर्वक अर्पित भोग को उठाया। बुर्ज सूख गया था तथा उसकी वर्कों को गोंद से चिपकाया गया था। इसे बड़े प्रेमपूर्वक तैलयुक्त कर तब तक चिकन्न

किया गया था जब तक कि यह चमक न उठा। तब इसे एक काष्ठ चौखट में समाहित कर समतल किया गया था। सुंदर लेख से कोटा ने उत्कृष्ट ढंग से काली मसि से लिखा, "गुरुदेव! आपका आशीर्वाद मेरे साथ सदैव रहे।"

गौतम ने कोटा को निकट आने का इंगित किया। उस ने शीष झुकाया, तो गुरुदेव ने आशीष प्रदान करने के लिए अपनी हथेली उसके शीश पर रख दी, "कोटा आज से सारा विश्व ही तुम्हारा गुरु हैं। कल्याण हो।" तब उन्होंने उसे एक उपहार दिया। यह हरिताइम में गढ़ी गई देवी की एक हरित रंग की प्रतिमा थी, जिसमें देवी के एक हाथ में एक हस्तलिपि थी। वह परम प्रसन्न हो उठी तथा खींच कर उसे अपने हृदय से सटाया।

पूरा दिन कोटा के लिए शुभ रूप से व्यतीत हुआ। अब कोटा के लिए अपने पिता से मिलन का क्षण आ चुका था। सलज्ज रूप से चलते हुए, मानो उसके पगों में स्वयं की एक बुद्धि हो, वह पिता की ओर बढ़ी।

"तात! मैं आपसे मिलकर परम प्रसन्न हूँ।" अपने पिता से आलिंगनबद्ध हो उसने कहा। स्कूल जहां पर कि किसी आगंतुक को आने की अनुमति न थी, वहां वर्षों रहने के बाद उसका हृदय हर्ष में खिल रहा था।

रामचंद्र ने अपनी पुत्री का ललाट चूमा। "तुम कितनी बढ़ी हुई हो। मेरे जितनी लंबी। माँ जैसा रूप है तेरा। गोल मुख। काली भौंहे। आज वह जीवित होती तो कितना गर्व होता उसे।"

"तात! माता मेरे संग संग थीं", कोटा ने बड़े विश्वास से कहा, "कई बार मुझे लगा कि मेरे प्रश्नों का उत्तर वह दे रही है।"

"सच कहूँ! मैं उनमें से आधों का भी उत्तर नहीं दे सकता था।" पिता ने स्वीकार किया। "अब अभियान सफल हुआ। मैं स्वयं को संसार के शिखर पर अनुभव कर रहा हूँ। ऐसा ही तुम्हारी माँ भी करती।"

देवस्वामी ने टोका, "कंपनेस! कोटा का अभियान अब आरंभ हुआ है। पंडितों ने अपना काम कर लिया, पर अब यह वास्तविक संसार में प्रविष्ट हुई है। सत् की स्वामिनी होना है इसे। जिसमें इसकी सहायता वे सिद्धांत करेंगे जो इसने शारदापीठ में समझें। सीखे।"

रामचंद्र खुलकर हंसे, "स्वामी! मैं भूल को सुधारता हूँ, जैसा कि सदा ही करता आया हूँ। हमारा प्रथम पढाव द्रंग होगा, एक दुर्ग जो कश्मीर की अग्र पंक्ति में है, वहाँ यथार्थ को बहुत हद तक समझा जा सकता है।"

ज्योतिषी उनकी ओर उद्विग्न-सा आया, "सेनाध्यक्ष! मैं आपसे कोटा के

शासकीय एवं निजी जीवन के विषय में अलग से कुछ कहना चाहता हूँ। कुछ पक्ष इसके जीवन के ऐसे हैं जिनके विषय में आपको जानना चाहिए।"

"श्रीमान्! मुझे क्यों न सम्मिलित किया जाए?" कोटा ने बड़े आत्मविश्वास से कहा। तथा अभी उसे मिले स्नातकत्व से उसमें शक्ति भर गई थी।" अंततः यह मेरा जीवन है, जिसके विषय में आप मेरे तातश्री को, बता रहे हैं। क्या मुझे नहीं जानना चाहिए कि आपको मेरे जीवन के बारे में क्या बताया जाएगा?"

ज्योतिष पंडित नीतिज्ञ था अतः अपनी कठोर आवाज में बोला, "कोटा आज तुम विश्व के लिए तैयार हो किंतु ग्रहों के लिए नहीं। वह दिन भी आएगा तथा तब मैं और तुम इस संबंध में बात करेंगे। पर आज की वार्ता पिता और मेरे मध्य होगी।"

"तात! अधिक विलंब न करना," कोटा मान गई। मैं यह शुभ समाचार जाकर भ्राता रावण को देना चाहती हूँ। सारस मैं उन सभी अभिमानी लड़कों के भाव देखना चाहती हूँ जो कहते थे कि मैं असफल रहूँगी। यहीं उपयुक्त समय है कि वे धौंसिए अपने शब्द वापस लें। तारकों देखो-वहां मैं हूँ। अपनी चोटी को झटकाते हुए कोटा अपने विद्यालय के पुरुष मित्रों को सारस के संरक्षण में खोजने गई। नेत्र विजय के दैदीप्य से दमक रहे थे।

ज्योतिष पंडित रामचंद्र के उन्मुख हो गए जबकि देवस्वामी यह देख रहे थे। विनीत स्वर में बोले, "कम्पनेश! मैंने तुम्हारी पुत्री की जन्मपत्री जाँची। यह प्रशंसनीय है पर कुछ लक्षण इसमें ऐसे भी हैं कि जिनको अच्छे से देखा जाना चाहिए।"

"वह क्या है ज्योतिष महोदय। मुझे ग्रहों के विषय में कुछ विदित नहीं, रही कोटा, बच्चे आजकल कम ही ध्यान देते हैं।"

"वह अंगारक है।" सुनकर रामचंद्र चकरा गया मानो किसी ने उसे मारा हो। अंगारक सर्वाधिक भयावह नक्षत्र था एक स्त्री के जन्म के लिए। मंगल ग्रह जिसमें कि पहले पुरुष की तुरंत मृत्यु निश्चित थी अतएव ऐसा व्यक्ति उससे विवाह करने पर परम दुर्भाग्यपूर्ण होगा। अंगारक देवी का वह विकराल रूप होता है कि जिसमें वह पति विहीन हो शक्ति शाली होकर अपने पुरुष को ही ग्रास बनाती है। यह रक्तिम रंग की महारानी जो कि क्रोध के रक्त कमल पर विराजी है, संग मैं मंगल ग्रह है।

" ऐसा संभव नहीं। और वह भी आज के दिन पर। बोलो कि यह सत्य नहीं। आप अकाट्य हैं। ओह ऐसा उसके साथ?" कहा अत्यंत दुखी रामचंद्र ने।

ज्योतिष पंडित ने उत्तर दिया, "मैंने उसकी जन्मपत्री लगभग सौ बार देखी, पर उसमें मंगल आठवें घर में हैं, तथा कुछ अस्पष्ट नहीं अंत: इसे स्वीकार करना ही होगा।"

रामचंद्र देवस्वामी के उन्मुख हो दयाद्र हो बोला, "मैं किन कर्मों के कारण अभिशप्त हूँ? पहले मैंने कोटा की माता को खोया जब उसके भाई रावण का जन्म हुआ। अब कोटा अंगारक है। देवस्वामी! कृपया कुछ करिए। आपके पास आशीर्वाद की शक्ति है। मेरी भोली बालिका की इस दुर्भाग्य से रक्षा कीजिए। कौन पुरुष कोटा से विवाह कर अपनी मृत्यु को चाहेगा।"

देवस्वामी चिंता के साथ रामचंद्र को देख रहा था कि किस प्रकार एक शक्तिशाली व्यक्ति घुटने टेकने पर आ गया। वह उसकी ओर बढ़ा और अपनी बाँह रामचंद्र के कंधे पर रखी। "कम्पनेश! कोटा अब मेरी बालिका है। मैं वचन देता हूँ कि व्यक्तिगत रूप से मैं उसके लिए प्रार्थना करूँगा। उसे ऐसे योगमंत्रों की शिक्षा दूँगा कि वह मंगल ग्रह का प्रभाव कम करें, यद्यपि यह समाप्त नहीं किया जा सकता। किंतु उसे यह न बताएँ जब तक कि वह इसको सहन करने की क्षमता प्राप्त न कर सके।"

रामचंद्र पूर्ण रूप से संतुष्ट न हुआ तथा पंडित से त्वरित प्रश्न पूछा, "मुझे बताइए कि क्या वह विवाह करेगी? क्या उसे प्रेम मिलेगा? उसकी जन्मपत्री में शुभ क्या है?"

"आपने हमें उसकी सभी सम्भावित अपरिपक्वताओं के संबंध में परीक्षा लेते देखा, कैसे उसने सूक्ष्म अनुक्रिया से दुर्भाग्य को टाला। वह अंगारक है पर उस के हृदय स्थान पर शक्तिशाली ग्रह हैं जो कि उसका पथ उसको वास्तविक प्रेम तक ले जाने में प्रशस्त करेंगे। वह सदा मनोरम होगी पर कभी बंदी नहीं बनेगी। वह स्नातक हुई क्योंकि हमारे निर्णयानुसार उसकी सभी अपरिपक्वताओं के होते हुए भी उसके पास विलक्षण शक्ति भण्डार है, जिससे वह स्वयं को सशक्त कर प्रतिकार करती है। वह कश्मीर की महान रानी होगी। सम्भवत: सम्पूर्ण भारतवर्ष की, बल्कि समूचे विश्व की।"

तीनों व्यक्ति धीमे धीमे बातें कर रहे थे। एक दूसरे के निकट आकर एक सुरक्षा वृत्त बनाते हुए। प्रथम वृत्त जो कि कोटा की शारदापीठ से जाने पर तथा कश्मीर के राज्य दरबार में जाने पर उसकी हर आपदा से रक्षा करेगा। देवस्वामी ने उत्साहित करने के अंतिम शब्द कहे, "यह संसार ही असार है, किंतु मंगल भी धर्माधीन है। कम्पनेश! तुम्हें स्मरण कराता हूँ मेरे प्रथम प्रश्न का उत्तर कोटा

ने सीधे हृदय से दिया जब उसने कहा कि वह धर्म का अनुसरण करती है तथा वापस धर्म उसकी रक्षा करता है। भयभीत होने की कोई बात नहीं। यदि वह अंगारक है तो उसका अर्थ यह नहीं कि यह दण्ड है अपितु देवी की ओर से रक्षा कवच।"

तरंग-2

# दुर्ग

शारदापीठ से लौटते हुए कोटा एवं रामचंद्र द्रंग पहुँचे, जो कि शुर जी ला (जोशीला) दर्रे की रक्षा में नियुक्त है। मध्य एशिया एवं लद्दाख को जोड़ने वाला द्वार। यह एक प्रसिद्ध पगडंडी है जिसका अर्थ है हिम चक्रवातों का पर्वतीय मार्ग। 11500 फीट की ऊँचाई पर यह हिमाच्छादित पर्वतों से घिरा है। जिससे यह मार्ग को लगभग आठ मास तक बंद कर देता है। पर्वतों के चरणों पर सर्पिल नदियाँ बहती हैं, मानो शिखरों पर निवास करने वाले देवताओं को श्रद्धांजलि दे रही हो। खाइयाँ इतनी गहरी कि कोई भी इस तंग पगडंडी पर चलते हुए अपनी आँखें जोर से मूँदेगा। प्रार्थना करते हुए कि कहीं ऊँट का खुर न फिसले। इस तीव्रतम मरु में शिशिर ऋतु में कठोर शीत, जमा देने वाली हवाएँ एवं सम्भवत: 60 फुट ऊँची हिम होती है तथा ग्रीष्म ऋतु में उतनी ही झुलसाती गर्मी। अत्यंत उद्दाम साहस के लोग ही इन गलियों में यात्रा करते हैं। यह गलियारा अपने जीवन का जुआ खेलने वालों का मरणस्थल भी है।

वे जानते थे कि सुदूर शिविर में काम करना कठिन है, रामचंद्र ने कोटा से कठोर श्रम कराया बल्कि दो पुरुषों का श्रम कराया। उसके पिता ने एक चीनी सैनिक को उसे यू नु, एक प्रख्यात चीनी स्त्री असि युद्ध में निष्णात द्वारा विकसित तकनीक सिखाने के लिये नियुक्त किया। इसके अतिरिक्त कोटा को उन व्यापारियों पर भी दृष्टि रखनी थी जो आ जा रहे थे तथा राजकोष पर अपनी उपस्थिति की प्रविष्टि अंकित करते थे। द्रंग में कई मास शीघ्र बीते। रामचंद्र और कोटा द्वारापति (स्थानीय सेनाध्यक्ष) के साथ काम करते रहे यह सुनिश्चित करते हुए कि वह शस्त्र-सज्जित हों तथा उसकी सेना किसी भी संकट का सामना करने के लिए तैयार हों। कोटा की उपस्थिति से रामचंद्र को दुगुना काम करना पड़ा। उल्टा कोटा की ओर से उसे होने वाली माँगे एक नवनियुक्त अग्रणी सैनिक से न्यून न थी।

एक दिन थकी मांदी कोटा ने अपने पिता से कहा, "इन सारी गतिविधियों का कारण क्या है?"

"हमें बहुत से प्रावधान अलग से रखने हैं कि क्या पता कोई आक्रमणकारी हमें घेरने का दुस्साहस कर बैठे।" रामचंद्र ने उत्तर दिया। "हमें त्वरित गति से काम करना है। अभी दस और दर्रे हैं जिनका निरीक्षण मुझे स्वयं करना है; वे दर्रे द्रंग राज्य की अग्रणी सुरक्षा हैं।"

"हमें किसका भय है?" कोटा ने जानना चाहा।

"तुर्कों से। मेरा सहायक सौग्दिन कह रहा था कि एक तुर्क सेनानायक है दुलुचा, वह आक्रमण की योजना बना रहा है। व्यापारियों से कश्मीर की सैनिक शक्ति के विषय में जाना जा रहा है। हमें हर क्षण सतर्क, सचेत रहना होगा। एक भी चूक हुई तो राज्य गया।"

कोटा समझ गई कि पिता उसको अनंत रूप से सचेत, सतर्क रहने की स्थिति से अवगत करा रहे हैं। जो कि इस प्रकार की सैन्य सूचना व्यवस्था की परम आवश्यकता है। उसे उसके निर्णय शक्ति में अकाट्य विश्वास था। पूर्व कालिक सुरक्षा व्यवस्था के स्वरूप में अब सैन्य सुरक्षा का स्वरूप अत्यधिक भिन्न हो उठा था जिस पर कि अब पंडित गहराई से सोच एवम् विचार करने लगे थे। विश्वविद्यालय में जाने हुए का ज्ञान दिया जाता था एवं यहाँ द्रंग में अजाने खतरों के विषय में बोध कराया जा रहा था। वह अनुकरण करने एवं पालन करने से ज्ञान प्राप्त कर रही थी।

"आप यह सब मुझे बता रहे हैं? क्यों? मुझे क्या करने की आज्ञा है?" उसने अपने पिता से पूछा।

"सैनिक अपने पुत्रों को सारी सैन्य शिक्षा देते हैं, यह नहीं सोचते हैं कि पुत्रियाँ ही सर्वाधिक चपेट में आती हैं। मैं तुम्हें एक पिता होने के नाते वह सब कुछ सिखाना चाहता हूँ, जो मुझे विदित है। मैं एक बहुत अच्छा सेना नायक हूँ। इसके अतिरिक्त एक आध बातों का पता है।" उसके पिता ने दुख से कहा।

"हाँ आप सर्वश्रेष्ठ हैं, मैं आपसे सीखूँगी।" कोटा ने गर्व से कहा।

एक दिन प्रातः काल में रामचंद्र ने कोटा से कहा कि एक स्थान के निरीक्षण में वह उसके साथ आए। शिंजियान के लिए दल चल पड़ा था। कश्मीर के बसंत कालीन प्रातः की पिघलन का लाभ लेते हुए, उनको सुदूर दक्षिण के रेशम मार्ग तक आना था, कर्राकोरम दर्रे एवं खोतान से होते हुए, सम्राट अशोक के पुत्र द्वारा निर्मित यह शहर। प्रख्यात इतालवी यात्री मार्को पोलो इससे चालीस

वर्ष पूर्व वहां गया था। वे वहाँ मीरान शाद्वल पर एवं प्रसिद्ध मंगाओ गुफाओं पर भी रुके, जहां पर कि लगभग 500 बुद्ध मंदिर थे। बाद में तो जयगुंआं दुर्ग जो कि सुदूर पश्चिम के अंतिम छोर जो चीन की दीवार के अंतिम बिंदु से आबद्ध है और चीन का प्रवेश द्वार भी, वहां से शिंजियान के मार्ग तक। यह यात्रा 2000 मीलों की थी एवं पग पग पर भय एवं अनिश्चितता पसरी थी।

जब वे द्रंग के मध्य में पहुँच गए कोटा एवं रामचंद्र के मन में भारी भ्रम की स्थिति उत्पन्न हुई। कस्टम शुल्कों को अंतिम रूप देना था और कश्मीर में ये शुल्क आयात निर्यात दोनों पर लगते। व्यापारियों को यात्रा पर ले जाने वाले अपने सामान की भरपाई करनी होती। अनिवार्यतः स्थानीय व्यापारी रहस्यात्मक ढंग से इस सब से बच निकलते थे अथवा तो अंतिम क्षण में मूल्य बहुत अधिक बढ़ते। चिन्ता को बढ़ाने में कारण मिलती जुलती नस्लें, जाति और भाषा थी। वातावरण गाली-गलौज, भारयुक्त ऊँटों के कराहने, गर्दोगुबार से भरा था। रामचंद्र ने सोग्दिन से पूछा, "यहाँ बहुभाषी कौन है जिससे एक व्यापारी को अपने ऊँट पर लदे सामान को खोलने को कहा जाए?"

"मैंने अपना शुल्क दिया है, मैं एक निष्ठावान व्यक्ति हूँ, मुझे क्यों परेशान किया जा रहा है।" व्यापारी ने विरोध में कहा।

रामचंद्र ने कठोर आवाज में कहा, "मेरे पास तुम्हारे कागज हैं जो बता रहे हैं कि तुमने अन्यों से मात्र आधा ही दिया है, जबकि तुम्हारे ऊँट पर अन्यों से कहीं अधिक भार लदा है। जरा देखें तुम घाटी से हिम तो नहीं ले जाते।"

"फारसी व्यापारी का सामान कहीं अधिक मूल्यवान था। वह रंकवपट्ट, मूल्यवान शहतूस शाल, स्फटिक के बड़े पात्र, सुगंधें एवं केसर निर्मित तैल, कपूर एवं चंदन था। बुद्ध रीतियों में काम आनेवाली सुगधें, उपमहाद्वीप के प्रमुख मसाले, मूल्यवान मूंगा, केसर एवं गुच्छिया। काष्ठ कला,कलाकृतियाँ,सूखे कमल बीज, सूखी मछली एवं मछली तैल। अंत में बौद्ध ग्रंथ, कामसूत्र की प्रतियाँ, चित्रांकित कोकशास्त्र तथा गरुड़ पुराण की हस्तलिपि, जिसका प्रयोग सर्पदंश एवं अन्य विष के शमन के लिए किया जाता था। यह सब अच्छी खासी ढुलाई थी अतः रामचंद्र ने कोटा से कागजों का मिलान चीजों के साथ करने को कहा ताकि वास्तविक शुल्क का आकलन हो। जब वह सूची बना रही थी एक पुस्तक में से कागज का एक छोटा सा टुकड़ा नीचे गिरा। व्यापारी की ओर पीठ कर उसने इसे खोला तथा देखा कि इस पर दुर्ग का मानचित्र अंकित था। सब कुछ रेखांकित किया गया था। पदों की नियुक्ति, शस्त्रों का भण्डारण, भोजन का भण्डारण, जल भण्डारण। कार्य समय में बदलाव अर्थात व्यापारी जासूस था।

कागज को हाथ में छिपा कर कोटा पिता के पास गई और उसे यह मानचित्र दिखाया। रामचंद्र ने इसके परिणामों को तुरंत भाँपा। उसने सोग्दिन को संकेत किया और कुछ ही क्षणों में सोग्दिन ने व्यापारी को दबोचा और रामचंद्र ने अपनी तलवार व्यापारी के गले पर रख दी।

"मेरा आधा मन है कि तुम्हें फाँसी दूँ।" रामचंद्र ने डराया।

तस्कर गिड़गिड़ाया कि यह उसकी भूल थी पर जानता था कि इससे उस पर कोई दया नहीं मिलेगी। व्यापारी रामचंद्र का सम्मान करते थे। उसने कश्मीर सीमांत का सत्य निष्ठा से कुशल निर्माण कर सम्मान अर्जित किया था तथा कठिन प्रेम के घूँट उदारता से पिलाने से वह नहीं डरता। बदले में सुरक्षा देता तथा उसके लेखाकार कभी किसी से बख़शीश इत्यादि न लेते। कप्तान दौड़ पड़ा, जासूस को बंदी बनाकर कर तफतीश के लिए ले गया।

"आपको संदेह कैसे हुआ?" कोटा ने अपने पिता से पूछा।

रामचंद्र अट्टहास के साथ बोले, "वह चीनी काफिले में एकमात्र फारसी था। वह चीन में कहाँ जा रहा था। वह शीघ्र ही इस सूचना के साथ निकल भागना चाहता था। उसके दुर्भाग्य से वह लोभी होने के कारण पकड़ा गया। उसका प्रमाद था कि वह व्यापार से अधिक धन कमाना चाहता था। चीन हमारी संस्कृति की ओर प्रेरणा के लिए देख रहा है। फारस हमारी ओर दूसरी ही दृष्टि से देखता है। पड़ोसियों के उद्देश्यों को भाँपते हुए सदैव ही सतर्क रहना होता है।"

जब पिता पुत्री वापस चल पड़े तो रामचंद्र ने कोटा से एक प्रश्न पूछा, "अब तक तुमने क्या समझा?"

"मेरा मन तो प्रजा पर विश्वास करना चाहता है पर नेतृत्व करते हुए अपने रक्षातंत्र का मनोबल कभी भी कम नहीं करना चाहिए।" कोटा ने उत्तर दिया।

रामचंद्र ने अब रुक्ष होकर निर्देश किया, "जब हमने तुम्हें नाम दिया 'कोटा', इस का अर्थ है 'दुर्ग', वह इस कारण कि तुम्हें यह स्मरण रखने के लिए कि स्त्री होने के नाते अपनी सुरक्षा को कभी भी नीचे न करना। इस सुंदर संसार के प्रति मुक्त रहो पर उन खतरों के प्रति सचेत रहो जो इस में छिपे हैं।"

कोटा ने अपने पिता का उपदेश हृदयंगम किया था स्वीकार में सिर हिलाया।

रामचंद्र ने सोग्दिन को आदेश किया, "चौकीदार से कहो कि वह आज की रात विश्राम ले उसकी जगह कप्तान पहरा दे। कोटा मेरे निजी संग्रह से उसे एक मदिरा का पात्र दो तथा उसे पुनः कहो कि वह राज्य की सुरक्षा के लिए कितना अमूल्य है। उसके रक्षक श्वान की उपेक्षा न करना।"

“नाम क्या है उसका?”

“धर्म” चौकीदार ने संक्षेप में कहा।

कोटा सहज ही हंस पड़ी, “यह तो विनोदात्मक है। जब मैं विद्यालय में थी तब मैंने पढ़ा कि धर्म वह जो हमें धारण करता है, पर मैंने कभी नहीं सोचा था कि एक श्वान का नाम भी ‘धर्म’ हो सकता है।”

“श्वान का धर्म है रक्षा करना। वह सुरक्षा के विषय में मुझे कभी भी निराश नहीं करता। इस बात को सदा स्मृति में रखना चाहिए कि महाभारत में श्वान ही स्वर्ग में प्रवेश पाता है, अन्य योद्धा नहीं।”

“प्रहरी! क्या वह आपके अकेलेपन में आप का मित्र भी नहीं बनता?”

“वह मेरा भक्त है, मेरे कार्यों में श्रद्धा रखने वाला।” प्रहरी बोला।

कोटा ने प्रहरी की सादगी की कायल हो कहा, “तुम और धर्म एक अकाट्य युक्ति हो। तुम एवं मेरे पिता, दोनों ने मुझे यह सिखाया कि अलौकिकता तक जाने का प्रथम पग सुरक्षा है। मैं पुनः आने का वचन देती हूँ।” इस प्रकार कुछ देर तक उससे बात कर, साँझ होने पर वह अपनी कुटिया की ओर लौटीं।

उस रात्रि कोटा जब शयन की तैयारी कर रही थी तो उसने अपनी परिचारिका से कहा, “अब मुझे अपने पिता के साथ काम करना है, मुझे लगता है कि वह एक सख्त, सीधा, दारोगा है, जबकि उसकी सेना उसे बहुत चाहती है।”

जब आप हड्डी को बार बार किंतु प्यार से मारते हैं, यह सख्त हो जाती है, “सारस ने यह व्याख्या की। वह अपने सैनिकों को बहुत पुष्ट बना रहा है। यह बात वे जानते हैं। वह तुम्हें भी यथा सम्भव बहुत उत्कृष्ट बना रहे हैं, आगामी युद्ध लड़ने के लिए।”

“पर वह अपनी भावनाओं से क्यों कतराते हैं। कभी मेरी इच्छा होती है कि वह मेरे साथ बातें करें, मुझे हृदय से लगाए, किंतु वह मुझसे दूरी रखते हैं, वैसे ही कि मानो वह नहीं चाहते कि कोई उन्हें मेरे साथ विशेष व्यवहार करते हुए देखे। क्या वह किसी के निकट है?क्या वह मेरी माँ के बहुत निकट थे।” कोटा ने पूछा।

सारस बोली, “जीवन-मृत्यु संबंधी निर्णय लेने का मूल्य एकाकी होने से चुकाना पड़ता है। हाँ वह सदैव आपकी माता के परामर्श का मान रखते थे, उनकी मृत्यु के बाद वे नितांत एकाकी हो गए तथा किसी से अपने भावनाओं को न कह सके अतः कार्य में ही पूरी तरह लीन हो गए।”

“पर सारस तुम? तुमने मेरी पालना की। तुम अपनी भावनाओं को किस

से कहती हो? तुम कभी भी नहीं बताती कि तुम कहाँ की हो, कहाँ जन्मी और बढ़ी हुई?" कोटा ने जानना चाहा।

सारस मुस्कुराई और बोली, "मैं नहीं जानती कि मैं कहाँ जन्मीं पर इतना जानती हूँ कि हुम्जा में युवा हुई। तब मैं श्रीनगर आई और जाना तुम्हारे पिता को तुम्हारी माता की सहायता के लिये एक परिचारिका की आवश्यकता थी। उन्होंने मुझे इस कार्य के लिए लिया।"

सारस कुछ गुप्त रख रही है, यह बात कोटा समझ गई अतः उसने पूछा, "हुम्जा में तुम्हारा परिवार होगा, ऐसा कैसे हैं कि तुम वहाँ कभी भी नहीं गई?"

सारस असहज होकर बोली, "मेरा उनसे नाता टूट गया है। मैं एक बार गई थी, पर वहाँ उनके बारे में कोई न बता सका कि उनका क्या हुआ है। समय की गति के साथ तुम ही मेरा परिवार हो गए।"

"आप एक परम सुंदर स्त्री हो, विवाह क्यों नहीं किया? पिता तो कभी भी बाधा न बनते?" कोटा ने पूछा।

सारस पहले तो मौन रही पर अंततः कहा, "तुम हो ना। मुझे और किसी का संग न चाहिए।"

सारस कोटा के लिए एक रहस्य थीं। उसने उसे जन्म होने पर थामा था तथा माता की तरह उसे पाला था। पर उसके विषय में उसे कुछ नहीं पता। उसने इस विषय की तह तक जाने का प्रण किया अतः यों उससे बातें करने लगी मानो प्रथम बार उससे मिल रही हो। सारस ने उसे मुड़कर देखा, मंद स्मिति एवं भूरी आँखों से। उसके केश एक रंगबिरंगी गोल टोपी में ढके थे, जिस पर कोड़ियाँ जड़ी थीं। "सारस! तुम मेरी माँ समान हो। मैं बड़ी हो रही हूँ, तथा मुझे जानना चाहिए उन सभी को जो मेरे अत्यंत निकट हैं। क्या तुम मुझ पर विश्वास रखती हो? जबकि मैं तुम पर जी जान से विश्वास करती हूँ।"

सारस धीमे से बोली, "कोटा मैं तुम्हें अपने जीवन के विषय में बताऊँगी। मैं हुम्जा में बड़ी हुई। वहाँ के लोग स्वयं को सिकंदर महान के वंशज मानते हैं। वह लोग शिंजियान से कश्मीर जाने वाले यात्रियों को लूटते। एक ऐसे ही आक्रमण में मेरे पिता ने मेरी चीनी माता को अपहृत किया। हुम्जा एक कठोर धरती है, अतः मेरी माता बहुत अल्पायु में मर गई। मैं अपने छोटे भाई को पालती जब मेरा पिता भेड़ें चराने जाता। एक दिन मेरा पिता देर रात को छंग पीकर लौटा। वह मेरे बिस्तर पर आया और बोला मुझे देख उसे मेरी माँ याद आ रही है। अतः मुझे पालने के बदले मुझे भी उसे सुखी करना चाहिए। उसने मुझे निर्वस्त्र किया, नीचे धकेला और मेरे साथ बलात्कार किया, अपनी बेटी के साथ, जो कि अभी

बच्ची थी। बरह वर्ष की भी न हुई थी। मैं नहीं विश्वास कर पाई कि यह दैत्य मेरा पिता है। मैं घर से भाग गई। यह पता न था कि जाऊँगी तो कहाँ। बहुत दिनों पश्चात भूख से अधमरी मैं कश्मीरी सेना की एक टुकड़ी को द्रंग के पर्वत पर मिली। जिन्होंने मुझे तेरे पिता के पास लाया। उन्होंने मुझे घर लाकर तुम्हारी माता की सेवा में रखा, जो कि उस समय गर्भवती थीं। तब से मैं तुम्हारे संग हूँ।"

सारस की कथा ने कोटा को द्रवित किया था। अतः बोली, "पर सारस तुमने विवाह कर नया जीवन क्यों नहीं आरंभ किया।"

सारस ने इस प्रकार श्वास खींचा मानो उसका हृदय फट पड़ेगा। "कोटा! जब कभी भी मैं पुरुष के साथ संबंध जोड़ने की बात पर सोचती हूँ, तो मेरे भीतर अनियंत्रित क्रोध उमड़ आता है। यह तब और अधिक था जब मैं अभी छोटी थी देवस्वामी ने मुझे क्रोध पर नियंत्रण करने का मार्ग दिखाया तथा मेरी रुचि पौधों में विकसित की। पौधे कभी किसी को कष्ट नहीं पहुँचाते यही कारण है कि मैं जड़ी बूटियों को उगाती हूँ जो कि स्वस्थ करते हैं।"

सारस के दुख से कोटा का हृदय चिर गया। वह समझ गई कि क्यों सारस वर्षों वन वन घूमती रही। जड़ी बूटियों की खोज में। वस्तुतः कहीं अधिक शांति प्राप्त करने के लिये। अश्रुपूरित आँखों से, विनीत हो चुपचाप सारस को अपनी भुजाओं में भरकर उसे अपने आलिंगन में बांध लिया। "सारस यदि तुमने किसी पुरुष जो कि तुम्हें प्रेम करता हो, पर विश्वास किया होता तो तुम्हारे भीतर का क्रोध एवं दुख ठीक हुआ होता।"

"पुरुष दुर्बल होते हैं, उन्हें चाहिए स्त्री की शक्ति। मुझे ऐसा कोई न मिला जिसपर मैं विश्वास कर सकूँ। कोई ऐसा न दिखा कि मैं उसको अपनी शक्ति दे सकूँ। मुझे यह अपने आत्मरक्षा के लिए करना पड़ा। पर मुझे प्रेम मिला और वह तुम्हारे पालन पोषण में। क्या पता पुरुषों ने मेरे भीतर व्रण ताड़ लिया और दूरी बनाए रखी।"

दोनों रात भर बातें करती रहीं। ऐसा प्रथम बार हुआ कि सारस बोली और कोटा एक सहानुभूतिपूर्वक परामर्श दाता बनी रही।

जंगले पर झुके प्रहरी एवं उसके साथ रक्षक श्वान ने दूर शुर जी ला के मुख पर एक काला लघु आकार अपनी दृष्टि में पकड़ा। यह ऊपर नीचे करते हुए आगे की ओर आ रहा था, एक काले शुक्राणु की तरह। आकार धीमे से पृथक होकर, दुर्ग की ओर आ रहे दो लघु बिंदुओं में बंट गया। तब ये दो आकार पुरुषों के दो दल बन गए। पहले दल में लगभग एक दर्जन हटे कटे व्यक्ति थे, जो कि शीघ्रातिशीघ्र दौड़ रहे थे ताकि वे उस दुर्गम शैल पथ की पगडंडी को

पार कर सके। ये व्यक्ति भारी और तेज तेज श्वास अति शीत वायु की ले रहे थे। उनके श्वासों से छीलने की ध्वनियाँ एवं वाष्प के कण बन रहे थे। उनके पीछे पीछे एक बड़ा सा सशस्त्र लोगों का दल त्वरित कार्य करने वाला आ रहा था। उनका नेता घोड़े पर सवार था तथा चिल्ला रहा था, "तेजी से। कहीं गद्दार कश्मीर में न प्रवेश कर पाएँ और पुरस्कार हमारे हाथों से जाए।"

सुरक्षा श्वान के सुतीक्ष्ण कर्णपुट हवा में खड़े हो गए। दाँत भींचते हुए वह चेतावनी के लिए भौंका। सफेद बालों वाले प्रहरी के लिए यह पर्याप्त था: वसंतऋतु में कश्मीर घाटी पर सर्वाधिक भय होता है बाहरी आक्रमणों का। हर आगंतुक के आने के आशय को लेकर प्रहरी उलझन में था। उसके अनुसार वे सभी बुरे ही थे, जो कोई भी शुर जील ला दर्रे से आते थे। उसने शंख लिया और इसे जोर से बजाया। चेतावनी बाहरी नाके तक साफ साफ गूंज उठी। पर्वतों ने कश्मीर घाटी की रक्षा करने के रहस्यात्मक कर्तव्य को निबाहते हुए उसकी तेज प्रतिध्वनि गुंजाई। प्रहरी ने शंख रखकर अब रामबाण उठाया तथा पीछे लहरदार घाटी की ओर निशाना साधा। उसने एक अग्निबाण सीधे आकाश में साधा। सुरक्षा श्वान बहुत क्रोध से भौंकने लगा हाँफते हुए प्रहरी एक विशाल नगाड़े की तरफ गया तथा उसे उत्तरोत्तर तेजी से पीटते हुए अशुभ की चेतावनी देते हुए जगीन आसमान एक करने लगा। अब तक पर्वतीय मंदिरों ने घंटियों का निनाद कर घाटी तक चेतावनी प्रसारित की थी। कश्मीर के अग्रणी लोगों पर अज्ञात विदेशी शत्रु से आक्रमण होने वाला था।

कोटा श्वान के भौंकने से जाग गई। असमंजस में उसने भारी लिहाफ एक ओर फैंका तथा अंधेरे में ही तुरंत वस्त्र पहनने लगी। भीषण शीत था अत: कोटा ने ऊनी परिधान की कई तहें पहनीं। वह कश्मीरी सिपाहियों की वर्दी लाल पाजामा पहन, तेजी से बूट पहना। तब एक घुटनों तक लंबे मोटे वेस्टकोट को पहना। एक गोल टोपी से शिर ढक कर, अपनी छोटी तलवार खींच, कोटा बाहर दौड़ी।

दूसरे कक्ष से उसका पिता निकल आया। उसका मध्य एशियाई सहायक सोग्दिन उसका अनुसरण करने लगा। रामचंद्र पहले ही युद्ध की पोशाक में था तथा सुरक्षा कवच पहने था। दोनों भुजाओं पर रक्षा पट्टियां थीं। वह अपने पीछे कोटा की उपस्थिति को भाँप गया तथा किले की दीवार की गीली पत्थरीली सीढ़ियाँ चढ़ने लगा। उसने तीरंदाजों को सिर हिला कर संकेत किया जिन्होंने पहले ही मोर्चे सम्भाले थे। "मेरे निकट रहो और सचेत भी।" उसने कोटा को आज्ञा दी।

सूर्य की पीली रश्मियाँ यथेष्ट प्रकाश दे रही थीं। दर्रे और बाह्य मोर्चे को देखने हेतु कोटा ने एक दर्जन व्यक्तियों को बाह्य मोर्चे की तरफ दौड़ते हुए देखा। उनमें से एक बुरी तरह से लंगड़ा रहा था तथा उसके दो साथी उसे दूसरी तरफ ले जाने में उसकी सहायता कर रहे थे। उनके परिधान एवं सामान्य लक्षणों से वह यह जान गई कि वे बोट थे। समीप के राज्य लददाख से आए। पीछा करने वाले दल से वे मात्र दस मिनट की दूरी पर थे। धातु के बड़े से द्वार, जो कि युद्ध की सारी तैयारियों से सम्पन्न था, पर तीन मुख्य व्यक्ति रुके। दो हृष्ट पुष्ट व्यक्तियों ने हौले से अपने व्रणित बंधु को भूमि पर लिटाया।

"शरण!" उनमें से एक बोला।

"अपनी पहचान करा लो!" सेनाध्यक्ष रामचंद्र गुर्राया। कोटा उसके पार्श्व में थी।

"मेरा नाम टुक्का है, स्वामी! यह मेरा मित्र है वल्य। हम लद्दाख के राजकुमार रिनचिन के उप नायक हैं।" फिर उसने व्रणित व्यक्ति की ओर संकेत कर कहा, "महामहिम को एक चोटी से फिसल कर गिरने से चोट लग गई।" उसने यह उत्तर टूटी फूटी संस्कृत में दिया।

"तुम्हारे पीछे कौन है?"

"वे दुष्ट कलमन्य हैं जो राजकुमार की हत्या करना चाहते हैं।"

"ऐसा वे क्यों करना चाहते हैं?" कोटा के पिता ने झुंझलाते हुए पूछा।

"अनैतिक ढंग से राज्य हथियाने के लिए। हम आपसे प्रार्थना करते हैं कि कृपया द्वार खोलें। कलमान्य हमारे पीछे लगे हैं।" वल्य गिड़गिड़ाया।

क्या यह पुरानी चाल थी। बाह्य चौकी तीन मास तक सहस्रों आक्रमणों से अधिक का सामना कर सकती है किंतु एक शत्रु जो व्याज से आया हो, फिर अन्यों को भी प्रवेश कराए, ऐसे एक दर्जन व्यक्ति ही सारा नियंत्रण छीनने को पर्याप्त हैं। कौन जाने कितने और पर्वत के पार प्रवेश पाने की ताक में हों।

रामचंद्र ने कोटा की परीक्षा लेनी आरंभ की, "क्या लगता है कि ये मित्र हैं अथवा शत्रु? हमें क्या करना चाहिए?" कोटा ने नीचे उस व्रणित रिनचिन को देखा तथा उसके स्थान पर स्वयं को रखा और बोली, "तात हमें राजसी रक्त के किसी व्यक्ति को प्रवेश देना अस्वीकार नहीं करना चाहिए वह भी तब जबकि वह व्रणित हो, क्योंकि उससे हमें कोई भय नहीं है पर जो अन्य हैं...।"

रामचंद्र ने कोटा के कहे पर विचार किया। दुर्ग कश्मीर घाटी की सुरक्षा का प्रथम बिंदु था, तथा उसके स्थाई आदेश थे कि सुरक्षा के विषय में किसी प्रकार की चूक या ढील नहीं। तथापि कश्मीर एवं लद्दाख के संबंध पुराने थे

अत: वैधानिक राजकुमार को शरण न दी जाए एवं कश्मीर के प्रवेश बिंदु पर उसकी हत्या हो। प्राकृत सावधानी को दरकिनार कर रामचंद्र ने कोटा से कहा, "तुम से मैं सहमत हूँ कि रिनचिन व्रणित है तथा उसे औषध की आवश्यकता है। जाओ और आदेश प्रसारित करो किंतु रिनचिन के लिए ही केवल।"

"रिनचिन को द्वार के पास छोड़ दो और जब आप लौट जाओगे हम रिनचिन का ध्यान रखेंगे।" नीचे के उस दल को कोटा ने निर्देश दिया। "अन्य सभी यहाँ से जाए और अपना भाग्य आजमाएँ...।"

दोनों सैनिक रिनचिन को दुर्ग के बड़े द्वार के ही छोटे से द्वार तक ले गए तथा आराम से उसकी पीठ उससे टिका दी। उन्होंने आदरपूर्वक उसका चरणस्पर्श किया तथा चल दिए। ज्यों ही वे एक पर्याप्त दूरी पर पहुँच गए छोटा द्वार भीतर से खुल गया, हाथों की दो जोड़ी रिनचिन को उठाकर ले गई तथा दरवाजा भिड़ा दिया।

अब तक कलमान्य पहले दल पर थे। अश्वारोही ने अपना हाथ ऊपर किया शेष दल के लोग रुक गए, तथा अर्धवृत्त में फैल गए। रिनचिन की अपेक्षाकृत छोटी सी सेना उनके सम्मुख एक सीधी रेखा में खड़ी हो गई। दोनों पक्ष सम्भावित की प्रतीक्षा में रहे।

रामचंद्र एवं उसके धनुर्धारी दृश्य को असम्पृक्त होकर देख रहे थे। कोटा प्रथम बार युद्ध देख रही थीं। उसे परिणाम की चिंता होने लगी। बोटों की संख्या अधिक थी। पांच के प्रति एक। हाथों हाथ तलवार युद्ध एकपक्षीय एवं निर्णायक होगा।

कालमन्य नेता बिना हिले धैर्य से प्रतीक्षा करता रहा। तब अपनी तलवार से बोटों की ओर इंगित किया। उन्हें जाने का तथा टुक्का को एकाकी छोड़ने का आदेश करते हुए। अनिच्छा एवं धीरे से वह दल एक ओर हटा। टुक्का अपना शीष झुकाए, हाथ जोड़े खड़ा रहा। रामचंद्र ने कोटा को समझाया कि नेता टुक्का को स्वयं ही दण्ड देना चाहता है। रिनचिन को यह संदेश देने के लिये कि जो कोई भी उससे सहयोग करेगा उसे कठोर मृत्यु मिलेगी।

नेता ने अपनी एड़ियों को घोड़े की तरफ उठाया, वह हिनहिनाया तथा ऊपर उठाया। तब टुक्का की ओर रॉकेट की भाँति दौड़ा। ज्यों ही उसने गति बढ़ाई, सवार ने टुक्का से उसकी रक्षा की। उसने अपने बहुत ही अच्छे प्रशिक्षित घोड़े की गर्दन बचाने के लिए स्वयं को संतुलित किया। उसकी तलवार प्रात: के प्रकाश में दमक रही थी। घोड़ा टुक्का के बेहद निकट आ गया और तत्क्षण एक ओर होकर अपने सवार को तलवार चलाने का स्थान दिया कि वह तलवार

को नीचे कर हवा के टुकड़े करें एक सधे हुए अंदाज में। इस मरणांतक आघात पर क्षण भर के लिए कोटा ने अपने नेत्र हठात् मूँद लिए।

किंतु टुक्का के हाथ जीवंत थे, रस्सी की कमरबंद, विद्युत की तरह अपनी तरफ आ रही तलवार पर चमक रही थी। जो उसके हत्थे को कसकर लपेटे थी। एक ही वार में तलवार दूर गिरी तथा सवार जमीन पर आ गिरा। घोड़ा एक तरफ छितरा गया।

भूमि पर आए दोनों व्यक्तियों को कोटा ने देखा कि टुक्का लंबा और बड़ा था। उसकी लंबाई 6 फीट थी। उसके बालों की चोटियाँ थीं तथा व्रण उसके सिर पर थे। उसने भारी भरकम बूट पहन रखे थे, और उसने तेंदुए की खाल का उत्तरीय पहना था, स्पष्ट था कि वह खम्पा था अर्थात् मध्य एशिया के सर्वोत्तम योद्धा।

दोनों व्यक्तियों ने भिड़ते हुए एक वृत्त बनाया जैसे कि भिड़ते श्वान। कलमान्य नेता छोटा और मोटा था, एक मंगोल, संभवतः भाडे का। यद्यपि वह अपने आयुध को खोने से दुखी था लेकिन वह ऐसा दर्शा नहीं रहा था। धीरे से मंगोल टुक्का के पास पहुँचा और जब उनके बीच अंतर न्यून रहा तो मुक्केबाजी आरंभ हुई। टुक्का ने गति से उत्तर दिया। प्रहारों से स्वयं को बचाते हुए कभी कभी वह अपनी हथेलियाँ आगे करता।

दोनों का द्वंद्व देर तक चलता रहा। मंगोल के श्वासों से ठंडी प्रातः काल की हवा में वाष्प बन रहा था जबकि टुक्का के श्वास सहज थे। मंगोल अधिकाधिक दुखी हो गया और लातों, घूँसों, मुक्कों, थप्पड़ों से मारता गया। मंगोल टुक्का के सिर पर वार करने के आशय से उसपर गुर्राते हुए झपट पड़ा। टुक्का ने अपना दाहिना पैर पीछे से अच्छी तरह जमाते हुए मंगोल की छाती पर ठीक हृदय के ऊपर दे मारा।

शक्तिशाली वज्रमुष्टि हाथ के आघात का ज्ञान बहुत न्यून लोगों को है और देखा तो उससे भी कम ने है। मंगोल का पंजर यों बाहर आया मानो ये छोटी छोटी लकड़ियाँ हों, और वह धराशायी हो गया। कोटा ने अपना मुख अपने हाथ से दबा कर चीख को घोंट दिया जब उसने एक भग्न मूर्ति को मृत्यु में तड़फड़ाते देखा।

द्वंद्व उसी तेजी से समाप्त हुआ जिससे कि वह आरंभ हुआ था। कालमन्य दर्रे में वापस भाग गए, अपने नेता से विहीन, उनसे अब कोई भय न था। टुक्का ध्यानमुद्रा में घुटनों के बल बैठ कर पुनः वापस अपने अश्व की ओर गया।

"हम सब की शरण स्वामी?" टुक्का बोला। तथा पुनः अपनी पूर्व की

प्रार्थना दोहराई। सेनाध्यक्ष रामचंद्र ने उसे काटती दृष्टि से वापस घूरा तथा कोटा की ओर देखा। "तात! मैं उनके साथ ध्यान पूर्ण रहूँगी।"

रामचंद्र टुक्का एवं उसके साथियों का अपने सैन्य कलाओं के विद्यालय में सशस्त्र सेना को प्रशिक्षित करने के संबंध में उत्थान करने में लाभ का आकलन कर रहा था।

"क्या तुम यह शपथ लेने को तैयार हो कि अपने जीवन के अंत तक निष्ठावान रहकर इस राज्य एवं मेरी सेवा करते रहोगे?"

"कम्पनेश! हम आपकी सेवा करेंगे तथा अपना जीवन न्यौच्छावर करेंगे आपके लिए।" टुक्का ने उत्तर दिया।

"द्वार खोल दो और इन्हें अंदर आने दो।" रामचंद्र ने आदेश दिया। प्रहरी ने दो ज्वालामय तीर घाटी की ओर चलाए यह संकेत देने के लिए कि भय समाप्त हो गया। कोटा एवं रामचंद्र सीढ़ियों से उतरे ताकि बौटों से मिले। वे टूटे से थे। क्योंकि वे बड़ी देर से दौड़ रहे थे। टुक्का एवं वल्य रामचंद्र की ओर आए। अब की बार वल्य बोल पड़ा "स्वामी! सेनाध्यक्ष महोदय! हमारे पास हमारी निष्ठापूर्ण सेवाएँ, भविष्य के लिए भी, के अतिरिक्त देने के लिये कुछ नहीं। किंतु हमारी कृतज्ञता ज्ञापित करने के लिये हमारा यह घोड़ा हम आपको उपहार में दे सकते हैं, जो हमने कलमान्य से प्राप्त किया।"

घोड़ा सुंदर स्वर्ण रंग का था। यह एक अखल टेके था अर्थात् तथाकथित स्वर्गीय घोड़ा। यह कोटा के लिए एक उत्तम स्नातक होने का उपहार हो सकता था। रामचन्द्र गरिमा पूर्ण था, "हम एक शक्तिशाली योद्धा से यह उपहार स्वीकार करते हैं जब आपका राजकुमार स्वस्थ होगा मैं उसके सम्मान में एक भोज का आयोजन करूँगा," तब वह सोग्दिन से बोला, "हमारे इन अतिथियों को आवास पर ले जाकर भोजन पानी तथा अन्य सारी आवश्यकताओं की पूर्ति का प्रबंध करो। सारस से रिनचिन के व्रणों पर औषधि लगाने को कहो। उसे कहो कि उसके शीघ्र स्वस्थ होने के लिए जो भी करना पड़े करे।"

रिनचिन के औपचारिक स्वागत योग्य स्वस्थ होने में अभी कुछ सप्ताह शेष थे। वह एक ऐसा पड़ोसी राजकुमार था जिसका विपरीत समय होने पर भी, वह राजसी ही था। उनको वापस वार करने का गुर पता था और ऐसे आपदा के काल में चिरकालिक संबंध बनाए जा सकते थे। रामचंद्र ने रिनचिन की विदाई की पूर्व रात्रि में भोज का आयोजन किया।

यह एक औपचारिकता थी तथा रामचंद्र और कोटा ने तदनुसार ही परिधान पहना। कोटा को अपने पिता के प्रभावशाली व्यक्तित्व पर गर्व था। उनका झक्क

सफेद साफा, 6 फुट 2 इंच का कद, और ठेठ हिंदू पहनावे वाली, चूड़ीदार पजामे के ऊपर पहनी, लंबी अचकन, उनकी सुघड़ टाँगों और चौड़े कंधों की शोभा को निखारती थी। कोटा प्राय: उनकी लंबी नाक और सर्दी में लाल हो जाने वाले गोरे रंग को लेकर उन्हें छेड़ा करती। वह भी मुस्कुराते। पर उनके माथे के बीचोंबीच लंबा लाल तिलक, और उसपर उनकी भेदने वाली संभ्रांत दृष्टि, उनसे मिलने वालों को प्रभावित करती थी। उन्होंने अचकन के ऊपर दाएं कंधे पर जनेऊ पहना था साथ ही नवरत्न हार। यद्यपि वह हिंदू थे और उनकी जीवन शैली इस बात को प्रमाणित करती थी, फिर भी उनके सैनिक अलग अलग आस्थाओं के होने के अतिरिक्त उनकी समदृष्टि उनकी व्यवहार शैली से प्रमाणित होती थी।

कोटा के वस्त्र साधारण थे, वह अब तक राजधानी में नहीं गई थी अत: उसने वहीं व्यापारियों से कुछ कपडे खरीदे थे।

वहाँ दो भोजनालय थे। रामचंद्र और कोटा जनसाधारण के भवन से जहां पर उत्कृष्ट भोजन खिलाया जा रहा था, निकले, उस भवन तक पहुँचने के लिए जहां पर समारोह हो रहा था। व्यापारी लोलुप थे अत: आपस में बताते थे कि किस वाले भवन में बढ़िया भोजन परोसा जा रहा है। जब कोई एकबारगी कई मास तक के लिए यात्रा करता तो ये ब्यौरे बहुत अर्थ रखते थे। तथा आराम के लिए पढावों की सर्वाधिक सुविधापूर्ण होने की दृष्टि से तुलना की जाती थी। उसी प्रकार सैनिकों को बढ़िया भोजन चाहिए होता तथा अधिक मात्रा में भी। यह उन कुछ विविधताओं में से एक जो उस बाह्य चौकी पर उपलब्ध था। भवन चीन,लद्दाख,मंगोलिया,फारस एवं अन्य राज्यों के रेशम मार्ग के कर्कश व्यापारियों से अँटा पड़ा था। उन्होंने रामचंद्र का अभिवादन बड़े ही सम्मान के साथ किया।

रसोइया रामचंद्र एवं कोटा से भोजनकक्ष में मिला एवं उस सारी भोजन सामग्री पर चर्चा की जो वह परोसने के विषय में सोच रहा था। कोटा ने कमरे की दीवारें धुलवाई एवं धूल साफ करवाई थी। एक कलाकार ने सुंदर भित्तिचित्र इन मिट्टी की दीवारों पर बना कर इसमें कलात्मक भव्यता सैन्य सादगी एवं कठोरता में निर्मित की। एक हिंदू साधु का भव्य चित्र था जिनके एक हाथ में वज्रदत्त। एक ब्रह्मा, विष्णु, महेश की त्रिमूर्ति भी थी वहाँ। एक दीवार पर बोधिसत्व, शांत मुद्रा में ध्यानमग्न, इसके आगे विशाल एवं नीले नेत्रों वाले, रक्तिम केश एवं दाढ़ी वाले तपस्वी का चित्र था।

रामचंद्र ने रसोइये से यह सुनिश्चित करने को कहा कि अतिथियों को भोजन पहले परोसा जाए, उस में भी रिनचिन को सर्वप्रथम एवं सर्वाधिक भाग

मिले। सारस जो कि रसोई में रसोइये के साथ काम कर रही थी, ने कुछ पकवानों को चख कर उन्हें स्वादिष्ट घोषित किया।

रिनचिन अपने लोगों के साथ पहुँचा। औपचारिकताओं का निर्वाह एवं शॉल आदि भेंट करने के बाद दोनों दल भोजन खाने की कालीन पर नीचे बैठ गए। रामचंद्र के संग कोटा थी एवं सुरक्षाकर्मियों के कप्तान। रिनचिन के साथ टुक्का एवं वल्य था। कोटा यह देख आश्चर्य चकित थी कि वह कितना युवा एवं सुदर्शन था। वह मध्यम कद का था किंतु हृष्ट पुष्ट। उसपर राजकुमारोचित तेज था। उसकी त्वचा उत्तर की ऊँचाइयों पर बहने वाली वायु से चमड़े जैसी हो गई थी। अपनी क्रोध भरी आँखों एवं जबरदस्त हँसी से वह कुल मिलाकर सुंदर लग रहा था। उसके केश उज्झड़ थे तथा उसमें गाँठें थी अत: इससे वह उलझन भरा सा लगता। कोटा इस बात से प्रसन्न थी कि उसने किले की प्राचीर पर एक सुष्ठु निर्णय लिया था। वह सारस के साथ अतिथि का उपचार करने में संलग्न रहीं। इस बात का उसे हर्ष था कि वह ठीक हो गया। लद्दाखियों ने कोटा के प्रति विशेष सम्मान व्यक्त किया तथा रिनचिन ने उसका अभिवादन बड़ी सी अर्थ पूर्ण एवं मनमोहक मुस्कान से किया।

आरंभ में माशक्रारि परोसी गई, एक जमा पनीर जिसे घी में तला जाता है, जिसकी जबरदस्त सुगंध भूख बढाती है। इसके बाद तबकनाट परोसी गई, जो कि बकरी की दूध में धीमे से पकाई गई भेड़ की पसलियाँ, उसके बाद नदी की मछली के साथ चटनी। अंत में अतिथियों को चावल के साथ राजमा शलजम एवं हरे पतों का साग परोसा गया। कोटा ने देखा रिनचिन नर्म नर्म मांस को काट काट कर खाता जा रहा था तथा और और ले रहा था। वह कश्मीर के खाने पीने वाले लोगों के स्तरानुसार भी कहीं अधिक खाता था।

भोजन का गंभीर काम हो जाने पर वह अब वार्तालाप की तरफ आए। कश्मीरी चाय परोसी जा रही थी जब कोटा ने अपने पिता को यह कहते सुना कि गरीबों वाले भोजन के लिए क्षमा किया जाए, क्योंकि इस बाहरी चौकी पर यही सब उपलब्ध होता है।"

रिनचिन जबरदस्त हँसी में हंस दिया, "स्वामी एवं राजकुमारी जी! आप एक अच्छे भोजन के लिए क्षमा माँग रहे हैं, जबकि आपको यह पता होना चाहिये कि गत चार सप्ताह तक, जब तक कि हम यहाँ न पहुँचे, हम गोजीबेरी और सूखे मांस पर जीवित रहे।"

रामचंद्र ने तिब्बती गोजीबेरी को हाथों से दबाकर कहा, "यह वह सैन्य राशन है जो सब कुछ खत्म होने पर सर्दियों में काम में लाया जाता है", को

हाथों में दबाते हुए कहा, "यह राजधानी की सम्भ्रांत महिलाओं का भी स्वास्थ्यकर भोजन है। और मैं उनसे कहता हूँ कि एक शिशिर द्रंग में व्यतीत करो, तुम कभी भी वसंत ऋतु में, इतनी त्वचीय नहीं दिखोगी। पर मेरी इस बात को कोई भी नहीं मानता।" पुनः बोले, "मेरे पिताजी नागरकोट का राजा संग्राम चंद्र था एवं मेरे दादा जी बालचंद्र", बताते हुए रामचंद्र अपने कालावधि बताने लगा कि यह श्रेय मेरे पिता को जाता है कि मैं योद्धा बन गया, पर उन्होंने मुझे यह भी सिखाया कि महान योद्धा बहुत ही कष्ट से अपनी पीठ पर व्रणों से मरते हैं।"

रामचंद्र के शब्दों ने भावनाओं का एक गुप्त आगार रिनचिन के अंदर का खोल दिया। वह बोला, "मेरे पिताजी बकतान्य भी उसी प्रकार मर गए, वह भी अपने संबंधी के हाथों जिसे उसने खिलाया, पिलाया जैसे कि उसका रक्त संबंधी।"

"तब क्या हुआ?" रामचंद्र ने धीरे से पूछा

"मैंने प्रण लिया कि बदला लूँगा, टुक्का और वल्य के द्वारा मैंने कालमन्य को संदेश भेजा कि मैं उनसे नदी किनारे शस्त्र विहीन निपटूँगा, तब मुझे शांति मिलेगी।" रिनचिन ने जबड़े भींचते हुए कहा। "मैंने उन्हें कहा कि मैं अपने पिता का ऋण चुकाने के लिए दांत उखड़ने तक, तब तक उनकी सेवा में रहूँगा जब तक कि वे मेरी मजदूरी को अग्रिम देते रहेंगे, ताकि मैं पिता का नाम स्वच्छ कर सकूँ। टुक्का लद्दाखियों में सत्य बोलने के लिए जाना जाता, किंतु तुच्छ कालमन्य यह न समझ पाया क्योंकि वह अधिकतर मौन रहता था तथा वल्य ही सारी बातें करता था। वे प्रलोभन में आ गए। हमने उनसे कहा कि अपने शस्त्र डाले और हमारी मजदूरी के पैसे लेकर आए। उन्होंने देखा कि वे बीस थे और हम तीन ही। अपनी संभावित विजय की योजनाओं को देखते हुए उन्होंने शस्त्र त्याग दिए तथा हमारी ओर आ गए। परंतु जब हमारे निकट पहुँच गए हम ने अपनी युद्ध की तलवारें खींची जो हमने रेत में छिपा रखी थीं तथा उन्हें उनके पूर्वजों के पास पहुँचा दिया। उनके अंतिम शब्द थे कि टुक्का और वल्य गद्दार हैं।" उसने एक क्रूर हँसी हंसते हुए कहा।

कोटा रिनचिन को निर्निमेष निहार रही थी पर उसकी दृष्टि भूमि पर थी। वह अच्छे से कल्पना कर सकी कि क्या हुआ होगा। टुक्का युद्ध की तलवार के साथ भयानक रहा होगा, उसने अनुमान लगाया कि अंतहीन प्रतिशोध का अंत होगा नहीं। विरोधियों में जो जीवित हैं वे प्रतिशोध के विषय में सोचते हुए रिनचिन को छोड़ेंगे नहीं। अतः उसका निर्णय है कि वह हरी भरी घाटी में रहे।

अब कप्तान बोला, "रिनचिन तुमने बहुत कष्ट झेला है। प्रतिशोध तुम्हारा

अतीत है। अब के बाद तुम कश्मीर का भाग हो जहां धर्मानुसार न्याय का चलन है। कश्मीर में सामान्य जनता अहिंसा से चलती है। यदि तुम यहाँ कहीं भी एक तिल डालो, यह किसी पवित्र स्थल पर ही पड़ेगा। शब्द एवं शास्त्रार्थ ही केवल कश्मीर के आयुध हैं। एक कश्मीरी की पहचान तथा क्रिया कलाप धर्म, जाति, राज्य की महत्वाकांक्षाओं से नहीं होती अपितु हमारी संस्कृति से। संस्कृति हमारे नागर, सामंजस्यपूर्ण व्यवहार से प्रकट होती है। इसके लिए हमारे पास शब्द है, 'लिहाज'।

रामचंद्र ने स्वीकार में सिर हिलाया कि रिनचिन के इन शब्दों में सत्य है। हम कश्मीरी बाहरी लोगों के प्रति बहुत निर्भीक हैं किंतु अपने अंदर के अवगुणों से हम बहुत भयभीत होते हैं। हमारे विषय में और अधिक जानो क्यों कि हम समझते हैं कि जीवन में अज्ञान ही किसी भी बुरे परिणाम का कारण होता है। मैं तुमको अपना मानूँगा तथा तुम्हारे आरंभ के लिए एक जागीर तथा गगनगीर गाँव के लोगों पर प्रशासनिक नियंत्रण सौंप दूँगा, जहां मेरे परिवार का दुर्ग है। वहाँ के लोग खसों से तंग आए हैं, तुम और तुम्हारा दल द्वारा दिए गए संरक्षण का वहाँ स्वागत होगा।"

"मैं जी जान से लोगों की रक्षा करूँगा।" रिनचिन ने उत्तर दिया।

"अपने लोगों को एक दूसरे के निकट लाओ, और समय के साथ-साथ मैं यह सुनिश्चित करूँगा कि तुम हमारे राज्य में उन्नति करो। हमारे परिवार ने पीढ़ियों से महाराजाओं की निष्ठा से सेवा की है। यहाँ तक कि लोगों में हम 'महाराजा निर्माता' के नाम से प्रसिद्ध हैं। तुम भी मेरी सेवा करके अपना नाम बना सकते हो, और तुम उस कार्य का पारितोषिक पाने में कभी भी निराश नहीं किए जाओगे। जब फिर कभी आप अपने गृह नगर लद्दाख जाओगे तो तुम इन निर्वासन के दिनों को प्यार से याद करोगे और इससे लद्दाख एवं कश्मीर के संबंध सुदृढ़ होंगे।" रामचन्द्र ने कहा।

रिनचिन ने अपना शीष कृतज्ञ हो झुकाया कि उसे इस प्रकार का अवसर प्राप्त कराया जा रहा है। "स्वामी! आप मेरे लिए पिता से भी अधिक हो, कि आपने मुझे नया जीवन दिया। कुछ भी हो मैं अपना राज्य पुनः प्राप्त करूँगा और ऐसा होने पर कश्मीर भी समझ जाएगा कि इसका एक निष्ठावान मित्र है सदा सदा के लिए लद्दाख के रूप में।"

अब वह कोटा से बोला, "कृपया यह उपहार स्वीकार करिए, मुझे आशा है कि आप इस सम्पदा की ऐसे मूल्यवान मानकर रक्षा करेंगी जैसे कि मैंने आपकी आपके पिता की उदारता को रखा है।"

कोटा को रिनचिन की हथेली में उपहार की एक छोटी-सी संदूकची देखकर आश्चर्य हुआ, 'यह कुछ निजी उपहार लगता है। हम एक-दूसरे को नहीं जानते, अतः यह उपयुक्त नहीं लगेगा,' वह बुदबुदाई।

रिनचिन ने ठुकराये जाने के किसी भी लक्षण को परास्त करते हुए कहा, "मैं एक राजकुमार हूँ, और अब आपके राज्य का अतिथि। हाँ यह एक निजी उपहार है। पर एक मात्र यही उपहार है मेरे पास देने के लिए। क्या आप ठुकराओगी?"

अनिश्चित कोटा ने उपहार को दोनों हाथों से स्वीकार किया। रामचंद्र ने कप्तान को संकेत किया जिसने कि रिनचिन एवं उसके सहायकों को वापस उपहार दिए। शुद्ध रेशमी उत्तरीय रिनचिन के लिए, टुक्का के लिए कोश्यारी एवं मलमल को मिला कर बुने उत्तरीय टुक्का एवं वल्य के लिए, शेष बौट रक्षकों को उन्होंने क्षोम और लिलन के वस्त्र जो कि अलसी और भांग से निर्मित थे। कृतकृत्य बौटों ने झुककर अभिवादन किया तथा विदा ली।

रामचंद्र और कोटा अपने शयनकक्षों की ओर गए। पूनम का चंद्रमा निकला हुआ था ऐसा कि मानो उनकी पहुँच में हो। करोड़ों तारक राशि गगन पर बिंदु बिंदु पर जड़ी हुई थी, तथा चंद्रमा के संग संग अपनी रजत रोशनी हिमालय हिमवान चोटियों को प्रकाशित कर रही थी। नभ के मध्य में अपनी झिलमिल रोशनी के साथ सप्तऋषि सितारे सजे थे वास्तविक उत्तर को दर्शाते हुए तथा कश्मीर की ओर सतर्क दृष्टि रखे थे। उनके प्रकाश के साहचर्य में कश्मीर की घाटी हिमश्वेत की शुद्धता पूर्ण रंग में जगमगा रही थी।

जब वे वहाँ लौटे तो कोटा ने पिता से पूछा, "रिनचिन के विषय में आप का क्या विचार है?"

"वह एक योद्धा है किंतु सेना का योद्धा नहीं है।"

"अंतर?"

"वीर भावना से लड़ता है जबकि सेना का योद्धा निर्लिप्त भाव से।"

"जैसा कि श्रीमद्‌भागवदगीता में बताया गया है?"

"हाँ पर अधिकांश जैसे कि हमें मोक्षोपाय में बताया गया है।"

"मोक्षोपाय? मेरे गुरुओं ने यह नहीं सिखाया मुझे यह शारदापीठ में।"

रामचंद्र हंस पड़े, "हाँ। वे यह नहीं पढ़ायेंगे। यह समाधि चेतना की प्राप्ति के लिये सीधे मार्ग पर प्रश्रय देता है। यह गुप्त महाकाव्य है कश्मीरी योद्धाओं के लिए, जो उनको युद्ध में निर्भीक और निर्मम बनाता है। जबकि अन्य की दृष्टि में यह एक क्रूर कर्म है। यह रामायण से बड़ा तथा युद्ध के संबंध में विशाल

सिद्धांत है। सभी संभ्रांत योद्धा इसके अनुसार उसके पिता द्वारा प्रशिक्षित होता है। इससे आप सैन्य कर्मों से होने वाले बुरे कर्मों से बचते हो। यह योद्धा को धरती पर जीवन काल में ही पूर्णता एवं मुक्ति देता है। जब हम श्रीनगर लौटेंगे मैं तुम्हें अपने अधीन लूँगा तथा तुम्हें प्रशिक्षित करूँगा। जैसे कि मेरे पिता ने किया।

कोटा चकित हो गई इस उद्घाटन पर। गर्व से बोली, "आप कश्मीर के सबसे महान सेनाध्यक्ष हैं।" उसने उद्घोष किया।

"नहीं कश्मीर का महानतम युद्ध मंत्री हस्वंथ था, दसवीं शताब्दी में।" रामचंद्र ने निर्लिप्ति से कहा। जब कोई उसको पढ़ता एवं तदनुसार अभ्यास करता है तो अपने प्रतिद्वंद्वी के साथ तलवार बांचते हुए आप प्रतिद्वंद्वी की शक्ति का उपबृंहन कर सकते हैं। तब यह जान कर हम अपने पूर्ववर्तियों के आगे कितने विनीत हो जाते हैं। कैसा शक्तिदायी रहस्य उन्होंने हमें प्रदान किया है।"

कोटा ने नाम पढ़ा तो उसे अपने उपहार की सुध आई। कुतूहल के मारे डिब्बे को ग्रहण किया तथा खोला। उसको आश्चर्य में डालने वाला उपहार उसने देखा, जोकि कबूतर के अण्डे जितना एक कश्मीरी नीला नीलम था। हथेली पर रखा नीलम  अपना शीतल प्रकाश उस प्रकाश में आस पास का सब कुछ उस उजास में नहा उठा। उसने उपहार को हाँफते हुए लिया और अपने पिता को दिखा दिया।

"तुम्हारे पास पहनने के लिए बहुत सही वस्तु है जब आगामी नववर्ष के उपलक्ष्य में मुझे तुम्हें महाराजा से मिलाना होगा।" शुष्क ढंग से उतर दिया पिता ने जब कि कोटा बहुत अधिक प्रसन्न थी।

तदुपरांत अपने कक्ष में कोटा ने सारस से पूछा, "रिनचिन ने यह उपहार मुझे क्यों दिया। वह मुझ से इस के स्थान पर क्या चाहता है। उसका यह मुझे देना मुझे कुछ अच्छा न लगा।"

सारस भी शंकाग्रस्त थी, "एक स्वीकार किए गए उपहार के बदले में भी तत्काल उपहार दिया जाना चाहिए वरना वह बड़ा महँगा पड़ता है। मात्र समय ही बता सकता है कि रिनचिन के मन में क्या है।"

कोटा बोली, "उसका मन गंदले पानी की तरह है। जब ठहरा, तब साफ स्पष्ट, किंतु आंदोलित होने पर गंदा। वह बहुत जल्दी हिल जाता है। मुझे लगता है कि उसने बहुत दुख झेले हैं और लगता है कि कश्मीर में कुछ नया आरंभ होने वाला है।"

सारस कोटा के आकलन से प्रभावित न हुई, बोली, "हाँ मन तो जल की तरह है। यह एक नौका को तैरा भी सकता है तथा डुबो भी सकता है। देखते

हैं रिनचिन किस दिशा में जाता है। सारस के सतर्क करने को समझते हुए कोटा ने विषय परिवर्तन किया, आपको क्या लगता है हमारे अतिथि हमारे बारे में इस समय क्या सोचते हैं?"

सारस मुस्कुराई, "वह यह सोचते हैं कि आप कितनी सुंदर हो। वह सम्भवत: यह भी सोचते हैं कि आपका पिता कितना स्पष्ट और समझदार है। एक सेना अधिकारी की दुर्लभ विशेषता।"

"ऐसा क्यों कह रही हैं सारस।" कोटा ने उसकी बातों में अंतर्निहित आलोचना देख कर कहा।

"हो सकता है कि मैं पुरुषों पर विश्वास नहीं करती। पर उसे पहले तो अच्छी तरह इस बात की पड़ताल करनी चाहिए थी कि वह विश्वास्य है या नहीं तब जाकर उसे जागीर सौंपनी चाहिए थी।"

"मैं तातश्री से बोलूँगी कि वे यों अज्ञात, यद्यपि राजा ही, पर इतनी उदारता न दिखाए।" कोटा ने निश्चय की ध्वनि में कहा।

"मेरी यह नसीहत अच्छे से लो कि तुम अपना ध्यान अच्छे से रखो।" सारस ने कहा। जानते हुए कि रिनचिन प्रथम युवा एवं आकर्षक व्यक्ति है जो उसने बाहरी चौकी पर देखा है। अत: बोली, "जब मैं उसके व्रणों का उपचार करती थी तो वह मेरी ओर ध्यान न देता। किंतु अपने संगियों के साथ लापरवाही से बातें करते हुए उसने यह व्यक्त किया कि वह एक अवसरवादी है, कोटा कभी भी यह न भूलना कि इच्छा के वशीभूत हो तुम स्वयं का अपहरण करा लो।"

कोटा ने स्वीकार में उत्तर दिया, किंतु उसके मन में रिनचिन ही व्याप्त था और यह भी कि क्या वह यह सोच रहा होगा कि मुझे उसके उपहार से कैसा लगा। दोनों ने सारस के इस आकलन के संबंध में कुछ और बातें की। अंतत: जम्हाई लेते हुए उसने सोचा कि अब सोना चाहिए। "यदि एक द्रंग में मेरे लिए इतने आश्चर्य हैं तो कश्मीर के दरबार में तो मेरे लिए बहुत कुछ होगा।" तंद्रिल कोटा ने सोचा। "इतना कठिन है तय करना कि किस पर विश्वास करना चाहिए, तब भी तुम और मेरे तातश्री के साथ मुझे सुरक्षित लगता है तथा मैं कुछ भी सह सकती हूँ।" उसने निद्रा में जाने से पूर्व कहा।

**तरंग-3**

# सिंहासन

"माँ माँ मैं घर वापस आ गई हूँ।" कोटा आह्लाद से चिल्लाई। कमरों मैं दौड़ते हुए उसे माँ कीं उपस्थिति का भान हुआ। उससे किसी भी क्षण टकराने की प्रत्याशा करते हुए। तब उसे लगा कि कोई उसका कंधा हिला रहा है, वह जाग पड़ी और देखा कि सारस का देखभाल करने वाला चेहरा उस को देख रहा है। एकदम उसकी समझ में आया और एक अश्रु उसकी आँख से गिरा, कि यह सब स्वप्न था।

"सारस मुझे लगा कि माँ आई थी। उसने मुझसे बातें की," कोटा ने एक घुटी आवाज में कहा।

सारस ने कोटा का मुँह पोंछा। "तुम बहुत वर्षों बाद घर आई हो। तुम्हारी मां इस घर का एक आवश्यक अवयव थीं और इसी शयनकक्ष में वह तुम्हें सुलाने के लिए बाल कथाएँ सुनाया करती थी। तुम्हारी प्रिय कहानी चार मित्रों और शिकारी की थी। तुम प्राय: सोने से पूर्व उसे ही सुनाने की इच्छा करती। अब उठो और तैय्यार हो जाओ क्योंकि कोई सवेरे-सवेरे उज्ज्वल व्यक्तित्व वाला नीचे तुम्हारी प्रतीक्षा कर रहा है।"

कोटा ने गहरा श्वास खींचा और स्वच्छ होकर परिधान पहने। किंतु जब वह यह देखने के लिए कि कौन है नीचे दौड़ी, तो वहाँ कमरे में कोई न था। वह पर्दों को पार कर रसोई की तरफ गई।

"मेंढक के बच्चे", एक आवाज कोटा के बाएँ कान में आई। वह गोल घूम गई। "ओह! यह ब्रह्मा है। बिगड़ैल।"

"ब्रह्मा!" जोर से अपने मित्र को आलिंगनबद्ध कर वह चीखी। कोटा को ब्रह्मा का शरीर लचीला और शक्तिशाली लगा। इतने वर्षों बाद भी उसकी शरारती मुस्कान और मस्ती भरी खूबसूरती जिसपर लड़कियाँ मरा करती, देखी। अब

उसके आरंभिक बीसवें वर्ष में वह लंबा हो गया था और बालों की एक ढीली चोटी बनाई थी। उसके केशों की चोटी उसकी पीठ पर गिर गई और एक एक लंबी लट दोनों कंधों पर त्रिकोण बनाते हुए। वह उस दिन से ही उसे मेंढक का बच्चा पुकारने लगा था जब से वह बिना विचारे ही नदी में उसके पीछे कूद कर लगभग डूब गई थी, यह सोचते हुए कि तैरना सीखना नहीं होता है किंतु सहज ही यह व्यक्ति को आता है। उसके नेत्रों में उसने स्वयं को भव्य पाया।

"तुम जब गई एक इल्ली सी थी अब एक मधुमक्खी बन गई हो" ब्रह्मा ने चिकोटी ली। "पर मैंने सुना है कि तुम बड़ी कठिनाई से शारदापीठ से उत्तीर्ण हुई हो," वह मुस्कुराते हुए बोला।

"ब्रह्मा! तुम शैतान कहीं के।"

"कम से कम उतीर्ण तो हुई वह। मुझे स्मरण है जब तुम्हारे पिता के संग मुझे जाना पड़ा तुम्हारे आवारागर्दी के लिए क्षमा माँगने और अंतत: तुम तब भी उत्तीर्ण होने से रहे।" कहते हुए रामचंद्र प्रविष्ट होते बोला।

"टोठ काक! कैसे जानता था मैं कि मुझे मंदिर के आसपास की नदी में मछलियाँ पकड़ने नहीं जाना चाहिए।" ब्रह्मा ने विरोध जताया। "महासीर मछली वहाँ 6 फीट लंबी होती है। उनको पकड़ना सर्वाधिक मजेदार खेल था,जो मुझे आनंद देता था। नागेंद्र पंडित मुझे कहता कि अगले जन्म में मैं मछली बनूँगा यदि मैंने प्रायश्चित न किया।"

"क्या यही सब परेशानी थी जो तुम उत्पन्न करते थे?" कोटा ने अपनी नीली, चमकीली, ब्रह्मा से मिलने के कारण प्रसन्न आँखों से देखते हुए कहा, "तुम्हारे कारनामे अभी भी भविष्य के भट्ट विद्यार्थियों को चेताने के लिए प्रयोग किए जाते हैं। क्या तुम्हें विस्मृत हो गया है कि कैसे तुम मंदिर के पीछे छिपकर अर्धरात्रि को नकली स्त्री आवाज में आज्ञा देते थे कि एक सप्ताह तक ब्राह्मणों को एक यज्ञ का आयोजन कर बिना रुके, प्रार्थना करनी चाहिए।"

"उसमें बुरा क्या था? अभी भी मेरी समझ में नहीं आता। ब्राह्मण निरंतर देवी प्रार्थना करने को कहते हैं तो मैंने भी वही कहा।"

"तुम्हारा पिंछवाडा कैसा है अब?" चतुर हँसी के साथ उसने छेड़ा।

" ठीक। ठीक।" लाल चुकंदर सा उसका मुँह हुआ। उसे सारे किस्से के दुखद अंत की स्मृति हो आई। पंडितों के लिए मनुष्य निर्मित आयुध का प्रयोग वर्जित था किंतु इससे वे अत्यधिक खतरनाक क्रियाएँ करने से परहेज न करते। नागेंद्र पंडित ने ब्रह्मा को अपना पाजामा उतारने की आज्ञा दी थी, और एक गुच्छा

बिच्छू घास से अच्छी खबर ली गई थी। उसकी टांगे इतनी लाल होकर सूझ गई थी कि वह एक सप्ताह तक पेट के बल लेटा रहा। हिल भी न सका।

"मैंने सुना है कि तुम मेरा नाम लेती थी, कि कक्षा के दूसरे मित्र दूर बने रहें।"

अब लाल होने की बारी कोटा की थी। यदि कोटा को विद्यालय का कोई सहपाठी तंग करता तो वह उसकी मरम्मत कराने के लिए ब्रह्मा को बुलाकर उनको सीधा करने का भय दिखाती। वह जाना माना था तथा बड़े से बड़े धौंसिए भी भाग जाते थे।

"तुम दोनों ही यहाँ से जाओ, मैं जानता हूँ तुम दोनों को बहुत बातें करनी है," रामचंद्र बोले।

कोटा और ब्रह्मा दोनों बाहर उद्यान में भाग आए। ब्रह्मा भट्ट कोटा की माता के स्वर्गवास तथा पिता का सेना अभियानों में जाने के पश्चात उसका परम मित्र बन गया। सारस अच्छी वयस्कीय परामर्श दाता थी किंतु ब्रह्मा के साथ उसके बचपन की चिंदियां जुड़ी थीं। उसके जीवन में ऐसा बहुत ही कम था जिसमें वह सम्मिलित न रहा हो। रावण, कोटा का अनुज कर्तव्य परायणता के साथ स्वयं को बंधे रखने का काम करता पर कोटा ब्रह्मा का ही सम्मान करती थी, यह भी कि ब्रह्मा उससे आयु में कुछ वर्ष बड़ा था। ब्रह्मा ने कोटा को राजदरबार के सब लोगों के बारे बातें बताईं। ब्रह्मा के संग उसे कभी भी एकाकीपन नहीं अनुभव होता। वे तब तक बातें किए जा रहे थे जब तक कि सारस ने उन्हें नाश्ते के लिए भीतर न बुलाया। रामचंद्र भी कुछ क्षण उनके साथ रहा, फिर वह राजदरबार चला गया।

"महाराजा कैसे व्यक्ति हैं? मुझे उनके समक्ष वसंत ऋतु में नववर्ष के अवसर पर प्रस्तुत होना है। मैं उनका सही आकलन करना चाहती हूँ।" कोटा ने कहा। ब्रह्मा उत्तर देने ही वाला था कि तभी उसके पास एक शैतान लड़के वाली बात मन में आई। "क्या तुम महाराजा से राजदरबार में मिलना चाहोगी?"

"ऐसा कैसे सम्भव है," कोटा ने आश्चर्य से कहा, "तातश्री कह रहे थे कि यह बैठक द्वार बंद कर होगी, कि राज्य के कुछ आवश्यक कामों पर चर्चा होगी।"

ब्रह्मा मुस्कुराया, "मूर्ख! मुझे कोई आश्चर्य नहीं कि गुप्तचरी पर प्रश्न का उत्तर न दे पाई।" ब्रह्मा मुस्कुराया। "धन्य हैं देवस्वामी। उन्होंने तुम्हें कन्या होने के कारण बचाया। एक वर्ष व्यतीत हुआ तबसे जब मैं एक बार पर्वतों पर घूम

रहा था कि मैंने एक गुफा देखी। मैं उसके भीतर गया और देखकर मुझे आश्चर्य हुआ कि वहाँ एक मार्ग था जिसपर चलते हुए मुझे एक बिंदु पर सहदेव के महल का वह कक्ष दिख रहा था, जहां वह अपना दरबार लगाया करता।"

कोटा ब्रह्मा के इस कथन पर विश्वास न कर पाई, "क्या आप कहना यह चाहते हो कि यह विगत में किसी महाराजा द्वारा निकल भागने का गुप्त मार्ग बनाया गया है किंतु इस के विषय में किसी को कुछ विदित नहीं। सहदेव को भी नहीं।"

"बिल्कुल। और वह उसके जानने योग्य भी नहीं। वह एक छद्म मूर्ख व्यक्ति है। पर तुम उसे अपने लिए प्राप्त कर सकती हो। एक बात स्मरण रखो कि तुम छींक भी नहीं सकते।"

एक घंटे पश्चात कोटा एक तंग गली में लगभग फँस गई। एक छिद्र से देखते हुए कि नीचे क्या हो रहा है। ब्रह्मा की बगल में बैठे वह बुरी तरह से उसकी बाईं जाँघ से दबते जाने से कष्ट की स्थिति में थी। पर वहाँ स्थान न था कि वे लोग हिल सकें। उसने अठारह मंत्री देखें जो सहदेव अर्थात कश्मीर के महाराजा को अपनी अपनी बारी पर विवरण दे रहे थे। कोटा ने देखा कि सहदेव सामान्य कद, बड़ी छाती, पुष्ट अंगविन्यास तथा भुजाओं के ऊपर गोल मुख जिसके ऊपर एक बड़ी सी पगड़ी थी। उसका ऊपरी उत्तरीय, हर बाधा पर मानो फटता सा था, अतः उसके गले के हारों को ठीक से प्रदर्शित करता था। उसकी उँगलियाँ हीरे मोती जड़ी अँगूठियों से सजी थी। उसके भाल पर चंदन का तिलक था। उसकी बगल में धूप जल रही थी, यहाँ तक कि कोटा तक भी वह सुगंध आ रही थी।

महाराजा सहदेव बहुत ही व्यस्त था। कक्ष के अंत में स्थित कोने में लगे बड़े एक दर्पण में वह स्वयं की छवि निहार रहा था। वह अपनी हथेली अपनी ठुड्डी पर रख, उँगली का अग्रभाग अपनी नाक के अग्रबिंदु पर रख वह कुछ भारी भरकम विषयों पर चिंतन में निमग्न लग रहा था। बैठक के मध्य मात्र पान सुपारी खाने की अनुमति थी, पर कोटा को तो महाराजा गाय की तरह जुगाली करता हुआ लगा। बैठक अंतहीन चलती रही। प्रतिवेदन एवं सुनवाइयाँ एवं सहदेव की प्रजा का क्लेश। अच्छा समाचार यह था कि वित्त पर्याप्त था तथा राजकोष में वित्त के आने की अच्छी स्थिति थी। इससे उस ऋणमुक्ति की आशा बनती थी जो राज्य पर था।

"वह ध्यान नहीं दे रहा जो कुछ भी उसे कहा जा रहा है," कोटा ने ब्रह्मा से फुसफुसाहट में कहा। ब्राह्मणों ने इसके लिए उसके कान मरोड़े होते। वह एक

बंजर व्यक्ति है इस बात ने पागल कर देने की हद तक इसे परेशान कर दिया है। ब्रह्मा वापस फुसफुसाया। पुनः बोला, "महाराजा के पुत्र न होने ने उसे विफल कर दिया है। एक गधा इससे कहीं अच्छा है, कम से कम वह बच्चे तो पैदा करता है।"

कोटा ने ब्रह्मा के विश्लेषण को सही मानने के लिए सिर हिलाया। कि महाराजा का संतानोत्पत्ति में अक्षमता राज्य में संकट पैदा कर सकता है। वह सहदेव को बड़े ध्यान से देख रही थी उसकी अपंगता के कारण किंतु ब्रह्मा ने व्यवधान खडा किया। वह उससे सटता जा रहा था तथा हाथ में उसका हाथ लेकर उसकी उँगलियों से खेल रहा था। तंग स्थान में फँसे तथा ब्रह्मा की गतिविधियों को देख वह समझ न पाई कि इस सब पर वह क्या अनुक्रिया करें अत: वह अपनी आँखें सहदेव पर ही गढ़ाए रहीं। महाराजा जम्हाइयाँ ले रहा था तथा उसने बैठक को समाप्त घोषित कर दिया। उसने अपने सहायक को उन याचकों को सुनवाई के लिए भीतर लाने का आदेश दिया जिन्होंने ऐसी याचना की थी।

"हे भगवान। क्या मैं पहले कुछ बातें आपसे कर सकता हूँ?" रामचंद्र बोला, महाराजा ने हाथ से संकेत किया कि हाँ वह आगे बढ़े।

"महाराज! कश्मीर से बाहर सुरक्षा की स्थिति अत्यंत बिगड़ रही है। ऐसे संकेत हैं कि एक आक्रमण अवश्यंभावी है। हमें पूर्वानुमान से ही कुछ ऐसे पग उठाने होंगे कि हम इस आक्रमण को ध्वस्त कर सकें।

सहदेव ने आँखें घुमाई और उसकी बात को काटा, "राम! दरबार में सबको भयभीत मत करो। हम कश्मीरी चूजे बन रहे हैं। यदि यह एक गुर है पैसे प्राप्त कर सेना पर व्यय करने का तो एक पैसा नहीं मिलेगा। बल्कि तुम्हें तो सेना को स्वयं सेवक बनाना चाहिये, जब सेना की आवश्यकता पड़े तब सेना का उपयोग कर सकें। अगला कौन है?"

कोटा ने अपने पिता का सार्वजनिक अपमान अनुभव किया। सहदेव एक बार भी द्रंग गया होता। क्या वह उस प्रहरी के तप का अनुमान लगा सकता है जिसका समग्र अस्तित्व ही महाराज की रक्षा करने में समर्पित है। सहदेव पर उसे क्रोध आया। किंतु सहायक की घोषणा, "यानिव, राजस्थान का जौहरी यहाँ अपने दल के साथ आया है," ने उसके विचारों में बाधा लाई।

यानिव अपनी आयु के तीसरे दशक के अंत पर था, टोपी पहना अपने यहूदी मूलों को व्यक्त कर रहा था। वह मध्यम कद काठी का था। ढीले परिधान पर काली भौंहें जो उसके दाढ़ीदार मुख का चौखट बनाती। उसकी नुकीली नाक

ठीक कश्मीरियों जैसी थी। उसके साथ दो जने श्यामवर्ण के जिनकी मूँछें हाथों से गुँथी तथा राजसी ठाठ थे। यानिव जो कि विदेशी परिधान पहने था, अपने साथ के दोनों व्यक्तियों से भिन्न रूप से निखर कर आ रहा था।

"यानिव! तुम मुझे क्या दर्शाना चाहते हो।" सहदेव ने पूछा।

"महाराजाधिराज! सहस्राब्दी में एक बार एक महाराजा को यह अवसर प्राप्त होता है कि वह संसार को यह बता दें कि वह सच में ही अभिषिक्त हैं। महाराजाधिराज! वह अवसर आज आपके पास आया है तथा इसे व्यर्थ न करें। सहदेव विक्रय के आरंभिक तेवर को देख रहा था किंतु यानिव जो कुछ कर रहा था, ठीक से ही कर रहा था।"

यानिव बोला, "स्वामी! जैसा कि आप जानते हैं कि राजस्थानी कुलीनता अपने फारसी शत्रु के साथ द्वंद्व में फँसी है। आज हमारे साथ राजपूताना राज्य के दो दूत हैं जो सूर्यवंश हीरक लाए हैं। मैंने स्वयं हीरक की शुद्धि एवं रंग को परखा है। मैं पूरे विश्वास के साथ कह सकता हूँ कि इस प्रकार का हीरक आज तक नहीं देखा, न ही आगे देखा जा सकता है। निस्संदेह उस को महान शक्ति प्राप्त होगी जिसके पास यह पत्थर होगा। चीन का सम्राट, फारस के सुल्तान तथा मध्य राज्यों के महाराजा यह जान जाएंगे कि उनका पतन हो रहा है; कि कश्मीर का राज्य संसार की आँखों में उभर रहा है।"

यानिव ने दोनों राजपूतों को आगे आने का संकेत किया। एक ने अपनी कमीज खोली तथा एक थैला जो कि उसके गले में लटक रहा था, निकाला। महाराजा के समक्ष झुकते हुए, उसने कालीन पर एक रेशमी वस्त्र बिछाया और थैले की चीजें उस पर उँडेल दी। जालीदार खिड़की से धूप आ रही थी तथा फिर वहाँ एक मौन था। राजपूत ने हीरक व्यापारी को उलझाया ताकि उसकी प्रतिभूति दिखा सके। इस पर हर तरफ से छः सितारों का आकार बनता था। इसके मध्य से गुलाबी रश्मियाँ बिखर रही थीं। सहदेव के मुख से सहज एक सीटी की ध्वनि निःसृत हुई जब उसने इसमें से तीव्र तरबूजे का रंग निकलते देखा। यदि वह इसे देख न लेता, वह यह कतई न मानता कि इस प्रकार का हीरक भी इस संसार में है। सभी दरबारी चुप थे तथा रामचंद्र इतना दुखी था कि कोटा को लगा कि अभी वह बिफर पड़ेगा।

महाराजा ने ज्योतिषी को संकेत किया जो कि यह जानता था कि यही उपयुक्त समय है आकलन का। राजपूत तैयार थे। एक ने अपनी जेब को टटोला तथा एक सूखा ताड़ का पता निकाला जिस पर कि वह ज्योतिषीय कुंडली बनी

थी, जो उस हीरक के गोलकुंडा खदान में से प्राप्त होने के सम्यक् समय एवं तिथि के आधार पर बनी थी। ज्योतिषी ने पंचांग देखा तो भौंहें नचाई।

"हीरक अस्थिर है किंतु यह निश्चित है कि यह अपने स्वामियों के पास महासुख लाने वाला है" उसने निर्णयात्मक घोषणा की।

"यह पत्थर आप एवं आपके उत्तराधिकारियों का हित्तकारक होगा तथा आप को इसे अपने कुल में ले आने के लिए सदा याद किया जाएगा। ऐसा किस अन्य पत्थर के लिए कहा जा सकता है? एक स्थाई प्राप्ति।" उल्लसित हुआ यानिव।

संकेत जो उसके उत्तराधिकारियों पर ही समाप्त नहीं हुआ। यह पत्थर उसे अकूत शक्ति देगा तथा क्लीवता का भी भंजक होगा यह पत्थर। नगों के बारे में ऐसी शक्ति का होना अति प्रसिद्ध था, तथा यानिव मात्र नगों की दलाली ही नहीं करता था। "यह उच्चता एवं अमरता एक साथ थी।"

"मूल्य क्या है?" सहदेव ने पूछा।

"महामहिम! जैसा कि आप जानते हैं कि इस पत्थर का दूसरा जोड़ नहीं अतः इसका मूल्य वास्तव में ही नहीं लगाया जा सकता किंतु राजपूतों द्वारा अत्यधिक कठिनाई एवम् दो महान राज्यों के मध्य जो चिरकालिक आत्मीय संबंध रहे हैं। अतः मूल्य हास्यास्पद रूप से अत्यंत न्यून रखा गया है। मात्र एक लाख दीनार।

दरबारी हाँफ गए। "एक सौ हजार दीनार?" इस संसार में कुछ ही राज्य हैं जिनका इतना मूल्य है, एक मुट्ठी भर से अधिक नहीं। और यहाँ एक पत्थर है जिसका मूल्य इतना लगाया जा रहा है।

सहदेव ने उन्हें हाथ के इंगित से चुप कराया और बोला "यानिव तुम तो कुछ ज्यादा ही निकल गए। माना कि तुम राजस्थानियों के लिए मोलभाव करने में दक्ष हो। यदि मैं इसे न खरीदूं तो? कौन खरीदेगा इसे?"

यानिव अप्रभावित रहा। यह एक अवसर था तथा जीवन भर का व्यापार। पर सहदेव अभी चुक नहीं गया था। उसने अपना अंतिम दांव खेला : "यानिव! घाटी में एक मंदिर है जहां सभी यहूदी भी जाते हैं तथा कश्मीरियों के साथ प्रार्थना करते हैं। यह तुम्हारे लिए पवित्र है। मम्मस्वामिन् का मंदिर। जब इसकी प्रतिष्ठा की गई, पचीस हजार गाय तथा एक एक गाय पर पाँच पाँच हजार दीनार भी दान किए गए थे। मैं पूछता हूँ कि मंदिर को किस दृष्टि से पवित्र मानते हो? क्या मुझे यह सौदा करना चाहिए?"

यानिव का गला रुंध गया। मूल्य बहुत ऊँचा था पर पत्थर को देखते हुए अनुचित नहीं। यद्यपि राजा ने प्रश्न इस प्रकार पूछा था कि उसके संवित्त तथा चरित्र की परीक्षा भी हो। वह सहदेव के ऋणों के विषय में भी जानता था तथा राज्य के खस्ताहाल को भी। अतः धीरे से तथा राजपूतों एवं राजा को चकित करते हुए वह बोला, "यदि मैं आपके स्थान पर होता तो मैं यह सौदा न करता।"

आश्चर्य चकित किंतु अपनी लालसाओं का मारा सहदेव सोचने लगा नववर्ष का उत्सव जो कि कुछ ही मासों में होने वाला था। वह नए जवाहरात चाहता था किंतु उसने नहीं सोचा था कि मूल्य इतना होगा। उसने सोचा यानिव सही है। इसको क्रय करने का एक समय है, और वह यही है। जब मध्य देश के राज्यों से सोना और धन खींचा जा रहा है, उनकी स्त्रियाँ, उनकी भूमि छीनी जा रही हैं मैं कोष के अतिरिक्त धन से आधा क्रय कर सकता हूँ। दूसरे आधे के क्रय के लिए सामाजिक कार्यक्रमों को बंद करना होगा। रामचंद्र को अपनी सेना के लिए गिरमिटिया श्रमिकों को लगाना पड़ेगा। यह एक सैनिक आदेश होगा। रामचंद्र इसका सख्ती से विरोध करेगा। मेरी परीक्षा यानिव की मात्र इसलिए थी कि क्या वह मूल्य कुछ कम करेगा, पर उसने किया नहीं। उसने सामान्य रूप से संकेत किया कि मैं इसे नहीं क्रय कर सकता, न कि मूल्य गलत था। यदि मैं यह नहीं खरीदूँगा तो बात फैल जाएगी तथा भविष्य में मेरे साथ हीरे जवाहरात का व्यापार कोई नहीं करेगा।

यानिव को आश्चर्य में डालते हुए सहदेव ने रेशम का कपड़ा समेटा और इससे जता दिया कि वह यह खरीद रहा हैं। अकस्मात् वह राजपूतों से बोला, "क्या यह आपको मान्य होगा कि आप कल खजांची के पास जाएं? वह आपके भुगतान का प्रबंध कर देगा।

राजपूतों ने उत्तर दिया, "ठीक है महाराज।"

महाराजा ने उनसे कहा कि क्या वे वापसी पर रामचंद्र से सुरक्षा लेंगे, जिसका उन्होंने स्वागत किया। दल में आनंद का भाव था क्योंकि व्यापार का परिणाम सफलता से सम्पन्न हुआ।

सहदेव ने यानिव से कहा, "तो तुमने आज हीरक का सबसे बड़ा व्यापार कर लिया। क्या तुम प्रसन्न हो कि तुम कश्मीर में अंतरित हुए?"

"स्वामी मैं अत्यधिक प्रसन्न हूँ कि मैं आपकी कुछ सेवा कर सका", यानिव ने उत्तर दिया तथा पुनः कहा- "जहां तक मेरा सम्बन्ध है मेरी रुचि कश्मीर में तब आरंभ हुई जब मैंने जाना कि सदा ही यह माना जाता रहा है कि हमारे पूर्वज रुथ समेत कश्मीरी शॉल ओढ़ा करते थे। एक भावना अथवा विश्वास

यह भी था कि यहूदी कश्मीरियों से संबंधित थे, भाषागत एवम् खान पान गत साम्य के कारण। यहूदियों ने रंगने का रहस्य फारस के रेशम व्यवसाय से सीखा। अत: बहुत से लोग फारस में बस गए। मेरा परिवार भी। कश्मीर के प्रति मेरा सम्मोहन मुझे यहाँ ले आया तथा आजीविका के लिए मैंने सिक्कों एवं हीरे जवाहरात के व्यापार पर ध्यान केंद्रित किया और यह मुझ पर कृपालु भी हुआ।

"सुंदर। नववर्ष का उत्सव कुछ ही माह उपरांत है, आना आप।" सहदेव ने निमंत्रण दिया।"

यानिव राजसी निमंत्रण के प्रति नमन करते हुए प्रसन्नता एवं स्वीकृति व्यक्त कर राजस्थानियों के साथ कतार में चल दिया।

कोटा ने जो कुछ देखा उस पर अवाक् थी। क्या सहदेव यह जानता था कि यदि अग्रणी सैनिकों ने उसे देखा होता तो वे विरोध करते और वहीं के वहीं उसे मार डालते। वे पहले ही सामान की माँग कर रहे थे। उनके आयुध पुराने एवं जंग लगे थे। द्रंग में जबरदस्त आवश्यकता थी सुधार की। उसने देखा उसका पिता क्रुद्ध है। दूसरे दरबारी भी उतने ही दु:खी थे पर नहीं जानते थे कि कैसे महाराजा की इस मस्ती पर अपना रोष व्यक्त करें। पर दरबार अभी समाप्त नहीं हुआ था। दरबान ने पुन: कहा, "स्वामी! द्वारकासिल से शाह मीर मिलने के लिए कुछ क्षण माँग रहा है।"

ब्रह्मा कोटा से सट गया, "शाह मीर एक आप्रवासी हैं जो कश्मीर में स्वादगबार से 1313 में अपने अनुयायियों एवं परिवार के साथ प्रविष्ट हुआ" कोटा के कान में फुसफुसाया। "इस्लामी उग्रवादियों द्वारा किए उत्पीड़न की कथा जब उसने सहदेव को सुनाई तो वह ज्यादा ही कुछ खुले दिल का होने के कारण पसीज गया और उसका असाधारण सत्कार किया। वह यह जताना चाहता था कि कश्मीर उन का घर है जो अन्यत्र सताए जाते हैं। उसने उसे मूल्यवान उपहार दिए। यहाँ तक कि पाँच किलो जेवर, जिसमें आधा सोना था तथा आधा चाँदी। तुम्हारा पिता अत्यंत क्रोधी हुआ तथा बात फैल गई कि सहदेव याचकों को आकर्षित करता है ऐसे जैसे कि झोंक खून पीने दौड़ती है।

शाहमीर कक्ष में प्रविष्ट हुआ। छोटा मुख, गोल आँखें, नुकीली दाढ़ी, मध्यम कद काठी, तुनुकमिजाज सा दिखता। उसकी बाँहें सुदृढ़ थीं, पर चौंकाने वाली बात थी कि उसकी घनी भौंहें ऐसे गुच्छेनुमा मिलती थी कि लगता था कि उसकी मानो तीसरी आँख है। उसने एक कढ़ाईदार काबा पहना था, एक कमीज के ऊपर सामने से खुला भेड़ू के खाल का कोट पहना था उसके खुले पाजामे एक मोटे कमरबंद को ऊपर बांध रखा था। और पैजार पहने वह बिल्कुल

अलग दिख रहा था। उसके साथ एक पूरी तरह से पर्दानशी स्त्री थी। कश्मीर घाटी की स्त्रियाँ पूर्ण स्वतंत्र थीं और जीवन के हर क्षेत्र में भाग लेती थीं। मंत्री भी न समझ पाए कि इसका क्या अर्थ है।

"आदाब महाराज! अल्लाह महान है तथा उसकी महानता की कृपा सदैव आप पर रहे, अरे आप महाराजाधिराज हैं महाराज।" शाह मीर बोला और स्वयं को बहुत ही गरिमा के साथ पूर्ण समर्पण में प्रस्तुत किया। कश्मीरी समानता में विश्वास करते हैं तथा मात्र परम सता के समक्ष ही झुकते हैं अत: दरबारियों ने इसे मनोरंजन के रूप में देखा।

"आदाब हजरत। आप यहाँ क्यों आए हैं शाह मीर।" सहदेव ने पूछा।

"हे भगवान! क्या शमा परवाने से पूछती है कि वह क्यों चला आया?" शाह मीर ने चतुराई से बोला। "आप ने हमें कश्मीर में स्वागत किया और कहा कि कश्मीर तो 'वसुधैव कुटुंबकम्' है। अर्थात् विश्व एक परिवार है। आप ही ने कहा कि वृक्ष उसको भी छाया देता है जो कि इसे काटता है। अब बसंत है। पृथ्वी माता हमें उपहारों से भर देती है। मैं राजा को एक छोटा-सा उपहार देना चाहता हूँ उस सब के धन्यवाद के रूप में जो कुछ उन्होंने मुझे और मेरे परिवार को कश्मीर में नए जीवन में दिया है।"

सहदेव हर्षित होकर बोला, "शाहमीर यदि तुम एक पतिंगा हो तो हमें रात भर तुम्हारी कार्रवाइयों पर दृष्टि रखनी चाहिए। हा विविधता समाज में उतनी ही आवश्यक है जितनी कि जैविक अथवा प्रकृति में। आप हमारे लिए क्या उपहार लाए हैं श्रीमान।"

शाहमीर उस स्त्री की तरफ मुड़ा जो कि उस के साथ आई थी, "मेरे आका! आपने हमें कश्मीर में विहार दिया तब जब कि हमें धार्मिक पवित्रता भंग करने लिए शिकार किया जा रहा था। तब आपने मुझे और मेरे परिवार को इतनी प्रसन्नता दी है जितने की हम सोच भी नहीं सकते; अत: मैं इस दासी को आपके सुख और आनंद के लिए उपहार देना चाहता हूँ।"

शाहमीर ने स्त्री का नकाब हटाया और दर्शक हाँफ उठे। दोनों पर। इस काम को करने की धृष्टता पर एवं स्त्री को देखने पर भी। वह सोलह वर्ष से अधिक आयु की न रही होगी। उसके बाल कमर तक, सुनहरे थे। संभवत: जॉर्जियाई मूल का सौंदर्य। "मेरे आका तातियाना इसका नाम है। यह भिन्न है तथा आपके हरम में एक अच्छा योग सिद्ध होगी।" वह बोला।

सहदेव मुस्कुराया। दिन सुंदर होता जा रहा था, ज्यों ही वह बोलने वाला

था त्यों ही सेनाध्यक्ष रामचंद्र ने हस्तक्षेप किया, "मेरे स्वामी! इस उपहार के लिए शाहमीर का धन्यवाद, किंतु यह एक आप्रवासी है हमारी भूमि पर।"

"हमारे कश्मीर में मुसलमानों की तरह दास प्रथा नहीं। आप के रनिवास में स्वतंत्र, मुक्त स्त्रियाँ हैं। और यदि तरुष्क आकर अपने दासों को बेचना भी चाहे, तो भी हम यह प्रथा कतई नहीं स्थापित कर सकते हैं कि इस स्त्री को एक दास के रूप में स्वीकार करें। कश्मीरियों को महाराजा से उच्च नैतिक मूल्यों की स्थापना की आशा है, वे यह सहन न करेंगे।"

रामचंद्र के धिक्कार से सहदेव पर रोक लग गई। उसके माथे की नस फड़क उठी। कक्ष का वातावरण विचित्र हो उठा तथा मौन सघन। एक उभयलिंगी सा दिखने वाला दुबला सा व्यक्ति आगे आया। यह कोकुर था। दरबारी नाटककार तथा मसखरा। वह बोला, "मेरे स्वामी! शाहमीर से उपहार न लेना उसका अपमान होगा। पर एक स्त्री दासी को उपहार के रूप में स्वीकार कराने का कुछ स्थलों पर गलत अर्थ लगाया जाएगा, यद्यपि आपका आशय शुभ है। ऐसी स्थिति में ऐसा लगता है कि शाहमीर के लिए अच्छा यह रहेगा कि इस लड़की को मुक्त कर दें एवं महामहिम आप इसे देवदासी के रूप में किसी मंदिर में उपहार स्वरूप दें, जहां वह ईश्वर की सेवा करती रहेगी। देवस्वामी अपने मंदिरों में यद्यपि इस प्रथा को अधिकतर नहीं मानते हैं, किंतु मैंने सुना है कि कोई एक परित्यक्त शिवमंदिर है, वहाँ एक योगी युवा स्त्रियों के एक झुंड के साथ रहता है। इस विषय को उसके साथ संतोष जनक ढंग से सुलझाया जा सकता है। संसार देख लेगा कि महाराजा महान हैं उन सिद्धांतों को बनाये रखे हैं जो सीधे देवताओं से अवतरित हुए हैं।"

सहदेव अपने पूर्वजों के प्रसंग से कुछ शमित हुआ। कश्मीर एक हिंदू राज्य था तथा राजसी प्राधिकरण के मूल अंततः ईश्वरीय उत्तराधिकार में थे। वह इस प्रबंध के लाभों को समझ गया और निजी तौर पर योगी और तातियाना के साथ कुछ भी तय किया जा सकता। उसने कहा, "कोकुर! संसार पागल हो गया है, इस पागलों के संसार में तुम जैसे पागल ही सही हो।" मसखरे ने महाराजा को नमन किया। शाहमीर की ओर मुड़कर महाराजा ने घोषणा की, "मैं आपके उपहार से प्रसन्न हू। मैं आपको इसका क्या पुरस्कार दूँ, और तुम मुझसे मिलने क्यों आए?"

"मेरे स्वामी! आपसे मिलना स्वयं में कारण है। तथापि यदि आप ठीक समझें तो यह लड़की एक सूफी द्वारा घाटी में लाई गई थी जो कि फारस के

हेरात का है। जिसका वस्तुत: काम औषधियों के लिए कश्मीर के पर्वतों से जड़ी बूटियों की खोज करना है। जब तक कि वह अपना काम करता है, मैं चाहता हूं तब तक अपने गाँव मालच्मर में एक छोटा दान कार्य आरंभ किया जाए ताकि इस फकीर को आपके कामों में सहायता करते हुए कुछ लाभ मिले। आप को विदित है कि गाँव में मात्र कसाई मुसलमान रहते हैं, जो हिंदू भाइयों के लिए सेवा करते हैं क्योंकि वे स्वयं पशुओं को मारना नहीं चाहते; किंतु उनके पास ऐसा कोई नहीं जो उन्हें मजहबी एवं नैतिक मार्ग दर्शन कराए।"

"मैं स्वयं उस फकीर की परीक्षा करूँगा," रामचंद्र ने हस्तक्षेप किया, पुन: कहा, "आने वाले आप्रवासी स्वाँग करने में दक्ष हैं तथा कश्मीर के लिए भारी खतरे के प्रतिनिधि हैं।"

"कम्पनेश! तुम को हर कहीं खतरा दिखाई देता है, यहाँ तक कि एक फकीर के दान में भी।" सहदेव ने बुरी तरह से चिढ़ाते हुए कहा, "तुम्हें नहीं समझ में आता कि संसार को यह दर्शाते हुए कि कश्मीर में मुसलमानों का स्वागत है तथा कहीं अन्यत्र से यहाँ अधिक स्वतंत्रता है, से क्या हम पहले ही इस्लामी उग्रवादियों के आक्रमण का निराकरण करते हैं? शाहमीर! फकीर को कहो कि जब तक वह चाहे कश्मीर में रहे और तुम्हारे दान के लिए काम करें। वह तुम्हारा नाम ऊँचा करेगा, जिसका कि पहले ही घाटी में नाम है। पर ध्यान रखना इस दान कार्य के केंद्रों पर किसी प्रकार का कोई प्रचार आदि नहीं होना चाहिए। यदि आप का व्यक्ति अकस्मात् चमत्कारी शिलाजित कहीं पाता है तो उसे हमारे पास ले आना। अब आज की सुनवाई समाप्त होती है। सेनाध्यक्ष रामचंद्र!मैंने सुना है कि आप अपनी पुत्री को नववर्ष के उपलक्ष्य में प्रस्तुत करने वाले हैं, हम उससे मिलना चाहते हैं। मुझे बताइएगा यदि वह महल में सेवा करना चाहती हो।"

महाराजा निकलने के लिए खड़ा हो गया तो सभी मंत्रियों ने भी अपने शीश झुकाए। शाहमीर ने अपना सिर सर्वाधिक नीचे झुका लिया।

कोकुर ने जार्जियन लड़की का हाथ पकड़ा, उसे ले जाने के लिए पर जाने से पूर्व वह रामचंद्र से टकरा गया, "मेरे स्वामी! दरबार में चाहे हम तलवारें म्यान में रखते हों, पर आपने देखा कि बिना म्यान में बंद ये जीभें कहीं अधिक भयावह है।"

रामचंद्र रत्ती भर हंसा और बोला, "कोकुर! स्साले! तुम ने मुझे और अपने स्वामी को अपनी सीमाएँ लांघने से बचाया।"

कोकुर उसके उत्तर के प्रति सम्मानयुक्त था। बोला, "यह मेरा कर्तव्य था।

शाहमीर में मुझे कुछ तो अखरता है। वह सही व्यक्ति नहीं है। वह बड़ा पवित्र होने का दावा करता है और शाही परिवार का भी। उसके उपहार ने दरबार को अपवित्र कर दिया।

रामचंद्र व्यावहारिक था, "यदि भ्रष्टाचार न हो तो कश्मीरी समाज रुक जाएगा। मैं मानता हूँ कि शाहमीर यहाँ किसी काम का नहीं। फकीर के लिए रहने की अनुमति सामान्य ढंग से ली जा सकती थी और योग्यता के आधार पर निर्णय किया जा सकता। इसके एवज में एक मूल्यवान दासी की बख्शीश की कोई आवश्यकता न थी। उस पर कड़ी दृष्टि रखना आवश्यक है। आज जो कुछ यहाँ हुआ वह मुझे बिलकुल पसंद नहीं, किंतु सहदेव की नीति में एक आवश्यक बिंदु है कि मुसलमानों के साथ सद्व्यवहार से हम अपने लिए सद्भाव बनाते हैं। वैसे कोटा के अभ्यास सत्र कैसे रहे?"

कोकुर मुस्कुराया, "आप शीघ्र ही देखेंगे कि आपकी पुत्री हम दोनों को गौरवान्वित करेगी।"

दरबारी चले गए। जब सब कुछ शांत था कोटा और ब्रह्मा, जो कि ये सारी कार्रवाई ऊपर से देख रहे थे धीरे से उस गलियारे में से वापस मुंडे। ब्रह्मा ने कोटा का हाथ कसकर पकड़े रखा था।

"सहदेव के विषय में तुम्हारा क्या विचार है?" ब्रह्मा ने पूछा जब वे गुफा से बाहर आए। अब बातें करना सुरक्षित था।

कोटा ने जोर देकर कहा, "मूर्ख! सहदेव सच्चाई से मुँह छिपाता है और अपनी अदमनीय, कुत्सित लालसाओं से ग्रस्त है। उसका वह नग खरीदना राज्य को दीवालिया करना है। मुझे उसके और शाहमीर के बीच में जो कुछ भी हुआ बिलकुल भी अच्छा न लगा। उस छोटी लड़की के साथ बेहतर होना चाहिए। वह एक ऐय्याश और नाशकारी राजा है। मेरा पिता एक दिन इससे अच्छा राजा बनेगा। मुझे इस शाहमीर के बारे में कुछ और बताओ? कौन है यह?"

ब्रह्मा ने कोटा के जोश को देख कुछ आश्चर्य-सा अनुभव किया। वह एक से अधिक आयामों में विकसित हो गई थी। वह कोटा को सुनते हुए अपना सिर हामी में हिला रहा था। "शाहमीर बहुतों के लिए एक पहेली है किंतु तुम्हारे पिता ने अच्छा सुलझाया। वह स्वादगबर से आया है। कश्मीर के दक्षिण पश्चिम के राजौरी क्षेत्र के एक जनपद से। उसका पूर्वज एक हिंदू, जिसका नाम पार्थ था ने वह जनपद बनाया। पर उसके बाद परिवार उसका धर्म परिवर्तन हुआ। जबकि यह स्वयं को फारस का बताता है। वह वे सभी लटके झटके करता है और अपनी उत्पीड़न गाथा का बखान करता है, जो कि शरण प्राप्ति के लिए

एक पाखंड है इसका। यह एक धर्मांतरण किया खास मुसलमान हैं जो कि कश्मीरियों के लिए बड़ी मुसीबत हैं।"

ब्रह्मा कोटा का ध्यान उस सब से हटाना चाहता था जो उसने अभी अभी सुना था। अतः उसे तैरने जाने का निमंत्रण दिया। वे पास की झील में गए तथा कोटा पूरी पोशाक पहने पानी में अवगाहन कर गई। पर ब्रह्मा नंगी छाती में सिंहचर्म पहने तैरने लगा। वह अपनी तैराकी के गुर कोटा के सामने प्रदर्शित करता था जबकि वह तट पर विश्राम कर रही थी।

"रावण की विद्यालय की पढ़ाई चल रही है?" कोटा का छोटा भाई शारदापीठ में प्रथम वर्ष की पढ़ाई कर रहा था। उस की दृष्टि सदा उस पर गढ़ी रहती थी। "वह बड़ा चुप्पा है, दूसरे बच्चे उस पर चढ़ बैठते हैं। कुछ हद तक यह ठीक था कि मैं वहाँ थी, पर कई दृष्टियों से यह गलत है कि उसकी बड़ी बहन वहाँ उस पर दृष्टि रखे थीं, अकेले में ज्यादा ठीक होता। पर कुल मिलाकर पिता के दूर होने की स्थिति में अच्छा है कि वह वहाँ अपनी आयु के बच्चों के साथ आनंद कर रहा है।"

"तुमने किसी से प्रेम किया अथवा तुम ऊबाती ही रही?" पूछा ब्रह्मा ने उसमें अत्यधिक एवं सहज रुचि दिखाते हुए। कोटा की समझ में नहीं आ रहा था कि यह सब कहाँ जाएगा। वह वापस बड़े प्रेम से मुस्कुराईं और खिलंदडेपन से बोली; "अब मैं तुम्हें क्यों बताऊँगी, तुमने मुझे अपनी उन कुलीन मनचलियों के साथ मस्तियाँ बताई क्या?"

"शर्त रखो मैं जो कर सकता हूँ, कोई नहीं कर सकता।" ब्रह्मा ने एक लंबे वृक्ष पर चढ़ते हुए कहा और एक सीधी छलांग मारी पानी में, कोटा पर पानी छिड़कते हुए तथा पानी से एक मछली बाहर निकालते हुए कोटा की गोद में डाल दी, जो कि तीव्र रूप से फड़फड़ा रही थी। कोटा भी तीव्र रूप से डरते हुए चीख उठी तथा ब्रह्मा की शरारत समझ कर हंसती भी रही। वह जान गई कि ब्रह्मा उसमें प्रेमाग्नि सुलगाना चाहता है। पर वह उसके अगले वाक्य के प्रति अनभिज्ञ-सी बनी रही।

वह सीधा सपाट था "तुम एक अत्यंत सुंदर स्त्री बन गई हो। मैंने सोचा था कि एक पुरानी मित्र से मिलूँगा, पर जब तुम्हें देखा तो मैं प्रेम पाश में फँस गया। मैं तुम्हें अपना बनाना चाहता हूँ।"

चकित कोटा ने बहुत विचित्र उत्तर दिया। "कृपया ऐसा न कहो। मैंने अभी अभी स्नातक किया। तुम्हारे और मेरे मध्य जो कुछ था, आठ वर्ष के लंबे अंतराल में जम गया है। हम आपस में अच्छे मित्र हैं, और मेरी दृष्टि में तुम हो।

मुझे समय लगेगा अपनी दुनिया में समाहित होने तथा अपनी भावनाओं को समझने में। समय लगेगा। तब पता लगेगा कि मैं किसे चाहती हूँ।"

वह कोटा के निकट आ गया और उसकी बगल में बैठ गया। भुजाओं को चौड़ी नंगी छाती के साथ मोड़े हुए। "समय चाहिए नासमझ। हमने अपने समय में अपरिचितों से विवाह किए हैं, उसके विपरीत हम बाल्यकाल से एक दूसरे को जानते हैं। हमारे परिवारों का समान सामाजिक सम्मान है। मेरे पिता नहीं हैं, तुम्हारी माता नहीं है। बहुत बाल्यकाल में मेरे पिता का देहान्त हुआ। तुम्हारे पिता को मैं वैसा ही मानता हूँ जैसे कि तुम। हम दोनों में बहुत कुछ एक समान है। यह बहुत सटीक रहेगा।"

कोटा ने ब्रह्मा के कुलीन, सुदर्शन मुख की ओर देखा। वह शक्तिशाली और पौरुषेय था। उसके पुत्र उसी के समान सुंदर होंगे। उसने अपने विचार को तुरंत लगाम दी ताकि वह बहे न। बोली, "ब्रह्मा! नगेंद्र ने मुझे जो कुछ कहा मैं वह भूली नहीं हूँ। क्या मैं किसी से संबंध बना सकती हूँ? मेरी कोई माँ न थी जो मुझे बताती कि संबंध क्या होता है। सारस और मेरे पिता ने अपनी भावनाओं को अपने भीतर दबा कर जीवन जिया है। कि उनके हृदय अब च्युत है। कभी कभी मुझे लगता है कि मैं बहुत ही आवश्यकताओं से भरी हूँगी क्योंकि मुझे उचित लालन पालन नहीं मिला है, अतः अपने जीवनसाथी को प्रेम नहीं दे पाऊँगी।" एकाएक कोटा रोने लगी तथा स्वयं को इस पुरुष के साथ उचित व्यवहार करने में अनुपयुक्त और अयोग्य अनुभव करने लगी जो कि उसका प्रथम और एकमात्र पुरुष मित्र था; जिसपर उसने विश्वास किया था तथा जिसने कि अब अपना प्रणय निवेदन भी किया। ब्रह्मा बहुत मृदुल और बोधयुक्त था। "सम्भवतः यह कुछ ज्यादा शीघ्र और कुछ अधिक हो गया। हम युवा हैं अतः समय दर्पण की भाँति सब स्पष्ट कर देगा। हमारा प्रेम चमक उठेगा। आओ हम स्वयं को सुखा लें और घर की तरफ चलें।"

कोटा ने ब्रह्मा के प्रति कृतकृत्य अनुभव किया कि वह उस पर हंसा नहीं। आभिजात्य कुलीन लड़कियों की तुलना में जिनका उसे अनुभव है, वह एक अनाड़ी ही तो है। उसने अनायास ही उसका आलिंगन किया तथा अपना सिर उसके काँधे पर देर तक नेत्र मूँद कर टिकाए रखा। उसकी हृदयगति अपनी हृदय गति के साथ ही अनुभव की।

कोटा को नववर्ष के उपलक्ष्य में होने वाले नृत्य के पूर्वाभ्यास किसी दूसरी ही दुनिया में ले गए। उसकी समवयस्क कोई मित्र नहीं तथा कोकुर जो कि उनका नृत्य शिक्षक था, के साथ महाराजा की मंडली की छोटी छोटी

नाचती, खिलखिलाती स्त्रियों को देख वह समझ गई कि वह स्त्रियों के विषय में बहुत कम जानती है। वे सभी कोटा के प्रति सम्मानपूर्ण थीं किंतु कोटा उन्हें प्राय: देखती कि वे मानो उस पर बिना किसी कारण के हंसती हैं। उन को क्रिया और वाचन में हंसने, मुस्कुराने का प्रशिक्षण दिया गया था, तथा उनके नेत्रों, होंठों, हाथों तथा नितम्बों की प्रत्येक गति गरिमापूर्ण और रोचक थी। समय उनके अभ्यास रत रहने मे तीव्र गति से बीत गया और उनके पास नववर्ष का उत्सव आन पहुँचा।

जब कोटा की पालकी महल के द्वार पर पहुँची तो उसे लगा मानो वह परीलोक में आ गई हो। छ: तल का महल, उस में पचास कक्ष प्रत्येक तल पर। सहदेव का महल आश्चर्यजनक रूप से सौंदर्ययुक्त था। महाराजा द्वारा आयोजित भव्य नववर्ष के भोज पर अतिथियों को पहले बाह्य द्वार पर सुसज्जित हाथियों का एक जोड़ा दिया गया। जैसे कोटा अन्य पालकियों में अतिथियों के साथ घुड़सवार की टुकड़ियों द्वारा अनुरक्षित (वे स्वयं उन पर छत्र लिए दल के साथ) वाहनों से नीचे उतरे। तब दोनों तरफ नियुक्त राजसी रक्षकों ने उन्हें अभिवादन किया। इन राजसी रक्षकों ने बढ़िया लाल रंग के पाजामे पहन रखे थे। सेनाध्यक्ष रामचंद्र द्वारा प्रदान की गई पैदल सेना की टुकड़ी इस अवसर पर नियुक्त थी। उनके पास चौड़ी, भारी, दुधारी तलवारें जो बाई तरफ के कंधों से लटक रही थीं। लंबे बैल की खाल के कोड़े, हर व्यक्ति के पास या तो भाला था, गदा अथवा कमरबंद में लटक रहे दुधारे चाकू थे। आयुधों से सुसज्जित तथा पूर्ण रूप से परिधान युक्त लोगों ने उत्सव में चार चाँद लगा दिए हैं, सोचा कोटा ने। वातावरण सुखद था। सीढ़ियों के दोनों तरफ सेवक उस पर पंखा झल रहे थे। हवा शीतल थी तथा कोटा ने कंधों पर एक शहतूस का शॉल ओढ़ा था। द्वार पर महाराजा की सेविकाओं ने उसका स्वागत किया। उसके आसपास दीपक झुलाकर प्रकाश उत्पन्न करते हुए। भवन में प्रवेश करते ही वह सहस्रों जल रहे दीपकों के प्रकाश से उद्दीप्त हो उठी, जिन के प्रकाश में चित्रकलाएँ तथा भित्तिचित्र चमक उठे। वे जीवंत हो उठे यों कि चित्रित चित्र जीवित लोगों की तरह उत्सव में सम्मिलित हो उठे।

कोटा भवन में अपने पिता के साथ आ गई। अंदर लोगों का जमावड़ा था। सभी आपस में उत्सुकता पूर्वक बातें कर रहे थे। स्त्रियों ने एक नया रिवाज निकाला था, उत्कृष्ट कढ़ाईदार तंग सिला आधी बाँहों वाला अर्ध उत्तरीय जबकि उनकी स्कर्टों की लटकने भूमि पर गिर झाड़ू लगाती। नेत्रों से होता हुआ सुरमा कानों तक लगाया जाता, जिससे उनके मुख का सौंदर्य बहुत बढ़ता। पुरुष

मयूरों की भाँति जेवर पहने स्पर्धा कर रहे थे। सेवक मोती, हरिताश्म से जड़ें गिलासों में नाश्ता और सुरा का सेवन करा रहे थे। प्रसन्नचित्त अतिथि अपने गिलासों को अपने बाएँ हाथ में रख प्रसन्नता से बोलते "बम शिव"।

एक ही दृष्टि में कोटा ने जाना कि उसकी साज सज्जा अन्य कुलीनों के साथ तुलना करते हुए कितनी सीधी सादी है। यहाँ तक कि उसके बालों की सज्जा भी फैशनेबल स्त्रियों की तुलना में धार्मिक प्रकार की ही थी। उसने यह केश सज्जा अभी अभी स्नातक होकर आए विद्यार्थी के अनुरूप बनाई थी। लंबे और पीछे से बंधे, अंत में ऐसे गुँथें कि बाएँ कंधे पर आगे से लटक सके। इससे उसकी हंसिनी गर्दन का पिछला भाग दिखता जिससे उसकी चोली में गहरे गले की आवश्यकता न थी। स्तनों के ऊपर पड़ी एक पतली सोने की चेन में से बंधा रिनचिन का उपहार में दिया नीलम ही कुछ सजीला था अनलंकृत कोटा के शरीर पर। रामचंद्र अपनी पुत्री को देख हतप्रभ था कि वह अपनी पुत्री के प्रति कितना अनभिज्ञ था, जो अब एक स्त्री के रूप में उसके सामने सामने बड़ी हो रही थी।

"मुझे इन सब सुंदर स्त्रियों के बीच में सामान्य लगता है।" कोटा सारस से फुसफुसा कर बोली।

"चुप! तुम्हें नहीं पता तुम कितनी सुंदर हो। तुम्हारा सौंदर्य प्राकृतिक है, न कि कृत्रिम, जैसी कि ये स्त्रियाँ।" ब्रह्मा ने हस्तक्षेप किया जो कि इस सारी चमक दमक से अप्रभावित था। कोटा की आँखें चमक उठीं। उसने ब्रह्मा का हाथ पकड़ा और उसे हल्के से दबाया। पिछले कुछ मास से, जब से वे दोनों तैरे थे, वे बराबर आपस में मिला करते। हर बार वह उसके अंदर कुछ सुलगाता था। उसकी उसके प्रति भावनाएँ सशक्त होती जा रही थी, दोनों की भावनाएँ साथ साथ उठान पर थी तथा आत्मविश्वास भी बढ़ता जा रहा था, जब भी वह कश्मीर के उच्च समाज में अपने साथियों से बातें करतीं। पर अब उसे पागल क्या ब्रह्मा ने किया? उसने अपनी हंसी न रोक सकते हुए कठिनाई से उसे प्रश्न किया, "ब्रह्मा! तुम कब गए और कानों के झुमके लाए?"

ब्रह्मा ने कृत्रिम गंभीरता के साथ उत्तर दिया, "स्त्रियाँ अपने कानों के झुमके अपनी हर गति के साथ घुमाती हैं, यह अब ये सतत स्मरण दिलाते रहेंगे कि मैं तुम्हारी हर गति के साथ घूम जाने को विवश हूँ।"

"रुको! हटो! शिष्ट व्यवहार करो हम लोगों से घिरे हैं!" कोटा बोलते हुए अपनी हँसी रोक न सकी।

ब्रह्मा ने कोटा को शक्तिशाली सौदागर और व्यापारी दिखाए और कहा कि

वे काफी संख्या में आमंत्रित किए गए हैं क्योंकि उनका महत्व बढ़ता जा रहा है। मलाई रंग का परिधान पहने जो है, वह खजानची है। उसकी पत्नी मंजरी उसके साथ बैठी है। वह एक कुख्यात घर में उत्पन्न हुई है तथा वह जारज है। पर दरबारी सदा ही राजाओं तक पहुँच सकते हैं। वह खजांची के व्यापार में समान रूप से भागीदार है तथा कश्मीर में इसे अत्यधिक शक्तिशाली माना जाता है। सहदेव इनका बहुत ही ऋणी है एवं कश्मीर वस्तुतः इन्हीं का है। पर उसकी एक चिंता है कि उसका कोई उत्तराधिकारी नहीं है। उनका क्या होगा यदि सहदेव को कुछ हो गया। इनके पास धन है पर सुरक्षा की तलाश है इन्हें।

एक कोने में सभी ऋणदाता एकत्रित हुए और अपना ही एक वृत्त निर्मित किया। कोटा की आंखें मंझरी से टकराई। अपने पति से कहीं अधिक युवतर उसे अपने सुडौल शरीर पर गर्व था। वह अपने पति के व्यवसायी होने के अनुरूप चीनी रेशम के तंग सिले परिधान में सजी थी। मंजरी कोटा पर हावी हुई। उसकी उपस्थिति एक सम्मोहक सुगंध से पसर रही थी जिसमें वह लिपटी थी। पीले फूलों की उबाने वाली गंध उस पर से उठ रही थी। अवश्य उसने रात को अपने परिधान फूलों में डुबो रखे होंगे। उसके मुख का निचला भाग महीन जाली से लिपटा था जिससे कि उसकी रहस्यमयता बढ़ गई थी। उसकी पलकें सुरमे से काली की हुई थी। भौंहों के मध्य उसका तिलक बहुरंगी था। उसके परिधान से मेल खाता सोने और चाँदी का। यह लहराता हुआ लंबा था, न कि पारंपरिक गोल बिंदी जो कि सामान्यतः स्त्रियाँ लगाया करतीं अथवा पुरुषों जैसा जो कि फैला हुआ तिलक लगाया करते। उसने बाल ऊँचे बन जैसा जिसके सामने रत्न जड़ित लटकन लगी थी।

"कोटा हमने सुना था कि तुम ने स्नातक किया है तथा आज तुम्हारा प्रस्तुतीकरण दरबार में हो रहा है। सदा ही ये अफवाहें होती हैं कि तुम्हारे पिता एक तख्ता पलटने का अभियान का नेतृत्व कर रहे हैं, किंतु तुम्हारे सौंदर्य को देखते हुए स्पष्ट ही उनकी गद्दी को काम के माध्यम से प्राप्त करने की योजना है। तुम अपने माँ जैसी ही सुंदर हो, अतः यह स्पष्ट है। मैं जानने को उत्सुक हूँ कि राजा क्या सोचता है कि कब वह तुम्हारा नृत्य देखेगा।"

कोटा उस के प्रति सौम्य रही जबकि वह उसे बुरी तरह अप्रिय लग रही थी। "मेरा पिता महाराजा के प्रति निष्ठावान है राज्य के प्रति भी। उनकी तख्त प्राप्त करने की कोई लालसा नहीं। इन गलियारों में सभी शक्ति का संधान करते हैं विरासत से, लाभ से, सिद्धांतों से, शांति तथा सुख से; किंतु तुम्हारा नैतिक मूल्यों का सम्मान करने वाला पिता सिर्फ सुरक्षा करने में लगा है। हो सकता है

कि वह तुम्हारी बुद्धू माँ के पदचिह्नों पर चलता हो, जिसको कि एक बार अवसर मिल गया था। क्या पुत्री उसी का अनुसरण करेगी या उसकी कुछ बड़ी महत्वाकांक्षाएँ है।"

कोटा समझ गई कि वह गहरे पानी में हैं। मंजरी सुपारी चबा रही थी अपने होंठों को लाल बनाए रखने के लिए। जो कि कामदेव के काम रूपी रंगीन धनुष के आकार के थे। उसकी माँझी हुई नंगी बाँहें हाथी दांत से समान थी। उसकी त्वचा दीये के प्रकाश में तीखे रूप से चमक रही थी। उसने एक मोतियों का गलबंद पहन रखा था,जो कि उसके विशिष्ट कर्णफूलों से मेल खा रहा था। बालियाँ सबका ध्यान आकर्षित कर रही थी। कोटा ने देखा कि मंजरी ने कटी हुई भौंहें काली कर ली थीं। उसका स्त्री कवच इसमें जरा भी खनक नहीं पैदा करता था। वह हर तरफ से मारक थी।

कोटा ने मधुर आवाज में बात की, "हमारा जन्म हमारे ग्रहों को निश्चित करता है तथा हमारे ग्रह और हमारी नियति तय करते हैं। मैं देखूँगी कि जीवन मुझे कहाँ ले चलता है।"

"राजसी लोग सदा ही जीवन पालते हैं। जन्म स्वयं में कुछ नहीं, धन ही सब कुछ है।" मंजरी ने उपहास किया तथा आगे कहा, "कुलीनों की व्यवहार कुशलता, उनका यह भाव कि वे सब महाराजाओं को बनाने वाले हैं, किंतु तख्त मेरा है। मैं प्रतीक्षा कर रहीं हूँ तुम्हारे नृत्य की ताकि हम मित्र हो जाएँ।" उसने सारस के कलश के विशेष पैजारों की ओर घूरते हुए कहा, "अपनी परिचारिका को मेरे पास भेज दो, मेरे पास ऐसे जूते हैं जिन्हें मैं उसे दान कर सकती हूँ ताकि वह राजसी उत्सव में उचित परिधान में जा सके।" और यह कह वह चली गई। उसके चमकीले जूते घर्षण कर रहे थे।

कोटा ब्रह्मा की ओर उन्मुख हुई, "यह आँधी मेरी माँ के प्रसंग में क्या बताना चाह रही थी?"

सहदेव बहुत चाहता था, "तुम्हारी माँ से विवाह करें, किंतु वह तुम्हारे पिता से प्यार करती थी। अतः उसे ठुकराया। यह एकमात्र समय है जब कश्मीर का महाराजा किसी स्त्री द्वारा ठुकराया गया है। यदि तुम्हारा पिता सेनाध्यक्ष न होता तो उसके जीवन का अंत और शीघ्र हुआ होता।"

कोटा ने इस सूचना को अपने में सोख लिया, 'मैंने जितना सोचा था उससे कहीं अधिक माँ स्वनामधन्य थी। मेरा निश्चय है कि मैं भी अपनी कर्मों में उतनी ही शक्ति दर्शाऊँगी।'

जब उसने अपनी माँ के विषय में सुनीं इस नवीन बात पर सोचना समाप्त

किया, उसने देखा सहदेव अपने दरबारियों से घिरा हुआ था, जिनमें यानिव भी था। वह एक छोटे पर ऊँचे पायदान पर चढ़ रहा था जहां राजा के विराजने के लिए एक भव्य कुर्सी रखी गयी थी। उसकी बगल में एक युवक, लगभग बीसेक वर्ष का था, जिसकी शक्ल सहदेव से मिल रही थी। जो कि दुबला, सुदर्शन तथा विद्वतापूर्ण लग रहा था। भीड़ अब छँट गई ताकि छत्रधारी सेवक आगे चल सकें। ज्यों ही सहदेव बिराज गया, उसके निकट बैठे लोग बड़बड़ाना शुरू हुए। सहदेव आभूषणों, मोतियों से अलंकृत था; हीरों से भी जो कि उसके सीने को ढक रहे थे। जो महाराजा के अनुरूप भी था। किंतु पगड़ी के स्थान पर उसने सिर पर मुकुट पहना था जिसमें पाँच अर्धचंद्र थे। इसके मध्य में सूर्यकांत मणि थी। मंजरी दौड़ कर महाराजा के पास गई, "हे मेरे प्रभु! आज तो सूर्य का रथ रुक गया है। अब आज से वह आप में ही उपस्थित हैं। जो कोई भी सूर्य को खोजता हो उसे आज से आप से मिलना चाहिये। आप सभी निम्न जीवों में परम शक्तिशाली हैं।

"मंजरी तुम्हारी मति तुम्हें सही स्थान पर रखती है," सहदेव ने एक बड़ी सी मुस्कान के साथ कहा। यदि हम अब सूर्य हैं तो हम अपनी प्रजा के सौंदर्य पर ही चमकते हैं। यदि हम सूर्य है तो वह यानिव के कारण ही, जिसने यह हमारे देश में लाया।

यानिव इस श्रेय पर विनम्र सा हुआ। दरबारी पर दरबारी महाराजा के पास जाकर उसे मधुभरी शब्दावली कहकर राजा की सुखवृद्धि करना चाहते थे और यानिव के योगदान को भी सराहना चाहते थे। कोटा ने देखा कि मात्र उसका पिता ही पीछे रह गया। समझते हुए कि उसकी पुत्री चिंतित है, वह विनम्र हो बोला, "कितना मूर्ख है। वह अभी भी ऋणदाताओं के ऋण के नीचे दबा है। और उसने पुनः अपने राज्य और उसके भविष्य को दांव पर लगा रखा है, मात्र उस एक पत्थर के लिए।"

कोटा ने उस दबाव को अनुभव किया जो उसके पिता पर था अतः उसने चाहा उसे कुछ विश्राम देना, "सब कुछ ठीक होगा। कृपया आज की रात मेरे लिए अपनी चिंताएं भुला दीजिए।"

रामचंद्र ने अपनी मुख मुद्रा संवारी किंतु फिर वह कोटा को महाराजा के पास ले गया और उसका परिचय कराया। उसने उस पर रुचि से दृष्टि डाली। जब वे श्रवण सीमा से बाहर आ गए तो कोटा ने पूछा, "यह सहदेव के साथ युवक कौन है।"

"सहदेव का अनुज उदयन है। हम उसे दरबार में सामान्यतया नहीं देखते।

वह यहाँ आना पसंद नहीं करता। वह कहीं अधिक विद्वान है तथा किश्तवाड़ के दुर्ग में रहना ही पसंद करता है।" रामचंद्र ने व्याख्या की।

कोकुर कक्ष के मध्य में आया और करताली बजाई। नववर्ष के उपलक्ष्य में महाभोज आरंभ होने वाला था। सेवकों ने स्वच्छ भोजन करने के आसन और उन्हें अतिथियों के समक्ष हस्तप्रक्षालन के लिए जल और परातें लाने से पूर्व बिछा दिए। कमल पादपों के बड़े बड़े पत्ते पत्तलों के रूप में बिछा दिए गए। ये तब थोड़ा सा जल छिड़क कर साफ कर दिए जाते थे। जिन अतिथियों को बहुत अधिक सुरक्षा संबंधी भय था, जैसे कि रामचंद्र एवं महाराजा, को चाँदी के पत्तलों में भोजन परोसा जाता ताकि यदि किसी ने विष आदि मिलाया हो तो धातु पर रंग परिवर्तन से ही पता चले। यहाँ तक कि बहुत गरीब परिवार भी अपने शिशुओं को चाँदी के चम्मच से ही खिलाते ताकि उनकी रक्षा हो। परोसने वाले सेवक लकड़ी की कड़छियों से एक कतार में आश्चर्य चकित कर देने वाले स्वादिष्ट पकवान परोसते। एक समय पर एक। वे अतिथियों की पंक्तियों के मध्य में से गुजरते हुए परोसते। जो एक दूसरे के सम्मुख या तो कालीनों पर या चर्म के तकियों पर बैठे थे।

पहले रोगनजोश परोसा गया, लाल कश्मीरी मिर्च से बना बकरे या भेड़ के मांस का बना प्रमुख पकवान। सशक्त मारखोर, संसार का भीमकाय बकरा, जो कश्मीर में बहुत संख्या में चरते थे, मुख्य रूप से मांस की आपूर्ति करते। थोड़ी सर्द तासीर का पकवान था यखिनी। यह मांस को मलाईदार दही के घोल में बनाया जाता था। सभी पकवान धीमी आँच पर देगचियों अर्थात् मिट्टी के भगोनों में पकाया जाता। मांस इतना मृदुल था कि मुँह में ही गल जाता था। कश्मीरी भोजन-नियमों के अनुरूप लहसुन और प्याज का कोई प्रयोग नहीं हुआ था। तब राजसी पकवान आए जिन पर महाराजा का आधिपत्य था, तीतर, हिरण का मांस, भूना हुआ बतख तथा मछली के दो प्रकार। फलों से युक्त पकवान जैसे कि खूबानी युक्त कीमा बाद में परोसा गया। पनीर तथा सब्जियों के पकवान जैसे कि कोलराबी एवं हरे पत्ते की सब्जी हाख, जिसे हल्के से तलने के बाद हरी मिर्च के साथ बनाया गया। मुख्य राजसी पकवान तो जाफरानी पुलाव था, जिसमें बड़ी बड़ी काली गुच्छियां पड़ी थी, सुगंधित, सुवासित; चाँदी के वर्कों से सजा जो कि प्रकाश में चमक रहा था।

मसाले सविनय भूख का उपहास कर रहे थे, लुभा रहे थे। खुशबूएँ तीक्ष्ण मादकता को पूर्ण रूप दे रही थी, कि भोजन से ही व्यक्ति उन्मत्त हो जाए। ज्यों ही शाम घिर आई तो खाने वालों और परोसने वालों के मध्य मानो युद्ध छिड़

गया। अतिथि प्रार्थना करने लगे कि उनके पत्तलों में और न डाला जाए। वे अपने दोनों हाथों से अपना पत्तल छिपाते। पर परोसने वाले दया न करते और भोजन कमल पौधे के पत्तों पर डालते जाते।

" देखो उस मोटे लड़के को," ब्रह्मा ने कोटा से कहा। मंजरी बड़ी रणनीति से सहदेव के बगल में विराजी थी और सहदेव को अपने हाथों से भोजन में स्वादिष्ट मांस मिला कर, उसमें अधिक स्वाद उत्पन्न कर एक बालक की भाँति खिला रही थी। खजांची दूसरी ओर बैठा था, इस बात से निश्चिंत कि उसकी पत्नी का सारा ध्यान सहदेव पर है। कोटा को आश्चर्य हुआ कि सहदेव की पत्नी कहां है?"

"परित्यक्त अथवा आत्म निर्वासन में अपने माता-पिता के साथ वह कहीं अधिक खुश हैं। राजा को एक पुत्र देने में असफल रही वह वहाँ अधिक प्रसन्न हैं। जहां उसके अयोग्य होने पर उसे फब्तियां न सुननी हैं तथा न ही उसे लोग घूर कर उत्पीडित कर सकते हैं।" ब्रह्मा ने धीमी आवाज में कहा। पर कोटा को यह सुनने में रुचि नहीं अतः विषय बदला। ब्रह्मा से फुसलाहट की भाषा में कहा, "मैं कभी उस मोटे लड़के की तरह तुम्हें हाथों से नहीं खिलाने वाली।"

"तुम्हें एक उँगली भी नहीं हिलानी, बस आज की रात्रि तुम्हें देखते रहना ही मेरा भोजन है।" ब्रह्मा ने उत्तर दिया।

कोटा लाल हो उठी, "रात! यह सुनना उसे भाया। उसकी रुचि उसमें आत्मविश्वास भर गई कि वह कुलीनों की चहेती है तथा उनका सामना कर सकती है। उसे लगा कि उसका प्रभुत्व ब्रह्मा पर है और यह लगना उसे बहुत अच्छा लगा। जब बात स्वामित्व भाव पर आई तो संभवतः वह मंजरी से कुछ भिन्न न थी। वह ब्रह्मा के साथ बहुत खिलंदडी हँसी हंस दी।

इतने में मुख्य रसोइया आया अतिथियों से पूछने लगा कि क्या सब माननीय अतिथि भोजन से तृप्त हो गए। जब वह कोटा के पास आया, वह ठिठक गया और उसका अभिवादन किया, "मेरे सेवकों ने बताया कि आप ने कुछ नहीं खाया, क्या आपको भोजन पसंद न आया? गुच्छी वाला पुलाव बहुत विशेष बनाया है मैंने।"

कोटा ने इतना अधिक भोजन अपने स्कूल अथवा अन्यत्र कहीं भी नहीं खाया था। अतः उस सब पर विस्मित थी जो कुछ भी यहाँ परोसा जा रहा था। पर उसने विनम्रता से उतर दिया कि "पहले मुझे कुछ करना है उसके पश्चात मैं खाऊँगी।"

रसोइया हंस पड़ा, "भोजन हम कश्मीरियों को एक दूसरे के साथ बांधता

है। जितना अधिक हम कश्मीरी भोजन खाते हैं, हम उतने ही अधिक वास्तविक कश्मीरी बन जाते हैं।"

अतिथि रसोइये के इस भोजन केंद्रित संसार की अवधारणा पर हंस दिए। मुग्ध श्रोताओं को देखकर वह बोलता रहा, "जिन रसोइयों को भोजन नहीं बनाना आता वे अधिक मसाले डालकर भूख को मार देते हैं। मात्र गुरु रसोइयों को ही धमाकेदार सुगंधों के माध्यम से स्वाद बढ़ाना आता है। वे उस बोध के विलुप्त होने को समझते हैं जिससे एक तीव्र चेतना का उदय होता है। ज्यों ही स्वाद की स्मृति घूमने लगती है त्यों ही सुषुप्ति की ओर जा रहा मन पुनः विश्राम पाता है। इससे उदात्त प्रसन्नता की अनुभूति होती है। यही कारण है कि मैं राजसी रसोइया हूँ।"

भीड़ स्वीकार में हंस पड़ी। कि हाँ सत्य है कि उस के जैसा कोई नहीं था तथा वह स्वयं में अपने काम का अद्वितीय कर्ता था। रसोइये ने अंतिम पकवान शुफ्तों का आदेश किया, छोटे छोटे पनीर के टुकड़ों से मिले भूने हुई गिरियां तथा किशमिश, जरा सा मीठा पकवान। यह नमकीन गुलाबी चाय के साथ परोसा गया। यह बहुत सही समापन था राजसी भोजन का।

पूर्णरूपेण तृप्त, अतिथि अब तैय्यार थे रात भर का कार्यक्रम देखने के लिये। सेवकों द्वारा रपटीले द्वारों के माध्यम से सहदेव को संलग्न नाट्यमंडप पर लिए जाने के उपरांत वहाँ विशिष्ट अतिथि भी पहुँच गए। यह एक कक्ष था जो कि रंगकर्म और नृत्य के लिए था। आसन चर्म के गद्दों के थे तथा ऐसे निर्मित कि प्रातः तक उसे फैला कर लेटा जा सके। बहुत से अतिथि पहले कुछ नींद लेते ताकि बाद में अधिकांश मनोरंजन के लिए जाग सकें। स्वागत कक्ष की तुलना में नाट्यमंडप कहीं अधिक कल्पनाशीलता से सज्जित था। फर्श पर कालीन थे तथा दीवारों पर चित्र कला की गई थी। दाएँ मंच के निकट दीए तेज थे तथा उसके पीछे कम। हवा तेज सुगंधों से ऐसे भरी थी कि सभी इंद्रियों को मत्त कर रही थी। कोकुर जो कि सभी उत्सवों का गुरु था, ने एक संक्षिप्त प्रार्थना गाई और घोषणा की कि एक एक मृगचर्म के साथ सभी चुने हुए ब्राह्मणों को उपहार दिए जाएँगे जिन्होंने कि आशीर्वाद दिए। संगीतकार मंच के पीछे आन पहुँचे, अपने वाद्य यंत्रों, बाँसुरियाँ, नगाड़े, ढोलक, वीणा, एकतारा, तंबूरा इत्यादि लिए हुए। हुडुक, शंख, झाँझ मंजीरा तथा सर्वोत्तम संतूर के साथ।

जब कोकुर कोटा के साथ मंच के मध्य तक गया तो दर्शक दीर्घा में स्तब्धता थी कि सभी कुलीन इस युवा स्त्री का महाराजा के समक्ष प्रस्तुतीकरण को देखना चाहते थे। उसने अपना परिधान बदला था तथा एक पारदर्शी रेशमी

परिधान कटे हुए तहों के साथ पहना था। उसके लंबे बाल पार्श्वों से ऊपर की ओर उठाकर एक हृदय आकार के जूढे के रूप में गुंफित थे। यह वहाँ पर एक केशबंधक की सहायता से टिकाया गया था जबकि खुली अलकों को चुस्ती से घुमावदार बनाया गया था, जो उसके बांएं स्कंध पर गिर गिर रहे थे। उसका सुंदर गोल मुख, जरा उभरे कपोल उसको संभ्रांत दिखाते। कोकुर ने कोटा का श्रृंगार प्रथम बार किया था, उसकी नैसर्गिक अबोधता ठाठ बाट भरी सज धज ने ली थी। जब कोटा महाराजा के प्रति विनीत हुई, उसकी गर्दन एक हंसिनी जैसी लग रही थी जब उसने एक पद्य के साथ प्रणय निवेदन किया।

कैसा आश्चर्य कि एक होकर रहते हो तीन हृदयों में
शत्रुओं, विद्वानों, स्त्रियों के
वीरता, विनम्रता, गरिमा से
आप तीव्र रूप से उनमें दुख, स्नेह और प्रेम उपजाते हो।

सहदेव ने अपना हाथ कृपापूर्वक हिलाया। नृत्य को पुष्पों, भोजन से बड़ा माना गया और कि देवी इस नृत्य से प्रसन्न हुई होगी। कोटा मंच के सामने आकर अपने नृत्य का सारांश सुनाने लगी, "आज रात्रि का यह नृत्य राजसी दल द्वारा निर्मित 'मधुमक्खी का नृत्य' कहलाता है। जो कि बसंत के अनुरूप है। संग में छकरी गायन अंतिम ताल तक होगा।" ज्यों ही वह मंच से ओट हुई, पर्दे गिर गए और एक नृत्य-नाटिका नर्तकियों का एक दल दिख गया। कोटा ने नेपथ्य से देखा कि चार स्त्रियाँ आगे आई बारी बारी से अपनी व्यक्तिगत प्रस्तुति के लिए। एक अहंकारी मधुमक्खी,जो अपनी टांगों को चमत्कारिक समन्वय के साथ नचा रहीं थीं यह सब उसका तीव्र साहस था विपरीत परिस्थितियों से संघर्ष में, तथा उसका सामना एक आक्रांता पक्षी से। द्वितीय मधुमक्खी कर्तव्य का मानवी करण थी अतः उसने यंत्रवत, तकनीकी सौष्ठव के साथ अपनी नाक से धरती पर आठ बनाते हुए, जब तक कि वह गिर न गई। पूरी निश्शक्त। हम काम करने के लिये जीते हैं अंततः मर जाते हैं। हम अपना कर्तव्य निर्वाह करने लिए जीते हैं, उसकी गति में यह गान था। तीसरी मधुमक्खी एक युवा तथा क्रांतिकारी थी, जो कि आठ नहीं बनाना चाहती थी तथा अन्य कामगार मधुमक्खियों की भाँति बांझ न थी। वे विचार जिन्हें निकाला जाना चाहिए था, वह उन्हीं के साथ जीवित थी। नर मधुमक्खी दौड़ आया और अंततः उसे डँस के उसे झुका ही दिया। वह धीमे से मर गई। नहीं जान पाई कि उसका दोष क्या था कि वह छत्ते में रहने के योग्य क्यों नहीं। चौथी मधुमक्खी एक विदूषक थी, उसका छोटा, मस्ती भरा

नृत्य ऐसा था कि सभी तांक झांक कर रहे थे तथा आस पास मंडरा रहे थे, अनिश्चितता में कि किस दिशा में जाना है।

अब मंच पर कोटा आ गई। यह उसका समय था। हाव भावों से प्रकृति का आह्वान करने लगी। अपने प्रक्षेपों के माध्यम से सूर्य देव के कोण को लक्ष्य करते हुए वह मुकुटों, कुंजों तथा सुवासों का जादू बिखेरने लगी। दर्शकों ने उसका विचार बिंदु देखा ज्योंही वह एक पुष्प योनि पर बैठ गई। कोटा के पापात्मक कुक्षीय गति ने दर्शकों को मुग्ध कर रखा, जबकि नर मधुमक्खियाँ नेपथ्य में लय में चलती रही।

अकस्मात् दुष्ट पुष्पों ने मंच पर आक्रमण कर दिया। ये ऐंद्रिक नर्तक थे। लहरदार नितम्बों एवं कसे हुए स्तनों के साथ गर्व से मधुमक्खियों की ओर स्वयं को फैंकते हुए मानो कहना चाहते हो कि, 'हम एक हैं।' पंखुड़ियों जैसे परिधान से ढके, उन सब के सिर पर एक एक स्कार्फ था। यह काम से संबंधित नहीं,यह भोजन से संबंधित नहीं, यह बीजारोपण से संबंधित हैं जो हमें संयुक्त करता है तथा परस्परावलंबन जो हम दोनों को जीवित रखता है। हमारे सौंदर्य का कर्तव्य है कि हम कामना उत्पन्न करें, तो आओ हम समागम करें और विस्तार करें।

हर एक फूल ने एक एक मधुमक्खी को फाँसा और दोनों हाथों से एक दूसरे को पकड़े रखा, और न्यून होते वृत्तों में घूमते रहे, किंतु ज्योंही मधुमक्खियाँ पुष्पों का रस पीने लगी,वे एक एक कर भूमि पर गिरती गईं। कोटा ने नर मधुमक्खियों को निकट आते देखा, उसके गिर्द एक वृत्त बनाते हुए। वे उसकी अदम्य शक्ति को भाँप गए। वे उसके साथ संभोग करना चाहते थे; वे उसके लिए मरना चाहते थे, जबकि कामगार मधुमक्खियाँ उसके साथ उड़ना चाहती थीं तथा उसके साथ एक नवजीवन आरंभ करना चाहती थी। इत्र की भारी गंध, धीमी ध्वनि संगीत की तथा कोटा के नितम्बों का छकरी के साथ लयबद्ध होकर घूमना विस्मय कारी था तथा दर्शक मंत्रमुग्ध थे। नर मधुमक्खियाँ कोटा के तनु कटि प्रदेश का स्पर्श करते, उसके पृष्ठ भाग से एक प्रेमी अनुरूप कसा हुआ आलिंगन किया, और उसे गोल गोल घुमाया। एक अग्नि सुलग रही थी कोटा में। हर रंध्रांत मचल रहा था बाहर जाने को। यह वह शालीन नृत्य न था जो उसने और कोकुर ने तैयार किया था। उसके स्तन, पूर्ण और परिपक्व अपने टिमटिमाते वस्त्रों को फाड़ कर बाहर फट पड़ने को आतुर थे। अपने वस्त्रों को चाक कर उसका लचीला शरीर हर बंधन से मुक्त हो नृत्य मग्न होना चाहता था। उसकी हर एक गति ऐंद्रिक घुमावों वाली थी जो मधुर अनुभवों को लक्षित करती, जब वह

नरमधुमक्खियों से भयावह उन्मत्तता से टकराती। वह मधुमक्खी योगिनी थी जो कि हर फूल का रस अपने में लेती थी। उसके देह की कामाग्नि उनका काम भड़काती तथा ज्यों एक भस्म होकर गिर जाता अगला उसके स्थान पर आ जाता। उनके प्रेम के अंतिम विचार भी प्रतिदत्त हुए और प्रकृति का कार्य सम्पन्न। जब अंतिम नर मधुमक्खी ने भी रत्तिक्रीडा की तो वह पुष्प के पाश से मुक्त हुई। कोटा रानी का अभिषेक किया गया और वह अब सृजन के लिए तैयार थी। कामगार मधुमक्खियाँ उसके पीछे झुंड में बैठ गई, मंच से जाने के लिए कि नवजीवन को पुनः आरंभ किया जा सके। पृष्ठभूमि की 'हूँ' ध्वनि अब वैश्विक मूल ध्वनि में परिवर्तित हुई। सभी दर्शक उससे आविष्ट हुए। लगभग उसी क्षण अर्धरात्रि को कश्मीर के प्राचीन पंचांग का 4000वां नववर्ष बज गया। सम्पूर्ण कश्मीर घाटी में लगभग एक हजार मंदिरों कीं घंटियाँ हर्ष ध्वनि में गूंज उठीं। पर्वतों ने वापस अपनी हर्षध्वनि में आशीर्वादों का प्रतिध्वनि में उत्तर दिया। दर्शक एक दूसरे के गले मिले और एक दूसरे को नवरेह का पोषत बोला। अभिनंदन किया। वे फर्श पर तीव्र रूप से प्रहार करने लगे और अभिनेता एवं अभिनेत्रियाँ मंच पर लौटने लगे। उनके मुख दमक रहे थे तथा उनके शरीरों से निकलती ऊष्मा दर्शकों तक पसर रही थी। उन पर सोने चाँदी के सिक्कों की बौछार हो रही थी। मदिरा, भोजन, सुगंध, कवियों की भावात्मकता, छकरी नृत्य एवं संगीतकारों की उन्मत्तता, जो तारें तोड़ने को उद्यत थे, वाद्यों की ही नहीं अपितु उन बंधनों की भी जो चेतना एवं शिष्टाचार में बाँधता है का भी; वाँछित फल दिख रहा था। कोटा ने एक मूलभूत कामना को उजागर कर दिया था, जिसे दर्शक नहीं चाहते थे, न ही उसकी उपेक्षा कर सकते थे।

कोटा ने देखा कि सहदेव ने मंजरी का हाथ अपनी जाँघ से हटा दिया, खड़ा हो गया तथा एक असामान्य रूप से मंच की तरफ चल पड़ा। उसने अपने गले का एक हार निकाल कर कोटा के गले में पहनाया। उसके स्तनों को अपनी कोहनी से निर्लज्जतापूर्वक मसलते हुए उसने अपनी गर्दन पर घुमाई। कोटा तुरंत मंच से हट गई ताकि इस लम्पट से बच सकें। पर राजा की यह करतूत हर किसी दर्शक ने देख ली थी।

कोटा अभी भी अपनी शक्तिशाली प्रस्तुति से थकी जोर जोर से श्वास ले रही थी कि ब्रह्मा और सारस उसके समीप आए। जब वे सभी उसके पिता के पास गए तो कोटा में इस साहसपूर्वक किए मनोरंजन में भागीदार होने पर लज्जा थी।

"तातश्री! ब्रह्मा ने आज सभी भाई बंधुओं को अपने घर बुलाया है। कि

सभी वहीं सो जाएँ। क्या मैं कृपा कर के वहाँ जाने की अनुमति प्राप्त कर सकती हूँ? मैं ने पिछले आठ वर्षों से अपने भाई बहनों को नहीं देखा है, आज की रात्रि मैं उनके साथ होना चाहती हूँ। कृपया अनुमति दें"

उसका पिता यह जानता था कि उसकी पुत्री के यौवन के दिन शीघ्र ही समाप्त होने वाले हैं।

'कोटा तुम जा सकती हो किंतु ब्रह्मा मैं नहीं चाहता कि तुम्हारी 'चूहों की फौज' घर को जला डाले। ध्यान रखना। ब्रह्मा ने पूरी ताकत से अपने केश मानो काटे, जानते हुए कि कभी कभी ऐसी घटनाएँ हुई हैं जब वह और उसके भाई भगिनी एकत्रित हुए। पर यह समझते हुए कि रामचंद्र यह शब्द पूरी गंभीरता से कह रहे हैं। सारस घर लौट आई कोटा को ब्रह्मा के साथ जाने के लिए छोड़ कर।

ब्रह्मा के मित्र पहले ही रात्रि के सुरापान के लिए आ धमके थे। वह इस दृष्टि से भाग्यशाली था कि उसे टोकने को पिता न था। अतः उसका यह उत्सव ऐसा था जिसमें वह निमंत्रण दे सकता था, किसी को भी। वे सभी युवा थे और उनके निजी उत्सव में अच्छी शुरुआत हो गई थी मदिरा से, या फिर गाँजे से भी, जो कि आस पास घुमाया जा रहा था। यह वसंत था तथा कोटा को इसमें कुछ आश्चर्य न हुआ कि संभ्रांत युवतियाँ बिना ऊपर का वस्त्र पहने थीं। नग्नता कोई समस्या न थीं पर उस को आश्चर्य यह था कि प्राचीन बनावटें तथा गिलगित के गर्म पाजामें अब नया रिवाज था। गिलगित के पुरुष मदिरा पान एवं खाने पीने के संबंध में तथा अपनी पुत्रवधूओं के साथ अवैध संबंध बनाने में कुख्यात थे। वे किशनगंगा नदी के तल पर स्वर्ण खोजने में निपुण थे। गिलगित में उभयलिंगी संभावनाएँ थीं तथा वहाँ की लड़कियों को पता था कि युवाओं के संग शरारत कैसे करनी है। युवा, सुंदर कश्मीरी कन्याएँ अपनी सफेद टांगों का प्रदर्शन कर पूरे फर्श पर प्रमत्त हो रही थी। आपस में हंसती तथा पुरुषों से दुष्टतापूर्वक बतियाती। स्पष्ट था कि समाज के नियम इन संभ्रांतों के लिए न थे। कोटा ने स्वयं को गंवार की तरह घूरने से रोका,और उसे कुछ ऐसा याद आया कि वह उससे परेशान हो उठी। वह उस व्यक्ति की ओर मुड़ गई जो उसे सदा ही सच बत्ताता था।

"ब्रह्मा! सहदेव और मंजरी में क्या संबंध हैं?"

ब्रह्मा ने कोटा को अपलक देखा, "चलो हम दोनों अपने उद्यान में चलें, वहाँ हम अकेले एक दूसरे से मिलेंगे।"

कोटा ब्रह्मा की अनुगामिनी हुई। वहाँ वे एक एकांतिक कुंज था। ब्रह्मा ने

उसके कान में कहा, "कुछ लोग कहते हैं कि मंजरी सहदेव की अर्ध भगिनी है।"

कोटा चौंक गई पहले तो, फिर धीरे से सिर हिला कर कहा, "नहीं नहीं यह सत्य नहीं हो सकता।"

ब्रह्मा बोला, "लोग कहते हैं कि यही एक कारण है कि क्यों रामचंद्र ने सहदेव का विवाह मंजरी संग करने की अनुमति नहीं दी

जब कि वह उसके प्यार में अंधा हो गया था। दूसरी बार भी तुम्हारे पिता ने यह प्रयास उसका विफल कर दिया। खजांची ने मंजरी से विवाह किया यह जानते हुए कि वह सहदेव के अत्यंत निकट है। संभवतः इसी कारण भी। सहदेव बहुत निम्न से आया है, उसके हाव भाव, क्रिया कलाप में वह बात नजर आती है। इसी कारण वह बहुत ही असुरक्षित-सा अनुभव करता रहता है।"

कोटा ने मुँह बनाते हुए कहा, "मंजरी मुझ से घृणा क्यों करती है?"

"उसने तुम्हारे पिता को क्षमा नहीं किया सहदेव के साथ विवाह में बाधा के लिए। अब तुम महाराजा पर आधिपत्य जमाने के विषय में एक भय के रूप में उभरी हो। वैसे तुम्हें यह नीलम किसने दिया, जो तुमने पहन रखा है।"

कोटा ने रिनचिन से मिलने की सारी कथा सुनाई। ब्रह्मा को बहुत बुरा लगा। "उतार लो इसे, मैं नहीं चाहता तुम यह पहनो। तुम्हें पता है नीलम पहनना तुम्हारे लिए बुरा भी हो सकता है, जब तक कि ज्योतिषी तुम्हारी जन्मपत्री में देख न लें। न ही मैं चाहता हूँ कि तुम वह हार भी पहनो जो उस बुड्ढे सहदेव ने तुम्हें दिया।"

कोटा ब्रह्मा की इस प्रतिक्रिया से चकित हो उठी, "क्यों?"

"ये दोनों तुम्हें प्राप्त करना चाहते हैं किंतु ये तुम्हारे योग्य नहीं," ब्रह्मा ने निवेदन किया। "इसके अतिरिक्त तुम जानती हो मैं तुम्हारे प्रति वह भावना रखता हूँ जो मित्र होने से कहीं बड़ी हैं।"

"ब्रह्मा मैं जानती हूँ तुम्हारा मेरे प्रति कितना प्रेम है, पर इन सब की गति अति तीव्र है।" कोटा ने विरोध किया। "मेरे भीतर एक बच्ची अभी भी है, मुझे इस सब पर विचार करने का कुछ समय दो।"

"कोटा विचार तुम्हें कुछ नहीं कहेगा, भाव सब कुछ बताएगा।" ब्रह्मा ने सशक्त ढंग से कहा।

"अपनी ये द्विअर्थी बातें बंद करो।" कोटा ने विनय की। "वृक्ष पर बैठा तोता यह सब प्रातः काल में बोलेगा और संसार हम दोनों पर थूकेगा।"

ब्रह्मा कोटा के निकट आया, कमर से पकड़ कर, धीरे से किंतु दृढ़ता

से उसे कुंज के एकांत में खींचा। कोटा ने न मना किया न कर ही सकी। उस पूरी रात्रि उसकी देह उसकी बुद्धि और नियंत्रण से बाँह भटक रही थी। वह उसके अत्यंत निकट आई। उसके स्तनों पर उसकी छाती का दबाव था। उनके होंठ मिले, फिर उनके मुख और उनकी जिह्वाएँ मिलीं। उसने बहुत प्रयास किया कि वह वापस धर्म पर लौट आए किंतु उसका क्रांतिकारी मन उसे बता रहा था कि सौंदर्य का धर्म ही काम उत्पन्न करना है। और काम का धर्म है रति क्रिया। और रतिसुख का धर्म स्वयं में ही धर्म है। उसकी उन्मत्त कामना धर्म से बाधित न थी। और ब्रह्मा सहज ही जानता था कि उसे सभी वर्जनाओं से मुक्त कैसे करना है। कोटा का दुर्बल विरोध कोई अर्थ न रखता था। वह सहदेव के कश्मीर में हर वस्तु की भाँति खो ही गई थी। ब्रह्मा ने हर स्थल को छुआ। स्पर्श के स्थल का लेपन किया। आंतरिक लेहन किया तथा कामोत्तेजना का स्पर्श जो इतना लघु सा लगा उसे जैसे मधुमक्खी का स्पर्श। दुष्ट लड़कियाँ आपस में हँसी कर रही थी कि स्पर्श का गुरु कौन है। वे अपनी भौंहों के धनुष चलाती और कूट शब्दों में गाती, "प्रवेश नहीं, अवगाहन ही; विकृति नहीं, परिव्यापन ही," शीघ्र ही कोटा का उद्दीपन ब्रह्मा के श्वासों में खो गया और वे एक ताल में श्वास ले रहे थे। विद्यालय में उसका कितना ही समय उसके विषय में चिंतन करने में व्यतीत हुआ था, कि वह कैसा होगा, अपने मिलन के स्वप्नों को देखते हुए। ब्रह्मा उसका सच्चा प्यार था और वे सदा एकात्म, सहयात्री रहेंगे। उनके शरीर एक हो गए थे इस प्रयास में कि एकरूप गल जाएं, मिल जाएँ।

सहसा कोटा की चीख निकल आई। उसके कानों में एक हुंकार की ध्वनि बज उठी और उसकी चेतना कहीं तैरने लगी।

तरंग-4

# डामर

कोटा और ब्रह्मा अधिक से अधिक समय साथ बिताने लगे। कोटा के लिए यह आनंद था जो उसने आज से पूर्व कभी अनुभव न किया था। इस निकटता से वह ब्रह्मा को अधिक समझ सकी। छोटी आयु में पितृविहीन वह कुछ विषयों में प्रौढ़ हुआ था तथा कुछ विषयों में बिल्कुल अविवेकी।

"किसी ने उसपर नियंत्रण नहीं रखा है किंतु वह मेरी प्रशंसा करता है क्योंकि मैं उसकी घरवाली हूँ। हम सबसे अधिक सुखी और प्रसन्न दम्पति होंगे।" उसने सारस के पास यह घोषणा कर दी। और कि "मैं एक आदर्श पत्नी सिद्ध हूँगी उसके लिए। तुम और तातश्री इसका अंग होंगे क्योंकि मैं ब्रह्मा को यहाँ आने के लिए कहूँगी, मैं उसके वहाँ नहीं रहना चाहती। जहां वह चण्डाल चौकड़ियाँ करता रहा है।" सारस मुस्कुराई।

"कितने बच्चे पैदा करोगी?"

"कम से कम तीन। मुझे एक बेटी और दो बेटे चाहिए। बेटियाँ अच्छी होती हैं। वे माताओं को स्मरण रखती हैं।"

"क्या तुम उन्हें शारदापीठ भेजोगी?

"बिलकुल। पर पहले मैं अपनी पुत्री को पढ़ाना चाहूँगी वह सब जो मैंने जाना है ताकि वह आरंभ में ही उड़ान भरे। मैं उसे प्रसिद्ध कश्मीरी कन्याओं में उल्लिखित चाहूँगी। यह सोचना कि यह युवा कन्या 'बुद्ध...' शारदा ग्राम से आकर एक रानी बन गई और अपने जन्मस्थान को एक बड़ा नगर एवं अध्ययन का केंद्र बनाया; जो कि किसी भी स्त्री के लिए प्रेरणा दायी है। जहां तक पुत्रों का संबंध है, वे अपने पिता से सीखेंगे। हम परिपक्व दम्पति और परिपक्व माता पिता सिद्ध होंगे।"

"सच?" सारस ने मुख को भावशून्य करते हुए पूछा।"

"हाँ।" कोटा ने दृढ़ता से कहा। फिर रुक कर जोर जोर से हंसने लगी। "अब मैं आपका आशय समझ गई। नहीं, मैं नहीं चाहती कि हमारे बेटे पढ़ाई में ब्रह्मा जैसे हों। वह अच्छा उदाहरण नहीं है। मैं उन्हें पास में इशभर में पढ़ने के लिए भेजूँगी और उसके बाद शारदापीठ भेज दूँगी; जहां गुरु गौतम से वे शिक्षा ग्रहण करेंगे। वह मेरे लिए प्रेरणा स्रोत थे।

"दो परिपक्व भागों से निर्मित एक परिपक्व दम्पति।" सचेत सारस ने कहा। "अभी तक तुमने ब्रह्मा को कितना जाना है। जब वह बड़ा हो रहा था उसका पिता नहीं था। विद्यालय में वह उद्दंड था। वह ऐसी पत्नी से कैसे अच्छा रहेगा जो उसे कहें कि क्या करना है और क्या नहीं। किंतु वह दयालु है तथा निष्ठावान भी। और निश्चित रूप से वह ठेठ कश्मीरी सौंदर्य का स्वामी है।"

"मैं उसे परिपक्व बनाऊँगी," कोटा ने आत्मविश्वास से कहा। "तुम बस प्रतीक्षा करो और देखती जाओ। उसने मुझे कहा कि मैं तुम्हारी कान की बाली बन कर रहूँगा। जो मेरी हर गति के अनुरूप हिलेगा।"

"प्रेम अंधा हो सकता है पर विवाह में आँखें खुली रहना आवश्यक है। शीघ्र विवाह और आराम से पश्चाताप एक पुरानी कहावत है। सुनिश्चित करो कि तुम ब्रह्मा को वास्तव में अच्छी प्रकार जानती, समझती हो, इससे पहले कि तुम अंतिम चरण उठाओ।"

कोटा ने सारस की चेतावनी को उसे प्रसन्न रखने लिए स्वीकार किया। युवा युगल अभिन्न थे। ब्रह्मा ने शीघ्र ही घोषणा की कि वह उसके पिता से विवाह के लिए उसका हाथ माँगेगा। दूसरे दिन कोटा को बताया गया कि ब्रह्मा उसके घर आया था तथा उससे एवं उसके पिता से मिलना चाहता था। कोटा का हृदय तीव्र धड़क उठा जब वह उसके समक्ष अपने पिता के साथ उपस्थित हुई और उसने घोषणा की कि वह विवाह का प्रस्ताव लेकर आया है।

कोटा का हृदय प्रसन्नता से फट सा रहा था, जब तक कि उसने अपने पिता के मुख पर उसकी प्रतिक्रिया न देखी। ऐसा लग रहा था कि मानो उस पर पत्थर मारा गया हो। भला वह क्या विचार रहा था?

"मैं जानता हूँ कि कोटा तुम्हें चाहती है और मैं तुम्हें अपना पुत्र मानता हूँ, किंतु मैं इस विवाह की अनुमति नहीं दे सकता।" रामचंद्र ने घोषणा की। कोटा और ब्रह्मा जम गए जैसे; नकार का विचार उनकी मति में आया ही नहीं था। अपने अंगारक योग से अनभिज्ञ कोटा ने आगे बढ़कर ब्रह्मा का हाथ अपने हाथ में लिया।

"तातश्री! क्यों नहीं?" ब्रह्मा ने अनुनय किया। "मुझ में क्या बुराई है, या इस प्रस्ताव में? कोटा और मैं एकसाथ बहुत प्रसन्न रहेंगे।"

रामचंद्र दृढ़ था। "तुम थोड़े से बचकाने हो, पर वह तुम्हारी सुंदरता भी है। यद्यपि वह कारण नहीं है मेरे इस प्रस्ताव को अस्वीकार करने का। कोटा से तुम्हारा विवाह अत्यधिक संकटपूर्ण होगा, कोटा के लिए भी। मेरा निर्णय अंतिम है।"

"क्या आप कोटा का विवाह राजनीतिक गठबंधन की दृष्टि से करना चाहते हैं, अर्थात् सहदेव से उसका विवाह करना चाहते हैं?"

"सहदेव को मुझे मिलने के लिए मरोड़ उठ रहे थे पर मैंने वह सूंघ लिया शीघ्र ही। वह व्यक्ति शारीरिक और बौद्धिक रूप से क्लीव है।"

"तातश्री। यह सब क्या है? क्या मैं लचर सहदेव को नहीं जानती?" कोटा ने क्रोध में पूछा।

"सहदेव की तुममें रुचि के विषय में जानने से क्या भला होता? हम लगभग हाथापाई पर आ गए।"

"यदि मैं नहीं तथा सहदेव भी नहीं, तब कौन?" ब्रह्मा ने तीक्ष्ण रूप से पूछा। "क्या आपकी योजना कोटा को कश्मीर से बाहर भेजने की है?"

रामचंद्र ने बल देते हुए कहा, "कोटा कश्मीरी है तथा अन्यत्र कहीं नहीं जाएगी, यह मेरा वचन है।"

ब्रह्मा को नकारा नहीं जा सकता था। "संभवतः आप सहदेव के विरुद्ध एक तख्ता पलट की योजना बना रहे हैं", वह चिल्लाया। "लोग कहते हैं कि आप उस व्यक्ति के लिए कोटा को तुरुप का पत्ता बनाना चाहते हैं जो महाराजा बनेगा, तब कोटा रानी बनेगी और आप राजा को बनाने वाले।"

"तुम मेरी निष्ठा और चरित्र पर उँगली उठा रहे हो, उसने दबी जुबान में कहा। "मैं राजा की सेवा इसलिए करता हूँ कि वह क्या है न कि वह कौन है। कोटा किससे विवाह करेगी मात्र ग्रह तय करेंगे।"

ब्रह्मा ने अपना हाथ खींचा और कोटा का सामना करने लगा। "तुम्हें निश्चय करना है, तुम्हारे ग्रह नहीं तो क्या तुम मेरे साथ हो अथवा अपने तातश्री के साथ? वह तुम्हें खोना नहीं चाहता अतः तुम्हें एक कातनेवाली बना कर समाप्त कर देना चाहता है।"

"तातश्री! आप अपने अधिकांश जीवन में ब्रह्मचारी रहें हैं, यदि मुझे मेरा इच्छा का मनमीत मिला है तो आपको आपत्ति क्या है?"

रामचंद्र पराजित हो गया। परलोक सैनिक होने के नाते यह तो कतई न

था कि वह समर्पण कर देता। "नहीं, चूँकि मैंने जीवन में दुख भोगा है और जो कुछ जीवन में खोया है, बस वही कारण है कि मैं तुम्हारा यह विवाह नहीं स्वीकार कर सकता।"

ब्रह्मा में सदा ही धैर्य की कमी थी व बोला, "अब बहुत हो गया। कोटा तय कर लो क्या तुम मेरे साथ हो अथवा अपने तातश्री के साथ?"

कोटा ने अनिश्चय से इन दोनों पुरुषों की ओर देखा। "मैं नहीं जानती क्या करना चाहिए अथवा किसके साथ होना चाहिए। मेरी माँ नहीं है जो मुझे बताती कि ऐसे में मुझे क्या करना चाहिए। मैं आप दोनों में से किसी का चुनाव नहीं कर सकतीं क्योंकि मैं अपने नेत्रों में से किसी एक को नहीं चुन सकतीं। मैं चाहती हूँ कि तातश्री हाँ बोले इससे पूर्व कि मैं तुम्हें हाँ बोलूँ, ब्रह्मा!"

ब्रह्मा असंतुष्ट, बोला, "तो उत्तर 'नहीं' है। यह अंतिम बार है कि आप दोनों मुझे देख लोगे इस घर में।" वह आसपास घूमा और सामने के द्वार से बाहर निकल गया

कोटा ने अपने पिता के सामने विनय की, "क्यों? क्यों नहीं?"

"मैं बताऊँगा, जब तुम सुनने को तैयार होंगी।" मात्र इतना ही रामचंद्र कह सका।

"तातश्री! मैं कोई छोटी बच्ची नहीं हूँ मैं एक प्रौढ़ स्त्री हूँ और मेरा मेरे जीवन पर पूर्ण नियंत्रण है"

रामचंद्र मौन रहे। कुछ भी नहीं कहा।

कोटा मुड़ी और ब्रह्मा के पीछे दौड़ पड़ी। उसको पुकारते हुए प्रार्थना करने लगी कि वह रुके, प्रतीक्षा करें और कोई अविवेक भरा काम न करें। ब्रह्मा नहीं रुका। उसके शब्दों पर ध्यान नहीं दिया और भाग गया। शीघ्र ही वह उस भीड़ में खो गया जो शमशान घाट की ओर जा रही थी। एक तूफान उठा था उसके भीतर जब वह उसके पीछे दौड़ रही थी। वह शमशान घाट हाँफते हुए पहुँच गई। उसकी सांस बुरी तरह से फूल गई। वहाँ बहुत अधिक भीड़ थी और वह नहीं चाहती थी कि कोई उसे देखे, कोटा ने वृक्षों के झुरमुट में एक एकांत भरा कुंज देखा, उसके भीतर गई और ब्रह्मा को खोजने लगी। पुरुषों और स्त्रियों के छोटे छोटे दल भूमि पर बैठे थे। हर एक दल का एक सामंत मुखिया डामर था, जो कि अपने ग्रामीण के साथ था। मानो एक गढरिए का कुता अपने साथ पशुओं का झुंड अपना झुंड लाया हो। चाँद प्रखर था। कोटा को इसकी छवि वितस्ता में दिखाई दे रही थी। नदी के तट के पास ही मंदिर था। उसकी सीढ़ियाँ पानी की ओर नीचे थीं। जहां यात्री दिवंगत के लिए अपने कुल पुरोहितों के निर्देशन

में श्राद्ध किया करते। कोटा ने उसको वृक्ष की छाया में बैठा देख लिया। उसका मुख रक्तिम था और अस्वाभाविक रूप से उसका विकट जबड़ा सख्ती से बंद था। उसने चाहा कि वह उस तक पहुँचे और उसे इस अंधकारमय शमशान से बाहर ले जाए। पर वह ऐसा कुछ नहीं कर सकती थी।

जोगी जो कि प्राचीन शिव मन्दिर में रहता था, जिसका सदा ही उपयोग दाह संस्कार के लिए किया जाता था। घाटी में सर्वाधिक सदा दिखने वाला तांत्रिक था। एकत्रित भीड़ को उसकी शक्तियों पर पूर्ण आस्था थी। वे अपने साथ साधारण उपहार लाते। पुष्प गुच्छ, घी का डिब्बा, चावलों का थैला, फल, अन्य खाद्य सामग्री देवी को चढ़ाये जाने की प्रतीक्षा करती।

एक छोटा सा दल नदी तट से प्रकट हुआ और कोटा ने देखा कि जोगी के आसपास आठ स्त्रियों का एक दल जमा हुआ। उसके जबरदस्त काले बालों के गुच्छे उलझे हुए थे तथा उसके कंधों से लटक रहे थे। उसने एक पतला धागा पहन रखा था, जिसमें एक पतले कपड़े का टुकड़ा था जो कठिनाई से उसकी जननेंद्रिय को ढकता था। उसके शरीर से पानी चू रहा था जब वह एक समतल पाषाण पर चौकड़ी मार कर बैठा। स्त्रियाँ उसके आसपास बैठ गई, उसको सुखाने के पश्चात उसके पूरे शरीर पर राख मली। वे चुस्त पेटीकोट और लूँगी पहने थीं। कोटा ने आश्चर्यमय जोगी को प्रथम बार देखा। उसे मुख तथा शरीर पर बाल न थे। तीक्ष्ण नासिका और तीक्ष्ण जबड़े थे तथा दोनों कानों में बालियाँ पहन रखी थीं। वह छोटे कद का था और उसकी काया लड़कों जैसी पतली थी, जो कि उसके संयमपूर्ण जीवन को दर्शाता था। मृगछाल के नीचे उसका अंग लंबा तथा अशांत था। इधर से उधर घूमता हुआ मानो हाथी की सूँड़। उसकी उँगलियों पर लंबे अनकटे नख थे। उसका जनेऊ मनुष्य के केशों से गुँथा था। उसकी भुजाओं में कंगन थे। मनुष्य की अस्थियों से निर्मित कानों की बालियाँ तथा, हार और छोटा सा दरांती जैसा चाँद उसके केशों के घोंसले में विराजमान था। उसने अपना मुँह खोला और अपने कपोलों को बजाने लगा, हुडुक की ध्वनि निकालने लगा। भीड़ झूम उठी। जब उसने अंततः बंद किया तथा बोलने लगा, कोटा को उसकी शक्ति समझ आई। जोगी के शरीर में मोड़ संपूर्ण शरीर में फैल गया, वायु श्वासनली में उसके पेट से धौंकनी की भाँति उठकर आती और उसके सामने समूचे स्थल पर फैलती। शब्द द्रुतगति से आते, उसका अस्थिपिंजर उसके बोलने के साथ काँप उठता। वह देवी के विषय में अत्यंत निजी घनिष्ठ शब्दों में बोलता गया।

उसने घोषणा की, "मैं वर्जना विहीन हूँ मैं मृत्यु भय को जीत चुका हूँ

मैं सभी एक सौ बारह विज्ञान भैरव तंत्र पद्धतियों में निष्णात हूँ जो मन की कोई भी अथवा सभी कामनाएँ पूरी करती है। गौतम ने मात्र एक पद्धति का अभ्यास किया और वह बुद्ध बन गया। मैं शिव को प्रणाम करता हूँ, जो कि सभी के रचयिता हैं। आपके लिए मैं देवी का आह्वान करूँगा, कि एक योगिनी में आएँ। देवी किसी भी प्रश्न का उत्तर देंगी एवं किसी भी समस्या का समाधान करेंगी। देवी क्रुद्ध एवं भूखी है क्योंकि लोगों ने उसके मार्ग को विस्मृत कर दिया है। सहदेव को शीघ्र ही दण्ड मिलने वाला है। पतनशील राजा का अंत होगा, किंतु देवी को भोग लगेगा, वह संतुष्ट होंगी तब वह शक्ति और आशीर्वाद अपने वंश को देंगी।

कोटा ने पहचान लिया कि जोगी के दर्शक उसकी हथेली पर थे। ये भोले, गरीब किसान और गिढरिये थे, इनका जीवन उन शक्तियों पर निर्भर था, जिसपर इनका कोई नियंत्रण न था। उन पशुओं से कुछ अच्छा नहीं था इनका जीवन, जिन्हें ये पालते थे। जीवित रहने के लिए इन्हें किसी ऐसी बात/चीज पर विश्वास करना ही था जो इन्हें अपने अस्तित्व संबंधी दुखों से तत्काल विश्राम दे सकें। आस्था ठीक थी अच्छे समय में किंतु अब समय बहुत बुरी तरह खराब होने को भयभीत कर रहा था, अतः वे चाहते थे कि कोई चमत्कार हो जाए।

"किसी के पास वह जादुई शक्ति नहीं जो मेरे पास है। मैं उड़ सकता हूँ, मैं अदृश्य हो सकता हूँ। मैं भविष्य देख सकता हूँ। मैं विष्ठा खा सकता हूँ और मूत्र पी सकता हूँ उसी प्रसन्नता के साथ जिसके साथ मदिरा पी सकता हूँ जिससे कि माँस और मदिरा। मैं दबे हुए खजाने खोज सकता हूँ। मैं जादू कर सकता हूँ तथा दौरे पड़ते हों किसी पर तो उसका भी उपचार कर सकता हूँ। मेरे लिए सभी अनुभव समान है। मैं आप की सभी समस्याएँ सुलझा सकता हूँ, आपकी सभी कामनाएँ पूरी कर सकता हूँ।"

अब तक आठ योगिनियाँ उसके समन्तात बैठी थीं और गा रही थीं। भीड़ भी उनके साथ गा रही थी। कोटा ने देखा कि एक लड़की अलग थीं तथा वह पहचान गई कि यह वही जार्जियाई लड़की है। जिसका नाम तातियाना था। उसने सादा सा कश्मीरी लिबास पहना था और ढीली लाल लूँगी। नेतृत्व कर रही स्त्री कश्मीरी दृष्टि से काले रंग की थी, और वह गाते समय हिलती हुई लग रही थी। कोटा ने उसे पहचान लिया यह हांजी थी। वह एक धोबिन थी।, वह गलियों में कपडे ग्राहकों को देती अथवा लेती रहती। टोकरी उसकी शिखा पर रखी रहती। भीड़ समझ गई कि उसे चुना गया। भीड़ जोर जोर से गाने लगी।

आ गई आ गई।
शेर सवारी आ गई।
आ गई आ गई
शेर सवारी आ गई
शेर सवारी आ गई।
आ गई जी आ गई।
कृपा वाली आ गई
भक्तों दर्शन कर लो आ गई।
आ गई जी आ गई शेर सवारी आ गई।
जयकारा सिंह वाहिनी का!

श्यामा स्त्री पूर्ण रूप से अब परा अवस्था में थीं तथा गंभीर ध्वनि में बोलने लगी। भक्त एक एक कर आए और प्रश्न पूछने लगे। उस समस्या के लिए जिससे वे जूझ रहे थे। स्वास्थ्य, फसलें, पड़ोसी की कुदृष्टि, एक गर्भवती माता जो सुरक्षित प्रसव चाहती है, वर्षाहीनता। हर समस्या के लिए योगिनी किसी न किसी तीर्थ विशेष में पूजन, किसी तिथि विशेष का व्रत तथा देवी माँ पर चढ़ावा चढ़ाने को कहती।

कोटा ने कोकुर को दो अन्य पुरुषों संग बैठे देखा। एक नाई था दूसरा विवाह सम्पन्न कराने वाला मंजिमयोर। नाई खड़ा हो गया। "मैं एक अविवाहित नाई हूँ। मेरे पास एक क्षुर है, वहीं मेरा संगी है। मेरी न के बराबर आजीविका छोटे लड़कों के यज्ञोपवीत संस्कार पर उनके केश काटने पर निर्भर है, किंतु कोई भी धार्मिक बाध्यताओं का सम्मान नहीं करता। क्या देवी माँ मेरी इच्छा पूरी करेंगी मैं परिवर्तन करना चाहता हूँ। क्या इस नर्क से कुछ परिवर्तन होगा।

योगिनी ने उसे दंड देते हुए कहा, "सभी स्वस्थ पैदा होते हैं, किंतु कोई भी स्वस्थ नहीं मरता। तुम्हारी अधीर कामना कहीं तुम्हें पथभ्रष्ट न कर दे। पहले अपने बाल काटो ताकि तुम स्वयं पहले वह हो जाओ जो तुम दूसरों को बनाना चाहते हो।"

नाई अचम्भित नीचे बैठ गया। अंततः लगभग एक घंटे बाद जोगी ने समापन की घोषणा की तथा योगिनी परा अवस्था से बाहर आई। योगिनियों ने आसपास छोटी-छोटी पूड़ियाँ प्रसाद के रूप में बाँटी, कोटा चकित हो उठी कि इन में क्या था। अब भीड़ छँटने लगी। संतुष्ट कि उनकी प्रार्थनाओं के उत्तर आ गए थे तथा वे मंदिर के पुरोहितों द्वारा महँगे माँगों के शिकार न हुए। गाँव के लोगों

को जो चाहिए था वह आशा और उनकी रक्षा थी, वह उन्हें मिल रहा था बल्कि उससे कहीं अधिक।

कोटा हल्के से काँप उठी। क्या यह शीत था या कि शमशान? जोगी सहदेव से कुछ भिन्न न था। लोगों की भावनाओं का शोषण करना तथा उनके मन के साथ खेलना। ये अति दीन लोग थे, वे लोग जिन्हें उनका उचित भाग नहीं दिया गया। किंतु कोटा इस बात से अत्यंत दुखी हो उठी कि महल और लोगों के बीच कितनी चौड़ी खाई थी। जब सहदेव अपने मुकुट के मध्य में जड़ने के लिए हीरे खरीद रहा था, उसके पीड़ित लोग तिनकों पर बसर कर रहे थे। सहदेव अपनी प्रजा की माता पिता की तरह व्यवहार नहीं कर रहा था, उसकी गद्दी किसी भुरभुरी रेत पर थी जो उसे ढहा देगी। किंतु कोटा के हृदय में अपनी व्यक्तिगत पीड़ा थी जिसका उपचार जोगी नहीं कर पाया। उसे सारस से चर्चा करनी थी। उसका सिर फटा जा रहा था जबकि उसका ध्यान पुनः जोगी ने खींचा।

योगिनियों ने एक छोटा सा वृत्त जोगी तथा अग्नि के समंतात बनाया, तथा किसी कारणवश ब्रह्मा उनके साथ सम्मिलित हुआ, जो कि ठीक मध्य में बैठ गया। लपटें आकाश में पहुँच रहीं थीं। लकड़ी के लट्ठ भूख से गरज रहे थे, चमक रहे थे, चिटक चिटक रहे थे। जोगी बार बार आह्वान मंत्र बोलता जाता, "अग्निवेताल! अग्निवेताल! हम वीरमिलाप का उत्सव कर रहे हैं।" उसने नरमुण्ड, जिसमें कि फूल रखे थे, में लाल रंग की मदिरा डाली और ब्रह्मा को दी जो उसके सम्मुख बैठा था। कोटा की समझ में नहीं आया कि क्यों योगिनियों ने ब्रह्मा को अपने मध्य बैठने को आमंत्रित किया। वे एक रीतिबद्ध वृत्त में नृत्य करने लगी। तीन बार दांए से बांए अपने बांई जाँघ पर मारते हुए, फिर उस क्रम को उल्टा कर फिर अपनी दाई जाँघ पर मारते हुए; तब पुनः इस क्रम को उल्टाते हुए। तब वे एकल नृत्य करने लगीं। एक उछल कूद रही थी, कल्लोल कर रही थी; दूसरी विभिन्न हस्तमुद्राएं प्रदर्शित कर रही थी। तीसरी नरमुण्ड तक गई और उसमें पड़ी मदिरा खूब सारी पी डाली। चौथी पाँचवीं के पास गई और उसका अधोवस्त्र खोलकर उसकी गुदा को चाटते चाटते, 'पिचू, पिचू, पिचू' गुनगुनाने लगी। श्यामा की मुखाकृति परिवर्तित हो चुकी थी वह अपने नृत्य के श्रम से हिंसक लग रही थी। मानो उसने मन बना लिया हो, वह ब्रह्मा की ओर मुड़ गई और उसकी बाँह पकड़ ली, उसको वृत्त के मध्य में ले गई। ब्रह्मा की निकायों पर प्रसाद का प्रभाव हो चुका हो; उसने धीमे से अनुसरण किया जब जोगी पढ़ने लगा:

"गुरुदेव ने जो अभ्यास मुझे मुक्ति हेतु बताएँ हैं, योगिनियों की यह सभा सम्मानित हुई है। योगिनियाँ मेरे लिए एक वृत्त में सम्मिलित हुई हैं। 'महान योग उत्सव'। अपने ताण्डव नृत्य में कुछ आकाश को छू गई, शेष भूमि पर ही रह गईं। सभी प्राणियों की दिव्य शक्ति शुभ (मंगला) देवी जो सब की अधिष्ठात्री है।"

एक तीव्र गति में श्यामा ने अपना कमरकोट उतारा तथा लाल रंग की लूंग्य भी हटा दी, ताकि अपना दृढ़ शरीर दिखा सके। चंद्रमा के प्रकाश में चमकती वह। उसके कटि पर एक सर्प का चित्र था। एकांतर रूप में उसमें काला और लाल रंग था, उसके मेरुदण्ड के मूल से उठता हुआ केशों में विलीन हो रहा था। जब वह धीमे से भूमि पर लेट गई, ऐसा लगा कि योगिनियों को विदित था कि क्या करना है। जोगी का नरमुण्ड पात्र लेकर, उसमें से जल डाला, उसके नितंबों के मध्य से एक धीमी धार में। जोगी धीरे से गुनगुनाने लगा, "तुम मूल पुरुष हो, वीर्य दाता, मुझमें वीर्य भर दो।"

कोटा भयभीत हुई, देखा कि योगिनियों ने ब्रह्मा को थामा, शीघ्र उसके कपड़े उतारे और भूमि पर लिटाया।

"नहीं ब्रह्मा! रुको, इसका विरोध करो।" कोटा ने ध्वनिहीन ढंग से चीखा, किंतु ब्रह्मा की ओर से कोई विरोध न हुआ। इस प्रसाद में क्या प्रभाव था, जो उसने खाया? क्या उसने जोगी को उस घटना के बारे में बताया था जो हमारे और रामचंद्र के मध्य हुई। उसके पिता ने उसे अस्वीकार किया, इसका अर्थ यह नहीं कि वह उससे कम प्रेम करती है। यह उसके और कोटा के लिए उसके प्रेम के विषय में क्या बताता है। ब्रह्मा अपने अतिरिक्त अन्य किसी पर भी इस स्थान पर होने का दोष नहीं दे सकता था। कोटा उसका यह दृश्य देखने का दोष स्वयं के अतिरिक्त किसी को नहीं दे सकती थी।

कोटा ने यह देखकर अपने भीतर विरोध का अनुभव किया जब श्यामा योगिनी ब्रह्मा पर चढ़ बैठी तथा अपना मुख उसके मुख के निकट लाया, उसने उसका चुंबन लिया तथा अपने मुख से सुपारी का टुकड़ा उसके मुख में डाल दिया। वह धीरे-धीरे उसपर चढ़ती रही, वह लंबे और गहरे श्वास लेने लगी। उसका शरीर मरोड़ खाने लगा। सर्प अपनी पूरी लंबाई के साथ लहरें मारने लगा। ब्रह्मा योगिनी को उसके पद्म के माध्यम से ऊर्ज्वसित कर रहा था। तब योगिनी उसे धीमे से बोलते हुए उठा रही थी, 'मैं तुमसे पोषण प्राप्त कर रही हूँ जैसे कमल नाल झील से पोषण प्राप्त करता है। तुम वायु मार्ग में उड़ रहे हो। ऊँचा

और और ऊँचा हम उड़ रहे हैं। शहर, घाटी, उपमहाद्वीप और पूरी धरती ही एक बिंदु में सिमट गई है।'

'योगिनी की लयात्मक श्वास प्रक्रिया छोटी और तीव्र हो गई। सर्प की गतिविधि कुछ लोगों को सम्मोहित कर रही थी। वह इस अनुभूति से रूपांतरित हो चुकी थी, धीरे धीरे वह धीमी पड़ गई।'

'तुम मेरे प्रिय हो और मैं अपनी सहस्रों जिह्वाओं से तुम्हारे अंदर चाट रही हूँ, तुम्हारे शरीर की हर तंत्रिका को अपनी शीतल रजत रश्मियों से मल रही हूँ 'वह उसके कान में फुसफुसाई।, 'मेरा मधुर मधुर अब प्रवाहमान है। तुम मेरे वीर हो, सदैव मेरे नायक।'

जोगी आया और इस युगल का आसव संग्रहीत किया। कोटा चुपचाप रो रही थी। उसको उबकाई आ रही थी और किसी भी क्षण वह मितली कर सकती थी। क्या ब्रह्मा ने उस योगिनी का मुँह नहीं देखा जब वह विद्रूप चरम में पीला पड़ गया। ब्रह्मा उसका था। वह यह सब उसके संग कैसे कर सकता था। उसने धैर्य क्यों नहीं रखा? क्या सभी पुरुष ऐसे ही थे। पशुओं की भाँति, गर्म होने पर जो भी मादा मिली बस।

कोटा अपने छिपने के स्थान से बाहर निकल आई। वह ऐसे दौड़कर घर वापस आई मानो शमशान घाट के सभी निशाचर इत्यादि उसके पीछे दौड़े आ रहे हों। वह अपने बिस्तर पर गिर गई। इतनी व्याकुल कि वह अपने दांतों की किटकिटाहट न रोक पाई। जब सारस ने ऊंची ध्वनि में रुदन को सुना तो वह कोटा के कक्ष में गई उसने अपने भग्नहृदय बच्चे को अपना मुख अंजुरि में रखे रोते हुए देखा।

मैं मूर्ख थी। ब्रह्मा के लिए मैं कुछ भी नहीं। जब तातश्री ने कहा कि वह मुझसे विवाह नहीं कर सकता, तो वह मुझे छोड़ भाग गया। वह कुछ क्षणों के लिए फफक पड़ी और फिर विलाप करने लगी, "मेरा सब कुछ खो गया है। मेरा हर अंग एक एक हजार टुकड़ों में टूट गया है। हे माँ! अब मेरा क्या होगा?"

बिना एक शब्द भी बोले, सारस ने बलात् कोटा के मुख में गर्म सुरा और दालचीनी का एक घोल पिला दिया। बूटियों की यह औषधि उसे अचेत कर गई और कोटा अपने प्रथम प्रेम के दुखद अंत से करुण अचेतावस्था में गई।

## द्विग्रंथ (पुस्तक-II)- बंधक

**तरंग-5**

# पर्यटक

ब्रह्मा के व्यभिचार के आचरण के बाद, कोटा मौन और उदास हो गई। कभी अपने लिए आत्म दया और कभी विरोध उपजता उसमें। उसकी भूख मिट गई थी और वह गलने लगी थी। सारस उसकी सुश्रुषा करती जबकि उसका पिता उसे अकेला छोड़ देता ताकि वह बिफर न पड़े। सबसे कठोर बात यह होती कि जब प्रातःकोटा जाग जाती तो वह कहती कि वह उठना नहीं चाहती।

"उसने मेरे साथ ऐसा क्यों किया। क्या वह मुझसे कभी प्यार करता था। अभी तो हम विलग न हुए थे, तो क्या यह उसका मुझे त्याग देने का तरीका था। क्या जोगी ने उस पर जादू कर दिया?" सारस भी ब्रह्मा पर क्रुद्ध थी, पर दिखा रही थी जैसे वह उसको अधिक ही समझती हो। "यह कुत्ता वह ब्रह्मा नहीं है, जिसे हम जानते हैं। हमें प्रतीक्षा करनी चाहिए। जब तुम उससे किसी दिन सामना करोगी तो तुम्हारे पास उत्तर होगा। यदि वह लज्जा का अनुभव करता हो, तब तुम्हें आशा करनी चाहिए।"

मैं उसका मुख कभी नहीं देखना चाहती, उसने मेरा जीवन नष्ट कर दिया। मैं सोचा करती थी कि ब्रह्मा बड़ा विशिष्ट, सच्चा और भिन्न है। पर वह निकला गंदा धूर्त अथवा मूर्ख। तुमने कहा कि पुरुषों पर कभी भी विश्वास नहीं किया जा सकता। अब मैं वह बात समझ गई। मैं उनसे घृणा करती हूँ।"

प्रथम बार सारस ने सुना कि कोटा घृणा शब्द प्रयोग कर रही है। वह सचेत हो गई और अपने बच्चे को शांत करने का प्रयास किया।

"सत्य है कि वह निष्ठावान न था किंतु परिवर्तित तुम्हें नहीं उसे होना चाहिए।"

"यदि मैं पुरुष को अंदर बाहर से जानती हूँगी तब भी मैं उस पर विश्वास नहीं करूँगी। यह पहली और अंतिम बार था कि मैंने किसी पुरुष को मुझे पीड़ित करने दिया," कोटा ने सुदृढ़ होकर अंतिमता के साथ घोषणा की।

कोटा अप्रत्याशित रूप से अपनी अस्वस्थता से बाहर छिटक आई जब एक ज्वलंत तीर द्रंग के आसपास के क्षेत्र से, बारामूला की रक्षा में आया। वह और अन्य सभी दूसरे तीर की प्रतीक्षा करने लगे पर वह नहीं आया। सामान्य रूप से 'सब स्पष्ट है' के बदले एक मौन छाया रहा। कोटा अपने पिता के साथ गोपाद्रि पर्वत के शिखर पर यह देखने के लिए चढ़ गई कि क्या दिख रहा है। बहुत सचेत सहदेव पहले ही वहाँ कुछ लोगों के साथ था। उन्होंने सभी घिनौने पक्षी घाटी से वराहमूल की ओर जा रहे देखे थे, किसी आगंतुक के स्वागत में, जिसने मानो बदले में कोई महाभोज उन्हें दिया हो। इन पक्षियों को रास्ता दिखाने के लिए द्रंग के आसपास से धूम्र के आवरण उठ रहे थे। दुर्गंध ने घाटी की वायु को आच्छादित कर दिया। कुछ ही घंटों में पहले शरणार्थी आने लगे। लोगों की अनंत कतार जिनकी कमर पर कठिनाई से कुछ वस्त्र थे। स्तम्भित स्त्रियाँ, रो रहे बच्चे, वृद्ध दुख में, अशक्त, पुरुष क्रुद्ध एवं कटु किंतु भयभीत। वे सब काठ के ऐसे बिखरे लट्ठ लग रहे थे जिनको क्रुद्ध वितस्ता अपने किनारों पर यदा कदा पटक देती है, जब वह अपने मोड़ों से मुड़कर बहती है।

सेनाध्यक्ष रामचंद्र के गुप्तचर समाचार देने लगे; कि यह सब अप्रत्याशित न था, दुलचा के आक्रमण करने की सभी प्रत्याशाएँ हैं। अप्रत्याशित क्या था? यह कि इस सब का परिमाण। तीव्रता तथा क्रूरता। दुलचा और उसके तुर्कमेनिस्तान दल स्पष्ट रूप से पर्वतों के दर्रों के आर पार छिप कर प्रतीक्षा कर रहा था तथा अब सूर्योदय के आभास के साथ ही चल पड़ा था, व्यापारियों से भी पहले। उन्होंने ऐसा समय चुना था कि लोग वसंत आगमन पर कृषि करना भी आरंभ न कर सके, ताकि शरद आते आते घाटी में पास अन्न इत्यादि न हो।

"द्रंग को मात्र अधिकार में ही नहीं लिया गया था अपितु उसको नष्ट कर दिया गया था।" गुप्तचर ने कहा और यह कि जिस रक्षा कर्मी ने आत्मसर्मपण कर दिया उस तक को अंततः बहुत बुरी तरह मार डाला गया।

कोटा के मानसिक आघात को गुप्तचरों की ओर से दुखद सूचनाएँ कर्म में रूपांतरित कर गई। वह अपना दुख भूल गई और अपने आसपास प्रत्येक के बीच में सबका वास्तविक दुख बाँटने लगी, सभी शरणार्थियों को सांत्वना देते हुए सबकी नजर में आ गई। सूचना यह थी कि द्रंग को अग्नि के हवाले कर दिया गया है। ऊंची लपटों में सभी काठ के घर जल गए थे। इनकी पत्थर की दीवारें अग्नि में ध्वस्त हो गई। रक्तिम रंग के पत्थर घृणा के संदेश गुंजाने लगे। यह एक आक्रमण विजय करके अधीन करने का नहीं था अपितु जैसा कि शेष मध्य देशीय राज्यों ने झेला था, यह आक्रमण सदा के लिये कश्मीरी संस्कृति

का संहार करने के लिए था। टिड्डीदल की भाँति दुलचा के लोगों ने, अपना पेट भर कर शेष फसलें नष्ट कर डाली थी। उनके लिए यह पर्याप्त न था कि वे अपना काम करने तक अपना खान पान प्राप्त कर चुके थे अपितु उनके लिए यह बात कहीं अधिक आवश्यक थी कि स्थानीय लोग मर जाएँ। यह प्रलय ढाने वाला यंत्र कश्मीरियों पर स्थित हो चुका था और कोई भी इसके मार्ग को नहीं रोक सकता था।

इस असामान्य नाश का सामना करते हुए कोटा का आकलन यह था कि तुर्क यह निश्चय कर चुके थे कि न केवल मनुष्यता, न केवल पशु धन, न केवल हरीतिमा, किंतु घाटी में एक एक पत्थर को पलटा जाएगा और एक नया ही प्रबंध आरंभ किया जाएगा। सहदेव ने अपने मंत्रालय की आपात बैठक बुलाई, शिष्टाचार को ताक पर रख रामचंद्र ने कोटा से उसके साथ आने को कहा। जब वह वहाँ पहुँचा उसने मंत्रियों को गहरे दुख में देखा; सहदेव ऐसा ढीला पड़ा था कि जब वह बोला तो उसके दांत किटकिटाने लगे। मृतको की संख्या बढ़ने के समाचारों का पुलिंदा उतरोतर बढ़ रहा था और शरणार्थी राजधानी में आते जा रहे थे। समाचार यह भी आ रहे थे कि वराहमूल के मंदिर तोड़े जा रहे थे। पत्थर की मूर्तियाँ बाहर ले जाकर तोड़ी जा रही थी। मूर्तियों से सोने चाँदी के अलंकार भीड़ लूट रही थी। कोटा अफवाहों का मिलान शरणार्थियों की बातों से मिला कर सत्य की पुष्टि करने का प्रयास कर रही थी।

"राम यह दुलचा कौन है? हम इन आक्रमणकारियों के विषय में क्या जानते हैं?" सहदेव ने काँपतीं आवाज में पूछा।

"दुलचा 75000 मंगोल तुर्क सेना का नायक है।" रामचंद्र ने बताया और कि, "उसके पास 60000 घुड़सवार हैं अर्थात् कश्मीर के एक गाँव के लिए एक सौ। उनके आशय गाजी सैनिकों से मिले हैं। ठीक इसी दल ने कश्मीर पर आक्रमण किया है।"

"रामचंद्र! मेरा आदेश है इन बरबरों को हमारे राज्य से बाहर खदेड़ दो।" सहदेव लड़खड़ाती वाणी में बोला।

"स्वामी! यह सबसे गलत चीज आप करने को कह रहे हैं।" धीर रामचंद्र ने उत्तर दिया।

रामचंद्र लगभग अश्रु विगलित हो बोला, "महामहिम! आप स्वयं सोचें, सैनिक दृष्टि से द्रंग पर अधिकार कोई अर्थ नहीं रखता, किंतु मनोवैज्ञानिक दृष्टि से यह सब कुछ है। दुलचा हमें युद्ध के लिए उकसाने हेतु आतंक का प्रयोग कर रहा है। उसे पता है कि उसके पास सहसा आक्रमण करने का अवसर है,

सुसज्जित, सशस्त्र सेना का लाभ है उसके पास। यह एक मानक तुर्क कौशल है। उसके विपरीत हमारी सेना न्यून है, हमारी अपनी शक्तियाँ हैं किंतु हम आमने सामने युद्ध नहीं कर सकते। रक्षात्मक होना हमारा सर्वोत्तम आक्रमण होगा।"

अब विदेश मंत्री ने हस्तक्षेप किया, "क्या खाक अच्छी है हमारी सेना, जब यह तब काम में नहीं आ रही जब कि आनी चाहिये? पुनः एक बार हम एक आकस्मिक आक्रमण का शिकार हो गए हैं, कश्मीर के राज्य पर आकस्मिक आक्रमण। एक बार पुनः हम अपने सेनानायकों की अयोग्यता के कारण दुख में पड़ गए हैं।"

रामचंद्र ने पुनः कहा, "सेना तैयार है पर गुप्तचर विभाग की ओर से सूचना क्यों नहीं मिली। हमने लोहरकोट के दुर्ग पर आक्रमण का अनुमान किया था, जहां से महमूद गजनी दो बार आया। विदेश मंत्रालय में किसी ने भी हमें इस दृष्टि से सचेत नहीं किया कि दुलचा वराहमूल से आएगा और हमारे द्रंग को अपने अधिकार में लेगा जहां की सेना में बहुत कम संख्या है सैनिकों की। गिरमिटिया श्रमिकों का धन्यवाद, जिन्हें इस दरबार ने नियुक्त किया था, कृषक अब तक भाग चुके हैं। सेना को तो स्थिर किया गया है, अब हम अपने दुर्गों में रक्षात्मक स्थिति में फँस गए हैं।"

"अब हम क्या कर सकते हैं?" सहदेव ने मरियल ढंग के कहा और फिर यह भी कहा, "क्या तब तक प्रतीक्षा करें जब तक कि दुलचा हम पर चढ़ हमें नष्ट न करे?"

मानो इसी प्रश्न का उत्तर देने के लिए एक कर्मचारी दरबार के भीतर आया और विदेश मंत्री के कान में बोला कि दुलचा का एक दूत महाराजा से मिलना चाहता है।

"दूत के वेश में वह व्यक्ति एक सेनाधिकारी था। वह लंबे डग भरता हुआ, सब को घूरते हुए, आया और कोटा को तिरछी दृष्टि से देखने लगा। वह वहशी दिख रहा था। उसकी लंबी दाढ़ी थी, गंदी सी बिखरी पगड़ी, थैलानुमा पायजामे, तथा एक मैली सदरी। सारे वस्त्र उसके भोजन और रक्त के धब्बों से भरे पड़े थे, जो उसने धोये न थे। उसकी टेढ़ी कृपाण से सब भयभीत हो उठे। वह तुर्क भाषा बोल रहा था। अतः सोग्दिन को अनुवाद के लिए बुलाया गया। उसका कथन सीधा था, "दुलचा शर्तहीन समर्पण चाहता है तथा सब कुछ पर अपना अधिकार भी। जैसे कि जर, जमीन और जनाना। तीन 'ज' जिनका अर्थ था स्वर्ण, भूमि और स्त्रियाँ। उसने महाराजा की कनिष्ठा की नोक पर उन महाराजाओं की गिनती का दावा भी किया जिन्हें उन्होंने विजित किया था।

महाराजा के पास उत्तर देने के लिए एक सप्ताह का समय था, नहीं तो...। दूत बिच्छू की भाँति समंतात जाल बुन कर, सहदेव और उसके दरबारियों को मरणांतक सकते में डाल कर चला गया।

रामचंद्र ने दूत को निकट से देखा था। वह जानता था कि निष्ठुर तुर्क आक्रमणकारी मंझे हुए सेना यंत्र हैं, बहुत सारे युद्ध अभियानों की सान पर चढ़े। वे कातिल थे तथा जीवन तथा उसकी शुभताओं के प्रति उनमें असम्मान ही उनकी विजय की कुंजी थी। मजहबी जोश का ईंधन, वे संपूर्ण एशिया में व्याप रहे थे एवं उपमहाद्वीप में उनका वर्चस्व बढ़ रहा था। गजनी कश्मीर में पराजित होने के बाद बार बार भारत पर आक्रमण कर रहा था तथा उसने इतना माल लूट लिया था कि इस्लामिक संसार ही उसका शत्रु बन गया था। कश्मीर तो सुप्रसिद्ध कोष था जिसे आजतक किसी विदेशी ने नहीं लूटा था। रामचंद्र के पास न धन था न जन; तथा यह युद्ध सभी प्रकार के युद्ध कौशल की माँग करता था। भले ही वह कमतर हो पर उसके पास घरेलू लाभ था जो कि सेना के संख्या बल तथा कौशल से ऊपर था। तुर्क बहुत शक्तिशाली युद्ध की बात सोच रहे हों किंतु कश्मीरी इतनी सरलता से समर्पण करने वाले न थे।

"इस दुलचा को कौन-सी वस्तु संतुष्ट करेगी?" सहदेव ने किसी विशेष मंत्री से नहीं पूछा यह। विदेश मंया यत्री जो कि निकट बैठा था ने सीधा मार्ग अपनाया, "स्वामी! आक्रमण कर्ता ने स्पष्ट रूप से सूर्यवंश के संबंध में सुना है। वह जानता है कि सूर्यवंश का अर्थ सब कुछ है। तथा वह सूर्यवंश की लालसा करता है। मुझे लगता है कि आप सूर्यवंश त्याग दें तो वह राज्य से चला जाएगा।"

सहदेव धृष्टता से चिल्लाया, "मैं उसे सूर्यवंश नहीं दे सकता। उसके बदले में वह बराबर का धन ले सकता है। मुख्यमंत्री! आज सायं परिषद की एक बैठक बुलाओ। उसमें सभी ब्राह्मण तथा डामर मुखिया भी आए। हम उनसे बात करेंगे और इस आक्रमणकारी का सामना मिलकर करेंगे।" नगों में शक्ति है, सूर्यवंश सहदेव को एक उत्तराधिकारी देने वाला था। वह अपना सब कुछ देने को तैयार था पर अपनी अमरता नहीं।

महाराजा के इस प्रस्ताव कि कर बढ़ा कर धन प्राप्त कर सूर्यवंश की फिरौती दी जाए, से ब्राह्मण तथा डामरों ने विरोध किया और सहदेव को शाप दिया कि उसका वंश तथा राज्य समाप्त हो जाएगा। व्यापारी जिनका नेतृत्व खजांची कर रहा था अपने विचारों में साफ स्पष्ट था कि वे दुलचा को देने के बजाय धन लेकर कश्मीर से जाएँगे।

डामरों का मुखिया बोला, "इससे हमारी समझ में आया कि हमें और हमारे लोगों की रक्षा करने के लिये आप के पास क्या योजनाएँ हैं। इस क्षण आपको हमारी सहायता करनी चाहिए कि हम आप के साथ खड़े हों, पर यहाँ तो किस्सा ही उल्टा है।"

कोटा समझ गई कि सहदेव अपने लोगों को संगठित करने में असफल रहा। वह सूर्यवंश को बचाने में ज्यादा रुचि रखे था। डामरों का मुखिया बाहर निकल गया। उनके अंदर स्वार्थी राजा को लेकर भय अब पुष्ट हो गए थे। हताश सहदेव ने यहाँ तक कहा कि वह ब्राह्मणों पर भी कर लगाएगा ताकि धन एकत्रित कर सके। अत: उसने उनका सहयोग खो दिया। कुछ और बड़बोले यह कहते सुने गए, "अरे राक्षस! तुम दैत्य हो। कश्मीर की रक्षा करने के व्याज से तुम ने कश्मीर को उन्नीस वर्षों तक खा डाला। और अब जब तुम पर अंत छाया है तुम अब भी नहीं रुकते।"

अब हर कोई अपने लिए था। खंडित राज्य प्रथम युद्ध से पूर्व भी नियंत्रण में किया गया था। कोटा पिता रामचंद्र के कान में धीमे से बोली कि उसे नियंत्रण हाथ में लेना चाहिए, और सहदेव से अलग से बात करने के लिये वह बोले। रामचंद्र ने राजा से सीधी बात बोली, कि अब वह अपने ही लोगों द्वारा मारे जाने के भय में है, न कि शत्रु द्वारा। छोटी सी बैठक के पश्चात व्यक्ति आए, और प्रतीक्षारत मंत्रियों को एक संक्षिप्त घोषणा की। रामचंद्र को सैन्य शक्तियाँ दी गई थी तथा महाराजा के लिए राज्य चलाने को उसे अधिकृत किया गया था। कोटा को शरणार्थियों की देख रेख का तथा उनकी मानवीय आवश्यकताओं को पूरा करने का दायित्व सौंपा गया। महाराजा अनुपलब्ध रहेंगे। वह महल में उच्च सुरक्षा के साथ युद्ध की तैयारी करेंगे यदि सप्ताहांत पर शत्रु के साथ चर्चा का कोई संतोषजनक फल न निकला। सर्वाधिक आश्चर्यजनक यह था कि ख़जांची एवं सदा ही सही मंजरी ने मुख मोड लिया था।

रामचंद्र को बधाई देते हुए उन्होंने कहा, "अंतत: राज्य को वह नेतृत्व मिला जो इसे मिलना चाहिए था। मैं तुम्हें सदा से चाहती हूँ तथा तुम्हारे पिता को सदा कुलीनता का प्रतीक मानती हूँ।" मंजरी ने कोटा से कहा। कि "हम अब सुरक्षित हाथों में हैं। कोटा के नथुने फूल गए इस स्त्री के पाखण्ड पर। वह सोचने लगी क्या वास्तव में मंजरी की वहीं त्वचा उसके जागने पर होती है जिसमें वह रात को सोती है।

रामचंद्र और कोटा ने एक सूची सुरक्षित दुर्गों की बनाई जिनमें विपुल सामान तथा जो विपुल रूप से शक्तिशाली थे। सबसे निर्धन, डोम एवं सभी

निबल वर्गों के लोगों को एवं सेना के विस्तृत परिवारों को लार के मुख्य गगनगीर दुर्ग में जाने के लिए कहा गया। रामचंद्र ने एक बड़े दल को रिनचिन के पास भेजा तथा उसे धन्यवाद दिया कि वह राजस्व बढ़ा रहा था तथा उसको भविष्य के लिए निर्देश दिए। अधिक मित्रवत् डामरों को कोटा ने सुदूर सुरक्षित स्थानों पर भेज दिया, यद्यपि ऐसे भी डामर मुखिया थे जो हठात् अपने गाँव में मोर्चा लेकर उसे दुर्ग बना कर उसकी रक्षा करेंगे। जबकि कुछ ने पलायन कर पर्वतों के दुर्गों में छिप कर रहने का निर्णय किया। राजधानी में यह देखा गया कि लोग तेजी से भाग रहे हैं तथा कि अपने साथ न के बराबर वस्तुएँ ले जा पा रहे हैं, अपना जीवन बचाने के लिये। मंत्रियों को भी दूर सुरक्षित दुर्गम स्थानों के दुर्गों पर भेजा गया।

यह संधि का समय था, तथा रामचंद्र ने कहा कि इसके लिए ब्रह्मा को भेजा जाए। वे गुप्त रूप से मिले। तबसे पहली बार आज उसने कोटा को पुनः देखा था तबसे जबसे उसने कोटा के पिता से उसका हाथ विवाह के लिए माँगा था। वह उसकी आँखों में नहीं देख पाया। उसकी वह शरारत भरी मुस्कान खो गई थी, और वह अधिक गंभीर हो गया था। उन दोनों के बीच एक शीत था। पर समय खतरनाक था तथा व्यक्तिगत मनमुटाव एक तरफ रखने का समय था।

"मेरे बेटे ब्रह्मा! जैसा कि तुम्हें विदित हैं कि हमारा शत्रु एक दृढ़ संकल्प वाला है। एक भालू को भी शिशिर में गुफा में छिपने की आवश्यकता होती हैं, जब तक कि सूर्य नहीं तपता। मैं चाहता हूँ तुम सोग्दिन के साथ जाओ और जब तक यह विप्लव शांत नहीं होता तब तक उसके साथ रहो।"

"इसमें क्या कुछ उलझा है?" ब्रह्मा ने पूछा।

"तुम जाकर शाहमीर के साथ उसके गाँव में रहोगे, इति।"

"तब मुझे सोग्दिन की क्या आवश्यकता है अथवा उसे मेरी क्या आवश्यकता है?" ब्रह्मा ने रहस्य जानने का प्रयास किया।

"ब्रह्मा! कोई नहीं जानता कब क्या हो। हमारे बचने की सर्वोत्तम सम्भावनाएँ हमारे एक दूसरे से पृथक् होने में ही हैं। सोग्दिन तुम्हारा सहायक होगा। एक बहुत बड़ी आवश्यकता है शाहमीर से। मैं नहीं चाहता कि द्वारकाशिल के मुसलमानों को लगे कि हम उनको त्याग रहे हैं। किंतु मैं उन्हें सैन्य सुरक्षा नहीं दे सकता। ब्रह्मा तुम तो जीवन की परवाह न करने वाले वीर हो ही। तुम एक योद्धा का प्रशिक्षण लिए हुए नहीं हों। तुम्हारी दुर्बलता सोग्दिन की बलिष्ठता है। वह तुम्हारी रक्षा करेगा। मैं समझता हूँ कि मैं और कोटा अच्छी नींद सोयेंगे जानते हुए कि तुम दोनों साथ हो।"

"मैं यहाँ ही रहूँगा, पर मैं समझता हूँ कि मुसलमानों को यह कदापि न लगे हम ने उनको त्याग दिया है।" ब्रह्मा ने कहा स्पष्ट रूप से न जानते हुए कि उसका लक्ष्य क्या है। "मुझे कब निकलना है?"

"सोग्दिन को कुछ चीजें समेटनी हैं, तत्पश्चात् आप निकल जाओगे।" रामचंद्र ने निर्देश दिए।

"विलंब न करो, मार्ग मृत्यु पाश बन जाएँगे। अपनी दाढ़ी बढ़ाना आरंभ करो, गाँव के मुसलमानों के साथ घुलमिल जाओ। सोग्दिन जो भी सलाह दे उसका अनुसरण करो। वह स्वयं कभी एक मुसलमान था अत: उस पर निर्विवाद रूप से विश्वास कर सकते है। कोटा को प्रणाम कहो, जब तक कि पुन: मिलते हैं। देवी माँ तुम्हारी रक्षा करे।"

कोटा ब्रह्मा को ध्यान पूर्वक देख रही थी। वह उसके साथ बाहर तक आई, किंतु उसके साथ बात करना कठिन था, विशेषकर तब जब वे पुन: बिछुड़ जाने के लिए ही मिले थे।

ब्रह्मा पहले बोला, "जो कुछ हुआ, वह होने के इतर भी, तुम्हारे प्रति मेरी भावनाएँ नहीं बदली हैं।"

मिली जुली भावनाओं का एक ज्वार कोटा के भीतर उफन पड़ा। आज शमशान घाट की उस भयानक रात के बाद कोटा ने उसे प्रथम बार देखा। वह उसको उतना ही दुखी करना चाह रही थी जितना कि उसने उसे तब किया था। स्वयं पर नियंत्रण रखने लिए उसे बहुत कठिन श्रम करना पड़ा।

"ब्रह्मा तुम भले न बदले हो पर मैं बदल गई हूँ।" उसने जबड़े भींच कर कहा। "तुम्हें जानना चाहिए कि मैं जोगी मेले में थी जब पिछली बार हम साथ थे।"

ब्रह्मा का चेहरा उतर गया, "यह एक भूल थी। मैं पागल हो उठा था। जो प्रसाद जोगी ने हमें खिलाया, उसमें धतूरा था।"

कोटा की आँखों से ज्वाला निकलने लगी जब वह ब्रह्मा के सम्मुख चिल्लाई, "क्या यही सब तुम्हें कहना है अपने लिए। क्या तुम्हें पता है कि उस भयावह अनुभव के बाद मैं न कुछ खा सकी, न ही सो सकी। मैं तुम्हें इतना मानती थी, मैं तुम्हारे संग जीवन जीने की कल्पना किया करती। मैं तुम्हारे साथ होने की वांछा करती क्योंकि तुम मेरे जीवन के कुछ विशिष्ट लोगों में से एक थे। अब मैं सदा तुम्हें उस डायन के साथ देखती हूँ और तुम दोनों पर मंडराते उस जोगी को।"

उसके इन शब्दों ने उसे बहुत संतुष्ट किया। उसने दुख झेला था।

ब्रह्मा हल्का-सा पीछे हट गया और बोला, जब तुम्हारे पिता ने मुझे नकारा, मैं किस सहारे से जीता। मैं पागल हो उठा और समझ न पाया कि मैं कर क्या कर रहा हूँ, किसे दुख दे रहा था, चाहे मैं स्वयं की ही क्षति कर रहा था, पर सत्य यही है कि जीवन मेरे लिए तुम्हारे प्रेम के बिना कुछ अर्थ नहीं रखता था।"

"हम एक दूसरे को कभी देख न पाए, इस आक्रमण में, हम में से कोई एक न बच पाए, मैं अपने स्वर्गीय पिता के नाम की शपथ लेता हूँ कि जो कुछ मैं तुम्हें कह रहा हूँ, सत्य है।" उसने पुनः कहा।

कोटा ने सुना और उसके शब्दों में अंतर्निहित निष्ठा को भाँप लिया। अपने क्रोधाभिव्यक्ति के बाद कुछ शांत वह सोचने लगी कि ब्रह्मा अंततः उससे प्रेम तो करता है। पर सभी पुरुषों की भाँति हृदय और प्रेम के विषयों में वह भी दुर्बल ही था तथा उसे सम्भालने के लिए एक शक्तिशाली स्त्री चाहिए, जो उसका दिशा निर्देश भी कर सके। उसे इस अपनी प्रथम भूल के लिए क्षमा किया जा सकता है। जब अंत में कोटा बोली वह मृदुल और आशावान थी। "हम केवल जियेंगे ही नहीं, हम जीतेंगे भी।"

"यदि ऐसा न हुआ तो?" ब्रह्मा ने पूछा।

"तब मैं अपने पिता के प्रति कर्तव्य से मुक्त हो जाऊँगी तथा हम स्वर्ग में अभिन्न, संग रहेंगे।" कोटा ने ब्रह्मा को आलिंगनबद्ध किया। उसने अपनी उँगलियाँ उसके बालों में यों दुलराते हुए चलाई मानो एक एक बाल की स्मृति हो उसे। ब्रह्मा का शरीर सख्त था किंतु धीरे से उसने स्वयं को ढीला छोड़ दिया।

"कभी पतित न होना, कभी असफल न होना पुनः। जोगी अपनी जगह है पर वह समाज में अनुकरणीय नहीं। देवस्वामी का उपदेश कि स्नातक होने के पश्चात हम स्वतंत्र हैं, का भी अनुकरण गृहस्थ आश्रम में प्रवेश पाने हेतु ही किया जाना है। नमस्कार ब्रह्मा। देवी माँ तुम्हारी और हमारे प्यार की रक्षा करे।" कोटा ये शब्द धीमे से बोल कर ब्रह्मा से वापस मुड़कर पिता की ओर आ गई, वह कोटा का काँपता मुख नहीं देख पाया।

"क्या हम बच पाएँगे जब कि हर एक जनपद और शहर नष्ट हो रहा है?" उसने अपने पिता से पूछा।

रामचंद्र का मुख विकट था तथा जबड़ों में संकल्प था, "मैं कुछ निश्चित नहीं हूँ कि हम बचेंगे, पर मैं इस बारे में तो निश्चित हूँ कि उसके आतंक से हार मानेंगे। हमारा इतिहास हमें सिखाता है कि यदि राजा अपना वज्र बचाता है

तो साँप अपना सिर उठाता है। उसके कर्मों को देखते हुए दुलचा किसी भी दया या सोच-विचार का अधिकारी नहीं।"

"उसे मृत्यु मिलनी चाहिए। मैं सारस के साथ पर्वतों पर जाऊँगी, अपने आयुध लाने के लिये। हम अपने कुछ गुप्तचरों की सहायता लेकर यह काम आरंभ करेंगे और उसे सबक सिखायेंगे।" कोटा ने संकल्प किया।

उसके पिता ने जिस प्रकार की दृष्टि उस पर डाली उससे कोटा समझ गई कि पिता ने उसके भीतर के परिवर्तन को ग्रहण कर लिया। प्रथम बार उसने हृदय के कठोर होने को अनुभव किया जो कि पूर्वसंकल्पित क्रूरता को पछाड़ रहा है। ब्रह्मा और वह एक अच्छे स्थल पर बिछड़ गये। उसकी घृणा विदेशी आक्रमणकारी के प्रति मुड़ गई। ब्रह्मा को एक अवसर पुनः मिलना चाहिए था पर दुलचा को जीवन का एक भी क्षण और नहीं मिलना चाहिए। उसका मातृत्व अपने लोगों का दुख देख जाग उठा था, वह अपने प्राण तक अपने लोगों के लिए देने को यहाँ तक आवश्यक हो तो आक्रमण करने तक को भी उद्यत हो गई। वह निकल गई सारस को खोजने, उसके गुप्त अभियानों में विश्वसनीय साथी। समय सीमा ने सब कुछ अवरुद्ध कर दिया था। मधुमक्खियाँ भाग गई थी और पत्ते स्थिर हो गए थे। हवा को किसी अदृश्य शक्ति द्वारा लकवा मारा गया हो जैसे समय बीत गया था दुलचा की माँगें पूरी करने का, तथा विदेश मंत्री पर एक अवांछनीय कार्य आन पड़ा था। रामचंद्र ने उसे एक डिब्बा दिया, जिसमें सूर्यवंश था, सहदेव द्वारा राज्य की ओर से फिरौती के रूप में। कोटा के परामर्श अनुसार कोकुर उसके संग सहायक के रूप में गया। दोनों दुलचा के दूत के साथ साथ चले गए, जिसने उनको सुरक्षित मार्ग का वचन दिया था। प्रजा को यह बताया गया था कि उदयनदेव दुलचा के साथ विचार विमर्श का नेतृत्व कर रहा था ताकि विश्वास की पुनः वापसी हो। कोई मार्ग न था कि दुलचा को पुनः बातचीत का लाभ दिया जाएगा। मृत्यु की अपनी एक गंध होती है। कोकुर ने देखा कि विदेश मंत्री जो राजदरबार का अभ्यस्त था, उसने युद्ध क्षेत्र कभी नहीं देखा था। ज्यों ही वह दुलचा के खेमे में पहुँचा, वह जानता था कि यह भिन्न है; कि उन लोगों के साथ बुरी तरह से कुछ गड़बड़ है जिनसे उसको मुकाबला करना है। मार्ग में मारी गई गायों के सिर; कश्मीरी, जिनके खोखले हुए मुख परिचित से थे, और कुछ तुर्क सिपाही जो कि अधीनस्थ रहे होंगे। यह भयावह कथा भारत के राज्यों की थी तथा अब कश्मीर में भी दोहराई जा रही थी। दुर्गंध के पक्षी, गिद्ध इत्यादि उनकी खोपड़ियों की गद्दी पर बैठ उनके भीतर से मांस

के टुकड़े काट-काट कर निकाल रहे थे तथा मृतकों की आँखों पर चोंच मार रहे थे। पक्षी मनुष्यों पर राज कर रहे थे। विदेश मंत्री को अपनी सफलता को लेकर वास्तविक भूलों की समझ होने लगी थी, और यह बात कोकुर के साथ साझा किए जा रहा था, जो किसी प्रकार की सहायता नहीं कर सकता था।

वह वराहमूल पहुँच गया, जहां दुलचा ने मूलभूत डेरा डाला था। वितस्ता पिघल रही हिम के कारण बृहद् हो गई थी, अपनी लहरों को क्रोध में तटों के साथ टकरा रही थीं। नदी का रंग रक्त रंजित था, उन सैंकड़ों लाशों के कारण उसमें चुपचाप बह रही थी। एक मौन साक्षी थी हत्याओं की जो उसके तट पर हो रही थी। यह दल अब केंद्रीय खेमे में पहुँच गया था, जब राजदूत बाहर आया। एक भी शब्द कहे बिना उसने विदेश मंत्री को गर्दन से पकड़ पटक दिया और घसीटते हुए भीतर दुलचा के पास उसके दरबार में ले गया।

कोकुर ने डर डर कर अनुसरण किया। नाटा तुर्क जिसका मुख बकरे की मानिंद, मौसमों की मार खाये चमड़े का सा था, ने विदेश मंत्री का मूल्यांकन किया। दुलचा की नाक कुचली सी थी, सम्भवतः पूर्व में किए मल्लयुद्ध के कारण। उसके कपोल व्रणित थे। वह संसार को कटी हुई आँखों से देखता था। उसका जीवन परिचय एक झगड़ते खूँखार कुत्ते का था।

विदेश मंत्री की तरफ नीचे घूरते हुए दुलचा बड़े ठंडे अंदाज में उसे सताते हुए बोला, "क्या लाए हो तुम मेरे लिए?"

कॉलर से दबाते हुए, सिर को ऊपर कर कि वह दुलचा को देख सके, मंत्री ने चाहा कि वह स्वयं को सर्वोत्तम ढंग से प्रस्तुत कर सके, "सब कुछ मेरे स्वामी! सब कुछ! जो आप को चाहिए था। मैंने आपके लिए सूर्यवंश लाया है। जो सब कुछ है और उससे अधिक भी।"

दुलचा ने डिब्बा लिया और उसे खोला। उसकी छोटी आँखें खुशी से चौड़ी हो गई जब उसने भीतर रखे हीरे को देखा। पर जब उसने ऊपर देखा उसने असहमति में अपना सिर हिलाया, "मैं सब कुछ नहीं देख रहा। कोष कहाँ हैं?वे लोग कहाँ हैं जो अब मेरे दास है। उस मूषक सहदेव की उँगली का कटा सिरा कहाँ है?"

अपने दूत को हाथ फैलाकर इंगित करते हुए दुलचा ने पूछा, "तुम को सब कुछ दिखाई देता है?"

दूत भेड़िये की भाँति गुर्राया, "बिलकुल भी नहीं। मेरे आका! घाटी के मेहमानों के तौर पर हमारे मेहमानों ने हमारी बेकद्री की है।"

अपने मुख पर बहुत अधिक अफसोस लाते हुए दुलचा ने अपना निर्णय

सुनाया, "विदेश मंत्री! तुम्हारा सार पत्र समाप्त हो गया। तुम्हारे पास कान नहीं कि तुम संदेश को ठीक से सुन सको न ही जीभ है कि तुम हमारी आवश्यकताओं को पहुँचाने में असफल रहने के लिए क्षमा याचना कर सको।"

दुलचा धीमी वज्र जैसी ध्वनि में बोला, "युद्ध में जब संचार में असफलता हो तो बहुत भयानक चीजें घटित हो सकती हैं। युद्ध में दूसरे अवसर नहीं मिला करते। एक उदाहरण रहना चाहिए कश्मीरियों में कि हम वह चाहते हैं जो हमने कहा, तथा हम वह कहते हैं जो हमें चाहिए। उसका ध्यान रखो।" उसने मंत्री को दूर फेंकते हुए कहा।

कोकुर भयभीत हो गया जब दुलचा के सुरक्षा कर्मी विदेश मंत्री पर टूट पड़े। उबलता तेल उसके कानों और मुँह में डालते हुए, ज्यों मरता हुआ यह चिल्ला उठा वे प्रसन्नता से पूछ रहे थे कि क्या धुलाई सफाई से हो रही थी। चिल्लाहट एक करुण रिरियाहट के साथ समाप्त हुई, तब करुण रूप से त्रास समाप्त हुआ।

अब दुलचा कोकुर की तरफ मुड़ गया। वर्षों के अभ्यास के कारण कोकुर फर्श पर मुँह के बल गिर पड़ा तथा दण्डवत् किया, "अपने घुटनें पर खड़े हो जाओ। तुम विकृत। अपनी गुदा मुझे मत दिखाओ। तुम्हारा नाम क्या है?" दुलचा ने आदेश किया।

कोकुर लगभग मूर्च्छित हुआ। उस कम्बख्त प्रश्न का कोई उत्तर नहीं दिया जा सकता था। कम से कम दुलचा के प्रश्न का तो नहीं ही दिया जा सकता था। वह हकलाया।

"दुभाषिये! क्या इसने चूजा कहा? इसको मुर्गा बोलना चाहिए था।" दुलचा ने कहा। "तुम को यह भी नहीं पता कि तुम्हें अपना नाम कैसे बोलना चाहिए। शायद तुम्हारा आशय हैं मुर्गी। तुम्हारे साथ हमें क्या करना चाहिए? तुमको तुम्हारे पलीहों से बांध कर तुम्हें लटका देना चाहिए या मैं अपनी जंघाओं बीच के बालों को तुम्हारे नासिका पुटों में भर दूँ, कि तुम्हारा दम घुट जाए।"

"बता मुझे वह मूषक सहदेव किस बिल में दुबक गया है?" दुलचा ने अपना जहरीले पुट से भरा आतंक जारी रखा दुभाषिये के माध्यम से।

कोकुर ने अनिच्छा से उत्तर दिया, "वह महल में छिपा है तथा सेनाध्यक्ष रामचंद्र और कोटा उसके साथ है राजकोष की रक्षा कर रहे हैं।"

दुलचा ने कोकुर का परीक्षण सतर्कता से किया। उसका उसे क्या लाभ मिल सकता है? क्या उसे उसका शिरोच्छेद करना चाहिए अथवा वह उसके लोगों को वहाँ पर उसके लक्ष्य तक पहुँचाने का नेतृत्व कर सकता है।

दुलचा हंस दिया, "अबे ओ कीड़े! यदि तुमने झूठ बोला होगा तो तुम्हें उसका मूल्य चुकाना पड़ेगा। दूत अपने आदमियों के साथ जाओ और सहदेव का सिर लाओ। और रामचंद्र की बेटी, जिसको तुमने दरबार में देखा है; जिसको तुमने एक शानदार घोड़ी कहा, को भी ले आओ। उसको तोड़ कर उसकी हड्डियों पर उसके नाकारा बाप के सामने सवार होने से मजा आएगा।"

सारा जीवन सत्ता के लोगों के साथ व्यतीत करने पर, कोकुर यह जान गया था कि शक्ति को प्राप्त करने वाले महान लोग मूलतः सुख नहीं प्राप्त कर सकते। ज्यादा प्राप्ति, कम संतुष्टि। शक्तिशाली के साथ जीवित रहने की सर्वोत्तम नीति है कि उसकी छाया के रूप में जीवित रहो। मानो आप इस दुनिया में हो ही नहीं। दुलचा ने अपने विचार ऊंची ध्वनि में बताकर, सत्र समाप्त किया तथा अपने दूत को निर्देश दिया कि वह अपने कार्यों में विफल न हों और कि वह उससे दो दिनों के बाद पुनः मिलेगा।

वापसी का सफर भयानक था। कोकुर अकेला था। उसके संग था दूत और उसके बंदे। किसी को यह प्रत्याशा न थी कि महल की ओर से हल्का सा विरोध होगा। अतः यह सब अब समय की बात थी। कोकुर आश्चर्य में था कि सब के सब कहाँ बिखर गए हैं। उसके मित्र कहाँ थे, मंजिम, विवाहों को कराने वाला तथा नाइद अर्थात् नाई कहाँ हैं। इन सब का क्या होगा जब दुलचा राज्य पर कब्जा करेगा। स्पष्ट है कि उसका अब कोई भविष्य नहीं है। उसने सोचा क्या उस दिन का अंत वह देख पाएगा जिस दिन कोटा को दुलचा के पास ले जाया जाएगा। बच्चे और स्त्रियाँ सर्वाधिक कष्ट झेलती हैं जब पुरुष पागल हो जाते हैं। कोकुर ने कोटा की दुलचा के नरक में बिल्ली चूहे के खेल से सुरक्षित मुक्ति के लिए प्रार्थना की। कोकुर दल का नेतृत्व कर रहा था, ज्यों ही वह महल के निकट पहुँच गया कोई उसके श्रृंगार का दर्पण पकड़ने न आया कि महल पर तीन बार सूर्य का प्रतिबिंब डाले। भीतर प्रतीक्षारत कोटा ने संकेत पाकर तुरंत आक्रमण का आदेश दिया। जब तुर्क महल के निकट पहुँच गए, दूत ने दस दस की इकाइयों में अपने लोगों को बाँटा। मुखिया नायक था जिसके पीछे दो सुरक्षा करने वाले थे, तब तीन सुरक्षा कर्मी मध्य में एवं चार सुरक्षा कर्मी पीछे से। इकाइयाँ महल की ओर चल दी, खूनी तलवारें खिंची और ज्यादा भूख से भरी। वे महल की सामने के दरवाजों पर चढ़ गए, अंदर के रक्षकों से पूर्ण रूप से तैयार। वे वहाँ किसी से नहीं टकराये। कोकुर देख रहा था कि तलवारबाज महल के कमरों की भूलभुलैया से दौड़ रहे थे, हर कोई यह देख रहा था कि रनिवास को खोजें, जहां अनुमानतः राजा छिपा हुआ था। तब चिल्लाहटें बौखलाहट की

अभिव्यक्ति में बदल गई। अंततः एक ढूबता एहसास जब कि दल यह समझ गया कि पक्षी पलायन कर गए हैं। उनका क्रोध उफन गया कि वे अपने शिकार से चूक गए। दल अब रसोई के कमरों में घुस गया जहाँ उन्होंने पूरी तरह से पका हुआ भोजन देखा। निवासी अब बैठकर भोजन खाने वाले रहे होंगे। वे किसी तरह इस दल के सामने से भाग गए होंगे। किसी तरह उनको अग्रिम सूचना मिल गई थी। इसी भगदड़ में कोकुर स्वयं को छिपा पाया उन बहुत से कमरों में से एक-एक में गया और फिर भाग सका।

गुप्त मार्ग के एक सुराख से, कोटा ने देखा कि दूत अपने लोगों के साथ बैठकर चीजों को समझने तथा अपने को पुनर्गठित कर रहा है। उसका मुख भावहीन था, कि वह दूत का अध्ययन करने लगी, जिस का आक्रमण योजना अनुसार नहीं हुआ था। तलवारबाजों ने अप्रत्याशित रूप से मिले खाली समय में त्यागा हुआ भोजन खत्म किया। यह उनके असफल अभियान में बहुत मामूली सी सांत्वना थी। खाते हुए दूत सोच रहा था कि आगे उसे क्या करना चाहिए। राजघराना कितनी दूर होगा। इस संसार में यह कोष इतनी शीघ्रता से कहाँ रखा गया होगा? सभी गुप्तचर अपने अपने प्रतिवेदन के साथ वापस आ गए थे। वे इस के लिए तैयार नहीं थे। योजना को पुनः बनाना था पर उनका स्वामी दुलचा किसी आाश्चर्य को पसंद नहीं करता था।

कोटा चुपचाप देखती गई कि दुलचा के लोग खुलकर कश्मीरी गुच्छी का पुलाव खा रहे हैं। यह समझ में आता है क्योंकि यह संसार के सर्वाधिक स्वादिष्ट व्यंजनों में से एक है। सुगंधित, सुवासित चावल, केसरी रंग और सुगंध। अखरोट की गिरी वाले स्वाद से गुच्छियां और स्वादिष्ट हो जाती हैं। उड़ते हुए महीन चाँदी की वर्कों से ढके मानो अपने पीछे के सौंदर्य को छिपा रहा हो। ये पकवान सभी बता रहे कि किसी ने पर्याप्त मात्रा में नहीं खाया। वाजा अर्थात् रसोइये ने सूक्ष्मता से यह सुनिश्चित किया कि गुच्छियों में सस्ते कुकुरमुतों को मिलाने से स्वाद कम न हो। विषैले कुकुरमुत्ते परंपरागत आयुध था आपसी राजनीति का। किंतु इस महान वाजा की आचार संहिता ने यहाँ जाने माने विष को भोजन में मिलाने से रोका। कोटा ने रामचंद्र से सैन्य आदेश सीखे थे अतः उसने भोजन में विष मिलाने को निर्देशित कर महाविषैले कुकुरमुत्ते भोजन में मिलाने को कहा जो उसने और सारस ने ऐसे अवसरों पर प्रयोग करने के लिये पर्वतों पर से बीने थे। दुलचा ने सूखी भूमि नीति को लागू कर खाद्य आपूर्ति को रोका था। कोटा ने उसका उत्तर दिया, किंतु उसने प्रलोभन का प्रयोग किया न कि भय का तख्ता पलट से मुक्ति के लिए। गिरते, मरते सिपाही उसका मात्र बदला था जिन्होंने बच्चों और स्त्रियों

को नष्ट किया था। कोटा को कोई पापबोध न था। यह न्याय था तथा तुर्कों द्वारा किए गए संहार की छोटी-सी क्षतिपूर्ति थी।

कोटा और रामचंद्र लार स्थित दुर्ग के लिए अपने कुछ विश्वास पात्रों के साथ रवाना हो गए। कोटा ने वाजा और उसके सहायकों को पुरस्कृत किया जो कि अंतिम रात्रि भोज के लिए वहाँ रुक गए थे। महल के उस गुप्त मार्ग जहां से कोटा ने अपने पिता के दल को मार्गदर्शन किया, उन्होंने दुलचा के गुप्तचरों को भटका दिया था। उसका पिता प्रसन्न था कि उसके आदमी जिनको द्रंग में मार डाला गया था का प्रतिशोध लिया गया। यह पहली पारी थी अभी तक की रामचंद्र तथा कोटा की दुलचा के साथ की प्राप्ति की तथा दूसरी पारी आरंभ होने वाली थी।

शुभ समाचार यह था कि उन्हें एक प्रतिवेदन मिला था कि सहदेव सुरक्षित किश्तवाड़ के दुर्ग में प्रवेश पा गया है, जो कि उसकी पत्नी का पूर्वजों का घर था। यहाँ पहुँच पाना कठिन था क्योंकि यहाँ मात्र एक अजपथ था अर्थात् भेड़ों के लिए बेहद संकरा मार्ग, यहीं से जाकर वह सुरक्षित दुर्ग में पहुँच गया। सहदेव का भव्य स्वागत उसकी पत्नी तथा ससुर ने किया। उसका अनुज उदयन भी उन के साथ ही था। इन अफवाहों को ध्वस्त करते हुए कि सहदेव के परिवार ने उसको त्याग दिया था।

जब दुलचा ने अपने दूत के विषय में समाचार सुना तो उसके क्रोध का ठिकाना न था। यह बात कोटा और रामचंद्र के गुप्तचरों ने बताई। कश्मीरियों का विरोध उसकी सेना को अक्षम्य था, तथा उसने शपथ ली कि ये विरोधी समाप्त किए जाएँगे। "मैं कश्मीर को कब्रिस्तान बनाऊँगा, जब मैं अपना काम खत्म कर लूँगा तो यहाँ सिर्फ घास पैदा होगी। पक्षियों को भी ऐसे नष्ट करूंगा कि वे सदा के लिए मौन रहेंगे। कोटा तुम्हें ऐसे तड़पाऊँगा कि हर साँस पर तुम प्रार्थना करोगी मृत्यु के लिए।"

जो कश्मीरी अपने बनाए किलों में छिप गए थे उनको तुर्कों ने साफ कर दिया गया था। उनका सामान नष्ट कर दिया गया था और उनके खेतों को जलाया गया था।

"वयोवृद्ध लोगों को कत्ल कर डालो और युवा को गुलाम बनाने के लिए रखो। हम उनको तुर्किस्तान या अन्य किसी बाजार में बेचेंगे। जो विरोध करता है उसे काट डालो।"

वितस्ता में बहुत सारे शव बह रहे थे कि वे तटों पर फैंके जा रहे थे। जो भी उन्हें जीवित दिखा उनकी गर्दन की हड्डियाँ तोड़कर सख्ती से चर्म रज्जु

से ऐसे बांधे जाते कि वे अपने सिर को एक बार भी घुमाकर एक दूसरे को देख न पाते। गाजी कुछ अधिक ही भयंकर थे, अपने निरीह शिकारों को अपने पवित्र जनेऊ निकाल कर उनको धर्म का त्याग करने के लिये बाध्य करते। कहलवाते, "मैं कश्मीरी भट्ट नहीं हूँ, मैं कश्मीरी भट्ट नहीं हूँ। तब वे उसे इच्छा बताने के लिए कहते, "कि मरने का वरन करो, या हिंदू के रूप में अथवा तो मुसलमान के रूप में। दोनों रूपों में वे पुरुषों के लिंग काट डालते। एक चरण भट्ट के लिए, दो चरण नव मुसलमान के लिए, जिसने अभी अभी धर्म बदला हो और खतना करने की इच्छा हो जिसकी। तब वे इन कटे अंगों को कश्मीरी स्त्रियों के मुँह में भर कर पवित्र जनेऊ से क्रूरतापूर्ण ढंग से बाँध देते। अन्य को जीवित रख कर शगुल के लिए भूख से तड़पा कर मार दिया जाता। उन्हें पीने को पेशाब और गाय की हड्डियाँ कुतरने को देते। कश्मीर पर छाए इस अंधकार में दैत्य और दानव राज्य कर रहे थे। दुलचा के लिए यह युद्ध में हुई हानि थी तथा गाजी के लिए यह मारने के स्थगन अनुज्ञप्ति का पुनः अभ्यास था। कश्मीर की सीमाओं से लेकर सुदूर मराज के अंत तक विनाश अंतिम और पूर्ण था। 1319 का वर्ष कश्मीरियों के लिए प्रलय का वर्ष था।

इस सारे विनाश में कोटा ब्रह्मा के जीवन और कल्याण की प्रार्थना कर रही थी जोगी के यहाँ हुई बैठक में जो अग्नि उसके भीतर लग गई थी, उससे उसके अंदर की सभी अपवित्रताएं एवं पाप भस्म हो गए। उसके हृदय में पहले की अपेक्षा ब्रह्मा के प्रति प्रेम और दृढ़ एवं शुद्ध हो उठा। उसको इस सब के पश्चात ब्रह्मा से पता चला कि मात्र एक गाँव बच गया अल्लाह की कृपा से और कि ब्रह्मा का बहुत चापलूसी भरा स्वागत किया था शाहमीर और उसके परिवार ने।

"मैं बहुत कृतज्ञ हूँ कि आपने हमें जो सम्मान दिया। आप मेरे बड़े ही मूल्यवान अतिथि हो। कश्मीर ने हमें शरण दी वह शरण मैं तुम्हें वापस सौंपता हूँ," शाहमीर ने उसका हाथ अपने सीने पर रखते हुए कहा कि, "तुम्हें मेरी पूरी सुरक्षा है, जब तक मैं जीवित हूँ कोई कष्ट नहीं होगा तुम्हें मेरी छत के नीचे।" शाहमीर ने ब्रह्मा को अपने दो पुत्रों, जमशेद और अलीशेर से मिलाया। अपनी तीन पुत्रियों एवं पत्नी से भी मिलाया, जो कि पर्दा किए थीं तथा बहुत ही लज्जाशील भी थी।

कुछ सप्ताह उपरांत तुर्क द्वारकासिल पहुँच गए। शाहमीर वीर की भाँति उनसे मिलने बाहर गया। उसने आक्रमणकारियों को सलाम कहा और उनसे तुर्की भाषा में बातचीत की।

"इस गाँव में कौन रहता है?" तुर्क सेनाध्यक्ष ने घोड़े पर अकड़ कर बैठे हुए पूछा।

"सभी पाँच सौ के करीब हम स्वादगार से आए हैं मालिक। हमारे पूर्वज तुर्क हैं। आप की ही भाँति। मेरे पिता जी का नाम ताहिर था; मेरा दादा वकार शाह बहुत ही कट्टर मजहबी था। हम यहाँ जीवन गुजारने के लिए सात वर्ष पूर्व आए। हमें बख्श दो मालिक। हमारा आप से कोई झगड़ा नहीं। हम सीधे सादे लोग हैं। आप गाँव से ही देख सकते हैं। हमारे पास पैसा और असबाब बहुत ही न्यून है।" शाहमीर बोला।

तुर्क को संदेह हुआ। "सब को घरों से बाहर निकलने का आदेश दो ताकि मैं उनका निरीक्षण कर सकूँ।"

शाहमीर ने वही किया जैसी कि उसे आज्ञा मिली। गाँव के सभी लोग घरों से बाहर आ गए। पुरुष दाढ़ीयुक्त और गोल टोपी पहने हुए तथा स्त्रियां चादरों में लिपटीं। जिससे शाहमीर के शब्दों की सच्चाई सिद्ध करने हेतु।

दुलचा ने एक छोटी लड़की को बिना पर्दे के देखा और उससे प्रश्न किया, "बच्चे! तुम्हारा नाम क्या है?"

"हुजूर मेरा नाम गुबेहरा है। मापा पिता मुझे गुहारा बोलते हैं।" बच्ची ने शाहमीर को लक्ष्य कर बड़े आदर से कहा।

"वसंत का पुष्प! कितना सुन्दर नाम! तुम्हारी नीली आँखें कितनी गजब की सुंदर हैं। अब तुम मुझे एक बात सच सच बताओ अगर तुम चाहती हो कि तुम्हारे माता पिता को कोई क्षति न हो। क्या इस गाँव में कुछ अज्ञात लोग हैं?"

"यह मेरा अपना परिवार है, हुजूर। मेरे तीन भाई हैं और दो छोटी बहनें।" गुहारा ने धीमी मधुर आवाज में कहा तथा बोलते समय ब्रह्मा का हाथ कस के पकड़े रखा। जिसने कि नई नई दाढ़ी बढ़ाई थी तथा सिर के लंबे बाल एक गोल टोपी में बंद थे। ब्रह्मा ने तुर्क को निर्भीकतापूर्वक घूरा। सोग्दिन चुपचाप अन्यों के साथ पीछे बैठा रहा।

"तुम्हारी पुत्री बहुत सुंदर है। क्या यह विवाहित हैं अथवा अविवाहित?"

समझते हुए कि वह परीक्षा में सफल हो गया। शाहमीर पूरी तरह से चतुर था, "मालिक मेरी पुत्री अभी भी कुँआरी है। चाहता हूँ कि कैसे मेरा यह उत्तरदायित्व कंधों से उत्तर जाए, अब उम्र हो रही है मेरी।"

"हम पुनः आएँगे। गुहारा पर्दा करो और जैसे एक मुसलमान स्त्री को शोभा देता है वैसे ही स्त्रियों की भाँति भीतर रहो। सबको गाँव के अंदर रखो।" तुर्क ने आदेश किया। पुनः बोला, "यदि कोई बाहर या भीतर आ गया तो तुम

सबको तलवार से काटा जाएगा।" यह कहते हुए वह अपने घोड़े को थपथपाते हुए गुहारा को देखते हुए उसने जीभ चाटी तथा अपने अनुयायियों को आगे बढ़ने का आदेश किया। शाहमीर तुर्क सेनाध्यक्ष को उन्हें क्षमा कर देने के लिए उसका दामन चूमने के लिए दौड़ पड़ा। ब्रह्मा ने अनुभव किया कि ज्यों तुर्क गुहारा को घूर रहा था, वह सहम कर ब्रह्मा का हाथ कस कर पकड़ रह थी। ज्यों ही वे चले गये, शाहमीर के घर की सुरक्षा में वे वापस मुड़ गए।

गिद्धों के अतिरिक्त दो और चीजें थीं जो दुलचा के आतंक में फल फूल रही थी। एक तो व्यापारी; दुलचा की विशाल सेना को जीवित रहने के लिए वस्तुएँ चाहिए थीं और थे ऊँट। ऊँट पहाड़ों से गर्मियों में सामान को ढो ढो कर लाते ताकि आक्रमणकारियों की सहायता करते, अतः वे कराहते रहते। दुलचा और उसके बंदों ने अकूत स्वर्ण, चाँदी प्राप्त की थी, तथा उन सभी के पास समृद्धि थी। कभी कभी चीनी व्यापारी सुदर्शन कश्मीरी को प्रस्तुत करने को कहते, पर वे सोचते कि क्या अच्छा पैसा फारस अथवा तुर्की में मिले। कुछ ने अब नकदी लेना आरंभ किया। अतः दास आपूर्ति धीरे-धीरे घाटी से बाहर होने लगी। पर सर्वोत्तम बंधकों को वापस रखा गया, यहाँ तक कि इस सारे नरसंहार के बाद भी, दुलचा के पास 50000 युवा और युवतियाँ थीं घाटी के फूल, पहाड़ियों के पार संसार की सबसे बड़ी दास मंडी में आयातित होने की प्रतीक्षा कर रहे थे।

दूसरी वस्तु जो खूब फल फूल रही थी, वह थी घास। कोई भी भूमि जोती न जाने के कारण, सारी बसंत में खूब घास उगी थी और शीघ्र ही किसी भी सबसे लंबे व्यक्ति से भी लंबी हो गई। बिलखते कैदी विलाप कर रहे थे कि दुलचा घास के मैदानों का स्वामी बन गया है और घास लगता है धरती की लाज बचाने को उगी है। जो लज्जा इस सारे भयावह लूट कांड से यह पवित्र भूमि अनुभव कर रही है।

सुरक्षित दुर्ग के भीतर कोटा ने समुदाय को जीवित रखने का अभियान अनुशासन से चलाया था ताकि निराशा में अपना बल और धैर्य न खोए। प्रातः एक छोटे से मंदिर में पूजा होती, तत्पश्चात् कठोर योगाभ्यास। उसके बाद वे सब कार्य जो पुरुषों एवं स्त्रियों द्वारा किए जाने आवश्यक थे। स्त्रियाँ भांग की रस्सियों में तेल चुआती। प्राथमिक चिकित्सा सामान जोड़ने लगी तथा सब्जियाँ तथा जड़ी बूटियाँ उगाने लगीं। तब वे बच्चों को पढ़ाने लगी, क्यों कि बच्चों की शिक्षा को रोका नहीं जा सकता था। दोपहर के समय खेल कूद और मनोरंजन का समय होता था। खेल, जिनका कश्मीर में सशक्त इतिहास था, जैसे शतरंज और कौड़ियों

का खेल अत्यंत लोकप्रिय खेल थे। कोटा ने प्रतिस्पर्धाओं का आयोजन किया। स्त्रियों एवं पुरुषों दोनों के लिए ताकि वे अपनी समस्याएँ और दुख भूल जाएँ। यह उसका एक ढंग था ध्यान बाँटने का। किंतु रात को उसे ब्रह्मा के ही सपनों का उलझाव बना रहता। क्या वे फिर मिलेंगे? क्या जीवन उनके लिए पुनः सामान्य होगा? कभी कभी वह तड़प उठती; उसका मन उद्विग्न हो उठता उसके सकुशल होने को लेकर तथा पीड़ा गहरा जाती जानने के लिए कि वह कैसा होगा।

रात्रि को सभी कश्मीरी गीतों का गायन करते, अपने बच्चों को कथा सरित्सागर की कथाएँ सुनाते, तथा ऐसी प्रार्थनाएँ करते जिनसे भय दूर हो जाता। सादगी से विवाह सम्पन्न होते और सभी मुख्य उत्सव मनाए जाते। कोटा का यह संकल्प था कि परिस्थितियाँ कैसी भी हो, कश्मीरी समाज का ताना बाना बनाए रखना होगा तथा जीवित लोगों का मनोबल ऊँचा रहना आवश्यक है। वह अथक काम करती जा रही थी तथा उसका सकारात्मक स्वभाव सभी को बल दे रहा था। रामचंद्र ने प्रतिदिन एक केसरयुक्त पेय लोगों को देने का प्रबंध भी किया था, इस मसालेदार पेय का लोगों पर एक उत्सवात्मक प्रभाव पड़ता था। कोटा ने अपने पिता को लोगों के मनोबल की चिंता से मुक्ति दिलाई थी, जिससे वह उसे और उसके सेनानायकों को युद्ध की तैयारियाँ करने के योग्य बनाती।

इस सब के मध्य में एक दिन यानिव कोटा के पास आया। उसने दुर्ग में शरण ली थी तथा तातियाना भी उसके साथ थी, देखकर कोटा को आश्चर्य हुआ। उनकी कथा शीघ्र ही खुल गई। उन दोनों ने आपस में विवाह करने का निर्णय किया था।

"तुम किस धर्म को मानती हो।" कोटा ने तातियाना से पूछा।

"मेरा कोई धर्म नहीं, जब मैं बच्ची थी, तो मैं एक ईसाई परिवार की थी, तब दो घुड़सवार आए और मेरा अपहरण किया। जब कि मैं उस समय खेल रही थी। वे मुझे ओसेसिम नगर में ले गए और मुझे बेच दिया। मेरे नए मालिकों ने मुझे अपने गृहस्थ में पाला। उन्होंने मेरा धर्म परिवर्तन नहीं किया, पर मैं अपना धर्म जानने और समझने के लिए बहुत ही छोटी थी। अत: मैं केवल उनको देखा करती। उन्होंने मुझे एक फारसी को बेचा और उस ने फिर एक फकीर को। उसके प्रथम शब्द थे कि वह मेरा मालिक है, जब उसने कलिमा पढ़ाकर मुझे इस्लाम में धर्मांतरित किया। पर वास्तव में उसका कोई अर्थ न था। अब मैं कश्मीर में हूँ, जोगी के संग। आशा और धर्म जैसे शब्दों का मेरे लिए कोई अर्थ नहीं।" तातियाना ने कटु होकर उत्तर दिया।

कोटा अब यानिव से पूछने लगी, "क्या संबंध अनुभव करते हो तुम तातियाना से?"

"राजकुमारी जी, मैं कश्मीर में एक युवक के रूप में आया, अपना भाग्य बनाने, मैं राशिदल-इस-दीन हमदानी के परिवार से हूँ जो प्रख्यात फारसी यहूदी, डॉक्टर, इतिहासकार, जो यहूदी मत से इस्लाम में धर्मांतरित हुआ ताकि वह दरबार में जा सकें। मैंने सुना कि 1318 में उसका सिर कलम किया गया इस झूठे आरोप के लिए कि उसने ओलजेतू को विष खिलाने का प्रयास किया था। भीड़ चारों तरफ उसका सिर लेकर घूमती रही ताकि उन यहूदियों को संदेश मिले जो एक भिन्न प्रकार का चिह्न माथे पर पहनने के लिए विवश किये जाते। मेरा परिवार इतना भयभीत था कि वे घर से महीनों नहीं निकले। उसी समय मैंने सोचा कि इतनी बर्बरता में कौन जी सकता है और कि मैं स्थाई रूप से कश्मीर, जो कि सहिष्णुता एवं सद्भाव का स्तंभ है, में रहूँगा। राजकुमारी जी यह हमारी साझा अनुभूतियाँ ही है जिसने तातियाना और मुझे एक दूसरे के निकट लाया। चाहे दुलचा के आक्रमण से यह संसार कल ही समाप्त हो जाए पर आज के ही पल हमारी खुशियों के लिए किसी भी मूल्य पर प्राप्य हैं।"

कोटा ने अपना सिर हामी और सहानुभूति में हिलाया।

"संसार का सबसे सुंदर फूल कमल है क्योंकि कि यह हमें सिखाता है कि उदात्त सौंदर्य अपने आसपास कीच होने पर भी बना रहता है। देवी कमल में रहती है तथा हमें हमारी सबसे कठिन क्षण में भी सांत्वना देती है। सारस जरा मेरा स्वर्ण का कमल वाला ब्रोच ला दो; यानिव और तातियाना! कृपया यह मेरा विवाह के लिए उपहार स्वीकार करो।"

यानिव और तातियाना ने कोटा को इस अप्रत्याशित उपहार के लिए भूरि भूरि धन्यवाद कहा और फिर एक छोटे से अनुष्ठान, तत्पश्चात् एक निजी समारोह के लिए चल दिए।

इससे पूर्व कश्मीर ने इतनी भयावहता कभी भी अनुभव न की थी। इतिहासकार जोनराज ने लिखा है कि जली हुई यह भूमि ऐसी लग रही थी मानो सृजन पूर्व पतझड़ आई हो। पर कोई फल नहीं था क्योंकि खेत जोते नहीं गए थे। ऐसी कहानियाँ आ रही थी कि रहस्यमयी गुफाओं में बकरियाँ पाल कर तथा कबूतरों को अपना साथी बनाकर परिवार रहकर बच्चे पैदा कर रहे थे। गुफाओं के रिसते जल और शिशिरगांठों के विगलन के जल से जीवन निर्वाह करते हुए ये निवासी पाषाण काल का जीवन जी रहे थे इस आशा के साथ कि यह भय निकल जाएगा।

दुलचा ने कश्मीर के पर्वतों पर भी अपना संहारक अभियान चलाया जिसमें यदा कदा उन लोगों वह कुचल पा रहा था, जो कष्टों से तंग आकर गुफाओं से बाहर निकलने का दुस्साहस करते। बहुत बार वे गुफाओं के द्वार पर आग जलाकर धुएं से उन्हें घोंट कर बाहर निकलने पर विवश करते। नरकंकालों के ढेर बाद में इन गुफाओं के प्रवेश स्थलों से प्राप्त कर लिए गए थे। इन गुफाओं के प्रवेश स्थानों पर यह सारी कथा कहते काले चिह्न रह गए थे। जबकि दास बनाए गए लोग भूख से मर रहे थे। सात मास से ऊपर से किए जा रहे निर्बाध लूट से मोटे हुए जा रहे सैनिकों को भी अब आपूर्ति की कमी और आवश्यकताएँ चुभने लगी थी। दुलचा चाहता था कि शिशिर ऋतु के आगमन के साथ अब लार दुर्ग पर अंतिम आक्रमण कर रामचंद्र का सामना उसके अड्डे पर ही हो। उसकी सैन्य तैयारियाँ पूरी थीं अतः यह समय था आक्रमण का।

तुरही और भोंपू बजा बजा कर तुर्कों ने अपनी सेना तथा शस्त्र भण्डार पर्वत तल तक पहुँचा दिया। पर्वत के पूर्व पर सैन्य ठिकाना लाकर वहाँ बनाया गया। आयुधों की आपूर्ति की शृंखला भी निर्मित की गई। युद्ध पूर्व की रात्रि तुर्कों ने आराम किया, ताकि अगले दिन युद्ध के लिए स्वयं को तैयार करें।

कोटा दुर्ग के अंतरतम के गर्भगृह में चली गई जहां बच्चे अलग रखे गए थे। उसने देखा वे बेहद सचेत एवं भावी आक्रमण से भयभीत थे। वे उसके निकट गए। सुरक्षा और सांत्वना के लिए। उसने उनको तीव्र आलिंगन में लिया तथा चंद्रमा की फीकी चमक में देखा उनके छोटे-छोटे मुखों पर यह सब समझने का संघर्ष कि यह सब क्यों और क्या हो रहा है।

एक कन्या ने पूछा, "क्यों यह दुलचा इतने बुरे काम करता है? क्या इसके माता पिता ने इसे अच्छी बातें नहीं सिखाई?"

"वह समझता है कि हमें दुख देने में ही इसका लाभ है।" कोटा ने एक सीधा सा उत्तर दिया।

"आपने एक बार हमें बोला कि हमें सबसे प्यार करना चाहिए यद्यपि हम उसके विचारों से सहमत भी न हों।"

"शिव हमें यह शिक्षा देते हैं कि केवल प्रेम ही, भयानक ढंग से बिगड़े लोगों को, जैसे कि दुलचा को परिवर्तित कर सकता हैं। किंतु यह प्रेम उनसे अधिक शक्तिशाली व्यक्ति द्वारा दिया जाना चाहिए। वे हम नहीं हैं।"

"मुझे सोने से भय लगता है क्योंकि दुलचा मुझे स्वप्नों में डराता है। कृपया आज यहीं हमारे साथ सो जाओ।" एक छोटे लड़के ने बड़े दयनीय ढंग से कहा।

कोटा ने सहमति जताई, मात्र बच्चों की खुशी के लिए। वे फर्श पर बिछे बिस्तर पर उससे सटकर सो गए। कुछ ने अपने सिर उसकी टांगों पर टिका दिए। शीघ्र ही वे एक कहानी सुनने के लिए मचलने लगे। कोटा थकी थी किंतु मान गई।

"विद्यालय में मुझे 'पंचतंत्र' का अध्ययन करना था, जो कि कश्मीरी पंडित श्री विष्णु शर्मा द्वारा लिखा है। उसी ने हम कश्मीरियों को 'वसुधैव कुटुंबकम' की अवधारणा दी। मेरी प्रिय कथा इसमें शिकारी और चार मित्रों की है।"

"एकदा भयावह भय वन में फैला था। एक बहुत बुरा शिकारी वन में प्रविष्ट हुआ था। उसको कहते सुना गया था कि वह वन के हर पशु को पकड़ लेगा। चार मित्र थे। एक हिरण, एक कौआ, एक कछुआ तथा एक चूहा। ये भी बेहद भयभीत हो गये। पर इन्हें भोजन तो करना था। एक दिन शिकारी ने हिरण को एक क्षेत्र में देख लिया तो उसने अपना पाश बिछाया, जब हिरण खाने के लिए लौटा तो वह एक पाश में बद्ध हो गया। उसके मित्र विकल हो उठे। किंतु कछुए ने उन्हें शांत किया और कहा कि उन्हें हिरण को बचाने के लिए एकजुट होना चाहिए। उसकी योजना का कार्यान्वयन करना आरंभ किया गया। जब शिकारी अपने जाल में अपने शिकार के होने का निरीक्षण करने आया तो हिरण धरती पर ऐसे लेट गया, मानो वह मर चुका हो। कौआ उसकी आँखों में उसी प्रकार झांकने लगा जैसे कि वह मृत पशुओं को झांकता है। तब कछुए ने शिकारी का रास्ता काटा। शिकारी समझ गया कि हिरण मृत है तथा वह कछुए का पीछा उसके रसीले मांस के लिए करने लगा। शिकारी को पता चले बिना चूहा अपने तेज दांतों से वह जाल काटने लगा जिसमें हिरण फँसा था। कौआ कांव-कांव कर जोरों का शोर मचाने लगा। शिकारी ने देखा कि हिरण भाग रहा है तो वह वापस दौड़ने लगा। पर हिरण मुक्त हो चुका था तथा दूर जा चुका था। इस पूरे हड़कंप में कछुआ झाड़ियों में छिप गया। इस प्रकार सभी मित्र एक दूसरे के साथ सहयोग कर शिकारी को पराजित कर सके।"

बच्चे गहरी नींद सो गए। उनकी शांत श्वसन क्रिया तथा उष्ण शरीरों से कोटा को भी नींद आई। चंद्रमा उनको कृपा की दृष्टि से एकटक देख रहा था।

प्रातः काल। दुर्ग के भीतर योद्धाओं ने एक विकल रात्रि काटी थी। वे जानते थे कि कौन उनकी प्रतीक्षा कर रहा है। रामचंद्र तथा कोटा ने सभी पुरुषों, स्त्रियों, बच्चों अर्थात सर्वजन को एकत्रित कर प्रेम से संबोधित किया।

"आज हम जीतेंगे। आज हम विजयी होंगे क्योंकि लोहर दुर्ग खड़ा है। मात्र

एकदा नहीं अपितु दो दो बार; उस समलैंगिक के प्रति, वह दासों का दास, नाली का कृमि, गजनी का महमूद उसको हमने परास्त किया। हमारा शत्रु पागल है। दुलचा ने हिंसा को जीवन पद्धति बना लिया है, तथा मृत्यु का पैगम्बर बन गया है वह। उसके कर्म आज उससे हिसाब लेंगे। तथापि यह कठोर दिखता है किंतु आज हम विजयी होंगे; अपनी श्रेष्ठ बुद्धि के कारण तथा देवी के द्वारा प्रदान किए गए रहस्यमय अस्त्रों के कारण।"

कोटा तदुपरांत बोली। उसकी ध्वनि दृढ़ एवं प्रेरक थी:

"आप अपने परिजनों, बच्चों के लिए लड़ते हैं। आप अपनी शारदा भूमि के लिए लड़ रहे हैं। आप देवी शारदा के हमें दिए उपहारों की रक्षा के लिए लड़ रहे हैं। वह मात्र युद्ध की देवी है, मात्र वाग्देवी है, मात्र ज्ञान एवं विवेक की देवी हैं। युद्धभूमि पर अनगिन अप्सराएँ मंडरा रही होंगी। जो भी योद्धा वीरगति को प्राप्त होता है, उनको इन मेघ रूप नर्तकों द्वारा स्वर्ग पहुँचा दिया जाएगा। वे बोलेंगी, "महान योद्धा! मेरे पति बनो।" अब हम सभी मिलकर प्रार्थना करें, और एकत्रित सभा ने उसके बाद बोला,

"जय गणेश!"

"जय गणेश!"

"जय शिव!"

"जय शिव!"

"जय शक्ति!"

"जय शक्ति!"

"सदा भट्ट!"

"सदा भट्ट!"

कश्मीरियों ने अपने विशाल शंख बजाए। जिससे उनके ललकार भरे ध्वनियों को दुर्ग के आर पार, नीचे एकत्रित तुर्कों तक एकस्वर में गुंजाया। पर्वतों ने चुनौती को वापस प्रतिध्वनित किया।

रामचंद्र और कोटा को यह बताया गया कि दुलचा ने अपनी पूरी 75000 सैनिकों की सेना पर्वत के तल पर अंतिम आक्रमण के लिए एकत्रित किया है और उन के पदों के अनुसार उनकी व्यूह रचना की है ताकि हर सिपाही अपने कमांडर से प्रेरित होता रहे।

"इस्लाम की रीति अनुसार सभी सिपाहियों को दुर्ग को लूटने के लिए फिर उस राजसी कोष को उचित रूप से आपस में बाँटने के लिए तीन दिन का समय दिया जाता है।" यह उसके अग्रदूतों द्वारा घोषणा की गई। "लार की प्राचीरों

पर सर्वप्रथम चढ़ने वाला अतिरिक्त प्रोत्साहन भूमि अनुदान, जागीरें अपने और उत्तराधिकारियों के लिए भी। दासों को वरिष्ठता के आधार पर, अधिकतम 20 प्रति व्यक्ति के हिसाब से बाँटा जाएगा। दुर्ग, भवन तथा भूमि दुलचा की होगी; कुछ और जो दुलचा ग्रहण करना चाहता है वह है रामचंद्र तथा उसकी पुत्री कोटा, कि इससे वह अपनी कश्मीर विजय पूर्ण कर सकता है।"

"आक्रमण की योजना सीधी है, 'दुलचा ने अपने प्रसन्नचित सैनिकों में घोषणा की', संख्या के लिहाज से हम मूर्ति पूजकों पर भारी हैं, लहर पर लहर आक्रमण की दुर्ग पर पड़ेगी, परिणामस्वरूप दुर्ग को तोड़ देगी और तब काफिर परेशान हो जाएँगे। अनियत सैनिकों द्वारा आक्रमण की पहल की जाएगी, तदुपरांत भाड़े के गाजी तथा अंततः तुर्क सिपाहियों द्वारा इसका अंत किया जाएगा।"

दुलचा ने अपनी मुट्ठी को भींचा तथा उसके भीतर से एक अखरोट को तोड़ा। उसने धीरे से उसके अंदर की गिरी निकाली और उसे खाने लगा जो कि सब ने देखा।

"कोई ईश्वर इत्यादि नहीं हैं, एक अल्लाह है और मुहम्मद, उसका पैगम्बर, ईश्वर उसकी आत्मा को शांति दे।"

एकत्रित सैनिकों ने भी उत्तर दिया, "कोई अन्य ईश्वर इत्यादि नहीं, एक अल्लाह है तथा उसका पैगम्बर मुहम्मद, ईश्वर उसकी आत्मा को शांति दे।"

जब दुलचा ने अपने एकत्रित सेना को सुसज्जित हो आगे बढ़ने का संकेत दिया तो रामचंद्र, जो कि प्राचीर से देख रहा था, ने बीज मंत्र 'शिवोऽहं' गुंजाया।

'हरि ऊँ शिव' गुंजा कर उतर दिया उसकी सेना ने। प्रत्येक एकत्रित धनुर्धारी ने अपने अपने धनुष का संधान कर तीर को तूणीर से खींच धनुष पर चढ़ाया। जिसका एक सिरा प्राचीर में लगे एक छिद्र में रख दिया गया था। शक्तिशाली धनुष दबा रहे थे तथा विराट संवेग को सोख रहे थे। कुछ विषयों में लगभग 200 पाउंड तक घुमाए बिना ही। हर धनुर्धारी की बगल में उसकी पत्नी थी, जो कि तीर चलाने के लिए अग्नि को रखती थी। प्रत्येक धनुष के भीतर शिव स्वयं प्रकट रहते अपनी सशक्त ऊर्जा के रूप में, और तब उसकी शक्ति में रूपांतरित होते, जिसकी गति शक्ति से प्रज्वलित तीर चलता था। वे तीर इतने ऊँचे जाते कि लगता जैसे वे सूर्य की ओर जा रहे हैं। किंतु यह एक भ्रम होता। ये ज्वलंत प्रक्षेपास्त्र पीछे धनुष में अपनी चेतना छोड, सूर्य को प्रणाम करते तथा उससे आशीष प्राप्त करते, कि वे अपने धर्म-कर्तव्य का निर्वहन कर सकें, तब नीचे की ओर आकर अपने लक्ष्य का संधान करते। एक निमिष में युद्ध का मंच, विप्लव में परिवर्तित हुआ, क्योंकि आक्रमणकारियों के खेमों में आग लग

गई; अश्व चिल्लाने तथा भगदड़ मचाने लगे; तथा शस्त्र एवम् शस्त्रागार विस्फोट के कारण जलती पराली वाले घास के मैदान बन गए।

"काफिरों को वापस मारो," दुलचा चीखा। तुर्कों के पास भी ज्वलंत तीर थे, और वह कश्मीरियों को उनके तरीके से ही उत्तर दे रहे थे।

उसका सेनानायक बोला, "सुल्तान! दुर्ग की ऊँचाई को देखते हुए हमारे तीर पहुँच के भीतर नहीं हैं। हमें 1200 गज के भीतर होना चाहिए ताकि हम अपने शस्त्रों का प्रयोग कर सके।"

"तो आगे बढ़ो और उनको चींटियों की तरह मसल दो।" दुलचा चिल्लाया।

अत्यधिक अनुशासनबद्ध तुर्क सेना ने गति नहीं तोड़ी और पर्वत के ऊपर चढ़ते गए। दुर्ग के भीतर से कोटा ने देखा मानो एक काला स्तंभ विशालकाय घोंघे की तरह पर्वत के ऊपर चढ़ा जा रहा है। यह उसका प्रथम युद्ध था तथा वह भयभीत हो रही थी। उसका शरीर काँप रहा था यद्यपि वह आत्मा से दृढ़ थी। ज्यों ही वे निकट आए, चलायमान आक्रमणकारियों ने अपनी तलवारें और ढालें एक तरफ रख दी और उनके धनुष ले लिए। गिरते हुए धनुष वह प्रेरणा थे जिनसे भय विकराल क्रोध में परिवर्तित हो गया। कोटा की सहायता स्त्रियों द्वारा की जा रही थी अत: उसने तीरों की भरपाई करने का निर्देश दिया तथा शक्तिशालियों को जोड़ा बनाकर व्रणित योद्धाओं को सुरक्षित स्थान पर ले जाने का काम दिया जहां पर सारस तथा ब्राह्मण वैद्य उनका आवश्यक उपचार कर रहे थे। रहस्यमय पीडानाशकों द्वारा पीड़ा कम होती तो व्रणित सैनिक रोते नहीं, यहाँ तक कि मृत्यु पर भी नहीं, क्योंकि वे अपने देश भाइयों को परेशान नहीं करना चाहते थे। आक्रमणकारियों के तीर बढ़ती हुई नियमितता के साथ अंदर दुर्ग में गिरते रहे। रामचंद्र ने कोटा को संकेत किया कि, कोटा ने अपना मुँह का प्याला बनाकर चिल्ला कर एक कूट संकेत किया 'बुमरो बुमरो'! एक निष्णात धनुर्धारी के हाथों में, लंबा धनुष एक मिनट में लगभग दस तीर चलाता जब कि तीव्रता से अपनी प्रिय पत्नी द्वारा भरा जाता। जब एक पारंपरिक तीर अपने लक्ष्य को भेदता, ऊर्जा स्वयमेव भीतर पसर कर बिंदु पर केंद्रित हो जाती। तुर्क सेना अपने चमड़े के जैकेटों में ठीक से सुरक्षित थे, बहुत होता तो पीड़ित को एक छोटा व्रण होता

किंतु 'बुमरो' अर्थात् श्याम भ्रमर एक अलग रणनीति थी। ये नियमित आकार के भ्रमर से आधे आकार के थे, तथा विषाक्त झप्पटों से युक्त। एक सहस्र धनुर्धारी दस बाण प्रति मिनट प्रति सैनिक चला सकता है। अत: दस मिनट की

अवधि में 1000000 प्रक्षेपास्त्र जो इतने तीव्र चलते कि आक्रमणकारियों पर आग की तरह दागे जाते। प्रत्येक पत्नी के प्रशिक्षित हाथ बाण को विष में डुबोते और तथा धनुर्धारी को पकड़ाते मानो एक ही व्यक्ति ये बाण चला रहा हो। सूर्य काला पड़ गया तथा बाणों की वृष्टि से दिन संध्या में परिवर्तित हो गया।

आक्रमणकारियों ने अनंत बाण वृष्टि को रोकने का प्रयास किया किंतु बुमरो आते रहे; उनके मुख, हाथ, नितम्ब, जहां भी वे अपना ढँक मार पाते। यह जानलेवा अग्निशक्ति जिससे ढलानें क्षण भर में मरण स्थल बन गए। अनियमितों को पूर्ण रूपेण मिटा दिया गया। गाजी भूमि पर गिरे जा रहे थे साही पक्षियों की तरह जिनको भाले बरछियाँ ढँकती जा रही थी। सिपाहियों की कतार सिहरन भरे स्तम्भन में आ गई। उस दिन के विष की काट ब्राह्मण जानते थे, किंतु दुलचा ने उन सब को मार डाला। तुर्क बाण चलाने में पारंगत थे, किंतु इन अत्यंत लघु बाणों ने उनको उनके अपने ही खेल में मार डाला, और यह उनके लिए असह्य था।

दुलचा ने अपने घोड़े को चिल्लाते हुए पर्वत के ऊपर चढ़ा दिया। अपनी तलवार की धार से वह अपने सिपाहियों को कतार के किनारे से मारने लगा।

"लड़ो अथवा जहन्नुम की आग में जाओ।" वह चिल्लाया।

वे फिर से आरंभ हुए। इस समय पीछे से न कि सामने से वार करते रहे। उत्तम है मृत्यु पीछे जाने अथवा दुलचा के क्रोध में फँसने से। आक्रमणकारी प्राचीरों के निकट तथा शीघ्र ही वे सौ गज के अंतर्गत इसकी दीवारों के अंत के स्थल से थे। दुर्ग के भीतर धनुर्धारी पीछे मुड़ गए तथा चाण्डाल रक्षात्मक स्थिति में आ गए। चाण्डाल समाज के सभी ऐसे कर्म करते जिनके लिए उनकी कृतज्ञता कोई ज्ञापित न करता। रामचंद्र ने सर्वाधिक धनी लोगों को बहुत दूर भेजा था। अपने साथ उसने उतने सारे निर्धन लोगों को दुर्ग में रखा जितने कि रखे जा सकते थे। युद्ध में वे ऐसा दल था जो आपके साथ था। एक दूसरे का सहयोग करते हुए उन प्राचीरों में जिनमें वे बंद थे। सारे सामाजिक भेदभाव एक तरफ फेंकते हुए।

चाण्डालों ने अपने प्राचीन आयुध निकाले, सरल किंतु भयानक, गुलेल और चाकू जैसे धारदार चकमक पत्थर, चट्टानें। लंबी देर तक बंधक रहने से उन्हें अच्छा खासा समय मिला था यह सारा शस्त्रागार को भरने के लिए। ज्यों ही आक्रमणकारी एकल रूप से प्राचीरों की ओर बढ़ने लगे थे, चाण्डाल एक एक आक्रमणकारी का निशाना साधते। उनका लक्ष्य अकाट्य था। स्वराघात का समरूप से गतिमान होना उनका वर्षों का प्रशिक्षण दर्शा रही थी। गुलेल की मार

से उनकी चमड़ी, त्वचा, अस्थियाँ कट जाती, कि आक्रमणकारी जीवन भर के लिए अपंग, अक्षम हो जाते। निर्धन व्यक्ति का शस्त्र, पत्थर और गुलेल कम दूरी से भयानक रूप से मारक थे। मृतकों को रौंदते हुए, स्वयं को पाषाण वृष्टि से बचाते हुए सैन्यदल दुर्ग के निकट पहुँच गया, अब यह समय था कि त्रिशूल भाले निकलते। डामरों द्वारा जंगली सूअर मारने में प्रयोग में लाये जाने वाले शस्त्र अब आक्रमणकारियों पर चलाये जा रहे थे। परम शक्ति से चलाये जा रहे तथा गुरुत्वाकर्षण से नीचे की ओर ले जाए जा रहे, उस हर वस्तु को भेद देते जो उसके रास्ते में आती तथा अभागे शिकार को भूमि पर गिराते। कोटा कर्कश हो उठी। अपनी सेना की जय जय कार करती हुई, स्त्रियों पर आपूर्ति के लिए चिल्लाती हुई, उनको यह निर्देश करते हुए कि उन्हें कहाँ पर कश्मीरी सेना की भरपाई करनी चाहिए।

तुर्क नेता अब प्राचीर के शिखर पर पहुँच गया और रामचंद्र के सम्मुख आ गया। नेत्रों को चौड़ा कर कोटा ने अपने पिता को तलवार को तेजी से पकड़ फिर छोड़ देने के लिए।, कि फिर एक गदा उठाए जो कि निकट ही थी।

'अब तुम मेरी गिरफ्त में हो' चिल्लाते हुए उसने भयावहता के साथ तलवार घुमा दी और तुर्क का सिर बिखेर दिया। कटने की ध्वनि पुनः पुनः घाटी में प्रतिध्वनित होती जाती। अनायास ही कोटा के मुख से एक चीख निकल गई। भयानक रूप से विद्रूप रूप से क्षत विक्षत सिर पर्वत से बढ़ती गति के साथ लुढ़कते हुए नीचे ही नीचे जाते हुए और और गति पकड़ते हुए दुलचा के पैरों पर जाकर रुक गया। इसकी जमी आँखें अवज्ञा से दुलचा को घूरने लगी।

अग्र-दल के सिपाहियों ने पर्वत की ओर तिरस्कार से देखा। पीछे का दबाव उनको ऊपर धकेल रहा था तथा प्राचीर किसी भी क्षण अब बहुत बड़ी संख्या के कारण टूट सकती थी। कोटा ने देखा कि दुर्गंध सने तुर्क तेज साँसें ले रहे थे ताकि वह पुरस्कार हड़प लें जो कि अत्यंत निकट था। तब उसने सहसा एक युद्ध की चीख सुन ली, "ए बट्टा" और सिर घुमा कर देखा लगभग हजार लोग निकट के वन से दृश्यमान हुए। जैसे ही तुर्क सेना अटपटे अंदाज से नए आक्रमण का सामना करने के लिए घूम गए उनका आगे बढ़ने की गति टूट गई। हाथों हाथ युद्ध लद्दाख के बोटों की विशेष युद्ध पद्धति थी। वे निर्दयी थे। एक एक को मौत के घाट उतार रहे थे। तुर्कों ने पंक्ति तोड़ी और नीचे अपने आधार कैंप की ओर दौड़े। वे भागने लिए पागल हुए जा रहे थे। यह पीछे हटना भगदड़ में परिवर्तित हो गया। गाजी और तुर्क अपने साथियों की लाशों पर से चढ़ चढ़ रहे थे ताकि इस संकट से बाहर निकल आएँ। ज्यादातर सैनिक वापस भागने के

कारण मरते है । यह भी वहीं था। कोटा ने जीवन में इस प्रकार के दृश्य न देखे थे। दुलचा की सेना वापस भाग रही थी तथा शत्रु से बच रही थी। उसके सेना नायक अपने पराजित सैनिकों को निर्देश दे रहे थे कि वे पुनः आधार कैंप पर जाए तथा नये सिरे से स्वयं को संगठित करें तथा नई रणनीति के साथ वापस युद्ध करने के लिए लौट आएँ।

रामचंद्र और कोटा प्रसन्नता के कारण चकराए थे। यह तो रिनचिन तथा उसके साथी थे जिन्होंने वहशी पन के साथ आक्रमण किया तथा कोई करुणा न की। सभी विपथगामियों को मार रहा था तथा उस एक एक को भी जो युद्ध करने को आ रहा था।

"बहु अच्छा भई" रामचंद्र चिल्लाया, रिनचिन ने उसके निर्देशों को माना; "पिछले कुछ वर्षों में इसने उन लोगों अच्छे से सम्भाला जिनका भी मैंने इस पर उत्तरदायित्व सौंपा। आज का युद्ध समाप्त।"

कोटा और रामचंद्र ने देखा कि रिनचिन पर्वत की तलहटी पर कश्मीर ध्वज लहरा रहा है। कोटा ने दुर्ग का ध्वज उठाया और रिनचिन की ओर उन्मत्त होकर लहराया। दोनों ध्वज हवा में गर्व से लहराते रहे। कश्मीर की सेना ने अपने शंखनाद ऊंची ध्वनि एवं विजय ध्वनि में गुंजाए तथा पर्वतों ने समान हर्ष भरा प्रत्युत्तर दिया। कोटा ने किसी से आवेग के साथ धनुष एवं बाण उधार माँगा। प्राचीर के शिखर पर उसने एक पुष्प तोड़ा और उसका चुम्बन लिया और इसके बीच से एक बाण निकाला और फिर वह बाण चलाया जो कि रिनचिन के पग पर गिरा। उसने पुष्प को उठा कर उसे अपने होंठों में दबाया। विश्रांति तथा प्रसन्नता से भरी कोटा ने अपने पिता से पूछा, "क्या आप प्रसन्न हैं कि हमने रिनचिन को कश्मीर में प्रवेश दिया?"

"हाँ! वह कश्मीर का एक महान मित्र प्रमाणित होगा।"

कोटा मुस्कुराई, अपने भीतर एक गर्माहट को अनुभव करती हुई। वह पिता के पास से बच्चों के पास चली गई, मानो एक सिंहनी अपने शावकों से मिलने जा रही हो। वे सभी सुरक्षित रूप से दुर्ग के तहखाने के सबसे आंतरिक कक्ष में छिपे थे। अब यह उनको मुक्त करने का समय था। दुखद था कि उनमें से अब कुछ अनाथ के रूप में निकलेंगे। कुछ ने आक्रमण में अपने माता अथवा पिता, अथवा दोनों को खो दिया था।

ज्यों ही रात घिर आई कोटा ने देखा कि तुर्क अपनी रक्षात्मक स्थितियों को पुनः नीचे आधार शिविर में सशक्त कर रहे थे। पश्चिम की शारदीय वायु अमंगलकारी शीत से संयुक्त थी। मानो यह कहती हुई कि आठ मास के अतिवास

में आक्रमणकारी अपने स्वागत के लिए कुछ अधिक ही घाटी में बने रहे। कोटा अपने कक्ष में वापस आई तथा देवी से सब की मुक्ति की प्रार्थना करने लगी। वह "रुद्रम चमकम" मंत्र का अभिषेक किया। कश्मीरियों का सर्वशक्तिमान मंत्र। छोटी सी हरिताश्म की देवी की मूर्ति जो उसने स्नातक होने पर मिले उपहार स्वरूप उसके सामने थी। प्रार्थना के बाद उसने शक्ति एवं आशा का अनुभव किया। अब हल्की सी सम्भावना थी कि सम्भवतः वे जीत ही जाए।

दुलचा के कैंप के भीतर जबरदस्त चर्चा चल रही थी कि भविष्य में किस प्रकार से कार्रवाही हो।

"सुल्तान! सामान्य रूप से हमारे निष्ठावान सेना नायक स्वयं अपने लोगों से विद्रोह का सामना कर रहे हैं।" दुलचा के विशेष सेनानायक ने यह सूचना दी।

दुलचा चीखा। उसके मुँह से झाग आ रही थी। वह विष उगल रहा था। "मुझे बोलो वे कौन हैं? मैं उनको..., (एक गंदी दी) तभी अन्य अपना सबक सीखेंगे।

विशेष सेनानायक ने उत्पीड़न को स्वीकार न किया अतः आगे बढ़ा, "हमारा आकलन था कि दुर्ग एक या दो दिनों में जीता जाएगा तब इसकी सारी सम्पदा हमारी होगी। ऐसा नहीं हुआ और हमारी सेना को खाने की आपूर्ति न हो पाई। अब यह घाटी मात्र घास का एक दोना है। कारवान अब सामान की आपूर्ति नहीं कर पा रहे क्योंकि पर्वतों पर शिशिर ऋतु आ धमकी है। हम वापस नहीं जा सकते, हम यहाँ रुक नहीं सकते क्योंकि हिमपात किसी भी दिन हो सकता है। हमें घाटी से तुरंत उतने ही पर जाना होगा जितना कि इस आपात स्थिति में हमारे पास है।"

दुलचा यह बात मानने को बाध्य हुआ क्योंकि सेनानायक एक व्यावहारिक बात कर रहा था। उसने अपनी मुखमुद्रा बहुत अच्छी बनाई

"हम अगले वर्ष लौट सकते हैं और काम जो हमने इन कुनियों के साथ आरंभ किया है उसे पूरा कर सकते हैं। ये थके मरे लोग उबर नहीं पाएँगे तथा हमें कोई टक्कर नहीं दे सकते। हमारे पास दास हैं और हमारे पास सूर्यवंश तथा हमारे पास पर्याप्त माले गनीमत यानी लूट का माल है कि हम यह सब सम्भव कर सकते हैं।"

किंतु बाहर जाने का मार्ग अज्ञात था। दुलचा ने अपने लोगों को आज्ञा दी कि उस कश्मीरी बंधक को उसके पास लाया जाए जो कि बुमजू गुफा के मंदिर से बंधक बनाया गया था। उसका अपने समुदाय में एक सम्मान जनक स्थान था

तथा दुलचा उससे जानना चाहता था कि क्या घाटी से बाहर जाने का कोई छोटा मार्ग है जिससे कि शीघ्र बाहर जाया जा सके। उस व्यक्ति ने बताया कि एक पर्वतीय गलीनुमा 'दर्रा' है जो कि ब्रिनाल के मार्ग से जाता है, किंतु यह मार्ग मात्र एक ही व्यक्ति को विदित था। एक भिखारी है तथा उसका नाम है ईशान। दुलचा को समझ में न आया कि क्या करें, कि वह एक युवा नशेडी लग रहा था। जिसके बालों के लंबे लंबे गुच्छे थे, वह मृगचर्म पहने था। वह कपूर सा गौरवर्ण था। उसने पूरे शरीर पर तथा ललाट पर भी भस्म लेप किया था। उसके हाथ में एक त्रिशूल था जो वह चलने के लिए काम में लाता। जब उससे पूछा गया कि क्या वह घाटी से बाहर का मार्ग जानता है तो उसने कहा कि घाटी बाहर जाने के लिए अनगिन रास्ते हैं। जब उससे पूछा गया कि सबसे छोटा मार्ग कौन सा है तो वह मुस्कुरा दिया और ऊपर की ओर संकेत किया। कश्मीरी नेता ने इसका अर्थ बताया कि वह कहता है कि तरबला से। दुलचा के सेनानायकों ने तीव्र रूप से उसके बताए मार्ग को मानने से मना किया, पर जब यह सोचा गया कि 50,000 कश्मीरी बंधक अपने जीवन का बलिदान ऐसे नहीं देना चाहेंगे, तो वे शांत हो गए। तैयारियाँ बड़ी तीव्रता से उस रात की गई कि अगली प्रात: को दुलचा और उसके तुर्क आक्रमणकारियों ने घाटी से बाहर की यात्रा आरंभ की।

अश्वों की लंबी कतार, दास, कोष से भरी गाड़ियाँ, सहदेव के मूल्यवान हाथी, गाजी और तुर्क योद्धा धीरे-धीरे घाटी से बाहर जाना आरंभ हुए। घूमते गिद्धों द्वारा ध्यान से देखें जा रहे। तेजी से चलने पर सैन्य दल को दर्रे तक पहुँचने में दो सप्ताह लगे। पर्वत आरोहण कठोर और थकाने वाला था। कश्मीरी दासों को वह लूट का माल उठाने को कहा गया था जो कि उन्होंने आठ मांस के आतंक और लगातार लूटते रहने से जमा किया था। दुलचा को अब अच्छा लग रह था यह जानकर कि वे दर्रे को पार कर रहे हैं। वह जानता था कि ज्यों ही वे एक बार इसको पार कर लेंगे तो वे नीचे तलहटी पर पहुँचने के बाद समतल पर पहुँच जाएँगे। वह इस अभिशप्त भूमि से दूर पहुँचने की इच्छा कर रहा था। दुलचा के लिए कश्मीर का सौंदर्य अर्थ नहीं रखता था। वह ऐसे कदमों की इच्छा कर रहा था जहां व्यक्ति अपने घोड़ों पर चढ़ कर हवा की गति से दौड़े। कश्मीर में घोड़े पर्वतों गलियों तथा घाटियों पर लंगड़ा लंगड़ा कर चलते। यहाँ कुछ भी सीधा न था। इसी कारण से कश्मीरियों के कदम और अधिक धीमे हो गए। क्योंकि उन में से हर किसी को अपनी मातृभूमि से सदा के लिए ले जाया जा रहा था। जब उस रात वे रुके तो दुलचा ने देखा कि उन्होंने अग्नि प्रज्वलित की

तथा उनके नेता ने उस अग्नि में आहुतियां दी। कश्मीरी विशाल घेरों को बना कर एकत्रित बैठ गए थे। आपस में एक दूसरे से सट कर बैठे और पढ़ रहे:

मैं भगवान शिव का ध्यान कर रहा हूँ<br>
जो शक्ति का प्रिय है।<br>
जो भक्तों का प्रिय है।<br>
जो सारे भय और संकट दूर करता है।<br>
जिसका ध्वज शुभंकर प्रतीक शक्तिशाली वृषभ है।<br>
जिसे रुद्र कहते हैं<br>
जो कालातीत है।

ज्यों-ज्यों उनके गायन का स्वर ऊँचा होता गया, ईशान अग्नि के समीप मध्य में कूद गया, सत्य में ही उन्मत्त। उसके पास सुरा का एक पात्र था और उसमें से पी रहा था। सत्य में कोई नयी सुरा बना पाया था। एक कश्मीरी ने कुछ सुरा दुलचा और उसके अधिकारियों को प्रदान की यह बताते हुए कि यह स्थानीय रीति है कि इस के साथ उत्सव किया जाए। यह शक्तिशाली थी तथा रसयुक्त। उन्होंने और माँगी। ईशान ने सुरापात्र एक तरफ फेंका और एक हाथ में त्रिशूल तथा दूसरे हाथ में डमरू बजाते हुए नृत्य करने लगा। वह गोल गोल घूमने लगा अपना बायाँ पैर उठाया तथा दाँया पैर भूमि में दृढ़ रूप से धँसा; उसके हाथ बाहर को फैले कि सीध में खड़े होने के लिए संतुलन बना रहे। जब दुलचा ने यह देखा तो लगा मानो ईशान का शरीर नीली, भस्मवर्णी आभा में दमक उठा हो। तब उसके सिर के केश खुल गए और उसके पीछे बहने से लगे।

दुलचा को कुछ तो अशुभ लगा। वह खड़ा हुआ और ईशान की ओर चलने लगा। पर उसको लगा कि जितना ही वह निकट आता गया, नृत्य करता भिखारी उतना ही दूर दूर भागता गया। रात भी सहसा घहराई। तब वायु बहने लगी और धीमी सी ध्वनि भयानक गर्जनाएँ बन गई, कि संसार का अंत होता सा लगने लगा। आस पास की हर वस्तु से कश्मीरी लुप्त से होते दिखने लगे। वे परस्पर एक दूसरे का हाथ पकड़े ऊं नम्: शिवाय, ऊं नमः शिवाय..., जपने लगे। ईशान और और तीव्र घूमने लगा यद्यपि वह पूरी तरह से संतुलित लग रहा था। ऐसा लग रहा था कि वह उड़ जाएगा। एक वैश्विक अग्नि उसकी ज्वलंत देह से प्रकट हुई। उसके लंबे बाल आकाश के आर पार धूमकेतुओं की भाँति चमकने लगे। नगाड़े इतने तीव्र हो बजने लगे कि मानो ब्रम्हाण्डीय गति पकड़ रहा हो। दुलचा इस दृश्य से सम्मोहित हो गया और उसने अपने पग तेज किए, मफंगी का सिर को तोड़ने का प्रण करते हुए। हवा और तीव्र होकर बहने लगी तथा अब हिमपात

आरंभ हुआ। यह शिशिर पूर्व अभूतपूर्व आँधी के रूप में स्वयं रुद्र था। हिम के फाहें पहले तो बड़े शांत ढंग से गिर रहे थे, उसके बाद भारी से भारी रूप में जबतक कि इस तुषारापात का घनत्व अंधकार मय न हुआ। दुलचा लगभग ईशान पर चढ़ने को हुआ और वह उसको पकड़ने लगा, कि वह रुके, यह समझे बिना ही कि हो क्या रहा था। ईशान एक मृगतृष्णा दिख रहा था एक बेताल जो दिख तो रहा था पर इस भौतिक संसार का नहीं।

ज्यों ही दुलचा और निकट पहुँच गया उसे लगा कि उसके पाँव फिसल रहे हैं। किसी तरह अंधेरे में वह चट्टान के किनारे तक पहुँच गया था, तथापि ईशान उससे दूर था और ठोस भूमि पर खड़ा दिख रहा था। जब वह पर्वत की ओर गिरा किसी ने उसका क्रंदन न सुना। उसका सिर के बल गिरना शांति पूर्ण रहा। मात्र सूर्यवंश, जो उसकी गर्दन में लटक रहा था, उससे अलग होकर उसके एक तरफ गिर गया; एक कठोर हीरा, नग ग्रेनाइट पर गिरा तथा एक खरोंच भी नहीं आई। एक हल्की पटकनी के साथ सूर्यवंश दरार में चला गया। दुलचा जिसने चाहा था कश्मीर को एक कब्रिस्तान बनाना, की अपनी ही कब्र बन गई।

कोटा गहरी नींद में थी जब यह स्वप्न आया। वह कुछ चिंतित हो उठी क्योंकि पहली बार उसने जोगी नहीं देखा अपितु ईशान को देखा, जो इससे पूर्व शारदापीठ में तीर्थ के पवित्रीकरण के समय पर आया था। तब उसने शिष्यों में एक सनसनी फैली कि वे हड़बड़ा गए थे यह कहते हुए कि भगवान शिव स्वयं आए थे। स्वप्न में ईशान ने उससे कहा कि उसने नव शीन का उत्सव कश्मीरी रीति अनुसार नव मद्य के साथ पान कर के किया। मद्य दुलचा को दिया गया। अज्ञान का अंत हुआ, अब सब कुछ शुभ होगा। अब वह अमरनाथ गुफा को जाएगा जहां उसकी पत्नी देवी शक्ति उसकी प्रतीक्षा कर रही है, और उसे उसका लोल आया है। वह जानता है कि उसकी भार्या के हृदय में कोटा के लिए विशेष प्यार है, जो कि उसके निष्ठावान भक्तों में से एक है तथा कोटा का पक्षपात उसकी तीव्र इच्छा है। कोटा को अपनी निद्रा में कुछ विश्रांति सी मिली; ईशान की छवि लुप्त हुई उसके स्थान पर मधुर, चिर शांत मुख देवी का प्रकटन हुआ। कोटा ने अनुभव किया कि ऊष्मा उसके अंतर में प्रवेश कर उसके भग्न हृदय के व्रणों को टटोलती तथा दुलराती हुई। धीरे धीरे घृणा वाष्प हुई। भय और आतंक से मुक्ति की दिव्य अनुभूति उसमें भर गई तथा प्रेम एवं आशा का पुनः संचार हुआ।

तरंग-6

# निकट की मुठभेड़ें

कोटा लार दुर्ग के ऐसे भाग की ओर चली जहाँ उसका अभी तक जाना न हुआ था; यहाँ सारस रहती थी। उसे संदेश प्राप्त हुआ था कि ब्रह्मा जीवित है, इस प्रसन्नता के साथ कि उस की प्रार्थनाएँ सिद्ध हो गई, के बाद इस के प्रति उसकी प्रथम प्रतिक्रिया यह अनिश्चितता थी कि आगे क्या? उसे परामर्श की आवश्यकता थी अत: उसने सारस को सूचित किया था कि वह उसके पास आएगी। सारस कोटा को अपना घर दिखाने में अनिच्छुक थी किंतु यह निमंत्रण आज्ञा से बढ़कर प्रार्थना थी अत: इसका प्रतिकार नहीं किया जा सकता था। उसका कक्ष ऊपर एक मीनार पर था तथा कोटा हाँफ रही थी जब वह उसके बुर्ज पर उसके छोटे से कक्ष में प्रविष्ट हुई। इस में एक छोटा सा छिद्र था जहां से वायु आती जाती थी। चूँकि यह उसका प्रथम बार आगमन था अत: कोटा अपने साथ एक ऊनी शॉल लाई थी उपहार स्वरूप। जो कि सारस के बहुत काम आएगा आगामी शीत ऋतु में। उसने कुछ अनार भी लाए थे जो कि उसने इस घेराबंदी में बचाए थे। सारस कोटा के लिए अत्यंत मूल्यवान थी और वह जानती थी कि उसे फल बहुत ही रुचते हैं। कोटा ने कमरे में दृष्टि घुमाई और देखकर आश्चर्य हुआ कि एक कोने से एक कपि उसे घूर रहा है। एक पिंजरे में एक सारंग पक्षी भी भीमा जो कोटा को टकटकी लगाए देख रहा था। कोटा में उनकी रुचि देखकर यह स्पष्ट था कि कोटा के यहाँ कुछ आगंतुक आया करते थे।

सारस ने समावार में कोयले सुलगा रखे थे और चाय दो ताँबे के प्यालों में उँडेल दी। पात्र उबाल में बकबका जा रहा था जिसमें कि पोषक पेय चाय के कुछ पत्तों, दालचीनी, पिसे बादाम और कुछ इलाइची से एवं शहद और केसर से बना था।

दोनों स्त्रियों ने चुपचाप चाय पी ली, उसका भरपूर स्वाद लिया तथा इससे मिल रहे आनंद को जिया।

"यह मेरे जीवन में प्रथम बार है कि मैं अपने विषय में सोच रही हूँ," कोटा ने प्रथम बार माना, तथा पुनः बोली, "मुझे लगता है कि मुझे समझना होगा कि मेरी माँ मुझसे क्या आशा करती, मुझे जीवन में क्या करना चाहिए। सारस तुम वह समझने में मेरी सेतु हो।"

"यह सहज है कि तुम्हें उसकी सहायता की अपेक्षा है," सारस ने दुलराया और बोली, "तुम एक अनाथ से अलग नहीं हो, अपनी माता को खोने के बाद तुम्हारे जीवन निर्माण के समय पर तुम्हारे पिता की अनुपस्थिति के कारण। पर तुम्हें अब, नए प्यार को खोजना होगा। नए सम्बन्ध ढूँढने होंगे। उसी से तुम्हारे भीतर मातृविहीनता का व्रण भर जाएगा।"

"सारस, मैं स्वीकार करती हूँ कि जब व्रणों की बात आती है तो मैं समझ नहीं पाती कि क्या मैं अभी भी ब्रह्मा से प्रेम करती हूँ अथवा मैं उससे मुक्त हो चुकी हूँ। जब मेरे पिता ने उसे एक लक्ष्य पर भेजा, मैंने सोचा कि सम्भवतः यह हम एक दूसरे को जीवित रूप में अंतिम बार देख रहे हैं। अगर ऐसा हुआ होता तो मैं यह कदापि नहीं चाहती थी हम परस्पर घृणा करते हुए मरें। किंतु एक संदेश आया है कि वह जीवित है, सकुशल है। जब वह आएगा तो मुझे क्या करना चाहिए?"

"उस रात्रि वास्तव में क्या हुआ था। मैंने तुम्हें बिस्तर में रोते हुए देखा, मैंने सोचा कि कुछ बहुत भयावह घटित हुआ है।"

कोटा ने सारस को वह सारी कथा पुनः कहीं और बहुत सारा विवरण अनकहा रखा, जो कि वास्तव में हुआ था। सारस ने समझदारी से बीच की रिक्तियों को भरा, क्योंकि कथा के अंत में कोटा भरसक रो पड़ी। सारस ने उसे सांत्वना दी।

जोगी कभी एक सज्जन व्यक्ति था, पर वह तलवार की धार से गिर पड़ा है। उसने ध्यान के माध्यम से शक्ति प्राप्त की, किंतु शक्ति उसका गुण बनने से उसका अंत ही बन गई। उस रात जो कुछ उसने किया, वह कश्मीर में 360 वर्षों से कश्मीर में प्रतिबंधित है। राजा यशस्कर ने एक समूह को ऐसा अपराध कराने के लिए चक्रभानु, एक वैरागी के माथे को श्वान प्रतीक से जला दिया था। उसके चाचा वीरानी ने पवित्रीकरण की एक रीति में प्रतिशोध लेकर राजा को मार डाला। तब से राजाओं ने ऐसी घटनाओं की अनदेखी करनी शुरू की है। जोगी ने ब्रह्मा को कहा होगा कि वह तुम्हारे प्रेम से मुक्त होगा पर उसके लिए उसे योगिनी के संग वह क्रिया करना अनिवार्य है। गुप्त रूप से उसने ब्रह्मा का उपयोग संभ्रांतों के साथ संबंध बनाने के लिए किया हगा। ये योगी किसी न

किसी विधि से अपने शरीर का और अपने शिकार के शरीर में डाल देते हैं ताकि उनका बीजारोपण हो। एक बार ये नियंत्रण पाने में सफल हुए कि व्यक्ति अपनी स्वतंत्रता खो देता है तथा जोगी का अनुचर बनता है। ठीक उस योगिनी की भाँति जिसके विषय में यह प्रसिद्ध है कि उसे अपने क्रियाकलापों का कोई होश नहीं।"

कोटा रो पड़ी, "क्या मैं फिर से ब्रह्मा से प्रेम कर सकती हूँ? यह सब ब्रह्मा पर निर्भर है। पर उसे पहले मुझे आश्वस्त करना होगा कि प्रेम में निष्ठा और किसी भी एवं सभी विसंगतियों में भी अपरिवर्तन, निरंतरता।"

सारस ने कोटा को पुनः आश्वस्त किया, "छिद्रान्वेषण नहीं करना।"

"वह तुम्हें बहुत प्रेम करता है किंतु तुम्हारा शक्तिशाली हाथ चाहता है कि वह स्वयं को थामे, भटके न। आओ अब हम भोजन लें नहीं तो यह ठंडा होगा। भोजन लेते हुए हम बातें भी कर लेंगी।"

सारस ने बिलकुल ही भिन्न भोजन पकाया। जिसकी कोटा को खाने की आदत ही न थी। भोजन का आरंभ सूखे खोबानी, गिरियों की बेरी, उसके बाद भूनें हुए खोबानी की गिरियों का शेक; मधु और फलों का रस। उसके बाद सबसे बड़ा आश्चर्य यह था। कि समूचा भोजन खा सकने वाले फूलों से निर्मित था। पहली पाली में बुर्ता, कद्दू के फूलों के पकोड़े; दूसरी पाली में कुमुदिनी पुष्प और सिंघाड़े। सबसे अंत में मृणाल की यखनी के साथ घनी, चूसी जाने वाली माश क्रालि। मीठा पकवान था ठंडा खोबानी का कस्टर्ड जिसके बाद मीठे सेब तथा बेर की कलियाँ। यह सारस ने झरने में बनाया था और एक वायु मुक्त डिब्बे में बंद रखा था।

कोटा ने ऐसा भोजन कभी नहीं चखा था। यह अत्यंत हल्का तथा ऐसे तत्वों का बना था जो उसने अभी तक स्वाद नहीं किए थे। जिन पुष्पों से यह भोजन तैयार किया गया था उनका स्वाद अति सूक्ष्म रूप से विलग ही सुगंध से मंडित था। उसे लगा कि उसमें शक्ति का संचार हो रहा है। शरीर में अनायास ही ऊष्मा फैल रही है। अवयव और अधिक संवेदनशील, मस्तिष्क सचेत एवं सम्भावना में आ गया है।

"अब मैं तुम्हारे सौंदर्य का रहस्य जान गई! तुम यह रहस्यात्मक भोजन लेती हो जो तुम्हारे यौवन को अक्षुण्ण रखे है तथा तुम्हारी कटि एक पंद्रह वर्ष की बालिका सी बनी हुई है। जहां भी मैं जाती हूँ लोग मुझे घूरते हैं, तब भी मैं बूढ़ी होने से चिंतित नहीं हूँ। क्या वे कहेंगे कि 'लो जी बूढ़ी डायन आ गई।' मैं जीवन के हर एक दिन सुंदर रहना चाहती हूँ, उस सौंदर्य में मैं बस मैं होना चाहती हूँ।"

सारस ने कोटा को एक अबूझ स्मिति से उतर दिया। "तुम सदा तुम रहोगी किंतु खोबानी के सेवन और उसके बीजों की शरबत में अनार के दाने मिलाकर पीती रहो। इस से तुम्हारी त्वचा शिशुवत सदा कोमल तथा दूध में मिले केसर सा स्वतः ही रहेगा। जीवनभर।" और कहा, "चूँकि तुम अपने यौवन को लेकर अहंकार नहीं पालती अतः तुम्हें बुढ़ापे का भय भी कदापि न होगा।"

कोटा ने विनोद में सारस की इन बातों पर नाक सिकोड़ी। सारस ने उसमें कुछ परिवर्तन देखे हों। वह अपने सौंदर्य के प्रति सचेत हो उठी थी तथा ऐसा प्रयास सदैव करती कि वह सुंदर दिखे। कभी कभी वह चाहती कि वह अंतःपुर की उन सुंदरियों जैसी दिखे जो खी खी करती हुई उपहासपूर्वक अपनी ओर ध्यान आकर्षित करती हैं जताते हुए कि वे मांसविहीन अस्थियाँ हैं जिनमें पाप-वसा भरी है।

कोटा ने वापस ब्रह्मा के विषय में बात को मोड़ा। "यदि ब्रह्मा सोचें कि हमारे बीच सब कुछ भुला दिया गया है तथा क्षमा कर दिया गया है। यदि वह वापस आने पर कह दें मुझे कि मैं उससे विवाह करूँ। आज भी मेरी समझ में तातश्री की वह प्रतिक्रिया उसके प्रस्ताव के प्रति नहीं आ रही।"

सारस की इच्छा इस पर कुछ बोलने की न थी किंतु कोटा ने विवश कर दिया। वह कोटा के सामने अधिक देर तक रहस्य को दबाए न रख सकी।

"कोटा क्या तुम्हें शारदापीठ से स्नातक होने का दिन स्मरण है?"

कोटा ने हामी भरी।

"जब ज्योतिष पंडित तुम्हारे पिता के पास बात करने के लिए आए तुम वहाँ से चल दी। मैं तुम्हारे पीछे पीछे आई। पर इससे पूर्व मेरे कानों में ज्योतिष पंडित की कहीं कुछ बातें पड़ गई जोकि वह तुम्हारे पिता से कह रहा था।"

"क्या?"

सारस ने बड़े प्रेम से कोटा को यह समाचार दिया।

"उसने कहा कि तुम्हारे ग्रह बताते हैं कि तुम अभूतपूर्व प्रतिष्ठित होंगी किंतु ग्रह अंगारक योग भी दर्शाते हैं।"

कोटा को अपना संसार अपने भीतर मरता हुआ लगा। उसका मुख उखड़ गया और कपोलों के ऊपर से अश्रुधार बह चली।

वह क्रंदन कर उठी, "मैं अभिशप्त हूँ। कि ब्रह्मा मेरे कारण मृत्यु को प्राप्त हो सकता है। पिता को मैंने हानि पहुँचाई। अब मेरे लिए क्या बचा।"

सारस शांत थी। "अरे क्या तुम्हें स्मरण है कि तुम दुलचा से नहीं डरती क्योंकि तुम देवी माँ से प्रार्थना करोगी, शक्ति और विजय के लिए। तुम ने यह

भी कहा कि तुम्हारी प्रार्थनाएँ सुनी जाती हैं, उनका उत्तर भी आता है। तुम ने एक स्वप्न में ईशान को तुमसे ऐसा कहते हुए भी देखा है। यदि देवी ऐसा कर सकती है तो वह तो वह तुम्हारी प्रार्थनाएँ, तुम्हारे विवाह, प्रेम और सुख के विषय में क्यों नहीं सुन सकती है।"

कोटा आश्वस्त न हुई तथा वह आश्वस्त होना भी नहीं चाहती थी।

"सारस मैंने अपने लिए नहीं कश्मीर की जनता के लिए प्रार्थना की। मैं क्या करूँ? मैंने ब्रह्मा से प्रेम किया फिर उससे घृणा हो गई। अब मैं उससे छिपना चाहती हूँ। अब मैं इस चिंता में हूँ कि मैं क्या करूँ जब वह लौट आएगा। जबकि सब कुछ होते हुए भी मुझे इस विषय में कोई पसंद नहीं।"

सारस हठी थी। "तो फिर ठीक है ब्रह्मा के लिए प्रार्थना करती रहो और उस प्रकार अपनी उपलब्धियों को प्राप्त करो। मैं भी तुम्हें एक पेय दूँगी जो लेने से ब्रह्मा पर उस जोगी का प्रभाव समाप्त होगा।"

दोनों स्त्रियाँ देर रात तक वार्तालाप करती रहीं। कोटा ने बहुत हल्के से रिनचिन के प्रसंग को छुआ कि वह कैसे आकर कश्मीरी जन का रक्षक बना। उस रात जब कोटा वापस अपने कमरे पर आई तो उसने अपनी बुर्ज की दैनंदिनी उठाई और लिखने लगी:

प्रिय माँ,

मैं जानती हूँ कि मैं जो कुछ भी इस दैनंदिनी में लिखूँगी, तुम उसे पढ़कर मेरे हृदय की बातें जानोगी। मैं प्रेम, विवाह तथा बच्चों के लिए इच्छा रखती हूँ किंतु मुझे पता चला कि मेरे ग्रह मुझे कुछ नहीं देने वाले। अब मैं जान गई हूँ अपने पिता के जीवन की पीड़ा। पहले तुम्हें खोने पर और उसके बाद मेरे अंगारक होने की बात जानने पर। मेरे लिए उसका प्रेम तथा तुम्हारे प्रति उसकी निष्ठा के सम किसी भी चीज को नहीं रखा जा सकता। मैं नहीं दे सकती, न मुझे देना चाहिए और न ही दूँगी अपने सपनों का बलिदान इन ग्रहों के लिए किंतु यही तो बहुत कठिन है माँ। ऐसा लगता है मुझे कि ये ग्रह मुझ पर हंसते हैं और कहते हैं कि जो कुछ भी मुझे प्रिय है, वह सब मुझे नहीं मिल सकता। मैं सारा दिन रोई और ढाढ़स के लिए सारस के पास गई, पर माँ! वह भी लाचार थी। मैं तुम्हारे समक्ष स्वीकार करना चाहती हूँ कि मैंने ब्रह्मा के साथ आनंद की अनुभूति प्राप्त की है। मैं जीवन जीने की कल्पना उसके इतर किसी अन्य के साथ नहीं कर सकती। जबकि यदि मुझे वह प्राप्त न होगा, तब मैं आजीवन सारस भी नहीं बन सकती अर्थात् मैं जीवन भर चिर कुमारी भी नहीं रह सकती। माँ! यद्यपि तुम मेरे साथ साथ हो, जो कि मेरी सबसे बड़ी प्रेरणा है, कभी कभी

मुझे ऐसा लगता है कि मैं अपना सिर तुम्हारी गोदी में रख कर निश्चिंत हो जाऊँ जानते हुए कि संसार जानता है कि तुम मुझे देख रही हो।

प्यार- तुम्हारी कोटा।

इस बीच द्वारकासिल में गुहारा खुशी के मारे कूक मचाए थी जब ब्रह्मा ने उस पर एक हिम कंदुक फैंकी। उसने उसकी छोटी बहन को पकड़ा और उसकी कमर पर बर्फ को चीर डाला। इससे यह छोटी लड़की हँसी के उन्माद से भर उठी। ब्रह्मा शाहमीर और उसके समूचे परिवार को कश्मीर के प्रथम हिमपात के उत्सव को मनाने की रीतियों से परिचय कराने के लिए बाहर ले गया था। ब्रह्मा को इस परिवार के अंग के रूप में स्वीकार किया गया था तथा वह भी परिवार में अपना संगत योगदान देता था। सोग्दिन ने किसी तरह मदिरा की एक बोतल प्राप्त करने में सफलता प्राप्त कर ली थी एवं ब्रह्मा ने उसमें से बड़े ही उल्लास से पी ली थी। इससे मीर परिवार चकित था जहां पर कि पूर्ण रूप से मद्यनिषेध थे। वे साथ साथ निकट के एक सरोवर तक गए, जहां तब लड़कियाँ जोर से चिल्लाई जब ब्रह्मा ने बड़े उत्साह से सरोवर में छलांग लगाई।

कल के भारी और अप्रत्याशित हिमपात, जो कि लगभग तीन फीट तक जमा हो गया था, के होते हुए भी आज सूर्य प्रखर रूप से निकला था। इस बार जिससे घाटी में प्रसन्नता छा गई थी वह शीघ्र हिमपात दो वर्षों के सूखे के बाद हुआ था। नदियों में बहाव आ गया, भूमि के नीचे का जल स्तर में बढ़ोतरी हुई, खूब सारा धान्य उगा और खूब सम्पन्नता आ गई। दुलचा का घाटी से जाने के बाद का हिमपात एक शुभ शकुन था कि बुरा समय समाप्त हुआ अब नवजीवन का पुनः संचार होगा।

"तुम पिए हो और उन्मत्त। एकदम म्वत, कौन इस संसार में जमते हुए सरोवर में नहाएगा प्रथम हिमपात के दिन?" गुहारा ने ब्रह्मा से कहा।

ब्रह्मा मुँह दबा कर हंसा, "हम अपनी जड़ों का उत्सव मनाते हैं ऐसा कर। लगभग चार हजार तीन सौ वर्ष से अधिक पूर्व नीलनाग ने स्वीकार किया कि वह कश्मीरियों को सिखाएगा कि कश्मीरी भट्टों को कौन-सी रीतियों का निर्वाह करना चाहिए कश्मीर में जीवन यापन करने के लिए ताकि लोग पूरे वर्ष यहाँ रह सकें, यहाँ तक कि तीव्र शिशिर में भी। उसने कुछ शर्तें रखी। उनमें से एक यह थी कि हम उसकी प्रार्थना करें जब प्रथम हिमपात हो। सभी ब्राह्मण इस दिन नई सुरा पीते हैं। नवागंतुकों के रूप में हमने उन का सत्कार किया जो हमसे पूर्व यहाँ थे।"

शाहमीर का भाव कठोर सा हो उठा और ब्रह्मा से प्रश्न किया: "नागों की प्रार्थना जो अर्धमनु और अर्ध सर्प थे, और जल में रहते थे। हुंह। हमारे इस्लाम में ऐसा कुछ भी नहीं है। हमारे यहाँ शराब भी नहीं होती। ये प्राचीन रीतियाँ पिछड़े लोगों की हैं।"

"मैं तुम्हें कश्मीरियों की नाग पूजा का गहरा यौगिक अर्थ किसी दिन बताऊँगा। हम सरोवरों की पूजा करते हैं क्योंकि जल ही जीवन है।"

गुहारा समझ गई कि ब्रह्मा गंभीर हो उठा अत: कहा, "ब्रह्मा मेरे पिता जी तुम को चिढ़ा रहे हैं केवल।"

शाहमीर के मुख पर कुछ शांति आ गई।

"ब्रह्मा! हम इस भूमि पर नए नए आए हैं अत: हम इसके रीति नीति को समादृत करना चाहते हैं। इसके लोगों, इसके इतिहास का आदर करना चाहते हैं। मेरी पुत्री बहुत जिज्ञासु है। मैं तुम्हें नाराज नहीं करना चाहता।"

"कोई बात नहीं। शाहमीर। मैं झगड़ों में नहीं पड़ता। गुहारा ने मेरे जीवन की रक्षा की। आप ने मुझे बचाया। उसके लिए मैं आपका आत्मा से आभारी हूँ। पर अब मेरे यहाँ से जाने का समय आ गया है। मुझे अब कोटा और रामचंद्र कैसे हैं, पता करना चाहिए, और भी सभी कैसे हैं। चलो अब हम घर जाएँ। मुझे कांगडी सेंकनी चाहिए, नहीं तो गुहारा ने सत्य कहा कि मैं यहाँ जम कर मर जाऊँगा। गुहारा वापसी पर मौन थी। जब वे घर पहुँचे तो गुहारा ब्रह्मा के लिए चाय का एक गर्म प्याला बनाने लगी तथा शाहमीर ब्रह्मा के जाने के लिए घोड़ों का प्रबंध तथा सोग्दिन को बताने के लिए चल पड़ा। ज्यों ही वह गर्म चाय के साथ आ गई तो बड़ी ही चिंताकुलता के साथ पूछा, "ब्रह्मा तुम्हारे जाने के बाद मैं क्या करूँगी?" वह समझ गया उसका आशय। उसके भाई मदरसे में पढ़ने जाते जो कि अभी अभी गाँव में खोला गया था। किंतु बालिकाओं को वहाँ जाने की आज्ञा न थी। घर के कुछ कामों के इतर कुछ करने को न था। इन मासों में ब्रह्मा जो वहाँ रहा था उसने एक खिड़की से एक नया समूचा संसार देखा था, किंतु अब वह खिड़की उसके लिए बंद हो रही है।

"मेरा पिता कहता है कि वह मुझे वापस फारस देश अथवा तुर्किस्तान में किसी से ब्याह करना चाहता है, कि मैं अपना पारिवारिक जीवन आरंभ कर सकूँ। वह कहता है कि कश्मीरी समाज बहुत ही खुला है, पर मैंने उससे कहा कि यदि वह ऐसा सोचते हैं तो फिर कश्मीर आए ही क्यों? वापस तो उन्हें जाना चाहिए। मैं कश्मीर से नहीं जाना चाहती। ब्रह्मा! मैं यहाँ गत सात वर्ष से रह कर बड़ी हो गई हूँ, यहीं मेरा घर है।"

"तुम अपने पिता से क्यों नहीं कहती कि तुम स्कूल जाना चाहती हो?" उसने सुझाया।

गुहारा ने गहरी साँस ली और बोली, "गाँव का स्कूल बड़ों द्वारा चलाया जा रहा है, और मुसलमानों में रिवाज है कि यह केवल लड़कों के लिए है। हर तरीके से वे अधिकतर कुरान ही पढ़ाते हैं किंतु मैं गायन और चित्रकला की शिक्षा लेना चाहती हूँ।"

ब्रह्मा को गुहारा की रुचियों का पता था। उसका स्वर इतना मधुर था कि वह किसी को भी मोह लिए बिना नहीं रहता। यह एक नन्ही बालिका एवं एक कर्कशा का सम्मिश्रण था, उस पर श्वासों की व्यंजना भी मिली होती। पर वह भी समझ गया कि उसे अपने पिता का बहुत अधिक भय है। गुहारा एक सुंदरी बनती जा रही हैं अत: यह अत्यधिक आवश्यक है कि उसे समय रहते विवाह सूत्र में बाँधा जाए ताकि कल को कोई अवांछित घटना न घटे। उसकी नीली आँखें, तनु और लंबा मुख उसे एक रहस्यमयता का पुट देता। उसकी झूमने वाली आवाज पर्याप्त नाटकीयता के साथ अत्यंत सम्मोहक थी। वह पुरुष की फंतासियों का विषय हो सकती है रक्षा की चिंता करते हुए पिता कीं नहीं।

"घाटी में बहुत सारे ऐसे पिता हैं जिनको अपनी पुत्रियों के लिए इसी प्रकार की आवश्यकताएँ हैं। पर वे पंडितों को घर में ही बुला कर लड़कियों को अशिक्षित रहने से बचाते हैं।" ब्रह्मा ने उससे कहा।

"तब मैं ऐसा ही करूँगी। मैं अपने पिता से कहूँगी कि मेरे लिये किसी पंडित का प्रबंध करें जो घर आ कर मुझे पढ़ाए। ब्रह्मा मुझे बताओ यह कोटा कौन है? जब तुम ने उसका नाम लिया, मैं समझ गई तुम्हारे मन में उसके प्रति भावनाएँ हैं। क्या तुम उसे चाहते हो?"

ब्रह्मा उसके प्रश्न पर चकित रह गया। तब उत्तर दिया। "हाँ। बिल्कुल। हाँ वह मुझे बहुत प्रिय है। मैं उसे चाहता हूँ।"

"कोटा के प्रति तुम्हारी गहरी भावनाएँ हैं। कोटा में ऐसा क्या विशिष्ट हैं जो तुम को भाता है। कश्मीर तो स्त्रियों से भरा पड़ा है। एक से एक सुंदर सब की सब। उसका रहस्य क्या है?"

ब्रह्मा असमंजस में पड़ गया।

"कोटा का कोई विशेष रहस्य नहीं। उसका सर्वोत्तम गुण है कि वह उन के लिए अपना सब कुछ वार देगी जिनके प्रति वह निष्ठा रखती है।"

"वह ऐसी कैसे हैं?" आश्चर्य व्यक्त कर गुहारा ने पूछा।

"मुझे लगता है उसने बहुत से गुण अपनी माता से प्राप्त किए हैं। उसकी

माँ तभी चल बसी थी जब कोटा के छोटे भाई को जन्म दिया था। रामचंद्र अग्रगण्य था। उसने यह निर्णय स्वयं लिया जब दाई ने पूछा कि क्या वह स्वयं का जीवन चाहती है अथवा अपने जन्म लेने वाले पुत्र का।"

गुहारा हतप्रभ थी सुनकर।

"कोटा ने तुम्हारे लिए कुछ भी बलिदान नहीं किया है पर तुम उससे विशेष रूप से जुड़े हो। यह सब क्या है ब्रह्मा?"

ब्रह्मा ने गुहारा के प्रश्न की तीव्रता ताड़ ली।

"जब कोटा छोटी सी थी तो उसने मुझे एक कथा बताई, जो इस बात की अच्छी-सी व्याख्या करती है। उसने कहा कि हर सम्बन्ध दो मनुष्यों एवं देवी के बीच एक त्रिकोण होता है। सर्वोत्तम सम्बन्ध वह है जहां दोनों जन देवी के अधिक से अधिक निकट आते जाते हैं, और इसे न समझते हुए एक दूसरे के निकट आते हैं। जब मैं कोटा के संग होता हूँ तो मैं आत्माह्लादित रहता हूँ तथा मैं जीवन की लालसा करता हूँ कि उससे ऊर्ज्वसित होता हूँ। मुझे विश्वास है कि ऐसा ही उसे भी अनुभव होता है, यही कारण है कि हम परम मित्र हैं।"

"यदि इस त्रिकोण में एक मैं होऊँ तो?" गुहारा ने खिलंदडी से पूछा। "हमारे बीच बहुत कुछ समान है। कोई भी नहीं जो तुम्हारे लिए परिपक्व हो। न कोटा। न ही मैं।"

"यह परिपक्वता का विषय नहीं, यह तो सम्बन्ध का विषय है। एक बार मैं एक भूल कर चुका हूँ और अब मैं पुनः कोई ऐसा तिराहा नहीं बनाना चाहता।"

"तुम्हें उसे बहुत गहराई से प्यार करना चाहिए, यदि तुम्हें इतना अधिक पश्चाताप है।"

"मेरी भावनाएँ एक बेलगाम घोड़े सी सिद्ध हुई हैं, और बिना सवारी के रह गया मैं।"

"मैं उस विषय में निश्चित नहीं किंतु तुम अपनी भावनाओं को ढकते हो। हारो मत। क्या तुम नहीं चाहते कि तुम हमारी तरह ही मुसलमान हो जाओ? तब तुम उससे विवाह कर सकते हो, और मुझ से भी कर सकते हो।, और हम दोनों एक साथ रह सकते हैं।"

ब्रह्मा ने अपना सिर हिलाया और मनाही की।

"गुहारा! मैं भावनाएँ कभी नहीं ढकता। मैं कोटा से सदैव प्रेम करता रहूँगा। यद्यपि कोटा के पिता ने मेरा प्रस्ताव ठुकराया है। मुझे यह समझ में नहीं आता कि उसने ऐसा क्यों किया। उसके पास भी कोई उचित कारण होगा कि मेरा विवाह उसके साथ नहीं होना चाहिए। न ही मैं तुम से विवाह कर सकता

हूँ क्योंकि इससे तुम्हारे पिता ने जो विश्वास मुझ पर किया, जब वह मुझे अपने घर में सुरक्षित रखने के लिए लाया, उसको ध्वस्त कर देगा।"

गुहारा को मना नहीं किया जा सकता था।

"समाज सदा ही आड़े आता है। मैं स्कूल जाना चाहती हूँ। मैं एक स्वतंत्र जीवन जीना चाहती हूँ। मैं गाने और चित्रकला बनाने के योग्य होना चाहती हूँ। मैं उस उन्मुक्त प्रेम की अनुभूति करना चाहती हूँ, जो तुम्हारे मन में कोटा के लिए है। मैं उसकी जैसी स्वतंत्रता चाहती हूँ। क्या ही बहुमूल्य वस्तु है स्वतंत्रता!"

ब्रह्मा ने गहरा निःश्वास लिया।

"गुहारा हमारी जीवन पद्धति तुम्हें आकर्षित करती है, वह बहुत अच्छी बात है। तथापि तुम यहाँ आई हो अपनी निजी संस्कृति के साथ; अपने परिवार को फाड़ मत डालो इस भूमि के अनुसार रह कर तथा इसके सदाचार से लाभान्वित होने के लिए। अपने को और अपने परिवार को इसमें समाहित होने के लिए समय दो। बहुत अधिक कश्मीरी भोजन खाने से अपच होगा।"

गुहारा मानने को तैयार न थी।

"क्या तुम मुझे कभी कोटा से मिलाओगे कि मैं भी उसकी मित्र बनूँ।"

ब्रह्मा ने सहज ही हामी भरी। "अरे मूर्ख! वह तुम्हें मित्र बनाकर परम प्रसन्नता का अनुभव करेगी।"

अस्वाभाविक अभिव्यक्ति के बाद गुहारा मौन हो गई। ब्रह्मा समझ गया कि संवाद का अंत हो गया अत: वह घर से बाहर आया। शाहमीर अत्यधिक चिंताशील था और उसके पुत्र एक दूरी पर खड़े ब्रह्मा की वापसी की तैयारियों को अति सम्मान से देख रहे थे। अब क्षण आया विदा लेकर चल पड़ने का। शाहमीर ने ब्रह्मा को आलिंगन में बांधा और कपोलों का चुंबन लिया। प्रेम की इस अभिव्यक्ति ने ब्रह्मा के मुख पर मुस्कान लाई। सोग्दिन ने सामान बाहर लाया तथा घोड़ों पर लदे सामान के साथ दोनों जन वापस लार दुर्ग की ओर चल पड़े।

कुछ सप्ताह पश्चात् कोटा ने द्वार पर कुछ हलचल देखी। सभी कष्टों एवं विघ्नों को पार करते हुए ब्रह्मा और सोग्दिन ने अपना मार्ग हिम से ढके पथ को पार करने में सफलता प्राप्त कर ली, और लार दुर्ग पहुँच ही गए। अपने मार्ग को तय करते हुए वे एक ऐसे गाँव से गुजरे जो पूर्ण रूप से जला कर भस्म कर दिया गया था और एक ऐसे जीव का सामना किया जो कि छायाओं में छिप रहा था। यह कोकुर था। भूख से अधमरा तथा अत्यधिक भय के कारण छिपता। उन्होंने अपना खाद्य सामग्री उसके साथ साझा कर उसे जिलाया। दुर्ग पर हर्ष

अनिर्वचनीय था। ब्रह्मा हर किसी की आँख का तारा था। उस की भावना और योग्यता सभी में शक्ति का संचार कर रही थी।

कोटा ब्रह्मा को गले लगाने को दौड़ पड़ी उसकी आँखों में प्रेमाश्रुओं की धार थी, रामचंद्र उसके पीछे पीछे बहुत निकट ही खड़ा रहा।

"मैं देवी को धन्यवाद कहती हूँ, मैं रोज तुम्हारे कुशलक्षेम के लिए उससे प्रार्थना करती थी।" उसने रोते हुए कहा।

"नहीं जानने से कहीं अधिक भयानक था दुलचा का सामना करना।"

ब्रह्मा को अलग कक्ष में ले जाया गया; उसे बहुत सी बातें साझा करनी थी। उसने शाहमीर के साथ अपने प्रवास का सारा लेखा जोखा दिया, और उस व्यक्ति की निष्ठा स्थानीय विषयों और कार्यों के प्रति पुष्ट की। उसने गुहारा के साथ हुई बातों का भी लंबा चौड़ा ब्यौरा दिया यह स्पष्ट करने के लिए कि कैसे वह परिवार कश्मीरी संवेदना के साथ एक हुआ है, किंतु यह भी बताया कि कैसे एक बार क्षण भर भरके लिए ही कश्मीर के इतिहास और धर्म के प्रति घृणा जताई। जब उसने गुहारा का वह प्रसंग बताया जब उसने उसे उसके साथ विवाह करने को कहा था तो उसने कोटा को अपनी हंसी को दबाते हुए देखा।

"मुझे लगता है गुहारा को तुम्हारे विषय में उचित उत्तर मिला है, और हर उस स्त्री को भी जो तुमसे लाड़ करती है। धर्म बदलो और मुसलमान हो जाओ। तुम अपनी दाढ़ी में बड़े ही सुदर्शन लग रहे हो।" उसने बड़ी ही अनमने भाव से कहा।

एकमात्र नकारात्मक समाचार जो ब्रह्मा ने बताया वह यह कि सोग्दिन नवागंतुकों को लेकर चिंतित था, जो कि गाँव में आए विशेषकर एक फकीर जो एक दान का लंगर चलाता था मालचमर में। सोग्दिन के अनुसार जब फकीर तुर्कों का मित्र नहीं था वह भयानक भड़काऊ भाषण सहदेव के विरुद्ध करता था और बोला कि मुसलमान कश्मीर में अपनी पहचान खो रहे हैं। स्थानीय मुसलमान उसे एक उग्रवादी मानते थे, किंतु उसके अनुयायी कुछ युवक बनते जा रहे थे। अभी तक तो शाहमीर ने फकीर को नियंत्रण में रखा हुआ है।

"ब्रह्मा मैं अब तुम्हें वह कारण बता सकता हूँ कि क्यों मैंने तुम्हें शाहमीर के पास भेजा। उन संदूकों में जो सोग्दिन वहाँ अपने साथ ले गया, मैं उस कोष की सारी सम्पदा का कुछ भाग था, क्योंकि सहदेव अपने साथ सब कुछ नहीं ले जा सका। दुलचा के लोग हर स्थान पर ढूँढ रहे थे, यहाँ तक कि पर्वतों की कंदराओं में भी। मैंने वह खतरा उठाया सोचकर कि तुर्क शाहमीर को कोई हानि नहीं देंगे, न ही उसके अनुयायियों को। और यह खतरा उठाना काम कर गया।"

कोटा और ब्रह्मा आश्चर्य से रामचंद्र को देखने लगे। उसने तुर्कों को नचाया था तथा उन्हें गच्चा दिया था दो निष्ठावान ब्रह्मा और सोग्दिन की सहायता से; तथा शाहमीर और उसके परिवार का बचाव किया था।

जब रामचंद्र वहाँ से गया तो ब्रह्मा ने एक उपहार कोटा को दिया। उसने एक कपड़ा उसके कंधों पर डाला। उसने ऐसी वस्तु पहले कभी न देखी थी। सादे उत्तरीयों से विलग यह शाहतूस ऊन का था। निपुण बुनकर ने इसमें ताने को बाने में ऐसे बुना था कि इस पर शरद् पूर्णिमा का चंद्रमा काले आकाश में प्रखर, सुंदर दिख रहा था।

"शाहमीर के गाँव में एक फारस का बुनकर है और वह एक कश्मीरी के साथ काम करता है। कोटा तुम देखो वे किस प्रकार छोटी छोटी तीलियों का प्रयोग कर, उन में धागा डाल और अत्यंत असामान्य रूप से सुंदर कृति बनाते हैं। इस चंद्रमा से मुझे शारदा/शरद की स्मृति हो आई, तो मैंने यह तुम्हें भेंट देने के लिए क्रय किया।" ब्रह्मा ने उसे कहा।

कोटा विगलित हो उठी। भय की परिस्थितियों में ब्रह्मा शाल बुनने वाले के पास जाया करता और उसे धैर्य के साथ शाल बुनते हुए देखता। शाहतूस इतना मृदुल था कि यह उसकी उँगलियों से फिसल फिसल जा रहा था।

"जब जब मैं इसे पहना करूँगी, इसकी ऊष्मा मुझे तुम्हारी स्मृति कराएगी।" मैं वचन देती हूँ।

कोटा ने तय किया कि सारस से सुनी बात वह ब्रह्मा से कहेगी किंतु आज की रात्रि नहीं। उचित समय की प्रतीक्षा करनी होगी ठीक उसी प्रकार जिस प्रकार उसके पिता ने राजकोष का रहस्य उचित समय पर बताया। आज की रात्रि वह मन को यह समझाने का प्रयास करेगी कि वह उससे विलग हो चुकी है। कोटा ने ब्रह्मा को अपने पास खींचा और वे एक दूसरे की भुजाओं में थे।

"कितना समय बीत गया। एक तरह से विलगाव अच्छा ही था, क्योंकि इस के कारण ही मैंने पर्याप्त चिंतन किया। मुझे क्रोध था जब तुम चले गए किंतु अब शांत हूँ।"

ब्रह्मा, जिसने लंबे काल से इस पुनर्मिलन की इच्छा की थी, अत: उसकी इच्छा पूर्ण हुई। उसने कहा, "मैं नहीं जानता कि अस्वीकार किए जाने का मैं क्या करूँ? ऐसा नहीं है कि पुरुष होने के नाते मैं सरलता से सब कुछ स्वीकार ही कर लूँ।"

कोटा ने उसे मृदु चुम्बन लिया और कहा, "तुम्हारा विवाह प्रस्ताव ठुकराया गया था, तुम नहीं। हम स्त्रियाँ तो बनी ही हैं उस पुरुष को अपनाने को

जिससे हम प्रेम नहीं करती तथा उससे प्रेम करो जिससे विवाह नहीं हो सकता। स्त्रियाँ सरलता से अनिश्चितताओं को अंगीकार करती हैं पुरुषों की अपेक्षा। सम्भवतः यह इस कारण कि कोई स्वयं में केंद्रित रहता है, तथा कोई संसार से जुड़ा रहता है।"

जब कोई भविष्य को देखता है और मृत्यु की क्रूरता देखता है प्रति दिन, तब व्यक्ति और अधिक विद्रोही हो उठता है संसार के विरुद्ध। "क्यों जिएँ यदि अपने मन से न जिया जा सके?"

कोटा मृदुल रूप से किंतु आत्तुर होकर ब्रह्मा की छाती के नीचे अपनी उँगलियों के पोरों को चलाते हुए बोली, "ओह। भय के संसार ने हमें मुक्त किया है, अतः हम अब शाहतूस के संसार में प्रविष्ट हों। मृदुल और उष्ण। कोमल और सुंदर। इस क्षणों जो सुख हमें प्राप्त है उसे भोगें।"

तरंग-7

# मोरनी और सर्प

कोटा परम प्रसन्न हो गई जब उसका भाई रावण पिघलते हिम में से यह संदेश लेकर आया कि शारदापीठ सुरक्षित है। किसी भी लुटेरे दल को इस विषय में कोई ज्ञान न था। न मंदिर के बारे में न ही स्कूल के बारे में। अत: दोनों ध्वंस से बच गए। वे वहाँ एक अलग घाटी में थे तथा उनके पास कोई धन न था, न ही ऐसे समृद्धि के स्रोत, जिनके पीछे तुर्क थे। रावण को स्कूल की ओर से छूट दी गई थी कि वह देवस्वामी की ओर से घाटी के ब्राह्मणों से यह पूछे कि क्या वे इस कठिन समय में घाटी की कोई सहायता करेंगे। कोटा ने रावण को आलिंगन में बांध लिया। उसने बड़ी रुचि से देखा कि उसका भाई अब किशोरावस्था के प्रारंभ में है, जो कि एक कठिन अवस्था होती है। उसका पतला शरीर तथा मुँहासों भरा मुख इस बात का प्रमाण था कि उसका कैशोर्य उठान पर है तथा वह प्रसन्न करने और अपनी वैयक्तिकता को स्थापित करने के प्रयास में झूल रहा था। उसका हाथ जोर से पकड़े हुए, जैसे कि वे जब छोटे थे तब करते थे, वह उसे रसोई में ले गई। ताकि वह उसे उसकी रुचि के पकवान खिला सके। मौसम को सुधरते हुए देख रामचंद्र ने सोचा कि वह एक प्लाटून लेकर यह देखने के लिए जाएगा कि दुलचा की सेना का क्या हुआ था। समाचार यह आया था कि वे सब के सब उस तुषार की आँधी में समाप्त हो गए थे जो देवसर के दर्रे पर आई थी। कोटा, रावण, यानिव और ब्रह्मा के साथ यह छोटा सा दल उस छोटी सी गली में चढ़ गए जो स्थान स्थान पर बर्फ से ढकी थी। यह कठिन था तथा वृक्ष मौन होकर चेता रहे थे कि उन्हें आगे नहीं बढ़ना चाहिए। अभी भी गिरे पत्तों से लदी टहनियाँ हिम से भारी थी, जो अभी अभी समय से पूर्व गिरी थी। बड़ी बड़ी शाखाएँ टूट कर गिर गई थी, तनों पर नये नये घाव पड़ रहे हैं। दर्रे पर कोटा ने एक दृश्य देखा कि काले नीले शरीर अपनी अंतिम

गतिविधि करते हुए जमे पड़े थे, जहां तक दृष्टि जा रही थी। कश्मीरी गाढ़े वृत्तों में एक दूसरे का हाथ पकड़े रखे हैं। वे निश्चित रूप से प्रार्थना कर रहे थे जब तक कि उनकी अंतिम साँस न जम गई। तुर्कों ने निश्चय ही इधर उधर भागने की चेष्टा की है प्राणों को बचाने के लिए, किंतु रुद्र भगवान ने अपने हिम तूफान के रूप इसके लिए कोई मार्ग नहीं रखा था। मृत्यु ने किसी को नहीं छोड़ा था। न तुर्कों एवं न ही भोले, निष्पाप कश्मीरियों को ही; तथापि भट्टों ने यम का सामना बड़े ही शांत भाव एवं भगवान शिव में पूर्ण आस्था के साथ किया है, यह बात उनके मुख पर बैठी शांति और विश्रांति ही बता रही थी। उसके विपरीत तुर्कों के मुख पर छाया था भय, अशांति, और पीड़ा से तड़प उठने का भाव। यह स्थल जहां 1,20,000 पुरुष और स्त्रियों के जमे हुए शव एक भयावहतम दृश्य था, जो कोटा ने देखा, जो वह कभी न भूलेगी। उसने अपने दूरस्थ सम्बन्धियों को पहचाना। अपने युवा चचेरे, ममेरे, मौसेरे भाई बहनों को पहचाना; जो उसके साथ पढ़े, और खेले; बढ़े हो गए थे। जिनका समय अब ठहर गया था। निर्बल होने के स्थान पर वह अत्यधिक कठोर हो उठी और किसी प्रयोजनवश उन शवों में से चलती रही। कि उन के बलिदान को समझे, उनके प्रति किसी भी या सभी तरह से सम्मान करने लिए। दल ने निर्णय लिया कि तुरंत शारदापीठ की ओर प्रस्थान किया जाए। यानिव पीछे रहा कुछ सहायकों सहित ताकि वह उन शवों के साथ पड़ी वस्तुओं की सहायता से मृतकों की पहचान कर सके। उसे दुलचा के अवशेष खोजने की विशेष रुचि थी, जो कि अन्य लोगों के साथ नहीं मिला था। देवस्वामी ने सभी 50,000 कश्मीरियों के महाश्राद्ध का आयोजन किया जो कि दुलचा के आक्रमण का ग्रास बन गए थे। देवस्वामी ने कोटा को कहा कि वह प्रार्थना का समापन एक संक्षिप्त सम्बोधन के साथ करें। वह अत्यंत सचेतता के साथ अपने दर्शकों/श्रोताओं, प्रकट एवं अप्रकट दोनों से परिचित थी, क्योंकि यह विश्वास किया जा रहा था कि मृतक अभी भी कर्मकांड के अभाव में अधर में लटके हैं, मुक्त नहीं हुए हैं।

"इस स्थल पर 50,000 कश्मीरियों ने मुक्ति प्राप्त की," उसने कहना आरंभ किया और अश्रुओं से भर उठी, "उन्होंने देवी माँ के प्रकोप का आह्वान किया कि भगवान रुद्र उनको नष्ट कर दें, जो कि उनके मध्य ही प्रकट हो गए थे। उनका यह सामूहिक महान बलिदान, कि उन्होंने सुनिश्चित किया कि 70,000 तुर्कों में से एक भी वापस जीवित न लौट सके, हमारी समवेत स्मृति में सदा सदा के लिए अंकित रहेगा। मैं इस दृश्य को, जहां 1,20,000 मृतक हमारे समक्ष पड़े हैं, देख आज के पश्चात कदापि वही नहीं हो सकती, जो इससे

पूर्व थी, अब मैं वह कोटा होऊँगी जो यह सुनिश्चित करेगी कि हम सम्पन्न और किसी के अधीनस्थ न हों। तथा हम बलिदान तथा मृत्यु से भी कभी न भयभीत होंगे। वीर अपने उन पूर्वजों से मिलेंगे जिनका नाम उन्होंने चमकाया। जय शक्ति माता! भट्ट सदा अमर रहें!!"

पुरोहितों ने अनुष्ठान का समापन उन वस्तुओं जैसे कि धन, पदत्रान, दर्पण, चाकू, सूइयाँ, धागे, साबुन, सूखे फल, छड़ी इत्यादि पर जल छिड़कने के साथ किया, जो कि ब्राह्मणों को दान करना था। हर कोई अपनी अंजुरि में एक एक दीपक लेकर खड़ा हुआ और हुतात्माओं के लिए प्रार्थना की। देवस्वामी वापस मंदिर के लिए चल पड़े। रामचंद्र कोटा, रावण तथा उनका पूरा दल यानिव समेत वापस घर लौट आया। भयावह दुख के होते हुए भी अब सब के हृदय कुछ कुछ शांत थे कि इन 50,000 हुतात्माओं को मुक्ति मिल जाएगी।

वापस लौटने पर रामचंद्र ने शाहमीर और रिनचिन को लार दुर्ग पर आने का निमंत्रण दिया कि उनके राजा के प्रति निष्ठावान रहने तथा आक्रमण के समय सहायता करने के लिये उनका आभार प्रकट करें। रिनचिन को सब ने बहुत प्यार एवं सम्मान दिया। कोटा यजमान थी तथा उसने एक तरफ रिनचिन तथा दूसरी तरफ ब्रह्मा को आसन प्रदान किया। शाहमीर ब्रह्मा की बगल में विराजमान हुआ तथा उसकी बगल में रामचंद्र विराजा। रिनचिन के सम्मान में उसने वह नीलम पहना जो उसने उसे दिया था। इससे रंग में समान बैठता चटकीले नीले रंग का लिबास जो चुन्नटदार तहों में जमीन पर गिरता हुआ भव्य लग रहा था। उसने नीलम को पहचानने की एक स्मिति रिनचिन के मुख पर देखी। उसने क्रास बेल्ट की तरह निर्मित स्वर्ण आभूषण पहना था जो उसके उभरे स्तनों पर सौंदर्य में चार चाँद लगा रहा था। उसके लंबे पहनावे के नीचे पहने उसके बूटों से उसका कद बढ़ गया था। लगभग रिनचिन के बराबर हो गई, जो कि उस पूरी रात उससे दृष्टि हटा नहीं पा रहा था, रामचंद्र ने रिनचिन को एक जांजीर तलवार जो कि वूट्स वज्र की बनी थी, और उसके साथ एक श्रृंखला दमश्क पद्धति पर बनी, भी भेंट की। रिनचिन के अनुयायियों के लिए बहुत सारे उपहार थे। कोटा ने रिनचिन को एक छोटा सा हाथी दांत का डिब्बा भेंट किया, जब उसने वह खोला तो प्रसन्नता से उसकी मुस्कान चौड़ी हो उठी। उसने उसे एक आभूषण दिया था; दो काटती तलवारें जिनके बीच में एक स्वर्ण का हृदय था। उसने डिब्बा अपने होंठों से लगाया और उसका चुम्बन लिया। कोटा ने सम्भवत: भोजन पूर्व काफी मदिरा पी ली थी कि वह अपने पैर से धीमे धीमे रिनचिन को छूने लगी। किंतु शीघ्र ही उसे समझ में आया कि ब्रह्मा उसे देख रहा है।

क्या उसे ईर्ष्या हो रही थी जो कि उसे नहीं होनी चाहिए, क्योंकि रिनचिन उनका रक्षक है।

"यह शाम मुझे तब की स्मृति दिला रही है जब मेरे पिता दरबार में हुआ करते थे। यदि भाग्य विपरीत न हुआ होता तो मैंने तुम्हें अपने राज्य में आमंत्रित किया होता। तब तुम वहाँ के ठाठ बाठ देखती। पर अब मैं एक राजकुमार एक झोंपड़ी में रहता हूँ जो कि एक शूकर- पालक के रहने योग्य भी नहीं।" उसने कोटा से कहा।

"कुलीनता तब अधिक चमक उठती है जब उसके आसपास कृत्रिम चमक न हो। भाट तुम्हारी वीरता के गान गाएँगे। हम सदा के लिए तुम्हारे ऋणी हैं। जब कभी तुम दरबारी जीवन की स्मृति से दुखित हो जाओ तो तुम हमारे पास आ सकते हो।" कोटा ने उत्तर दिया।

रिनचिन ने खुले आमंत्रण के प्रति अपना शीश झुकाया किंतु अपनी आकांक्षाओं के लिए वह सुदृढ़ था।

"अब समय आ गया है कि मैं अपना भाग्य बदलूँ। किसी बिंदु से शहतूत को रेशम बनने की यात्रा आरंभ तो करनी ही होगी।"

शाहमीर अकेले आया था। उसके कड़क, कलफ लगे औपचारिक लिबास में वह जबरदस्त लग रहा था। ब्रह्मा उसके प्रति विशेष रूप से ध्यानस्थ था। रामचंद्र ने उसे परम सम्मान दिया तथा कोटा ने उपहारों की झड़ी लगा दी। शाहमीर अत्यधिक अभिभूत था तथा सभी के प्रति आभार देता हुआ कि वे एक साधारण से प्रवासी को इतनी मान्यता देते हैं। वह कोटा के सौंदर्य की भूरि भूरि प्रशंसा कर रहा था तथा कोटा को स्मरण हो आया जब उसने उसे सहदेव की चापलूसी करते हुए देखा था। उसने कोटा को असहज किया, उसकी प्रशंसा एवं सम्मान के देते हुए तथा ब्रह्मा के प्रति आत्मीयता के होते हुए भी। रिनचिन ने भीड़ को संबोधित किया। दुखों को साझा किया। सब कुछ खोने पर उसे एक नया आरंभ उपलब्ध हुआ था; जो कुछ भी खो गया था, वह पुनः प्राप्त हो सकता था, और वह यह बता कर ही दम लेगा कि वह लद्दाख का राजा बनेगा। ये शब्द सुनते ही शाहमीर रिनचिन की ओर दौड़ा और उसके उत्तरीय को चूमा। कोटा को यह वचन देते हुए कि वह शीघ्र ही वापस लौटेगा, एक जयघोष वहाँ की जनता से प्राप्त करते हुए रिनचिन दुर्ग से चला गया।

उस रात सारस कोटा के कक्ष में एक विचित्र-सी प्रार्थना लेकर आई। वह यह कि यानिव ने कोटा के कमरे में निजी रूप से मिलने का निवेदन किया था। उसने इस बात का विशेष निवेदन किया कि यह परम गोपनीय रहे और वहाँ

बिलकुल भी कोई न हो। दोनों स्त्रियाँ इस बात पर विचार विमर्श करने लगी कि इस साहसी निवेदन के पीछे कोई गुप्त विषय होने की सम्भावना हो सकती है। क्या तातियाना गर्भवती है अथवा क्या यानिव राज्य से जाने की अनुमति माँगना चाहता है? सभी सम्भावनाओं पर हर तरह से चर्चा करने के पश्चात अपने प्रकृत्य: सचेत रहने की वृत्ति को दरकिनार कर कोटा ने यानिव को उससे मिलने की अनुमति दी।

यानिव कोटा के कक्ष में प्रविष्ट हुआ तथा इस बात का भरपूर ध्यान रखा कि वह कोटा के अधिक निकट न आए, अपनी उँगलियों को अपने होंठों पर रखकर जतलाने हुए कि मौन रहा जाए। धीरे से कक्ष के मध्य पहुँच उसने एक डिब्बा एक कमल के साथ फर्श पर रख दिया और वापस दरवाजे की ओर मुड़ गया। कोटा ने डिब्बे की ओर देखा, यह स्पष्ट था कि यह उसके लिए है। किंतु वह इतने विचित्र ढंग से व्यवहार क्यों कर रहा है? वह डिब्बे की ओर गई, उसे उठाया और खोला। रेशम के सिंहासन पर रखा देदीप्यमान सूर्यवंश था।

सहस्रों प्रश्न कोटा के मन में उठे। उसे यह कहाँ से मिला। यह तभी मिला होगा उसे जब उन्होंने उसे वहाँ शारदापीठ जाने पर वहाँ छोड़ा था। वह इस हीरे के साथ भागा क्यों नहीं, जिससे कि वह एक राज्य खरीद सकता था। क्यों उसने वह कोटा को दिया, सहदेव को क्यों नहीं? वह इसके बदले में कोटा से क्या चाहता है। सम्भवत: यानिव ने उसके भीतर के प्रश्नों को ताड़ा तथा उसी चुप्पी के साथ कक्ष से चला गया, जिसके साथ वह प्रविष्ट हुआ था। उसने कोटा को एक रहस्य एवं एक उत्तरदायित्व के साथ छोड़ा। किंतु उत्तरहीन।

प्रात: जब कोटा जाग गई, और कल रात्रि के समारोह के विषय में बातें कर रही थी तो सारी बातें स्पष्ट हो गईं। उसने सारस से कहा, "कमल पुष्प ही सारे प्रश्नों का उत्तर है। स्मरण करो जब यानिव और तातियाना का विवाह था तो मैंने जो उपहार यानिव को दिया था तथा मैंने उनसे देवी, जो कि कमल पुष्प पर आसीन हैं के विषय में क्या कहा था। यानिव ने उसी दिन शक्ति को माना तथा अपने विचार और कर्म में शुद्ध कश्मीरी बन गया।"

"हाँ मुझे भी ऐसा लगता है कि यानिव का कर्म कश्मीर तथा तुम्हारे प्रति महान निष्ठा का कर्म है। तथापि रिनचिन अब कोई निवेदक नहीं है पर अपना वास्तविक चरित्र दर्शाने में सुरक्षित महसूस करता है।" सारस ने कहा।

"तुम सदा संदेह करती हो। अरे वह अपने उस स्थान से बिछोह की बात कर रहा था जो उसका संसार था तथा जहां का वह राजकुमार था।"

"घर की याद एक अलग चीज है किंतु राज्य की लालसा एक अलग चीज।"

"शाहमीर कुछ ज्यादा ही रायता फैला रहा था। तुम यह तो मानोगी ही?"

"वह मुझे खसखस के धुएँ की स्मृति दिला रहा था, स्वाद में मीठा, किंतु कालांतर में स्वास्थ्य के लिए हानिकारक।"

कोटा ने ठहाका मारा। सारस अपने कर्कश टिप्पणियों में कठोर हो सकती है, पर उसके देखने में एक सत्य का पुट सदा ही रहता तथा इस मामले में सारस ने अपनी दृष्टि में सच्ची सिद्ध होने में देर न लगाई।

रामचंद्र ने शाहमीर को सपरिवार राजधानी में बुलाया जहां उसका कार्य विस्तृत कर उसको दरबार के विषयों में उत्तरदायित्व दिया गया। निर्णय यह लिया गया कि शाहमीर श्रीनगर में अपना आवास बनाएगा। क्योंकि वहाँ कोई आवास उपलब्ध न था। ब्रह्मा और उसने मिलकर एक सुप्रसिद्ध भवन निर्माता से मंत्रणा कर उचित मूल्य पर एक साधारण पर आरामदायक तिमंजिले घर के निर्माण का अनुबंध किया। शाहमीर का यह कार्य विश्वास निर्माण का एक बड़ा पग था जिससे वह साधारण कश्मीरियों की वापसी चाहता था। कोटा ब्रह्मा के संग बहिर्गत क्षेत्रों में भागे लोगों को पुनः आश्वस्त करना चाहते थे कि दुलचा का अंत हो चुका है, कि भय भाग चुका है, अतः उन्हें वापस लौट आना चाहिए।

जब कश्मीरी पर्वत कंदराओं, जहां वे संहार से बचने के लिए छिपे थे, बाहर आए तो उनके लिए और अधिक कठिन हो गया जीवन। क्योंकि वहाँ कुछ शेष न रह गया था। कोई घर नहीं, सम्बन्धी नहीं, अन्न नहीं तथा सर्वाधिक कोई न्याय व्यवस्था नहीं। कश्मीरी चूहों की भाँति बाहर आ गए, संसार को भयभीत हो कर देख रहे थे अतः अपने आसपास के गाँव में जहां डामर सामंत मुखियों ने अपने रक्षातंत्र को पुनर्गठित किया तथा स्वयं को अपने सिद्धांतों का स्वामी बनाया। अन्य कुछ दुर्बलों का शोषण करने लगे। पर्वतीय खस जनजाति असुरक्षित निवासियों पर आक्रमण कर, उनको दास बनाकर ले जाते, श्रृगालों की भाँति उन्हें लूटते। उनका न्यूनतम सामान भी लूट जाते।

रामचंद्र और कोटा विचार करने लगे कि बढ़ती अव्यवस्था को रोकने के लिए क्या उपाय करने चाहिए, जब उन्हें दुखी और व्याकुल करने वाले समाचार मिलने लगे कि रिनचिन और उसके अनुयायियों ने इस शून्य में कदम रखे। उन्होंने गगनगीर के आस-पास के गाँव में नियंत्रण प्राप्त करने में वृद्धि की तथा कुछ डामर मुखियाओं द्वारा किए गए विरोध को कुचल डाला। जितना अधिक आक्रामक होते जाते, उतना ही अधिक उनको प्राप्ति होती। अफवाहें विचरने लगी कि रिनचिन तथा उसका दल कश्मीरी स्त्रियों को कथय व्यापारियों को बेचता था। ऐसा लग रहा था कि नये सिरे से लोभ ने रिनचिन को भुक्खड़ बना दिया

है। कश्मीरी रिनचिन का वर्णन उस चील के समान करते जो उस निरीह पक्षी पर टूट पड़ता है जो अपने घोंसले से गिर गया हो। इस काम में उसकी सहायता गाखर समुदाय ने की जो कि एक घृणित दल था ऐसे लोगों का जो मध्य एशिया के व्यापारियों को दासों की आपूर्ति करता तथा बदले में उन से युद्ध के अश्व प्राप्त करता। रिनचिन का यह परिवर्तित व्यवहार अत्यंत दुखद था। रामचंद्र ने एक कठोर संदेश भेज कर उससे उसके कृत्यों के विषय में कटघरे में खड़ा किया किंतु आश्चर्य जनक रूप से उसकी ओर से कोई उत्तर न आया।

यह स्थिति हद तक तब पहुँच गई जब एक दुर्भाग्यपूर्ण प्रातः को सुरक्षा कर्मी ने एक टूटे बिखरे, व्रणित सिपाही को दुर्ग में आने दिया। वह सहदेव के निजी सुरक्षा कर्मियों में से एक था तथा कर्मचारियों ने उसे गर्म सुरा पिला कर जिला दिया। जब उसे होश आया, वह सारी कथा बताने लगा कि किश्तवाड़ निवास के समय में सहदेव के साथ क्या हुआ था। सहदेव चूँकि निःसंतान था अतः उसने अपने अनुज उदयनदेव के समक्ष प्रस्ताव रखा कि वह विवाह करें तथा उसकी प्रथम संतान राज्य का उतराधिकारी बने। किंतु उसके अनुज ने कठोरता से यह प्रस्ताव ठुकराया। किसी को उसके अवगुणों की भनक न थी सिवाय इसके कि वह धार्मिक था तथा ऐसे में यदि वह अविवाहित रहना चाहता था तो यह गलत न था। सहदेव की बुझी हुई इच्छाएँ यह सुनकर पुनः जागृत हुई कि दुलचा मारा गया। उसने तुरंत घाटी वापस लौटने का निर्णय लिया। अब चूँकि हिम पिघल गई थी तथा वसंत अपने उठान पर था कश्मीरियों ने घाटी में शिवरात्रि महोत्सव मनाया था। शिव शक्ति का विवाह। घाटी का सर्वश्रेष्ठ महोत्सव। बहुत सारे जीवित लोग भी राजधानी एवं अपने अपने गाँव में लौट आए थे, अतः यह सबसे अधिक अच्छा समय रहेगा पुरानी व्यवस्था को पुनर्स्थापित करने का।

सहदेव राजधानी के लिए इस अराजकता में, जो कि कश्मीर में चल रही थी, चल पड़ा। मार्ग में उन्होंने बहुत ही ऐसे आक्रमणों को झेला जो कि घूमते दल कर रहे थे; स्थिति तब और बिगड़ गई जब सहदेव और उसका दल रिनचिन के अनुयायियों से भिड़ गया जब वे महल की ओर जा रहे थे। रक्षक समझ गया कि सहदेव की प्रकृति में उतावलापन है, वह अपने परामर्शदाताओं का लाभ नहीं लेता, और वह दुर्ग से एक छोटी सी टुकड़ी के साथ चल पड़ा जिसका मुखिया एक कप्तान था। रिनचिन के अनुयायियों का दल, जिसका मुखिया वल्य था, ने इस राजा के दल का सामना किया और महाराजा को मार्ग देने के बदले धन की माँग की। क्रोधित महाराजा ने उस कुली-कबाड़ियों के बोटों के दल से

कहा, "मेरे मार्ग से हटो। मैं तुम्हें अपने राज्य से इस बदतमीजी के लिए दफा कर दूँगा। कप्तान! इनको बंदी बना दो।"

कप्तान और उसका छोटा सा दल बोटों की ओर बढ़ा जो वापस आक्रमण करने को तैयार थे। कप्तान और उसके व्यक्तियों ने कुशलता से चण्डावल युद्ध लड़ा। उनकी मरणांतक चीखें तलवारों टकराहटों से मिलकर चर्म की ढालों पर पड़ रही थी। सिपाहियों के सर्वश्रेष्ठ प्रयासों के बाद भी सहदेव इस युद्ध में बुरी प्रकार से व्रणित हुआ। उसका कप्तान मर गया। तथा उसके अन्य लोग भी। किंतु इस बीच का समय उन्होंने लिया कि महाराजा वहाँ से भाग सके। कुछ रक्षकों ने बुरी प्रकार से व्रणित महाराजा को पुरमंडल गुफा में पहुँचाया, जहां वे उसकी तब तक रक्षा करने लगे जब तक कि कुछ सेना/सहायता न पहुँचती। तथापि रिनचिन सर्वप्रथम उस तक पहुँच गया।

विस्मयकारी ढंग से सहदेव ने अपना भय त्याग दिया और अपने शत्रु से युद्ध करने लगा। जब रिनचिन की तलवार ने उसके टुकड़े किए, तो सहदेव के लोगों ने देखा कि कैसे वह एक गद्दार शरणार्थी आगंतुक से वीरता से लड़ते हुए वीरगति को प्राप्त हुआ। उसका पार्थिव शरीर उसके परिवार के पास ले जाया गया। और वे रो पड़े। कठिनाई से वे उदयनदेव को थाम सके। वे विलाप करने लगे अपने पूर्व के महाराजा के लिए। उदयनदेव ने दृढ़ता और शांति से इकट्ठा लोगों को सम्बोधित किया।

"मैं अपने भाई के मृत शरीर की शपथ लेकर कहता हूँ, मैं इसका प्रतिशोध लूँगा तथा भाई का सम्मान लौटा कर लाऊँगा। उसके ये गद्दार आक्रमणकारी मुझ से नहीं बच पाएँगे। मैं यम की भाँति क्रूर होऊँगा, और मुझे कोई नकार नहीं सकेगा। सहदेव! तुमने कश्मीर की रक्षा उन्नीस वर्ष और पाँच दिन से कम चार मास तक की। रिनचिन इसका छँटवां भाग भी नहीं देख पाएगा।"

परिवार ने एक साथ एक खूनी शपथ ली कि रिनचिन से प्रतिशोध लेंगे। रक्षक को दरबार में जाकर इस दुखद घटनाक्रम की सूचना रामचंद्र और कोटा को देने के लिए कहा गया।

कोटा ने देखा कि सहदेव की मृत्यु का समाचार तथा इससे उत्पन्न अस्थिरता से रामचंद्र हिल गया। उसने तुरंत सोग्दिन और ब्रह्मा को किश्तवाड़ श्रद्धांजलि देने एवं परिवार को सांत्वना देने को लिए रवाना किया। पूर्व में फैली उपेक्षित अफवाहों कि रिनचिन महाराजा की ओर से करों की चोरी करता था

और वह कश्मीरी दासों को कथय के व्यापारियों को बेच रहा था। इससे सिद्ध हुई और यह कि एक लोभ नए सिरे से उसको तीव्र आक्रमण करने को प्रेरित कर रहा है। सहदेव द्वारा उसको सौंपी शक्तियों के आधार पर उसने संदेशवाहक को रिनचिन के पास भेजा, यह आदेश करते हुए कि वह लार में उपस्थित हों। अथवा भुगतें।

कोटा ने एक पारिवारिक रात्रि भोज का आयोजन अपने पिता के लिए किया जिसमें उसने अपने भाई को भी आमंत्रित किया।

पुत्र और पुत्री के साथ एक समय पर होना रामचंद्र के लिए परम सौभाग्य का क्षण था। गत छः वर्ष से ऐसा अवसर उसे प्राप्त न हो सका था कि वह पुत्र और पुत्री के सान्निध्य में एक ही समय पर हो। वार्तालाप पारिवारिक स्मृतियों के समंतात ही रहा।

"चाहता हूँ कि काश तुम्हारी माँ जीवित होती तो देखती कि हमारा पुत्र और पुत्री अब बड़े हो गए हैं। किंतु नियति कुछ ओर ही तय कर चुकी थी सदा ही हर एक के जीवन में कुछ न कुछ शेष रहता है। क्या कभी भी कोई सच्ची और पूर्ण प्रसन्नता जीवन में प्राप्त करता है?" रामचंद्र बोला।

"आप माँ को जीवन के हर क्षण में स्मरण करते हैं, उसका कौन गुण आप सर्वाधिक पोसते हैं मन में?" कोटा ने पूछा।

"प्रथम क्षण से ही, जब हम मिले, उसका उद्देश्य था मुझे प्रसन्नता देना। उसे मेरे हर पक्ष में गुण ही गण नजर आते। मैं उससे कहता कि उसकी उपस्थिति ही परम हर्ष दायीं थी किंतु एक सिपाही के भाग्य में यह सुख नहीं होता। पर वह इस बात को अनसुना करती।"

कोटा ने वह प्रश्न पूछा जो उसकी सोच में सदैव रहता था।

"वह मेरे और रावण के बारे में क्या सोचा करती थी।?"

"वह तुम्हें बहुत प्यार करती, और उसकी इच्छा थी कि तुम कश्मीरियों की नेता बनो। इसके लिए वह सदा ही देवी माँ से प्रार्थना करती। क से कश्मीर तथा क से कोटा अर्थात् दुर्ग की प्रमुख। उसके उदर में रावण को वह जानती थी तथा चाहती थी कि वह शिव का परम भक्त बने किंतु राम का आज्ञाकारी हो। हाँ पर वह रावण का पालन करने को जीवित न रही।"

"माँ के विषय में आपको सबसे अधिक किस बात का खेद है?" कोटा ने पूछा।

"कभी-कभी मुझे लगता है कि कहीं राज्य के प्रति कर्तव्य बोध ने मुझे

उसकी तरफ अंधा तो नहीं बनाया। वह मेरे लिए ही सदैव बनी रहती, पर मैं कभी भी उसके लिए तब उपलब्ध न होता जब उसे मेरी आवश्यकता होती।" उसने धीमे से कहा और इसके बाद शयन के लिए चल दिया।

दूसरी प्रातः कुछ आवारा बोट दुर्ग के द्वार पर प्रकट हुए। द्वार रक्षक व्याकुलता में फँस गया। सामान्यतः व्यापारी एवं उनके कारवाँ मध्याह्न से पूर्व नहीं पहुँचते। कैंपों से आने के कारण वे रात्रि से पहले आते हैं। गत कुछ दिनों से लगातार एक बोटों का दल अच्छा कपड़ा विक्रय करने के लिए आते थे। सामान्य परिस्थितियों में उसने सोग्दिन को बुला कर पूछा होता कि क्या करना चाहिए किंतु वह किश्तवाड़ गया था। रामचंद्र और उसके परिवार के जागने से यह बहुत पूर्व ही था। इस द्वार-रक्षक के पास कुता न था, अतः उसे परामर्श देने वाला कोई दूसरा न था। तथापि वह अत्यंत सचेत था। रामचंद्र ने उस पर ठीक ही विश्वास किया था। उसने उन आवारा बदमाशों से पूछा कि वे क्या बेच रहे हैं। उन्होंने बताया कि वे बहुत आवश्यक कोयला तथा लकड़ी को जलाने की सामग्री लाए हैं। उन्होंने द्वार-रक्षक को दिखाने हेतु कुछ थैले खोले। यह समझते हुए कि वे सत्य बोल रहे हैं, उसने द्वार खोला और उन्हें भीतर जाने की अनुमति दी। ज्यों ही वे भीतर प्रविष्ट हुए त्यों ही वे द्वार रक्षक पर खूँखार रूप से झपट पड़े।

यह रिनचिन था अपने अनुयायियों के साथ, जिसने स्वयं को निकट ही छिपा कर रखा था तथा बदमाशों की टोली को सामान बेचने के बहाने से भेज दिया था तथा दुर्ग में प्रवेश प्राप्त कर लिया।

कोटा प्रातः की संध्या के लिए ठाकुर जी के कक्ष में थी तथा रावण अभी सोया ही था जब उन को टुक्का और वल्य ने बंदी बना दिया। दोनों को पकड़ कृतघ्नता का प्रयोग कर वे रामचंद्र के कक्ष में युद्ध की ऊंची चीखें निकालते हुए गए। उसकी आँख अभी अभी खुली थी तथा अभी वह शस्त्रविहीन था जब रिनचिन और उसके लोग उसके कमरे में आँधी की तरह टूट पड़े।

रिनचिन ने अपनी दृष्टि रामचंद्र की काट खाती दृष्टि से हटाई। उसे अपनी बाई भुजा से ढक कर और धीरे से तलवार कमांडर के सीने में उतार दी। जब कश्मीर की भव्य संस्कृति का अंतिम सैन्य रक्षक मर गया तो इस वीर के अंतिम शब्द हवा में लटक गए, "अरे कृतघ्न! तुमने अपने हाथों से अपना नाम सदा के लिये मिटा दिया।"

कोटा ने जब अपने पिता की हत्या होते देखी तो वह अचेत हो गई। सारस की कुशल सुश्रुषा के अंतर्गत उसकी चेतना लौट आई और उसके बाद गहन

अवसाद में गई। उसने भोजन इत्यादि सब त्याग दिया। उसने कोई बात भी करना त्याग दिया। बंदी बनाए जाने पर कोटा अपने प्रकोष्ठ से मात्र बोटों को दुर्ग के प्रांगण में उत्सव मनाते हुए देख सकती थी। रिनचिन अपने सहायकों के साथ अलाव के पास बैठ गया। टुक्का बोला, एक दुर्लभ चीज उसके लिए, किंतु युद्ध ने उसे उत्तेजित किया था।"

"रिनचिन चीन के महान सम्राट कुबलाई खान के मरने पर बड़ी ही अराजकता थी। तुम्हारे पिता के शत्रुओं, कलमन्यों ने लाभ उठाया और तुम्हारे पिता को मार डाला। तुम दोहरे अनाथ हो गए। तुम ने अपने पिता को खोया और अपना राज्य भी। यदि हम वहीं रह गए होते जहां हम थे तो हमें मृत्यु दण्ड मिल गया होता। वहाँ से वापस लौटने का कोई मार्ग न था। हमें आगे बढ़ना ही था। यहाँ तो स्थिति एकदम विपरीत है।"

वल्य ने अपनी गलतफहमियों की अभिव्यक्ति की।

"टुक्का! कलमन्यों के पास संख्या बल था। हम तो एक छोटा सा दल हैं इस घाटी में। हमारे पक्ष में कोई स्थानीय सहायक भी नहीं। और हम ने रामचंद्र को उसके प्रति निष्ठावान रहने का वचन दिया था।"

टुक्का अपने आकलन के प्रति आश्वस्त था।

"वल्य! शब्द तो मात्र शब्द ही हैं। उतनी सी हवा के बराबर जितनी कि वह उनको वहन करती है। अवसरों के झोंके जो हमारे विरुद्ध गए थे, अब लगता है कि हमारे पक्ष में हो गए हैं। जीवन मूल्यवान है और सर्वोपरि। हमें सिर्फ अपना देखना है। जहां तक स्थानीय सहयोग का सम्बन्ध है, हमें डरने की कोई आवश्यकता नहीं। दुलचा ने उन्हें नष्ट कर दिया। हम उन्हें भूसे की तरह राख बना देंगे।

रिनचिन अनिच्छा से टुक्का के साथ सहमत हुआ।

"वल्य! हम ऐसा कुछ नहीं कर रहे कि हम दुख न झेल रहे हों। एक बाज क्या करता है जब वह मांस का एक टुकड़ा देखता है। उस पर झपट पड़ता है न? यह मत भूलो कि मैं एक राजकुमार हूँ। राजकुमार का एक ही लक्ष्य होता है और वह है शासन करना तथा अपने राज्य को विस्तृत करना।"

अपने प्रकोष्ठ की खिड़की से कोटा उनको देख रही थी। जैसे कि सिकुड़ते कश्मीरी: कि बोट मदिरा पिए गीत गाने लगे। पहले वल्य उठा और एक कश्मीरी योद्धा का स्वाँग करने लगा:

कश्मीर के ज्ञानाभिभावक:

मुझ पर दृष्टि रखे, मुझे नायक- गीत निर्दिष्ट करते।

मैं जिपूलग अर्थात् सेना नायक।
सेना आती हैं तो मैं उनको गह्वरों में फैंकता हूँ।
मैं नायक हूँ जो गरुड़ को भी लील सकता है!
तुम कुत्तों पर पत्थराव कर सकते हो,
किंतु यह रक्तिम सिंह के साथ नहीं चलेगा।
तुम छोटे छोटे पक्षियों को गुलेल मार सकते हो,
किंतु यह ऊँचा उड़ रहे गरुड़ के लिए काम न आएगा।
तुम छोटे, दुर्बल राजकुमारों का तिरस्कार कर सकते हो,
किंतु यह कश्मीर के महाराजा के लिए काम न आएगा।"

अब टुक्का उठ गया। वहाँ मिट्टी की एक थाली थी, वह उसमें गया और उसके छोटे छोटे टुकड़े कर दिए, फिर उनको एकत्रित कर उठाया और अग्नि में झोंक दिया। जिसमें कि क्रीं क्रीं की ध्वनि उत्पन्न हुई। ऊपर आकाश की ओर भींची हुई मुट्ठियाँ उठाते हुए; ऊँची और भारी आवाज में उसने कश्मीरी सेना के पराजय का गान गाया:

चीनी मूँगे की ललाई और कमल से नितंब,
लाल रंग के कारण दिखते हों समान;
स्वर्ण की पीलिमा और पीतल,
पीलिमा के कारण दिखते हों समान;
समय के गुजर जाने पर ये दोनों असमान और पृथक हैं,
कश्मीर की सेना और श्वेत ग्लिंग की
शक्ति और विजय करने की अर्हता में एक लगे, पर
समय बीतने पर वे असमान हैं और बहुत ही भिन्न।

अंत में रिनचिन उठा, मदिरा और विजय से आप्लावित, वह महानता के शकुनों को गाने लगा जो जादूगर अपने केसर महाकाव्य में अपने शकुन शास्त्र में कहता है:

देखो! महानता का शकुन
(सूत्र) प्रथम तो स्वर्ग के जीवन-बन्धनों पर गिरता है
तुम्हारे पास साम्राज्य इतना होगा जैसे कि विराट आकाश।
दूसरा गिरता हो पृथ्वी के जीवन-बन्धन पर तो
यह संकेत है कि तुम सुदृढ़, स्थिर आधार पर स्थापित हो जाओगे,
संकेत किसमिस तुम राजगद्दी ही लोगे, तुम नेतृत्व करोगे

शकुन कि यदि तुम्हारा राज्याभिषेक होगा, तुम सब के हितकारी होंगे।

सत्ता के नशे से चूर रिनचिन युद्ध की ललकारें करने लगा।

"लद्दाख के राजकुमार ने अपना ध्वज लहराया है और इसे कश्मीर के पर्वत शिखर पर गाड़ दिया है। कश्मीर का फिरोजां दुर्ग अब मेरा है। ठीक जैसे जैसे कि शकुन महाकाव्य जेसर में वर्णित हैं। मुझे विदित है कि मैं एक अच्छा शासक सिद्ध हूँगा। मेरा शासन महान और स्थाई होगा। मैंने अपने पिता की क्षतिपूर्ति की है। मैंने अपने पिता के नाम की पुनर्स्थापना की है। मैंने एक नए राज घराने की स्थापना की है। यह अभी केवल आरंभ है। खूँखार तिब्बती योद्धा के साथ मिलकर लद्दाख के वीर अपराजेय होंगे। महान खान के पश्चात, चीन अब मुग्ध हैं और दुर्बल, किसी के द्वारा विजित होने की प्रतीक्षा में। मैंने पर्वत की उच्च चोटी को पा लिया, सचमुच अब आकाश ही अंत है।"

उस के अनुयायियों ने उसके साथ एक वृत्त बनाया और तिब्बती योद्धा नृत्य देर रात्रि तक किया, जिसमें सर्वोच्च विजय का प्रलाप भरा था।

प्रांगण के ऊपर अपनी कोठरी से कोटा हृदय विदारक रुदन और विलाप करते हुए सारी गतिविधियाँ देख रही थी। कश्मीर का महान सेनानी उसका पिता एक अवसरवादी के हाथों मारा गया था जिसने मैत्री का हाथ बढ़ाया था। लार दुर्ग जो न गजनी के द्वारा जीता गया था, न ही दुलचा के, वह एक कृतघ्न के सामने गिर गया था। प्रवासी दल जिसने कुछ वर्ष पूर्व ही शरण माँगी थी और कश्मीर में दया की भीख मिल गई थी और अब उसी स्थान को हड़प लिया था, उस व्यक्ति से जिसने उन्हें जीवन और दया का दान दिया। उसने अपनी दैनंदिनी निकाली और धाराधार आंसुओं के गिरते हुए लिखा :

प्यारी माँ,

प्रथमत: जिस पुरुष से मैंने प्रेम किया, ग्रहों, नक्षत्रों ने कहा कि मैं विवाह नहीं कर सकती। प्रथम व्यक्ति जिससे मैंने अपनीं दयालुता भरा हाथ बढ़ाया, उसका अंत मेरे पिता के प्राण लेने के साथ हुआ। उसने हमारे परिवार में एक स्थान प्राप्त किया फिर कृतघ्न हो गया। मैं एक मात्र लक्ष्य के लिए अब जीवित हूँ। मुझे कुछ भी करना पड़े, मैं शपथ लेती हूँ कि पिता की मृत्यु का प्रतिशोध लूँगी। अपने पिता का नाम पुनर्स्थापित करूँगी तथा इन हड़पने वालों को पराजित कर राज्य वापस प्राप्त कर लूँगी। मैं वह सभी शस्त्र प्रयोग करूँगी जो हाथ लगेगा, मुझे नकारा नहीं जा सकेगा। मेरे ग्रहों ने मेरे जीवन मार्ग को तय किया था किंतु अब ग्रह धर्म से चालित होंगे। दुलचा भागा नहीं, न ही रिनचिन। संसार अब

देखेगा कि मैं कितनी क्रूर हो सकती हूँ जब मुझ से मेरे प्रिय जन छीने जाएं। मैं अपने पिता महान कम्पनेश रामचंद्र की आत्मा की शांति के लिए प्रार्थना करती हूँ। मैं देवी माँ से शक्ति माँगती हूँ कि मेरा हृदय हिमसंहति-सा शीत रहे जब मैं गद्दारों, कृतघ्नों का न्याय करूँ, उनसे प्रतिशोध लूँ। तुम्हारी और तातश्री की प्यारी बेटी। को.

तरंग-8

# सौजन्य

कोटा को बिना किसी हस्तक्षेप के अपनी कोठरी में रखा गया था। सारस को उसकी आवश्यकताओं का ध्यान रखने की अनुमति दी गई तथा उसकी सेवा औषधि की भी जिससे उसकी कमर धीरे-धीरे उपयुक्त भोजन से वापस सामान्य होने लगा। ब्रह्मा जो कि सोग्दिन को वहीं रख कर शीघ्र वापस लौट आया, को भी कोटा के कक्ष में मुक्त होकर आने जाने की आज्ञा थी। सोग्दिन उदयनदेव के साथ सहयोगी दलों को जुटाने के लिए काम करने लगे तथा गांधार देश गए जो कि ऐतिहासिक रूप से कश्मीर के आधिपत्य में रहा था। ब्रह्मा ने कोटा से कहा कि डामर इस ताक में थे कि स्थितियाँ क्या मोड़ लेंगी। कोटा के पिता की हत्या के पश्चात, कोटा के लिए भरपूर सहानुभूति थी। हर कोई इस बात की प्रतीक्षा कर रहा था कि कब कोटा ब्रह्मा के माध्यम से उठ खड़ा होने का संकेत देगी।

इतने में कोटा को सारस द्वारा एक घटना के बारे में सूचना मिली जिससे कि जनता अत्यधिक आश्चर्य में थी कि रिनचिन में कितना अधिक चातुर्य है। दो पड़ोसी अपने पशुओं को वसंत ऋतु के आगमन पर चराने के लिए समीप के चरागाहों में ले गए। हुआ ऐसा कि दो घोड़ियों ने एक ही समय पर एक समान रंग के बछड़ों को जन्म दिया। किंतु एक बछेड़ा मर गया। जीवित बछेडा दोनों घोड़ियों का स्तनपान करने लगा, और दोनों से उसे स्नेह हुआ। एक द्वंद्व उत्पन्न हुआ कि बछेडा है किसका वास्तव में, तो वे इसका निर्णय करने के लिये रिनचिन के पास गए। उसने कहा कि बछेड़ा और दोनों घोड़ियों को एक पुल पर ले जाया जाए तथा बछेड़ को पानी में गिरा दिया जाए। चूँकि पशुओं में अपने शिशुओं के प्रति प्रेम और वात्सल्य होता है तो असली माँ ने जल में छलांग लगाई जबकि दूसरी तटस्थ रही। इस प्रकार यह कठिन द्वंद्व सुलझ गया।

रिनचिन ने टुक्का को अपना प्रधानमंत्री एवं सेनाध्यक्ष नियुक्त किया था तथा वल्य को कोषाध्यक्ष बनाया था। वल्य ने तुरंत वे सारे कर हटा दिए जो कि सहदेव ने ब्राह्मणों पर लगाए थे। इससे वह लोकप्रिय हुआ तथा उन्होंने इसे बाढ़ के स्थान पर सूखा जैसा माना। रिनचिन ने ब्रह्मा को आश्वासन दिया कि वह कोटा को कोई हानि नहीं पहुँचाना चाहता किंतु ब्रह्मा ने उसके आश्वासन का अत्यल्प विश्वास किया। रिनचिन प्रायः रावण के पास उसकी कोठरी में जाता। यह युवक अपने पिता की हत्या के प्रति अत्यधिक तिरस्कार एवं घृणा से भरा था किंतु रिनचिन अतीव दयालुता का प्रयोग कर रहा था। सम्मान और समझदारी से काम ले रहा था। वह ये बातें ऊँची आवाज तथा पूरे बलाघात के साथ करता ताकि कोटा भी सुनें। उसकी कोठरी तथा रावण की कोठरी में मात्र एक दीवार थी। वह समझ गई कि रावण मात्र एक माध्यम है, वह जो कुछ भी कह रहा है वह सब उसे सुनाने के लिए कह रहा है। उसने रावण से कहा कि कुबलाई खान की मृत्यु के कारण कश्मीर एक उपयुक्त लॉचिंग पैड बन गया है अपना साम्राज्य बढ़ाने तथा लाभप्रद सिल्क मार्ग को पुनः प्राप्त करने के लिए। रिनचिन साम्राज्य का विस्तार करना चाहता था किंतु वह एक विश्वासपात्र की खोज में था जिसे सत्ता का दायित्व तब तक वह दे सके जब तक किं वह राज्य से बाहर रहे। कश्मीर को पुनः अशांत करने से उसे कोई लाभ न होता अतः सशक्त हाथों की आवश्यकता थी। टुक्का और वल्य कश्मीर के लिए विदेशी थे तथा इस कार्य के लिए अनुपयुक्त थे।

एक बार आकर रिनचिन ने एक विशेष प्रस्ताव रखा जिसे कोटा स्पष्ट सुन सकी।

"रावण! मैंने गत कुछ दिनों की यात्रा में देखा कि कश्मीर को शांत करना आवश्यक है। इसमें और प्रतीक्षा नहीं की जा सकती। मैं एक प्रस्ताव के साथ आया हूँ, बहुत ही सद्भावना के साथ और मेरी इच्छा है कि नये सिरे से एक नया शुभारंभ आपके सहयोग से हो। मेरा सहयोग दो मैं तुमको लार दुर्ग का प्रभारी बना दूँगा।"

"महोदय! आप मुझे वही दे रहे हैं जो पहले से ही मेरा है, और इसे अपना गुण बना रहे हो।" रावण ने प्रतिवाद किया।

"तब तुम मानते हो कि तुम इसके लिए कुछ कमतर हो। निर्लिप्त रूप से सहदेव के प्रति उत्तरदायी होने के स्थान पर तुम मेरे प्रति उत्तरदायी होंगे। तुम नहीं कह सकते कि यह कुछ बुरा है।"

"सहदेव में कुछ कमियाँ थी किंतु महाराजा के रूप मैं वह नैतिक स्तर

पर था। तुम को हमेशा एक हड़पूँ, लुटेरे के रूप में ही देखा जाएगा।"

अप्रभावित रिनचिन अपनी दलील में आगे बढ़ा, "यह मानते हुए कि मैं एक हड़पूँ, लुटेरा हूँ, तब मैं और अधिक तुम पर निर्भर करता हूँ, तब तुम्हारी दृष्टि से उसमें बुरा क्या है?"

"अवैध सत्ता का सदैव ही बहुत ही बुरा अंत होता है। मैं एक असफल उद्यम का भाग बनने का जरा भी इच्छुक नहीं। उससे अच्छा मैं अपने समय का सदुपयोग करूँ तथा वैधता के साथ रहूँ।"

"तुम्हारे पास के समय को मैं सुनिश्चित करने वाला हूँ।"

"यदि तुम्हें लगता है कि तुम्हें मेरी आवश्यकता नहीं। क्या तुम यम अर्थात् मृत्यु देव का नया रूप हो? शिव से अधिक शक्तिशाली?"

रिनचिन ने तब अपना तुरुप का पत्ता खेला, "रावण मैं वह सब तुम्हारे लिए करूँगा। मैं शीघ्र ही ब्याह करूँगा तब जब मेरा पुत्र उत्पन्न होगा तो, मैं उसे तुम्हारे पास तुम्हारी देख रेख में बड़ा होने के लिए रखूँगा।"

कोटा के कान खड़े हो गए। उसके लिए यह बहुत बडी सूचना थी कि उसकी योजना विवाह करने की है। उसका कौतूहल यह था कि उसने किसे अपना साथी चुना है। उसे सारस और ब्रह्मा से यह तुरंत पता लगाने के लिए कहना पड़ेगा कि कौन कश्मीर की महारानी बन रही है। उसने समझ लिया कि रिनचिन कश्मीर के कुलीनों में एक प्राचीन प्रथा को पुनर्जीवित कर रहा था। कि यदि रिनचिन को कुछ हुआ उस स्थिति में उसका बेटा अल्पायु होने की स्थिति में रावण तब तक राज्य करेगा जब तक कि पुत्र गद्दी सम्भालने योग्य न होगा। रिनचिन यह सूचित कर रहा था कि बालक राज्यगद्दी पर नहीं बैठते; उनके अभिभावक यह कार्य करते हैं। प्रथम पंक्ति के अभिभावक वास्तव में उत्तराधिकारी होते हैं यदि शासक को कुछ होता है।

"शासन की समस्याएँ निर्लिप्त होकर सुलझाई जा सकती हैं, किंतु तुम ने मेरे पिता की हत्या की। जब कि उसने तुम्हें सहारा दिया। आश्रय दिया। व्यक्तिगत रूप से मेरा धर्म है तुम्हारा वध करना।" रावण शक्तिशाली ढंग से बोला।

"रावण अभी तुम्हारे जीवन मरण के निर्णय की शक्ति मेरे हाथ में है। इस विषय में विचार करो। तुम मुझसे प्रतिशोध लेना चाहते हो क्योंकि मैंने तुम्हारे पिता को मारा किंतु तुम यह नहीं देख पाते हो कि मैं तुम्हें तुम्हारे जीवन का उपहार दे रहा हूँ। तुम्हारे ही लिए नहीं, अपितु कश्मीर के लिए। ताकि इसकी प्रजा शांति का अनुभव कर सकें न कि निरंतर युद्ध।"

"जिसे तुम जीवन का उपहार कहते हो वह कोई उपहार नहीं। शांति के बिना विजय कोई विजय नहीं। तुम मेरा आदर और सम्मान भी उसी साँस में छीन लेते हो। मैं अपने समुदाय और अपने परिवार का सामना कैसे करूँगा?" रावण ने प्रश्न किया।

कोटा ने सुना कि रिनचिन ने गहरी साँस ली फिर ध्यान पूर्वक बोला, "रावण! जिसे तुम हत्या कहते हो, उसे मैं पूर्वानुमानत: आत्मरक्षा मानता हूँ। परिस्थितियों ने एक टकराव उत्पन्न किया सहदेव और मेरे लोगों के बीच। तुम्हारा पिता एक वीर पुरूष था तथा निष्ठावान भी; वह मुझे निर्मम होकर कर्तव्य अवहेलना के लिए मार डालता। हम योद्धा एवं शासक हैं। हम असहमति में सहमत हो सकते हैं। भविष्य की ओर देखो किंतु, बड़े दांव हैं। यदि तुम्हारे लिए नहीं तो कश्मीरियों के लिए, तुम्हारे देश कश्मीर के लिए। अत: हमें भविष्य का रास्ता निकाल लेना चाहिए। मैं तुम्हारे लिए आवश्यक हूँ और तुम मेरे लिए आवश्यक हो। असहमति में कश्मीर में अराजकता होगी। और जो भी मेरे और तुम्हारे बाद आएगा वे दुलचा को फरिश्ता कहेंगे।"

रावण ने बेखटके कहा, "रिनचिन एक चीज है जो दुलचा से तुम्हें सीखनी चाहिए, वह है कि कश्मीरी किसी भी मूल्य पर अपने मूल सिद्धांतों से से समझौता नहीं करते। तुम्हारा आगे पथ सीधे तौर पर अवसरवाद का है और मेरे लिए वह विपथ है। तुम बहुत व्यावहारिक सोच रहे हो किंतु वह रामचंद्र के बेटे को मान्य नहीं है। अराजकता अथवा अराजकता नहीं, जनता सब समझती है।"

"रावण शीघ्रता की कोई आवश्यकता नहीं, इस पर तुम कुछ दिनों तक विचार करो, मैं चाहता हूँ कि तुम्हें पता रहे कि ख़जांची और उसकी पत्नी मंजरी हमारे साथ आए हैं और उन्होंने धन देने का आश्वासन दिया है। इसी प्रकार और और लोग हमारे संग जुड़ेंगे तथा जो नहीं आएँगे, उनका भविष्य अंधकारमय होगा।"

रिनचिन चला गया किंतु कोटा जिसके कान इस कोठरी की दीवार से सटे सब कुछ सुन रहे थे, ने समझ लिया कि वह अपने शासन को स्थापित करने के लिये सहायता चाहता है और वह उसे बहुत शीघ्र चाहता था। अभी तो रावण के साथ उसका सौदा बना नहीं पर उसका भाई बहुत छोटा था तथा वह इस विरोध को कहाँ तक बनाए रख सकता था। उस हिसाब से रावण तो मात्र एक पन्नी था, और सारा वार्तालाप उसे सुनाने के लिए था। स्पष्ट था कि या तो रिनचिन के संग हो लेना है अथवा मरण का वरण करना है। उसे अपनी योजना

को अतिशीघ्र सोचना और अंतिम रूप देना है। उसने सारस को बुलाया कि वह आए और वह सारी बात सुनें जो उसने सुनी है।

"लोमड़ी भाव को मेरी माँ 'हुली जंग' कहा करती थी," व्यावहारिक सारस ने कहा, "यह भाव यदि किसी युवा स्त्री में प्रवेश करता है तो वह पुरुषों को भ्रमित करती है। वह मुझे दाजी की कहानी सुनाया करती जिसने चीनी जालिम जौ जिंग से विवाह किया। और अंततः उसका पतन हो गया। इसमें सबक यह है कि स्त्रियों को उन पुरुषों से विवाह करना होगा, जो शत्रु से भिड़ना चाहती हैं। हम निकट होकर बहुत शक्तिशाली होती हैं। हम बहुत ही मारक होती हैं जब बहुत अधिक घनिष्ठ होती हैं। तुम स्वयं से कुछ न कर पाओगी।"

कोटा विश्वविद्यालय से दुर्ग पर आई थी अतः समझ गई थी कि किताबों की दुनिया की सफलता युद्ध की दुनिया की सफलता के रहस्यों से नितांत भिन्न हैं। अब उसे समझ में आ रहा था कि राजदरबार की दुनिया में सफल होना क्या मूल्य लेता है। उसकी आँखों से मापक त्वरित गति से गिरते जा रहे थे।

"कश्मीरी कहानी भी है चालाक लोमड़ी नाम से, पर मैंने कभी नहीं सोचा था कि वह स्त्री पाठक के लिए हैं। सारस क्या तुम्हारा आशय यह कहने का है कि मुझे पूर्वनियोजित तथा जाना बूझा खेल रचना है जो छल, दुरभिसंधि एवं घनिष्ठता के घटकों से निर्मित हो?"

"स्त्री संवेदनशीलता और काइयाँपन दोनों से पुरुष पर विजय पाती है। मैं अपने व्रण से कभी न उबरी अतः सदा ही कातती रही, जो कि राजकुमारी होने के नाते तुम नहीं हो सकती। दुलचा के विषय में तुमने विष का प्रयोग किया पर वह बाहर का था। देवी धार्मिक पंथ दर्शाती है सदा किंतु कभी लगता वह पैशाचिक है। यह तुम्हारे पास रिनचिन के विरुद्ध एक रहस्यमय शस्त्र होना चाहिए। यह मेरी चीनी माता से समझ लो, जिसे एक पशु के साथ रहना पड़ा।" सारस ने बात का निष्कर्ष सशक्त रूप से निकाला।

तत्क्षण ब्रह्मा भीतर आया और कोटा ने अपनी द्विविधा उसको बताई।

"इसके लिए कोई समीचीन उत्तर नहीं। इसमें यह देखा जाना चाहिए कि किससे एक बड़ा विराट लाभ हो। तब यह समझ में आएगा कि कश्मीर तुम्हारे लिए कितना महत्वपूर्ण है।"

कोटा के पास सारस और ब्रह्मा के परामर्श पर चिंतन करने का विपुल समय था। रिनचिन को शाहमीर की ओर से शानदार दावत मिली थी, जिसने एक दिन के लिए यजमानी करने का प्रस्ताव किया था। रिनचिन की प्रशंसा आकाश के राजा की तरह की जा रही थी तथा शाहमीर अपना विनम्र सम्मान देना चाहता

था। उसका नवनिर्मित घर श्रीनगर में पूरा हो चुका था अत: उसने रिनचिन को अपनी उपस्थिति से अलंकृत करने के लिये आमंत्रित किया, तथा अपने प्रिय खेल बाजीगरी में उसका स्थान देने के लिए भी निमंत्रण दिया था। यह जानते हुए कि ब्रह्मा शाहमीर के साथ आत्मीय है, रिनचिन ने यह निमंत्रण तथा आवभगत सहर्ष स्वीकार कर लिया। यह राजधानी में उसका प्रथम गमन था तथा वह उलट स्थितियों से चौंक उठा था; कि पूर्णरूपेण जले हुए भवन नए बन रहे घरों की बगल में खड़े थे। व्यापारी अपना व्यवसाय नावों से चला रहे थे। तेज गति से तटों पर सब्जियाँ, फल एवं अन्य दैनिक आवश्यकताओं की वस्तुएँ ला रहे एवं ले जा रहे थे। एक नवीन श्रीनगर पुन: भस्म में से उठ खड़ा हो रहा था, अत: रिनचिन समझ गया कि इसका भाग बनना उसके लिए कितना अधिक आवश्यक है।

जब रिनचिन शाहमीर के आवास पर पहुँच गया तो उसे यह काँटों में गुलाब की तरह खटक-सा गया। नवनिर्मित इस घर में स्थानीय कारीगरों की सर्वोत्तम पारंपरिक बनावट के साथ साथ फारस शैली की भी सजावट थी जो कि मुसलमानों को प्रिय थी। शाहमीर परम उत्सुकता के साथ रिनचिन को अपने गर्व और हर्ष के स्थल हमाम में ले गया जहां गर्म टब में वे सुस्ताते जब तक कि नौकर उनके शरीर के मैल को मल मल के उतारता जब तक कि उनके चर्म में चमक न आती। घोड़े की पीठ पर की यात्रा के पश्चात यह बहुत आरामदायक था। तब उन्हें बाहर उद्यान में ले जाकर शरबत पिलाई गई। शाहमीर एक कट्टर मुसलमान था तथा मदिरा नहीं पीता था; शरबत मधुर, शीतल और नूतनता देने वाली थी किंतु बाद का स्वाद नहीं देती। रिनचिन एक सभ्य व्यक्ति था अत: अपने यजमान की रुचियों को समझ कर उन्हें सम्मान देना जानता था। तब अल्पाहार के पश्चात शाहमीर अपने अतिथियों को बाहर आखेट के लिये ले गया। वह अपने प्रिय बाजों एवं उनके संचालकों को साथ ले गया।

"मुबारक, शाहीन, तूफान, कह कर शाहमीर अपने परदेशी बाजों पर कूकने लगा। उसने उनके नाम रखे थे तथा वह उन्हें बाहर जा कर शिकार खेलने के लिए उत्तेजित कर रहा था। उसके दो बाज श्वेत रंग के थे तथा एक निपट काला। वे विशिष्ट एवं अमूल्य थे। शाहमीर के ये बहुत ही मूल्यवान सम्पदा थे। उसके एक सहायक ने एक रस्सी से बंधा कबूतर लाया। ज्यों ही भयभीत पक्षी ने उड़ भागने का प्रयास किया संचालक ने उसे गोल गोल घुमाया। बाज कबूतर का पीछा करते तथा आक्रमण का प्रयत्न भी। जब अभ्यास पूर्ण हुआ, अब शिकार का समय था। घाटी के आकाश में ऊँचा उड़ते हुए बाजों ने एक तीतर

को पकड़ लिया। फिर एक तीतर और सोनचिड़िया को वे पकड़ कर नीचे ले आए। एक तीतर ने जमीन पर छिपने का प्रयास किया किंतु बाज ने फुसला कर उसे डराया और हवा में ले आया। तब बाज ढुबकी मारता हुआ अमाप्य गति से नीचे आया। किसी भी जीव की तीव्र तम गति से। सोनचिडिया उसके समक्ष कहीं नहीं टिकी। बाज ने एक ही वार में उसकी गर्दन तोड़ दी। जब सोनचिडिया भूमि पर गिरी तो शाहमीर के सहायक ने तुरंत एकबारगी उसकी गर्दन काट दी। अब मांस हलाल हो गया। उसने उसका यकृत प्रतीक्षारत बाज को खाने के लिए दिया। शाहमीर उत्तेजना के साथ रिनचिन की तरफ मुड़ा।

"हे प्रभु! सोनचिडिया का मांस कामोद्दीपन के लिए अत्यंत मूल्यवान होता है। आज हम पहले खाएँगे फिर वास्तविक पौरुषेय सुखों का आनंद लेंगे।"

"एक सुंदर युवा स्त्री एक पुरुष की कामोत्तेजना के लिये पर्याप्त है। इस कामोद्दीपन की क्या आवश्यकता है?" रिनचिन हंसकर बोला।

"उद्दाम यौवन में एक सच्चे व्यक्ति की तरह तुम बोल रहे हो पर हम जैसों के लिए जो वृद्ध होते जा रहे हैं, चमत्कारों की हमारी खोज सतत रहती है।"शाहमीर ने तुरंत उत्तर दिया।

शाहमीर की इस प्रकार की दुर्बलताओं पर सभी हंस दिए। रिनचिन से खासी बड़ी अवस्था का वह अलग और प्यारा था, किंतु इस आखेट की प्रक्रिया में उसने स्वयं की काम सम्बन्धित क्रूरता को प्रकट कर डाला। यह एक योद्धा की वीरता न थी कि जो अपने विरोधी चाहे पशु अथवा मनुष्य का सामना करता हो। यह उस व्यक्ति का कृत्य था जो दूसरों से यह कार्य करवा कर अपने हाथ स्वच्छ रखते हैं। रिनचिन को व्यस्त रखते हुए एक पूरा दिन आखेट का रहा तथा सायं को थैले शिकारों से भरे थे। इस डर से कि बाज थक कर जख्मी हो जाएंगे, यह दल शाम के भोजन के लिए वापस घर चल पड़ा। मार्ग में शाहमीर रिनचिन को उस रसोई में ले गया जो उसने तथा उसके सहायकों ने जकात की खोल रखी थी। रिनचिन यह देख कर दंग रह गया कि कितने ही असंख्य लोग मुफ्त शोरबे की प्रतीक्षा कर रहे थे। इस में रिनचिन को अचंभित करने की भावना न थी अपितु यह दर्शाने की कि यद्यपि वह एक प्रवासी है तथापि वह जनता का आदमी है। फकीर जो कि खुरदुरे काले ऊनी परिधान में था इस का मुखिया था, ने अपने छोटे सहायकों को प्रशिक्षित किया था कि किस प्रकार उसकी आज्ञाएँ माननी हैं। इस फकीर पर ध्यान न देना असंभव था। उसका सिर गंजा था तथा उसका माथा इतना चौड़ा कि सारी मजहबी तालीम वहीं भंडार थी। उसका मुख पीला, सफेद तथा आँखें लाल थी। जब वह देखता था तो मानो उसके देखने

से प्रकाश आहत होता था। उसकी दाढ़ी पर पीला रंग लगाया गया था तथा उसकी भौंहें और पलकें भी। उसकी आवाज कर्कश और कण्ठ्य थी। उसकी कर्कशता उसके उस दान कर्म को पाखंड सिद्ध कर रही थी। उसकी दोनों बाँहों की कलाईयों पर तीन अंकन थे जहां उसने सूफी मजहबी आत्म बलिदान का चिह्न गुदवाया था। ठीक इसके उलट उसकी बगल में एक युवक था जो अपने अच्छे आचरण और मनोरमता के कारण विशिष्ट लग रहा था। रिनचिन के लिए शाहमीर की यह अनुग्रह करने वाली शैली बड़ी मारक थी। इस प्रौढ़ व्यक्ति ने वही सम्मान निम्न और तिरस्कृत किसान को भी दिया जो इस दान की रसोई में आए थे, जो सम्मान उसने रिनचिन को अपने घर में स्वागत के समय पर दिया था। उसकी स्पृहणीय सज्जनता अत्यधिक संक्रामक थी।

किंतु एक अप्रिय घटना ने रिनचिन से कहीं अधिक शाहमीर को भौचक कर दिया। एक बूढ़ी कश्मीरी स्त्री ने रिनचिन को पहचाना तथा उस पर झपट पड़ी, फुफकारते हुए बोली, "हत्यारे! तुम कश्मीर में रहने के योग्य नहीं। क्यों तुम और तुम्हारे बोटे वापस वहाँ दफा नहीं हो जाते, जहां से तुम आए हो। कोटा को तुरंत मुक्त करो। उसे एक संकेत मात्र देना है तो तुम तुरंत बेमौत मरोगे सब।"

स्त्री का यह क्रोध फकीर को बहुत अधिक क्रोधी कर गया कि उसने उनके राजसी अतिथि का अनादर किया। उसने स्त्री को गरियाया और अपने अनुयायियों को आज्ञा दी कि उसे उठाकर बाहर फेंका जाए तथा पीटा जाए।

शाहमीर शीघ्र बीच में आया और नम्र आवाज में बोला, "माँ आप इतनी कठोर न हों! रिनचिन ने कश्मीरियों को दुलचा राक्षस से बचाया। कोई नहीं जानता कि लार दुर्ग पर क्या हुआ। हर कथा के दो पक्ष होते हैं। रिनचिन ने कोटा का बाल भी बाँका नहीं किया।"

अन्य कश्मीरियों ने स्त्री को बाहर घसीटा, किंतु इस घटना ने रिनचिन के मन पर खरोंच लगा दी। ज्यों ही वे लौटने लगे तो उसने घोषणा की कि वह खजाने से मुफ्त शोरबा पिलाने वाले किचन को धन दान करेगा। शाहमीर प्रसन्न हुआ कि रिनचिन ने सार्वजनिक घोषणा की कि वह इस कार्य को सहायता करेगा, प्रश्रय देगा।

शाहमीर के परिवार ने अपने अतिथियों के लिए पारंपरिक शाम का भोज बनाया था, और कुछ अन्य वयोवृद्ध, सम्मानित मुसलमानों को भी निमंत्रण दिया। सारा भोजन बर्तनों में सजाया गया था जिसे दस्तरखान से ढका गया था। जब अतिथि विराजे तो बड़े कलात्मक ढंग से दस्तरखान हटाया गया और दस्तरखान उड़ते हुए फर्श पर करीने से बिछ गया। सर्वप्रथम मांस का शोरबा परोसा गया।

शाहमीर के परिवार पर जबरदस्त फारसी और तुर्की प्रभाव था। उसका रसोइया बहुत से विदेशी पकवान बनाना जानता था, अतः उसने उन सभी पकवानों को बनाया था। चार प्रकार के कबाब थे, फिर सात प्रकार के पकवान थे जो भेड़ूँ, शुतुरमुर्ग तथा मछली के मांस के विविध पकवान थे। दही मिट्टी के प्यालों में और अखरोट गिरी की चटनी साथ में थी। प्रत्येक अतिथि को व्यक्तिगत ताँबे की थाली त्राम में परोसा गया, क्योंकि शाहमीर ने अपने तिब्बती अतिथियों के लिए मुसलमान रिवाज को अपनाया था। मजेदार यह कि जब मुसलमान अतिथियों ने अपने थाल का आधा भोजन समाप्त किया तो वे रुक गए और अपनी अपनी त्राम को दस्तरखान से ढक कर सहायकों को ले जाने लिए पकड़ाया। रिनचिन ने यह देखा तो जिज्ञासा की कि क्यों मुसलमानों ने ऐसा किया।

"हमारी संस्कृति में हम खाने का आनंद लेते हैं पर बहुत कम मात्रा में, शेष स्त्रियों के लिए भेजा जाता है। इस प्रकार हमारी स्त्रियाँ भी समान रूप से सम्मिलित रहती हैं तथा जान जाती हैं कि उनके पति की यजमान ने कितनी आवभगत की।" शाहमीर बोला।

रिनचिन हंस पड़ा, "तब हम अपना सारा भोजन खा सकते हैं क्योंकि हमारे घर पर कोई स्त्री नहीं है।"

शाहमीर ने सम्मान के साथ कहा, "मेरे स्वामी! जब एक व्यक्ति जीवन यात्रा में दूर तक की यात्रा करता है तो जान जाता है कि एक साथी के होने से यात्रा कितनी सुखद हो जाती है। क्या आप पत्नी प्राप्त करने के विषय में नहीं सोचते?"

"कहते हैं कि अकेला व्यक्ति विवाह करने को तत्पर रहते हैं पर विवाहित व्यक्ति अकेले हो जाना चाहते हैं। मैं एक योद्धा हूँ तथा तलवार के साथ मेरा विवाह हुआ है।"

"मेरे स्वामी! आप अब कश्मीर के राजा हो तथा आपका विवाह मात्र आपके व्यक्तिगत सुख का ही विषय नहीं अपितु राज्य संचालन का विषय है; आपका एक उत्तराधिकारी होना आवश्यक है। एक पुत्र। कि राज्य स्थायी एवं सुरक्षित रहे।"

"मेरे नियंत्रण में केवल अभी लार दुर्ग ही है। अभी कश्मीर में ऐसे बहुत से दुर्ग हैं जो मेरे विरोधी हैं। मेरे नियंत्रण में कोष है पर कश्मीरी लोग मेरे साथ नहीं हैं। रामचंद्र की मृत्यु मेरे साथ अभी भी नत्थी है। उन्होंने गुप्त रूप से अपने सहयोग का वचन कोटा को प्रेषित किया है, और वह उन से जुड़ी है, जबकि

मैं नहीं हूँ। किंतु आप सही कह रहे हो। जब मैं सर्वप्रथम कश्मीर में आया तो यही बात किसी और ने मुझे बताई। अत: मुझे लगता है कि मुझे किसी डामर मुखिया से अपनी पुत्री देने का अनुरोध करना पड़ेगा।"

शाहमीर की गोल आँखें चौड़ा गईं।

"मेरे स्वामी! आप कश्मीर के राजा हो। आप एक डामर मुखिया की पुत्री से उत्तम पत्नी प्राप्त कर सकते हैं। अब वे सब आप की प्रजा है। आपकी बोली के दास। आप को आप के व्यक्तित्व के समान ही कोई भव्य व्यक्तित्व चाहिए। कोई ऐसा व्यक्तित्व जिसे संसार सौंदर्य और गुणों की मूर्ति के रूप में देखे।"

चापलूसी की प्रभाव पड़ते हुए देख कर शाहमीर निरंतर बोलता गया। "कोटा के विषय में आपका क्या विचार है? आपने उसे बंदी बना रखा है तथा आप देख रहे हैं कि वह लोगों की दृष्टि में बलिदानी बनी है। यह बहुत उत्तम रहेगा कि मानवीय गरिमा के साथ उसका निपटारा करो।"

रिनचिन की आँखें चौड़ा गईं। "आप कहना क्या चाहते हो?"

सदैव विनम्र शाहमीर ने अपना विचार प्रस्तुत किया, "मैं बहुत प्रसन्नता से आपकी सहायता करूँगा। उसे अपनी पत्नी बनाकर। वह धर्मपरिवर्तन करेगी तथा सार्वजनिक जीवन से दूर हो जाएगी। उचित समय पर मैं उसे फारस भेज कर वहाँ बेचूँगा। उसका बहुत अच्छा मूल्य मिलेगा। घाटी में शांति हो जाएगी तथा आप निर्विघ्न शासन कर पाओगे। इसके विनिमय में मैं आपको अपनी पुत्री गुहारा से विवाह करा दूँगा। इस तरह हम सदा के बन्धन में बँधेंगे।"

रिनचिन भयानक रूप से शाहमीर की इस प्रकार की चापलूसी से स्तम्भित रह गया, कि जिसने इस प्रकार की योजना बना रखी थी। उसने यह कभी न सोचा था कि वह इतनी शीघ्रता से पाले बदलेगा किंतु ख़ज़ांची और मंजरी की भाँति वह रिनचिन से अपने सम्बन्ध वह भविष्य के लिए स्पष्ट रूप से जोड़ रहा था। शाहमीर की छोटी हुई आँखें एकटक रिनचिन को देखने, भाँपने लगी और रिनचिन को सहसा मगरमच्छ की छवि मन में उभरी।

"यह कश्मीरी समाज के बिल्कुल भी उपयुक्त नहीं होगा कि कोटा को विवश करो, जो कि उसकी इच्छा विपरीत होगा। अब कश्मीर में सत्ता कोटा के माध्यम से ही प्रवाहित हो रही है। इस को सम्भालने में समय लगेगा।" रिनचिन ने विश्लेषण किया।

शाहमीर ने अपने सुझाव को दाब दिया।

"मेरे स्वामी! मैं किंतु आपका एक सामान्य सा सेवक हूँ और कोटा के

विषय में आपका आकलन बहुत सटीक है। अब मेरी पुत्री गुहारा आपको प्रसन्न रखने में परम सुख का अनुभव करेगी।"

शाहमीर ने तालियाँ बजाई और रात्रि का मनोरंजन कार्यक्रम आरंभ हुआ। शाहमीर ने अपनी बेटी गुहारा से कहा था कि वह अपना सर्वोत्तम गायन प्रस्तुत करें तथा राजकीय अतिथियों को प्रसन्न करें। उसने अपनी पुत्री की गायन में रुचि का पहले तो बहुत अधिक विरोध किया था, क्योंकि संगीत वहाँ हराम माना जाता है। किंतु अब चूँकि इसमें उसे अवसर दिख गया अतः अब इसमें कुछ बुरा न था कि वह अपनी पुत्री की प्रतिभा का प्रदर्शन करे।

रिनचिन तकियों के सहारे से कालीन पर पसर गया तथा उसे विश्वास नहीं हो रहा था कि एक चमचमाती सुंदर तन्वांगी उसके आगे झिलमिला रही है। अभी किशोरावस्था में ही गुहारा एक पूरी स्त्री में परिवर्तित हो चुकी थी। उसने उपर का परिधान कसाव युक्त पहना था जिसकी लम्बी पारदर्शी बाँहें थी तथा नीचे एक सफेद रंग का तंग पहुंचों वाला पायजामा पहना था। उसका परिष्कृत मुख सुंदर लक्षणों से युक्त था, जिस पर भीषण सुंदर नीली आँखें, घनी पलकें थीं, भौंहें थीं जिन्हें उसने काजल में सन दिया था। काले लंबे केश उसने बाएँ कंधे से लटका रखा था तथा सिर पर एक स्कार्फ बाँध रखा था, जिससे उसका मुख एक चित्र जैसा प्रतीत हो रहा था। उसने दांत अखरोट की छाल से माँझे थे जिससे उसके होंठ लालिमा से भर गए थे। उसकी गतिविधियों में एक बहुत ही सूक्ष्म मृदुलता थी जैसे किसी बिल्ली में होती है। कश्मीर तथा लद्दाख की लड़कियों के कामोत्तेजक गुलाबी कपोलों की तुलना में वह इस गुण में मांसल और विदेशी थी।

गुहारा ने लज्जा के साथ रिनचिन को सलाम बोला और फिर वह कुछ क्षण बाद कव्वाली का गायन करने लगी। वह अमीर खुसरो को श्रद्धांजलि देते हुए उसकी रचना का गायन करने लगी, जो उन दिनों अत्यधिक लोकप्रिय था तथा जिसका पिता उसी की भाँति एक तुर्क था। कव्वाली एक ऐसी भक्ति की गायन विधा थी जिसमें बारंबार गायन को पिष्टपेषित किया जाता है तथा जिसका प्रवर्तन भी उसी ने किया था तथा अत्यधिक लोकप्रिय हो गया था।

तत्पश्चात् उसने कामना और समर्पण बताया

छाप तिलक सब छीनी है मोसे नैना लड़ाया के

रिनचिन गुहारा के गायन से अभिभूत हो उठा। पहले शब्द ऐसे थे जैसे कोई कोयल गा रही हो तुमुल युक्त किंतु सम, तत्पश्चात् विश्वास से भरा गायन।

गुहारा का स्वर एवं उसका विषय वस्तु उस क्षण अत्यंत प्रखर हो उठा। वह देख रहा था कि टुक्का और वल्य की भी वही दशा थी। इस प्रकार की स्थिति से कभी इससे पूर्व सामना न करने के कारण यह तमाशा उनके लिए ऐसा न था कि अलाव के चतुर्दिक योद्धाओं का गायन जैसा। गुहारा उन सबके आभ्यंतर का गान गा रही थी। हर व्यक्ति के भीतर की पीड़ा स्थली के मर्म को छूती हुई। यद्यपि स्त्रियाँ भावुक मानी जाती हैं तथा प्रेम की आवश्यकता पुरुषों को होती है। घंटो तक यह गायन अथक चलता रहा। ऐसा लगा कि मानो पुरुष समय के साथ दुर्बल होते रहे किंतु गुहारा और और सशक्त होती गई। पुरुष के मन के गहरे गह्वरों में दबी भावनाओं को कुरेदने में वह शक्तिशाली हो गई।

"एक घंटे का समय दो मुझे
मैं नहीं माँगती प्रेम,
या मेरा एक विचार भी,
आओ एक सुल्तान की तरह,
दासी दुलराएगी
और फिर सदा के लिए मुझे भूल जाओ।
पूरी तरह।"

अब इस काव्य वार्ता का सीधा लक्ष्य रिनचिन था। शाहमीर आखेट कर रहा था। गुहारा बाज थी। वे सब शिकार थे। अतः इस सब में निमंत्रण, कामोद्दीपन, रात्रि का मनोरंजन सब कुछ सफल रहा। वे सब कश्मीर में विदेशी थे और सभी बेल की तरह सुरक्षा और शक्ति के लिए कुछ न कुछ सहायता के लिये इस क्षण पकड़े रखना चाहते थे। रिनचिन शाहमीर के साथ सहानुभूति में एक सह-अवसरवादी के रूप में मुस्कुराया। यद्यपि शाहमीर कोटा से दुगुनी उम्र का था तब भी उसकी लोलुपता दबी नहीं थी। जबकि उसने रिनचिन को एक योजना का बीज दिया था। उसने विनीत होकर कोटा द्वारा उसे दिया आभूषण का उपहार निकाला और उसे देखने लगा। उसके कारण उसे कश्मीर में प्रवेश मिला था। उसने उसे पसंद किया था और प्राचीर से पुष्प प्रेषित किया था। उसने उसे हृदय का स्मृति चिह्न दिया था। कैसे स्थितियाँ उनके मध्य इतनी बिगड़ गईं। ब्रह्मा के साथ उसका क्या सम्बन्ध था। आगे क्या मार्ग है। गुहारा का मन कह रहा था कि रिनचिन पकड़ में नहीं आया तथा उसके पिता की उसे एक सम्बन्ध के लिए फाँसने की योजना असफल रही है। तब उसने उस रात्रि का अंतिम गान गाया।

“तुम्हें मोड़ना मेरे बस का नहीं, अलविदा।
मैंने हृदय के विरुद्ध अपने समय की लंबाई में जाना
आह! मेरे पास प्यार नहीं तुम्हें बांध पाऊँ
मेरी कोई मोहिनी नहीं, न ही कोई आकर्षण
कि प्रेमी जिसकी प्रशंसा करते हैं,
फिर भी मैं, हाँ मैं, जो कि तुम्हारे समक्ष धूल भी नहीं,
तुम्हारे द्वार के निम्नतम साहूकार से भी निम्न
को यह श्वासहीन रात्रि प्रदान की गई कि तुम्हारा सत्कार, मान करूँ
भाग्य ने यह दिया, इससे अधिक क्या दूँ मैं”

गुहारा ने रिनचिन को सलाम कहा। उठ कर चली गई। उत्कृष्ट सौंदर्य का दर्शन। उसके नितंब के हल्के से मुड़ने के साथ उसने पुरुषों को शुभरात्रि कहा और सुंदर स्वप्नों का आह्वान किया।

अगली प्रातः रिनचिन शाहमीर और उसके परिवार को मूल्यवान उपहार देने के बाद अपने दल के साथ चल दिया। शाहमीर ने उसकी हथेली सिर पर धर दी फिर अपने वक्ष पर और अपने नेत्र मूँद लिए मानो कि रिनचिन से बिछड़ना वह किसी प्रकार से सह नहीं सकता। निस्संदेह यह एक अत्यंत सफल दौरा था। जबकि एक सम्बन्ध नहीं बन पाया था पर एक समझ बन गई थी। उस स्त्री के क्रोध की घटना से रिनचिन यह भी समझ गया था कि उसे कोई कदम उठाना ही होगा ताकि उसके और कोटा के मध्य गतिरोध समाप्त हो।

इस मध्य जब रिनचिन शाहमीर के यहाँ गया था ब्रह्मा कोटा के पास गया था। रामचंद्र का विवाह का अस्वीकार उसे खाए जा रहा था।

“कोटा यह अच्छा समय और स्थिति नहीं हैं पर मैं जानना चाहता हूँ कि तुम मुझ से कुछ प्रण तो करोगी।”

कोटा अब समझ गई कि वह अपने अभिशाप के सत्य को और अधिक छिपा नहीं सकती अतः उसे सम स्वर में उसने सारी बात बता दी।

“ब्रह्मा मेरे पिता ने विवाह की आज्ञा नहीं दी कारण था मेरा अंगारक होना।”

उसने देखा कि उसके कंधे ढीले हो गये और निशब्द मुख डूब सा गया। उसे इससे अधिक कुछ बताने की आवश्यकता न थी। वह अत्यधिक निषिद्ध थी। अब वह समझ गया कि वह इतनी प्रेममयी होकर भी स्वयं को वापस खींचती थी। ब्रह्मा इस सूचना को अपने में उतारते हुए सामान्य बने रहने के लिए संघर्ष कर रहा था।

"कोटा तुम इस शकुन इत्यादि जैसी बकवास पर क्यों विश्वास करती हो। इसे हमारे जीवन को नष्ट करने मत दो।"

कोटा सख्त थी। "ब्रह्मा मैं अपनी परंपरा में से चुनाव नहीं कर सकती मैं हर प्रातः योगाभ्यास करती हूँ। मैं पुनर्जन्म एवं ज्योतिष में विश्वास करती हूँ। तुम इस पर हंस सकते हो पर मुझे अपने ज्ञानानुसार ही चलना होगा, चाहे वह सत्य हो अथवा असत्य।"

ब्रह्मा कोटा को बहुत अच्छी तरह से जानता था।

"ये तुम्हारे व्यक्तिगत सत्य हैं और मैं तुम्हें इन पर अविश्वास नहीं करा सकता। मेरे हृदय में तुम सदैव मेरा परमप्रेम बनी रहोगी। मैं तुमसे विवाह कर मरने को तैयार हूँ।"

"ब्रह्मा मैंने ऐसा तुमसे बहुत पूर्व सोचा है," कोटा ने विश्लेषण किया और कहा, "तुम भी सदैव मेरे परमप्रिय रहोगे किंतु मैं तुम्हारी मृत्यु का उपाय नहीं बन सकती। यहाँ तक कि यदि यह अकस्मात् भी हो अर्थात् अनजाने मैं भी, तो भी क्या मैं स्वयं को कभी क्षमा कर सकती? मेरा पिता इसी को रोकने का प्रयास करता था। हमारा उच्च प्रेम हमें मृत्यु की ओर न ले जाए अपितु मृत्यु हमें परम दिव्य प्रेम में ले जाए।"

"मैं इस प्रकार की उपेक्षित अवस्था में जी नहीं सकता, क्या है हमारा भविष्य?" ब्रह्मा दुखित मन से बोला।

कोटा जानती थी कि वह इस दिन को देखेगी। कि वह ब्रह्मा को सदा के लिए लटकाए नहीं रख सकती।

"मेरे प्रेम में अभिशाप है, अतः मैं अपने मन का अनुगमन नहीं कर सकती।" उसने अश्रु बहाते हुए कहा। और कहा, "मेरे साथ खड़े रहो एक मित्र की भाँति। मैं पहले से अधिक अब तुम्हारी आवश्यकता रखती हूँ। देवी माँ हमें सुखों से वंचित नहीं रखेगी।"

ज्यों ही कोटा ने उसे धीरे से आलिंगन में लिया, ब्रह्मा इसे किंचित् भी सह न पाया। वह घूम गया और कुछ भी कहे बिना चल दिया। कोटा ने अपनी कोठरी का चक्कर लगाया। कोटा यह पीड़ा सारस के साथ भी नहीं कह सकी। उस रात्रि कोटा ने अपनी दैनंदिनी में उदासी से लिखा :

**प्यारी माँ,**

आज मैंने वह किया जो मुझे लगता है कि तुम चाहती हो कि मैं करूँ। आज मैंने वह किया जो देवस्वामी ने चाहा होगा कि मैं करूँ। उन्होंने मुझे सिखाया कि धर्म वही है कि जो हमें दिव्य रूप से बनाए रखे, जो परिमेय है,

अर्थात् अस्तित्व? क्या मुझे संशय, दु:ख एवं हृदयाघात लगा उससे जो मेरे और ब्रह्मा के बीच में घटित हुआ? हाँ। किंतु मुझे यह समझ आने लगा है कि एक प्रयोजन है जिसको मुझे प्राप्त करना है। किंतु इस प्रयोजन की प्राप्ति का आरंभ आत्मबलिदान से होगा। मेरे लिए सर्वाधिक मूल्यवान यदि कुछ था वह ब्रह्मा के लिए मेरा प्रेम, और आज मैंने इसे धर्म की बलिवेदी पर बलिदान किया है। माँ! सारस कहती हैं कि मुझे अपने में लोमड़ी की आत्मा लानी होगी। देवी माँ से प्रार्थना है कि वह सदा मुझे अपनी दृष्टि के अंतर्गत रखे कि जब हुली जंग की आत्मा मुझ में प्रवेश करेगी, वह मुझ से मेरा धर्म पूरी तरह से न ले तथा मैं अपने ध्येय को प्राप्त करने के लिए आगे कोई बलिदान देने के लिए प्रस्तुत रहूँ।

प्यार को...

जब रिनचिन लौटा तो उसने सारस को एक संदेश भेजा कि वह सविनय निवेदन करता है कि वह अपनी स्वामिनी कोटा से कहे कि वह उससे मिलना चाहता है। यह उसकी उसे बंदी करने के बाद की प्रथम मुलाकात थी तथा उसने उस संदेश में उसे कोटा रानी नाम से संबोधित किया अर्थात् कश्मीर की रानी। सारस ने उत्तर दिया कि कोटा रिनचिन से अपराह्न में मिलेगी। सूर्य गवाक्ष से डूब रहा था, जब वह एकाकी भीतर आया। अपने साथ वह सामान्य फलों की टोकरी लाया था। जब वह आया कोटा ने उसकी तरफ पीठ फेर ली। उसने उसकी तरफ मुड़ने का शिष्टाचार नहीं किया। रिनचिन ने इस अपमान की उपेक्षा करने का निर्णय लिया।

"कोटारानी! मैं जानता हूँ कि हम बहुत ही दुखद परिस्थितियों में मिलते हैं, किंतु मैं समझता हूँ कि हम दोनों के बीच बहुत कुछ समान है जितना आपने सोचा भी नहीं। आज मेरे पिता के मारे जाने के दिन की वार्षिकी है। मैंने इसके साथ बहुत समय पश्चात स्वयं को सामान्य किया है। मैं जानता हूँ कि तुम्हारा व्रण तो अभी सद्य: है।"

कोटा मौन रही अत: वह पुन: बोला, "मैं तुम्हें स्वतंत्र करने आया हूँ। मैं तुम्हें कश्मीर की महारानी मानता हूँ। मैं तुमसे पूछता हूँ कि क्या तुम मुझे अपना कम्पनेश, अपना सेना नायक बनाना चाहोगी? यदि नहीं तो मैं तैय्यार हूँ अपने अनुयायियों के साथ निर्वासित होने के लिए।" फिर भी कोटा ने कोई उत्तर नहीं दिया। उसकी पीठ मूर्तिवत थी। उसने रिनचिन का उपहार इससे पूर्व प्राप्त कर लिया था, किंतु वह पश्चाताप में डूब गई थी, किंतु रिनचिन को नकारा भी नहीं जा सकता था।

"कोटारानी! कुछ दिन पूर्व एक स्त्री ने मुझे बहुत टोका। कहा कि मैं

हत्यारा हूँ। मैंने यह समझ लिया कि शासन करने के लिये एक तो वैधता होना आवश्यक है तथा दूसरा प्रजा का प्यार। मेरे पास कुछ नहीं है कश्मीर में। यह तुम्हारी भूमि है और इसे तुमसे कोई नहीं ले सकता। यदि तुम मेरी ओर मुँह फेरो तो देख लोगी कि मैं घुटनों के बल हूँ तथा मैं यह शपथ लेने को उद्यत हूँ कि मैं तुम्हारे प्रति निष्ठावान और दिव्य रूप से कर्तव्य परायण रहूँगा।"

इस बार उसने हरमुख शिला पर शीत से अधिक शीत स्वर में उत्तर दिया।

"तुमने मेरे पिता को भी वचन दिया और उसकी हत्या कर दी, अब वही वचन तुम मुझे देना चाहते हो तुम गाजी हत्यारों से कैसे भिन्न हो जो छद्म रूप में घूमते रहते हैं, अपने लूटपाट और विध्वंस को छिपाते हुए।"

"कोटारानी! मैं एक महत्वपूर्ण रूप से विलग हूँ उनसे कि मैं न्याय पर विश्वास करता हूँ। लद्दाख के राजकुमार के रूप में मैंने यह किया, और मैं इसके प्रति प्रतिबद्ध होने की इच्छा रखता हूँ। हम बोट कश्मीर के बहुत ही ऋणी हैं। ज्ञान और अध्यात्म के सम्बन्ध में। मैं इतिहास में कश्मीर के विध्वंसक के रूप में प्रविष्ट नहीं होना चाहता। यदि तुम निर्णय करती हो कि तुम्हारे पिता की हत्या के लिए मेरे प्राण लिए जाने चाहिए, मैं उसके लिए भी तैयार हूँ। मैं इस निष्कर्ष तक यों ही नहीं पहुँचा हूँ तथा इसके विपरीत नहीं जाऊँगा।" कोटा रिनचिन की उन्मुख होकर निर्भीकतापूर्वक उसे देखने लगी। उसके नेत्रों से विद्युत निःसृत हो रही थी। जब से उसने उसे समारोह में देखा था, तब से वह आगे बढ़ गई थीं। उसके मुख पर दृढ़ता थी जो कि चारित्रिक शक्ति से आती है। रिनचिन इस कश्मीर की नैसर्गिक महारानी के चरणों पर गिर दण्डवत् मुद्रा में बिछ गया। उसने यह व्यक्त कर दिया कि कोटा एक स्त्री है जिसके लिए वह हमेशा कुछ भी करेगा। उसे भयभीत करके नहीं जीता जा सकता था। धरती पर की कोई भी शक्ति उसे समर्पण नहीं करा सकती थी। उस के साथ कोई छल नहीं कर सकता था। उस सम्बन्ध में उसकी बुद्धिमत्ता उत्कृष्ट थी।

जब वह बोल रही थी मानो शुरजीला की हवा आ रही थी।

"गवाक्ष से मैंने तुम्हें अलाव के चारों ओर नृत्य करते हुए, मेरे पिता के मरण का समारोह मनाते हुए देखा, जिसने तुम्हें आश्रय और विहार दिया। पहले जाओ और देवी माँ की प्रार्थना करो फिर मैं तुमसे बात करूँगी। तुम्हें देवी माँ से क्षमा चाहिए, मुझसे न्याय नहीं। कम से कम खोखले 'कम्पनेश 'शीर्षक से भी। सियार को कोई चूजों की रखवाली के लिए नहीं रखता।"

"रानी! मैं तुम्हारी आज्ञा की प्रतीक्षा कर रहा हूँ, सुनते ही उसका पालन करूँगा।"

रिनचिन मुड़ा और प्रांगण में बंधे अपने घोड़े पर आरूढ़ होकर, अपने कतिपय साथियों के साथ बौद्ध विहार चला गया, जहां से घाटी दिख रही थी। क्या वह कल्पना कर रहा था कि कोटा उसे गलियारे में अश्व से उतरते हुए अपनी कोठरी के गवाक्ष से देख रही थी। रिनचिन के पिता ने उसे एकदा कहा था कि तुष्टिकरण राजनीति और सम्भोग की कुंजी है। वहीं आज एक क्रुद्ध स्त्री के साथ बातचीत में प्रयोग किया गया, और एक विचलित राजनीतिक शत्रु से सहमति कर ली। रिनचिन को इस विषय में कोई संशय न था कि कश्मीर की गद्दी उसे अस्थायी रूप से प्राप्त हुई है तथा जब भी कोटा की इच्छा होगी, वह इसे उससे वापस प्राप्त करेगी। वह लद्दाख नहीं जा सकता यदि कश्मीर उसके प्रति कटु होगा। चीन पहले ही बंद था उसके लिए अत: वह कहीं का नहीं रहता। कोटा निस्संदेह कारागार में थी किंतु उसने उसे बंदी कर लिया था। जैसा कि रावण ने उसे कहा था कि उसे वह सब लौटाना होगा जो कोटा का था। अर्थात् राज्य एवं राजकोष, और सम्भवत: तभी वह, वह सब प्राप्त कर सकता था जिसकी उसे वांछा थी। अर्थात् राजा बनना।

रिनचिन श्रीनगर के गोपाद्रि उपत्यका पर स्थित प्रसिद्ध विहार गया। यह विहार चोटी पर निर्मित था जो मसिफ के शिखर से मिलते हुए श्रीनगर के ऊपर से पूर्व की ओर जाती है। इस स्थान पर सूर्य की प्रथम रश्मियाँ पड़ती थी। इस विहार में बुद्ध का एक चमत्कारी दांत था। इस पर चीनी यात्री ह्वेनसांग ने भी अपनी टिप्पणी की थी। किसी समय में कश्मीर में सात सौ बुद्ध विहार थे। तथा बुद्ध धर्म थोड़ी सी पुनर्जागरण की अनुभूति कर रहा था। मानो बुझते दीप की अंतिम शिखा का प्रज्वलन। बौद्ध होने के कारण रिनचिन को विदित था कि उसे कहाँ जाना चाहिए, तथा विहार कश्मीर की सर्वाधिक पवित्र जगह थी।

बौद्ध के रूप में राजकुमार रिनचिन का विहार में भव्य स्वागत किया गया। रिनचिन को यह देखकर आश्चर्य हुआ कि यहाँ महन्त नहीं पर महन्तिन थी। वह एक वृद्धा थी तथा उसने कहा कि वह लक्ष्मी पण्डिता की शिष्या थीं, कश्मीर में बौद्ध धर्म की प्रसिद्ध प्रवर्तक। उसने रिनचिन की कथा सुनी तथा कुछ तीक्ष्ण प्रश्न पूछे।

"क्या तुम रामचंद्र की हत्या का पाप स्वीकार करते हो?"

"हाँ।"

"क्या यह क्रोध था, लोभ था अथवा शक्तिशाली होने का अहंकार था जिसने तुम को यह कृत्य करने को प्रेरित किया?"

"यह ये तीनों थे। क्रोध कि मैं पिताजी को खो गया था तथा राज्य प्राप्त

करने के जन्मसिद्ध अधिकार से च्युत हो गया था। लोभ कि मैं एक नए राज्य का राज प्राप्त कर सकता हूँ। शक्ति कि मेरे पास वह शक्ति और धूर्तता है कि मैं यह काम कर सकूँ।"

"क्या तुम तप और प्रायश्चित करने को वचनबद्ध हो?"

"हाँ।"

"तुम्हारी महत्वाकांक्षा के मूल्य पर भी?"

"हाँ, मैंने वह सब प्राप्त किया है जो मुझे चाहिए था। अब आगे मेरी एकमात्र महत्वाकांक्षा है कि मैं न्याय के पथ पर चलूँ। इसमें मुझे जो भी फल प्राप्त होगा मैं संतुष्ट हूँगा।"

"क्या तुम वचन देते हो कोई हत्या आगे नहीं करोगे और बुद्ध के मार्ग पर चलोगे?"

"हाँ।"

"रिनचिन तुम एक खतरनाक पथ पर जा रहे हो जहां तुम्हारा अंत एक पागल व्यक्ति के रूप में होगा। तुम्हारे दिमाग का फितूर तुम्हारा अभिशाप है, किंतु यदि तुम वास्तव में ही परिवर्तन चाहते हो तो मैं अपने जीवन को इस आश्वासन के साथ दूँगी कि तुम अपनी दुर्बलताओं से मुक्त हो जाओगे।

रिनचिन और महन्तिन देर रात तक अशोक महान के विषय में चर्चा करते रहे जिसके युद्ध के त्याग और अहिंसा के वरण से कश्मीर में बुद्ध धर्म के स्वर्णिम युग का प्रारंभ हुआ था। दूसरी प्रातः महन्तिन ने उसे बताया कि उसे क्या करना है। उसे एक छोटे से प्रकोष्ठ में ले जाया गया जहां उसने अपना तप आरंभ किया। यह एक अति लघु मूर्ति थी अवलोकितेश्वर की, बौद्ध धर्म में करुणा के ईश्वर। उसे तब तक व्रत करना था जब तक कि करुणा के देव अपने दर्शन न दे, अन्यथा मरण तक उसका व्रत चलेगा। चालीस दिनों तक रिनचिन उस प्रकोष्ठ में रहा जब तक कि वह कृशकाय न हुआ। उसकी पसलियाँ छड़ियों जैसी हो गई और उसे विभ्रम होने लगा। इस विभ्रम में उसे दुःस्वप्न आने लगे। जिसका आवर्ती विषय था कि उसके आस-पास का सारा संसार उसे मार डालना चाहता है। क्यों कि उस पर किया गया विश्वास उसने तोड़ दिया था। इसके विनिमय में वह अपने आसपास किसी पर भी विश्वास नहीं कर सकता। वह सहस्रों बार स्वयं मरा। उसकी हत्या होती रही। वह दुर्बल होता गया, होता गया और अंततः अचेत हो गया। जब उसकी चेतना लौटी, महन्तिन उसके मुँह में जल और फलों का रस डाल रही थी। उसने देखा कि उसने नेत्र खोले और वह मुस्कुरा दी। "रिनचिन तुम्हारा पुनर्जन्म हुआ है। संसार में तुम्हारा स्वागत है।"

रिनचिन को स्वस्थ होने में एक मास का समय लगा। वह कुछ-कुछ आयु प्राप्त लगने लगा तथा उसकी गतिविधियों में एक विशेष धीरता दिखने लगी। वह हर बोले हुए शब्द को पहले तोलता नजर आ रहा था अब तथा अधिक सहिष्णु भी हो गया था। मानो वह अब संसार को नव नेत्रों से देख रहा हो। उस दिन के बाद रिनचिन धर्म में तथा अन्य धर्मों में भी रुचि रखने लगा। कोई भी पथ जो दिव्य अनुभूति करा दें उसे लुभाने लगा। राजधानी में लौटने पर उसने विद्वानों को बुलाया तथा देर रात तक शास्त्रार्थ होता रहता। एक बार उसके महल में एक स्थानीय नाटक 'मुचाडो' खेला गया। यह धर्म के विषय में था। उसकी न्याय बुद्धि और बलवती हो गई जो कि उसने अपने जीवन अनुभवों के आधार पर अर्जित की थी। अतः वह कोई अन्याय निर्धन और दुर्बल लोगों से न करता। जब वह रावण से मिलने जाता, उसकी बातों का विषय आध्यात्मिक ही होता। बहुत ही कम वह राजनीतिक बातें करता। उसने पहले ही कोटा के पहरेदार हटा दिए थे। वह किसी से भी मिल सकती थी, जिससे वह चाहे।

ब्रह्मा कोटा से मिलने रक्षाबंधन के दिन मिलने गया। यह सभी अविवाहित लड़कियों के लिए महत्वपूर्ण पर्व था। कोटा उसकी प्रतीक्षा कर रही थी। उनकी गत वार्ता बहुत कष्टकर रही थी जब उसने उसे कहा था कि वह विवाह के लिए किसी लड़की की खोज में हैं। पर आज का दिन एक नया दिन था। दोनों ने एक वीर मुखमुद्रा ओढ़ रखी थी।

'सर्वाशा मम मित्रम भवंतु' कि सारा सौर मंडल मेरा मित्र हो जाए।

विनिमय में ब्रह्मा ने अपना वचन दोहराया," मैं तुम्हारी रक्षा करूँगा जब तुम्हें सम्मान, सुरक्षा और गरिमा के लिए मेरी आवश्यकता होगी। तथा मुझे एक घोषणा करनी है। मैंने एक निर्णय लिया है जिसके लिये मुझे तुम्हारी सहायता की आवश्यकता है।"

"वह क्या है? तुम बहुत गम्भीर लग रहे हो।"

"मैं नदी तट पर एक छोटे से बाजार से होते हुए जा रहा था, जबकि मैंने एक छोटी-सी लड़की को एक छोटी-सी दुकान से फल बेच रही थी। देखा मैंने कुछ फल उससे खरीदे तथा हम वार्ता करने लगे। उसका नाम शारिका है। जब मैंने उससे पूछा कि वह असहाय क्यों है तो वह बोलीं कि वह और उसका परिवार लोहरकोट की गुफाओं में छिपे थे। लगभग एक वर्ष के लिए। उसके घर के सब लोग दिवंगत हो गए मात्र व जीवित रह गई। उसकी आय मात्र उन फलों को बेचकर आती है जो वह बागों में गिरे हुए बीनती है। मैंने मन बना लिया है कि मैं शारिका से विवाह करूँगा। किंतु मैं एक मध्यस्थता चाहता हूँ। अब चूँकि

तुम मुक्त हो, यद्यपि तुम ने अपने कक्ष से बाहर न निकलने का निर्णय लिया है, फिर भी क्या तुम मेरे लिए शारिका के पास जाकर उस का हाथ मेरे लिए माँगोगी?"

कोटा आश्चर्य चकित रह गई, "मैं ने तुम से ऐसी आशा न की थी। तुम एक बेघर लड़की से विवाह करोगे! दरबार की अन्य स्त्रियों के बारे में जो तुम्हें आजीवन चाहेंगी, क्या सोचते हो?"

"मेरे विचार से संसार परिवर्तित हो रहा है। पुराना चलन नहीं है अब। शारिका ने दुख का सामना महान ढंग से किया है। वह मुझे नहीं जानती थी किंतु तब भी उसने मुझ पर विश्वास किया। उसका विचार है कि जब जीवन का भय हो तो जीवन को उस क्षण सम्भव पूर्णता के साथ जीना चाहिए। मुझे उससे कुछ बन्धन सा अनुभव हुआ और मेरी मन की मानो तो वह मेरी अच्छी जीवन संगिनी बनेगी।"

कोटा ने अपनी नकारात्मक प्रतिक्रिया देकर द्वंद्व द्वारा ब्रह्मा को खोने का दुख जताया। ब्रह्मा के माध्यम से देवी माँ ने यह संकेत भेजा था कि किसी को भी भूतकाल में हुई दुखद बातों से चिपके नहीं रहना चाहिए। वह उत्सुक हो गई जानने को कि यह स्त्री कौन है जिसे वह प्राप्त होगा जिससे वह क्रूरता से वंचित हुई जा रही है।

"मैं तुम्हारे लिए प्रसन्न हूँ और तुम्हारे निवेदन अनुसार करने को उद्यत हूँ। मैं शारिका के पास तुम्हारे लिए जाऊँगी।" कोटा ने धीमे स्वर में कहा तथा प्रसन्नता के साथ ब्रह्मा तैयारी करने के लिये दौड़ गया।

"कोटा के अश्व को खुशी के मारे चक्कर आने लगे। उसकी स्वामिनी उस पर लगभग गत एक वर्ष से आरूढ़ न हुई थी। क्यों कि उसने स्वयं को अपनी कोठरी में एकांत वास दिया था। बहुत सारी भीड़ उसके आसपास जमा हो गई। लोग उसके वस्त्रों को चूमने लगे, उसके अश्वारोहण के पदत्राण का स्पर्श करने लगे। लोग उत्साह में थे कि उस के दर्शन उन्हें हो रहे थे। दुर्ग से उसे जाते हुए बराबर देखे जा रहे थे। इस बात की चिंता किए बिना कि वह जा कहाँ रही है, पर यह ध्यान रखे थे कि उनकी दृष्टि से वह ओझल न हो। ज्यों ही कोटा श्रीनगर के बहिर्भाग में पहुँच गई, भीड़ एक जुलूस में परिवर्तित हुई। सच्चा जुलूस। कोटा ब्रह्मा के साथ मुस्कुराई। उसका प्रस्ताव घाटी में एक सार्वजनिक आयोजन में समाप्त होने वाला था जो कि गत बारह मास में प्रथम बार हो रहा था।

कोटा ने देखा कश्मीरी शरणार्थी शिविरों में रह रहे थे। दुखी हुई कि

उसकी घाटी की यह दुर्दशा कर दी गई है। "गरिमापूर्ण कश्मीरी ऐसी दुर्दशा में रह रहे थे जिसमें वे अपने पशुओं को भी नहीं रखा करते थे। कश्मीरी गंदगी और भयावह दुर्गंध में रह रहे थे जो अपनी स्वच्छता और शुचिता को लेकर बहुत ही सख्त थे। प्रदूषण के विरुद्ध नियमों का सख्ती से पालन करते थे। उनका कोई नेता नहीं था। किसी को उनकी चिंता न थी। वे घाटी में भोजन के लिए दर दर भटकती गायों की तरह घाटी में भटक रहे थे। दुलचा के बाद क़श्मीरी, जिन्होंने सहस्राब्दी के लिए सब को अभयारण्य प्रदान किया को कोई भी सहायता देने को तैयार न था।

कोटा उस झोंपड़ी में प्रविष्ट हुई जहां वह लड़की एक अन्य परिवार के साथ रह रही थी। वह बहुत चकित एवं भयभीत हो उठी जब कोटा भीतर आई। वह नहीं जानती थी कि हुआ क्या है और उसने क्या भूल की है। कोटा अपना आश्चर्य छिपा न सकी कि उस ने क्या देखा। ब्रह्मा इतना अप्रत्याशित था कि वह लड़की पूरी तरह गंजी थी। विदेशियों की दुर्गति से बचने के लिए बहुत सारे कश्मीरियों ने अपनी पुत्रियों के नाक अथवा कान काटे थे। उनके मुख को व्रणित किया था ताकि वे कुरूप लगें और गाजियों की भयावह क्रूरता और भयावह अपमान से बचें। लड़की बच गई थी किंतु इसने स्वेच्छा से अपने केश काट रखे थे। कोटा ने देखा कि वह एक शांत युवा स्त्री थी, बड़े ही मधुर, शालीन ढंग से आकर्षक। व्यक्त रूप से उसने अपने जीवन में भयानक दुख देखे थे। अपने सारे प्रियजन खोये थे और वह सब उसके मुख पर दिख रहा था।

कोटा ने बड़े धीमे से अपने वहाँ आने का प्रयोजन बताया।

"बहन! मैं यहाँ ब्रह्मा की ओर से आई हूँ। वह तुम्हें अपनी जीवन संगिनी बनाना चाहता है। मैं ब्रह्मा के चरित्र की प्रतिभूति दे सकती हूँ। वह एक उत्तम पति बनेगा किसी भी स्त्री के लिए, मुझे तुम्हें बहन के रूप में प्राप्त कर अपार हर्ष होगा। क्या तुम हमारा यह प्रस्ताव स्वीकार करोगी?" वह लड़की अविश्वास के मारे लगभग अचेत हो गई। किंतु कोटा ने तब ब्रह्मा से आग्रह किया कि वह स्वयं भी भीतर आकर लड़की से यह सब कह दे।

शारिका ने विवाह के लिए स्वीकृति दी, किंतु उसने एक विनय की कि विवाह उसी गुफा में होगा जहां उसके परिवार ने अंतिम दिन बिताए थे। वह चाहती थी कि उनकी आत्माएँ भी उसका नवजीवन देखें और उसे आशीष दे। ब्रह्मा इस अति अपरंपरागत बात को स्वीकार कर गया। दोनों ने ज्योतिषी से इस विवाह के लिए शुभ मुहूर्त देखने के लिए कहा।

जब कोटा और ब्रह्मा झोंपड़ी से बाहर आए तो यह समाचार वाडवाग्नि

की भाँति फैल गया। एक कुलीन घर का बेटा एक बेघर लड़की से विवाह करने जा रहा है। यह इतना शुभ समाचार था कि असत्य लगता था। कोई इससे अधिक उत्तम की आशा नहीं कर सकता था। निश्चय ही यह महान कर्म ब्रह्मा के अगले जन्म काम आएगा जो उसने ऐसा नवीन दिशा दर्शाता निर्णय लिया। इस जन्म में एक गृहविहीन अनाथ, अगले जन्म में वह किसी देवी से परिणय सूत्र बाँधेगा।

शारिका कोटा के पास रहने के लिए लार आ गई, जब तक कि विवाह सम्पन्न न हो। भीड़ पुनः वापस उनके साथ दुर्ग तक आ गई, हर्षोल्लास और गीत गाती हुई। वे अपने संग कुटाग्रह, काष्ठ से निर्मित रथ, जिसमें कि कश्मीरा देवी का विग्रह जो बहुमूल्य अलंकरणों से सजा था, खींचते हुए लाये। कोटा ब्रह्मा के इस चयन से अचम्भित थी। उसने ब्रह्मा से यों कहा :

"तुमने व्यक्तिगत रूप से यह निर्णय किया कि तुम किसी अनाथ का उद्धार करोगे, यहाँ मैं हूँ जो अपने दुख में ही कलप रही हूँ, जबकि हमारे लोगों को सहायता चाहिए। मुझे शीघ्रातिशीघ्र कुछ करना होगा। कोई निर्णय लेना होगा। यदि अपना बलिदान भी देना पड़े। यदि हमें अपने जन-जन की रक्षा करनी है।"

"तुम क्या करने को सोचती हो?"

"ब्रह्मा तुम शारिका से विवाह कर रहे हो, मैं रिनचिन से विवाह करूँगी।"

"क्या तुम बौरा गई हो? क्या यह मेरे निर्णय के विरुद्ध तुम्हारी भावुक प्रतिक्रिया है?" ब्रह्मा क्षुब्ध हुआ।

"नहीं भई, लोग मुझे ऐसा करने को कहते हैं। अपने छलपूर्ण, जघन्य कृत्यों से उसने दांव खेले और उसे अपना व्यक्तिगत दायित्व बनाया। मैं तुम्हें वचन देती हूँ कि छल का उतर कपट से दिया जाएगा। मैं उसे दया से उत्तर दूँगी, न्याय कर्म करेगा। ब्रह्मा! तुम और मैं अलग-अलग से छलांग मार रहे हैं, किंतु विश्वास करो हम साथ-साथ ही भूमि का स्पर्श करेंगे।"

## त्रिग्रंथ (पुस्तक-III)- खेला

### तरंग 9

# विवाह

दूत हर गाँव में गए कि 1320 के वर्ष में कश्मीर का पुनर्जन्म हो रहा है। कोटा और रिनचिन के विवाह का विषय ही था अपने मूलों में वापस लौटना। कोकुर ने धरती, जल, आकाश, वायु, अग्नि का आवाहन किया। यह एक नदीय विवाह था। एक सर्वाधिक विशाल, समतल नाव को प्राप्त कर उसे रिनचिन के लिए सजाया गया। उसने अचकन और चूड़ीदार पायजामा पहना। एक गुलाबी साफा, जिसमें बालों की कुछ अलकें बाहर झांक रही थी। केसर का तिलक उसके भाल पर सुशोभित था। पैरों में कपड़े से बने अलंकृत पैजार थे। उसका स्वागत ऊँचे शंखनाद के साथ नाव पर किया गया। गीतों के गायन के साथ उसपर फूलों की पंखुड़ियों, शीरीं, खजूरों को उस पर न्योछावर करते हुए उसका स्वागत किया गया। उस पर पुष्प सज्जित छत्र था तथा उसके साथ पोत महाराज्अ अर्थात् छोटा दूल्हा एक छोटा लड़का था। कोटा ने कोकुर से कहा कि उसका विवाह छोटे से शिवमंदिर, पांद्रेठन में होना चाहिए। जब कोटा छोटी थी तो वह सदा ही इस मंदिर में अपने विवाह की कल्पना करती। उसे वहाँ की दीवारों पर उड़ते चित्र, हाथों में फूलमालाएं लिए स्वर्गिक विवाह समारोह से लगते, जब वे अनायास किसी तारक पर पहुँच प्रेम करते होते। यह एक रूमानी फंतासी थी जिसमें वह सदा ही जीती आई। रिनचिन की नाव हृदयाकार के चप्पुओं से चालित हो रही थे। जिसे पंद्रह जोड़ी हाथ अपनी इच्छा से खे रहे थे, अब किनारे आन पहुँची। वह नाव से अपने लोगों, जिसमें टुक्का, वल्य, शाहमीर तथा उसका परिवार था, तथा एक बारात का रूप बनाकर अश्वारूढ़ हो मंदिर की ओर चल पड़ा। टुक्का अपने नफीस कपड़ों में अलग ही लग रहा था, किंतु शाहमीर अपने जबरदस्त जामावार कढ़ाई वाले कोट चटकीले मायादार सलवार में विशिष्ट लग रहा था। वह बिचौलिया था जिसने यह सम्बन्ध तय किया था तथा उसे उचित

सम्मान दिया गया था। उसका परिवार विशेषकर उसकी पुत्रियाँ आकर्षण का केन्द्र बनी थी। गुहारा चमक रही थी। उसकी आँखों में दमक और खुशी का उल्लास था। वह तब स्तब्ध रह गई जब चालीस स्त्रियों का एक दल तथा इतने ही पुरुषों का भी दल अश्वों पर सवार हो वहाँ इस समारोह में पहुँचा। स्त्रियों के केश हवा में लहरा रहे थे तथा पुरुष उनके पीछे पीछे तेज गति से आ रहे थे। पशु भी हिनहिना रहे थे इससे समारोह में चार चाँद लग रहे थे। सुंदर, संभ्रांत लड़कियाँ युवकों से प्रणय निवेदन करती जब कि प्रौढ़ लोग गुन रहे थे कि भविष्य में किस किस की जोड़ी समुचित रहेगी।

सारस प्रथम व्यक्ति थी कोटा की ओर से जिसने रिनचिन का स्वागत किया। उसने रिनचिन पर इसबंद वारा और उसे स्वास्थ्य, और वैभव के आशीष दिए। उसने यह इसबंद काँगड़ी में डाला। जहां इसमें से हल्की टिस टिस की ध्वनियाँ उत्पन्न हुई और एक जादुई, स्वर्गिक सुगंध चारों ओर पसर गई और वातावरण आनंद पूर्ण हो उठा। कोटा के बाद ब्रह्मा था तथा अन्य सम्बन्धी, चचेरी ममेरी बहनें इत्यादि जिन्होंने रिनचिन का स्वागत किया। उन्होंने दूल्हे को गले लगाया तथा उसके दल को मालाएँ भेंट की। श्वेत कटक पट्ट एक दूसरे के गले में डाले गए, एक संकेत दूल्हे के तिब्बती रीति का, तथा जब उन्होंने एक-दूसरे के भाल चूमे एक सौजन्य और प्रेम भरा वातावरण बन पड़ा। हर कोई एक-दूसरे को प्रणाम एवं अभिवादन करना चाहता था। युवा स्त्रियाँ कुछ अधिक ही रंग बिखेरने का प्रयास कर रही थी, जानती थी यह भविष्य में उनके विषय में आकलन में बहुत लाभदायक रहेगा। जब कश्मीरी लड़कियाँ लड़कों से बतियाती, वह अपनी विशिष्ट वार्ता शैली का ध्यान रखती। सीना ऊपर कर, एक पैर भूमि पर दूसरा घुटने के पास मोड़ कर, ताकि केवल पैर की उँगलियाँ ही भूमि पर रहें। यह संकेत करता था कि वह रुक सकती हैं अथवा तो उड़ भाग सकती है। यह सब लड़के के ऊपर निर्भर करता था कि क्या उसे लड़के का ध्यानाकर्षण भाया अथवा नहीं।

वाद्ययंत्र के स्वरों के साथ कोटा का उदय मंदिर के दूसरे भाग से हुआ। उसके सहायक थे उसका मामा तथा ब्रह्मा। वह एक स्वर्गिक दृश्य था। उसके बाल पुष्ट में गुँथे थे। उसने श्वेत कौशेय, श्वेतांबर पहना था। उस के सिर पर तरंग था। शीश-परिधान जो उस समय से आरंभ हुआ था जब सारस्वत और नाग परस्पर जुड़ गए थे। पहले इस में एक टोपी होती 'कलपोश', तदुपरांत 'जूज्य' एक जाली दार वस्त्र जो कलपोश के उपर ओढ़ाया जाता, और पृष्ठ भाग पर लटकता रहता। तब तरंग के समन्तात माथे के स्थान पर एक पट्टी बांधी जाती,

जिसकी तीन तहें होती। जिसको रत्न जड़ित सुंइयों से तरंग के साथ युक्त किया जाता। अंत में इस को अलंकृत किया जाता पूच से, एक पतले सूती धागे से बना ऐसा लंबा वस्त्र जो सिर से एड़ियों तक लटकता यह बड़े ही कलात्मक ढंग निर्मित होता। सर्प के फन के आकार से आरंभ हो अंत इसका एड़ियों के पास दो पूँछों के आकार में होता। मानो नाग नागिन आपस में युक्त हों। दुल्हन शक्ति स्वरूपा मानी जाती और तरंग उसके सिर पर साम्राज्ञी होने की शक्ति। अब जाकर एक पुरुष शिव, एक स्त्री से विवाह कर, देवी माँ की कृपा से, साथ संघट्ट के माध्यम से शक्ति के आवरणों को खोल सकता है।

कोटा की भुजाएँ कंगनों से खनक रही थी। कानों में उसने अत्यंत पारंपरिक डेजीहोर पहन रखा था। जो कि षट्कोणीय तारा, जो एक लंबी श्रृंखला से लटका रहता है जो कि सूत अथवा स्वर्ण की बनी होती है। निकटवर्ती स्थान पर बुद्ध की माता की मूर्ति पर डेजिहोर अलंकृत था, अतः कोटा ने स्वर्णकार से कहा था कि उसके लिए भी वह वहीं विशिष्ट प्रारूप सज्जित करें। क्योंकि रिनचिन एक बौद्ध था। उसने बहुत भारी भरकम हार पहन रखे थे तथा उसकी उँगलियों में अलग अलग सज्जा की अँगूठियाँ थी। कोटा के हाथ एवं पाद मेहंदी से विवाह पूर्व की रात्रि को रंगे गए थे। उस पर तरह तरह इत्र सुगंधियों की बौछार की गई थी ताकि जहां जहां से वह गुजरे वह मार्ग सुगंधित हो उठे। उसके मुख पर हर आंख अटक सी जाती। सारस ने लद्दाख का विशेष शोगलो पद्धति का प्रयोग कर उसके प्राकृतिक रंग को सौंदर्य प्रदान किया था। उसने उसके कपोलों और भाल पर पहले बेलाडोना बेरी के चूरे एवं रस का छिड़काव किया। उन पीले बीजों ने उसका गुलाबी वर्ण बना लिया। उसका मुख दमक उठा तथा गौर वर्ण ऐसा खिला कि मानो उस पर रोगन किया हो और स्वर्ण धूलि छिड़की गई हो। रिनचिन लद्दाख की किसी पड़ोसन से विवाह कर सकता था किंतु यह एक राजकुमारी तथा कश्मीरी नाक नक्श तथा कश्मीरी सौंदर्य की स्वामिनी थी।

हर व्यक्ति यह समझता था कि यह कोटा की रात्रि है। उसमें कुछ विलक्षण तथा करिश्माई अवश्य था। सुंदर, दिपदिपाती, सरलता की सर्वांगीण प्रभा कोटा को प्रेममूर्ति बना रही थी। दुल्हन के पास रावण था। उसके वैसे ही सुंदर लक्षण थे जैसे कि कोटा के किंतु जो उसमें सुंदर था, वह रावण में अवगुण था। एक पौरुषेय चरित्र की कमी।

ब्रह्मा कोटा को मण्डप पर ले गया। एक ढका हुआ शामियाना, जो चार स्तंभों पर खड़ा था। फूलों से सज्जित था।

"यह मेरे जीवन का सबसे दुखपूरित दिन है, मैं नहीं विश्वास कर पा रहा

हूँ कि मैं अपना पुरस्कार किसी दूसरे के हाथों में दे रहा हूँ जो यों ही पता नहीं कहाँ से आन पैदा हुआ। क्या तुम अभी भी विश्वास करती हो कि तुम्हें इस राक्षसी विवाह के बंधन में बंधना है, जो इस दैत्य की जबरदस्ती है?" ब्रह्मा ने कोटा के कानों में हौले से कहा।

कोटा वापस फुसफुसाई, "ब्रह्मा आज मैंने अपनी प्रजा से विवाह किया। रिनचिन को अब हुलीजंग मिलेगी। मैंने तुमसे छल नहीं किया, और फिर शारिका तो एक सुंदर, प्यारी व्यक्ति है। यही किया जाना चाहिए था, यदि तुम मेरे स्थान पर होते तो बस यही करते तुम भी।"

"तुम एक स्त्री हो, और यह मानते हुए कि तुमने क्या भोगा, मैं भी उस स्थिति में कुछ भिन्न न करता," ब्रह्मा मान गया।

"देवी माँ से प्रार्थना करो कि वह मुझे शक्ति प्रदान करे।" दुल्हन बोली।

"तुम्हारा अतिशीघ्र होने वाला पति एक बुरा मनुष्य नहीं प्रतीत होता।" ब्रह्मा बोला। पर यदि उसे कोई काटेगा तो अवश्य वह उसकी हत्या कर देगा। जबकि मैंने इतनी शक्ति तुममें कभी भी नहीं देखी जितनी शक्तिशाली तुम आज लग रही हो, कि तुम एक हत्यारे के वक्षस्थल पर चढ़ बैठने को उद्यत हो।" ब्रह्मा ने पुनः कहा।

"हाँ मैं जानती हूँ कि वह एक हत्यारा है, यह मुझे उसी दिन पता चल गया जब मैं प्रथम बार इससे मिली। यह समानता हम दोनों में है। फिक्र न करो।" कोटा ने बड़े शांत भाव से कहा।

सारस ने कोटा को निर्देश दिया, "कोटा! रिनचिन के साथ मण्डप में खड़ी हो जाओ। मैं चीनी का एक टुकड़ा पहले इसे खिलाऊँगी, फिर तुम्हें। ऐसा मैं अवांतर रूप से तीन बार करूँगी।"

जब कोटा का चेहरा उतर सा गया, तिस पर सारस मुस्कुराई कि सार्वजनिक रूप से उन दोनों के शरीरों के रसों का आदान-प्रदान प्रथम बार हो रहा था। उसने उन दोनों को भुजाओं में बांधा तथा दोनों के ललाट चूमकर उन्हें आशीर्वाद दिया। रिनचिन के मुख पर विजय की विराट स्मिति थी। उसकी विवाह की रात्रि उसकी महत्वाकांक्षा की पूर्णता का चर्म थी।

भीड़ तितर-बितर हो गई कि देवस्वामी के आगमन का मार्ग बनाया गया। कुलीन वंशों के पारिवारिक पुरोहित के रूप में वह अति महत्वपूर्ण विवाह में स्वयं आया था। उसने अनुष्ठान आरंभ कर मंत्रोच्चार करते हुए छः लड़ियों का यज्ञोपवीत रिनचिन को पहना दिया, जिसमें तीन लड़ियाँ कोटा की थी, तथा तीन उसके अपने लिए। उसने रिनचिन को अमृत पान करने के लिए दिया तब वह

मंदिर परिसर के बाहर इस युगल को पवित्र अग्नि के सम्मुख ले गया। पुरोहितों का एक झुंड पहले ही पवित्र अग्नि के सम्मुख बैठा था। ब्रह्मा रिनचिन के अति निकट बैठ गया था ताकि वह रिनचिन को पुरोहित के निर्देश समझा सके। पहले कोटा के चाचा ने युगल के मध्य एक दर्पण रख दिया। इससे प्रयोजन था कि दोनों एक दूसरे की झलक पा ले तथा यह भी सुनिश्चित करें कि वे उचित व्यक्ति है एक दूसरे के लिए। तब दोनों पक्षों ने अपनी कुलावलि के संदर्भ में एक दूसरे का परिचय किया। उसके पश्चात कोटा के चाचा ने, जिसके घुटने पर कोटा विराजमान थी, कोटा का हाथ रिनचिन के हाथ में देकर रिनचिन के लिए कोटा को सौंपा। तब पुरोहित महोदय ने विवाह के मुख्य प्रयोजन पर प्रकाश डाला।

"पवित्रता, वैभव तथा कामना की प्राप्ति करते हुए आप कोई भी अपराध इसके प्रति नहीं करोगे।"

"कोई अपराध इसके प्रति नहीं करूँगा।" रिनचिन ने शपथ ली।

गुहारा ने अपनी माँ से धीमे स्वर में कहा, "कश्मीरी स्त्रियाँ विवाह कर राज करती हैं। कितने खुश और अलग दिख रहे हैं ये दोनों।" शाहमीर इस अनुबंध को पूरी तरह से समझ गया। यह एक राजसी विवाह था तथा वह जानता था कि रिनचिन सार्वजनिक रूप से शासन करेगा जबकि कोटा के पास परोक्ष में सम्पूर्ण सत्ता का अधिकार रहेगा।

रिनचिन ने कामदेव की प्रशस्ति गाई फिर वह प्रशस्ति कोटा को कही, जिसने कि वस्तु रूप में उपहार दिया वापस, तत्पश्चात् वे वचनबद्ध होने के लिये सात फेरे लेने लगे।

"बांए हाथ में दाहिना हाथ तथा दाहिने में बायाँ हाथ कस कर पकड़ो, इस प्रकार हाथ मिलाओ तथा एक-दूसरे के हाथों पर रखो," ब्रह्मा ने पुरोहित के निर्देश का अनुवाद किया, जिसने कि उनकी उन बंद हथेलियों पर वस्त्र से आच्छादन किया।

"अंगूठी ले लो।" ब्रह्मा चिल्लाया। किंतु कुछ विलंब हो गया था। कोटा ने रिनचिन की सगाई वाली अंगूठी उसकी उँगली से उतार दी और विजय की मुद्रा में लहराते हुए भीड़ को दिखा दी।

"यह सब क्या है?" रिनचिन ने पूछा।

ब्रह्मा ने हंसते हुए उत्तर दिया, "यह अथवास था। इसमें जो भी सर्वप्रथम अंगूठी लेता है, वह अपने जीवन साथी पर राज करता है। स्वागत है आपका पत्नी के संसार में।"

"ब्रह्मा तुमने मुझे इस विषय में पहले सचेत नहीं किया।"

"आपने बताया ही नहीं। कोई बात नहीं रिनचिन महाशय! हम सभी विवाह के बाद जोरों का गुलाम ही हुआ करते है। अंगूठी लो या न लो कोई अंतर नहीं पड़ता।"

"और क्या क्या नहीं बताया है तुमने मुझे इस विवाह के विषय में?"

"पुरोहित महोदय की ओर ध्यान दो," ब्रह्मा धीरे से बोला, और कि, "पुरोहित लोग चिड़चिड़े होते हैं। तुम कतई नहीं चाहोगे कि तुम्हारे विवाह की रात्रि से पूर्व वह अपना आपा खोए।"

"दम्पति को पवित्र अग्नि के सात फेरे लेने को कहा गया। रिनचिन कोटा की अगुवाई कर रहा था। दोनों ने एक-दूसरे का हाथ कस कर पकड़ रखा था। पहला पग पूर्ण हुआ जब वे सात चाँदी के सिक्कों पर से चले। अन्य छः फेरे मंत्रोच्चार के साथ उन्होंने देवताओं से आशीर्वाद ले कर पूरे किए। प्रत्येक फेरा पूरा होने पर दूल्हे को पत्नी के प्रति अपराध न करने का वचन देना था। देवस्वामी ने दूल्हे दुल्हन का पैर एक दूसरे के ऊपर एक सिलवटें पर रख दिया। ज्यों रिनचिन बोलता रहा, "ओ पत्नी! तुम इस पत्थर के समक्ष दृढता से बनी रहो जब, जब यह तुम्हारे समक्ष आए," तो कोटा ने सख्ती से सिलवटें को घुमा दिया। पुनः बोला," ईश्वर करे कि तुम इसी कि भाँति दृढता के संस्कार प्राप्त करो। इस दृढता से तुम शत्रुओं पर विजय तथा उनको कुचल डालो।"

"यह दृढ़ता मुझे शत्रुओं पर विजय प्राप्त कर उनको कुचलने में सहायता करेगी," कोटा ने दोहराया।

सारस ने पत्थर उठाकर अपने थैले में सुरक्षित रखा, त्यों ही टुक्का तथा वल्य ने रिनचिन को बधाई दी। और बोले, "अब आप ने जीवन में वह सब प्राप्त कर लिया जो आप चाहते थे।"

"यह सब तुम्हारे कारण सम्भव हुआ, हम तीनों सदा के लिए एक हैं।" रिनचिन ने उत्तर दिया।

देवस्वामी ने कोटारानी को बधाई दी, "आज से तुम एक रानी हो। देवी माँ तुमको शक्ति दे, कोटारानी, अब तुम्हारी विवाहित घड़ी की टिक टिक आरंभ हो गई। मैंने तुम्हें जो विशेष मंत्र दिए उनको प्रतिदिन जपना।"

कोकुर ने कोटारानी तथा रिनचिन को शामियाने के गद्दे पर विराजने में सहायता की। जो उनके ऊपर छत के रूप में यह बता रहा था कि वह उनका वैवाहिक कक्ष है। जहां वे अपनी आदर्श संतानें उत्पन्न करेंगे। बाहर लोगों का एक सैलाब हैं जिनमें दरबारी भी हैं तथा आवारा लोग भी, स्त्रियाँ भी थी जो वनवुन

गा रही थी। विवाह गीत गाए जा रहे थे। लड़कियाँ नृत्य कर रही थी। संगीतकार तुम्बकनारी तथा न्वट बजा रहे थे। यह एक सुखद हंगामा था तथा सभी रानी का विवाहोत्सव मना रहे थे। भीतर अतिथियों की भीड़ थी जो दूल्हा दुल्हन को बधाइयाँ दे रहे थे। दो दल बन गए थे। एक कोटा के आस-पास, दूसरा रिनचिन के इर्द गिर्द। जो कि बुरी तरह सुरा पान कर रहे थे तथा हर्षोल्लास काँ अधिकाधिक शोर मचा रहे थे।

गुहारा तब लज्जा से लाल हो उठी जब ब्रह्मा ने उसे कस कर अपने आलिंगन में बांधा। उसकी नवविवाहिता एक आकर्षक स्त्री थी किंतु विशेष सौंदर्य न था उसका। वह यों ही विचारने लगी कि आखिर ब्रह्मा ने उसमें क्या देख कर उससे विवाह कर लिया।

"तुम सदा ही कोटा से मिलना चाहती थी, आज की रात्रि उसका समय है। आओ मैं तुम्हें उस के पास ले जाऊं।" ब्रह्मा बोला।

"धन्यवाद! मेरे ब्रह्मा का ध्यान रखने के लिए, जब वह आपके पास था।" कोटारानी ने गुहारा से औपचारिक परिचय होने के बाद कहा।

"हम तुम्हारे और तुम्हारे परिवार के अति ऋणी हैं। ब्रह्मा ने मुझे बताया था कि तुम कितनी सुंदर हो। पर लगता है ब्रह्मा ने कुछ कंजूसी की थी।"

गुहारा लाल हो गई। बोली, "महारानी हम आप के मुखापेक्षी हैं। ईश्वर आपको संसार की सभी खुशियाँ दें। मैं आप जैसी बनना चाहती हूँ।"

कोटारानी हंस दी, "मेरी जैसी? अपनी तरह का होना चाहिए।"

"महारानी एक समय पर मैंने चाहा था कि मैं ब्रह्मा से विवाह करूँ। किंतु एक समय पर मेरा पिता रिनचिन के साथ मुझे जोड़ना चाहता था।" गुहारा ने उगल दिया। पुनः बोली, "अब इन दोनों ने विवाह कर लिया, मुझे लगता है मैं अकेली ही रहूँगी सदा के लिए।"

"तुम्हें उचित वर प्राप्त होगा और मैं भी तुम्हारे विवाह का उत्सव मनाऊँगी।" कोटारानी ने मुस्कुराते हुए कहा।

"क्या रिनचिन के कोई और भाई हैं? ब्रह्मा कह रहा था कि तुम्हें रिनचिन के भाइयों की भी पत्नी बन जाना पड़ेगा। मुझे लगता है कि बहुत से पतियों की पत्नी होने से अच्छा है कि एक पति की कई पत्नियाँ हों।" गुहारा अनाड़ियों की तरह बोली।

"ब्रह्मा मजाक कर रहा था। कश्मीरियों की एक पत्नी और एक पति होता है। वहीं रिनचिन का भी होगा। हरमों वाले दिन लद गए।"

"तो फिर मैं एक कश्मीरी से ही विवाह करना चाहती हूँ, ठीक वैसे ही

जैसे कि यह विवाह था। मैंने इस प्रकार का उत्सव कहीं नहीं देखा है। कश्मीरी संसार के सबसे सुखी जन हैं।" गुहारा दृढ़ता से बोली।

कोटारानी हंस दी।, "एक दिन तुम्हें तुम्हारा पति मिलेगा। जिस पर कोई भी राजकुमारी गर्व करेगी। अब चलती बनो नहीं तो लोग तुम्हारे सौंदर्य को देखने के लिए खिंचे आयेंगे न कि दुल्हन के।"

गुहारा तुरंत कोटारानी से बंध गई, जब उसने उसका स्त्रयोचित व्यवहार देखा। वह उसकी आदर्श बन गयी।

रावण कोटारानी के निकट आया।

"बहन! यद्यपि यह सब मेरे मन अनुसार नहीं हुआ, तथापि मैं तुम्हारे संग खड़ा हूँ।"

कोटारानी ने धीमे से अपना हाथ भाई की भुजा पर रखा।

"हमने पिता को खोया है किंतु उसे हम भूले नहीं हैं। हम दोनों तो हैं न।"

"रावण आश्वस्त न हुआ।"

"मैं संग संग हूँ किंतु इस नए क्रम में मैं समझ नहीं पा रहा कि मैं कहाँ हूँ।" चिंताकुल कोटारानी उसे चिंतित होकर जाते हुए देखती रही। कोकुर ने राजसी दम्पति के लिए रात्रि व्यतीत करने हेतु झील डल के मध्य स्थित एक द्वीप में प्रबंध किए थे। रिनचिन को तिब्बती स्थानीय बोटों ने सुरा दबा के पिलाई थी कि उसे नाव तक जाने के लिए सहारा देने की आवश्यकता पड़ी। वह अपनी नवविवाहिता की ओर झुक गया। भीड़ दम्पति पर पुष्प वर्षा करने लगी तथा गान गाए। शीघ्र ही वे पुष्पाच्छादित शिव शक्ति दिखने लगे। पर्वत, नदियाँ भारतवर्ष की, समग्र पवित्र धरती इस 'पोषपूजा 'पर मानो आमंत्रित थे, इस मिलन के लिए आशीष देने के लिए। नाविक ने चप्पू चलाना आरंभ किया, नाव चल दी, मंदिर से दूर होती गई। स्त्रियों के नेत्र बहने लगे और उनके गान और और मार्मिक हो उठे। कोटारानी ने अपने पुराने संसार को विदा कहा और अब पति के नए संसार में प्रवेश करने लगी। कश्मीरी दुल्हन अपने मायके में किसी की पत्नी के रूप में ही लौटकर आती है न कि माता पिता की दुहिता के रूप में।

अपने सिर के परिधान तथा पुष्पों में से थोड़ी-सी जगह बनाते हुए कोटा रानी ने देखा कि ब्रह्मा, सारस एवं देवस्वामी खड़े थे। सारस के होंठ उस को आशीर्वाद देते हुए हिलते जा रहे थे। कोटारानी के नेत्र सजल हो उठे। उसके विवाह पर उसके माता न थे। उसे स्मरण हो आया कि उसके पिता ने उसे कहा था कि जब वह युद्ध के लिए निकल पड़ा उसने शक्ति को मन में धारण किया,

तब उसे अपने धर्म का निर्वाह करने में कोई कष्ट न हुआ। कोटारानी ने अपनी आर्द्र आँखें बंद की और देवी माँ का ध्यान करने लगी। कि उसके लोगों को उस अभियान में सफलता प्राप्त हो जिस खतरनाक काम पर वह चल पड़ी है। विस्तार के चारों तरफ लेख अपने नए महाराजा और नई महारानी को प्रणाम करने लिए खड़े थे। नाविकों को गर्व था कि उनके सहयोगी राजसी दम्पति के संग संग है, हाथों में मशालें लिए हुए तथा फूल बरसाते हुए। अपने शुभाशीष एवं सदिच्छाएँ देते हुए। चप्पू धीमे धीमे और लयबद्ध ढंग से पानी में चल रहे थे। तरल नदी अनायास ही नाव का भार उठाती हुई चप्पुओं के आदेश पर अंदर बाहर सरकती हुई लंबी नाव को लक्ष्य तक ले जा रही थी। लक्ष्य था सुहागरात का कक्ष।

जब वे कुटीर में पहुँचे, मदमस्त रिनचिन कोटा पर उसके वस्त्र उतारने के लिए झपट पड़ा। वह उसके इस भद्देपन पर सख्त हो उठी। वह उसके ऊपर ऐसे गिर पड़ा मानो कोई मृतक का भार, उसको छिपाते हुए। उसका शरीर हिम सा शीत पड़ गया। क्या यह स्नायु समस्या थी अथवा, शक्तिहीनता? कोटा ने मानसिक रूप से स्वयं को विलग कर दिया।। वह जैसे कहीं और थीं। रिनचिन ब्रह्मा नहीं था, जिसके लिए वह सुखी भी थी। वह दूसरी तरफ मुँह कर गई। संतुष्ट रिनचिन खर्राटे मारने लगा, वह चुपचाप उठी और दूसरे कक्ष में सोने के लिए चली गई।

तरंग-10

# कश्मीर का सिंह

जब कोटारानी ने अपना शासन आरंभ किया, वह राज्य के काम के प्रति सतर्क थीं। कश्मीरी संतुष्ट थे। उसके रिनचिन के साथ विवाह को लेकर बहुत से प्रश्न घूम रहे थे, किंतु ये प्रश्न लोगों के मन में मुख्य न थे। वह बहुत प्रसन्न थी कि उसके पति को लोग कश्मीर का सिंह कहते थे। उसने उसके साथ साथ शासन किया। विवेक और न्याय के साथ। कभी भी दुष्टों को क्षमा नहीं किया। वह स्थानों पर विकलता के साथ घूमता तथा खोजता कि कहीं कोई दुष्ट तो नहीं है। एक बार पुनः सुरक्षा और उत्सव वाला वातावरण था। वल्य प्रधानमंत्री था तथा टुक्का सेनाध्यक्ष। वे घाटी में नए थे तथा शाहमीर भी। किंतु मंत्री निष्पक्ष थे, यह जानते हुए कि कोटा उन्हें देख रही है और कि रिनचिन कोई भी दुर्व्यवहार सहन नहीं करेगा। सामान्य रूप से घुलमिल जाने वाला शाहमीर आश्चर्यजनक ढंग से एक अनुशासक के रूप में उभरा तथा एक दृढ़ सहायक बना कायस्थों का जो कि कर संग्रह किया करते थे। इससे प्रजा को बहुत आराम मिला। यहाँ तक कि ख़ज़ांची तथा मंजरी ने भी धन उधार देने का अपना धंधा बदल दिया था। वे पूरे सतर्क थे कि वे किसी प्रकार की निष्ठाविहीनता वाला कर्म करते हुए न पकड़े जाएँ और नई महारानी के विरुद्ध होकर उनका अंत ही न हो। पूर्व में कुछ अनबन के पश्चात तथा कोटारानी से विवाह के बाद मंजरी ने रिनचिन से अपने को दूर रखने का प्रयास किया।

राज्य के प्रशासनिक विषयों में कोटा का ध्यान विशेष आवश्यक था अतः उसमें कोटा ने स्वयं को बांधे रखा। यह एक अशिष्ट सत्ता का जागरण था कि शासक के पास सत्ता का दबदबा होते हुए राज्यीय कार्य विस्तार प्राप्त था प्रभुत्व बस बिजूका था। उसे अब कुछ सहानुभूति मृत सहदेव के साथ थी। जबकि वह एक अयोग्य, अकर्मण्य शासक था। अन्य कश्मीरी शासकों को भी असंगत और

अप्रासंगिक कर दिया गया था सशक्त अधिकारियों द्वारा। उसने रिनचिन को जनता से जुड़े बहुत से कामों में लगा दिया, इसने समुदाय और उसको परस्पर जुड़ने का बहुत अच्छा अवसर दिया। तब एक दिन रिनचिन ने कोटा और यानिव को उसके साथ चलने का निवेदन किया। उसे कोटा को एक आश्चर्य का अनुभव कराना था। यानिव दोनों को एक सर्राफ (स्वर्ण कार) के घर ले गया। वह और उसका परिवार और वह मुहल्ला जहां वह रहता था, ने पीढ़ियों तक कश्मीर के राजाओं के लिए रुपया बनाने के यंत्र की भाँति काम किया था।

यानिव को रिनचिन ने एक नया कांसे का सिक्का बनाने का काम दिया था। उसने सुरक्षित रहने के लिए इसके पृष्ठ पर फारसी भाषा लिखने के नए प्रयोग से आरंभ किया।। एक तरफ संस्कृत में लिखा था, "शिव नाथ जी की कृपा से और दूसरी तरफ लिखा था, 'कश्मीर का सिंह', जो कि न्याय के लिए सचमुच सिंह था। कश्मीर के सिक्के सदा ही अपने सुंदर उत्कीर्णन के लिए जाने जाते थे। रिनचिन और कोटा ने देखा कि यानिव ने यह काम उत्कृष्ट रूप से किया है।"

रिनचिन को मूलरूप में बनावट पसंद आई किंतु कोटा ने आपत्ति की।

"यह एक नई बनावट है तथा इसे इतनी शीघ्रता से व्यापारियों द्वारा पसंद नहीं किया जाएगा" जब उस पर आग्रह किया गया तब उसने यह कहा कि हम राज्य की अर्थव्यवस्था पर दबाव नहीं डाल सकते जबकि राज्य स्वयं बहुत अधिक दबाव में है। लोग इस सिक्के के प्रति संशय रखेंगे। यह सिक्का तुरंत लोकप्रिय नहीं होगा। इससे पुराने सिक्कों की अधिक माँग होगी। वे इनका भण्डार करेंगे और व्यापार रुक जाएगा। मैं पारंपरिक बनावटों का उत्पादन जारी रखूँगी।"

कोटा ने देखा कि रिनचिन उसके द्वारा उसके विचार को निरस्त करने के कारण दुखी सा था। क्या उसे भय हो गया था कि सिक्के रिनचिन को केंद्रीय स्थान देंगे? कश्मीरी शासकों के लिए सिक्के वैश्विक प्रसिद्धि तथा इतिहास में अमरता प्राप्त करने का एक तरीका था। तथापि यानिव को भी उसका तर्क मानना पड़ा अत: सर्राफ को सिक्कों के उत्पादन में कोई परिवर्तन न करने को कहा गया। उसने राजा तथा रानी को वहाँ पधारने के लिए धन्यवाद दिया। उसने पारंपरिक सिक्के बना कर अधिक धन कमाया, क्योंकि उत्पादन का संयंत्र स्थापन पहले ही हो चुका था। अत: वह इस निर्णय से अप्रसन्न न था। यद्यपि कोटा समझ गई कि रिनचिन दुखी हो गया पर उसे कोई रुचि न थी उसकी महत्वाकांक्षाओं का पोषण करने की। वह रानी थी तथा शासन में उसकी बात अंतिम थी।

कुछ मास उपरांत कोटारानी के पास एक सुखद खबर थी तथा उसने सारस को कहा कि वह उसके पास आए। उसने उसको घूरा और मुस्कुराई। पर बोली कुछ नहीं। सारस धैर्य से प्रतीक्षा करती रही और कोटारानी मुस्कुराती रही। अंततः बोली, "मैं गर्भवती हूँ।"

"महारानी मैं सचमुच इस बात से अत्यधिक प्रसन्न हूँ।" सारस सचमुच प्रसन्न थी।

"सारस देवी माँ ने मेरी प्रार्थनाएँ सुनी। अब एक पुत्र हो जाए।"

"पुत्र ही होगा और अब राज्य सुरक्षित रहेगा।"

"किसी से कुछ नहीं कहना है। मैं यह घोषणा तभी करूँगी जब मुझे लगेगा कि समय उचित है।"

सारस ने हामी भरी। रिनचिन के शत्रु कुछ भी टोना कर सकते थे। उसने महारानी को परामर्श दिया कि वह आराम करें और अच्छे से खाए। उसने महारानी को यह भी बताया कि उसका मन अपनी स्थितियाँ बदलता रहेगा अतः अपना ध्यान रखें विशेषकर जब पति समीप हो। पर रिनचिन बहुत व्याकुल था। वह प्रायः रात को अनिद्रा से ग्रस्त रहता तथा शैय्या पर दुखी हो स्वयं को फैंकता था। कोटारानी ने उसे बताया कि वह अच्छोदा झील का भ्रमण कर आए और रिनचिन ने स्वीकार किया। यद्यपि उसे झील और उसके वातावरण में सुख की कोई अनुभूति न हुई।

"मैं ऊब गया हूँ और कुछ साहसी काम करना चाहता हूँ।" उसने एक दिन कोटारानी से कहा। और कहा, "तुम राज्य चला रही हो और मैं अपना दिन टुक्का और वल्य के साथ पी पी कर व्यर्थ कर रहा हूँ। यह कोई ढंग नहीं योद्धाओं के जीने का।

कोटा ने ध्यान से रिनचिन को देखते हुए पूछा, "आपकी रुचि क्या है?"

"कोटारानी! एक समय पर तिब्बती रेश्मी मार्ग पर शासन करते थे। आज हम पर्वतों से घिरे बंदी हो गए हैं। ऐसी खराब स्थितियाँ कैसे हो गई?"

"आप सोचते हो कि महान् खान को मारने से एक अवसर खुल जाए। पर कश्मीर की वैसी स्थिति नहीं है इस समय। चीजें खराब क्यों हो गई। कुछ भी रहने वाला नहीं हैं, विशेषकर सत्ता। बुद्ध हमें यही शिक्षा देते हैं।"

"सत्ता उस व्यक्ति के हाथ में रहती है जिसके पास पकड़ हो। और हमारे पास वह शक्ति नहीं है।"

"लोग ही शक्ति है और लोग अपनी शक्ति उसको देते हैं जिसपर उन्हें विश्वास हो।"

"हमारे लोग दुर्बल हैं कोटारानी! अधिकतर तो भूमि जोतते हैं। शेष अपने धार्मिक संस्थाओं में समय व्यतीत कर लामा अथवा पुरोहित बनते हैं। हम तो भेड़ियों में भेड़ें हैं। एक समय था कि तिब्बती खूँखार योद्धा थे! अब हमारी ओर देखो। चीन के दास। गाजी योद्धाओं को देखो! वे आज वह हैं जो हम हुआ करते थे।"

"प्रकृति का मुख्य निर्देश है कि जीवित रहो," कोटारानी ने दलील दी और कि "अत: कैसे कोई ऐसे विचार को मान सकता है जिसका लक्ष्य मृत्यु देना हो। जहां तक गाजियों का सम्बन्ध है, मेरे पिता ने उन्हें बताया कि किसे स्मरण करना है। हे मेरे प्रभु! क्या अशोक तब शक्तिशाली था जब उसने कलिंग के युद्ध में सहस्रों लोगों को मार डाला या वह तब शक्तिशाली था जब उसने बुद्धधर्म अपनाया और एक ऐसा शासन स्थापित किया जिसका संदेश है रेशम मार्ग पर सम्पन्नता।"

"मैं उसका उत्तर नहीं जानता। उसके लिए दोनों आवश्यक थे। उसे पहले तो अपने युद्ध जीतने थे, तत्पश्चात् ही वह वैश्विक व्यवस्था को स्थापित कर सकता था। मैं स्वयं एक बौद्ध हूँ और इसकी प्रासंगिकता दैनिक जीवन में मेरी समझ में नहीं आती।"

कोटारानी हल्के से हंस दी। इस प्रकार कि यह उसकी असहमति न लगे।

"कोई विश्वास नहीं कि एक और दुलचा पहाड़ियों की दर्रों में छिपा बैठा हो। मैं यह जानना चाहता हूँ कि मुसलमानों को कौन शक्ति देता है?क्या इस्लाम शक्ति देता है? लगता है यह सभी कुछ अर्थात् शक्ति और भोग का सामान तथा अंत में स्वर्ग में पुरस्कार भी मिलते हैं।"

"स्वामी! हम वापस वहीं पहुँच गए। जहां से चले थे। कौन सी शक्ति एक व्यक्ति को असीम शक्ति से जोड़ती है देवस्वामी तुम्हें बतायेंगे कि जीवन के किस मार्ग पर उत्तर मिलता है और किससे सब का ज्ञान हो जाएगा। पर मैं बताना चाहती हूँ कि इतिहास से शिक्षा है कि किसी न किसी भी समय हम अपनी कमजोरियों के शिकार हो जाएँगे।" यह कोटारानी की अभिव्यक्ति थी।

"पर तुम यह सम्पर्क कैसे साधती हो और ब्रह्मांड से एक हो जाती हो?"

"यदि तुम शिव से जुड़ना चाहते हो, तुमको देवस्वामी के पास जाना चाहिए।"

"मैं उससे मिलना चाहता हूँ। मुझे बल्कि हिंदू हो जाना चाहिए। इससे कश्मीरी मुझे अधिक स्वीकार करेंगे। तथापि हम जब विवाह कर रहे थे, मैं बहुत ही अधिक उत्सुक हो गया था जानने को जो कुछ देवस्वामी ने कहा। मैं उसके

पास जाऊँगा तथा हो सकता है कि वह मुझे बता दें कि कैसे ब्रह्माण्ड का स्वामी हुआ जा सकता है।"

कोटारानी समझ गई कि रिनचिन पानी की गहराई माप रहा है। यदि वह उसके संग गया और उसके धर्म में आ गया तो फिर वह उसे कृतकृत्य कर के उसके साथ सहमति व्यक्त करने को बाध्य होगी। पर वह किसी भी स्थिति में सैन्य अभियान के लिए अपनी सहमति देगी। रिनचिन चाहता था कि वह नाममात्र का राजा होने से मुक्त हो जाए। यदि वह भीतरी युद्ध पर केंद्रित रहेगा तो बाहरी युद्ध के लिए उसकी ललक क्षीण हो जाएगी।

"ऐसा करो। देवस्वामी तुमसे मिलकर प्रसन्न हो जाएँगे। और एक बार तुम उसे अपना गुरु बनाओगे तो तुम और मैं अपने उत्सव और अधिक समझदारी के साथ मना सकेंगे।" कोटारानी ने सहमति दी।

"तुम कहती हो कि तुम मेरे साथ देवस्वामी के पास नहीं आओगी?"

"मुझे लगता है वह तुम से अकेले में मिलना चाहेंगे। कुछ बातें वह तुम से सीधे करना चाहेंगे। महाराजा से। मैं यों ही बाधा बनूँगी। मैं अन्य कार्य करूँगी जब आप देवस्वामी से मिलने जाएँगे। इतने में मुझे वे कार्य करने का समय मिल जाएगा।"

"क्या काम?"

"यह एक आश्चर्य होगा। अत: शीघ्र लौट आइए।" कोटारानी ने एक रहस्यमयी मुस्कान के साथ कहा।

रिनचिन ने वापसी पर आवश्यक विषयों पर ध्यान दिया किंतु उसके मन पर मुख्यतया कोटारानी के साथ बातचीत की ललक छाई हुई थीं। उसने संदेशवाहक के द्वारा देवस्वामी को संदेश भेजा कि वह शारदापीठ जाना चाहता है। तो उसने वापस एक औपचारिक निमंत्रण प्राप्त किया जो एक पत्र पर विशिष्ट हस्तलिपि में देवस्वामी ने लिखा था। पंडित संदेशवाहक ने यह निमंत्रण ऊँचे स्वर में रिनचिन और कोटारानी को पढ़कर सुनाया। इस यात्रा में सभी राजकीय यात्रा की औपचारिकताएं एवं शिष्टाचार थे। इससे पूर्व कि वह देवस्वामी के पास पहुँचे, सहस्रों ब्राह्मणों ने एकत्रित होकर अपने नाममात्र के मुखिया को देखना चाहा। देवस्वामी का धर्मवैधानिक दर्प नहीं गया यद्यपि वह एक महाराजा से वार्ता कर रहा था।

"रिनचिन! पुरुषों के संदर्भ में आप महामहिम हैं किंतु मेरे समक्ष आप देवी के एक प्रतिनिधि हैं अत: आप को विनीत होना है।"

"क्या मैं धर्म परिवर्तन कर एक हिंदू बन सकता हूँ? और यदि मैं ऐसा

कर सकता हूँ तो आपके साथ मेरे क्या सम्बन्ध रहेंगे?" रिनचिन ने सीधे पूछा।

"हाँ! आप शिव हो सकते हैं। 'शिवधर्मोत्तर' में यह स्पष्ट किया गया है कि इस उपासना से मात्र आप ही नहीं अपितु आपकी वंशावली एवं सभी कश्मीरियों को बहुत लाभ होगा। ऐसे अनुष्ठान हैं। जैसे आप द्वारा शास्त्रों का अनुपालन करना। जो पाण्डुलिपि आपको अपने गुरु ने प्रदान की हो। मैं स्वयं लिंगोद्धार संस्कार करूँगा। आप के साथ युक्त होकर आप के पूर्व धर्म के सभी चिह्न एवं शपथों को जल में बहा कर तिरोहित करूँगा। आप के गुण दोष सभी अग्नि में स्वाहा होंगे। आप नवजात बनेंगे। मैं आप में आपकी निज देवी का आप में नियोजन करूँगा। आप को एक पवित्र मंत्र प्रदान करूँगा। आपके गुरू के रूप में आपके लिए वास्तविक संसार तथा दिव्य जगत को संयुक्त करूँगा। मैं तुम्हारी सहायता कश्मीर को शत्रुओं से रक्षा करने में करूँगा तथा इस पर ब्रह्माण्डीय ऐक्य बनाए रखने में भी।"

रिनचिन बहुत बुद्धिमान व्यक्ति था उसे इस सब का मूल्यांकन ध्यान से करना था।

"देवस्वामी! आप यह सब कैसे करेंगे। आप कश्मीरी अपनी वंशावलियों पर बहुत ही गौरव रखते हैं, अपने गोत्रों पर। क्या तुम सचमुच मुझे स्वीकार करोगे? एक लद्दाखी को? मैं वह सब जो कुछ मैंने अभी तक अर्जित किया है, इतनी सरलता से नहीं छोड़ सकता।"

देवस्वामी धीरे से बोला, मानो रिनचिन कोई शिशु हो। "महाराजा! आप का पुनर्जन्म होगा, तथा मैं और ज्योतिष आपका भविष्य पुनः बनायेंगे। आप कई समानांतर ब्रह्माण्डों में हैं, तब में उन में से एक को चुन कर लूँगा और आपको इस समय के जीवन से कहीं अधिक सुखी, मुक्त, जीवन दूँगा।"

"आप ऐसा कैसे करोगे?" रिनचिन अड़ा रहा।

"हमारे शास्त्रों से, हमारे कीलकों से, प्रार्थनाओं से, अनुष्ठानों और मंत्रों से। हमारा मोक्षोपाय शास्त्र दूसरे समानांतर ब्रह्माण्डों की कुंजी है।"

"रिनचिन को विश्वास न हुआ।"

"देवस्वामी! जब मैं छोटा था तो शमन मेरे पिता के पास अपना काला जादू लेकर आए और जादूवाले मंत्र भी पढ़ें। किंतु उससे कुछ विशेष शुभ न हुआ। क्या यह सचमुच आवश्यक है?"

"महाराजा! यह काला जादू अथवा अंध विश्वास नहीं है। ये सम्यक् शास्त्र हैं। वह तकनीकी शिक्षा जो अर्थ, राजनीति, सामरिक, वास्तु, भेषज, नृत्य, रसायन, जैव अर्थात् मनुष्य जीवन के सभी पक्षों को अपने में समेटे हुए हैं। यद्यपि

सभी मध्य क्षेत्रीय राज्य समाप्त हो चुके हैं कश्मीर में तब भी स्वतंत्रता की ज्योति प्रकाशित है। और तुम कहते हो कि क्या यह आवश्यक है।"

"देवस्वामी! क्या आप मुझे मंत्र दोगे और मैं उनका स्वयं अध्ययन करूँगा?"

इस शंकालु की इस दलील पर देवस्वामी स्तब्ध था।

"मेरे स्वामी! ब्राह्मण को अपना ज्ञान मुक्त होकर देना चाहिए किंतु ब्राह्मण की शक्ति उसकी नैतिकता से बंधी होती हैं अत: सदा ही बचते हुए देनी चाहिए। ये मंत्र शब्द नहीं होते कि यंत्रवत् बोलते जाओ। ये बल्कि स्पंदन होते हैं, दिव्य स्फुरण। इन को अध्ययन और सम्मान से ग्रहण करना होता है।"

"देवस्वामी! हम सब मनुष्य एक समान हैं। मैं आप की ही भाँति इन मंत्रों को समझ भी सकता हूँ और बरत भी सकता हूँ। अंतत: ये शब्द एवं अक्षर ही तो हैं। ये गीत मात्र हैं। जप है तथा शब्दाडंबर ही है।"

देवस्वामी अचम्भित रह गया।

"जिसे आप शब्द कहते हो वह हमारे लिए 'वच 'है। ब्रह्माण्डीय चेतना का उच्चार, जिसमें स्फुरण, प्रकाश और विमर्श रहता है तथा सारे सत्य को प्रकाशित करता है। मेरे स्वामी! हम सभी मनुष्य एक समान हैं किंतु प्रशिक्षण, कर्म, एवं प्रतिभा हममें समान नहीं हैं। आप एक योद्धा हो। जो आलिंगन अथवा हाथ मिलाना आपको भोलापन लग सकता है वह वास्तव में मृत्यु पाश हो सकता है। उसी तरह से आप को इन मंत्रों की उद्‌भावना एवं तन्मयीकरण का प्रशिक्षण होना अनिवार्य है। आपके पास इन मंत्रों के जाप के पीछे दिव्य ध्येय होना चाहिए। जिसकी सिद्धि का पवित्रीकरण मेरे द्वारा होना अनिवार्य है।"

"तो आप अपने महाराजा का निवेदन अस्वीकार कर रहे हैं।"

देवस्वामी इस सीधी चुनौती के सम्मुख दुर्बल पड़ गया।

"हम बंधन के लिए मिले हैं। कि उद्‌भावक शक्तियाँ प्रवाहित होती रहें। मैं आप से युक्त होता हूँ तथा आपको शक्तिपात प्रदान करता हूँ। यह उस युक्त होने के माध्यम से सम्भव है, क्योंकि मैं उस शक्ति का धारक हूँ। यदि आप अविकल रूप से मुझ से जुड़े नहीं हैं तो मैं आप में शिव के अवतरण का कोई प्रमाण नहीं देख पा रहा हूँ। इस स्थिति में मैं दे नहीं सकूँगा, आप ले नहीं सकेंगे। तथा उस स्थिति में मैं आप के लिए उपयुक्त गुरु भी नहीं।"

रिनचिन ने एक और रणनीति अपनाई।

"मैंने महारानी से कहा था कि वह भी मेरे संग चली आए, किंतु उन्होंने कहा कि उन्हें कुछ काम है। यदि वह मेरे संग यहाँ आई होती तो क्या आपने उनका निवेदन इस तरह से अस्वीकार कर लिया होता?"

देवस्वामी ने बहुत ही सहजता से उत्तर दिया।

"नहीं! चूँकि स्त्रियाँ संरक्षक रही हैं कश्मीर में तथा आदिकाल से उच्चतम मूल्यों को उन्होंने कश्मीर में स्थापित किया है। मैं जो जानता हूँ वह यह कि यह सब एक स्त्री, अर्धत्र्यंबक से ही उद्‌भूत हुई है। यह ऋषियों के समय से है। स्त्रियाँ पुरुष के सम नहीं है जब कोई आध्यात्मिक निवेदन हो।"

रिनचिन निराश हो गया।

"देवस्वामी! मैं आप के समक्ष आ गया क्योंकि मैं दुखी था। मैं सो नहीं पाता। मुझे भय है कि मैं कोटारानी के पास क्या लेकर जाऊँगा? अपनी यात्रा की उपलब्धि?

"महामहिम स्वयं का परिवर्तन किए बिना मात्र विनाशकारी होगा। यदि आप शून्य परिणाम के साथ वापस लौट जाओगे तो इसका अर्थ यह भी तो है कि मैं आपको स्वीकार करने में असफल रहा। रही बात छोटी सी समस्या अनिद्रा की तो मैं आपको उस में सहायता कर सकता हूँ। जब आप बिस्तर पर लेट जाओ तो, तीन लंबे श्वास लो। मेरे स्वामी! अपने मन को विपरीत दिशा में ले जाओ। अपना पिछली बार अपने सिर को सिरहाने पर रखने का क्षण स्मरण करो। फिर स्वयं को लिटाने की क्रिया का स्मरण करो। तब स्मरण करो अपने रात्रि के परिधान पहनने की क्रिया। इसी प्रकार क्रमशः आगे। मुझे लगता है इससे आप पर पर्याप्त अंतर पड़ेगा।"

"क्या आप मुझे इसका रहस्य समझायेंगे कि यह कैसे काम में आएगा। अथवा क्या यह भी ब्राह्मणी रहस्य है।?" रिनचिन ने व्यंग्य किया।

विनम्र देवस्वामी ने रोष व्यक्त न किया।

यह विधि आपको स्वयं को दृष्टा बनाने में सहायक रहेगी। जब हम मन का निरीक्षण करते हैं तो मन रुक जाता है। कृपया इस का अभ्यास करें।"

रिनचिन चला गया। कुछ समय पश्चात देवस्वामी ने बड़े श्रम से स्वयं को उठाया तथा ज्योतिष कक्ष में गया। सारे मार्ग में उसने देखा कि दुख पूर्ण मुद्रा से ब्राह्मण लोग उसे अभियुक्त की दृष्टि से देख रहे थे। उन्होंने वार्ता के विफल होने का अनुमान किया था। कि महाराजा शारदापीठ आए थे तथा मंदिर में दर्शन किए बिना ही लौट रहे थे। जब देवस्वामी ज्योतिष के घर पर पहुँचे तो वह पत्रिकाओं को बाँच रहे थे। उसने ऊपर की ओर सिर उठाकर देखा भी नहीं जब देवस्वामी अंदर आ गए।

"वहीं हुआ ना जैसा कि मैंने कहा था। क्यों?" ज्योतिष थकी आवाज में बोला।

"उसके पास एक सख्त हृदय है और एक दुर्बल बुद्धि।" देवस्वामी की प्रतिक्रिया दी।

"अशिक्षित एवं अज्ञानी होकर कोई बट्ट बट्ट नहीं हो सकता।" ज्योतिष ने हामी भरी। "हाँ उसके पास एक दुर्बल बुद्धि पर भविष्य की पीढ़ी यही कहेंगी कि तुम भी कम अहंकारी नहीं थे। तुम्हारी मनाही का भी अपना एक दुष्प्रभाव रहेगा।"

"मैं ने न कुछ दिया न ही झुक गया। जितने भी दुष्परिणाम हों।" परिष्कृत देवस्वामी बोला।

"राहु सर्वाधिक गर्वीला होता है। एक अमर, शरीरविहीन, मात्र सिर दैत्य। राहु एक व्यक्ति को नष्ट कर सकता है, जन को निगल सकता है। अरे वह तो सूर्य, चंद्र को भी नहीं छोड़ता। ग्रहण लगा देता है। अतः परिणाम कठोर होंगे। हम नष्ट हो जाएँगे। दर्प की औषध यही है कि हृदय को विशाल कर दो तभी रक्षा हो सकती है। तुम्हें वह करना चाहिए।" ज्योतिष ने अमान्यता के साथ कहा।

रिनचिन अपनी यात्रा के मध्य श्रीनगर में शाहमीर के पास गया। शाहमीर ने उसका स्वागत किया। रिनचिन ने अपना दुखद यात्रा वर्णन शाहमीर के सम्मुख किया, जिसने कि अपनी सहानुभूति तथा व्यवहार कुशलता दिखाई।

"मेरे परिवार का इतिहास है कि हम पाण्डवों के वंशज हैं। पार्थ ने गरभार पुरी बनाई। यह उसने पंचगह्वरों की सीमा के अंतर्गत बनाया जो कि स्वागाबर जनपद में पड़ता है। वह दूसरा अर्जुन था। उसका पुत्र बभ्रवाहन था। उससे कुरु शाह हुआ। उसने ताहाराज को जन्म दिया। निष्ठा से मैंने सोचा कि मैं वापस हिंदू हो जाऊँ। इस पर मैंने गंभीरता से सोचा है। यह मेरे लिए सामाजिक रूप से अच्छा रहेगा। मेरे पुत्र, पुत्रियों के लिए भी। वे इससे और प्रसन्न रहेंगे। अब मैं मुहम्मद का कट्टर अनुयायी हूँ। ईश्वर उसकी आत्मा को शांति दे। मेरा दादा वकार था तथा मेरा पिता ताहिर। कुरु वकार बनता है तथा ताहराज ताहिर बनता है। मेरे स्वामी। तुम्हारी आस्था तुम्हारे और तुम्हारे रचयिता के बीच है। पर एक राजा के लिए आस्थाओं के बीच झूलना अच्छा नहीं। विशेषकर तब जब आप हर तरफ से अनिश्चय का सामना कर रहे हो।"

"शाहमीर तुम एक बुद्धिमान तथा परीक्षित मित्र हो। मैं अंध विश्वास पर विश्वास नहीं करता। पर शास्त्रों के लिए मेरे में धीरज नहीं। आज की रात्रि मैं सो कर आराम करूँगा। कल जब मैं जागूँगा और बाहर निकलूँगा, मैं उस प्रथम व्यक्ति का पंथ अपनाऊँगा जो मुझे मिलेगा। चाहे ब्राह्मण, चाहे बौद्ध, चाहे तांत्रिक

जिनसे हमारी गलियाँ भरी होती हैं, वह धर्म कल से मेरा होगा। कल से एक नव प्रात होगी।"

रिनचिन ने अपने मित्र को विदा कह दी, किंतु जब वह अपने अश्व पर आरूढ़ हो गया, त्यों ही शाहमीर ने अपने सेवक को अत्यावश्यक आज्ञा दी। सेवक ने अश्व को तेज चाबुक मार दौड़ाया और अश्व दौड़ गया। शाहमीर ने स्पष्ट निर्देश दे रखे थे तथा काम उसी रात्रि सम्पन्न होना था। शाहमीर का भाग्य खुल गया था तथा वह उस अवसर को झपटना चाहता था। जब रिनच्चिन अपनी शैय्या पर लेट गया उसे देवस्वामी द्वारा दिया निर्देश स्मरण हो आया। आवेग के साथ उसने उस का अभ्यास करना चाहा उसे यह बहुत ही सरल लगा। उसका मन खुश सा हो उठा और वह दिन की गतिविधियों का स्मरण करने लगा।

प्रातः हो गई और रिनचिन जाग गया। प्रसन्नचित। एक प्रयोजन के साथ। वह देवस्वामी से कहेगा, जब वह उससे अब मिलेगा कि उसकी तकनीक में कुछ तो था। उसके बाद उसने प्रथम ध्वनि जो सुनी, वह थी, 'अल्लाह ओ अकबर। अल्लाह महान है।' तत्पश्चात् 'हय्या अल असलात, हय्या अल असलात।' कि आओ प्रार्थना करें, आओ प्रार्थना करें। अंत में इस सलातू खैरुल मीनान नौम। 'कि प्रार्थना निद्रा से उत्तम है।'

रिनचिन बाहर गया। सूर्य प्रखर था। प्रत्येक रश्मि प्रत्येक अंधेरे में घुस कर उसे प्रकाशित करने को मचल रही थी। हर अंधकार का शिकार करती मानो। रिनचिन ने तुरंत देखा कि एक दरवेश निमाज की मुद्रा में झुक रहा था। वह उस व्यक्ति को बड़े धैर्य से देखने लगा जो बहुत ही अधिक दैत्याकार स्वर में गाने लगा।

ईश्वर  
उसके सिवा कोई ईश्वर नहीं।  
जीवित और सतत  
न उसे नींद झाड़ लेती है न तंद्रा।  
भूमि और स्वर्ग में जो कुछ भी है वह उसी का है।  
उसके संग कौन रक्षक रह सकता है सिवाय उसके होने पर?  
वह उनके वर्तमान और भूतकाल के कर्मों को जानता है  
वे उसके ज्ञान को ग्रहण नहीं कर सकते किंतु यदि वह चाहे  
उसकी राजगद्दी में धरती और स्वर्ग दोनों समाहित हैं।  
दोनों की रक्षा करना उस पर कोई भार नहीं है

वह महान है, महामहिम है।
मजहब में कोई वैवश्य नहीं।
भूलों से ही सही मार्ग दर्शन की समझ सम्भव है।
वह, जो मूर्तियों का त्याग करता है तथा ईश्वर पर विश्वास करता है
उसी ने पकड़ प्राप्त की है सशक्त और अटूट।"

रिनचिन ने दरवेश का हाथ पकड़ा और महल में ले गया। एक दुभाषिये को भी बुलाया।

"आप कौन हैं?" रिनचिन ने पूछा।

"मैं गरीबम हूँ। एक अजनबी।" उसने दुभाषिये के माध्यम से उत्तर दिया।

"मुझे अपना नाम बताओ। तुम किस धर्म के हो? किस समुदाय से तुम्हारा सम्बन्ध है?" रिनचिन ने प्रश्नों का उतर देने का आदेश दिया।

"वे मुझे बुलबुल कलंदर कहते हैं। मैं उस समुदाय से हूँ जिसका प्रवर्तन शाह नेमत उस फारिसी शीराजी जिसने बदले में जिया उद दीन उल्लनजीब अब्दुल काहिरी की ओर देखा। मैं एक मुसलमान हूँ।"

"तुम कहाँ के हो? कश्मीर क्यों आए हो?"

"मैं फारस के तमकस्तान से आता हूँ। मैं यहां बगदाद और तुर्किस्तान से आया हूँ। मंगोल हमारी सुहरावर्दी व्यवस्था का उत्पीड़न कर रहे थे। अतः हम भाग आए। मेरे संग एक हजार जन हैं, उनमें कुछ अन्य पवित्र विश्वासी आत्माएँ भी हैं। जैसे कि कमालुद्दीन दीन, जलाल उद दीन तथा कमाल साहिब।"

"मुझे इस आस्था के विषय में कुछ और बताओ।?"

बुलबुल ने उसे विस्तार से सब कुछ बताया। पैगम्बर के विषय में उसके महान गुणों के विषय में, इमाम अली के महान गुणों पर प्रकाश डाला। अंत में अध्यात्म मार्ग में किये शाह नियामत अली के अद्वितीय कार्य कलापों का बखान किया। जो कि सुहरावर्दी सुफी समुदाय के ख़लीफा थे। उसके मुख से प्रेम की रश्मियाँ निकलती थी। ज्यों ज्यों बुलबुल बोलता जा रहा था रिनचिन का हृदय विस्तार सा पाता जा रहा था। इसने दुहाई दी थी और वह सुन ली गई थी। एक गुरु का उदय हुआ था। उसने कलमा पढ़ा और इस्लाम में दीक्षित हो गया। ढूँढने वाले को मिल गया था। उन के मिलन में एक अभयारण्य का निर्माण हो गया। इस्लाम का भ्रातृभाव, प्रेम और ब्रह्माण्डीय शांति का सरल संदेश रिनचिन के पास प्रतिध्वनित हो उठा था। जिसने अपनी जड़ों को विदा कह कर नया भविष्य सदर उद दीन के रूप में अपनाया। प्रथम शिया राजा कश्मीर का।

शारदापीठ से लौटने पर, कोटारानी रिनचिन के सहज ही मुसलमान बनने

से क्षुब्ध हो उठी। उसने बुलबुल के प्रति उसके कृतज्ञ होने को बहुत बारीकी से देखा। इस भाव का कोई ठिकाना न था उसमें। उसने आदेश किया कि बाबा बुलबुल कलंदर के लिए खानक्वाह का निर्माण किया, जाए। जो कि आजकल उसके निवास के समीप ही खानक्वाहे बुलबुल शाह कहलाता है। उसने उसे एक जागीर प्रदान की। एक आय का माध्यम जिससे वह अपने अनुयायियों, रिश्तेदारों, आगंतुकों तथा याचकों, जो खानक्वाह में आने का व्यय प्राप्त करता था। रिनचिन ने भी शुक्रवार की प्रार्थनाओं के लिए एक अवाला मस्जिद बनाई। वह उनके साथ पाँच वक्त की नमाज में नियमित रूप से सम्मिलित भी होता।।

"इसने धर्म परिवर्तन किया क्योंकि इसे लगा कि मुझसे विवाह कर न इसने मुझ पर अधिकार प्राप्त कर लिया न ही कश्मीर पर। वह हिंदू होना चाहता था और चाहता था कि देवस्वामी उसका अभिषेक करें क्योंकि ऐसे वह वैधता की दृष्टि से कश्मीर का राजा नहीं है। अब वह मुसलमानों के साथ स्वयं को जोड़ना चाहता है, विदेशी प्रवासियों के साथ। भाड़े के लोगों के साथ। एक सेना बनाना चाहता है वह, जो उसके प्रति निष्ठावान हो।" कोटा ने सारस से कहा।

"वह एक अवसरवादी हैं अतः वह वहीं जा सकता है जहां उसे कुछ प्राप्त होता दिखेगा। वह पागलों की तरह तिब्बत और लद्दाख को प्राप्त करना चाहता है। यह इसलिए क्योंकि इसे लग रहा है वहाँ इसे सम्मान मिलेगा। वह भले ही कश्मीर का राजा हो किंतु समाज के लिए वह मात्र एक हत्यारा तथा लुटेरा है। एक मुसलमान सेना बनाना उसका इस समय का अगला कर्म है। मुसलमान संख्या में कम हैं अतः मेरी समझ में नहीं आता कि मुसलमान बन कर इसने क्या प्राप्त किया। इसे देखना होगा।"

कोटारानी ने अपना परामर्श अपने मन में रखा तथा हर शुक्रवार को अपने पति के साथ बुलबुल शाह की वाजख्वानी सुनने जाने लगी। पहले पहल वह सतर्क थी पर धीरे धीरे उसने देखा कि उसके साथ कोई ऐसा विषय नहीं, कि एक हिंदू स्त्री एक मुसलमान सूफी के पास जाती है। उनके प्रेम का संदेश, ईश्वर के साथ रहस्यमय ऐक्य के साथ न टकरा कर हर प्राणी के प्रति प्रेम के रूप में उसके प्रवृत्यात्मक मन पर प्रतिध्वनित हुआ। अपने धर्म तथा देवी माँ के प्रति सत्यनिष्ठा अडिग रहते हुए भी कोटरानी को बुलबुलशाह की बातें अच्छी लगी। सूफी निरामिष थे, अहिंसा वादी थे तथा वृक्षारोपण करते थे। कोटारानी स्वयं भी सारस के साथ रात्रि भोजन के वार्तालाप के बाद निरामिष हो गई थी।

लोल अर्थात् प्रेम हवाओं में बह रहा था और कश्मीरियों ने मदन त्रयोदशी, प्रेम दिवस, बड़े उत्साह से मनाई। पति पूर्व संध्या पर एक तरफ जल का एक

कुंभ रखता जिसमें पुष्प तथा जड़ी बूटियों से प्राप्त सुगंधों को कामदेव के चित्र के सम्मुख रखते, संग में कमल तथा शंख रखते। सूर्योदय पूर्व प्रातः पति अपनी पत्नी का स्नान इस सुगंधित जल से कराता। उसके उपरांत वह उसकी तथा कामदेव की अर्चना करता। पति पत्नी हर्षोल्लास के साथ स्वयं को सुसज्जित कर, तब सम्पूर्ण परिवार उद्यानों में भ्रमण करने के लिए निकलेगा, और उत्सव मनाएगा। उस रात्रि पत्नियाँ बहुत महीन, मुग्धकारी अधोवस्त्रों को तथा पारदर्शी उत्तरीयों को पहन कर अपने पतियों की प्रतीक्षा करती।

रिनचिन इस अनुष्ठान से अनभिज्ञ था, तथा कोटा इस सम्पूर्ण भूमि पर एकमात्र स्त्री रही होगी जिसने यह मदन त्रयोदशी नहीं मनाई होगी। अपनी आत्मा और मन को प्रसन्न करने के लिए कोटारानी ने इस हर्ष पूर्ण दिन पर रिनचिन के साथ यह अच्छी खबर साझा की कि उनकी संतान होने वाली है। रिनचिन की खुशी का ठिकाना न था। जब कोटारानी ने उसकी प्रतिक्रिया देख ली उसकी द्विपक्षीय भावनाएँ उसके प्रति नर्म हो उठी। इससे उसे उसकी वह संक्रामक स्मिति स्मरण हो आई जब वे द्रंग में रात्रि का भोजन ले रहे थे। रिनचिन का एक अच्छा पक्ष भी है, उसने सोचा। हो सकता है कि संतान के जन्म के साथ वह उसके निकट आए और वे परस्पर प्रेम में बंध जाएँ। यह एक न्यून सम्भावना थी किंतु यह एक सम्भावना थी।

आगामी जन्म के लिए कोटारानी तथा रिनचिन ने एक नयी ही रीति को स्थापित किया। कश्मीरियों की एक बड़ी संख्या जिनकी अगुवाई कोटारानी तथा रिनचिन कर रहा था के साथ मुसलमानों का एक भाग सम्मिलित हुआ तथा मुहल्ला बुलबुलंकर गए, जहां बुलबुल रहता था। वहाँ रंग बिरंगी धागे लकड़ी के पट्टों से बांधे। जब बुलबुल अपना आशीर्वाद देने बाहर आया तो मुसलमानों ने प्रणाम कहा।

'सलाम अले कुम।' आप पर शांति उतरे।'

बुलबुल बोला, 'वलेकुम सलाम,' उसके मुख पर प्रसन्नता की स्मिति थी। जो उसके दिव्य हर्ष का प्रमाण था। 'आप पर भी शांति का प्रसार हो।'

कश्मीरी मान गए कि बुलबुल के रूप में उनके पास एक सूफी रहस्यवादी संत है जो स्वत्व से गहराई से आबद्ध हैं। कश्मीरियों ने बुलबुल की दिव्य अंतर्दृष्टि का सम्मान किया तथा उसके फलस्वरूप उन्हें उसकी कृपा प्राप्त हुई। उसके सान्निध्य में होना, उसके विषय में सोचना, उसकी चर्चा करने मात्र से ही मनुष्य की स्थिति उत्थान की हो जाती। कहानियाँ थी कि इस संत ने कैसे रुग्न लोगों का उपचार किया। यह भी कथाएँ थी कि कैसे कुछ लोग इस संत

के विषय चिंतन मात्र से ही आनंदपूर्ण समाधि में जाते हैं। इससे अंतर नहीं पड़ता कि आप किस धर्म के हो। बुलबुल का हृदय ब्रह्माण्डीय ग्राहक था। तथा कश्मीरी चकित रह गए कि इस्लाम में ऐसा संत प्रकाशमान उत्पन्न हुआ है।

शाहमीर की पत्नी लैला अपनी पुत्रियों को बुलबुल के पास ले गई थी। उसने अभी अभी एक और बच्चे को जन्म दिया था तथा वह बाबा का आशीर्वाद प्राप्त करना चाहती थी। जब वह अपने परिवार के साथ उसके पास गई तो संत ने गुहारा को एक छोटा सा तावीज और चीनी के कुछ टुकड़े दिए।

बुलबुल ने आशीष बुदबुदाया, "तुम मेरी पुत्री जैसी हो।"

गुहारा की माँ परम प्रसन्न थी जब उसने तावीज अपनी पुत्री के गले में बांधा।

"इससे अशुभ भाग जाएगा। यह संत सदा तुम्हारी रक्षा करे।" उसने अपनी पुत्री के कान में कहा। उसकी मौन प्रार्थना सुनी गई थी। वह बेटी जिसकी वह अत्यधिक चिंता करती है, अब बाबा के संरक्षण में है, अतः कोई चिंता नहीं अब।"

गुहारा पिता के पास घर लौट आई। उसका मुख हर्ष से गुलाबी था।

"कश्मीरी अद्भुत लोग होते हैं। उन्होंने मुसलमानों को न केवल अभयारण्य एवं घर दिया है अपितु हमारे आध्यात्मिक गुरु को भी अपना रहे हैं तथा हमारे उत्सव भी हमारे साथ मना रहे हैं। वहाँ कोटारानी थी और उसने मेरा अभिवादन किया।"

"हाँ कश्मीरियों ने मुक्त होकर हमें अपनाया है और हमें अपना एक भाग बनाया है। हर एक मुसलमान में उनकी उदारता के प्रति कृतज्ञता का भाव है।" उसके पिता ने यह कहकर स्वीकार किया।

राजघराने के हर्ष में वृद्धि करने हेतु ब्रह्मा कोटारानी के पास यह सुखद समाचार देने आया कि शारिका ने एक पुत्र को जन्म दिया। तथापि वह बालक को दूध नहीं पिला पा रही। तथा आया ने बड़ी कोशिश की थी कि एक दुग्धपायी नर्स मिले, पर नहीं मिली। क्योंकि इससे यह भय था बच्चे की मृत्यु न हो। रात्रि में पूतना आएगी, बच्चा भूख के मारे पियेगा और...। शाहमीर की ब्रह्मा के साथ मैत्री ने शारिका और उसकी पत्नी को आपस में निकट लाया था, और बहुत ही महान मित्र बनाया। लैला बड़ी थी तथा माँ समान भी। शारिका उसके पास सहायता के लिये गई थी। लैला ने सद्यः ही एक शिशु को स्वयं जन्म दिया था, उसके स्तनों से कई बच्चों ने दूध पिया था, अतः उसके स्तन दूध से भरे थे।

"मैं उसे दूध पिलाऊँगी" लैला ने स्थिर होकर कहा।

"किंतु आपके अपने शिशु के विषय में?" शारिका ने दुर्बलता से कहा।

और पुनः कहा, "मैं चाहती हूँ तुम मुझे अपने गाँव से कोई मुझे दो, तुम स्वयं यह काम न करो।"

"मैं पहले तुम्हारे बच्चे को स्तनपान कराऊँगी, जब उसका पेट भर जाएगा तब जो शेष बचेगा वह वह पियेगा। वे दोनों भाई के रूप में बड़े हो जाएँगे। मेरे दूध से बंधे।"

"लैला ने निर्णायक ढंग से बच्चे को उठाया और उसके मुँह में अपना स्तन दिया। स्तनाग्र को उसके मुँह में लेने का निर्देश करते हुए। शिशु ने कठिनाई से कुचाग्र को मुँह में डाला, किंतु एक बार जब उसने कुचाग्र पकड़ा तो उसने प्रागचेतस की सहायता से स्तन को ग्रहण किया। उसने चूसना आरंभ किया। पोषण उसकी भूखी काया में दौड़ गया। हर चूस के साथ शारिका को दुखमुक्ति का आभास होता जा रहा था। तथा अपनी सच्ची मित्र की महानता का भी आभास होता जा रहा था।

जब कोटारानी ने ब्रह्मा की कथा सुनी, एक भावी माता के रूप में वह इससे विशेषतया आबद्ध हुई। उसने यह विषय राजदरबार में सम्बोधित किया।

"बलिदान तथा कृतज्ञता दो महान तथा दुर्लभ युगल है मानवीय भावनाओं के। लैला और शाहमीर का अभिनंदन। बुलबुल का अभिनंदन। सारा मान बाबा बुलबुल को, जिसने अपने वचन, कर्म और विचार से कश्मीरियों को दिव्यता के निकट आने की प्रेरणा दी। तथा शैव पद्धति की अंतिम उच्चता का परीक्षण ने कश्मीरियों को परस्पर निकट आने की प्रेरणा दी। हजरत शरफ उद दीन अब्दुल रहमान बुलबुल शाह सदैव ही कश्मीर की भविष्य की पीढ़ियों को इस बात का ध्यान दिलाता रहे कि अंततः शांति एवं प्रेम को प्राप्त करना है। बुलबुल का गान अपने माधुर्य से सदा ही इस घाटी को पूरित करता रहे। कोकुर! तुम दरबार में वह पद्य पढ़ो।"

"हर वसंत प्रत्येक वसंत
माशा अल्लाह।
हमारी नई कामनाएँ
बुलबुल के आशीर्वाद लाए।
कि कश्मीरी सूफी राजा
वह शिव
अपना परमानंद हर एक को दे।"

तरंग-11

# वसुधैव कुटुंबकम

कोटारानी और रिनचिन के पुत्र के जन्म से सारी घाटी तरंगायित हो उठी। उत्सव मनाया जाने लगा। कोटारानी ने रिनचिन की अनुपस्थिति का लाभ शिशु मंदिर सजाने में उठाया। महारानी हो या कोई भी सामान्य स्त्री, हर कोई शिशु जन्म को एक युद्ध की तरह मानती है, अतः कोटारानी अच्छी तरह से जानती थी कि युद्ध की तैयारी कैसे करनी है। किसी भी किस्म की चूक का अवसर नहीं रखा गया था। सज्जा करने वालों का उसने स्वयं निरीक्षण किया तथा शिशुग्रह में गंधर्वों के चित्र बनाए जो कि गर्भदान के दिव्य दाता हैं। छत को रक्षक देवी देवताओं के चित्रों से मण्डित किया गया तथा मेघों से भी। विशेषकर कार्तिकेय, शिवशक्ति का पुत्र, देवसेना का विजेता अध्यक्ष, तथा षष्ठि जन्म के बाद छठी रात्रि की देवी। जिसके बाद सब सहजता से श्वास ले पाते हैं। बाह्य दीवार के एक कोण पर पूतना का छोटा सा चित्र। भयदायिनी शीतला माता जिसे शांत करना था। चूँकि उसका चित्र बाहर उसका प्रतिनिधित्व कर रहा था अतः उसे भीतर शिशुग्रह में आने की कोई आवश्यकता न थी।

सभी प्रबंध कर लिए गए। यह सुनिश्चित किया गया कि सभी भूत, प्रेत, पिशाच और वैताल दैत्य, तथा गर्भ के शत्रु शिशु पर अपना प्रभाव न डाले। देवस्वामी ने ऐसी व्यवस्था की थी कि अहर्निश ब्राह्मणों की एक टोली बाहरी आराम गृह में बैठ कर रक्षात्मक मंत्रों का जाप करें। रक्षकों को बाहर नियुक्त किया गया यह देखने के लिए कि कहीं कोई बिल्ली न घूम रही हो। जातकहरणी, नवजातों का हरण करने वाली मार्जारी के रूप में घूमती है, ऐसी मान्यता थी।

सर्वाधिक भय थी शिशुजन्म में कोटारानी की मृत्यु का। इससे न सिर्फ राज्य नेतृत्वहीन हो जाएगा अपितु यह बहुत अधिक दुर्भाग्य पूर्ण कोटारानी के

लिए भी होगा, क्योंकि शिशुजन्म पर मृत्यु को प्राप्त होने वाली स्त्रियाँ चुडैलें बनती हैं; यह एक प्राचीन धारणा थी। ऐसी दुर्भाग्यपूर्ण आत्मा जो उल्टे पाँव के साथ घूमती हैं। कोटारानी सहायता के लिए सारस की ओर देखने लगी। उसने कोटारानी को केवल बाईं से सोने का परामर्श दिया, तथा उसे तब तक खिलाती रही जब तक कि उसका वजन इतना नहीं बड़ा कि उसके मोटे गाल इतने फूल गए कि उसे लगा कि वे फट जाएँगे। सारस ने बार बार आश्वासन दिया कि वह स्वयं उपस्थित रहेंगी, तथा जन्म की प्रक्रिया अच्छी रहेगी। और यह कि बाईं से डिम्ब के हिलने पर यह एक लड़का ही होगा।

ज्योतिष ने यही भविष्यवाणी की थी, किंतु वह सठिया गया लगता था। तथा ढीला डाला और विलंब कारी। कोटारानी के ग्रह शुभ ही थे किंतु कश्मीर के ग्रहों में शनि का अंतर था। रिनचिन के कश्मीर का नाममात्र का महाराजा बनने से कश्मीर की अनिश्चितता की स्थिति में रिनचिन के जन्म तिथि इत्यादि के ज्ञात न होने के कारण उसके ग्रह गोचर के अध्ययन की अनुपस्थिति भी एक कारण थी। सब से दुखद जो था, वह यह कि उसने कोटा को एक गुप्त संदेश भेजा था कि उसको जो ज्ञात हुआ कि शाहमीर 1313 में राजदरबार में प्रविष्ट हो गया। 13 अंक के लिए नाम है तेरह अथवा कश्मीरी में तुम्हारा। यह द्वि अंकीय संख्या बहुत बड़ा भय लगता है। क्या यह सब कुछ उसका हो जाएगा। कोटा नहीं समझ पाई कि इस विचित्र चेतावनी का क्या करें, किंतु इस समय उसके पास अधिक काम का दबाव है। जन्म देने के कक्ष क्षणों श्वेत पुषपहारों से अलंकृत किया गया था। वहाँ मिट्टी की हुरिलेजि रखी गई थी। इत्र का छिड़काव चारों ओर किया गया था, स्वर्ग के चारों कोणों से जल भरा। अक्षत, पिघला मक्खन, सरसों के दाने बिस्तर के चारों ओर फेंका गया। एक पात्र में अहर्निश अग्नि प्रज्वलित रखी गई ताकि काली शक्तियाँ दूर भाग जाए।

जब बच्चे ने जन्म लिया और प्रथम बार रोने की चीख बाहर आई, कोटारानी के लिए यह विजय तथा उत्सव की चीख थी कश्मीरियों के लिए भी। देवस्वामी प्रथम व्यक्ति था जिसने बच्चे को दूर्वा के बिस्तर पर रख दिया, जिसका पवित्रीकरण किया गया था सुगंधों इत्यादि से। उसने शिशु के कान में रक्षामंत्र बुदबुदाए, तत्पश्चात् शिशु को सुखी कोटारानी को सौंपा। देवी माँ ने उसकी प्रथम इच्छा पूर्ति की तथा कोटारानी का हृदय भी आभार से भर गया। अब वह आश्वस्त हो गई अपने दूसरी चुनौती के लिए। अंतत: शिशु को रिनचिन के पास ले जाया गया, जिसने अत्यधिक प्रसन्नता से अपने पुत्र को अपनी भुजाओं में पकड़ा।

"तुम जो मेरे हृदय से उत्पन्न हुए हो, ईश्वर करे कि तुम शत वर्ष का जीवन जियो। जीवेत् शरदम् शतम्। एक लंबी आयु जियो तुम। उज्ज्वल और प्रसन्न रहो और अगला राजा बनो।" उसने गर्व से घोषणा की।

ज्योतिष ने जन्म का सही समय अंकित किया। शयन कक्ष में थकी कोटारानी गहरी निद्रा में सो गई, उसकी बगल में सारस सतर्क थी।

ग्यारहवे दिन शिशु का तथा कोटारानी का स्नान किया गया तथा शिशु का सोंदर अनुष्ठान भी। बड़े बड़े बर्तनों में पानी तथा वानस्पतिक जड़ी बूटियाँ उबाली गई। ताकि। वातावरण में वनस्पतियों की तीक्ष्ण सुगंध पसर गई। उबलते पानी में एक तो एक वस्त्र को उसमें भिगोकर फिर उससे खूब शिशु और उसकी माता के शरीर को रगड़ा गया, जब तक कि दोनों की त्वचा गुलाबी न हो गई। तब गर्म पानी को ठंडा कर उसे एक धार में उन पर डाला गया। माता और पुत्र को पोंछा गया तथा नए वस्त्र पहनाए गए। स्त्रियाँ गा रही थी तथा शिशु को प्रथम स्नान के बाद चुप करा रही थी। सात थालियों में मांस एवं मछली का भोग लगाया गया तथा पूजा की गई। मछली को निकट सम्बन्धियों में बाँटा गया। तत्पश्चात् सब ने भोजन किया। उसके बाद सारस ने कोटारानी को दबा के मांस और मत्स्य का भोजन खिलाया ताकि वह उसमें पुनः शक्ति का संचार हो। चालीसवें दिन माँ तथा शिशु को पुनः स्नान कराया गया। कोटा अब संसार के समक्ष अपने पिछले अस्वच्छ समयखंड के पश्चात, अपने सामने अपने पुत्र के साथ प्रस्तुत थी।

सर्वप्रथम रिनचिन कोटा के पास आया। वह हर्ष के साथ असंयत था जब उसने शिशु को उसकी बगल में लेटे हुए देखा।

"रानी! मैं इस संसार का सबसे अधिक प्रसन्न व्यक्ति हूँ। मैंने बुलबुल से बात कर ली है और उसने निर्णय किया है कि शिशु का नाम हैदर होगा, अर्थात् सिंह।"

"कोटा पर दुख का आघात हुआ और उसने तीव्र विरोध किया।

"मेरे स्वामी! जब मैं गर्भवती हुई आप इस्लाम में नहीं गए थे अभी। हर प्रकार से कश्मीर में शिशु माता का होता है। देवस्वामी से परामर्श कर मैंने इसका नाम चंद्र रखा है।"

रिनचिन क्रुद्ध हो उठा।

"यह मेरा पुत्र है और इसका नाम भविष्य के लिए होगा, न कि भूतकाल के लिए।"

कोटा क्रोध से भर उठी। सिंहनी की भाँति।

"यह एक योजना है मेरे पुत्र पर से मेरा अधिकार छीनने का। जिस प्रकार राज्य तथा कश्मीरी लोगों को छीना गया है। मैं अपने पुत्र को दरबारी सत्ता की राजनीति का शिकार नहीं होने दूँगी।"

"तुम्हारा पुत्र। तुम मात्र भूमि हो। मैंने तुममें पुत्र को रोपा है। मैं यह उपज प्राप्त करूँगा।"

कोटा बिस्तर पर उठ खड़ी हुई और अपने पति पर चिल्लाई। "एक अपढ किसान की भाँति मत बोलो। यह मेरा है। और कश्मीर का। यह कश्मीरी के रूप में बड़ा होगा और मुसलमान घर में नहीं।"

विवाह सम्बन्ध, जिस पर बहुत लोगों ने प्रश्न उठाए थे, अब एक खुल्लम खुला युद्ध बन गया था हैदर के कारण। दरबारी शिष्टाचार जिनमें हत्या के प्रयोजन छिपे थे, उनका अनावरण हुआ। अंततः एक कठिन सहमति बन गई, कि शिशु को हैदर चंद्र अथवा चंद्र हैदर बोला जाएगा जो भी जिसे उचित लगे। यह भी निर्णय लिया गया कि पुत्र को सभी तीन धर्मों की शिक्षा में शिक्षित किया जाएगा। अर्थात् इस्लाम, बौद्ध तथा शैव। कश्मीरी पद्धति होने के कारण, इस के लिए रावण को शिक्षक नियुक्त किया गया, क्योंकि वह दोनों परिवारों को मान्य था। कोटारानी नाम को लेकर सहमति से अंदर ही अंदर बहुत कुढ गई थी कि उसने मन ही मन शपथ ली कि वह अपने पुत्र को बचाने के लिए सभी प्रयास करेगी।

हैदर के लिए नियुक्त संरक्षक तथा प्रशिक्षक रावण बुलबुल के साथ समय व्यतीत कर इस्लाम के विषय में ज्ञान प्राप्त करने लगा ताकि लड़के को अच्छी तरह से बड़ा करें। एक मुलाकात में उसने उसे उस विशेष क्रुद्ध करने वाली घटना के विषय में पूछा। कुछ वर्ष पूर्व एक बौद्ध भिक्षु फारस से कश्मीर आया था और अपने आने का कारण बताया। लाली गंजन मुसलमान हो गया था। यह फारस में तख्त पर चढ़ने की उसकी भूमिका थी। उसने बौद्धों से कहा, "आप में से जो भी कश्मीर, तिब्बत अथवा उस देश को वापस जाना चाहते हैं, वे ऐसा करें।" जो पीछे रह गए वे मुसलमान बनाए गए तथा उनकी मूर्तियाँ तथा मंदिर तोड़े गए। इससे भी अधिक दुखद था कि पूर्व में एक वार्ता हुई थी बौद्ध भिक्षु तथा शेख अल्ला अल दावला सिमनानी में एक प्रमुख सूफी जो फारस के दरबार से सम्बंधित था। बौद्ध भिक्षु ने स्थिति बनाई थी कि किसी भी प्राणी के प्रति हिंसा बुद्ध की शिक्षा के विरुद्ध है। उसने हिंसा घास के तिनके के साथ भी मना की जिस पर हम चलते हैं। सूफी के उत्तर का सारांश यह था कि वह बुद्ध की शिक्षा से परिचित हैं किंतु उन ईमान न लाने वालों की हत्या उसी तरह है जैसे

माली टहनियों को काटता इसलिए कि अच्छा फल आए। जिहाद से मनुष्य ईश्वर का अधिक कृतज्ञ बनता है।

बुलबुल का पुनः आश्वासन तथा दयालुता ने रावण के भय को शांत किया तथा सूफियों के विषय में असमंजस को दूर किया। उसने बताया जिहाद वास्तव में आत्मा का संघर्ष है जो व्यक्ति अंदर के अहंकार पूर्ण इच्छाओं के ऊपर विजय प्राप्त कर आंतरिक शांति प्राप्त करने को करता है। इस प्रकार व्याख़्या कर यह पुरातन ॠषियों से कुछ भिन्न न लगा। इस्लाम में कोई जबरदस्ती अथवा बाध्यता न थी। मजहबी स्वतंत्रता कुरान में भी वर्णित थी। रिनचिन तथा रावण प्रायः बुलबुल के यहाँ मिलते तथा यह चर्चा करते कि कैसे हैदर की शिक्षा हो, उसे कैसे बड़ा करें। शीघ्र ही रावण रिनचिन से इस तरह बंध गया कि पुरानी कुछ दिक्कतें दूर दूर तक उसकी स्मृति में भी न रही।

इस शांति के समय में फकीर शाहमीर से मिलने गया अपना काला उत्तरीय पहन कर। शाहमीर ने इस व्यक्ति को कभी वनस्पतियों की खोज में श्रम करते देखा ही न था किंतु आराम से स्वयं को दान की रसोई में विराजमान रखे था। उसने युवाओं की एक अच्छी फौज तैयार की थी जो बुलबुल से अधिक उसे सुनना चाहते थे। जब दुआ सलाम हुई तो शाहमीर ने फकीर से दान की रसोई का प्रतिवेदन माँगा।

"प्रतिदिन 400 किलो चावल पकता है। शोरबे के लिए एक भेड़ कटता है। 60 किलो की रोटियाँ बनती हैं। चूँकि महंगाई हो गई हैं अतः हम बीच बीच में गोमांस और दालें भी बनती हैं। सबसे आवश्यक बात कि सामूहिक निमाज पाँचों वक्त पढ़ी जाती है।" उसने विजेता की भाँति यह उपलब्धि सुनाई।

अरे नहीं। तुम महंगाई की चिंता न करो। सूफियों को मांस प्रतिदिन खिलाओ। उन्हें आगे का लक्ष्य प्राप्त करने के लिए शक्तिशाली होना है। क्या औरतें बच्चे जन रही हैं? हमें अपनी संख्या 800 से अधिक करनी है ताकि हम सुरक्षित रह सकें।" शाहमीर ने आदेश के स्वर में कहा।

"हाँ। परिवार छः से आठ तक जा रहे हैं। मैं उनसे कहता हूँ कि एक दर्जन से कम नहीं। उन्हें स्त्रियाँ स्थानीय लोगों से लेनी चाहिए, जो कि प्रभूत रूप से उपलब्ध हैं। सबसे स्थाई तरीका यह है कि हम फारस से अपने शिया भाइयों को अधिक से अधिक संख्या में लाये।"

"सही कहते हो। हमें न्यूनतम दस हजार लोग प्राप्त करने हैं, अतः फारस में यह संदेश भेजो कि कश्मीर बहुत सत्कारपूर्ण है मुसलमानों के प्रति। क्या इसके इतर तुम कुछ और पर विचार करना चाहते हो?" शाहमीर ने परामर्श दिया।

फकीर तुरंत बिंदु पर आया, "वह यह है कि लैला एक हिंदू बच्चे को दूध पिला रही है, जो कि अपने परिवार का नहीं है। ऐसी स्थिति में गोद लेने वाली कोई बात नहीं है। अतः यह हराम है, गुनाह है। बच्चा एक पुरुष के रूप में बड़ा होगा, इसका मतलब है कि लैला तुम्हारे अतिरिक्त एक अन्य पुरुष के समक्ष नग्न हो गई। सच में इस सहमति में सहमत होने जैसा कुछ नहीं।" शाहमीर ने इस व्यक्ति के इस तीव्र पक्ष का अध्ययन किया। फकीर ने स्वयं को मुसलमानों के अल्प समुदाय में उनके अंतःकरणों पर दृष्टि बनाए रखने के लिए कर्म में लगा रखा था। दान की रसोई ने उसे समाज के दुर्बल वर्ग से जोड़ा था जबकि बुलबुल को राजा और परिवारों के गुरु के रूप में माना जाता। स्पष्टतया फकीर को सैद्धान्तिक बुद्धि अल्प थी किंतु वह बहुत महत्वाकांक्षी था।

शाहमीर अधिवक्ता की भाषा में बोला, "अगर तुम्हारी निगेहबानी न हो तो हम तो नष्ट हो जाएँगे। यह जो दूध पिलाना है इससे यह तय हो जाता है कि मेरा परिवार ब्रह्मा भट्ट के परिवार के साथ कोई वैवाहिक सम्बन्ध नहीं जोड़ेगा। रहा हमारा मुक्त सामाजिक समागम इससे हम सुरक्षित रहते हैं तथा मुसलमान के रूप में भी कश्मीरियों से पृथक बने रहते हैं।"

फकीर यद्यपि पूरी तरह से संतुष्ट न हुआ इस दलील से फिर भी शाहमीर ने उसे शांत किया। शाहमीर ने उसे वली सम्बोधन दिया था, अर्थात आध्यात्मिक संरक्षक। उसे वह सम्मान दिया जिसका वह यद्यपि अधिकारी न था। दूध दाई वाला विषय वास्तव में शाहमीर की परीक्षा के लिए उठाया गया था। जिसने अब यह प्रदर्शित किया था कि वह अब सम्मान देने तथा चीजों को समझने का इच्छुक है।

उत्साहित फकीर बल डालता गया।

"एक चिंता का विषय है कि कुछ बड़े नामी मुसलमानों ने रिनचिन तथा कोटारानी के संग मंदिरों में जाकर कश्मीरियों के उत्सव समारोहों में जाना आरंभ किया है। जबकि मुसलमानों को आंतरिक गर्भगृह में प्रवेश नहीं दिया जाता। वे मूर्तियों को दूर से देखते तथा उनके उत्सवों अनुष्ठानों को देखते हैं। मैं आपसे निवेदन करता हूँ कि इस मूर्ति पूजा इत्यादि को बल न दें।"

शाहमीर ने इस व्यक्ति की इस अव्यावहारिकता पर गहरी साँस ली।

"मौलवी! रिनचिन महाराजा हैं, उसके साथ उसके लोग होने चाहिए। वह कश्मीरियों की सहमति से शासन चला रहा है, उनको उपेक्षित करके नहीं। कोटारानी हिंदू है तथा वह उसके संग मुसलमान जुलूसों में जाती है, उसका उत्तर

रिनचिन भी देते हैं। मैं एक प्रेक्षक के रूप में जाता हूँ। भागीदार के रूप में नहीं। मेरा न जाना हमारे छोटे से समुदाय के लिए हानिकारक हो सकता है।"

फकीर ने चेताया, "अपने मजहब से बाहर के लोगों को अपना बितानाह मत मानो। क्योंकि वे अपना सर्वोत्तम प्रयास करेंगे तुम्हें भ्रष्ट करने के लिए। वे तुम्हें बहुत बुरी तरह से हानि पहुँचाना चाहते हैं। एक दिन कश्मीर में जिहाद होना है।"

शाहमीर ने सशक्त ढंग से उत्तर दिया।

"अल्लाह कभी भी उन के साथ अन्याय करने को नहीं कहता या क्रूरता करने को नहीं कहता जो तुम्हारे साथ मजहब के आधार पर नहीं लड़ता। न आपको अपने घर से बेघर करता है। बताओ पिछली बार कब हम मुसलमानों पर मुसलमान होने के कारण अन्याय हुआ? हम तुम ने यहाँ अभयारण्य माँगा, हमें मिला। तब से बराबर चैन से जी रहे हैं। वास्तव में जो एक मात्र गलत हुआ वह था दुलचा का आना और इस पूरी भूमि पर विनाश ढाना। प्रत्येक को आतंकित करना। कश्मीर में जिहाद का कोई कारण नहीं बनता। इसे दारुल अमन अर्थात् शांति का स्थल घोषित करना चाहिए।"

शाहमीर ने नीति बदल दी और फकीर से पूछा कि वास्तव में उसके मन में क्या है?

"एक स्याही की दवात है जिसे भरा जाना है। कोई स्थिति नहीं है कि हैदर को माता पिता के पास रखा जाएगा, अथवा रावण को सौंप दिया जाएगा, जैसा कि रिनचिन का करार है। अथवा सभी धर्मों की उसे शिक्षा दी जाएगी। हैदर को उचित रूप से मुसलमान परिवार में पाला जाना है, जहां उसे जीवन की इस्लामी पद्धति सिखाई जाएगी। बुलबुल बहुत उदार है। ढीला है तथा इस विषय में विरक्त है। किंतु मैं समझता हूँ, जानता हूँ कि इस्लाम को क्या चाहिए। मैं कर्तव्यबद्ध हूँ कि इसके सिद्धांतों का पालन करूँ। और दूसरी और अत्यावश्यक बात कि मुझे यह देखना है कि इस्लाम के इन सिद्धांतों का मुसलमान पूर्ण रूपेण पालन करते हैं क्या?" फकीर ने तुरंत उत्तर दिया।

शाहमीर ने फकीर की इस उत्कृष्ट सोच को ग्रहण किया। सद्यः इस्लामी विद्वतापूर्ण विमर्श पर चिंतन करने लगा जिसमें उसने सुना था कि सामाजिक मेलजोल एक अभिप्राय की पूर्ति के लिए ही सह्य हो सकता है। किंतु इस फकीर का लक्ष्य तो इस घाटी में इस्लाम का पूरी तरह से लागू होना था। वह स्वयं इस संबंध में इसे निमंत्रण की भूमि (दारुल दावा) समझता था किंतु फकीर इसे

दारुल इस्लाम मानता है, अर्थात् इस्लाम और शरिया की भूमि। हैदर तो कुंजी है शारदा से शरीयत में जाने वाली। और फकीर पूरे संकल्प से उस कुंजी को पकड़े हैं। बुलबुल ने काम कर लिया, अब फकीर की शक्ति का उदय उनके समुदाय में होना है।

"हम सहमति करते हैं कि, और आप को मैं वचन देता हूँ कि कोई कसर उठा नहीं रखूँगा इस काम में कि हैदर एक बाकायदा मुसलमान के रूप में बड़ा हो।" शाहमीर बोला। वह समझने लगा था कि फकीर अपनी मर्यादाओं के भीतर भी उसका बहुत उपयोगी साथी बनेगा। हाँ! वह तो दरबार में अपने बुद्धि चातुर्य से सफल हुआ था, किंतु कश्मीरी गुणवंत ज्ञानी है अतः उसके स्थान पर कल ही किसी अन्य को लाया जा सकता है। फकीर की शक्ति सत्ता थी, अतः उसे किसी के पीठ पीछे की सहायता की दरकार थी। जब फकीर चला गया, शाहमीर एक अंतर्निहित अनुबंध में बंध गया तथा नए समीकरण बन गए।

शाहमीर जानता था कि रिनचिन बुलबुल के साथ गहरे से बंध गया है। लद्दाखी व्यापारी बोड्रो मस्जिद के गीत में अपनी मैत्री अमर करते। उसने निर्णय किया कि बुलबुल को अपनी छोटी-सी खानक्वाह में आमंत्रित करें, जहां उसने उसको सम्मानित किया। बुलबुल को छोटी-सी दान की रसोई भी दिखाई गई, जो उसकी नकल थी जो रिनचिन ने उसे प्रदान की थी। उसने शाहमीर के दानकर्म को देखा और फकीर की छोटे से मुसलमान समुदाय की संस्कृति को बनाए रखने में श्रद्धा देखी। एक संवेदनशील व्यक्ति के नाते उसके नेत्रों में यह देख अश्रु उमड़ आए। तब शाहमीर ने अपना सुझाव रखा।

"बब! आप हमारे लिए जन्नत का दरवाजा हो। मैं एक छोटा-सा सुझाव आपके समक्ष रखना चाहता हूँ, जिस पर आप की राय माँगता हूँ। यह हैदर के विषय में है, जो हमारे भविष्य से सम्बन्धित है। उसे एक मुसलमान परिवार में बड़ा होना चाहिए।"

"बुलबुल के मन में शाहमीर के लिए एक विशेष स्थान था। इस सुझाव से बुलबुल और रिनचिन के पथ टकरा जाते थे। सुझाव का लाभ सीधे देखा जा सकता था। उसने शाहमीर को आश्वासन दिया कि वह रिनचिन के समक्ष प्रस्ताव रखेगा कि हैदर को मुसलमान घर में बड़ा किया जाए, उतना ही शीघ्र जितना कि सम्भव हो। उसने पूछा कि कौन सा परिवार वे समझते हैं कि उसके पालन के लिए उपयुक्त रहेगा।"

"मैं वचन देता हूँ कि समय आने पर मेरा परिवार इसे अपना सम्मान

मानेगा और एक कर्तव्य भी कि हैदर के पालन-पोषण के लिए जो कुछ भी आवश्यक हो वह मैं करूँगा।" शाहमीर ने विनम्रता से कहा।

चंद्र हैदर के प्रथम जन्मदिन पर कोटारानी ने नयी आत्मा और नवयुग। विश्वजनीन प्रेम और बंधुत्व के लिए जिसके अंतर्गत सब को न्याय मिले। कुलीनों को दरबार में आकर एक भव्य अनावरण का दृश्य देखने की अनुमति हुई। मुसलमान और फकीर वहाँ आए, बौद्ध और डामरों के मुखिया आए। तथा ब्राह्मण भी। यह प्रथम बार था कि कश्मीरी राज्य ने फकीर को देखा था। वह लंबा था तथा उसे भूख न लगने की बीमारी थी। उसका मुख दुख से मलिन था। उसकी लंबी पीली दाढ़ी उसके घुटनों तक थी। खुरदरी काली ऊनी कमीज। वह जरा सा लंगड़ा रहा था तथा स्वयं को एक छड़ी का सहारा देता था। सबसे चकित करनेवाली बात थी कि वह रक्तविहीन पीतवर्ण था। कश्मीरी अपने गौरवर्ण पर गर्व रखते थे किंतु उसकी भयावह सफेदी में वे काले नजर आते थे। पीली दाढ़ी लगभग पीप का एक ढक्कन सा उसके मुख पर लग रही थी। उसकी बाँहों के नीचे आत्म पीड़ा के चिह्न साफ थे, कश्मीरियों के लिए अभिशाप थे, जो अपने शरीर को दिव्य मानते थे। वे प्रकृत्य: उससे दूर हट गए, मानो वह कोई वर्णहीन व्यक्ति हो। वह एक अकेला द्वीप सा था उन लोगों के मध्य जो आत्मीयता की संस्कृति के थे।

कोटारानी ने एक उल्लसित कलाकार को, संतोष को नियुक्त किया था, जिसकी मूर्ति शिल्प कला ऐसी थी कि उसकी कृतियों में प्राणों के दर्शन होते। वह शक्तिशाली भावनाओं का उद्रेक करता। वह भौतिक, दैहिक सीमाओं को लांघ कर पराभौतिक संसार में मनुष्य को ले जाने के लिए जाना जाता। वह एक क्रांतिकारी था। सामाजिक दबाओं से ऊपर। उसकी पत्नी का नाम संतोष था। उसने अपनी पत्नी पर नाम रख कर कश्मीरी प्रथा का विरोध किया था। उसने स्वयं सम्मानित अतिथियों का स्वागत कर उन्हें एक घूमते पट्ट पर स्थित आवृत टुकड़े के आस पास वृत्त पर कलाकृति को विराजमान किया।

कोटारानी संतोष का बहुत अधिक सम्मान करती थी। कश्मीरी मूर्तिशिल्पी संसार भर में प्रसिद्ध थे तथा वह और रिनचिन अनावरण करने की प्रतीक्षा कर रहे थे। शाहमीर और उसके मुसलमान अतिथियों का एक छोटा-सा दल विस्मय के साथ इन गतिविधियों को देख रहे थे। संतोषी के पूर्वजों ने ही बामियान बुद्ध का उत्कीर्णन किया था। उसने मूर्ति को उन्हें समर्पित किया। मूर्ति का नाम 'षणमुख' था। उसने आवरण बड़े सज धज के साथ हटा दिए, संतोष और उसके

सहायकों ने मूर्ति को घुमाना शुरु किया। कश्मीरी इस मूर्ति को एकटक देखने लगे। यह ताँबे में थी। इसके छः मुख प्रकट हो गया। प्रथम जाने माने ब्रह्मा, शिव और विष्णु, तत्पश्चात् बुद्ध, ईसा, और अंत में मुहम्मद। डेविड सितारे के कोणों पर ये मूर्तियाँ स्थित थी। यह एक द्वि त्रिमूर्ति थी। त्रिमूर्ति की द्विगुणितता में विश्व के छः महान धर्म प्रणेताओं का संश्लेषण जोकि अब घाटी के जीवन का भाग हैं। किंतु ज्यों ही यह मूर्ति शिल्प घूमने लगा यह स्पष्ट हो गया कि हर एक मुख की पीठ एक समान थी। और वह थी शक्ति। भीतर घुमावदार श्रीयंत्र के तिकोने थे। सारा मूर्तिशिल्प एक बिंदु पर अवस्थित था।

प्रशंसा की बुदबुदाहट भीड़ में से आने लगी।

"बाह्य मुखमण्डल विलग हैं। वैयक्तिक हैं। किंतु भीतर वे समान हैं तथा अद्वय हैं। प्रतिभिज्ञा कश्मीरी शैव सिद्धान्त। स्वयं को जानने का। अंतर्मुखी दृष्टि। वह दृष्टि जो भीतर देखती है। स्त्री और पुरुष हर मूर्ति में संलग्न हैं।"

मूर्ति लोगों की सौंदर्य संवेदना के साथ बोलती थी।

फकीर अनावरण के समय स्वयं के साथ बुदबुदा रहा था। शाहमीर के पीछे बैठा वह सहसा उठ खड़ा हुआ और इससे पहले कि उसे कोई रोकता, वह कलाकार पर एक चीख के साथ टूट पड़ा। उसके पास एक छोटा सा चाकू था जो उसने अपने लबादे में छिपा रखा था। उसने वह सीधे संतोष की छाती में घोंप दिया और उसका हृदय कुतर डाला, और इस कलाकार का उजड्ड तथा मूर्खतापूर्ण दृष्टि के लिए अंत कर डाला। मुहम्मद का चित्र बनाना पराकाष्ठा का कुफ्र था। संस्कृति के पार प्रवाहों के तल पर एक ऐसा अंतर्प्रविष्ट छिपा था जिसने कलाकार को चूस कर मृत कर डाला।

रक्षक फकीर पर टूट पड़े और उसे बंदी बना दिया। वह अपने क्रोध के आवेग में सफेद भेड़िये-सा था तथा उसे बाहर ले जाने में छः जन लगे। सभा में पूरा विप्लव था। कुलीनों ने अपनी तलवारें खींच कर छोटे से मुसलमान समुदाय का घेराव किया था। जिसमें शाहमीर भी सम्मिलित था। रिनचिन और कोटारानी के हस्तक्षेप के कारण उनका जीवन बच गया। कोटारानी को अपने रक्षक एकांगों को शाहमीर और उसके छोटे से मुसलमानों के दल के साथ भेजना पड़ा ताकि उनपर घर जाते हुए कोई आक्रमण न करें। धीरे-धीरे सभा छँट गई। अतिथि स्तब्ध और क्रुद्ध होकर जा रहे थे। रिनचिन और कोटारानी जानते थे कि इस हत्या से दुख की तरंगें पूरे राज्य में फैलेंगी तथा यह भी कि यहीं से उनके शासन को भी कसौटी पर कसा जाएगा। इस्लाम में सद्यः परिवर्तन से रिनचिन पर विशेषकर सब की दृष्टि थी कि वह बताए कि वह किस पक्ष के साथ है।

एक बैठक बुलाई गई। सभी प्रधान दुर्ग के न्याय भवन में एकत्रित हो गए।

सहस्रों क्रुद्ध कश्मीरी दरबार में एकत्रित हो गए। मुसलमान एक अलग कोने में जमा हो गए तथा उनकी विराट संख्या में उपस्थिति से कश्मीरी चकित रह गए। भारी भीड़ के अनुमान के चलते राज्य ने सारे रक्षा बलों को आदेश दिए थे। जब कोटा और रिनचिन अपनी गद्दी पर आसीन हुए, सब को स्मरण है कि तेईस के तेईस मंत्री उपस्थित थे। राजा तथा रानी अपने राजमुकुट के साथ सजे धजे थे। छत्र को पकड़ने वाले कर्मचारी विवेकपूर्ण ढंग से, भी उनके पीछे थे। इसके अतिरिक्त कुलीन लोग भी थे जो अपना विशेष अधिकार का प्रयोग करते थे। उसके बाद डामर भूस्वामी, व्यापारी, तथा अन्य अनेक संस्थाओं तथा समितियों के प्रतिनिधि थे। पुलिस का प्रमुख दण्डनायक स्वयं फकीर को दरबार में ले आया और न्याय प्रक्रिया आरंभ होने लगी।

न्यायमंत्री, राजस्थानाधिकारी जिसका पदनाम ही यह बता रहा था कि उसका मुख्य काम राज्य की प्रजा का संरक्षण है, ने अपना प्रथम वक्तव्य दिया। राजकीय उतरीय तथा टोपी पहने हुए वह एक प्रभावशाली व्यक्तित्व था। उसकी स्थिति स्पष्ट थी। फकीर ने कई साक्षी लोगों के समक्ष कलाकार संतोष की हत्या की थी। फकीर की दलील थी कि कलाकार ने कुफ्र किया था, किंतु यह कोई ठोस दलील न थी। कलाकार की कलात्मक स्वतंत्रता को मारा गया था तथा कश्मीर के नागरिक अधिकारों का हनन किया गया था। इसके एकमात्र उचित दण्ड था मृत्यु दण्ड। यह एक खुला और बंद विषय था। न्याय और व्यवस्था को पुनर्स्थापित करना था। नहीं तो सजगतावाद घाटी पर हावी होगा। जिससे हर दूसरा व्यक्ति यह बताने लगेगा कि क्या उचित है तथा क्या अनुचित। समाज में अराजकता हो जाएगी यदि एक नागरिक संहिता का पालन न हो।

कलाकार की विधवा को बोलने का एक अवसर दिया गया। वह दुख से पागल हो उठी थी। वह चीखी, "मैं इस मुसलमान को शाप देती हूँ। जो दुख आज मैं झेल रही हूँ वह दुख तुम्हारे भविष्य की पीढ़ी पर पड़ता रहे। इससे सहस्रों गुणा अधिक तीव्रता से। उन्हें अपने पति अथवा पत्नियों का अथवा बच्चों का सुख कभी भी प्राप्त न हो। उसके बेटे के बेटे कभी यौवन न देख सके। उसकी पुत्रियाँ और स्त्रियाँ उसी तरह विधवा हों जैसे कि मैं आज हो गई हूँ। रुद्र करें कि उनकी छातियों का दूध गलियों के कुत्ते चूस लें। अरे ओ सहदेव। तुम ने इन अज्ञात भगोडों को कश्मीर में आने दिया। तुमने मूल्य भरा उसका। उसके बाद वीर कम्पनेश रामचंद्र ने भी वही किया। अब इन आदमखोरों ने हम सामान्य लोगों की ओर रुख किया।"

पूरी तरह से टूटी ओर असांत्वनीय रूप से शोकाकुल उस स्त्री को बाहर ले जाया गया। कोटारानी ने देखा कि रिनचिन को इस रामचंद्र के संदर्भ से असहज होते हुए।

शाहमीर की बारी थी बोलने की। मुसलमान समुदाय ने उसे फकीर की वकालत करने के लिए नामित किया था। उसने कई दिन उनके साथ विचार विमर्श कर रक्षात्मक विमर्श के साथ आने के लिए परिश्रम किया था। वह अपनी दलील रखने से पूर्व कोटारानी और रिनचिन के समक्ष बहुत गहरे से झुक गया।

"राजा और रानी! आज हम यहाँ हैं कश्मीर के मूल मूल्यों का परीक्षण करने के लिए। कश्मीर में विविध आस्थाओं के लोग रह रहे हैं। यह सब परस्पर सम्मान की भावना तथा स्वातंत्र्य के आधार पर आधारित हैं। धार्मिक विद्वानों ने आपस में शास्त्रार्थ किए हैं तथा पराजितों ने विजेताओं के साथ जाकर उनका सम्मान किया है। क्यों कल ही रावण और बुलबुल ने इस्लाम के गुणों पर चर्चा की। जहां कहीं भी धर्म के लिए सम्मान नहीं देखा गया, जैसा कि हर्ष ने। संसार ने उसकी निंदा की। कलाकार ने मुहम्मद का चित्र बनाया, यह एक अक्षम्य अपराध है और फकीर का धर्म था इस कुफ्र का बदला लेना। क्या कला की स्वतंत्रता के नाम पर ब्राह्मण इस बात की आज्ञा देंगे कि मंदिर के सामने एक गाय काट कर फिर उस रक्त से मंदिर की दीवारों पर चित्र कला बनाए। नहीं। ब्राह्मण अपने प्राण देंगे किंतु इस कर्म की अनुमति न देंगे। मैं समझता हूँ कि कलाकार के कर्म की सभी ने निंदा की, क्योंकि वह आहत करने वाला था। मैं समझता हूँ कि फकीर के कर्म को एक उपयुक्त आत्मरक्षा का कर्म माना जाए, ठीक उसी तरह जिस तरह से मैंने अभी कहा कि ब्राह्मण करते। मैं फकीर का प्रायोजक हूँ, मैं उससे स्वयं को विलग नहीं कर सकता। चाहे कश्मीरी समाज उसके कर्म को पथभ्रष्टता का कर्म समझे।"

"पर, मान लो फकीर का कर्म गलत था। तब भी मैं समझता हूँ कि उसे मृत्यु दण्ड देना बिल्कुल अनुपयुक्त होगा। कश्मीर में ब्राह्मणों को कभी मृत्यु दण्ड नहीं दिया जाता चाहे कैसा भी खराब कर्म उसने किया हो। क्या कश्मीर में धार्मिक समानता नाम की कोई चीज नही? क्या इस्लाम हिंदूधर्म से निम्न स्तर का है? क्या फकीर को ब्राह्मण के समकक्ष नहीं माना जाना चाहिए?"

शाहमीर ने आवाज उठाई थी तथा और अपनी चाल चली थी। वह कूटनीतिज्ञ नहीं था अपितु पाखण्डी था। वह संशय के बीज बो रहा था। एक दलील का उतर बना रहा था। प्रकृत्या एक निर्णीत विषय को दूसरी तरफ ले जा रहा था। तब उसने अपना असली दांव बड़े ही विश्वास से खेला।

"मेरे स्वामी! आपका नाम तो अब सदर उद्दीन है। बाबा बुलबुल ने आपको यह नाम कश्मीर के प्रथम मुसलमान राजा की अत्यंत महत्वपूर्ण भूमिका के लिए दिया। सदर उद्दीन, मुसलमान मजहब का नेता कैसे एक मुसलमान मजहब को मजहबी व्यक्ति को मारने का अधिकार दे सकता है। हमारे दरवाजों पर गाजी सेना ठहरी है। वे आज आपमें एक मुसलमान राजा को देख रहे हैं तथा कश्मीर को ऐसी जगह जहां मुसलमान शांति से रह रहे हैं। और उनका ध्यान अब हिंदुस्तान की समतल भूमि की तरह लगा है। क्या आप उनकी दृष्टि पुनः कश्मीर पर रहने देंगे, क्योंकि इस्लाम खतरे में है? क्या आप उनको सभी कश्मीरियों के विरुद्ध जिहाद करने को विवश करेंगे क्यों कि एक मुसलमान मौलवी को मारा गया।?"

रिनचिन मौन था और शाहमीर के निवेदन से प्रभावित भी। किंतु न्याय मंत्री अभी अप्रभावित था।

"शाहमीर की दलील है कि फकीर के लिए मृत्यु दण्ड अनुचित है, यद्यपि फकीर के मन में कलाकार को मार डालने का कोई पश्चाताप नहीं। फकीर के अपराधों के कुछ अन्य भी पक्ष हैं, जो हमारे राजा और रानी के समक्ष रखने की आवश्यकता है। मैं अपनी प्रथम साक्षी सारस को आने के लिए कहता हूँ।"

कोटा सारस को आगे आकर फकीर का सामना करते देख आश्चर्य में पड़ गई।

मंत्री बोलता गया।

"फकीर इस राज्य में इस बहाने से आया कि वह यहाँ जड़ी बूटियाँ एकत्रित करने आया है। मैं उसके समक्ष तीन वनस्पतियाँ रखता हूँ। यह कृपा कर उनको पहचाने और उनका नाम बता दें ताकि हम इसकी प्रगति को देख सकें।"

"एक कर्मचारी ने फकीर को एक थाली में तीन वनस्पतियाँ दिखाई। फकीर ने थाली को देखा और मौन हो गया। मंत्री ने सारस से उनका नाम लेने को कहा।

"बनककरी गाँठ के लिए, कुछ एक पीडानाशक, अफलातून यकृत के वायुरोग के लिए।" और वह चुप हो गई।

"यह किस प्रकार की परीक्षा है, इस बेचारे फकीर का अपमान करना।" शाहमीर ने विरोध करते हुए कहा, "यह एक सूफी है ये भौतिक शिक्षा प्राप्त नहीं करते अपितु ज्ञान का प्रसार करते हैं। आत्मा का ज्ञान।"

"सूफी, हुंह?" क्रुद्ध मंत्री आगे बढ़ा।

"मैं अपना दूसरा साक्षी प्रस्तुत करना चाहता हूँ।"

शाहमीर दान रसोई में काम करने वाले एक सुदर्शन लड़के को देख चकित हो गया। जिसे पुलिस का प्रमुख अपने साथ ले आ रहा था। उसे अपनी कथा कहने का निर्देश दिया गया।

युवक ने फकीर की ओर न देखा तथा रुकते हुए कहना आरंभ किया।

"देर रात को जब मैं अपनी कोठरी में सोया था तो मुझे खटखटाने की ध्वनि सुनाई दी। मैंने दरवाजा खोला और बाहर फकीर को देखा। मैंने उससे कुशल पूछा तो वह मुझसे बोला कि वह मुझसे हमारे बीच सम्बन्धों के विषय में बात करने आया है। उसने कहा कि यह सम्बन्ध वैसे ही हैं जैसे कि दो प्रेमियों के मध्य।"

लड़का रुक गया। किंतु न्याय मंत्री ने उसे प्रोत्साहित किया और उसने झिझक के साथ कहना आरंभ किया।

"वह बोला, 'आरंभ में हम शिष्य होना चाहते हैं किंतु सत्य यह है कि गुरु ही शिष्य को ढूँढता है।" उसने कहा कि जब वह सोयेगा तो मैं उसके साथ उसके स्वप्नों में हूँगा और जब वह जाग जाएगा तो वह सचमुच अचेत हो जाएगा। उसने कहा कि जो प्यार उसको मेरे प्रति मेरे स्वामी के रूप में है वह उस प्यार से शत गुना अधिक शक्तिशाली है जो मेरी माँ को मुझ से है। अंत में वह बोला कि मैं ही उसका लक्ष्य हूँ और वह मेरे हृदय में एक घर बनाना चाहता है।"

भीड़ में फुसफुसाहट हुई। न्याय मंत्री अपना काम प्रभावशाली ढंग से कर रहा था और शाहमीर समझ गया कि कश्मीर के समाज में फकीर का अंत होना तय है। कश्मीरी उदार हैं निस्संदेह किंतु शोषण और हिंसा के भयानक विरोधी हैं।

कोटा ने हस्तक्षेप किया।

"हाँ आगे बताओ आगे क्या हुआ?" उसने लड़के से पूछा।

"मैं फकीर के पास से भागा और बाहर दौड़ आया। मैं तब तक दौड़ता रहा जब तक कि मैं अपने एक सम्बन्धी की कुटिया पर न पहुँचा। मैं तब से वहीं रहा हूँ, तब से मैं खानक्वाह नहीं गया हूँ।"

"कोई प्रमाण नहीं है कि जो यह युवक कह रहा है सत्य है। सूफी लोग दिव्य के प्रति वासनारहित प्रेम की भाषा का प्रयोग करने की प्रवृति रखते हैं। अतः यह स्पष्ट नहीं है कि क्या युवक ने फकीर का आशय समझा भी। यदि इस में कोई सार हो भी, जितना भी भिन्न फकीर हो, यदि उसे युवक में रुचि के कारण दण्डित किया जाए भी तो फिर कोकुर का अंत ही जेल में ही होगा।

यह विषय इस विषय से बाहर का है। कोकुर! चूँकि कलाकार को तुम जानते थे तुम्हारा इस विषय में क्या कहना है?" कोटारानी ने मंत्री से कहा।

कोटारानी के इस प्रश्न पर कोकुर सजग सा हो गया। और वह जानता था कि इसे हल्के में नहीं लिया जा सकता था।

"महारानी और राजा! हम लोग सामान्य कलाकार हैं। हम अपने शासक की ओर अपनी सुरक्षा के लिए देखते हैं। एक कलाकार एक तिहाई पागल होता है। एक तिहाई कुशाग्र बुद्धि होता है तथा एक तिहाई आध्यात्मिक होता है। वह अपनी रमने की शक्तियों पर नियंत्रण नहीं रखता। अपितु उनका नियंत्रण उस पर होता है। हम में से अधिकांश, मुझसे ही आरंभ करके देखिए, हमें रूढिविरोधी माना जाता है। सम्भवतः हमें असामाजिक अथवा तो विकृत भी माना जाता है। कश्मीर में जब हम किसी पागल को अपने ऊपर पत्थर फैंकते देखते हैं, हम उसका उत्तर इस विचार से देते हैं कि वह एक अन्य तरह के लोक का वासी है। कश्मीर में कलाकारों को एक विशेष स्थान प्राप्त हुआ है और उसके फलस्वरूप उन्होंने इस के गौरव, और संस्कृति को समृद्ध किया है। जबकि आज हम अपने जीवन के लिए थर-थर काँपते हैं। अब कलाकृतियों पर निर्णय प्रसिद्धि अथवा सामाजिक अवमानना नहीं है अथवा उपेक्षा भी नहीं है अपितु स्वयंभू नियंत्रण। दमन।"

"कश्मीर के सिंह राजा रिनचिन जानते हैं कि जब बुद्ध थे तो उन्होंने अपने अनुयायियों को निर्देश दिये थे कि उसका अनुपालन या नकल न करें। किंतु जब वह देह त्याग गए तो कलाकारों ने उन की प्रतिमाएँ बनानी आरंभ की और जन जन ने उनका ध्यान कर शांति और स्थिरता प्राप्त की। यदि लामाओं ने यह निर्देश दिया होता कि इन कलाकारों को मृत्यु दी जाए तो? क्या बुद्ध इससे सच में ही अपमानित होते? मेरे भीतर का कलाकार इन दोनों प्रश्नों के उत्तर में 'नहीं' कहेगा।"

अब रिनचिन ने हस्तक्षेप किया।

"पर तुम कौन होते हो यह निर्णय मुसलमानों को देने वाले जिनके लिए मुहम्मद अति पवित्र हैं?"

कोकुर ने गहरी साँस ली उतर देने से पूर्व।

हम कलाकार मानते हैं कि सारा संसार शिव का प्रतिबिंब है, तथा सब कुछ असीम है। एक कलाकार की हत्या करना तो मानवीय अंतर्दृष्टि के संकाय की हत्या करना है। यदि इसे सीमाओं के अंतर्गत भी माना जाए, यदि इसे छल कपट और अपराध भी न माना जाए, कोई अपराध नहीं हुआ मानो किसी की

हत्या न हुई, किंतु यह तो कलाकारों की सुरक्षा से सम्बन्धित विषय है। क्या हमारे लिए हमारे धर्म का पालन करना सुरक्षित है?"

दरबार में कोकुर को सुनकर उसके लिए सबके मन में सम्मान जागा। यह एक व्यक्ति है जो समाज की परिधि पर है। केवल मंच पर ही उसे जीवन का भान होता है और अकस्मात् स्थितियों ने उसे इस तीव्र नाटक के केंद्र में ला खड़ा किया है।

रिनचिन और कोटरानी इस सारे विषय पर निर्णय करने के लिये अपने निजी कक्ष में गए। क्रुद्ध कोटारानी पहले गई।

"यह पहले ही निर्णीत विषय है। हम सब इसके साक्षी हैं। फकीर को हत्या के लिए मृत्यु दण्ड दिया जाना बनता है। उसका शिरोच्छेद करना है।"

रिनचिन असहमत हुआ।

मुझे लगता है शाहमीर ने बड़े अच्छे बिंदु उठाए। फकीर को उस ब्राह्मण के दृष्टि कोण से समझना होगा। हम उसे मृत्यु दण्ड नहीं दे सकते।"

कोटारानी ने यह बात निरस्त की।

"हमारे नियमों को हमारे समाज के विरुद्ध किए गए क्रिया कलापों की वकालत करने में उपयोग न करो। फकीर ब्राह्मण की तरह नहीं था जो कि किसी की हत्या नहीं करता।"

अब वह वहीं सुरक्षा नहीं माँग सकता जो एक ब्राह्मण को मिलती है। एक हत्यारा एक हत्यारा ही है। ब्राह्मण, मुसलमान अथवा कोई भी।"

"पर फकीर कर्तव्यबद्ध है मुहम्मद के चित्र पर विरोध करने के लिये। क्योंकि वह उसके मजहब की अवमानना है।"

"जब फकीर कश्मीर आया उसका यह कर्तव्य है कि वह यहाँ वैसे रहे जैसे कि हमारा समाज रहता है। वह हम पर अपने प्रवासी नियम नहीं थोप सकता। वे तो बिलकुल भी नहीं जिनका परिणाम निष्पाप लोगों की हत्या हो।"

दोनों इस विषय के आगे और पीछे दौड़ते रहे। कोटा भयंकर रूप से विक्षिप्त और दुखी थी। एक हत्यारे से यह आशा नहीं की जा सकती कि "एक सह हत्यारे को दण्डित करे" उसने अंततः उगला। उसने देखा कि रिनचिन को उसने गहरे काट डाला था।

मैंने पण्डिता लक्ष्मी को अपरिवर्तनीय वचन दिया है कि मैं किसी के प्राण कभी नहीं लूँगा "

कोटा रिनचिन के समक्ष निजी वचनदान की स्थिति में दुर्बल पड़ गई। और उसने अपना अंतिम निर्णय दिया। वे कक्ष में आए और अपना निर्णय दिया।

फकीर को कारागार से मुक्त किया जाएगा। फकीर के मुख पर कालिख पोती जाएगी। उसे उल्टी दिशा में गधे पर सवार कर घुमाया जाएगा। और उसके हाथ उसके पीछे बांधे जाएँगे। उसे घाटी से निर्वासित किया जायेगा, और गांधार वापस भेज दिया जाएगा, जहां उसकी मुक्ति होगी। वहाँ वह अपने जैसों के साथ रहेगा। कश्मीर में सामाजिक मृत्यु, शारीरिक मृत्यु से भयावह मानी जाती थी। उसी तरीके से फकीर का जीवन बच गया। जिससे राज्य बच गया। रिनचिन का नए माने हुए मजहब का सामना करने का भय भी टल गया। कलाकार की विधवा को यथेष्ट क्षतिपूर्ति की राशि दी गई ताकि वह और उसकी संतानें अपने आजीविका कमाने वाले के बिना सम्मानित तथा सुखपूर्ण जीवन जी सके। अधिकांश कश्मीरी नेताओं ने इसे व्यावहारिक समाधान माना। जिससे जीवित रहा जा सके। रिनचिन तथा कोटारानी की विशालता की प्रशंसा की। डामर नेताओं में से एक लोण नामक, जो लावण्य वंश का था, ने बाहर जा कर इस निर्णय को धक्का मुक्की करती भीड़ को बताया। खुशी की लहर दौड़ गई। ढोलकें बजाई गई कि बट्ट समुदाय की आधारशिला, न्याय को लागू किया गया। उस रात्रि जब कोटरानी को नींद आ गई कि उसने एक भयानक सर्प और उसके विषाक्त विचार घाटी से बाहर कर दिए। किंतु अपनी चंचल नींद में, वायु वृक्षों की सरसराहट के माध्यम से घाटी से होते हुए ठीक अफगानिस्तान तक यह बोले जा रही थी कि, "फकीर तुमने एक निर्दोष को मारा।" अभिभावक पर्वत भी अपने संदेश में उठ खड़े थे। देशकाल से वे उन अभिशापों को प्रतिध्वनित कर रहे थे कि, "जो आज मैं भोग रही हूँ, तुम्हारे वंशज यही दुख भोगें। इससे सहस्रों गुणा अधिक।"

इस बीच शाहमीर इस निर्णय का विक्रय अपने गाँव, मलचमार के लोगों में कर रहा था।

"देखो हम कैसे विजयी हुए। फकीर अपने जीवन के साथ बाहर आ रहा है। उसे मृत्यु नहीं दी गई। उसने अपने सिद्धांतों पर किसी की नहीं मानी। उसे उसके स्थान पर यदि एक ब्राह्मण के समान माना गया। इस्लाम खतरे में नहीं हैं। हम खतरे में नहीं हैं।"

किंतु एक युवा, अली, जो फकीर की गिरफ्त में था, बोल पड़ा।

"हमने लड़ाई लड़नी आरंभ की है। हमें यह लड़ाई तब तक लड़ते रहना है जब तक कि यह मूर्ति पूजा समाप्त न हो तथा अल्लाह के मजहब को सब प्यार न करें। तभी हम कश्मीर में सुरक्षित हो जाएँगे।" अली एक घुड़सवार सेना का अधिकारी था। वृद्ध लोगों ने यद्यपि इस गर्मजोशी का समर्थन नहीं किया।

किंतु यह बात आम तौर पर सभी द्वारा स्वीकार कर ली गई कि शाहमीर ने उपस्थित परिस्थितियों में सर्वोत्तम काम किया था।

अली अड़ा हुआ था। "आज से फकीर को मुजाहिद्दीन अव्वल के नाम से पुकारा जाएगा, अर्थात् प्रथम योद्धा। अन्य लोग उसका अनुसरण करेंगे "

फकीर के जाने के दिन विशाल भीड़ जुट गई। जब वह रक्षकों द्वारा बाहर को लाया जा रहा था उसने क्षमायाचना की। कश्मीरियों ने उस पर शोर गुल मचाया। "सफेद भेड़िया अपने दल से मिल गया। कुछ ने विष्ठा के थैले लाए थे, जो कि वे उस पर फेंकने लगे। थैले फकीर के शरीर तथा मुख पर फट रहे थे। वह चीखने लगा। वह चारों ओर घूमने लगा अपने को इन प्रक्षेपास्त्रों से बचाने के लिए।

"कश्मीरियों! मैं लौट आऊँगा। और जब मैं लौटूँगा, तुम याचना करोगे कि 'हमें जाने दो, और आसमान तक चिल्लाओगे कि 'तुम बट्ट नहीं हो।' अपनी रक्तिम आँखें छोटे से मुसलमान के छोटे से दल की ओर घूम कर चिल्लाया, "तुम सच्चे मुसलमान नहीं हो। तुम भ्रष्ट और अनैतिक हो गए हो काफिरों के साथ। जब मैं पूरे सामान के साथ आऊँगा। तुम उसके बाद पक्के मुसलमान बनोगे। तुम शराब के विरुद्ध पवित्रता और तप का जाम पियोगे। तब हम काफिरों को दण्डित करेंगे। पहले हम उन्हें मुसलमान बनने को कहेंगे, यदि वे नहीं मानेंगे तो हम उन्हें मार डालेंगे। हमें वे जहां भी मिलेंगे, वहीं काट डालेंगे। हम राजसी लोमड़ी का पीछा करेंगे, और उसकी गर्मी को खत्म करेंगे। कश्मीर में जिहाद व्याप्त हो जाएगा।"

गुहारा भी अपने पिता की बगल में वहाँ उपस्थित थी। फकीर के भीतर से बहते गंद को असह्य सा समझ उसके भीतर कुछ घटित हुआ। उसने एक पत्थर उठा कर पूरी शक्ति से फकीर पर दे मारा। यह पत्थर उसने असंगति से चलाया, कि यह सीधे फकीर के मुख पर लग गया। उसकी समझ में नहीं आया कि यह कहाँ से आया और किसने मारा किंतु यह अपने परिणाम में प्रभावी रहा। वह मौन हो गया। उसके मुख से अब रक्त के अतिरिक्त कुछ न निकला। वह और उसके रक्षक दूरी पर जाकर विलीन हो गए।

अली ने सारा किस्सा देखा क्योंकि घुड़सवार सेना का अधिकारी होने के नाते उसे फकीर के साथ सीमा तक जाने का आदेश हुआ था। जब वह गाँव वापस पहुँचा उसने घोषणा की कि उस दिन से वह और अन्य फकीर के अनुयायी अपने गाँव का नाम फारसी सगीर अथवा छोटा फारस रखेंगे। फकीर द्वारा मुसलमानों को दी गयी चेतावनियों को देखते हुए वे गाँव में शरिया लागू

करेंगे। जो कि कश्मीरी समाज से बाहर रहेंगे। आज से वे अपने भीतर की सामाजिक व्यवस्था में इस्लाम के विधि विधान लागू करेंगे।

कुछ मास पश्चात् कोटारानी को रावण की ओर से एक निवेदन प्राप्त हुआ कि उन्हें मिलना चाहिए। जब सेवकों ने रावण को भीतर लाया कोटरानी ने परम सम्मान के साथ उसका स्वागत किया। किंतु कोटारानी उसकी सूचनाओं को लेकर बिल्कुल ही अनभिज्ञ थी, सतर्क न थी।

"मुझे लगता है कि रिंनचिन ने ठीक किया। फकीर की इस घटना से मेरी समझ में आया कि कश्मीर को एक क्षत्रिय मन और मुसलमान शरीर चाहिए। हमें आगे की सोच कर आगे बढ़ना होगा।" रावण बोला।

"तो रावण तुम क्या चाहते हो?" कोटारानी ने झिझक के साथ पूछा।

"मैंने निर्णय लिया है कि मैं मुसलमान बनूँगा।" उसने बड़े नाटकीय अंदाज में घोषणा की।

कोटारानी क्षुब्ध और चकित रह गई। उसने रावण को मनाही की

"रावण तुम कुलीनों में से सर्वोच्च कुलीन हो कश्मीर में। क्या तुम समझते हो तुम्हारे धर्म परिवर्तन का परिणाम लोगों के लिए क्या होगा? कैसे तुम देवस्वामी के साथ अपने पूर्वजों के श्राद्ध संस्कार सम्पन्न करोगे? जब चारों तरफ अफरातफरी हो तो उस समय संभलकर चलने की आवश्यकता होती है, न कि परिवर्तन की आँधी में बह जाने की।"

रावण को मना नहीं किया जा सकता था।

"आज से मैं मुसलमान क्षत्रिय हूँ। मैं नहीं समझता कि मैं कुछ त्याग रहा हूँ। अपितु मैं कुछ अतिरिक्त अंक प्राप्त कर रहा हूँ। मैं अब भी देवस्वामी के साथ बैठ कर पुत्रोचित कर्म करूँगा। जहां तक कश्मीर के लोगों एवं राज्य की सुरक्षा का सम्बन्ध है वह मेरा प्रधान कार्य है, चिंता है। और एक योद्धा के रूप में मुझे वह कर्म करना है। हमारा सबसे बड़ा भय है गाजियों का हम पर आक्रमण, अतः यदि हम पहले ही एक मुसलमान राजा द्वारा शासित हैं तो गाजियों को हम पर आक्रमण करने की कोई आवश्यकता ही नहीं।"

कोटा दुख से तड़प उठी।

"रावण तुम्हारे इस कर्म का व्यक्तिगत परिणाम निश्चित रूप से मैं नहीं जानती।" किंतु रावण अड़ा हुआ था।

कोई व्यक्तिगत परिणाम नहीं होगा। मैं गाय का मांस नहीं खाऊँगा। और मैं सूअर का मांस भी नहीं खाऊँगा। रिनचिन इस धर्म परिवर्तन को बहुत ही वांछित समझता है। उसे बाहरी नहीं माना जाएगा तब। और उसने मुझे लद्दाख और

कश्मीर का प्रधानमंत्री बनाया है। उसने मुझे रैना की उपाधि भी दी है अर्थात् स्वामी, न्यासी। क्या तुम्हें नहीं लगता कि यदि रिनचिन को कुछ हो जाता है मुझे हर तरह से एकीकरण करने वाला माना जाएगा।"

कोटारानी इस घोषणा से भी अत्यधिक स्तम्भित हो गई। रिनचिन इस अल्पायु के मन में क्या विचार भर रहा है।?मान लो रिनचिन को कुछ हो भी जाता है, तो भी वह रानी तो है ही। हैदर उसका पुत्र तो है ही। अतः उनकी अवमानना की कोई बात ही नहीं उठती।

"रावण मैं अब और अधिक दुखी और चिंतित हो गई हूँ। यह रिनचिन के लिए बहुत आवश्यक था कि तुम्हारा धर्म परिवर्तन कर दे?"

"बहन! इसमें कुछ गलत नहीं। वास्तव में रिनचिन ने मुझे यह दर्शन समझाया कि राजा का कोई एक धर्म नहीं हो सकता। उसने मुझे कहा कि वह आधा ही मुसलमान है, वहीं मैं भी बनूँगा। कोई उस पट्ट को पढ़ने पर ध्यान नहीं देता जो मस्जिद अव्वल पर फहरा रहा है कि, "मेरा मित्र आमोद प्रमोद के लिए प्रेक्षकों का प्रेक्षित बन गया है। उसके मुख ने इस्लाम माना और उसके बालों में धर्म सजा। वह दोनों को नियंत्रित करता है। इस्लाम तथा धर्म। दोनों में उसकी खासी रुचि भी है।" कोटा आश्चर्य चकित रह गई। "तुम्हारा अभिप्राय है कि रिनचिन का धर्म परिवर्तन एक झूठ है? राजनीति के लिए?"

रावण ने निश्चित उतर न दिया इसका, "मैं इससे अधिक कहने की अनुमति नहीं रखता, जितना कि उस पट्ट पर लिखा है।"

कोटा आश्वस्त न हुई।

"तुम दो नाव में सवार नहीं हो सकते। क्या कोई स्त्री यह दावा कर सकती है कि वह एकीकृत करने वाली है कि वह दो पुरुषों से आधी आधी गर्भवती हो गई? टुक्का का क्या कहना था अपना प्रधानमंत्री पद छिन जाने पर।?"

"टुक्का के पास रिनचिन की इच्छा अनुसार चलने के अतिरिक्त और कोई मार्ग ही नहीं है। रिनचिन की योजनाएँ बहुत ही महत्वाकांक्षी हैं। वह सारे तिब्बत तथा रेशम मार्ग का नियंत्रण प्राप्त करना चाहता है। टुक्का के पास भी बहुत कुछ रहेगा। वह एक योद्धा है। वह एक शासक नहीं हो सकता। वह अब भी सेना का अध्यक्ष है।"

"रावण अपने सिद्धांतों की उपेक्षा करना यह अर्थ नहीं रखता कि तुम अवसरवादी हो जाओ और शक्ति प्राप्त करो, और उससे तुम अपने अंक बढ़ाओ। रिनचिन एक मुहिम बाज है तथा यह सही आदर्श नहीं। उसने निश्चित रूप से

टुक्का से हाथ धोया है एक अनिश्चित प्राप्ति के लिये। क्या तुम ने इस विषय में देवस्वामी अथवा ब्रह्मा भट्ट से वार्ता की है?"

रावण अपनी बहन को उत्तर देते हुए रक्षात्मक हो गया।

"देखो कौन अवसरवादी लाभ की बात कर रहा है। मैंने अपने पिता के हत्यारे से विवाह तो न किया। तुम्हारा प्रथम जाया मुसलमान के रूप में बड़ा होगा जिस तरह से रिनचिन ने शाहमीर के साथ सहमति की है। तभी रिनचिन मुझ से बोला कि वह शाहमीर के साथ सहमति का पालन नहीं कर सकता कि तुम हैदर के धर्म पिता बनो तब तक, जब तक कि मैं यह सब न करूँ। मैं यह बलात् नहीं कर रहा। मैं अपनी इच्छा से कर रहा हूँ। यदि रिनचिन मेरा सम्मान करना चाहता है तो उसमें बुरा क्या है? ब्रह्मा भट्ट को कोई रुचि नहीं अध्यात्म में। मैं धीरे-धीरे देवस्वामी के पास जाऊँगा। वैसे भी जब रिनचिन उसके पास हिंदू बनने के लिए गया, उसने कोई रुचि न दिखाई। बुलबुल सचमुच मेरा बहुत ध्यान रखता है। उससे मैं गहराई के साथ बंध गया हूँ।"

कोटारानी बहुत ही अधिक क्रुद्ध हो गई। उसके अपने ही भाई ने इस प्रकार नंगा वक्तव्य दिया था। पर वह जानती थी कि बाहर बाजार में हजारों लोगों ने भी यह कहा ही होगा। उसने नीचता से उत्तर दिया।

"भविष्य की पीढ़ी मुझे रिनचिन के साथ विवाह करने के विषय में मेरी निर्णायक होगी। तुम नहीं। मुझे लगता है रावण कि तुम अपने छोटे से व्यक्तिगत लाभ के लिए समुदाय को छोड़कर इतिहास में अपने कुलीन नाम पर कालिख पोतोगे। तुम रामचंद्र के पुत्र के रूप में नहीं देखे जाओगे अपितु जिसे एक भाड़े की माँ ने दूध पिलाया और सदा के लिये तुम में विष भर दिया।"

"तुम कभी माँ के दूध की मुझसे बात न करना। मेरी रगों में राजसी रक्त है जैसा कि तुम्हारे भीतर है। इतिहास को ही मुझे भी आंकने दो। मुझे लगता है इतिहास मुझे एक ऐसे व्यक्ति के रूप में आंकेगा जो अपने आगे बढ़ने के विषय में किसी से भयभीत नहीं होता था। रिनचिन तो अस्थायी राजा है कश्मीर का और बुलबुल इस घाटी का सबसे बड़ा आध्यात्मिक व्यक्ति है। इन सत्यों को न मानना तथा भूतकाल में रहना भविष्य के प्रति अंधा होने के समान है।" रावण ने क्रोध में कहा।

"मुसलमान गंदे होते हैं। तुम भी वही होना चाहते हो?" कोटा ने कहा तथा वह रावण के उन जैसा हो जाने के उसके विचार पर थर थर काँप उठी।

"मैं गौमांस नहीं खाऊँगा। मैं लौंडेबाजी नहीं करूँगा। शेष व्यक्तिगत प्राथमिकताएँ हैं।

"रावण मुझे भय है आज हम दोनों में काफी अंतर आ गया है। यह सब बुलबुल को स्वीकार करने की बात नहीं है अपितु अपना सब कुछ त्याग देने की बात है। तुम्हारा यह काम तुम्हारे भविष्य में पुत्रों पुत्रियों को यह जानने से वंचित करेगा कि हमारी भूमि का महान सत्य क्या है। यह उनका अधिकार है जो तुम उनसे छीन रहे हो।"

"मुझे पता था यह सरल नहीं है किंतु अब मैंने अपना मन बना लिया है। मुझे इसमें हानि नहीं अपितु लाभ ही लाभ दिखता है। मैं इस भूमि के महान सत्यों के विषय में कैसे हानि भुगतूँगा यदि मैं मुसलमान हिंदू बनूँगा। अंततः मैं एक और वेद को जो अपने शास्त्रों में जोड़ रहा हूँ, मौसला वेद। यदि यह ठीक न रहा तो मैं वापस मुड़ूँगा। मुझे कुछ रोक नहीं सकता।"

कोटारानी ने उसे तरीके से काट डाला।

"रावण यह इतना ही आसान होता तो मछली उल्टा नहीं तैरती, किंतु मुझे लगता है मैंने इस पर आज बहुत बातें की।"

इस निरस्तीकरण के साथ रावण चला गया। उसने कोटारानी को एक सफेद क्रोध में छोड़ा। रावण की इस निहित वार्ता में रिनचिन को उन लोगों के गोलक में रखने को बाध्य किया जो उसके प्रति निष्ठावान थे। भाई और बहन के रिश्ते सदा के लिए समाप्त हुए। भोले रावण को और क्या वचन दिया था उसने?कि यदि रिनचिन को कुछ हो गया तो वह चंद्र को एक तरफ ढकेल कर स्वयं शासन करेगा। कश्मीरी परिवारों की ऐतिहासिक रूप से बहुत सी धाराएँ रही हैं किंतु पहली बार एक शाखा धारा बंट गई। जो कि कभी भी मुख्य धारा से नहीं मिलेगी। उसने एक संदेश वाहक को भेज कर ब्रह्मा को बुलाया। जब वह आया तो उसने उसे बताया कि क्या है रिनचिन का षड्यन्त्र और संकटपूर्ण राजनीतिक गतिविधियाँ और रिनचिन और शाहमीर के षड्यंत्र समझाये।

"बुलबुल और रिनचिन बहुत निकट हैं एक दूसरे के। रावण एक प्रभावित होने वाला अप्रौढ युवा हैं जो अपने पिता की शीघ्र मृत्यु के कारण बड़े लोगों में स्वयं को खड़ा करना चाहता है। उसे उस प्रभाव का सामना किससे नहीं करना, जो प्रभाव रिनचिन उस पर डाल रहा है। रिनचिन ने उसे अपने पंखों में लिया है और यह सहज ही समझ में आता है कि उसके धर्म परिवर्तन की कथा तुम्हारे भाई की कथा के रूप में सशक्त है। रावण पर अपने जीजा का अनुकरण करने के लिए कुछ दबाव अवश्य पड़ा होगा।" ब्रह्मा ने परामर्श दिया।

"वह अपने पूर्वजों और परिवार के लिए एक संक्रांति काल है। उसे चंद्र

की कीमत पर राज्य गद्दी का वचन दिया गया है। परिणामस्वरूप उसने अपने होशों हवास पूरी तरह खो दिए हैं।"

उपाधियाँ और सत्ता नशीली वस्तुएँ हैं। वह एकदम अनुभवहीन है कि दरबार के षड्यंत्र को नहीं समझ सकता और रिनचिन ने उसे अपना मोहरा बनाया है। हमें रावण को इस चंगुल से छुड़ाने का प्रयास करना होगा। यह एक किशोरावस्था वाली बगावत है, समय पर वह अपनी जड़ों में वापस आएगा।"

कोटा का क्रोध नियंत्रण से बाहर था।

"रिनचिन अपने समझौते से पलट गया। उसने मुझ से कहा था कि वह हैदर को सभी धर्मों में दीक्षित करेगा। उसने एकाकी यह निर्णय लिया है कि हैदर को शाहमीर के पास भेज देंगे, मुझसे कहे बिना ही। मैं इस निर्णय के विरुद्ध जीजान से लडूँगी तथा अपने पुत्र को बचाऊँगी।"

ब्रह्मा को कोटरानी के दुख से अत्यधिक दुख हुआ। यह समझ कर ब्रह्मा ने उसे घुड़सवारी करने का सुझाव दिया। जब कोटारानी अश्व पर आरूढ़ हुई उसे कुछ कुछ अच्छा लगा। वह अपने घोड़े से बंधी थी तथा ब्रह्मा के साथ यह पर्यटन उसे बहुत अच्छा लगा। सहस्राब्दियों से पर्वत वहाँ थे तथा सहस्राब्दियों तक रहेंगे। उनमें एक शांत शक्ति थी, और मानो वे कोटरानी से कह रहे थे कि सब कुछ स्वयमेव होगा।

"मैं रावण को अपने पास शाम के भोजन पर बुलाऊँगा, ताकि वह अपने किए निर्णय के विषय में पुनर्विचार करे।" ब्रह्मा ने सुझाया।

"मुझे लगता है कि यह अच्छा विचार है। उसकी रक्षा करो। पर जहां तक रिनचिन का सम्बन्ध है मैं उसे दिखा दूँगी कि मैं उसके अंदर के वृत्त पर उसे चोट कर सकती हूँ।"

"तुम्हें रिनचिन के विषय में क्या लगता है?" ब्रह्मा ने चिंता से पूछा।

"वह एक गँवाई है स्वभाव से तथा एक योद्धा है व्यवसाय से। वह पी कर मार सकता है किंतु तुरंत और अपरिष्कृत न्याय का बोध है उसे।"

"क्या वह तुमसे मिलने का प्रयास करता है?"

"नहीं। वह अपने लक्ष्य के लिए अत्यंत आत्मकेंद्रित है तथा साधन के विषय में वह कोई चिंता नहीं करता। वह मेरी मृत्यु था, किंतु यदि मैं मरती तो मैं उसकी मृत्यु थी। अतः हम एक दूसरे के जीवन के लिए आपस में विवाह बंधन में बंध गये। अब हमारे पास चंद्र है किंतु उसके इतर हम में कोई भी सम्बन्ध नहीं।"

"तुम जानती हो रिनचिन मुझे पसंद नहीं, जबकि मुझे आश्चर्य है कि शाहमीर उसके बहुत निकट आया है।" ब्रह्मा ने कहा।

"तुम जो चाहोगी कर सकती हो, मुझ पर विश्वास करो।"

ब्रह्मा कोटा के दुखी मन को कुछ सहला कर चला गया। यह एक सच्चे मित्र का लाभ था। पर वह संयत न हुई थी।

उस दिन शाम को जब वह संध्या वंदन करने गई, उसका मन में संकल्प बन गया। उसने अपनी दैनंदिनी ली और दुखी मन से रिनचिन के विषय में लिखा।

**प्यारी माँ,**

चंद्र मेरा प्रथम शिशु है। वह मेरे गर्भ से है। उसमें एक एक जीवाणु मेरे जीवन की शक्ति है। जब मैंने रिनचिन से विवाह किया, मैंने उसका अपराध दरकिनार कर, उसे राज्य दिया, जिसकी लालसा उसे थी। मैंने किंतु उसे यह अधिकार नहीं दिया कि वह मेरे पुत्र को शाहमीर के घर में रखे, अथवा उससे पारंपरिक ढंग से राज्य के उत्तराधिकार छीने। मुझे तुम्हारे प्यार से वंचित किया गया था और अब रिनचिन ने उद्वेग के साथ मेरी अंतर्मन की लालसा कि मैं अपने पुत्र को अपने साथ रख कर उसे प्रेम दूँ जो कि उसे मिलना चाहिए, को तोड़ा है। मैंने अस्थायी रूप से अपना शरीर दिया हो पर मैंने अपना मातृत्व वाला अधिकार नहीं त्यागा है, पर किसी स्त्री को मैंने वह परम पवित्र अधिकार नहीं दिया है। शक्ति की प्रथम संतान जब ली गई थी तो उसके क्रोध की कोई सीमा न थी। वहीं मेरी स्थिति है। मैं अपने विवाह की सभी शपथें तोड़ दूँगी। यद्यपि यह क्रूरता होगी प्रथम बार अब और सदैव मैं रक्षा मंत्रों का जप नहीं करूँगी, जो मुझे देवस्वामी ने दिये। भौम को अब न रोका जाए, वह आए और अपने धर्म के वक्र पथ पर चलें। तुम्हारी पाषाणहृदय पुत्री। को.

रिनचिन को अब तक तीन वर्ष हो गए राज्य करते। उसने राज्य में अच्छे खासे निष्ठावान लोगों को शासन के शिखर पर जुटा लिया था। उसे एक छुट्टी मनाने की इच्छा हुई और वह अच्छोडा झील के लिए, अली के नेतृत्व में एक छोटे से दल के साथ चल पड़ा। मुसलमान घुड़सवार रिनचिन के व्यक्तिगत रक्षक हो गए थे। यह कोटारानी के अंगरक्षकों एकांगों का दर्पण था। रिनचिन इस अवसर पर अली के बहुत निकट आया, और उसे सम्मान प्रदान किया। अली अभी अविवाहित था अतः रिनचिन ने उसे विवाह के लिए उत्साहित किया ताकि दरबार में उसे आगे बढ़ाया जा सके। दोनों झील के तट पर मंद समीर का आनन्द संग बैठ कर लेने लगे। एक नौकर तरबूज के फाँक और हुसैन तथा फखरी अंगूर

लाए, जो कि अति मधुर थे। यहाँ तक कि कवि तक कहते हैं कि वे स्वर्ग में भी दुर्लभ हैं। रिनचिन ने एक गिलास मुस्खाबाद सुरा पी ली पर अली एक कठोर परहेजदार था। एक नीलकंठ पक्षी समीप के वृक्ष पर बैठा था, सतर्क नेत्रों से देखता। एक माता मुर्गी तट पर एक नाव के समीप चोंच मार रही थी। उसके चूँ चूँ का शोर मचाते चूजे उसके पीछे पीछे आ रहे थे। बच्चे जल में छपाक छपाक कूद रहे थे। एक अंत पर, झील की, एक मछुआरा अपनी मछलियों की कतार देखने में निमग्न था। उसके साथ ही उसका अलसाया कुता एक खुली आँख से देख रहा था, जबकि मक्खियाँ उसके मुख पर मंडराए जा रही थी। ऊपर की तरफ देखी जा सकती हैं लहरें जो हवा में लहरियाँ उत्पन्न कर रही थी। और यह सायं की पवन थी। इन लघु लहरियों में प्रतिबिम्बित हो रहे थे नदी के तट पर उगे वृक्ष। रिनचिन तट पर गया और देखा कि उसका मुख उसे ही देख रहा है। उसने जो कुछ देखा, वह उसे अच्छा लगा। एक मनुष्य जिसने अपना लक्ष्य प्राप्त किया किंतु फिर भी वह संसार में बहुत कुछ कर सकता है। यह एक पुनः आश्वस्त करती छवि थी। जो रिनचिन को चाहिए थी। एक माह के आराम के पश्चात वह स्वस्थ सा हो गया था तथा श्रीनगर वापस जाने को तैयार था।

उसके जाने से एक रात्रि पूर्व गाँव वालों ने उससे मिलने का निवेदन किया। ताकि वे उससे अपनी शिकायत कर सके। रिनचिन ने उनको आने का निमंत्रण दिया। इस दल की मुखिया, एक ग्वालिन पहले बोली। किसी भय इत्यादि के बिना वह बोली, "टिम्मी, सेना नायक टुक्का के छोटे भाई की ओर संकेत कर कि वह गाँव में घुस कर जबरदस्ती उनका दूध जब्त करता है तथा पैसा एक नहीं देता है। अगर रिनचिन सचमुच एक न्याय और व्यवस्था का राजा है, एक लुटेरा नहीं है, तब न्याय होना चाहिए।" वह चिल्लाई।

रिनचिन ने टिम्मी से पूछा, जिसने इस आरोप को सिरे से नकारा। रिनचिन ने स्त्री की ओर सम्बोधित होकर कहा कि क्या वह इस सब का परिणाम अपने और अपने परिवार के लिए और गाँव के लिए भी जानती है। जो कि एक दरबारी पर गलत आरोप लगा रही है।

"अरे महाराजा! हम इतने गए गुजरे नहीं हैं कि झूठे आरोप लगा कर आप से दूध के पैसे ऐंठे। हम तुम्हारे पास न्याय के लिए आए हैं। पैसा नगण्य है बहुत बड़ी चीज है न्याय। रिनचिन इस अंतर्निहित अपमान पर ऐंठ गया तथा क्रोध से आग बबूला हो गया। उसने अपनी तलवार खींची और सभी को तथा टुक्का को सदा के लिए स्तम्भित करते हुए टिम्मी का शिरोच्छेद किया। टिम्मी भूमि पर गिरा और एक सिंह की भाँति रिनचिन ने उसका पेट फाड़ डाला। दूध एक नदी

के रूप में बहने लगा। यह टिम्मी के छल और असत्य का अंतिम प्रमाण था।

"जाओ और संसार से कहो कि कश्मीर में अत्याचार का कोई स्थान नहीं।" उसने घोषणा की।

वापसी पर रिनचिन को बुरा समाचार मिला कि बुलबुल बीमार हो गया था और बौद्ध विहार की महंतिन अकथनीय रूप से सिधार गई हैं। रिनचिन को उसको दिया वचन स्मरण हो आया और उसने उस वचन को टिम्मी के साथ कैसे भंग किया। उसने उसे चेतावनी दी थी एक पुनः विकृति की तथा कोटारानी भी एक खराब मन:स्थिति में उसे दिखी। कश्मीरियों के सुख के विपरीत टिम्मी के मरने पर वह दुखी थी कि रिनचिन ने न्याय के पहियों की हवा ही निकाल दी थी, जो उसने उसे स्वयं मार डाला था। जहां तक बुलबुल का सम्बन्ध है कोटरानी और रिनचिन के बार बार विनय करने पर भी उसने स्थानीय वैद्यों का उपचार लेने से बराबर मना किया तथा कहता रहा कि वह रिनचिन की प्रतीक्षा कर रहा है। अपनी अंतिम इच्छा बताकर वह शांति से चल बसा। वह संसार में कुछ साथ न लाया था, वह संसार से कुछ लेकर न गया और उसने संसार में कुछ नहीं रखा। किंतु उसका ब्रह्मांडीय भ्रातृत्व का संदेश सारे संसार के लिए पर्याप्त था। बुलबुल का जाना राज्य के लिए सचमुच एक दुख का दिन था, क्योंकि उसे सब प्रेम करते थे। रिनचिन ने उस को दफनाने के लिए बुलबुल लंकर स्थान चुना, जो कि महल की बगल में था।

कोटारानी ने अपनी पीढ़ियों के रणनीतिकार तथा इतिहासकार कुमार भट्ट को शारदापीठ से बुलाया तथा उससे कहा कि वह हिंदुओं और मुसलमानों की एकत्रित भीड़ को प्रशंसा भाषण दे। कुमार ने कश्मीर में इस्लाम के प्रवेश से आरंभ किया और फिर निष्कर्षित किया। बुलबुल सहिष्णुता और मानवता का उदाहरण था। उसके कर्मों से यह संदेश सशक्त हो गया कि मजहब के विषय में कोई जबरदस्ती नहीं है। इस्लाम को हमारी दरकार है जो कि प्राचीन शास्त्रों में वर्णित सत्य पर विश्वास करते हैं। जोकि कई राष्ट्रों के पैगम्बरों पर उद्घाटित किया गया था। उसने कश्मीर के लोगों में शांति और सद्भाव का वातावरण बनाया। वह सचमुच कश्मीर का गोद लिया संतान था। जब भी हम मार्ग को खो देते हैं तो बुलबुल, जो अब कश्मीर के अन्य ऋषियों के साथ हैं, सदा ही कश्मीरियों का मार्गदर्शन करेगा।"

कश्मीरी, हिंदू और मुसलमान दोनों स्वीकार कर गए यह बात। बुलबुल और ऋषि सदा ही उनका मार्ग दर्शन करेंगे, जब भी संकट काल होगा। रिनचिन

ने मौन हो कुमार को सुना। वह अपने दुख में खोया था। वह उस दिन बहुत एकाकी हो गया था।

ये सभी गतिविधियाँ उदयन देव एवं उसके परामर्श दाताओं तथा सोग्दिन द्वारा सूक्ष्मता से देखी और आंकी जा रही थी। वे समझ गए कि अब एक द्वार खुल गया है तथा वे इसका लाभ ले सकते हैं। सोग्दिन से कहा गया कि वह टुक्का के पास दूत रूप में जाए ताकि रिनचिन उसे खोज न पाए। उसे टुक्का से यह कहने का परामर्श दिया गया था कि उदयन गांधार में है।

उदयनदेव ने टुक्का को संदेश भेजा कि चूँकि महाराजा अभी जीवित है, तुम को उस शहर में घुस कर, जहां वह विवेक के साथ शासन करता है, अपनी प्रसिद्धि का प्रयास करना चाहिए। वल्य उस सम्पन्नता का आनंद ले रहा है जो तुम ने अर्जित की है, तुम्हारे जीवन के मूल्य पर भी। जीभ की तरह जो कि हाथों द्वारा किए उद्योग का फल चखती है। जैसे महादेव शिव ने स्वर्ण आभूषण त्याग कर अपने शरीर पर भस्म मला और सर्पों की माला गले में अलंकृत की। तब भी वह महाराजा वल्य को शक्तिशाली बना रहा है और तुम्हारी उपेक्षा कर रहा है। यद्यपि तुम एक उच्च जाति के हो। तुम्हारे शौर्य से भयभीत, उसने टिम्मी को मारा थोड़ा-सा दूध पाने के लिए ठीक वैसे ही जैसे टिमी, व्हेल को कोई मारता है।

इस संदेश से टुक्का के अंदर जो अजनबियत का भाव था वह दुगुना हो गया। उसके अंदर की आग शिखाओं में ऊँची उठी। 'रिनचिन अब आप के साथ नहीं है 'बलाघात के साथ कहा सोग्दिन ने। 'वह एक मुसलमान हो गया है। उसका सबसे बड़ा मित्र और साथी शाहमीर है। उसका गुरु था बुलबुल। तुम्हारा क्या मूल्य उसके लिए? कुछ भी नहीं। क्या तुम भूल गए हो कि बुद्ध धर्म के सबसे खतरनाक हत्यारे मुसलमान ही रहे हैं? तुम तब भी अब रिनचिन की सेवा में लगे हो जब कि वह सदर-उद्दीन है। टुक्का तुम सेनाध्यक्ष थे और तिब्बत के स्वामी थे। तुम तिब्बत के शुकालांतिका वंश से आते हो। तिब्बत तुम से छीना गया था। टुक्का क्या तुम वह व्यक्ति हो जो अपने भाई के लिए प्रतिशोध लेगा अथवा क्या तुम एक बलि का बकरा बनोगे रिनचिन के लिए।?"

उदयनदेव और उसके परामर्श दाताओं ने उसका सही आकलन किया। टुक्का ने पूरा जीवन मारने का प्रशिक्षण प्राप्त किया था। अतः उदयनदेव के संदेश का उसपर वहीं प्रभाव पड़ा जो पड़ना चाहिए था। वह अपने जीवन भर के रिनचिन के साथ सम्बन्ध को लेकर दुखी हुआ पर परिणाम का कुछ पता न

चला। निष्ठावान होते हुए भी वह रिनचिन के अवसरवादी योजना के लिए नष्ट होने को तैयार था। रिनचिन किसी के प्रति निष्ठावान नहीं था क्योंकि उसे लोभ ने ग्रस लिया था। वह एक बौद्ध नहीं था। वह एक मित्र न था। वह विश्वास्य न था। सब कुछ तय हो गया। वह और उसके दल ने इस योजना को बनाया और उस पर काम भी आरंभ किया। उसने विंशप्रस्थ में रिनचिन पर आक्रमण किया। ज्यों ही टुक्का ने रिनचिन के सिर पर एक शक्तिशाली हाथ मारा, वह भूमि पर अचेत होकर गिर गया। टुक्का ने अपना ध्यान लगाया अपने मित्रों की सहायता करने में। उसका क्रोध रिनचिन को मारकर शांत हो गया था। वे राजधानी में राज्य प्राप्त करने का स्पष्ट लक्ष्य रखते थे। इतने में रिनचिन जिसने मरने का स्वाँग किया था उठ खड़ा हुआ। यह सुनकर रिनचिन को बहुत शांति हुई कि वल्य ने ज्यों ही उसपर आक्रमण का समाचार सुना तो वह उसकी सहायता के लिये दौड़ा चला आया। अपने साथियों के साथ रिनचिन अपने विरोधियों, टुक्का और उसके साथियों के समक्ष आ गया। जो कि अब महल को लूटने में व्यस्त थे। अब उनमें आपस में ही एक झगड़ा होने लगा कि कौन इस मुसीबत को पैदा करने का उतरदायी है। वे एक दूसरे पर टूट पड़े और उस काम को सुल्तान ने पूर्ण किया। टुक्का को कारावास में डाल दिया गया, जंजीरों से उसे जकड़ा गया ताकि वह भाग न जाये। उसकी पत्नी को सामने लाया गया और रिनचिन ने उसका उदर फाड़ डाला, जो कि गर्भ से फूल गया था, जैसे कि कोई अपने उँगलियों से राजमाश निकाल लेता है। टुक्का ने अपनी जंजीरों को तोड़ने का प्रयास किया किंतु किसी काम का न था यह प्रयास।

'लद्दाख का सबसे बड़ा देशद्रोही, शेरों ए कश्मीर। हह। एक गीदड़ कभी भी एक शेर नहीं हो सकता।" रिनचिन पर उसने थूका।

"मर" कहते हुए रिनचिन चीखा और टुक्का को सूली पर चढ़ाते हुए तलवार पर उठा दिया। ऊँचा उठा कर भूमि पर पटक दिया। जीवन में टुक्का जिस जिससे होते हुए गुजरा उसे दहला दिया। कश्मीरियों ने चुपचाप चैन की साँस ली कि बौद्धों के बीच फूट पड़ गई।

अगले कुछ माह में रिनचिन ने अपने जख्मों से उबरने का प्रयास किया। वह अब अपनी सुरक्षा को लेकर बहुत ही सचेत हो गया था तथा आदेश किया था कि एक नया जनपद निर्माण किया जाए। जिसका नाम रिनचिनपुर रखा जाए। जिसके चारों ओर एक खाई थी। यह पहले एक बौद्ध तीर्थ था, बोद्धगीर नाम से जाना जाता था। उसी से जनपद का नाम बोद्धगीर पड़ा था। वह शाहमीर के और निकट आ गया, यह अनुभव करते हुए कि वह अब लद्दाखियों पर विश्वास

नहीं कर सकता। उसके जीवन भर के मित्र, परिवार, यहाँ तक कि शाहमीर सदा ही उसके प्रति निष्ठावान रहे। किंतु वर्षा ऋतु में उसके सिर का व्रण फिर हरा हो गया। ज्यों ज्यों मौसम ठंडा होता गया उसकी स्थिति खराब होती गयी। ज्यों ज्यों वह मरणासन्न होता गया, कोटरानी की प्रकट इच्छाओं को जानते हुए भी उसने शाहमीर को अपने पुत्र हैदर को विकसित करने का दायित्व सौंपा। उसे राज्य प्रतिनिधि नियुक्त किया। और कोटरानी को राज्य करने में सहायता करने को कहा।

जब उसे लगा कि उसका जीवन समाप्त हो रहा है तब वह कोटरानी की ओर मुड़ा। जो बराबर उसके साथ बनी रही।

'कोटारानी! क्या तुम सच में मेरे प्रति सत्यनिष्ठ थी।?' वह बोला।

उसने उसके प्रश्न का उतर एक प्रश्न से ही दिया, "क्या मेरे पास कोई विकल्प था? क्या तुमने मुझसे पूछा, जब तुम मेरे पास अपना विवाह प्रस्ताव लेकर आए। क्या तुमने मुझसे पूछा जब मेरा पहला बच्चा शाहमीर को दिया? अब इसका कोई अर्थ नहीं।

"क्या तुमने देवस्वामी को निर्देश दिया था कि वह मुझे न स्वीकारे?" रिनचिन ने तुरंत ही पूछा।

"नहीं मेरे स्वामी! उसने वही किया जो उसने अपना धर्म माना। वह तुम्हारे राज्य को वैध नहीं बना सकता था तुम्हें राज्याभिषेक का प्रमाणपत्र देकर, जो कि तुम चाहते थे। तुम एक राजा थे नाम से पर हत्यारे थे पहचान से।"

"मैंने क्या किया है?" ये रिनचिन के अंतिम शब्द थे। तीन वर्ष, एक माह और उन्नीस दिन का उसका शासन रहा। 25 नवंबर 1323 को वह मर गया। इस अशांत योद्धा को बुलबुल की बगल में दफनाया गया था। मर कर भी जैसे उसने विश्राम अपने गुरु बुलबुल के पास ही पाया।

तीन वर्ष, एक मास और उन्नीस दिन कोटरानी के विवाह के रहे, और अब वह एक विधवा थी। राजपाठ एक रक्षक विहीन था। उसे ब्रह्मा की चाह हो आई किंतु वह अब विवाहित था तथा कोटारानी कोई दिद्दा न थी, जो विवाहित पुरुषों को बड़े मजे से भ्रमित करती थी। अगली बार वह यह चुनाव करने के योग्य होगी कि किससे विवाह करें। और कश्मीरी उसके दूसरे पति की छानबीन अच्छी तरह से करेंगे।

## चतुर्थ ग्रंथ (पुस्तक-IV)- कुलपति

### तरंग-12

# प्रेम पंछी

मंजिम उदयनदेव के सामने किश्तवाड़ के दुर्ग में ब्रह्मा और यानिव के साथ खड़ा रहा। वह किश्तवाड़ अपने जीवन के अत्यावश्यक कार्य के लिए आया था। कोटारानी की समिति ने कई मास तक अभ्यर्थियों को छाँटने का काम किया था तथा उदयनदेव सदा ही सूची के उच्च स्थान पर आते। सहदेव का भाई होने के नाते वह राज्य पर अधिकार रखता था तथा गद्दी पर उसका होना वैधानिक था। किंतु वह व्यक्तित्व में सहदेव के ठीक उलट था। उससे वह लगभग बीस वर्ष से अधिक समय से अलग होकर उसने शारदापीठ में सर्वोच्च स्नातक शिक्षा और उपाधि प्राप्त की थी। देवस्वामी ने उसके विषय में कहा था कि यदि वह राजसी व्यक्ति न होता तो वह एक परिपक्व पण्डित बनता। जैसे कि उसकी बौद्धिक रुचियाँ थी। वह सुंदर था और श्रेष्ठ कश्मीरी लक्षण थे उसके। उसने कई विवाह प्रस्ताव ठुकराए थे इस आधार पर कि हर विषय में बौद्धिक अनुकूलता की कमी थी। सारस ने ये सारी चर्चाएँ चुपचाप सुनी थी तथा कोटा को परामर्श दिया कि उदयन देव उसका सर्वोत्तम चुनाव रहेगा। उसने कोटा को स्मरण कराया कि उदयन उसकी नृत्य प्रस्तुति पर भी उपस्थित था, अत: उसे विदित है कि वह कैसी लगती है।, जो कि एक बहुत बड़ा गुणा था। उसने यह भी बताया कि भाई बहन सदा समान नहीं होते हैं। यदि कोटा को यह चिंता हो कि वह भी सहदेव जैसा ही होगा।

कोटा रानी उत्सुक हो उठी। कोई भी चारित्रिक अवगुणों को मंजिम, ब्रह्मा और यानिव ने परिश्रम से प्रकट नहीं होने दिया अत: वे गोपनीय पहल करने में लग गए। उदयनदेव को ज्ञात न नाथ कि वह एक अंगारक है, जो कि अब एक मूल मुद्दा था। किंतु वह यह भी नहीं जानता था कि वह एक विधवा हैं अत: अमंगल है, अशुभ है। प्रथम बार कोटा को लगा कि वह एक अपंग प्रेमी है, एक नुक्स दार सामान है। और यह एक अपमान पूर्ण भावना थी।

मंजिम ने ऊपर एक चित्र टांग दिया जिसमें शिव और शक्ति दम्पति थे और बगल में एक कुंडली थी। अत्यंत पुष्पित शब्दों में उसने उदयनदेव की प्रशंसा की तथा इस बात को व्यक्त किया कि कोटारानी उससे विवाह करने को प्रस्तुत है।

"परम विचित्र! कैसी है यह महारानी, जिसने मेरे भाई और अपने पिता के हत्यारे से विवाह किया, अब वही जब विधवा हो गई तो मेरे पास विवाह प्रस्ताव भेजती है जिसने उसके पति को मरवाया। सचमुच इसने कश्मीरी महारानियों के गिरने की हदों की अति कर दी है।" उदयनदेव ने चकित होकर यह टिप्पणी की।

"मेरे स्वामी! आप महारानी को गलत समझ रहे हैं। वह रामचंद्र की पुत्री है। जो सहदेव के प्रति अंत तक निष्ठावान था तथा वह जीवित रहा और प्राण दिए सहदेव के लिए। जब कोटरानी बंदी बनाई गई तो उसे यह सब स्वयं से प्रतिशोध लेने के लिए करना ही था। मात्र वह, उसका पिता और ज्योतिष जानता था कि वह अंगारक है। यह पहले ही ज्ञात था कि वह जिस प्रथम पुरुष से विवाह करेंगी उसका देहांत होगा। अतः इसी क़ारण उसने रिनचिन से विवाह किया।"

"क्या बकवास करते हो मंजिम, मैं जानता हूँ कि तुम्हें अपने व्यवसाय के लिए कहानियाँ गढ़नी हैं, पर हम यहाँ राजसी सम्बन्धों की चर्चा कर रहे हैं। सब जानते हैं कश्मीरी स्त्रियाँ सिंहनियाँ होती हैं, पर तुम मुझे बता रहे हो कि कोटारानी एक आदमखोर हैं।" उदयनदेव ने कहा।

"महाराज! यदि आप सचमुच सोचते हो कि मैं असत्य बोल रहा हूँ, किसी ऐसे से पूछो जिसने कोटरानी और रिनचिन के विवाह में भाग लिया हो। कोटारानी ने क्या पहना था; पूरा सफेद पहनावा ना? लद्दाखियों ने सोचा कि ये कटक हैं, किंतु यह कोटरानी का एक तरीका था कश्मीरियों से यह कहने का कि वह विधवा होने जा रही है।" मंजिम ने विरोध किया।

कोटारानी का विवाह पर सफेद परिधान पहनना सब लोगों की चर्चा का विषय बन गया था। सारा कश्मीरी समाज यह बोल रहा था कि ये परिधान विवाह पर अशुभ होता है और सभी चकित थे किसने कोटारानी को वह पहनने का परामर्श दिया होगा। कश्मीरी पारंपरिक रूप से शोक में सफेद पहनते थे, अतः उदयनदेव को मंजिम की यह दलील माननी पड़ी। वह ब्रह्मा की तरफ मुड़ा।

"तुम कोटरानी को किसी भी जीवित व्यक्ति से कहीं अधिक अच्छे से जानते हो। मैंने कोटा का नृत्य देखा था और सुना था सब से कि तुम दोनों के प्रेम सम्बन्ध हैं। क्या जो मंजिम बोल रहा है वह सत्य है?"

ब्रह्मा के मन में एक पीड़ा का संचार हुआ कि जीवन ने उसे किस स्थल पर ला पटका है जहां उसे कोटारानी के विवाहों का दूत बनना पड़ रहा है।

"मैं शपथ खाता हूँ अपने पुत्र के सिर की कि यह रहस्य सत्य है। मैं मंजिम के साथ आया हूँ कोटरानी के लिए प्रतिभूति देने हेतु। जहां तक हमारे बीच के सम्बन्ध का सम्बन्ध है, हम मात्र मित्र हैं, हम परस्पर रक्षा बन्धन के बन्धन में बंधे हैं, तथा मैं कर्तव्य बद्ध हूँ उसकी रक्षा के प्रति।"

उदयन के प्रश्न गहरे हो उठे।

"यदि, जो कुछ तुम कहते हो, वह सत्य ही है, कोटा ने सती रीति का बिल्कुल भी निर्वाह नहीं किया। अंततः कश्मीर सती देश हैं। सतीसर की भूमि। सती की झील। कय्या, हर्ष की प्रिय रानी अन्य रानियों के संग सती न होकर, सारी कश्मीरी स्त्रियों को कलंकित कर गई, जब उसने अपने दिवंगत पति की चित्ता पर चढ़ना अस्वीकार किया। दिद्दा ने भी वही किया और कुछ लोग कहते हैं कि कोटा दिद्दा की अनुगामिनी है। आधुनिक होना कश्मीरी स्त्रियों के लिए विधान बन गया है, पर किस निष्ठा का उदाहरण कोटा स्थापित करना चाहती है? उसे रिनचिन की मृत्यु पर आत्मदाह करना चाहिए था।"

ब्रह्मा भयभीत हो गया।

"सती और विधवा विवाह पर प्रतिबंध कश्मीर में तिरस्कृत किए जा चुके हैं। देवस्वामी ने यह बहुत बल देकर किया है। शुद्धि का अर्थ क्रूरता नहीं। छोटे बालकों की विधवा का सती होना तो विशेषकर प्रतिबंधित है। और चूँकि रिनचिन ने धर्म परिवर्तन कर लिया था अतः उसे शमशान घाट ले जाने का कोई प्रश्न ही न था। क्या तुम उसे जीवित दफनाना चाहते?"

उदयन ने नीति पलट दी।

"इस कहानी पर तुम्हारा क्या कहना है कि उसे कोटा और उसकी सहायिका सारस ने रिनचिन का सामना करने और उसे उकसाने के लिए लगा दिया था, यह जानते हुए कि वह एक हिंसक प्रवृति का था? कि दूध टिम्मी को फँसाने के लिए मुफ्त में दिया गया था।"

"कश्मीर मात्र कहानियों का ही नहीं अपितु यह षड्यंत्रों का भी स्थल है। अब ऐसे असत्यों का विश्वास कौन दिला सकता है।" ब्रह्मा ने पलटवार किया।

"तब उसे अकेली रहने दो। अरे! उस पर विवाह करने का ऐसा भी क्या दबाव है? वह एक रानी है और वह जो चाहेगी कर सकती है।"

"यदि रानी को कुछ हुआ तो उस स्थिति में हैदर गद्दी पर बैठेगा और

उसकी तरफ से शाहमीर राज्य करेगा। क्या आप कश्मीर में ऐसा होते हुए देखना चाहोगे?" ब्रह्मा ने प्रतिवाद किया।

इस सम्भावना के प्रति उदयन ने कोई प्रतिक्रिया व्यक्त न की अपितु यानिव को सम्बोधित हुआ। मैं तुमसे नववर्ष की नृत्य सभा में मिला हूँ। तुम मंजिम और ब्रह्मा के साथ किस कारण आते हो?"

"महामहिम! रानी अपने सम्बन्धों से किश्तवाड़ के लोगों को भी लाभ देना चाहती है। वह स्थान जिसे अब आप घर कहते हो। कश्मीर का नीलम, अपने मखमली नीले रंग में, मोर के पंखों में बसने वाली, इंद्र धनुषी छटा की स्मृति दिलाते हुए अत्यंत प्रतिष्ठित हीरा है। कश्मीर के पास संसार के सबसे सौष्ठव भरे नीलम की आपूर्ति करने का एकाधिकार था। राज्य की समृद्धि को बढ़ाना इससे बहुत सम्भव होगा यदि कोई किश्तवाड़ के पास की रत्न- सम्बन्धी सम्पदा का लाभ उठा पाए।"

उदयन उत्सुक हो उठा।

"मेरा भाई सदा ही एक क्रयकर्ता था किंतु उसने कभी स्वयं नहीं पहना क्योंकि ज्योतिष ने उसे मना कर रखा था नीलम पहनने के लिए। तुम इस बात पर कितना विश्वास करते हो जो तुमने कहा?"

"परंपरा कहती हैं कि मूसा को जो दस आदेश दिए गए थे वे नीलम की पट्टी पर लिखा था। अतः यह परम पवित्र रत्न है। आध्यात्मिक रहस्य के यहूदी लोग नीलम को ईश्वर की ओर से गुप्त संदेश के रूप में मानते हैं। यूरोप में नीलम को विष की काट के रूप में मानते हैं। सबसे चौंकाने वाली बात तो यह है कि माना जाता है नीलम यह बता देता है कि क्या विवाहित दम्पति एक दूसरे के प्रति निष्ठावान हैं अथवा नहीं। अर्थात् यह अपनी आभा खो देता है यदि किसी अपवित्र व्यक्ति ने इसे पहना हो। फ्रांस में ऐसी प्रामाणिकता न्यायालयों में भी मान्य है। फ्रांस का राज्याधिकार आपके द्वार पर दौड़ता आएगा। नीलम की माँग अनंत है पर आपूर्ति के लिए होना भी तो चाहिए।"

"तुम्हें नहीं विदित वे क्षेत्र अत्यंत विषैले नागों से रक्षित और घिरे रहते हैं। सर्प अपने फण में भी नीलम मणि पहने रखता है। जो रत्न हम प्राप्त करते हैं वे वे होते हैं जो चील के घोंसले से लुढ़क जाते हैं, जब वह नागों से उनको अपने बच्चों को खिलाने के लिए छीन लेते हैं। हम रत्न प्राप्त नहीं करते रत्न हमें प्राप्त करते हैं।"

"ऐसी कथाएँ सारे विश्व में हैं। मुझे पक्का विश्वास है कि खदानों से ये रत्न निकाले जा सकते हैं। और एक जबरदस्त व्यापार फारस के माध्यम से

यूरोप से किया जा सकता है। रेशम मार्ग को इससे अधिक मूल्यवान सामान ढोने को नहीं होगा कोई। मान लो मैं इस काम की प्राप्ति का बीस प्रतिशत रखता हूँ, शेष महाराजा और महारानी के पास जाएगा इस रूप में कि उन्होंने ने हमें विशुद्ध अधिकार दिए खदान को खोदने के, माल ढोने, निकालने, पहुँचाने के, तथा शेष प्रकार की सुरक्षा इत्यादि के।"

उदयन देव ने संशयात्मकता के साथ कहा, "मुझे इस पर सोचने दो। यद्यपि मेरे अंदर तुम्हारे इन प्रस्तावों के प्रति रुचि बहुत न्यून है, किंतु तुम ने दूर की यात्रा की है अतः आज तुम हमारा आतिथ्य स्वीकार करो।"

मंजिम समझ गया कि उसका समय समाप्त हुआ। उन्होंने राजगद्दी का लोभ दिया था। रत्नों के व्यापार की बात की थी तथा लोगों के लिए कल्याण की बात की थी। अब उसके अंतिम प्रस्तुति का समय था।

"महाराजा मैं कश्मीर के भावी शासक का बहुत ही आभारी हूँ कि उसने मुझे यह सब बताने का अवसर उपलब्ध कराया। इससे पहले कि मैं चला जाऊँ, मैं आपको महारानी की ओर से यह व्यक्तिगत उपहार प्रस्तुत करना चाहता हूँ।" उसने एक हाथी दांत की पट्टी उदयनदेव के समक्ष रख दी, उसके बाद नतमस्तक हुआ और बाहर निकल आया ब्रह्मा और यानिव के संग।

जब विवाह का बिचौलिया चला गया तो, उदयनदेव ने पट्टी उठाई। पुराने हाथी दांत से बारीक गढत वाले उस खाके में एक बेहद नाजुक, चित्र था निष्कपट कोटारानी का, जो उसे सीधे और सतर्क नेत्रों से घूर रही थी। चित्र व्यक्त कर रहा था कि यह एक कश्मीरी स्त्री है, जो शासक है, और जिसे अपनी एक तरफ एक पुरुष की आवश्यकता है। वह अतीव सुंदर थी। उसके परिष्कृत रूप से गढ़े हुए लक्षण बता रहे थे कि वह शक्तिशाली स्त्री है और उसका सम्मान किया जाना चाहिए। उसे उसका वह आश्चर्य चकित कर देने वाला नृत्य स्मरण हो आया, कुछ वर्ष पूर्व ही, और वह उसके विद्यालय की पूर्व छात्रा थी, जो कि किसी भी स्त्री के लिए एक दुर्लभ उपलब्धि थी।

कितनी युवा है यह! उदयनदेव का उसके साथ तादात्म्य सा हुआ। यह एक युवा स्त्री है, जो कि उससे विलग नहीं है, एक स्त्री जिसने भयावह दुख और हानि उठाये पर जो कश्मीर पर एकाकी शासन करने को विवश रही। हो सकता है कि हम में और अधिक कुछ समान हो, जितना कि मैंने कल्पना की है। हम दोनों कश्मीर से प्यार करते हैं और वह इतनी राजसी सौंदर्य की स्वामिनी है।

उस रात जब उदयन देव सोने की तैयारी करने लगा, उसने पुनः वह हाथी

दांत उठाया और उसे टकटकी लगा कर देखता रहा। मानो उस प्रतिमा के भीतर के व्यक्ति को पहचानने का प्रयत्न कर रहा हो। जागते हुए उसके अंतिम विचार कोटारानी को लेकर थे तथा जब उसे गहरी निद्रा ने आ घेरा, स्वप्न में उसने देखा कि वह उसके समीप आ रही है और कह रही है, 'उदयन देव! क्या आप को मेरी आवश्यकता है?' स्वप्न में उदयनदेव ने उत्तर नहीं दिया, किंतु प्रातः जब वह जाग गया, उसने एक गोपनीय मुहरबंद उत्तर कोटारानी तक पहुँचाने के लिए मंजिम को पकड़ाया। जब उसने उदयनदेव का पत्र प्राप्त किया तो मंजिम और ब्रह्मा के समक्ष ही सारस ने कोटरानी को पत्र की मुहर काटने के लिए चाकू दिया। उसने पत्र खोला। भीतर एक छोटा-सा पद्य था, परम सुलेख में लिखा था।

जब विलग हो कोई तो
करता है कामना मिलन की
जब मिलन हो तो रहता है
भय बिछोह का
हम उमंग से भर उठेंगे।
मैं जानता हूँ कि मैं
तुम्हारा हूँ
क्योंकि
मैं भी अंगारक हूँ।'

एक मंद स्मिति कोटारानी के मुख पर प्रसारित हुई। अब कोटरानी समझ गई कि इतनी देर तक उदयनदेव ने विवाह क्यों न किया। मंजिम ने अनुमान लगाया कि उसका अभियान सफल हुआ है। ब्रह्मा हूँ हूँ करने लगा। सारस मुस्कुराने लगी। उसे कोटरानी के भीतर की खुशी का अनुभव अनुभूत हो रहा था।

"आप सभी ने, यानिव, बाहरी होते हुए भी, तुम्हारे समेत, आज अच्छी सेवा की हमारी।"

यानिव ने अपना सिर धन्यवाद में झुकाया। वह अब जान गया है कि उसे अब सामाजिक स्वीकृति प्राप्त हो गई है, जिसकी उसने इच्छा की थी।

"महारानी! मैं इस भूमि और इसके लोगों के प्रति निष्ठावान हूँ, और इसकी सेवा करना चाहता हूँ जैसे भी सम्भव हो।"

कोटारानी को जिज्ञासा थी।

"यह बातें सदा ही शिक्षाप्रद होती है- उनके मुख से सुनना जो कश्मीर में नहीं जन्में। तुम्हें कौन-सी बात कश्मीरी बट्ट जीवन पद्धति में अद्वितीय लगती है?"

"कश्मीरी बट्ट कहते है कि वे जीवन में सत्य का अन्वेषण करते हैं। सौंदर्य और आनंद का अन्वेषण ज्ञान द्वारा करते हैं। इससे उनको जीवन में सांसारिक लाभ और आध्यात्मिक मुक्ति, दोनों प्राप्त होते हैं। मैं ने बहुत समय तक इस पर चिंतन किया है। संसार में वह सब अन्यत्र कहीं नहीं है जो आप के पास है।"

महारानी मुस्कुरा दी। "यह एक व्यंजन विधि की भाँति है जिसने हमें उच्च कोटि के सर्जक तथा सम्पन्न बनाने का वर दिया है, किंतु इसका कुशलक्षेम, योगक्षेम मेरा बहुत बड़ा दायित्व और चुनौती है। मैं बहुत आह्लादित हूँ कि तुम ने कश्मीर को अपना घर बना लिया। तुम जैसे आप्रवासी ही हैं जो हमारी सभ्यता और संस्कृति को समृद्ध बनाते हैं।"

यानिव ने कश्मीर में मिल सकने वाली सर्वोत्तम प्रशंसा प्राप्त की। उसने पुनः अपना शीश झुकाया और मंजिम के साथ चल दिया।

शारदापीठ में ज्योतिष कोटारानी और उदयनदेव के मिलन पर प्रसन्न थे, और एक अभूतपूर्व ढंग से वे मंजिम के यहाँ गये ताकि व्यक्तिगत रूप से वह सामाजिक स्तर पर उसकी पीठ थपथपाए जैसे कि अन्य लोगों ने किया था।

'जीवन भर के लिए जुड़े। उदयनदेव की कुंडली में इतने उत्तम ग्रह हैं। यह एक सद्‌भाव से भरी युक्ति होगी। वे जीवन के अंत तक संग रहेंगे। कश्मीर ऐसी सशक्त संयुक्ति के अंतर्गत बहुत उन्नति करेगा।" ज्योतिष ने कहा।

ज्योतिष सदा ही असम्बद्ध प्रशंसा किया करते जब भी राजसी विवाह घटित होते किंतु इस बार ज्योतिषियों ने परस्पर एक सुख की स्मिति का परस्पर विनिमय किया। कोकुर समाज में अंतर्निहित भावों को जानने में दक्ष था। और ज्योतिष के यहाँ की उमंग, जो कि कोटरानी ने उससे व्यक्त की, इन सब बातों ने उसे समाज की भावनाओं का एक आकलन करने में सहायता की। प्रतिभाशाली ढंग से किया गया सृजनात्मक काम यह था कि जब उदयनदेव की बरात मार्तण्ड मंदिर आन पहुँच गई तो बरातियों में प्रथम कलहंस का एक स्कंधावार ही था। कलहंस मात्र जीवन भरके लिए प्रेम नहीं करते हैं अपितु वे ब्रह्मा भगवान के लिए परम पवित्र भी हैं। ब्रह्मा, जो सृष्टि कर्ता हैं। वे एक नवीन शांतिपूर्ण आरंभ का प्रतीक थे। अधीन रहकर अथवा जिन्होंने कष्ट पाया हो, सहनशील हो, उन्हें हंस माना जाता है। इसका स्पष्ट अर्थ था कि नया शासन पुरानी भूलों के प्रति मुक्ति प्रदान कर नव आरंभ करना चाहता था। कश्मीरियों ने मुसलमान अतिथियों से फुसफुसाहट में कहा कि उदयनदेव तथा कोटरानी यह

संकेत दे रहे हैं कि वे अपने राज्य को शची, ब्रह्मा के लोक, जहां कलहंस रहते हैं की भाँति बनाना चाहते हैं।

सफेद झक हंसों की अगुवाई एक मलाई रंग का हंस कर रहा था जो सिपाहियों की दो पंक्तियों के मध्य चल रहा था। हंस डगमग डगमग कर एक तालाब में ज्यों ही उतर गए, और ज्यों ही वे जल पर आ गए, तो उनके सौंदर्य और उनके रंग की गरिमा में विवाह समारोह पर चार चाँद लगा दिए।

विवाह की रीतियाँ भव्य ढंग से सम्पन्न की गई। परंपरा का आह्वान किया गया और अत्यंत रूढ़िवादी ढंग से विवाह रीतियों को किया गया। प्रथम स्पष्ट, निर्भीक प्रश्न कोटा द्वारा उदयन से पूछा गया कि क्या वह यौन क्षमता सम्पन्न है, तथा क्या वह पिता बन सकता है? उदयन ने रीति अनुसार उत्तर दिया कि उसे गुरु के द्वारा औषधीय एवं अनुपूरक तत्वों का पान कराया गया है तथा वह अपना यौन धर्म निर्वाह करने लिए सक्षम है। पोषपूजा तक हर पग पर ब्राह्मण विचार बद्ध थे कि सब कुछ देशी ढंग से सम्पन्न हो किंतु अभी वे संतुष्ट न थे। उदयनदेव और कोटरानी अब पति पत्नी थे किंतु अभी उदयन का कश्मीर के महाराजा के रूप में प्रतिष्ठित होना शेष था। इस संस्कार के लिए देवस्वामी ने अपने दो अधिकारी गुरुओं को इस अनुष्ठान को सम्पन्न करने को नियोजित किया था। गुरु शंकरस्वामिन् तथा उसका योग्य शिष्य गुरु मनोदादत्त इस अनुष्ठान के लिए निष्णात थे। इसका आरम्भ उदयन को अभिनवगुप्त रचित एक पवित्र शास्त्र में लगा कर तथा उसका प्रतिरूप बनाने के साथ हुआ। उस पूरी रात्रि एक भव्य समारोह तथा संगीत का आयोजन हुआ। शिव पुराण तथा वेद गायन पर नृत्य हुआ। बंदियों की भर्त्सना की गई ताकि उन्हें मुक्त किया जा सके तथा हर प्रकार की हिंसा, यहाँ तक कि वृक्षों को काटना तक कल तक के लिए प्रतिबंधित किया गया। प्रातः होने पर यह पाठ एक काले हाथी की पीठ पर रखा गया तथा जुलूस के रूप में दक्षिणावर्त से गुजरते हुए उस स्थान पर पहुँच कर रुक गया जहां अभिषेक होना था। समूचे जनपद में सभी ने अपने घरों पर उत्सवधर्मी पताकाएँ फहराई थी। नागरिकों ने श्वेत स्वच्छ परिधान पहने थे। उदयन ने मार्ग में आने वाले हर मंदिर में उपहार भेंट किए। अंततोगत्वा वह इशभर आश्रम में पहुँच गए जहां पर अभिषेक होना था। पाठ को एक गद्दी पर रखा गया और अब आगे की कार्रवाई आरंभ हुई। उदयन एक स्वर्ण तख्त पर पूर्वोन्मुख बैठ गया, तथा देवस्वामी द्वारा किए जाने वाले प्रथम स्नान के लिए प्रस्तुत हुआ। जिसने एक स्वर्ण पात्र से उसके उच्च किए मस्तक पर मंत्रोच्चार के साथ जलाभिषेक किया।

जल उदयन के विशाल वक्षस्थल से होते हुए नीचे की ओर बहा, जैसे कि वितस्ता पर्वतों से होते हुए बहती है। इससे एक घर्घरर की ध्वनि आने लगी जो पार्श्व में बज रहे संगीत के साथ सद्भाव बनाती थी। उदयन देव के शरीर को अभिषिक्त किया गया। उसकी भुजाओं और कानों तथा अंग प्रत्यंग में स्वर्ण आभूषण पहना दिए गए। द्विगुणित रूप से गुम्फित मोतियों से लैस धागा उसकी गर्दन में बाएँ कंधे से डाल कर भुजा तल से होता हुआ पहनाया गया। धागे का सिरा सर्पाकार था, तथा पूँछ उसमें गुम्फित थी। उसके केशों को कस कर बांधा गया। जो कि सीमंत के दोनों तरफ उभरे केशों के अर्धवृतों को मध्य भाग के केशों के साथ गूँथा गया। उसको अत्यंत परिष्कृत परिधान पहनाया गया तथा एक छत्र के नीचे उसे गद्दी पर विराजमान किया गया। देवस्वामी ने उदयन के भाल पर एक बड़ा सा तिलक अभिषेक किया। उसे भुजाओं के आभूषण पहनाए गए थे, गले के आभूषण पहनाए गए थे, जिसमें कि एक हार था जो कि तीन पुष्प मण्डित सिरे थे, जो कि प्राचीन पदकों को इंगित करते थे। जो कि हुलसाअस्थि की पट्टी में हार में टंगे थे। अंततः एक मुकुट उसे पहनाया गया। इसमें त्रिकोणीय तीन पत्र की बनावट थी। हर पत्र में एक पुष्प पदक भी था, जो कि पत्र गुच्छ से निर्मित था।

जो सर्वप्रथम उसका सम्मान करने वाला व्यक्ति था वह स्वयं कोटारानी थी, जो उसके संग बगल में बैठ गई। देवस्वामी ने एक कठौती ली, उस में जल भर लिया, फिर कंधे की ऊँचाई पर रखा। तब वह भूमि पर जल डालते हुए मंत्रोच्चार करता रहा। उदयन को तलवार उठा कर जल को कई बार कटि की ऊँचाई पर काटने का निर्देश हुआ। तब कोटा ने तलवार ग्रहण की और वहीं किया। वे सभी जो इस समारोह में आए थे, ने आकर उदयन देव तथा कोटारानी को महाराजा तथा महारानी के सम्बोधन से पुकारा। कोटा ने अपने केशों को सम में सजाया था। एक समतल बन की भाँति अपने सिर को वृत्त में भड़कीले रिबनों से बांधा था। उसके केशों के पार्श्व भाग को एक शाल से उसने ढाँपा था। जो कि उसके कंधे पर गिर रहा था। और तब उसकी दोनों भुजाओं के नीचे से लहरा जा रहा था। उसने एक लंबा निचला लबादा पहने रखा था, जिसमें बहुत ही सूक्ष्म घुंघरुओं वाले कटिबंध उसके नितम्बों पर बंधा था, जिसे सामने फँसा कर टांगों के बीच में लटका दिया गया था। उसके परिधान का रंग पूर्णरूपेण लाल था। लाल रानी कहे जाने से बिल्कुल भी न घबराती। उस के सिर पर भी एक अर्धचन्द्राकार मुकुट था। जो तीन पत्तों की बनावट का था। प्रत्येक पते पर दमकता गुच्छा था जो मुक्ता के पदकों से सज्जित था। चौकड़ी मार कर वे अपनी

सपाट राजगद्दी, जिसकी पीठ कोबरा सर्प के सिर के आकार की थी, पीठ टिकाने के लिए थी, पर वे आसीन हुए। जिसका पाया कमल पुष्प के आकार का था। एक दमकता हुआ राजसी दम्पति। शाहमीर नए महाराजा के प्रति अपनी निष्ठा की शपथ खाते हुए झुक गया। समारोह पूर्ण हुआ तथा कश्मीर को एक नव राज-दम्पति मिल गया।

महाराजा का सर्वप्रथम भव्य कार्य था कि उसने एकत्रित सभी ब्राह्मण जन को भूमि दी। अतिथियों को विशेष उपहार दिए गए। विशेषकर शाहमीर के परिवार को कई सम्मान मिले। उसकी पत्नी लैला को स्वर्ण आभूषण दिए गए। गुहारा को एक जहरमोहरे का हार मिला। उसके पुत्रों जमशेद और अली शेर को मूल्यवान कपड़े मिले, अन्य साजो सामान मिला, स्वर्ण और चाँदी की तारों से जड़ा। सबसे महत्वपूर्ण बात यह कि उन्हें कश्मीर में कमराज अर्थात् उत्तर कश्मीर पर तथा मराज अर्थात् दक्षिण कश्मीर पर आधिपत्य दिया गया। रावण जबकि उपस्थित था, किंतु वह नहीं जानता था कि नई व्यवस्था में उसका भविष्य कहाँ अटका है। उसने कुछ समय पूर्व गुप्त रूप से विवाह कर लिया था, और अपनी पत्नी के साथ था। उदयनदेव ने निश्चय कर उस से मिलने का यत्न कर उसे कंठ से लगाया। उसने उसके गले में एक मूल्यवान रत्नों का हार पहनाया ताकि वह जान जाए कि वह जानता है कि वह एक लाड़ला भाई है। ब्रह्मा भट्ट और शारिका को भी अत्यधिक सम्मान दिया गया। और उदयनदेव ने एक छोटी-सी सोने की जंजीर उनके सो रहे बेटे के कमर में बांध दी। एक अभूतपूर्व हाव-भाव में सोग्दिन और यानिव को आमंत्रित कर उन्हें रानी के परिवार के साथ डट कर खड़े रहने के लिए उपहार देकर सम्मानित किया गया।

शाहमीर ने सारा कार्य कलाप बड़े ध्यान से देखा। एक तरफ हो उसने अपनी पत्नी से आलोचनात्मक टिप्पणी करते हुए फारसी में कहा, "महारानी पूरी तरह से एक मुक्तात्मा है अपनी व्यक्तिगत जिंदगी में। वह स्त्रियों द्वारा स्थापित नियमों का पालन करने वाली नहीं।"

लैला जो कि सामान्यतः अल्पभाषी थी, ने उसे चुप करा दिया। "रानी को बड़े सत्यों का पालन करना है न कि मनुष्य द्वारा निर्मित नियमों का। कश्मीरी संस्कृति बहुत आगे और विकसित है जबकि हमारी फारस की संस्कृति बहुत पिछड़ी है। वह दिखता है स्त्रियों को प्राप्त स्वतन्त्रता से।"

"तथापि उसके मीर परिवार को दिए उपहार, संसार को यह बताएँगे कि उसे पता है कि यहां राजा बनाने वाला कौन है और आत्मा से कौन जोड़ियाँ बनाने वाला है इस गठबंधन में।" शाहमीर ने पहले ही उपहारों के राजनीतिक प्रभाव

का आकलन कर लिया था, और अपने परिवार की उन्नति को भी उसे पुत्रों को दिए गए राज्य से आंका था।'

अंततः उदयनदेव और कोटरानी किश्तवाड़ के लिए चल पड़े। इस लंबी यात्रा के बाद कोटरानी अपने वैवाहिक कक्ष में उदयनदेव की प्रतीक्षा करने लगी। जो कि उसके पैतृक घर में सजाया गया था। जब दूल्हा आया उसने कोटरानी को शैय्या के किनारे पर बैठी देखा। उसने अपने वैवाहिक परिधान को बदलकर अब पारदर्शी श्वेत चोली को धारण किया था। उसने नीला पायजामा पहना था, जिसमें कमर पर चुन्नटें थीं तथा जो एड़ियों के पास तंग था। उसने केशों को खुला छोड़ दिया था। उसने अपने सिर पर एक ही आभूषण पहन रखा था उसके स्मिति पूर्ण एवं निमंत्रण भरी आँखों में एक लुब्ध करने वाला भाव था जिसे देख उदयनदेव हिल उठा। वह उसके समीप गया, उसका हाथ अपने हाथों में लेकर उसके साथ बैठ गया। उसके नितम्ब से जब उसका नितम्ब स्पर्श पा गया तो वह काँप सी उठी और अपने शरीर की उत्तेजना को उसमें पारित कर दिया।

वह उसकी ओर बहुत सूक्ष्म स्मिति से देखने लगी, एक शब्द भी न उच्चारा।

"कोटारानी न तुम न मैं इस विवाह के विषय में सोच सकते थे। पर मैं अपने वचन से बद्ध था।"

"मैं भी अपने वचन से बंधी हूँ। आज मेरे जीवन का सर्वाधिक प्रसन्नता का दिन है।"

"कश्मीरी हमारे विवाह पर प्रसन्न हैं, और हमारे पूर्वज भी।"

"पुरुषों के मन में उनकी विवाह रात्रि पर कुछ अलग ही होता है, और तुम्हें जनता और मृत लोगों की पड़ी है।"

उदयनदेव हंस पड़ा। "कोटारानी रात्रि अभी बहुत शेष है। लगता है कि तुम्हें बहुत जल्दी है।"

"मैंने इस क्षण की प्रतीक्षा जीवन भर की है। मैंने प्रायः कल्पना की है कि मैं किस से विवाह करूँगी। मैं किसी से भी स्वयं के विवाह की कल्पना करती पर तत्काल उस कल्पना को निरस्त कर देती। किसी भी सनक के कारण या यों ही। मैं तुम्हारे समक्ष स्वीकार करती हूँ कि जब मैं छोटी थी तो ब्रह्मा भट्ट का बहुत ध्यान करती। उसे निरस्त नहीं किया जा सकता था। वह एक बहुत ही विश्वास्य और प्रिय मित्र हो गया।"

"तुम्हारे भीतर ब्रह्मा को लेकर कोई लज्जा की भावना नहीं है। मैं भी उसे एक प्रिय मित्र के रूप ही मानता हूँ। अतः वह हमारा मित्र है।"

"उदयन! तुम सहज हो न यह सोच कर कि यह मेरी दूसरा विवाह है, और तुम्हारा प्रथम? सच्चाई बताना।"

उदयन मुस्कुराया, "मैं अपने भाई का अनुज हूँ। द्वितीय स्थान पर होने में मुझे कोई चिंता नहीं। परम सहज हूँ।"

"उदयन बोलो। सच सच बोलो। क्या सोच रहे हो तुम इस समय मेरे विषय में?"

"मैं सदा ही एक बौद्धिक की तरह सोचता हूँ, अतः आज की रात्रि मैंने एक कविता सुनाने की सोची थी तुम्हें। यह कविता भगवान शिव के विषय में हैं। शिव को शक्ति का मृदुल और प्रेमिल संदेश प्राप्त होता है। मुझे वही लग रहा है जैसा कि शिव को लगा होगा।

मुझे कोई बंधन नहीं बांध सकता था
यहाँ तक कि जो लटकन तुमने भेजी थी।
तुम ने मुझे गायक पक्षी सा बंदी कर लिया।
तुम्हारी त्वचा पुष्पपंखुडियों से भी कोमल है।
अरे नहीं! यह तो चमेली की माला थी जो मैं तुम्हारे गले में डाल रहा था।
मैं तुम्हें अपना प्रेम प्रदान करता हूँ।
मैं काष्ठ में गाँठ-सा हूँ
मुझे किसी के लिए कुछ भी नहीं बनाया जा सकता।
मैं मैं ही रहूँगा,
किसी दिन जल जाऊँगा।"

कोटारानी भावविह्वल हो उठी, और बलाघात के साथ बोली, "ग्रहों ने मेरा पहला विवाह ढकेल दिया। किंतु अब मुझे अपना जीवनसंगी मिला है, आज की रात मुझ सा कोई भी प्रसन्न नहीं।"

परस्पर एक दूसरे को निर्वस्त्र करने पर उदयनदेव ने कोटरानी को कोमलता के साथ थामा और शैय्या पर लिटा दिया। वह उसके हृदयगति को अपनी पसलियों में से सुन सकता था, और फिर उसका हृदय तीव्र गति में धड़कने लगा।

कोटरानी और उदयनदेव ने अपने नष्ट प्राय राज्य का शासन ध्यान और उत्साह से करना आरंभ किया। कोटा ने प्रभुसत्ता अपने पास रखी और उदयन देव भूमि को सम्भालने में लग गया। रानी के पास अपनी स्वयं की रक्षा व्यवस्था, परामर्शदाता तथा अपना राजकोष था। कोटारानी ने यह पाठ समझ लिया था कि

उसे अधिकारियों को दरकिनार कर स्वयं गाँव-गाँव जाकर लोगों से सम्पर्क बनाए रखना चाहिए। उन्होंने अपने विशाल राज्य का भ्रमण किया, अपने प्रजाजनों से वार्तालाप किया। उनके कष्टों को सुना। यह स्पष्ट था कि उसे खासी चुनौतियों का सामना करना पड़ा।

बहुत से कश्मीरी अस्थायी आवासों में रह रहे थे। वे बहुत अभागे थे सचमुच। और बहुत से लोगों ने यह स्वीकार किया कि वे जीवित हैं क्योंकि बुलबुल की दान की रसोई बुलबुल लंकर में है। जिन लोगों ने अपने परिवार खो दिए थे, उनसे कोटरानी ने पुनः कहा कि महाराजा तथा महारानी उन सभी के माता-पिता हैं। एक गाँव में उसकी उत्सुकता पूर्ण भिड़ंत एक चाण्डाल के साथ हुई। डामर मुखिया, किसान तथा उनके परिवार जन महारानी का स्वागत करने के लिए एकत्रित हो गए थे। वह चाय पी रही थी जब उसने एक चौड़े कंधों वाला व्यक्ति उसे एक शांति पूर्ण स्मिति के साथ देख रहा है। वह शक्तिशाली था तथा उसके चिबुक पर छोटी दाढ़ी थी। कोटारानी ने उसका अभिवादन किया किंतु वह वापस मुस्कुराया मात्र, उसके समीप आने का कोई प्रयास न किया।

"तुम क्यों वहाँ अटके हो? आओ हमारे पास। हम सब एक परिवार हैं।" वह बोली।

वह व्यक्ति पुनः मुस्कुराया। "मैं एक चाण्डाल हूँ। मुझसे पशु से अधिक दुर्गंध आती है। मुझे लगता है मैं जहां हूँ वहीं पर ठीक हूँ महारानी जी।"

कोटारानी खड़ी हो गई। "यदि तुम मुझ तक नहीं आओगे मेरे पास कोई विकल्प नहीं है तुम तक आने के अतिरिक्त।" वह उसके समीप गई और तब उसने कुछ अचिन्त्य किया। वह चौकड़ी मार कर नीचे बैठ गई। सम्मुख। उसके नेत्रों की ऊँचाई तक। उसके समकक्ष, ठीक विष्ठा के समीप।

चाण्डाल अपने नेत्रों पर विश्वास न कर सका कि वह जो देख रहा है सचमुच देख रहा है और जो सुन रहा हैं, सचमुच सुन रहा हैं। यह व्यक्ति नियति के कारण आजीवन अविवाहित रहा, अपने काम के कारण। कोई स्त्री उससे विवाह करने की उसपर दया न करती। उसी के समक्ष आज महारानी स्वयं आकर बैठ गई।

कोटारानी ने चाण्डाल की मारक स्मिति का उतर स्मिति से ही दिया। "मैंने तुम्हें पहचान लिया। मैं तुम्हारा धन्यवाद करती हूँ। तुम मेरे और मेरे पिता के संग संग युद्ध में लड़े हो जब दुलचा ने दुर्ग पर आक्रमण किया। तुम्हारा सौष्ठव अविश्वसनीय था।"

चाण्डाल का मुख यह सुन कर भावोद्रेक से रक्तिम हो आया जब उसने

सुना कि महारानी ने उसे पहचान लिया। "यह विनोद था। मैं अपने रिक्त समय में फल काटता हूँ, जैसे कि सेब। उन पर चकमक पत्थर मार कर। कभी-कभी हम गाँव में पत्थर बाजों के दो दल बनाते हैं, और एक दूसरे के साथ खेलते हैं। यह कभी कभी बहुत भयावह भी हो जाता है।"

"तुम एक कृषक हो तथा व्यवसाय से एक योद्धा हो अपने रिक्त समय में यदि यह कर्म कि खेतों में उर्वरक पहुँचा दो तो हमारे पास सर्वोत्तम सब्जियाँ न होती।"

प्रशंसा से यह व्यक्ति गद्गद था। उसने अपनी टोपी उतारी और बुदबुदाया, "मैं आपका एक सेवक हूँ। यह भूमि हमें सब कुछ देती है। हमें इसकी रक्षा करनी चाहिए। यह हमें और अधिक दे सकती है। आज जो दिया उससे कहीं अधिक दुगुना। हमें कभी भी भूख का सामना नहीं करना पड़ेगा।"

"ज्यादा उपजाने के लिए तुम क्या करोगे?"

व्यक्ति अपना सिर खुजलाने लगा। "मैं एक सीधा सादा व्यक्ति हूँ। और इन चीजों के विषय में अधिक नहीं जानता। पर मुझे लगता है कि लोगों को बदलना होगा। उनको समझना होगा। हमें अपनी कृषि का उत्पादन दुगुना करना होगा। महारानी! ब्राह्मणों से कहो कि कृषकों के संग खेतों में काम करे। उन्होंने ही तो सिंचन की योजनाओं को गढ़ा। उन्होंने भूमि की उर्वरा क्षमता की वृद्धि के लिए मंत्र पढ़े, और उन्होंने ही कृषकों को सिखाया कि कैसे एक परम दिव्य मुहूर्त पर भूमि में बीज का रोपण करते हैं। जब वर्षा न हुई, उनके यज्ञों से वर्षा सम्भव हुई। मेघ प्रकट हुए। गाँव वाले हर्षित होते जब उनके खेत ब्राह्मणों को दिए जाते। क्यों कि वे जानते थे कि सम्मान जो उन्हें मिलेगा, अत्यंत न्यून होगा। आज बिल्कुल अलग बात है। ब्राह्मण मात्र अपने मंदिर को सजाता है, और खेतों की तरफ फटकता तक नहीं। कि कहीं वह मल में न धँसें और प्रदूषित हो।"

कोटारानी अत्यंत प्रभावित हो गई। "अतः हमें लोग सीमित करते हैं न कि भूमि। और यह लोग भी नहीं, अपितु हमारा सामाजिक व्यवहार जो हमें हमारे मन खोलने से रोक लेता है?"

चाण्डाल हंस दिया, "मैं केवल समृद्ध लोगों की विष्ठा को उनके निजी आवासों से एकत्रित करता हूँ। गरीब लोग सीधे खेतों में जा कर वहाँ उर्वरक डालते हैं। मैं यही कह सकता हूँ अमीरों को कब्ज हो गया है क्योंकि उन्हें भविष्य से भय लग रहा है।"

"तुम एक दृष्टा हो। तुम क्यों सोचते हो कि तुम एकाकी रहोगे और कोई स्त्री नहीं चाहेगी तुम्हें? इससे तुम सीमित नहीं होते हो? तुम संसार से कह सकते

हो कि मैंने तुम्हें कहा है कि एक बहुत आकर्षक व्यक्ति हो, यदि वे प्रमाण माँगे तो मेरे पास लाओ मैं पुष्टि कर दूँगी।"

उस भोले व्यक्ति के नेत्र आश्चर्य से चौड़ा गए, "क्या सचमुच आप समझती हैं कि मुझ गंदे व्यक्ति को एक पत्नी प्राप्त होगी? एक कश्मीरी पिता अपनी पुत्री को मुझे देगा?"

"निश्चित, तुम को निश्चित ही एक पत्नी मिलेगी जैसे कि मुझे मेरा पति मिला।"

"महारानी आप मेरी पत्नी ढूँढने की तुलना अपने पति महाराजा को ढूँढने से कर रही हो।" व्यक्ति की मुस्कान फैल गई इतनी कि लगा कि उसका मुख अभी फट जाएगा। "आप के वचन सत्य हों, यदि इस जन्म में नहीं तो कम से कम अगले जन्म में।"

कोटारानी ने चाण्डाल से विदा ली और उसके अनुचर शारदापीठ की ओर प्रस्थान कर गए। कोटारानी ने उदयनदेव के साथ जाने का निश्चय किया था, क्योंकि पिछली राजसी यात्रा असफल रही थी। वह प्रसन्न थी कि उसने ऐसा किया क्योंकि देवस्वामी से मिलना अत्यंत कठिन कार्य था। देवस्वामी ने कोटरानी और उदयनदेव को काफी डाँट डपट लगाई थी कि घाटी में कुशासन क्यों है। ब्राह्मणों में नैतिक बल होता है अत: अपने भाषण में वे असावधानी बरत सकते हैं। एक चेतावनी भरा संदेश था देवस्वामी के शब्दों में कि : दुलचा का आक्रमण सहदेव के दरबार में उड़ाऊ और अनैतिक आचरण के प्रति देवी के रुष्ट होने का संदेश माना जाना चाहिए। कोटारानी ने देखा कि उदयनदेव उसकी बातों से बहुत प्रभावित हो गया और उसने कहा कि वह अपनी अनुशंसाओं पर प्रकाश डाले। उसने ब्राह्मणों को और धन देने को कहा। सहदेव ने उनकी कुछ सुविधाएँ कम कर दी थी। रिनचिन ने धन को मुसलमानों में बाँटने का आदेश दिया था विशेष कर बुलबुल लंकर को ब्राह्मणों के मूल्य पर। अधिकाधिक ब्राह्मण कश्मीर में आ रहे थे। मध्य देशों एवं उत्तर के देशों से वे भाग भाग रहे थे। उनको आश्रय देना था तथा भोजन। स्थानीय लोग मंदिरों के आसपास जमा हो रहे थे पर उन्हें देने को कुछ न था। फसलें जिनसे कोष में मुख्य रूप से आय होती तथा मंदिरों में भी आय होती उनकी आपूर्ति बहुत ही न्यून थी। मूल्य बहुत अधिक थे। देवस्वामी ने कहा कि उदयनदेव एक महार्घ यज्ञ देवों के प्रति राज्य के सुख के लिए सम्पन्न करें।

सदा ही व्यावहारिक कोटरानी ने हस्तक्षेप किया, "देवस्वामी! राज्य बहुत

तत्पर है आय संसाधनों के लिए। देवी के प्रति बहुमूल्य यज्ञ करने के इतर भी हम क्या करेंगे?"

"महारानी! क्या तुमने अपनी शिक्षा को विस्मृत कर दिया है? धन को बढ़ाने का सर्वोत्तम उपाय है कि धन दो। दृढ़ता के साथ कर्म करो शेष सब होता रहेगा।।"

कोटारानी की मति में नहीं आया कि अनुशंसा को कार्यान्वित कैसे करें। "लोग ऊब गए हैं। उन्होंने जीने, लड़ने और अच्छे भविष्य की कामना ही त्याग दी है।"

देवस्वामी ने अब अहंकार और विश्वास के साथ कहा, "यदि शक्ति शिव को सशक्त कर सकती है तब यह बहुत ही सामान्य सी समाज की समस्या है। तुम इसका समाधान कर सकती हो। शिवोहं! चलो हम अब मंदिर चलें और देवी माँ से आशीर्वाद माँगें।"

कोटरानी की सबसे कठिन वार्ता जबकि सोग्दिन से हुई। उसने उससे एक निजी मुलाकात की माँग की थी। और वह अपने बिंदु पर तुरंत आ गया।

"महारानी! मैंने निष्ठा से आपके पिता की सेवा की, अब मेरी निष्ठा आपके प्रति है। मैं आपको सचेत करने आ गया हूँ कि राज्य सैन्य दृष्टि से खुला पड़ा है। एक और आक्रामण को होने से कोई भी रोक नहीं सकता। और राज्य के पास एक सेनाध्यक्ष नहीं है। लक्ष्मक नाम में ही कम्पनेश है वह दरबार में केवल राजनीति करता है, कभी भी उसे मोर्चे पर नहीं देखा गया है। उसके सैनिक ज्यादातर भाग गए हैं अथवा तो बागी हो गए हैं। अगले आक्रमणकारी को वे अपनी एड़ियाँ ही दिखाएँगे। दुलचा के आक्रमण के पश्चात् कोई शस्त्र नहीं है शस्त्रागार में। आपको तुरंत पुनः निर्माण का काम आरंभ करना चाहिए अन्यथा वे अगले आक्रमणकारी के आगे घुटने टेक देंगे। वे अपनी पिछली हत्या के स्थान पर पहुँचेंगे। यह उनके रक्त में हैं।"

"तुम्हारा सुझाव क्या है?"

"आप को तीन गलतियाँ सुधारनी हैं। पहले तो आपको स्वस्थ लोगों की भर्ती करनी है। और उनको गहन प्रशिक्षण देना है। अस्त्र-शस्त्र क्रय करने हैं और उसकी आपूर्ति अपनी सेना को करनी है। दूसरा आप को नए आप्रवासियों को वापस फारस भेज देना है। वे कश्मीर के प्रति निष्ठावान नहीं। तीसरा मुझे लगता है कि उदयनदेव से विवाह कर आपने एक भयंकर भूल की। वह किताबी कीड़ा है और गलत राजा है कश्मीर की समस्या को सुलझाने में। वास्तव में वह अपने

अश्व को भी घंटी बांधता है क्योंकि वह दुर्बल है। वह कुकर्मों से भयभीत होता है और सोचता है कि वे पाँव तले के कीड़े भी न मरे।" कोटारानी को जबर्दस्त इच्छा शक्ति का प्रयोग करना पड़ा ताकि वह उसे उसी थप्पड़ को उस पर मारे जो सोग्दिन ने उसपर जोर से मारा था। वह यह सीख रही थी कि एक रानी होने के लिए मोटी चाम होना आवश्यक है। उसके पिता ने उसे बताया था कि वह सदैव सोग्दिन पर विश्वास कर सकती है। और उसके एक बिंदु केंद्रित, अकूटनीतिक टिप्पणियों से उसे अपने पिता का कुछ अंश दिखा।

"कहाँ हैं हमारे ये युवा? हमारी संख्या इतनी घट गई हैं। लगभग पचास हजार युवा हमने खो दिए। कई पीढ़ियाँ लगेंगी हमारी संख्या की वृद्धि होने में।" कोटरानी ने अक्षुब्ध भाव से कहा।

सोग्दिन बहुत आग्रहपूर्वक कह रहा था, "ओह! महारानी! हमारे पास जो है उसी से लड़ना है। यदि हमारे पास अंतिम पुरुष, स्त्री अथवा बालक है। यदि आप कुछ कार्यवाही नहीं करोगी, तो दूसरी बार आप देखोगी कि वे जो आपके विवाह में आए वे तुरकिस्तान के दास बाजार में होंगे। कृपया, कृपया मेरी बात सुनें। मैं फारस में इस सब से गुजर चुका हूँ। मैं कोई पागल व्यक्ति नहीं हूँ ये कोई काल्पनिक भय नहीं हैं। मैंने अपने परिवार को खो दिया है। अपने प्रियजनों को खो दिया है। यह प्रश्न नहीं है उनसे मिलने का। जो कि मैंने नाममात्र के लिए किया है। पर यही समझ में आता है कि आप को उनकी कट्टरपंथी तरीके का हुकुम बजाना है। मैं निष्कर्ष पर पहुँच गया हूँ कि आपको उन्हें पूर्ण रूप से निरस्त करना है क्योंकि उनको समायोजित नहीं किया जा सकता। मैं भाग आया और आप के पिता ने मुझे शरण दी। यह मेरा व्यक्तिगत अनुभव है कि आपसे कार्यवाही की अपेक्षा है। कश्मीर को फारस होने से बचाइये।"

सोग्दिन की चेतावनी कोटारानी के भीतर उतर गई कि, "जो वह कह रहा है सच है किंतु मैं क्या कर सकती हूँ?"

"जहां तक आप्रवासियों का सम्बन्ध है, तुम एक आप्रवासी हो, यानिव एक आप्रवासी है, रिनचिन एक आप्रवासी है, बुलबुल एक आप्रवासी था, शाहमीर और उसका पूरा दल आप्रवासी हैं। वे मनुष्य हैं। कुछ विलग नहीं हैं। हाँ इन में से कुछ अच्छे होंगे और कुछ बुरे भी।"

"तुम्हें बहुत सचेत रहना है और तकिया के विरुद्ध सजग भी। नमकहरामी के प्रथम चिह्न पर ही तुम्हें उन्हें वहीं धमकी उन्हें वापस देनी होगी, रलिव, गलिव, चलिव। तुमने अपने पुत्र को शाहमीर से खो दिया। वह अभी भी आसपास है और फकीर के मामले में उसकी पोल खुल चुकी है।"

"विषय सफेद और काले का नहीं है। मैं जानती हूँ वह लोगों को असहज कर रहा है पर उसने ब्रह्मा की रक्षा तो की। और वह एक निष्ठावान प्रशासक भी है। मुसलमान चेहरा आगे होने पर हम गाजियों को यह भी तो संदेश देते हैं कि हम मुसलमानों के प्रति दुर्भावना नहीं रखते।"

सोग्दिन ने पुनः बात रखी, "रानी! शाहमीर एक मगरमच्छ है। वह आपकी प्रतीक्षा करते हुए झूठ बोल रहा है। आपके पास आपकी ओर से कोई भी लड़ने वाला नहीं होगा। मैं उदयन के साथ रहा हूँ, वह एक अच्छा मनुष्य है। पर मुझे नहीं लगता कि उसने कभी अपने जीवन में तलवार उठाई है।"

कोटा ने स्वीकार किया, "हाँ। उदयन एक योद्धा नहीं है। पर राजा में तलवार उठाने से इतर अन्य भी गुण होने चाहिए। वे उसमें अनगिन हैं। मैं शस्त्र धनाभाव में नहीं खरीद सकती। लोग भूखों मर रहे हैं। राजकोष खाली है। अतः मेरे हाथ बंधे हैं।"

"महारानी! हम स्वयं को दास नहीं होने दे सकते। आपको इसका उत्तर ढूँढना होगा।"

"अरे सोग्दिन! तुम मेरे प्रति सच्चे रहे हो। मैं तुम्हें वचन देती हूँ कि मैं तुम्हें बताऊँगी कि मैं किस दिशा में जाऊँगी।"

कोटारानी की रातों की नींद उड़ गई कि जो कुछ सोग्दिन ने उससे कहा। क्या उसे अन्य किसी से विवाह करना चाहिए था। जो विकल्प उसने नहीं खोजे थे वे थे अन्य राज्यों में। पर उसका अर्थ होता कश्मीर छोड़ कर एक अज्ञात पति से विवाह करना। क्या इस प्रकार उसके लोग सुखी होते? क्या वह सुखी होती? उसे लगा कि ऐसे में वह कहीं किसी की अजान रानी बनकर समाप्त होती। नहीं उदयन के सम्बन्ध में उसने बहुत सही किया है। उसके पास ख़जांची से निवेदन करने के अतिरिक्त कोई चारा न था कि वह उसके पास आए। उसने यानिव को भी उसके साथ सम्मिलित होने के लिए बुलाया। उससे परामर्श माँगा कि कैसे आगे बढ़ें।

जब ख़जांची आया तो उसका सामान्यतः दुखी होने का कारण आज कुछ ज्यादा ही मुखर था। धनी होते हुए भी वह अपनी निजी जीवन शैली में बहुत ही मितव्ययी था। लगभग कंजूस होने की हद तक। मंजरी उसके संग थी और विपरीत रूप से इतनी आभूषण वलित थी कि चलती फिरती विज्ञापन थी धन ऋण पर देने की। कोटारानी ने देखा कि मँजरी दरबार को आंकती दृष्टि से देख रही थी, जहां वह वर्षों से नहीं आई थी। उसके बाद अपना सख्त, चौड़े भाल वाले सिर को महारानी के समक्ष झुका सा दिया। यदि कोटरानी से यह कहा जाए

कि उसकी तीव्र अप्रिय वस्तु मंजरी क्यों है तो वह उसके समक्ष थी इस क्षण।

"खजांची जी, लोग दुख झेल रहे हैं।" कोटरानी ने कहा। "आप क्या सहायता कर सकते हैं, उनका दुख कम करने के लिये?" पर लगा कि जैसे उसने यह सुना ही नहीं। जब उसने पुनः कहा, जो कि राजसी सत्कार के बहुत ही विरुद्ध था, तो उसका उत्तर अत्यंत उत्तरदायित्व विहीन था।

"घाटी में बहुत ही न्यून संसाधन हैं, जनता बहुत अधिक है। बहुत से सूअर के पिल्ले हैं और शूकरियों के बहुत कम थन। अतः लोगों को घाटी छोड़ कर जाना चाहिए और उत्तम भविष्य की खोज करनी चाहिए।" ख़जांची का सादृश्य शिष्टाचार की परम अवज्ञा थी तथा महारानी के स्तर को लघु करने की इच्छा से भरा था।

"ख़जांची! जब पिछली बार हमारा राज्य खतरे में था, आप ने राज्य को ऋण दिया था। अब हम सैन्य दृष्टि से दुर्बल हैं और राजकोष खाली है, मैं आप से पुनः ऋण देने का निवेदन कर रही हूँ।"

ख़जांची ने अपने शुष्क होंठों पर जीभ फेर ली। "जब मैंने पिछली बार ऋण दिया उस समय राजकोष में सूर्यवंश था; आपका पिता कम्पनेश था, और वह एक व्यक्ति था जिससे हम शर्त बद सकते थे। हम अब किस पर शर्त बदें? नए ऋण की क्या प्रतिभूति है। धन अब घाटी से भाग रहा है।"

कोटरानी स्तम्भित रह गई।

"कश्मीरी व्यापारी राज्य से धोखा क्यों कर रहे हैं?"

"महारानी, हमारे आस पास सभी चिह्न हैं। अब इस्लामी व्यापारी रेशम मार्ग पर नियंत्रण रखते हैं। हमारे कारवाँ सिर्फ घाटी से बाहर जाते हैं, तब इस्लामी व्यापारी ही सारा लाभांश लेते हैं। वे ऐतिहासिक रूप से घाटी में प्रवेश करने के लिये प्रतिबंधित हैं, नहीं तो हम बहुत पहले ही चीर डाले गए होते। ये व्यापारी कश्मीर की प्राकृतिक सम्पदा के विषय में कहानियाँ अपने सैन्य समकक्षों को सुनाते हैं। यह तो अब समय पर ही छोड़िए कि कब पुनः हम पर अगला आक्रमण होता है। तब वे राज्य पर अधिकार कर लेंगे।" ख़जांची बिल्कुल भाव शून्य था अपने इस विश्लेषण में। यह सब तथ्यों और संख्या की बातें थी।

"कश्मीर शतियों से आपका घर रहा है। तुमने सपने मैं भी न सोचा होगा इतना धनी तुम्हें बनाया। अब जब कश्मीर को तुम्हारी अत्यधिक आवश्यकता है तब तुम इसे त्याग कर भाग जाओगे?"

"महारानी मैं राज्यों को बचाने का व्यवसाय नहीं करता। धन और सोना निश्चित रूप से घाटी के बाहर जाएगा। एक ही प्रशन अनुत्तरित है कि यह किसे

मिलेगा। क्या आप चाहती हो कि मैं अपना धन घर पर रख कर अगले दुलचा के लिये रखूँ? अपना धन कन्नौज भेज कर कम से कम मैं विवेक का प्रयोग तो कर ही रहा हूँ।"

कोटारानी ने ख़ज़ांची के शब्दों पर विचार किया। "नहीं। सुरक्षा का अर्थ है कि धन नहीं है। जिससे हमारी सुरक्षा सम्बंधित आवश्यकताओं को और खराब कर दिया है। जिससे कि अर्थव्यवस्था की और बुरी हालत हो उठी है। आपका उतर है कि धन और लोग दोनों को घाटी से जाना होगा। आप हमें मृत्यु की फाँस में फँसाना चाहते हैं।"

"वितस्ता सागर खोजती है धन भी वैसे ही करता है।"

"ख़ज़ांची, मैं आपके मन को अच्छी तरह से जान गई हूँ। अतः हम क्यों न एक अलग ढंग से व्यवसाय करें।" उसने सारस को संकेत किया, जिसने आगे एक सेवक को निर्देश किया कि वह ट्रंक लेकर आए। कोटारानी ने यानिव से उसमें रखे सामान को बाहर निकालने को कहा। यह उसके व्यक्तिगत आभूषणों का एक भाग था, जो कि उसे उसकी माता से प्राप्त हुआ था, और पीढ़ियों से यह चला आ रहा था।

"मैं अपने निजी आभूषण एक वर्ष तक सुरक्षा के लिए आप के पास गिरवी रखूँगी, इसमें सूर्यवंश भी रहेगा।"

मंजरी ने एक तेज साँस ली। किसी अन्य से पूर्व उसने आभूषणों पर झपट्टा मारा। प्रत्येक रत्न का निरीक्षण किया। हर हार पर हाथ फेरा, उसकी उँगलियाँ जबड़ों की भाँति नीलमों, माणिक्यों, हीरों, मोतियों, पर दौड़ने लगीं। ये धरती माता के प्रथम जाये, अतः अत्यधिक मूल्यवान। इन प्राचीन उत्तराधिकार में प्राप्त रत्नों का कोई जोड़ न था। सहस्रों वर्षों से संचित किए इन आभूषणों की एक एक कथा थी कहने को। अंततः मंजरी के हाथों में सूर्यवंश ऐसे आया और उसने उसे ऐसे थामा मानो कभी भी अब उसे लौटने न देगी।

स्वयं को संतुष्ट कर कि रत्न और आभूषण सच्चे और सुष्ठु हैं मंजरी ने बिल्लीवत कोटरानी से कहा, "अफवाह यह थी कि सूर्यवंश मिल गया है और अफवाह सच निकली। तुम्हारे पिता ने एक बार वह सब रोक लिया था जो वस्तुतः मेरा था। वह अब क्या सोच रहा होगा यह देख कर कि उसकी पुत्री स्वयं ही वह अब मुझे सौंप रही है?"

कोटारानी ने मौन धरा।

यानिव और खजांची ने इस संग्रह की सूची बनाई। ब्याज दर तथा अग्रिम राशि पर मोल तोल हुआ, किंतु यानिव मूल्य से आधे पर सौदा बनाने में सफल

हुआ, क्योंकि उसने मंजरी का सूर्यवंश पर आसक्ति को देखा।

पर उसे एक अंतिम भय था।

"महामहिम, आप यह समझ लीजिए कि रत्न जो मेरे तक लुढ़क कर आ गए हों, सामान्यतया वापस नहीं होते हैं।"

कोटारानी ने मंजरी को घूरा। रत्नों की भाँति ही। अपने सौंदर्य में पूर्ण, सदा चमकती किंतु प्राणहीन।

"मैं यह दुस्साहस करूँगी कि पत्थर मुझसे अधिक तुम्हें चाहते हों।"

मंजरी अपमान को अनसुना कर अपने पति से बोली, "इतनी रकम जुटाने में समय लगेगा किंतु हम यह सौदा करेंगे और अन्य सहभागियों को भी लाएँगे। मैं अपने अतिथियों की आवभगत सूर्यवंश पहनाकर करूँगी 'फिर रानी की तरफ मुड़ी। और फिर अपनी अंगूठी दार उँगली को चटकाते हुए अपने पति को खींचते हुए बाहर गई।

जब कोटरानी और उदयनदेव एक साथ होते तो वह आकलन करते कि उन्होंने क्या प्राप्त किया। कश्मीरी समाज अंदर से बुरी तरह खोखला होता जा रहा था मानो गुप्त गुण उन को खाए जा रहे हो और भीतर से भुरभुरा कर गिरते हुए राज्य के प्रत्येक कमजोर स्तम्भ पर आक्रमण करते। जब कोटरानी ने उदयन देव से कहा कि उसने ख़ज़ांची के पास अपने निजी आभूषण गिरवी रखे हैं, सूर्यवंश के समेत, तो उसे दुख भरा आश्चर्य तो हुआ, किंतु उसने उसका सहयोग किया।

"हमें स्वयं की क्षमता से ही नेतृत्व करना है तथा देवस्वामी ने कहा था कि अपना धन दे दो। हमें अपने संकल्पों पर विश्वास रखना है तथा वह सब सिद्धांतों पर आधारित होना आवश्यक है। आज तुम ने एक चारित्रिक शक्ति दिखाई है जो कश्मीर के इतिहास में अद्वितीय है।"

पैसा हाथ में आने से महल से शीघ्र ही घोषणाएँ भी होने लगी। शाहमीर को कम्पनेश और विदेश मंत्री बनाया गया। सेना को कहा गया कि उनकी पिछली तनख्वाह भी दी जाएगी यदि वे वापस काम पर आए। सोग्दिन को एकांगों और आंतरिक सुरक्षा में लगाया गया। ताकि सुरक्षा के दो वृत्त बनें। ऋण का एक भाग कृषकों को दिया गया कि वे कृषि उत्पादन करें। कृषकों का उत्साह और बढ़ाया गया अधिक उत्पादन के लिये जब उनसे कर वसूली पूरे उत्पादन का छटा भाग लिया गया। एक व्यावहारिक कदम उठाकर श्रमिकों को शहर के भीतर नहर खोदने का काम दिया गया ताकि वितस्ता जहां शहर में प्रवेश करती है वहीं पर उसका जल मोड़ा जाए, तथा शहर के इतर क्षेत्रों में सिंचन सुगम हो। इससे

न शहर मात्र प्रायः आने वाले बाढ़ों से बच गया अपितु शहर के आसपास की भूमि में सिंचाई व्यवस्था भी हो गई। कोटा ने श्रीनगर शहर को इस नहर का निर्माण कर आनेवाले बाढ़ों से बचाया। कृतज्ञ कृषकों ने इस नहर का नाम कअ्ट क्वल अर्थात् कोटा क्वल रखा। जो कृषक नहीं थे उन्हें दुलचा द्वारा गिराए गए मंदिर पुनः निर्मित करने में लगाया गया। ब्राह्मणों के भी राजकोष का बहुत सारा भविष्य केंद्रित अंश दिया गया। इस शर्त पर कि वे अपने शिक्षकों को मुसलमानों में भेजेंगे। इसके लिए शाहमीर का अनुमोदन लिया गया। और बेकार मुसलमान युवा वहीं शिक्षा प्राप्त करने लगे जो कश्मीर के डामर बच्चों को मिलती थी। विशेषकर विज्ञान कृषि तथा पशुपालन के क्षेत्रों में।

कुलीनों और धनी कश्मीरियों को यह अनिवार्य काम दिया गया कि यदि कोई दीन दुखी उनका द्वार खटखटाये उन्हें उनको भोजन खिलाना होगा। उस दिन के बाद कोई कश्मीरी भूखा नहीं रहेगा अथवा तो महाराजा और महारानी को इसकी खबर मिलेगी। कश्मीरियों ने स्वयं को समेटा और एक अच्छे भविष्य का निर्माण करने में लग गए।

कोटारानी के आग्रह पर उदयनदेव ने यह तय किया कि वह स्वयं राजदरबार की सुरक्षा बढ़ाते हुए तथा उसके कल्याण के लिये सार्वजनिक घोषणा कर माता काली का उपासक बनेगा तथा प्रत्येक पवित्र अवसर पर शारदापीठ जाकर प्रार्थना का नेतृत्व करेगा। यह एक अत्यंत कठिन व्रत था। यह प्रतिनिधित्व करता था उच्चतम व्यक्तिगत समर्पण का। और अभी के अतीत में किसी ने नहीं सुना था कि कोई महाराजा इतना साहसिक उत्तरदायित्व वहन करता हो। ऐसे व्रत में असफलता का अर्थ भक्त के प्रति भयावह परिणामों से भरा होता है।

कुछ समय पूर्व कोकुर, मंजिम और नाइद पुनः मिले कि कुछ गपशप हो। किंतु इस बार यह खुशी के लिए था।

कोकुर ने प्रसन्नता के साथ कहा, "अरे, क्या रानी है यार। इतनी फसल उत्पन्न हुई है और मूल्य गिर गए हैं नाटकीय ढंग से। कृषकों की अनाज कोठरियाँ छतों तक भरी हैं, क्योंकि उनमें अधिकतम उत्पादन रखने की उनको अनुमति है। सर्वोत्तम बात यह है कि रानी को अपना सामान सारा ख़जांची से प्राप्त हो गया वर्ष के अंत में। तुम को मंजरी का मुख देखना चाहिए था। ओह जल भुन रही थी वह। हमारी रानी। सिंहनी। सिंहनी। वाह। वाह।" कोकुर ने इस प्रशंसात्मक अभिव्यक्ति के साथ समाप्त किया। मंजिम सहमति में बोला, "जब मैंने कोटरानी का दूल्हा ढूँढने में दूल्हे से अपना शुल्क प्राप्त किया तथा कोटरानी से भी मुझे लगा था कि मैंने जीवन की सर्वाधिक कमाई की है पर यारों! वह कुछ भी न

था। मैंने शाहमीर से एक निमंत्रण प्राप्त किया कि मैं उसके पास जाऊं। जब मैं उसके घर पहुँचा तो उसने मेरा बड़ा ही सत्कार किया। मुझे बहुत से उपहार दिए और आग्रहपूर्वक शब्द बोले। उसने मुझे अपनी तीनों पुत्रियों के लिए पति ढूँढने काम सौंपा। अपने पुत्रों के लिए अतिरिक्त वधुएं तथा अपनी पौत्रियों के लिए भी पति ढूँढने का काम सौंपा। इस तरह सारा वंश अब मेरे पास है।"

यह सचमुच एक पासा पलटाने वाला समाचार था। शाहमीर का वचन था कि वह अपनी पुत्रियों का विवाह फारस में करना चाहता था। अपने दो पुत्रों के लिए उसने फारस की दो वधुएं लाई थी। यह अंतिम और पुष्ट प्रमाण था कि कोटरानी के सर्वसम्मिलित नीति सफल हो गई थी। किंतु इसमें बहुत सारे किंतु परंतु वाले प्रश्न खड़े हो रहे थे जो कि नाइद और कोकुर शीघ्रता से अभिव्यक्त नहीं कर पाए।

नाइद ने अवज्ञापूर्वक कहा, "कैसी बीमार सोच है यह उस बकरी जैसे मुख की। शाहमीर की सबसे बड़ी पोती अभी छः वर्ष की भी नहीं है। उसके लड़के पहले से ही विवाहित हैं।"

मंजिम मुँह दबाकर हंसा, "मैं इस व्यवसाय में सर्वोत्तम सौदेबाज हूँ। आयु क्या बाधा है? यदि मुझे कहा जाए तो मैं दो अजन्मे बच्चों की भी जोड़ी मिला दूँ। शाहमीर ने मुझे पूरी स्वतंत्रता दे रखी है कि मैं जो भी दहेज विवाह में तय करूँ।"

"वह सचमुच हम जैसा ही बन गया है। पहले तातियाना थी, अब यह आदमी अपनी बेटियों को हमें भ्रष्ट करने में लगा रहा है।" कोकुर ने उपहास किया।

"कोकुर तुम अब कुछ अधिक ही अतिरंजित नाटकीयता कर रहे हो, किंतु वह तो तुम्हारा व्यवसाय है, यदि कोई व्यक्ति अपनी जड़ें कश्मीर में जमाना चाहता है तो इसमें बुरा कुछ नहीं।" मंजिम ने उत्तर दिया।

"मुझे परवाह नहीं यदि अन्य किसी को भी परवाह नहीं। हर विवाह का अर्थ है कि मनोरंजन की व्यवस्था करना। अतः यह मेरे पास लिए भी अच्छा है।"

"मंजिम यदि शाहमीर तुम्हें अपनी पुत्रियों का विवाह कश्मीरियों के साथ तय करने को कहता है तो क्या वे धर्म बदल देंगी?" नाइद ने पूछा। "और इस तथ्य का क्या कि वह अपने पुत्रों के लिए अतिरिक्त पत्नियाँ खोज रहा है। कोई कश्मीरी अपनी पुत्री को ऐसे मुसलमान को नहीं देगा जो विवाहित है और उसके बच्चे भी हैं। वह धर्मपत्नी अर्थात् प्रथम पत्नी नहीं हो सकती।"

मंजिम को नहीं पची यह बात, "बहुत से कश्मीरी कुलीन परिवार हैं, जिनके घरों में चूहे बिल जितना भी कुछ सामान नहीं। कोई कश्मीरी बूढ़ी हो रही दुखी गरीब कश्मीरी की बेटी से विवाह क्यों करेगा। क्यों? क्योंकि वे शरणार्थियों से भी अधिक दुर्दशा में हैं तथा दहेज में देने के लिए उनके पास कुछ नहीं है। क्या तुम ने कभी यह विचार किया है कि एक ही कश्मीरी परिवार में पुरुष कद्दावर और हृष्ट पुष्ट हैं और स्त्रियाँ छोटी और दुबली क्यों हैं?उनके गरीब माता पिता सचमुच शाहमीर के बेटों को अपनी बेटियाँ देना चाहेंगे। क्या अच्छा नहीं है तगड़ी और संतुष्ट मुसलमान की तीसरी पत्नी होना न कि भुखमरी झेल रही हिंदू की प्रथम पत्नी होना।"

नाइद आश्वस्त न हुआ, "शाहमीर ने फकीर को संरक्षण दिया। जिसको उसकी पुत्रियाँ मिलेंगी, उसे वह फकीर वाला घुन भी मिलेगा।"

"नहीं। यह बकवास है। शाहमीर ने सामाजिक रूप से फकीर से सम्बन्ध काटे हैं। जो कि अब एक किसी अन्य कर्मचारी की भाँति दान की रसोई में हैं। उसने मुझे कहा है कि वह मजहब को इतनी वरीयता नहीं देता क्योंकि उसे इसके लिए फारस में उन दुष्टों द्वारा उत्पीडित किया गया है। जबकि वह वापस हिंदू बनने को तैयार है। यह समय है नई सोच का, नए गठबंधन का तथा नए सम्बन्धों का। यहीं पर मैं माहिर हूँ और मैं अपना भाग्य बनाऊँगा।"

नाइद को द्वेष हुआ। "मंजिम, मेरे पास पत्नी नहीं, और तुम बहुपत्नियां जुटा रहे हो अपने ग्राहकों के लिए। यह दुनिया अच्छी नहीं। अगर नई सोच है, नए सम्बन्ध हैं तो मेरा क्या होगा? मेरे लिए भी एक पत्नी ढूँढो। मुसलमान या हिंदू।"

"नाइद, मैं अपने लोचन तुम्हारे लिए खुले रखूँगा और हो सकता है कि जब मुझे उचित व्यक्ति मिलेगा मैं तुमसे कम शुल्क लूँ।"

"कोटारानी अच्छाई और समता को समाज में अनिवार्य क्यों नहीं करती।? मैं देखता हूँ मुझ जैसे सभी युवा सड़कों पर पत्थर लुढ़का रहे हैं। कोई भविष्य नहीं। एकाकी युवा स्त्रियों की भी कुछ अच्छी दशा नहीं, समाज के निचले वर्ग में क्योंकि उनके पिता दहेज नहीं दे सकते। जब तक आयोग न हो तब तक समाज काम नहीं करेगा। यह इतना गलत है।" नाइद बोला।

मंजिम ने दृढ़ता पूर्वक उत्तर दिया, "नाइद, समाज के तल पर सदा ही कोई न कोई रहेगा ही। चाहे तंत्र कोई भी हो। दहेज अच्छा होता है इससे सम्बन्ध अच्छे से पुष्ट होता है। पुत्रों को पुरखों की भूमि प्राप्त होती है तथा पत्नियों को पिता की सम्पत्ति का भाग मिलता है।"

"कौन सा दहेज, कौन सी भूमि? हम किन सम्बन्धों की बात कर रहे हैं।? मेरा सीधा एकमात्र सम्बन्ध तो मेरे ऋणदाता से हैं। मेरे ग्राहक मुझे नीची नजर से देखते हैं जब मैं उनकी दाढ़ी बनाता हूँ। मैं समाज से दूर भागना चाहता हूँ। पर जाऊँ कहाँ? मेरी कुटिया में मेरा एकाकीपन ही मेरा साथी है। अब मुझे चिंता है कि तुम भी मुझे छोड़ दोगे क्योंकि कि तुम संसार में ऊपर उठ रहे हो, तब मैं तुम्हारे उपयुक्त न रहूँ।"

"नाइद, मेरा विवाह नहीं हो पा रहा अतः मैं तुम्हारे संग सदा रहूँगा।"

कोकुर ने कृपापूर्वक नाइद के कंधे पर हाथ रख कर कहा, "कोई अपने कर्मों से भाग नहीं सकता चाहे उसके पास कितना भी धन क्यों न हो। देखो तो सहदेव का क्या हुआ। एक दिन उसके वक्षस्थल पर सूर्यवंश था और हाय! अगले दिन दुलचा उसके हलाल कबाब बनाना चाहता था। एक नदी की तरह बहना होता है। गाते हुए जैसे तुम जाते हो। जीवन घाटियों और पर्वतों में से संतुलन बनाना है।"

नाइद मुस्कुराया, "कोकुर तुम सदा ही एक कलावंत हो, जानते हो कि भावनाओं को कैसे जगाना है। किंतु मैंने रसोइये से सुना है कि अंदर की बात है कि शाहमीर के विषय में कोटरानी और उदयनदेव के मध्य तीव्र असहमति थी। कोटरानी बहुत अधिक चाहती है कि उसे हैदर वापस मिले पर उसके लिए उसे शाहमीर की अनुमति चाहिए और उसके लिए उसे शाहमीर को कुछ जबरदस्त रूप से महत्वपूर्ण प्रदान करना है। उदयन देव शाहमीर को पसंद नहीं करता, न ही वह उस पर विश्वास करता है, और वह उसे कोई अधिक शक्ति नहीं देगा। वह कहता है कि शाहमीर हैदर को अर्थात् उसके सौतेले बेटे को उसके स्थान पर लाने के लिये पाल रहा है। उसने आरोप लगाया कि जिस तरह वह अपने बाजों को बांह पर रखता है उसी प्रकार उसने हैदर को भी रखा है। रसोइये के शब्द थे कि कोटरानी शाहमीर का पक्ष ले रही थी। उसे हीरा बता रही थी। उदयन ने व्यंग्य से कहा, "हाँ शाहमीर एक हीरा है। हीरा जिसने अपने आसपास के रत्नों को काटा पर किसी रत्न को अपने चेहरे को काटने न दिया। यह है वह आदमी जिस पर राजा रानी परस्पर असहमत हैं और उस आदमी को सेना सौंप दी गई है। क्या हमें कभी किसी मुसलमान को अपनी सेना सुरक्षा सौंप देनी चाहिए?"

कोकुर ने इस कथा की सत्यता को माना किंतु उसने महारानी का ही पक्ष लिया।

"मुझे लगता है कोटरानी अतुल्य रूप से बुद्धिमान है। शाहमीर एक नया

आप्रवासी है, अतः इसमें सदा ही एक भय है कि नए आप्रवासी हमें हानि पहुँचाएँगे। मैं मानता हूँ कि उसका उत्थान तीव्र गति से हुआ पर वह बहुत महत्वाकांक्षी है तथा उसके पास गुर हैं माधुर्य को भी मधुर करने का। कोटारानी व्यावहारिक है। वह समझती है कश्मीर हर एक को फलने फूलने देने वाला स्थान है, तभी उसने मुसलमानों को विदेश कार्यालय दिया है जहां हमारे लिए सर्वाधिक खतरे और व्यापार के अवसर भी हैं। जबकि उसकी आंतरिक सुरक्षा सोग्दिन के हाथों में हैं। वह भी बाहरी व्यक्ति है, अतः यह एक अच्छा संतुलन बनाएगा क्योंकि वह मुसलमानों से घृणा करता है।"

मंजिम अपने ढंग से चीजों का विवेचन करता था।

"देखो, यह जटिल नहीं है। कोटरानी हैदर की माँ है और मातृत्व से बढ़ कर कोई और शक्तिशाली वृत्ति नहीं है। रिनचिन की अन्तिम इच्छा के चलते हैदर को शाहमीर पाल रहा है तथा कोटरानी को उसे प्रसन्न रखना होगा ताकि वह उसके बच्चे के साथ अन्याय न करें। यह सब अच्छा लेन देन मात्र है।"

नाइद इस दुर्बलता पर उछल गया।

"रिश्ते! तुम रिश्तों की बात कर रहे हो। कोटरानी को ले लो। वह मात्र सत्ता और नियंत्रण पर केंद्रित है और यह उसकी विधि है उदयनदेव को दिखाने की कि वह अपने ढंग से नहीं चल सकता। क्या तुम सोच सकते हो कि बिल्ली नुमा इस आदमी ने जीवन भर देवी के तप करने का संकल्प किया है। क्या सोच कर भला?"

मंजिम ने अपनी भुजाएँ नाइद के गले में डाल दी। "तुम जरा नीचे आओ। है ना? हम छोटे लोग हैं और कभी कभी हम बड़े लोगों से द्वेष करते हैं पर मुझ पर विश्वास करो बड़े लोगों की समस्याएँ भी बड़ी होती हैं। कोटरानी ने खतरनाक द्यूत खेले हैं तथा सचमुच अपने लिए अपने होने के बड़े शीर्ष स्थान अर्जित किए हैं। कश्मीर की महानतम महारानी बन गई।"

मंजिम गौरव पूर्ण और विस्तारयुक्त मनःस्थिति में था। तीनों मित्रों ने अपनी भुजाएँ परस्पर एक-दूसरे के बाहों में बाहों डाल दी

और एक मानवाधिकार की दुकान की तरफ चल दिए। जब वे यह वार्ता कर रहे थे तो मंजिम ने सोचा कि उसने अपने मित्रों से क्या नहीं कहा। उसने गुहारा की सगाई के लिए भृंगी के राजा सप्रू के साथ तय की थी। यह छुओ और जाओ वाली बात थी किंतु एक प्रेरणास्पद गतिविधि में उसने उन दोनों के किसी बड़े सदस्य की अनुपस्थिति में मिलने के लिए बुलबुल लंकर में मिलना तय किया था। उन में अच्छा जुड़ाव था तथा शाहमीर ने बड़े उत्साह से इस

विवाह का पक्ष लिया था क्योंकि राजा एक समृद्ध स्वामी था। लैला बहुत ही आनंदित थी कि उसकी बेटी को एक बट्ट वर मिला है, जिसकी कि उसने कामना की थी।

सगाई मुसलमान ढंग से हुई। गुहारा को 500 तोला सोना, ऊँट भर रेशम और दिए गए, किंतु विवाह पारंपरिक कश्मीरी ढंग से हुआ। गुहारा ने हर एक संस्कृत श्लोक सौष्ठव भरे उच्चारण और समझ के साथ बोला। अप्रत्याशित सम्मान था कोटरानी और उदयनदेव की उपस्थिति। उनके साथ थे ब्रह्मा भट्ट और शारिका। शाहमीर कोटरानी द्वारा लाए उपहारों से अभिभूत था। जो उसने नवविवाहित दंपति और उसे प्रदान किए। शाहमीर को राजसी कोष का कुरान दिया गया तथा गुहारा को उसने डेजहोर का एक जोड़ा प्रदान किया। और भृंगी का राजा न्याय विभाग में वार्षिक वेतन पर नियुक्त हुआ। ब्रह्मा और शारिका ने एक अनोखा शाहतूस का शाल दुल्हन के लिए उपहार में लाया था।

विवाह समारोह के अंत में गुहारा और राजा सप्रू एक मंच पर बिठाए गए तथा अतिथि पंक्ति बनाकर उनसे मिलने के लिए आते गए। कोटारानी और उदयनदेव भी अपना आशीर्वाद देने आए। उदयनदेव राजा के साथ वार्ता करने लगा जिसने तुरंत उसकी एक पालतू पशुओं की परियोजना को स्वीकार किया। गुहारा ने खड़ा होना चाहा पर कोटरानी ने उसे कष्ट न करने का इंगित किया।

"आज की रात तुम महारानी हो और हम आपके शुभचिंतक।"

"महारानी आज मेरे जीवन का सबसे बड़ा प्रसन्नता का दिन है। मैं सोचती रहती हूँ कि मैं इस स्वप्न से जागूँगी और स्वयं को फारस में वापस पाऊँगी।"

"फारस अब दुष्टों के हाथों में चला गया है, जिन्होंने बौद्धों, हिंदुओं और यहूदियों को मार डाला है। तुम अब कश्मीर के स्वप्न का एक भाग हो, पर बात यह है कि तुम्हें एक अच्छा पति मिला।"

"उसे अच्छा होना ही होगा, नहीं तो मैं इस को त्याग कर रक्षा के लिए आपके पास आऊँगी।

महारानी मुस्कुरा दी। "गुहारा तुम यों भी मेरे पास आ सकती हो यदि तुम्हें राजा विवश भी न करें। मैंने सुना है कि तुम मंत्रोच्चार में निष्णात हो गई हो। और तुम्हें मंत्र गाते हुआ सुनना दिव्य अनुभव होगा।"

"महारानी, आप नहीं जानती कि राजा और मैं आपको कितना मानते हैं। वह कहते हैं कि आपने हमारे लिए अनगिनत बलिदान दिए हैं, यहाँ तक अपने व्यक्तिगत सुख के मूल्य पर भी। क्या अब आप प्रसन्न हैं कि कश्मीर पुनः सम्पन्नता की ओर लौट रहा है?"

"हाँ। मैं परम प्रसन्न हूँ। जो प्रगति हो रही है उससे। कोई भी बलिदान बहुत बड़ा नहीं क्योंकि जनता मेरा परिवार है और मैं गंभीर होकर उनके कल्याण की चिंता करती हूँ।"

"क्या आप मुझे कृपया बताएँगी कि मैं किस प्रकार राजा को प्रसन्न रख सकती हूँ?"

"मैं बहुत सौभाग्यशाली हूँ कि उदयनदेव बहुत ही आध्यात्मिक व्यक्ति है, जितना वह देवी माँ के निकट जाता है उतना ही वह मुझे अपने निकट लाता जाता है। वहीं तुम्हारे साथ भी होगा।"

"ब्रह्मा ने एकदा मुझे आपके विश्वास के विषय में कहा था कि कैसे मैं भी वैसा ही कर सकती हूँ?"

"यह पहले ही आप के साथ हो रहा है। सोचो कहाँ तुम और राजा का प्रथम मिलन हुआ और आज तुम दोनों कहाँ हो?"

"गुहारा महारानी की अंतर्दृष्टि से चौंक उठी। हाँ बुलबुल ने उसे और राजा को एक साथ लाया था। कोटा और उदयनदेव ने दूल्हा और दुल्हन को कंठ से लगाया और चल दिए।

अन्य अतिथि आपस में मिल जुल रहे थे। नई बातों के विषय में गप्प शप्प करते हुए। कुछ वृद्ध महिलाओं ने मंजिम को पकड़ लिया और पूछने लगी कि उसने किस तरह यह विवाह बनाया।

"अली शेर की पुत्री लुस्टा से ब्याही गई, जो द्वारापति है, जमशेद की पुत्री तिलकशूर से ब्याह दी गई, इस तरह उसे भंगिला का स्वामित्व प्राप्त हुआ। वह तो उसके दादा के बराबर आयु का है। क्या यह नीति के विरुद्ध कर्म नहीं है तुम्हारा?"

मंजिम ने कंधे उचकाए, "दूल्हों को विशाल दहेज मिला। यह उनके लिए बहुत बड़ा छप्पर फाड़ अवसर रहा। यदि दो परिवारों में विवाह बन्धन बन्धता है तो हम कौन होते हैं आलोचना करने वाले।"

एक रूढ़िवादी विधवा ने कठोरता से कहा, "स्थानीय लोग शाहमीर की पुत्रियों को गले का हार मानते हैं पर उन्हें पता नहीं कि वे जीवन नाशक सर्पिणियाँ हैं, भयावह विषैली।"

मंजिम ने जोर देकर उतर दिया, "शाहमीर ने अपने हिंदू दामादों को कहा है, एक दूसरे के सुख को प्राप्त कर मैत्री और अधिक पुष्ट होगी। उसके क्रियाकलापों से पता चलता है कि मानो वह कश्मीर में ही जन्मा हो। गुहारा और राजा के विवाह ने पथ प्रशस्त किया है कि सभी कृत्रिम रक्त सम्बन्धों को जीवन

भर के बन्धन में बांधा जा सकता है। अगर हम आज बंध जाएंगे तो हमारा भविष्य चमकेगा।"

विधवा शंकित और निरस्त करने को उद्यत थी- "समय ही बताएगा कि क्या उसकी संतति मगरमच्छ के दांत हैं जिससे वह पकड़ेगा और निगल जाएगा अपने शिकार। वे नकलची हैं तथा कश्मीर में उनके अधिकार नहीं। अपितु वे अपने अज्ञात बाहरी तौर तरीके तथा रिवाज यहाँ जमाना चाहते हैं। हमें अपने लिए यह प्रार्थना करनी होगी कि कोटा के सशक्त हाथ बहुत देर तक अपना नियंत्रण बनाए रख सके।"

तरंग-13

# शासन

ऊपर से तो घाटी के अच्छे दिन आए थे, कोटरानी ने अपने दूसरे पुत्र को जन्म दिया और उसका नाम जटा भोला रत्न रखा गया। राजसी परिवार की प्रसन्नता पूर्ण हो गई। अब उदयनदेव एक गौरवपूर्ण पिता था जिसका अपना वंश का सीधा उत्तराधिकारी था।। सभी कश्मीरी जटा, सबसे प्रिय शिशु के गिर्द जुट गए। बच्चे के वस्त्र चाँदी के धागों के साथ बनाए गए। चाँदी को गुप्त और अदृश्य बुरी आत्माओं से रक्षा करने के लिये जाना जाता था। रावण को इस सबसे बाहर रखा गया था। ब्रह्मा को बच्चे के दादा के रूप में नियुक्त किया गया। वह यह आशा कर रहा था कि हैदर को शाहमीर के हाथों खोने पर अब उसका स्थान जटा लेगा। रावण की कोटरानी से असहमति ने उसे दावेदार के रूप में अमान्य कर दिया था। रानी का भाई अधिकाधिक दूर खिंच गया था जब से उदयनदेव का उत्थान हुआ था। उसकी दरबार पर पकड़ नहीं बची थी और अधिक समय अपने बेटों और पत्नी के साथ अपने महल में व्यतीत करता। ऐसा लगता था कि उसका एकमात्र नियमित सम्बन्ध अब शाहमीर के साथ ही था, जिससे कि वह अपने बच्चों से कहीं अधिक बार बातें करता। वे प्राय: परस्पर बुलबुल लंकर में मिलते। जितना वह आयु प्राप्त करता। प्राय: वह सोचता कि क्या उसकी उँगली भी हिली हैं अथवा उसके लिए अभी योगदान देने का अवसर है। वह सार्वजनिक रूप से सोचता कि उसका कश्मीर के इतिहास में योगदान कितना है।

जटा के जन्म से घाटी में शिशुओं का सहसा उत्थान हुआ। इतनी समृद्धि अब तक कभी नहीं देखी गई थी। प्रजा ने कोटरानी को उसके शासन तथा नवजात बच्चों के आगमन पर उत्सव मनाने के लिए प्रणाम किया। परिवारों को बड़ा करने तथा भविष्य में विश्वास करने पर जोर देते हुए। गुहारा ने एक पुत्र

आदित्य को जन्म दिया। ब्रह्मा शारिका और अपने पुत्र भीम के साथ लड़के के सम्मान में उपहारों के साथ आया था। समूचे भृंगी परिवार के लिए यह बहुत ही प्रसन्नता का अवसर था, जहां ब्रह्मा एक प्रिय मित्र था। उसका अपना पुत्र बड़ा हो रहा था और वह अपने पिता की आँखों का तारा था। अतिथियों का बोड-कुठ अर्थात् बड़े कक्ष में स्वागत किया गया। उसके कुछ समय बाद सभी की प्रसन्नता का विषय बनते हुए कोटारानी और उदयनदेव आ गए परिवार के लिए बहुत सारी भेंटों के साथ। उसे आदित्य एक ऐसा बालक लगा जिसमें पिता और माता के सुंदर लक्षण आ गए थे। शाहमीर और उसकी पत्नी भी आए थे। निस्संदेह इस मिलन के परिणाम को देख प्रसन्न थे वे। गुहारा की माँ अपनी बेटी से निजी रूप से कुछ क्षण मिली, जब सभी अतिथि जा चुके थे।

"क्या तुम सुखी हो?"

गुहारा ने हामी भरी और आदित्य को सीने से लगाते हुए मौन मुस्कुराई। यह सब उसकी माँ सुनना चाहती थी।

"तावीज सदा अपने संग रखना, बुलबुल सदा तुम्हारी रक्षा करेगा।" उसने अपनी पुत्री को निर्देश दिया। गुहारा ने अपनी गर्दन पर लटक रहे ताबीज को लेकर उसे माथे से छुआ दिया।

"कैसा है राजा सप्रू?" माँ ने पूछा। गुहारा लाल हो उठी।

"वह एक अच्छा पति है और कहता है कि हमारा मिलन बराबरी का है। वह कश्मीरियों की भाँति है पर मैं उससे बहुत कुछ सीखती हूँ। और मैंने समझना आरंभ किया है कि वह ऐसा क्यों है।"

निरीक्षक माँ ने पाया उसकी पुत्री में एक संतुष्टि का भाव है जो उसके वंश की स्त्रियों में दुर्लभ था। अतः वह अपनी सबसे बड़ी पुत्री को लेकर प्रसन्न हो उठी।

एक अप्रत्याशित परिणाम जो कोटरानी और उदयनदेव के विवाह से आया था कि जटा के जन्म के साथ ही छोटा सा मुसलमान समुदाय अब एक बार पुनः डर गया था। देवस्वामी ने अब पुनः प्रधानता प्राप्त कर ली थी, मुसलमानों के प्रति उसने कोई रुचि नहीं दिखाई थी। उन्हें लग रहा था कि बुलबुल के माध्यम से रिनचिन का गुरू होने के कारण जो कुछ उन्होंने प्राप्त किया था, वह सब खो दिया है। फकीर के निर्वासन के विषय में अभी भी बातें हो रही थी और दुर्भाग्य से अली और उसके चेले गलत सलाहों के चलते उग्र सिद्धांतों को बनाए रखे थे, रिनचिन द्वारा पोषित इस भाव ने उनके गाँव को बाँटने का गलत रुख लिया था। कश्मीरी बट्टों ने कोटरानी से ऊंची आवाज में यह शिकायत

लगाई कि जब वह अपने गाँव में चलते हैं तो उन्हें लगता है कि वे फारस में से चल रहे है, न कि कश्मीर में। मात्र फारसी भाषा बोली जाती तथा ऐतिहासिक चिन्हों को मिटाया जा रहा और उन्हें इस्लामी नाम दिए जा रहे थे। जिससे सहस्रों वर्ष की निरंतरता टूट रही थी। यहाँ तक कि उनका पहनावा, उनका अभिवादन करने का ढंग भी उनके लिए अजनबी था। यह पृथक्करण दोनों तरफों में तनाव उत्पन्न कर रहा था।

एक शिष्टमंडल वरिष्ठ मुसलमानों का शाहमीर से मिलने श्रीनगर के उसके आवास पर गया ताकि अपनी चिंताओं को बताए। शाहमीर बहुत मिलनसार था। आरंभिक शिष्टाचार के बाद शिष्टमंडल सीधे अपने बिंदु पर आ गया कि वह उनके छोटे से समुदाय की सुरक्षा को सुनिश्चित करने के लिये क्या करने जा रहा है।?"

शाहमीर आश्वासन देने वाली मुस्कान में मुस्कुराया। "डरने की बात नहीं उत्तर हमारे हाथों में है।"

कक्ष में मौन हो गया और अतिथि स्तब्ध।

"हमें कश्मीरियों के साथ मिलना जुलना है। मेरा उदाहरण लें लो।" उसने समझाया।

अली इस सब को पचा नहीं पाया।

"हम में से उनका क्या होगा जो काफिरों से मेल जोल नहीं बढ़ाना चाहते और अपनी पुत्रियों को काफिरों को नहीं देना चाहते?"

शाहमीर पर इसका प्रभाव न पड़ा। अली एक बार उसके पास गुहारा के लिए गया था पर गुहारा ने मना किया था। शाहमीर को उसकी शत्रुता अपनी प्रगति में बदलनी है।

"हमारे पास हैदर है। वह कश्मीर का सर्वोच्च राजकुमार है। कोटारानी के और भी बच्चे भले ही हो, उदयनदेव भले ही महाराजा बने हों, कोटारानी और सहदेव के माध्यम से, पर कोई भी बच्चा वह कोटरानी से उत्पन्न हैदर का उल्लंघन नहीं कर सकता है। वह हमारा आपातकालीन तुरुप है, और हमें इस बात का ध्यान रखना है कि राजकुमार का पालन पोषण ठीक ढंग से हो जैसा कि महान रिनचिन ने भी मुझसे कहा था। उसे बाहरी किसी से भी मेलजोल स्थापित नहीं करने दिया जा सकता।"

एकत्रित मुसलमान समझ गए और मान गए। हैदर की मदरसे में शिक्षा यह सुनिश्चित करेगी कि वह मुसलमान समुदाय में बढ़ा हो। वहीं कश्मीर में उनका भविष्य है। किंतु यह बात भी उनके अपने भीतर अभी का संकट निवारण

न करते हुए लगी। यद्यपि ऐसा कोई अभिलेख उपलब्ध नहीं जहां किसी बट्ट ने मुसलमान को परेशान किया हो, किंतु भय के उद्‌भव की आशंका सदैव थी और उसकी जड़ें फारस के कट्टर पंथी और दुराग्रही इस्लाम के शासकों के इतिहास में थी जिन्होंने अन्य निकटवर्ती देशों में अपनी शाखें पसार ली थीं। अतः सोन फौज अर्थात् उनकी अपनी सेना का जन्म हुआ। जो गाँव अब सच्चे अर्थों में विलग हुआ था उसकी अपनी सेना थी, जिसका मुखिया अली था। जो कि अभी भी मुसलमानों का राजसी घुड़सवारों की टुकड़ी का अधिकारी था, उसने मलचमार के युवकों के एक छोटे से दल को गुप्त रूप से प्रशिक्षण देने का दायित्व स्वयं पर लिया था। जो कि संकट काल में शस्त्र उठाकर रक्षा कर सकते थे।

कश्मीरी लोग शांति को गति देते हुए यह सोच भी न पाए कि जब शाली की फसल काटने का समय आ गया सहसा हिमपात हुआ और फिर लगातार एक सप्ताह तक धाराधार वर्षा हुई तत्पश्चात् आकाश सहसा लाल हो गया और हिंसक धूल पूरी घाटी में गरजने लगी। वर्षा ने वितस्ता नदी को ग्रस लिया और पूरी की पूरी फसल नष्ट हुई। भयभीत स्थानीय लोगों में फुसफुसाहट यह फैली कि द्वेषी दैत्य फिर छिप कर बैठे हैं। कोटारानी को बताया गया कि चावल का दाम 300 दीनार से 1500 दीनार प्रति खरवार हो गया है। और अब उनकी आपूर्ति रुक गई। सप्ताहों के भीतर दुर्बल हुए लोग आसपास घूमते दिखाई देने लगे। अखरोटों, मूलों और जंगली फलों के सहारे जीवित रहते हुए। स्त्री, पुरुष दोनों अपने अपने जीवित रहने के लिए भोजन ढूँढने लगे, अपने प्रियजन का परित्याग कर। बच्चों के बिलखने से घाटी भर उठी। वहीं रुदन जिसने कुछ मास पूर्व परिवारों को प्रसन्न किया था वहीं परिवार अब इस खंजर को दिल पर पड़ते अनुभव करने लगे। दुख यह कि बहुत सारे बच्चों को मंदिरों के द्वारों पर छोड़ा गया। उनके रुदन को सदा के लिये भूख ने मौन कर दिया और कांच से नेत्रों का कठोर रूप से घूरने ने भयावहता में वृद्धि की। जिसके पास जो चाँदी, सोना अथवा आभूषण थे वे सब ख़जांची के पास गिरवी रख दिया और उसे इस संकट से लाभ पहुँचा। हस्ताक्षर लेकर उसने कहा कि वह कोई भी सोना, चाँदी आभूषण खरीद लेगा और बदले में अनाज देगा। पर यह एक अस्थायी आराम था। भविष्य की समस्या बनी रही।

कश्मीरी समुदाय में समृद्ध व्यापारी वर्ग का व्यवहार अत्यधिक अशोभनीय था। ऐसे लग रहा था कि मानो अन्न की न्यूनता ने उन्हें जीवन का आनंद और और लेने का अवसर प्रदान किया हो। विवाहों में अधिक ही दावतबाजी की जाती

जिसमें अन्न की बर्बादी की जाती। भले ही दुनिया खत्म हो रही हो पर अमीरों के लिए वह समय ऐसा अच्छा आया था कि दुनिया को अपनी श्रेष्ठता दिखा दें और अपनी प्रसिद्धि भविष्य के लिए स्थापित कर सकें। ऐसे विवाह समारोहों में वार्तालाप के विषय स्वर्ण आभूषण, भूमि से परिवर्तित होकर कौन किसे जानता है पर चला गया। और किसे कितनी दूर जाना है एक अच्छी खाद्य सामग्री प्राप्त करने के लिए। सर्वाधिक चर्चित विवाह था ख़जांची की पुत्री का, जिसका विवाह एक अन्य व्यापारी के पुत्र के साथ हो रहा था। सार्वजनिक रूप से प्रदर्शित दहेज देख कर लोगों की साँस ही रुक गई। ऐसा कहा जा रहा था कि मंजरी की बेटी इतना दहेज ले जा रही थी कि स्वयं कोटारानी उसके मुकाबले में कहीं नहीं ठहरती थी।

जब मंजिम, नाइद और कोकुर आपस में मिले तो स्पष्टतया नाइद प्राणों को शरीर में बनाए रखने का कठोर संघर्ष कर रहा था। जब कि मंजिम अमीरों के यहाँ विवाह सम्बन्धों को बनाते हुए भोजन प्राप्त करता था। कोकुर राजसी रसोई की खुरचन से प्राप्त करता था। नाइद के पास ऐसी कोई जीवन रेखा न थी। उसके ग्राहक उसके लिए नितांत समाप्त हो चले थे। नाइद जरा सा खामख्याल था अपनी सूरत को लेकर। व्यवसाय और आत्ममुगधता के कारण, उसका प्रथम काम था प्रातः अपनी दाढ़ी साफ करना और अपने बालों को सजाना। वह अपने व्यवसाय का चलता फिरता विज्ञापन था। पर अब वह आमूलचूल बदल गया था। उसने एक खुरदुरी दाढ़ी बढ़ा ली थी, जो उसके जबड़ों को चौड़ा रही थी और उसकी शक्ल एक हिंसक गिलहरी सी हो गई थी। जब वह अपना मुँह खोलता तो तेज दांत दिखते।

"नाइद, मैं यह चावल तुम्हारे लिए लाया हूँ, खाओ।" उसने एक पीतल का दोना उसे पकड़ाते हुए कहा।

"नहीं, नहीं।" नाइद ने कहा। उसका आत्मसम्मान दांव पर था। तीनों मित्रों ने परस्पर एक दूसरे की स्वतंत्रता का मान किया था। अब दान का विषय बनना नाइद के लिए बहुत ही अधिक था।

"नाइद, खाओ भी। कोकुर और मैं यहाँ कब से तुम्हारी प्रतीक्षा कर रहे थे। हम पहले ही खा चुके हैं। यह तुम्हारा भाग है। तुम्हें ठीक तीसरा भाग मिल रहा है और वह उचित है।"

"सच? मैं किसी से कोई दान वान नहीं लेता, कम से कम अपने मित्रों से। मैं मर जाऊँगा पर अपना सम्मान नहीं खोऊँगा।" नाइद ने कहा।

कोकुर ने नाइद को एक सफेद झूठ से आश्वस्त करते हुए कहा, "मैं

अपने पिता की शपथ खाकर कहता हूँ, तुम जानते हो नाइद कि कोई मुझे मेरे पिता से अधिक प्रिय कुछ न था, कि मंजिम और मैंने खाया है और यह तुम्हारा भाग है।"

"उसकी आत्मा मुक्त हुई। नाइद भोजन पर टूट पड़ा। उसके मित्र उसे मौन निहारते रहे। दुखपूर्ण रूप से यह स्पष्ट था कि नाइद ने बहुत समय से कुछ खाया न था। तो क्या किया जाना था?

उसके पेट में अन्न पड़ा तो नाइद बोला, "कोकुर मैंने ऐसी दुर्दशा कभी नहीं देखी है। यहाँ तक कि जब दुलचा ने हम पर आक्रमण किया तो कम से कम हमारे पास खाने को भोजन तो था। हमने गुप्त रूप से भण्डार किया था। अब सीधे सीधे कुछ भी नहीं है। लोग खाने के लिए छिप रहे हैं जो कुछ भी उनके पास खाने को है। यदि तुम अपने भोजन को उत्तरीय में छिपाओगे नहीं तो तुम्हारे पड़ोसी यह तुमसे गिद्धों की तरह छीनेंगे। यह नहीं चलेगा।"

कोकुर अस्वाभाविक रूप से चिंतित हो उठा।

"यह बहुत ही बुरा है। कल रात्रि को एक शिष्टमंडल देवस्वामी के यहाँ से कोटरानी और उदयनदेव से मिलने के लिए आया। जिन गाँव में ब्राह्मण मंदिरों को दिए जाने वाले चावल पर ही निर्भर करता है, ग्रामीणों ने उन्हें देने से मना किया है। जब ब्राह्मण लोगों के घरों में भोजन की भिक्षा के लिए जाते हैं, तो वह मर जाते हैं, क्योंकि उन्हें सड़ा हुआ, बासी भोजन दिया जाता है, जिससे वे बीमार होकर मर जाते हैं। प्राय: उन्हें भगाया जाता है, जो कि कश्मीरियों द्वारा किया जा सकने वाला सबसे बड़ा पाप है। हमारा समाज टूट रहा है। देवस्वामी ने एक चेतावनी दी है। उसके पुरोहितों को देवी देवताओं को दिन में दो बार खिलाना होता है। न दूध है, न मधु है, न ही फल हैं। वह और ब्राह्मण प्रायोपवेशन पर जा रहे हैं जब तक कि यह स्थिति ठीक नहीं की जाती।

प्रायोपवेशन आमरण सर्व सत्याग्रह होता था। यह ब्राह्मणों का अंतिम शस्त्र होता। जिस भी राज्य में ब्राह्मण अप मृत्यु मरता उस पर सदा के लिये शाप लगता। कश्मीर की स्थितियाँ एक आत्मघाती मोड़ ले रही थी।

नाइद के अंदर का बाहर उगल आया।

"ब्राह्मणों पर विश्वास एक आवश्यकता को गुण में बदलता है। वे बड़े चतुर होते हैं। हम गरीबों की ओर देखो। क्या हम भी ऐसा कह सकते हैं कि हमें भी भोजन दो कि हमें यह देवों को खिलाने के लिये आवश्यक है? नहीं! मात्र ब्राह्मणों का ही यह विशेषाधिकार है।"

मंजिम चिंताकुल यह सब सुनता रहा। कि व्यावसायिक गोपनीयता को

ध्यान में रखकर क्या देखा उसने और उसमें से कितना अपने परम मित्रों को बता सकता है।

"देवस्वामी चाहे जो भी हो, पर कश्मीर के इतिहास का उन्हें पूरा ज्ञान है। मेरे अपने परिवार में, हम पीढ़ी दर पीढ़ी अपने परिवारों के इतिहास का ज्ञान रखते हैं। मैं तुम्हें बता सकता हूँ कि देवस्वामी कश्मीर के काले रहस्य जानता है। वह जानता है कि जब भी कश्मीर में अकाल पड़ा है, यहाँ तक कि राजों, कुलीनों ने भी नरभक्षण किया है।"

कोकुर स्तम्भित और भयभीत हो उठा यह सुनकर। कि कश्मीर के स्वर्ग का एक इतिहास था जो पुनरावृत्त हो उठा है। उसका मन भागने को हुआ। किंतु जो कुछ मंजिम कह रहा था उसमें बात थी। और वह घरों के भीतर के रहस्यों को जानता था। छः मास तक बर्फ से लदे, सुदूर पर्वतों पर, बिना किसी भोजन, बिना किसी बाहरी सहारे की आशा, कौन जाने क्या क्या करना पड़ता होगा उन बाहरी क्षेत्रों में अथवा गौरव शाली घरों में भी जो आसमान तक ऊँचे हैं? नाइद को पहले तो भूख से मरने की स्थिति अनुभव हुई थी पर उसे अब रुग्नता का अनुभव होने लगा।

मंजिम बोलता गया।

"देवस्वामी एक साहसी व्यक्ति है। वह वास्तव में अपने नैतिक व्यवहार का उल्लंघन करने से बेहतर ब्राह्मणों को आत्महत्या के लिए तैय्यार कर रहे हैं। उसकी कोटरानी और उदयनदेव को चेतावनी हिलसा है कि उसके असली ध्येय की भनक देना।"

"मेरे विचार से देवस्वामी को बड़ी उलझन है, यह मात्र ब्राह्मणों के सम्बन्ध में ही नहीं है। भूख स्वयं एक दैत्य है। दैत्य देवों के विरुद्ध भूख को एक शस्त्र के रूप में गढ़ते हैं। अकाल इस बात का प्रमाण है कि वृतृ दैत्य ने देवस्वामी के रक्षा के मण्डल तोड़े हैं और कश्मीर में प्रविष्ट हो गया है। वृतृ खराब मौसम और अकाल लाता है, ठीक जो कुछ हम भोग रहे हैं।"

"क्या रक्षा? क्या मण्डल?" नाइद बोला।

कोकुर अब मौन हो गया। उसे भय लगा कि जो कुछ उसे नहीं बताना चाहिए था, बता दिया कि राजसी गलियारों में क्या हो रहा है।

"यदि, जो कुछ भी तुम दोनों बोल रहे हो, सच है, तो तुम उसका थोड़ा सा ही मुझे बता रहे हो। तब तो स्थितियाँ उससे भी बुरी हैं जितनी कि मैंने सोची थी।" नाइद ने कहा।

"नाइद, हम इतने ग्रस लिए गए हैं मनुष्य निर्मित आपदाओं से जो हम पर

भरपाई हैं, कि हम भूल ही गए हैं कि यह प्रकृति माता है जो हमारी नियति का निर्णय करती है।"मंजिम ने कहा।

"नाइद पागलों की भाँति खिसिया गया।

"मैं तुम्हें बताता हूँ कि मैं क्या जानता हूँ। मैं ख़जांची के विवाह समारोह में था, जहां निर्धन लोग लंबी लंबी कतारों में थे, जो खा चुके लोगों की झूठन की प्रतीक्षा में थे। जब उन्होंने खा लिया तो उन में से कुछ की मृत्यु हो गयी। सप्ताहों तक भोजन न मिलने पर तथा अपने पेट को सहसा भरने पर उनका शरीर यह झेल न पाया। मैं पंक्ति के पीछे था। उनके शरीरों कीं दुर्गंध सह न सका। रसोई से आ रही भोजन की सुगंध ने शरीर को भोजन के लिए चिल्लाने पर विवश कर दिया। जबकि मन कह रहा था कि 'धीरे से जाओ। यह निचाट पीड़ा थी।"

"यह विवाह इस बात का प्रमाण है कि हमारा समाज सड़ रहा है, और धनी दोषी हैं। हमारी सोच भ्रष्ट है धन के कारण। ब्राह्मण नैतिकता को आत्मानुशासन के रूप में समझते हैं, किंतु शक्तिशाली लोगों पर नैतिक नियंत्रण करने से डरते हैं। रामायण अब मुझ जैसे कलाकारों के द्वारा प्रदान किया गया मनोरंजन मात्र है, न कि एक आचार संहिता जो समाज में ब्राह्मणों द्वारा लागू की गई हो।"

मंजिम ने अपना दृष्टिकोण प्रस्तुत किया।

"एक राजकीय हाथी, जिसके खाद्य सामग्री की सामान्यत: कमी के कारण भोजन नहीं मिला, मृत्यु को प्राप्त हो गया। उसके शरीर में अभी श्वास शेष थी जब लोग उस शव पर टूट पड़े कि उसे काट कर वे अपना भोजन बनाएँ।"

नाइद ने दुखपूर्वक कहा, "कोटरानी को इस समस्या को शीघ्र देखना पड़ेगा, नहीं तो सडकों पर रक्त पड़ेगा।"

कोकुर ने हामी भरी। "इस सम्बन्ध में मैं तुमसे पूर्ण रूप से सहमत हूँ। पर नहीं समझ पाता कि कोटरानी करेगी क्या। वह कोई चमत्कार करने वाली तो हैं नहीं कि अनाज को जादू से बना देगी। ज्योतिष ने कहा है जब ऋतु परिवर्तन होगा तभी यह सम्भव है।"

मंजिम अधिक व्यावहारिक था। "हमें कोटरानी की समस्या की चिंता नहीं करनी चाहिए, मेरी चिंता तुम को लेकर है, हमें पहले तुम्हारा ध्यान रखना चाहिए। मेरे पास एक विचार है। मैं तुम्हारा परिचय शाहमीर से कराता हूँ। मैंने उसपर कई एहसान किए हैं, और उसे लोगों को रिझाना अच्छा लगता है। वह

एक दान की रसोई चलाता है। मैं उसे कहूँगा कि एक तो वह तुम्हें कुछ समय के लिए आजीविका दे और यदि तुम वहाँ काम करोगे तो तुम्हें दो वक्त खाना तो मिलेगा ही अवश्य।"

"पर मंजिम, वह तो दान की रसोई हैं मुसलमानों की और उन के लिए ही। वह नाइद की जगह नहीं।"

"यह तो नाइद का अपना निर्णय हैं, पर क्या शारिका ने चिंता की कि उसके बच्चे को शाहमीर की पत्नी ने दूध पिलाया?"

"मैं टूट की कगार पर हूँ। मैं भोजन चाहता हूँ, यदि तुम मेरा परिचय शाहमीर से करा दोगे जहां मैं नियमित भोजन प्राप्त कर सकता हूँ, तो मैं जीवन हर दिन तुम्हारा धन्यवाद करूँगा। क्या हुआ यदि लंकर मुसलमानों के द्वारा और मुसलमानों के लिए चलाया जा रहा है।?"

मंजिम ने नाइद के साथ हामी में सिर हिलाया। "मैं हर प्रकार के लोगों के बीच सम्बन्ध बनाने का कर्म करता हूँ। हर कोई मुझे कहता कि वह अन्यों से भिन्न हैं। कि वे विशेष हैं। पर हम जानते हैं कि वे नहीं होते हैं वास्तव में। हम सब की जीवन की आवश्यकताएँ एक जैसी हैं। नाइद मैं जानता हूँ कि मैं झुकाव वाला व्यक्ति हूँ क्योंकि मैं शाहमीर से कमीशन लेता हूँ, पर यह बहुत अच्छा है कि तुम उसके प्रति दुराग्रह से मुक्त हो अब। चलो हम लंकर की ओर चलें।"

"महल में कोटरानी ख़जांची और मंजरी के साथ एक कठिन संवाद में उलझी थीं। उसने यानिव तथा राजस्व मंत्री को भी इस संवाद में भाग लेने के लिए बुलाया था। अफवाहें थीं कि सट्टेबाज अनाज की जमाखोरी कर रहे थे। वे बाजार को धत्ता बताकर मूल्यों को बहुत ऊँचा उठा रहे थे। ख़जांची को न पश्चाताप था न वह कहीं से भी विनम्र लग रहा था।

"महारानी, यदि कोई स्वामित्व को दांव पर लगाता है, वे वसूली भी पाते हैं और खतरे भी। बहुत अवसरों पर मैंने कृषकों को धन उधार दिया है, और वह मेरा सारा डूब गया। कोई नहीं लौटा पाया मेरा धन। तो क्या गलत है यदि मैं अपनी हानि की भरपाई व्यापारिक लाभ से करता हूँ?"

"क्या तुमने वास्तव में ही धन खोया है, या यह मात्र चक्रवृद्धि ब्याज है। कि तुम बाद में और धन बनाओगे?" महारानी बोली।

"कुछ धन लौटाएँगे, कुछ नहीं। यही होता आया है। यही होता रहेगा।"

"क्या तुम इतने धनवान नहीं हो कि यदि किसान जीवित रहेगा तो खेत जोतेगा और तुम को भविष्य में धन की आय होगी।" कोटारानी ने पुनः कहा।

"महारानी, मैं अपना व्यापार जैसे कि मैं जानता हूँ, करता हूँ। आपके विदेश मंत्री शाहमीर की मंत्रणा थी कि फारस के साथ व्यापार का स्वागत होना चाहिए। कि इससे शांति आएगी। अब वह फारस से अनाज लाए।"

"कोटरानी ने चिढ़ाते हुए कहा, "आप जानते हैं कि वह कोई व्यावहारिक समाधान नहीं है। इन पर्वतों को पार करना कितना कठिन है और हमारे पास समय नहीं है"

अब वह मतलब पर आई, "जो अनाज और चावल आप जनता को उनके सोने चाँदी के बदले में विक्रय करते हो, वह तुम ने कहाँ से प्राप्त किया है?"

ख़जांची ने रानी की अपनी प्रजा के प्रति पीड़ा और दुख को भाँप लिया। वह दुर्बल थी और वह अपनी विजय में फैला हुआ था।

"जब इस्लामी व्यापारियों ने मुझे उत्तर में चीर डाला, मैंने अपना कारवां दक्षिण में लाया। मध्य देशों से आयात निर्यात किया। तब उतना लाभकारी न था पर इस अकाल का मुझे अनुमान हो गया था। यह हर बीस वर्ष बाद होता है।"

"तुम्हें अपनी महारानी, महाराजा या देवी माँ का कुछ भय नहीं है क्या?" कोटारानी ने बहुत ही शीत ढंग से पूछा।

ख़जांची जीवनी शक्ति से भरा था और मृत्यु तो उसके पंजे में थी।

"महाराजा एक कुलीन व्यक्ति हैं। जब वे अपने अश्व पर आरूढ़ होते हैं तो वे उसके गले में घंटी बाँधते हैं ताकि शेष पशुओं को चेतावनी मिले। वे एक कृमि की भी हत्या नहीं देख सकते। महारानी, आप दृढ़ हो पर निष्पक्ष हो और रिनचिन की भाँति आप तुरत न्याय पर विश्वास नहीं करती। मैंने गलत क्या किया है धन की भक्ति के अतिरिक्त। यदि देवी मुझ पर दयालु हैं तो, आप उससे बिल्कुल भी भयभीत न होंगी।"

कोटरानी ने अब मंजरी को संबोधित हो कहा, "पूरी घाटी में बच्चे भूख से बिलख रहे हैं। क्या कुछ अपवाद स्वरूप हो सकता है कि बच्चों वाले परिवारों को भोजन दिया जा सके?"

मंजरी का मुख उतना ही कठोर था जितना कि उसकी अंगूठी का नग।

"महारानी, अकाल इस कारण पड़ा क्योंकि गरीब लोग अधिक प्रजनन करते हैं। मैं किसी समृद्धि में नहीं जन्मी थी। किसी ने मुझे दान न दिया जब मैं और मेरी माँ भूखों मर रहे थे। मैं मर न गई क्योंकि मैंने वह किया जो कि मुझे करना था।"

कोटारानी ने दुख के साथ उत्तर दिया, "मंजरी आप जीवित रही पर आप का एक आवश्यक भाग मर गया लगता है। 'दाता दायद्वम दमयती' दे दो, दयालु,

करुण हो जाओ, स्वयं को संयमित करो। यही है जो हमें सिखाया गया है "

मंजरी के नथुने फूल गए।

"करुणा दुर्बलों का रोना है। उन्हें देवी की उपासना करनी चाहिए। आपकी समस्या है कि आप लोगों का ध्यान रखना चाहती हैं, जबकि वे स्वयं अपना ध्यान रखने में सबसे प्रसन्न हैं।"

"मंजरी यह प्रसन्नता और आत्मनिर्भरता का प्रश्न नहीं है। भूख जो दुर्बलों और निर्धनों को है वह सचमुच है। तुम्हारी भूख दैत्याकार है। जो अलंकार तुमने पहने हैं वे आपकी मोटी खाल में छिपे हैं। ध्यान रखना कहीं निर्धन और दुर्बल तुम पर टूट न पड़ें।"

मंजरी ने वापस वार किया, "मैं और ख़जांची इस दरबार में किसी को भी खरीद सकते हैं। अत: हमारे मुँह पर ये प्रवचन मत दे मारो। महारानी, मैं आप से कुछ कमतर नहीं हूँ और यदि परिस्थितियाँ भिन्न होती तो, मैं आप के स्थान पर बैठी होती। गरीबों को भूल जाओ और उनकी समस्या स्वयं ही सुलझ जाएगी।"

कोटारानी ने इस दम्पति को निरस्त किया और यानिव से पूछा कि अब आगे क्या करना चाहिए।

"ख़जांची का एकाधिकार है अगली फसलों तक। वह घाटी में अन्न आपूर्ति का नियंत्रण रखता है। आपको उसका सहयोग चाहिए। पर आप को यह बात सशक्त स्थिति में रहकर करनी होगी। यदि इसने दुर्बलता भाँपी तो यह कोई भी दाम लगा सकता है और लोभ इसका इतना है कि यह आपके राजपाठ को भी माँग सकता है।"

"सशक्त स्थिति से बात करना तो कठिन लगता है। ख़जांची अपने प्राण देगा पर धन नहीं देगा, तथा यह जानता है कि इसके प्राण मेरे पास सुरक्षित हैं।"

मन में संकटग्रस्त वह सारस के पास चली गयी, जो अपने कमरे में अपने पिल्लों से खेल रही थी। सारस कोटारानी को देख हर्षित हो उठी और उसे चाय पिलाई।

"सारस देश में अन्न नहीं है। ब्राह्मण प्रायोपवेशन पर बैठे हैं। जनता कष्ट में हैं। व्यापारियों के पास भोजन है। पर वे उसे दबाए बैठे हैं यह सोच कर कि सम्भवत: मूल्य और ऊँचे उठेंगे। चाहे बूढ़े और बच्चे तब तक मर ही न जाए जब तक कि वे अन्न निकालेंगे, इससे उनका कोई लेना देना नहीं। यदि मैं बल का प्रयोग करूँगी तो वे अपने कारवाँ लाने बंद करेंगे जिससे स्थिति और बिगड़ेगी।

सारस ने अपने हाथ में कोटारानी हाथ लिया और उसे दबा दिया।

"आप जानती हैं कि हमारी विशाल अन्न भण्डार की आवश्यकता मात्र मनोवैज्ञानिक है। मैं बहुत ही कम खाती हूं और जब अधिक खाती हूं तो अस्वस्थ हो जाती हूं। ऋषि अपने शरीर को पवित्र मानते हैं और यदि आप उनका खाना देखोगी तो वह बहुत ही न्यून होता है। पर मुझे लगता है कि मेरे पास कुछ ऐसा है जो आपके बहुत काम आएगा।"

"वह क्या?" कोटरानी ने पूछा।

"मैं अपने नियमित भ्रमण पर कल पहाड़ियों की तरफ जा रही थी, तब मैं एक ऐसे पथ पर गई जिस पर मैं बड़ी देर से गई नहीं थी। मेरे आश्चर्य का ठिकाना न था यह जान कर कि इस पर कोई सद्यः ही चला है। जब मैं कुछ और चली तो, मैंने देखा कि यहाँ एक पड़ाव है। वहाँ लगभग एक सौ ऊँट थे, सभी ऊँटों से अनाज और भोजन उतारा जा रहा था जो कि एक अस्थाई आश्रय में जमा रखा जा रहा था। वहाँ कश्मीरियों के लिए पर्याप्त अन्न भण्डार रखा गया है जो कश्मीरियों के लिए कई महीनों के लिए खाद्य है। मच्छर और कीड़े इस अन्न की गंध से उसकी ओर खिंच रहे हैं। वे वहाँ मंडरा मंडरा कर शोर मचा रहे थे तथा ऊँट मालिकों के लिए और निजी सुरक्षा कर्मी जिसे वहाँ अनाज की सुरक्षा के लिए नियुक्त किया गया है के लिए भी खासी परेशानी उत्पन्न कर रहे थे। किसी ने मेरी ओर ध्यान न दिया और मैं वापस आ गई। मैं चाह ही रही थी कि आप के पास आऊँ और आप को यह सब बताऊँ।"

"यह ख़ज़ांची का भण्डार होगा। वह वास्तव में ही अन्न ला रहा है और उसका भण्डार कर रहा है, जब तक कुलीन लोग तक निराश न हों ताकि वह सर्वोच्च मूल्य प्राप्त कर सके।" कहा कोटरानी ने।

"सही। आप उसके साथ अदले का बदला कर सकती हैं। ख़ज़ांची एक अच्छा व्यापारी है पर वह सर्वज्ञ नही है और अनाज के व्यापार में वह इतना दक्ष भी नहीं। उसके लोभ ने उसे अंधा कर दिया है।" बोली सारस।

"तुम्हारे कहने का अर्थ क्या है?" कोटारानी ने पूछा।

"निकट आओ, क्या पता कौन सुन रहा हो जब तुम मेरे पास मिलने आई हो।"

सारस कोटरानी के कान में बुदबुदाई। कोटरानी की की आँखें चौड़ा गई और तब वह हंस दी।

"यह अभ्यास करने योग्य है। सारस तुम चुपचाप इस संसार को देख लेती हो और तुम एक महान गुरु प्रमाणित हो रही हो। मैं और तुम दोनों मिलकर

ख़ज़ांची से बड़ी चालाकी कर लेंगे। यदि हमारी योजना सफल हुई तो ठीक, यदि नहीं तो यह समय है सेना को बुलाने का।"

जब कोटरानी महल में वापस पहुँच गई तो उसने घोषणा की कि एक महायज्ञ का प्रबंध करना है। इंद्र को प्रसन्न करने के लिए। कि वृतृ को इंद्र अपने वज्र से असफल कर दे। यद्यपि अन्न आपूर्ति बहुत न्यून थी तथापि उसने आदेश किया कि उनको बचाया जाए। दूध, मधु, तुलसी पते, पुदीना, गिरियां, पुष्प, फल तथा अन्य यज्ञ सामग्री के समेत। जनता को आमंत्रित कर कहा गया कि यज्ञ पश्चात शुल्क हीन भोजन परोसा जाएगा।

एक प्रार्थना में कुछ ऐसा है कि वह एक आत्मा को ऊँचा उठाती है और घोर निराशा में भी आशा का संचार करती है। जब पूजा समाप्त हुई, उदयनदेव ने घोषणा की कि अन्न को भण्डार करने वालों को निर्देश दिया गया है कि वे अपने रणनीतिक भण्डार खोलें और हर दिन एक एक परिवार को अन्न आबंटित करें। दूर के ग्रामीणों के लिए अन्न वहीं पहुँचाया जाएगा। इस घोषणा पर सब हर्षित हो उठे। सभी ने करतलध्वनि की। ब्राह्मणों ने आकर उदयनदेव पर पुष्प वृष्टि की। उदयनदेव ने कुछ फलों का रस लिया और देवस्वामी को पिलाया। जिसने अपना व्रत तोड़ लिया। यह निर्णय कि रणनीतिक अन्न भण्डार खोले जाएँगे, बहुत ही स्वागत किया गया इसका। इसकी बात दूर दूर तक गई। ऐतिहासिक दृष्टि से पहले यह मात्र राजपाठ के लिए ही रखा जाता था, वह भी कठोर परिस्थितियों में। इसको कभी भी सामान्य जनता के लिए नहीं खोला जाता था, मात्र इस कारण से कि इससे उनकी आवश्यकताएँ पूरी नहीं होती थी।

कुछ दिन उपरांत ख़ज़ांची ने कोटारानी से मिलने की अनुमति माँगी। वह दुखी दिखाई दे रहा था।

"कैसे आप अन्न को दे सकती हैं?" वह गरजा।

"यह सरल है। देखो तुम ने दिया। ठीक उसी विधि से।" उसने अपना हाथ हिलाया। उसकी ओर देखा तक नहीं।

"यह एक मूर्खता है, किंतु इसका कोई मूल्य नहीं। गोदामों का अनाज मात्र चार सप्ताह में समाप्त होगा। तब तुम राजा लोगों को भी खाने के लिए कुछ न होगा।"

"ठीक है, कम से कम जनता यह तो समझ जाएगी कि इसमें हम सब एक हैं और जब अन्न समाप्त होगा तो सभी एक साथ ही भूखों मरेंगे। सबसे बड़ी बात जो कुछ भी दिया गया वह गुणा के साथ वापस लौटेगा। देवी माँ प्रसन्न होंगी कि बच्चों को भोजन मिल रहा है।"

खज़ांची रौंदते हुए बाहर आया। जहां तर्कहीनता हो अथवा हिंसा हो वहाँ व्यापार नहीं किया जा सकता। पर यह समय की बात थी जब तक अन्न समाप्त न हो।

सोग्दिन महारानी से मिलने आया और कहा, "उसने गुप्त रूप से जाना कि खज़ांची ने दूसरे किसी व्यापारी से दर्प में कहा है कि, "मैं आखिरकार हँसूँगा। एक माह के भीतर मेरे पास घाटी में जीवन और मरण की शक्तियां होंगी। मैं राजगद्दी छीनूँगा और अन्न मेरा शस्त्र होगा। मुझे सेना की सहायता चाहिए। तांत्रिक पहले ही मेरे पर निर्भर हैं। अली के सोन फौज को धन मैं देता हूँ। और उसके घुड़सवार मेरे साथ हैं। यदि मैं एकागों, महारानी के रक्षकों को तोड़ पाता हूँ तो तब यह मेरी झोली में है। मंजरी ठीक कहती है, यही समय है विशाल सोच की और लोगों की क्रांति का नेतृत्व करने का। मैं राजा बनूँगा और मंजरी महारानी बनेगी। पर मुझे संदेह है कि चालाक लोमड़ी कोटारानी पता न क्या करेगी।"

कोटारानी ने शांत भाव से हामी भरी और तनिक भी विचलित न हुई सोग्दिन की इस सूचना से। सोन फौज एक नई बात थी और कार्रवाइयों की उसे आवश्यकता थी। अब सोग्दिन ने आगे शाहमीर के सम्बन्ध में एक बहुत ही नकारात्मक सूचना बताई। उसने सेना पर कोई ध्यान नहीं दिया, नहीं सीमाओं पर कभी गया और सैनिकों की आवश्यकताओं की उपेक्षा की। राजधानी में अपनी राजनीति चलाने में ही लगा रहा। कोई विदेशी सूचना तंत्र न था और वह सूफियों और दूसरे इस्लामी दलों को घाटी में प्रविष्ट किए जाने में ही व्यस्त रहा। जहां वह सीधे खानक्वाह में चले जाते। कोटारानी सचेत हो उठी और सोग्दिन को वापस फिर से इस सम्बन्ध में सूचनाएँ लाने के लिए भेजा।

दो सप्ताह बाद खज़ांची और मंजरी पुनः कोटारानी से मिलने आए। उसने यानिव को भी इस बैठक का पर्यवेक्षण करने को कहा।

"महायज्ञ एक चाल थी। मुझे मूर्ख बनाने की।" खज़ांची चीखा। आगे बोला, "तुम्हें सारी सूखी तुलसी, पुदीना घाटी के लिए चाहिए था, है न?"

"क्यों आप प्रार्थनाओं को सदा ही लघु करते हैं। लगता है हमारी प्रार्थनाएँ रंग लाई हैं। आप इससे दुखी क्यों हैं कि हमें तुलसी और पुदीने के पते अन्य अवयवों के साथ उपलब्ध करने पड़े?" कोटारानी बिफर पड़ीं।

"तुम्हें सम्भवतः सारी तुलसी और पुदीना जो तुमने लिया नहीं चाहिए था, घाटी में किसी के पास नहीं है तथा और प्राप्त करने में, तैय्यार करने में सप्ताह लगेंगे।" खज़ांची चीखा।

"हमारे पास बच गया, पर भाग्य से अब चूँकि अन्न जनता में बाँटा गया है, गोदामों में अब उसको रखने का स्थान हो गया है। क्या किसी लिए आपको उसमें से कुछ चाहिए?"

"हाँ मुझे चाहिए। आप को सारे समय में यह ज्ञान था कि जो मैंने आयात किया था, उसमें तुलसी मिलाई जानी थी और पुदीना भी ताकि इसमें कीड़े इत्यादि न लगें।" ख़जांची ने अरुचि से उत्तर दिया।

अब यानिव ने बलात् हस्तक्षेप किया और बोला, "ठीक है उससे बहुत ही सफल भागीदारी का धरातल तैयार होता है। महारानी के पास तुलसी और पुदीना है आप के पास चावल हैं। यदि दोनों को मिलाया जाता है तो बाजार के लायक एक उत्पाद बनता है। एक ही प्रश्न है कि किन शर्तों पर भागीदारी हो? सभी जानते हैं कि सूखी तुलसी और पुदीना अधिक मूल्यवान वस्तु है जबकि चावल जल्दी खराब होने वाला पदार्थ है, यदि यह कीट संक्रमित हो।"

"ख़जांची ने यानिव को देख कर कहा, "तुम्हारा इसमें क्या भाग है?"

"कुछ भी नहीं" यानिव ने उत्तर दिया। फिर कहा, "व्यापार काला बाजारी नहीं है, नहीं यह तख्ता पलट करने का षड्यंत्र, यह समाज को जीवित रखने के लिए है। तुम्हारा धर्म है कि तुमने एक दूरदर्शी रहो, कश्मीरी जीवित बचेंगे, अन्न फिर उगेगा। सब की विजय होगी।"

ख़जांची बहुत क्रुद्ध हुआ, जिसकी समझ में आ गया कि उसे पराजित किया जा चुका है, उस को यानिव द्वारा एक व्यापार में फाँसा जा चुका था। जिसकी शर्तें कश्मीरियों को तुरंत लाभ पहुँचाने वाली थी। चावल तुरंत जनता को दिया जाएगा और ख़जांची मान गया कि वह आपूर्ति को जारी रखेगा। मूल्य वापस 300 दीनार प्रति खरवार लाया गया। ख़जांची को इस व्यापार से धन की हानि होगी किंतु कोटारानी इस हानि की भरपाई राजकोष से करेगी। जब अगला ऋतु की फसल काटी जाएगी तो राज्य पहले से अधिक मात्रा में उसमें से लेगा, जितना कि वह पहले कृषकों से लेता था। पर यह भाग कर में वृद्धि के रूप में नहीं होगा। अपितु यह गोदामों में भण्डार होने के लिए जाएगा। जिसका विस्तार किया जाएगा तथा अनाज का भण्डारण समूचे कश्मीरी समुदाय के लिए किया जाएगा। न कि राजपाठ के लिए ही मात्र।

इस तनावग्रस्त वार्ता के सत्र में ख़जांची अंत में फट पड़ा, मंजरी जो इस मध्य मौन रही, ने यानिव पर जाते जाते यह तीर मारा, "रानी की सेवा विदेशी भाड़े के लोगों ने अच्छी की है। तुम देखोगे कि वे खेल भी खेल सकते हैं।"

जब वे चले गए कोटारानी ने यानिव से कहा, "किसने सोचा था कि

ख़जांची इतना हिंसक हो उठेगा और वह डायन मंजरी तब तक संतुष्ट न होगी जब तक कि वह संसार की स्वामिनी न हो। जब धन अपना सेवन करता है समाज का नहीं, तब यह दैत्य हो जाता है।"

"ये लोग भोजन को आपके और कश्मीरी लोगों के विरूद्ध एक शस्त्र की तरह प्रयोग में लानेवाले थे। यह एक अपराध है। यदि हमने यह वार्ता इनसे न की होती, ये बहुत बड़ी हानि करते। तुम एक बार पुनः मेरे लिए ख़जांची को सम्भालने में बहुमूल्य सिद्ध हुए हो। तुम को इसका प्रतिदान मिलेगा।"

यानिव को यह सौदा करते हुए हल्के चक्कर आने लगे, जब कि इसमें अधिक धन की व्याप्ति न थी। वह कश्मीरियों की लिहाज वाली अवधारणा को समझना तथा उसे बरतना समझने का आरंभ कर रहा था। एक सद्‌भावनापूर्ण योग जो किसी की भी कोई गतिविधि करने से जुड़ी होती थी। यह बहुत कठिन था व्यापारी के तंग योजना में क्रय कर्ता को सावधान करने वाले बांह जितना लंबा लाभ प्राप्त करने से। दूसरे कि इसके परिणाम क्या रहेंगे, इसके बावजूद भी। पर यह एक अच्छा संसार रचने के लिए था। सम्भवतः कर्म की धारणा से उद्‌भूत आत्मानुशासन से इस संसार में चलना इतना गलत न था। यद्यपि वह इसे अगले जन्म में ले जाता है अथवा नहीं।

कोटारानी ने देवस्वामी से सुना सामान्य स्थिति लौट आई है और उसके ब्राह्मणों ने अपना सत्याग्रह वाला संकल्प त्याग दिया है। तथापि उसने कोटरानी को सचेत किया कि जो राक्षस इस अकाल के साथ आए हैं उन्हें बाहर करना होगा, जिसके लिए एक और यज्ञीय आवश्यकता है। कोटारानी ने अश्वारोहण की योजना बनाई तथा ब्रह्मा को उसके संग आने के लिए कहा।

"आज की रात्रि आप बड़ी गम्भीर हैं," उसने बताया।

कोटा ने उत्तर दिया, "हमने बड़े दुख झेले हैं और कष्ट अनंत हैं। जब मैं सोने के लिए जाती हूँ रात्रि को को मैं अत्यंत क्लांत होती हूँ। कभी-कभी सोचती हूँ कि मैं जागूँ ही न। तथापि व्यक्ति को वितस्ता की तरह बहते रहना है, चलते रहना है।"

"हाँ, हम ने सचमुच बहुत कष्ट झेले हैं, किंतु तुम ने सारी चुनौतियों को पराजित कर दिया है। तुम ने शक्ति का संधान किया है। अपराजेय मान कर लोग तुम्हारी पूजा करते हैं। पकड़ में लाने के योग्य पर कदापि पकड़ में न आने वाली आप। क्या है रहस्य तुम्हारा?" ब्रह्मा ने पूछा।

"मैं चाहती हूँ कि लोग परस्पर एक दूसरे का ध्यान रखें। पर रानी के बस में अपनी प्रजा के लिए निर्णय देना नहीं है। ज्यों ज्यों मैं बड़ी होती जा रही हूँ,

मुझे पिता की स्मृति हो आती है जो कहते थे मैं मन को समाप्त कर उस स्थान पर देवी माँ को विराजमान कर युद्ध में जाता हूँ। तब उसे न परिताप होता न ही उसे पीड़ा होती। मैं अपने धर्म का निर्वाह कर रही हूँ, जितना मुझसे अधिकतम करना सम्भव है। वहीं मुझे चला रहा है विशेषकर खराब समय में। पर मैं आश्चर्य में हूँ कि क्यों?"

"देवस्वामी ही केवल इसका उत्तर दे सकते हैं। पर मैं बता सकता हूँ कि हम किसके कारण कष्ट झेल रहे हैं। वह है हमारे बच्चे।" ब्रह्मा ने उत्तर दिया।

"ब्रह्मा, पूरे राज्य में परिवारों के लोग प्रसन्न हैं कि वे जीवित रहेंगे और उनके बच्चे भी जीवित रहेंगे। मैं सचमुच उनके लिए एक अच्छा संसार चाहती हूँ। ज्यों ही सब ठीक होगा तो उदयन और मेरा यह स्वप्न है कि किसी दिन हम देवस्वामी को धन देकर वह शारदापीठ का विस्तार करेगा। वह यह मानता है कि कश्मीर का भविष्य इसमें है कि आस पास के देशों से शिष्यों को यह बताने में है कि कश्मीर के सिद्धांत क्या है और वे वापस जाकर अपने देशवासियों को बताएँगे। उनमें विवेक बुद्धि का संचार करेंगे। हम इससे सहमत हैं कि बजाय इसके कि हम अपने पड़ोसियों पर आक्रमण कर, या उनके द्वारा आक्रमण के भय में जीने से उत्तम है हम अपने आचार्यों को प्रेषित करें। इस प्रकार हमारा भविष्य सुरक्षित रहेगा।"

"मैं जानती हूँ देवस्वामी शारदापीठ को जगत् का प्रकाश पुंज मानते हैं। चलो उसे थोड़ी देर के लिए एक तरफ रख दें। मुझे बताओ क्या तुम अब शांत हो, प्रसन्न हो?"

कोटारानी ने यह स्वीकार करने से पूर्व कुछ क्षण सोचा; "मैं अपने प्रिय लोगों को लेकर भाग्यशाली नहीं रही। पहले मां न रही, उसके बाद पिता। जिन ग्रहों में मेरा जन्म हुआ था ने तुम्हें रोका और रिनचिन को लाया। अब रावण दूर हो गया है, अपनी ही असुरक्षा का शिकार। मैं इस सब के साथ बड़ी कठिनाई से जी पा रही हू। देवी माँ कीं अक्षुण्ण कृपा से, जो मेरे अंग संग सदा ही रहती हैं। पर मेरे दिल में एक छेद है।"

"वह चंद्र है, है न?"

कोटारानी ब्रह्मा की इस समझ से बहुत भाव से भर उठी। वह उसे इतना सही समझता है और तब वह उसके साथ खुल गई।

"कश्मीर स्त्रियों की भूमि है। हर बच्चे को उसकी माता से युक्त कर जाना जाता है न कि माता के नाम से। मैं रानी हूँ, तब भी मैं वह व्यक्ति हूँ जो अपने पुत्र से दूर, वंचित हैं। मैं चंद्र को देखना चाहती हूँ। उसे हृदय से लगाना

चाहती हूँ। उसने कभी भी एक माता का प्यार अथवा पिता की शक्ति का अनुभव नहीं किया है। उसने मुझ से कहीं अधिक दुख झेला है। एक बार शाहमीर इस पर समझौता करने को तैयार हुआ ही था, अस्वाभाविक ढंग से जिद्दी सिद्ध हो रहा है और रिनचिन के मरते हुए दिए आदेश मेरे सामने किये। वह इतना घटिया चालबाज है। सदा मुस्कुराता, चापलूसी करता हुआ एक कीड़े की गति से बड़ी शक्ति को प्राप्त करने की ओर बढ़ रहा है। दुर्भाग्य से उदयन ने भी, जो यों तो हर बात में मेरे साथ रहता है, चंद्र के सम्बन्ध में बहुत कठोर है। कहता है कि मैं उसे घर पर देखना भी नहीं चाहता हूँ। वह कहता है कि शाहमीर एक मगरमच्छ है जो ताक में बैठा है, उसने हैदर को बड़ा किया है। यदि जटा न होता तो मैं तो नितांत निराश होता"

"यह तो उदयन की अस्वाभाविक बात है, जो सामान्य रूप से अत्यंत सहनशील तथा सौम्य है अपने आसपास के लोगों के प्रति।"

"ब्रह्मा, सचमुच यह एक खराब स्थिति है, मैं तुम्हें सत्य बता रही हूँ कि उदयन को लग रहा है कि शाहमीर की नजर मेरे शरीर पर है। वह यह चिह्नित करेगा कि शाहमीर कश्मीर की धरती को अशुद्ध कर देगा। तुम जानते हो कि राज्य का राजा राजा होता है और रानी होती है वह धरती जिस पर वह शासन करता है। यौन संकेत मेरे लिए बहुत ही दुखद हैं मेरे लिए और इसने मुझे मेरे शाहमीर के साथ व्यक्तिगत सम्बन्धों को सीमित करने को विवश कर दिया है, कि मैं चंद्र को देख सकूँ।"

ब्रह्मा ने महारानी को सांत्वना दी, "उदयन तुम पर निष्ठाहीनता का संशय नहीं करता, न ही वह ईर्ष्यालु है। उसकी छठी इंद्रिय समझ रही है कि शाहमीर एक दुष्ट व्यक्ति है अतः वह तुम्हारे प्रति अति ही सुरक्षा की चिंता कर रहे हैं। वहीं कारण है। चंद्र तुम्हारा रक्त मांस है, शाहमीर का नहीं। वह जहां भी है उसका मतलब नहीं, आप उसके संग ही हो। वह जब आयुप्राप्त करेगा तो अंततः दरबार में लाया जाएगा, अतः धीरज धरो। तब समय है इस पर मार करने का।"

कोटारानी ने गहरी साँस ली।

"हाँ, वहीं एकमात्र रास्ता बचा है। पर मैं सोचती हूँ जब भी मैंने हार मानी है मैं पछताई। जब भी मैं अपने संकल्प पर बनी रही, मैं शक्तिशाली रही। मुझे भविष्य में हार नहीं माननी है।"

"आपके भविष्य को हर चुनौती ने पक्का कर लिया है, शक्ति का निर्माण किया है वहीं हैदर के साथ होगा।" तब ब्रह्मा अपनी ओर से एक और मूर्खों वाला सुझाव लेकर आया। वह बोला, "कोटा, यदि मैं चंद्र को अपने घर बुलाऊँ कि

वहाँ थोड़ा आनंद करें। मुझे लगता है मैं शाहमीर को इस बात के लिए मना सकता हूँ कि वह चंद्र को भीम के पास आने दे।"

"तब क्या होगा?"

"हम नाव की सैर पर जाएँगे। हम अपने साथ कई नावों को लेंगे, एक बात यह होगी सिर्फ कि आप एक भेस बदल कर आई अतिथि होंगी। तब हम आप को जटा और चंद्र के साथ रखेंगे। कोई नहीं जान पाएगा। शाहमीर तो कतई नहीं।"

इस योजना ने जादू का काम किया। भीम ने चंद्र और जटा को एक नाव पर चढ़ाकर चलाया और फिर नावों को दूसरी नावों के साथ बिखरा दिया। नावें चल दी। चंद्र और जटा ने कोटा को सामने गद्दों पर बैठे देखा। चंद्र आश्चर्य चकित था पर विचलित न था। कोटा के हृदय में जटा और चंद्र को देख आनंद की हिलोरें उठ रही थीं। उसके जीवन में प्रथम बार था कि वह अपने दोनों पुत्रों को एक साथ देख रही थी। वे अच्छे लड़कों में परिवर्द्धित हुए थे। उसने चंद्र को चूमा बार बार और उसे बार-बार कंठ से लगाया। उसके भाल को चूमा। खेवयों ने नाव को अभ्यस्त रूप से दूसरी नावों से दूर ले लिया। यह नाव कमल की एक कालीन पर चल रही थी, कमल पंखुड़ियाँ हवा में छितरा जा रही थी। उसने चंद्र और जटा को अपने दोनों तरफ बैठाया और दोनों के हाथ आपस में मिला रखे।

"तुम्हें कौन खिलाता है?" उसने चंद्र से पूछा।

"लैला मेरा बहुत ध्यान रखती है।"

"हाँ, वह बहुत ही प्यारी स्त्री है। ब्रह्मा चाचा कहता है कि वह बहुत ही प्यारी है।"

"वह मेरी माँ समान है।"

कोटा के मन में पीड़ा सी उठी। पर वह इस क्षणों नष्ट नहीं होने दे सकती थी।

"चंद्र, मैं मानती हूँ मेरे बाद वहीं सचमुच बहुत ही अच्छी है।"

"आप मुझे चंद्र क्यों पुकारती हैं जब कि सभी दूसरे मुझे हैदर नाम से बुलाते हैं।" बड़ी ही उत्सुकता से लड़के ने पूछा।

"तुम्हारे दो नाम हैं। हैदर का अर्थ है जिसका हृदय सिंह सा हो। मैंने तुम्हारा नाम चंद्र रख दिया है। यह मैंने कश्मीर की अधिष्ठात्री देवी शारदा पर रखा है जिसका अर्थ है शरद का चंद्रमा। उसके गुणों में एक गुण है कि वह अपनी विराटता और प्रेम से से कश्मीर के लोगों को मिलाती है। अतः तुम्हारे

दो नामों का अर्थ है सदा कि अपना प्रेम प्रकट करने में निर्भीक बनो।"

"मैं अपने भाई से प्रेम करता हूँ। मैं इससे खेल सकता हूँ। अगर मेरी बहन होती तो कह नहीं सकता।" जटा ने सौम्यता के साथ कहा।

कोटा मुस्कुराई, "मैं जानती हूँ, लड़कियाँ अधिकारी होती हैं और बहुत माँग करती रहती हैं, उससे खुंदक चढ़ती है। पर मुझे पता है लड़कियाँ लड़कों को अच्छा बनाती हैं।"

जटा आश्वस्त न हुआ, "मैं जैसा हूँ, पूरी तरह से मैं ऐसे ही ठीक हूँ"

कोटा जटा की झगडे की इच्छा पर हंस दी। वह अपने पिता उदयनदेव के जैसा बिल्कुल न था पर आश्चर्यजनक रूप से चंद्र अपने आचरण में विद्वतापूरण था।

"चंद्र और जटा तुम सभी अभी बहुत छोटे हो और बहुत कुछ अभी ऐसा है जो तुम्हारी समझ में नहीं आता। पर तुम यह स्वीकार करो कि तुम दोनों भाई हो।"

दोनों ने अज्ञाकारिता के साथ अपने सिर हिला कर हामी भरी।

"लोग क्या कहेंगे तुम को कि तुम एक दूसरे से भिन्न कैसे हो उसे छोड़ दो, सदा एक बात याद रखो कि तुम दोनों की रगों में एक रक्त बहता है, वह है मेरा रक्त।"

जटा ने चहक कर कहा, "वहीं रक्त, जब मैं गिरा था और मेरी नाक से रक्त बहा था।"

"हाँ वही रक्त। अगर मेरी रग कट जाए और उसमें से रक्त बहे, यह वही रक्तधारा जो कश्मीर में गत 4000 वर्ष से बह रही है, यह वही रक्त है जो हर संकट से उबरा, मेरी माँ का खोना, मेरे पिता का खोना, तुम्हारे नाना नानी, जिनसे तुम कभी नहीं मिले।"

"कैसे थे मेरे नाना नानी?"

इस प्रश्न को सुन उसके नेत्र भर आए।

"मैं तुम को सब कुछ बताऊँगी जो कुछ भी मैं जानती हूँ, पर आप को यह प्रश्न अन्यों से भी जिस किसी से पूछ सको, पूछने चाहिए। जो कथाएँ तुम उनके विषय में सुनोगे उससे वे आपके समक्ष जीवंत हो जाएँगे। उन्होंने कश्मीरियों को गौरव से भर दिया।"

"मैं एक कश्मीरी हूँ!" चंद्र बोला।

"मैं भी। मैं एक गर्व भरा कश्मीरी हूँ।" जटा ने भी कहा।

"एक कश्मीरी होने का अर्थ ही है कि जीवन तुमको सांप और सीढ़ी

दोनों देगा। पर तुम जो चुनो वह भय और ज्यादा ही आत्मविश्वास के साथ न हो। घृणा और संलिप्तता से न हो। आपको चुनना चाहिए शारद अर्थात् श्वेत अर्थात् सत्य और ज्ञान के आधार पर ही। सदा ही ज्ञान अर्जित करते रहना चाहिए और अपने मन को विशाल बनाना चाहिए। सबसे बड़ा चुनाव का आधार जो आप बंद आँखों से भी कर सकते हो, वह है स्वार्थ हीन समर्पण, बलिदान।"

एक नाविक भोजन लगाने आया। उसने बड़े सम्मान के साथ सब के सामने बड़े बड़े कमल के हरे बड़े पतों को पत्तल के रूप में बिछाया। अभ्यस्त हाथों से हर किसी ने कमल के पते को जल छिड़क कर धोया। तब नाविक ने सैर की टोकरी लाई और भोजन सजाने लगा कमल पत्रों पर। ज्यों ही नाविक ने गर्म चाय के साथ मधुर पकवान दिए लड़के घोडाखेल खेलने लग गए। जल को उठा उठा कर फुहार मारने लगे एक दूसरे पर। कोटारानी मुस्कुराई। प्रवाहमान नदी तरल शक्ति का प्रतिनिधित्व कर रही थी और उसे वह सदा ही सहलाती रही है। जीवन का लक्ष्य कश्मीरियों के अनुसार जीवन की पूर्णता तथा मुक्ति है। कोटा चुपचाप देवी माँ की कृतज्ञ होकर उसे धन्यवाद ज्ञापित करती रही।

"अरी देवी माँ मेरी! आज की रात्रि मैं तृप्त हूँ। और पहली बार मैं पूर्णरूपेण पूर्णता का अनुभव कर रही हूँ।"

लड़के कौड़ियाँ खेलना चाहते थे, और कोटा मान गई। शीघ्र ही बच्चों की विरोधी और चीखों से और हँसी से वायु भर गई और जल पर से तैर कर, जब कोटरानी अधिकाधिक प्रत्येक प्रिय कर्म में रमने लगी।

तरंग-14

# ईश्वरी

कुछ वर्ष व्यतीत हुए तथा प्रसन्न राजपाठ ने अपने प्रतिदिन के कामकाज की लय स्थापित की। उदयन और कोटरानी एक दिन अपने उद्यान में बैठे थे, पूर्ण विकसित स्पंदन युक्त पुष्पों का आनंद लेते हुए। जटा मुँह फुलाए था। अगले दिन वह और उदयन शारदापीठ के लिए निकलने वाले थे, जहां उनके पुत्र को विश्वविद्यालयी शिक्षा के लिए प्रविष्ट होना था। न उदयन नहीं कोटरानी के किसी तर्क से जटा मान रहा था कि उसे जाना ही है।

कोटरानी ने बहुत ही प्यार से बात की, "मेरे मूल्यवान गोबरू बेटा, तुम जीवन भर के लिए बहुत सारे मित्र बनाओगे विद्यालय में। तुम हमें भूल जाओगे। मैं तुम्हें बहुत याद करूँगी।"

"क्या मित्र? वे सब मेरा मजाक उड़ायेंगे, कि महारानी महाराजा का पुत्र यह नहीं कर सकता, वह नहीं कर सकता। मैं इशभर के निकट वाले विद्यालय में क्यों नहीं जा सकता?"

कोटरानी ने जटा को सांत्वना दी, "क्योंकि शारदापीठ इतना बड़ा है। जब तुम पुस्तकालय में जाओगे तुम सैंकड़ों, सहस्रों पाण्डुलिपियों को देखोगे। प्रत्येक को मानवता के महान मुक्त आत्माओं ने लिखा है। अपना गुरु गौतम को बनाओ। जो कुछ मैं जानती हूँ उसी की देन है। वह तुम को वेद गणित के रहस्य समझाएँगे और यह सुनिश्चित करेंगे कि तुम प्रथम स्थान प्राप्त करो। वह तुम्हारी रक्षा भी करेंगे और मार्गदर्शन भी।"

जटा का मुख चमक उठा। उसके सम्बन्ध भीम के साथ वैसे ही थे जैसे कि युवा कोटरानी के ब्रह्मा के साथ थे। वह भीम की ओर उन्मुख था। पर वह अभी छोड़ने को तैयार न था।

"आप के साथ सारस होती थी। मेरे साथ कोई नहीं है। क्या वह मेरे संग आएगी?"

कोटरानी हंस दी।

"सारस मेरे साथ आई क्योंकि मैं एक लड़की थी और तुम को पता है कि लड़कियाँ लड़कों की तरह शक्तिशाली नहीं होती।" उसने कुछ कुछ मजाक में कहा। फिर कहा, "आप एक वीर युवा व्यक्ति हो, बल्कि तुम तो उन सब में सबसे वीर हो जिनको मैं जानती हूँ। अतः तुम्हें संरक्षिका की आवश्यकता नहीं। तुम सबके साथ छात्रावास में रहोगे, और मजा आएगा तुम्हें।"

जटा चुप हुआ कि उसके उद्‌गारों को उसकी भीतरी चिंता के रूप में नहीं लिया गया। भीम उसका मार्गदर्शन करता। और यह अच्छा होगा कि वह अन्य लड़कों के साथ रहेगा। उदयन और वह सामान तैयार करने के लिए निकल पड़े कि प्रातः निकलने के लिए वे तैयार रहें। कोटारानी ने अपने बेटे को दूर ओझल होते देखा। उसकी आँखें भीग गई। उसे लगा मानो कल ही वह उत्पन्न हुआ हो। और पलक झपकते ही वह विद्यालय के लिए चल दिया।

जटा के जाने ने कोटरानी के जीवन में शून्य उत्पन्न किया। उसका बेटा शक्ति पुंज था उसके जीवन का एक एक क्षण उसने घेर रखा था। तथापि जो शांति का समय उसे और कश्मीर को मिला था, वह तूफान से पहले की शांति सिद्ध हुई, उसके समक्ष पुनः चुनौतियाँ आन खड़ी हुई। शाहमीर की कम्पनेश के रूप में कोटरानी द्वारा प्रोन्नति और विदेश मंत्री के रूप में उसकी रणनीति जो कि उत्तरी राज्यों के साथ व्यापारिक और सांस्कृतिक रूप में विकसित करना थी, एक प्रचंड भूल सिद्ध हुई। इस्लामी व्यापारियों के साथ एक भयंकर सूचना राजधानी में आई कि अचला एक तार्तार, कश्मीर पर आक्रमण करने के लिये अपने फौज को इकट्ठा कर रहा था, जिसका नाम था लश्कर-ए-तुर्क, अचला ने दर्प से कहा था कि कश्मीर पर आक्रमण कर जब वह कश्मीर पर अधिकार कर लेगा तो वह दुलचा और गजनी को भी छोटा कर देगा। इस भय की कोई पूर्व सूचना न थी सचमुच और कश्मीरी बिल्कुल भी अंधेरे में थे। शाहमीर ने शीघ्रता की और अभागी शांति की पहल को नितांत रूप से नकारा गया। अचला एक आक्रमण करने वाला न था वह एक शासक बनना चाहता था। वह कोटा और उदयन तथा उनके कुछ निष्ठावानों को उड़ाना चाहता था, जो कि एक बहुत ही सरल कार्य था।

महारानी के परिषद ने एक आपातकालीन बैठक बुलाई।

"द्वारापति तुरंत रूप से यह सूचना दे रहे हैं कि अचला हेरापुर से प्रविष्ट हुआ है, जो कि राजापुरी के प्रवेश स्थान है। उसके साथ लगभग 50,000 जिहादी हैं। दो चीजें परेशान करने वाली हैं। एक, हमारी सेना में टूट है: मुगापुर

का राजा अचला को आदर सत्कार कर और सामान उपलब्ध कर उसकी सहायता कर रहा है। यह इससे पूर्व कश्मीर के इतिहास में कभी भी नहीं हुआ है। और दूसरा- यह बहुत ही रहस्यात्मक है। अचला के साथ बहुत ही शक्तिशाली शमन है। उस पर एक मुखौटा है और लगता है कि वह सब कुछ जानता है, हमारे युद्ध योजनाओं के विषय में और हमारी दुर्बलताओं को चिह्नित कर सकता है!हमारे सिपाही अपना बल खो रहे हैं, कहते हैं कि जिहादियों के पास जादू है, बुलबुल से कहीं अधिक। ब्राह्मणों से कहीं अधिक शक्तिशाली। अचला इस जादूगर की ओर देखता है मार्गदर्शन के लिए, जहां कहीं भी उसके सामने कठिनाई आती है।"

कोटा ने अपने रक्षा तंत्र की कार्रवाई का प्रतिवेदन माँगा। पुनः शाहमीर का लेखा बेरंग था।

"अचला ने दुलचा से भिन्न रणनीति का पालन किया है। उसने छोटे छोटे दल भेजे थे घाटी से बाहर जाने वाले रास्तों को काट डालने के लिए। उनको स्थानीय रास्ते भी उतने ही अच्छे पता है जितने कि हमें। हम चाहें अपने दुर्ग में दुबक जाएं, किंतु उसने हर एक बहिर्गमन का मार्ग अवरुद्ध कर रखा है। वह दुर्गों को एक एक कर शमन की मदद से लेता जा रहा है। उसकी शक्ति दुलचा से कुछ कम नहीं और वे बहुत ही प्रशिक्षित हैं। वह जमीन में आग नहीं लगा रहा अपितु गठबंधन बनाता जा रहा है, ताकि उसे स्थानीय आपूर्ति प्राप्त होती रहे। वह हमारी प्रतीक्षा कर सकता है क्योंकि वह कश्मीर में रहना चाहता है। उसकी रणनीति है हमें रणभूमि पर सामना करने के लिए विवश करना ताकि वह हमारा सफाया कर सके। अगर हम उसका सामना करेंगे तो हमारे 5000 अनियमित लोग खेत रह जाएँगे। उन में से बहुत से युद्ध के लिए तैयार नहीं हैं। यह एक नरसंहार होगा। तब वह हमारी भूमि और इसके लोगों का स्वामी बनेगा।"

एक दरबारी तुरंत बोला, "शाहमीर, तुम सेनाध्यक्ष हो और विदेश मंत्री भी। तुम कश्मीर में गत बाईस वर्ष से रह रहे हो और गत दस वर्ष से उच्चतम अवसरों का भोग कर रहे हो। क्या तुम्हारा हमें उपहार है कि शाहमीर ने कश्मीर को 1335 में जिहादियों के हवाले कर दिया?"

पहले तो शाहमीर की बुद्धि उसका साथ छोड़ सी गई और वह मौन हो गया। वह राजनीति की कला में काफी ऊँचा उठ चुका था, पर इस चुनौती ने उसकी अयोग्यताओं को अनावृत कर दिया था। प्रचंड विपत्ति से दो चार वह समझ गया कि वह इतना व्यस्त रहा कि कश्मीर के भीतर दरबारी कुचक्रों में ही वह इतना व्यस्त कि वह अपने उत्तरदायित्वों को भूल ही गया।

उसने अपना शीश झुकाया जानते हुए कि यह समय सावधान रहने का था। कोटरानी समझ गई कि दरबारी एक चिंता की स्थिति में हैं, अतः उनसे अवकाश लेने को कहा और दिन में पुनः मिलने को कहा।

उदयनदेव उसके साथ कक्ष में आए। उसके विचारों में उसका पिता था। वह इस क्षण क्या करता?उसे एक उपहार की स्मृति हो आई, जो उसने उसे बचपन में दिया था। जब वह छोटी थी वह उसके साथ चौसर खेला करती। उसके पिता की स्मृतियाँ उसे धीरज के साथ उसके मन में आ रही शिक्षाएँ आती जा रही हैं। एक सनक में उसने चौसर की बिसात को कपडे के नीचे से निकाला और फर्श पर इसके भागों को बिछा दिया।

बहुत बार बरते उन टुकड़ों का स्पर्श भी सुखदायक था। उसने पट्ट पर वे टुकड़े रखे और और अधिकतर अपने मोहरों को ले लिया। उदयन देव, कोटरानी, शाहमीर, सोग्दिन तथा अन्य कुछ अनियमितों ने अचला की सम्पूर्ण सेना का सामना किया। कोटरानी चौकड़ी मार कर बैठ गई और विपश्यना करने लगी। स्वयं को पट्ट पर केंद्रित किया। उसे लगा कि वह पट्ट के संसार में घुस रही है। अब स्थिति बिल्कुल भिन्न थी। अचला के पास सिपाही और शमन था पर वह न था जो कोटरानी के पास था। शक्ति थी उसके पास। और यह एक आरंभ था। कोटरानी ने अपना श्वास धीमा किया और रणक्षेत्र स्वयं युद्ध करने लगा। टुकड़े भिन्न-भिन्न तरफों में जाने लगे, ज्यों ही कोटरानी विभिन्न रणनीतियों पर सोचने लगी। अचला महाराजा को मारने पर संकल्प बद्ध था और महारानी तथा कश्मीर को हड़पने के लिए। कौन सी रणनीति उसके प्रतिद्वंद्वी से काम में आएगी? उसने मनुष्य के चुनाव के त्रिभागीय सिद्धांत को प्रयोग में लाया। जो कि उसे शारदापीठ में सिखाया गया था। अचला के पास शक्ति है, पर इच्छा भी तो है। जबकि ज्ञान से वह बंधा है, नियंत्रित है। उसका सीमित ज्ञान और अज्ञान दोनों, जिनसे उसकी क्रिया का प्रारूप रूप लेगा। कहाँ पर वह एक दुर्बलता में निरूपित हुआ और एक अवसर प्रदान किया?

कोटरानी अपने ध्यान स्थिति से बाहर आई। ऊर्ज्वसित और प्रशांत। वह उदयन देव के पास गई और वे घंटों इस पर बात करते रहे।

"मैं बहुत ही अपमानित सा अनुभव कर रहा हूँ कि राजा होकर भी मैं अपने लोगों की रक्षा नहीं पा रहा, मरण अपमान से श्रेयस्कर है।" उदयनदेव ने स्वीकार किया।

"उदयन जीतने के लिए बौद्धिक क्षमता और पराक्रम चाहिए, मरण नहीं।"

"मैं किसी भी योजना और किसी भी परिणाम के लिए तैयार हूँ।"

"और वह भी जो तुम्हें कश्मीर पर बलिदान करना होगा?"

उदयन ने तीव्र रूप से प्रतिक्रिया की, "तुम, कश्मीर और मुझ में से, तुम अंतिम होगी जो मैं कश्मीर और मुझ में बलिदान करूँगा। कश्मीर और मेरे बीच का उत्तर सरल है।"

कोटरानी बोली, "सही, संसार तुमको ऐसे ही समझेगा। राजा की युद्ध नीति से पता चलेगा कि हम कैसे सोच सकते हैं। योजना के सोपान सत्य ध्वनित हों, पर उसे कुछ ही समझ पाएँ, जबकि गलत होने का भयानक आशंका है, क्योंकि अचला का शमन एक अज्ञात है।"

"तुम्हारे मन में क्या है?"

"उदयन आपको शाहमीर के संग युद्ध भूमि में जाना हैं हम युद्ध हारेंगे और शाहमीर चूँकि बहादुर है पर वह मारा जाएगा। तुम बंदी कर लिए जाओगे और फिर तुम दया की भीख माँगना अचला तुम्हारा प्रयोग बंधक के रूप में करेगा। वह आपको मुझे और राजपाठ को फिरौती में माँगेगा, मैं समर्पण कर दूँगी और अचला की विजय के क्षण मैं वार करूँगी।"

"मैं शाहमीर पर विश्वास नहीं करता, यदि उसने धोखा दिया, तब?"

"तब तुम भाग जाओगे क्योंकि शाहमीर नहीं चाहेगा कि वह तुम पर कुछ भी दया करें। हैदर भी शाहमीर के लिए विस्तार के योग्य बनेगा। मैं शाहमीर के घर पर आक्रमण करूँगी और हैदर को प्राप्त कर लाऊँगी। मैं उसे तुम्हारे पास रक्षकों के लिए भेजूँगी और अचला के समक्ष समर्पण कर दूँगी। जब मैं उसके संग हूँगी हुली जंग जानती है कि फिर क्या करना है। अचला शाहमीर को समाप्त कर देगा जब वह जानेगा कि उसकी नजर बहुत देर से मुझ पर है और तत्पश्चात् मैं उसको खत्म कर दूँगी।"

उदयन का आत्मविश्वास ऊँचा उठा कोटा के उच्चतम और विश्वास से भरे इस वक्तव्य से जिसमें अप्रतिम स्त्री शक्ति थी। उसने उसे प्रणाम किया, "सदैव मनोरम किंतु बंदी कहीं नहीं।"

"कश्मीरियों, आज हमें उठना है और लड़ना है। मेरा पति उदयनदेव हमारी सेना का नेतृत्व करेंगे। शाहमीर और उसके घुड़सवार दस्ते को राजा की चारों ओर से किसी भी मूल्य पर रक्षा करने का दायित्व दिया गया है। हम भीमानाका पर शत्रु का सामना करेंगे। हम शक्ति के साथ लड़ेंगे और शत्रु पर उस तरफ से वार करेंगे जहां से वह दुर्बलतम है। महारानी वह सब अब नहीं होने देगी जो कुछ दुलचा के आक्रमण के समय हमारे साथ हुआ। सर्वोत्तम गुण जिसका हम मूल्य करते हैं वह है वीर होना, यही वह आधार गुण है जिस पर

अन्य सभी गुणों का निर्माण होता है। मैं अपने पति से वापस मिलूँगी जब वह लौट कर मेरे गले में मंगलसूत्र डालेंगे। जब तक कि वह विजयी होकर नहीं लौटते मेरा पति न होगा तथा उसकी कोई पत्नी न होगी।"

इतना कहकर कोटरानी ने अपना हार गले से निकाल कर उदयनदेव के गले में डाल दिया, जब वह उसके समक्ष झुक गया। भीड़ स्तम्भित मौन में देखती रही। महारानी और महाराजा वक्तव्य दे रहे थे क्योंकि वे अब विलग होने ही वाले थे। कि अलविदा कहो और कश्मीर की रक्षा के लिए बलिदान हो जाओ। एक गूंज इस भीड़ में से उठी, "कोटारानी और उदयनदेव सदा अमर हों।"

शाहमीर लोगों के इस चौराहे से बाहर आया और उसे कश्मीरियों ने खूब टोका कि वह बताएँ कि हुआ क्या है। उसकी घोषणा संक्षिप्त और सौष्ठव पूर्ण थी और उसे राज्य में लिया गया।

"हम कश्मीर के साथ धोखा नहीं करेंगे। हम अंतिम व्यक्ति, स्त्री, बच्चे तक विरोध करेंगे। हम विजयी होंगे।"

कश्मीरी शाहमीर की इस घोषणा से बहुत अधिक प्रेरित हो गए। पिछली बार जब दुलचा आया था शाहमीर अपने गाँव वापस लौटा था, अब वह एक सेनाध्यक्ष के रूप में अपने मुसलमान बंधु से लड़ने जा रहा था। एक विदेश में जन्मा व्यक्ति अपना अंतिम बलिदान देने को उद्यत था। कश्मीरी उस पर आश्चर्य चकित रह गये। भीड़ ने उसे कंधों पर उठाया और उसे उसके घर तक गाते हुए और शोर मचाते हुए, "शाहमीर! अमर मीर!"

दोनों सेनाएँ आमने सामने हो गई। यह वसंत का अंतिम भाग था। ब्रह्मा उदयनदेव और शाहमीर के साथ था जब वे अपनी सेनाएँ भीमानाका की ओर ले जा रहे थे, जिससे स्थानीय लोगों को कई लाभ हुए। यह एक तंग घाटी थी, जिससे सामने के आक्रमण में कम खतरा था। तीरंदाज नालियों तथा वृक्षों पर शत्रु की आँख से ओझल थे, से संधान कर सकते थे। चूँकि युद्ध खुले में था अतः शत्रु अपने बड़े भारी घेराबंदी के शस्त्रों का प्रयोग एक केंद्रित लक्ष्य के लिए नहीं कर सकता था। यह द्वंद्वयुद्ध होगा। वे जानते थे कि अंततः वे भारी सेना से घिर जाएँगे, पर फिर भी यह एक त्राण तो था चूहे के मन में बिल्ली के विरुद्ध।

जब सूर्योदय हुआ, घाटी कभी इतनी सुंदर न थी। भीमनाका का एक एक इंच पुष्पाच्छादित था जो कि हल्की समीर में लहरा रहे थे। एक तरफ कश्मीरी युद्ध के लिए कतारबद्ध थे, भूतल सेना भूमि पर थी, कुदालियां सख्ती से पकड़े हुए, जानते हुए कि उनको सबसे पहली मार झेलनी है। शाहमीर की मुसलमानों की घुड़सवार सेना उनके पीछे थी। घोड़े विचलित हो हिनहिना रहे थे। सम्भवतः

वे दूसरे दल के घोड़ों को बता रहे थे कि मनुष्य कितना मूरख है। पर्वतों में बिखरे पर तीक्ष्ण धनुर्धारियों के बहुत ही निकट।

अचला की सेना नाले के दूसरी तरफ जमा थी। शाहमीर ने देखा कि शमन उसे संकेत कर रहा है, ज्यों ही वह नेतृत्व करने लगा। घोड़े धरती को अपने खुरों के नीचे रौंदने लगे, ज्यों ही मार्ग सँकरा गया, आक्रमणकारियों ने एकता का निर्माण किया, एक विशाल काला तीर कश्मीरियों पर चलाया और मृत्यु एवं विनाश को लाया। जब उन्होंने कश्मीरियों को चिह्नित किया तो उनके मुख से एक चीख निकली, "या अल्लाह।"

हल्की सी खट खट की ध्वनि उन्हें कश्मीरी सेना के पीछे से सुनाई दी। कुछ सिपाहियों ने मुड़कर देखा, "ओह! कैसी निंद्य स्थिति। जाने या अनजाने। शाहमीर का घोड़ा भाग रहा था वापस। उसको देख उदयनदेव ने दुम दबाई और भागा। भागने की शीघ्रता में उसने अपने जूते भी भुला दिए थे। वह पत्थरों में हाँफ रहा था निश्चित मृत्यु से छिपने के लिए। शाहमीर ने भागते राजा को देख लिया और समझ गया कि उसके हाथ वास्तविक बलि का बकरा आन फँसा है।" "तुम कमलखोर। तुम महाराजा होने के योग्य नहीं" वह चिल्लाया और वापसी का संकेत किया।

एक भागती सेना सुंदर दृश्य नहीं होती। कश्मीरी सेना पलक झपकते ही जंगलों में विलीन हुई। सिर्फ चार लोग बचे रहे। शाहमीर, भागता हुआ उदयनदेव, सोग्दिन और ब्रह्मा। आक्रमणकारी विजय की गूंज करने लगे। शिकार उनके पंजे में था। शाहमीर अपनी छोटी सी घुड़सवार टुकड़ी के पास गया। उसके मुसलमान सहयोगियों ने उसे पकड़ा। उनमें से एक ने उसे अपनी दोहरी लगाम पर लिया। उन्होंने अपने अश्वों पर शाहमीर की रक्षा लिए वीरता से युद्ध लड़ा। सोग्दिन और ब्रह्मा उदयनदेव की निराशा का अनुगमन करते रहे।

"तुम आगे बढो, मैं पीछे रहूँगा।" उसने ब्रह्मा से कहा।

ब्रह्मा समझ गया। उसने सोग्दिन को आशीर्वाद दिया जो चिल्ला रहा था, "महारानी को कहो कि शाहमीर पर नजर रखो, वह एक मगरमच्छ है जो उसका दिल खाना चाहता है।"

उदयनदेव बहुत ही भारी ढंग से साँस ले रहा था और जब ब्रह्मा उसके साथ फँसा उसने करुण होकर मदद माँगी। सोग्दिन के बलिदान से प्रेरित होकर ब्रह्मा ने महाराजा को पकड़ा और अपनी पीठ पर लिया। ब्रह्मा यों भी शक्तिशाली था और आज तो उसके पैरों में पंख थे। वह शिला से शिला तक कठिनाई से जा रहा था अपने कंधों के भार के साथ।

"नदी पर" उदयन ने क्षीण आवाज में कहा। ब्रह्मा ने वही किया। उसके कटे पाँव से खून रिसने लगा, पर उसे उसका अनुभव न हुआ। ब्रह्मा ने पल भर मुड़ कर देखा, शत्रु अब सोग्दिन पर टूट पड़ा था। जिहादी परास्त हुए थे या छोड़े थे अपने शस्त्र। अब वे हाथ के हाथ तलवारों से युद्ध कर रहे थे। सोग्दिन संहारक था। जब किसी को भय नहीं होता तो वह ऐसे ऐसे खतरे उठाता है कि शत्रु की भी सोच से परे। वह भांड नर्तक की भाँति घूमता जाता, काटते हुए, टुकड़े करते हुए और घोंटते हुए अपने आक्रमणकारियों को। जिहादी उसके पास भेड़ियों से आए थे पर अब वे खुरांटे लेते गीदड़ हो गए थे। वह एक पश्मीना बकरी था। निश्चित पदों के साथ तथा अपने कदमों में सही। जिहादियों ने उसे घेरा पर हर कोई समीप आने से डर रहा था। अंततः पीछे के आक्रमणकारियों के दबाव से जिहादी सोग्दिन पर टूट पड़े। एक क्षण के लिए शरीरों का समूह केंद्र में ऊपर उछला और फिर नीचे गिरा, पुनःकभी न उठने के लिए।

इस विकर्षण से उदयनदेव और ब्रह्मा को एक स्वस्थ नेतृत्व मिला। पर जिहादी यह जान गए कि उनका मुख्य शिकार भाग रहा है, उन्होंने एक पुकार लगाई और उसका पीछा करने लगे। ब्रह्मा चोटी पर चढ़ गया और खुद को गति देकर नीचे की ओर लुढ़कने दिया। एक नाव नदी पर प्रतीक्षा कर रही थी। नाविक ने ब्रह्मा को उदयनदेव को पीठ पर लाद कर उनकी ओर आते हुए देखा। तैयार हाथों ने ब्रह्मा की पीठ से उदयनदेव को लिया और पूरा दल नाव की ओर बढ़ा। रस्सी जिससे नाव वृक्ष से बंधी हुई थी को ढीला कर दिया गया। तगड़े नाविकों ने तटों पर अपने डंडों से सख्त दबाव डाला। सम्भवतः देवी देख रही थी, क्योंकि नदी की लहरें सशक्त हो उठी। ज्यों ही जिहादी नदी के तट पर पहुँचे, नाव ने कोना बदला और दृष्टि ओझल हो गई। युद्ध हारा गया था। पर उदयन भाग गया था। ब्रह्मा पूर्णरूपेण थका और रक्त स्राव से सना नाव के फर्श पर आराम करने लगा।'

एक गंदा शाहमीर दुर्ग पर लौट आया कि महारानी को सूचित करें। वह गद्दी पर एकाकी बैठी थी, भावशून्य होकर सुनने लगी। जब वह बोल चुका, उसका एक ही निष्कर्ष था।

"मैंने तुम्हें महाराजा की रक्षा करने का दायित्व दिया, तुम अपने कर्तव्य में असफल रहे।" उसने शीतता के साथ कहा।

शाहमीर अपने कानों पर विश्वास न कर पाया।

"महारानी, उदयनदेव एक कायर है और युद्ध क्षेत्र को त्याग दिया। आपकी अपनी घोषणा के अनुसार ऐसा करते हुए वह आपका पति न था। वह

रक्षा योग्य न था।" उसने बहुत घृणा के स्वर में कहा।

कोटारानी अपने आकलन में रुक्ष थी।

"मैं मानती हूँ कि महाराजा भाग गए। पर आप क्यों?"

शाहमीर अपने स्वीकार में निष्ठावान था। "यदि राजा अपना जीवन बचाने के लिए भाग गया, मेरी जान देने में क्या रखा था?"

उसके उत्तर से कोटरानी क्रुद्ध हो गई और शाहमीर ने वह ताप अनुभव किया।

"राजा लोग सदा ही भाग जाते हैं पर आप तो सेनाध्यक्ष थे। आपको अपनी रानी को जिताना है नहीं तो उसकी रक्षा में जीवन देना है। अब मुझे सोचना है कि राजा का दुम दबाना और आपकी मूर्खतापूर्ण वापसी से हम जो थोड़ी सी आशा हमें थी उससे कैसे हाथ धोये।

कोटा ने शाहमीर को निरस्त किया और सारस को उसे मिलने को कहा।

"शाहमीर ने वैसे ही व्यवहार किया जैसा कि मैंने अनुमान किया था। पर मैंने यह गलत आकलन किया था कि वह शक्ति का प्रदर्शन कुछ ज्यादा ही करेगा। पीछे वह ब्रह्मा के लिए जान देने को तत्पर था, पर अब इसने पाला बदल लिया है।"

"सोग्दिन ने तुम को पूरे समय में सहीं जानकारियाँ दी। यदि वह न होता, राजा समाप्त हो गया होता। शाहमीर की गतिविधियाँ बताती हैं कि वह तरफ लेता है और कश्मीरी उसके लोग नहीं। वह पलट रहा है और वह इस्लाम को अचला के साथ पुल बनाने के लिए प्रयोग करेगा। ठीक जैसे कि उसने दुलचा के साथ किया।"

"ठीक। हम शाहमीर के गुर और उसकी फिसलती जिह्वा को अचला को उत्तर देने में प्रयोग करेंगे।"

कोटारानी की घोषणा एक क्षण की भी देरी से नहीं आई। एक अचला का दूत आया और उसने तुरंत शर्तहीन समर्पण करने को कहा। उसे द्वार पर प्रतीक्षा करने को कहा गया। कोटारानी दुर्ग के मध्य तक गई, जहां कश्मीरी एकत्रित थे। उनको करुणामय और पुनराश्वासन के शब्दों में सम्बोधित किया।

"भयभीत न हों आप। जब मैं महारानी बन गई, मैंने आपको वहीं वचन दिया जो एक माँ बच्चों को देती हैं। आपकी सुरक्षा और कल्याण मेरा प्रथम निर्देश है। एक माँ सदा ही अपने बच्चों के लिए अंतिम बलिदान भी देगी। अब घर जाइए और शीघ्र ही आप बहुत अच्छी खबर सुनोगे।"

भीड़ छट गई। पर भय हर एक के मुख पर लिखित था। कोटरानी ने

मंजिम को बुलाया और आश्चर्य से उसने जोगी को उसके पास लाने की आज्ञा दी। उसने शाहमीर को भी आने को कहा। कोटरानी ने वह कम्पन देखा जो जोगी ने महल में प्रवेश करते हुए अपनी महिला सहायिकाओं में उत्पन्न किया। जोगी तब से, जब से बहुत बहुत पहले उसने चोरी से उसको देखा था, बदल गया था। पहले जो उसने अनिश्चितता उत्पन्न की थी, वहीं वह आज अग्निमय था। उसके चमकते काले केश अब सफेद हो गए थे। उसकी आर्द्रता से भरी दृष्टि अब जलते अंगार हो गई थी। उसके अंग चमकीले और आभामय थे पहले अब वे एक आंतरिक तप में तपे थे। उसने उसी शक्ति का प्रायोजन किया किंतु इस समय इसमें एक भयावह रूप था। आंख के कोने से कोटरानी ने देखा कि ब्रह्मा असहज है। उसने ध्यान न दिया, उसे सभी संसाधनों को प्रयोग में लाना था, चाहे अरुचिकर ही। जब मंजिम आया उसने कोई शब्द व्यर्थ न किया।

"मंजिम मैं चाहती हूँ तुम अचला के दूत के साथ जाओ और मेरे दूत के रूप में कर्म करो। शाहमीर तुम्हारी सहायता करेगा तुम्हारे लक्ष्य में। जोगी को अपने संग ले जाओ। उसके पास असंख्य शक्तियाँ हैं और इसने मुझे स्वीकृति दी है कि यह राज्य की रक्षा करेंगे। वह शमन के जादू को उतारेगा। अचला को बोलो कि मेरी सेना छिन्न हो गई है और मेरा पति छिप गया है। लोग दुखी हैं और भागने को उद्यत। मैं अचला के प्रभुत्व के समक्ष आत्मसमर्पण को तैयार हूँ, यदि वह अपनी सेना वापस हटा दें। मैं एक अलग स्थल पर उससे मिलूँगी और उससे विवाह करूँगी। उसे कश्मीर के नए महाराजा के रूप में भव्य स्वागत मिलेगा और मैं उसकी निष्ठावान महारानी हूँगी। यदि उसे यह शांति पूर्ण समझौता मान्य हो तो मैं राज्यकोष उसे सौंप दूँगी। यदि नहीं तो राज्य कोष मिट जाएगा और उसे लोगों से रिक्त एक स्थान मिलेगा।"

शाहमीर उसके साथ था। 'यह लज्जा हीन स्त्री सत्ता के लिए कुछ भी करेगी।' अब वह एक विवाह तय करने वाले व्यक्ति तक सीमित हो गया था। वह अपने दांत चीर रहा था। महारानी ने जब सुना कि उसका पति उदयन भाग गया है, वह शीत सी क्यों हो उठी थी? यह मेरा दोष नहीं कि उसका पहला पति एक कायर था। पर क्या मैं पागल न हो जाऊँ। उसके पास जितने विकल्प हैं मेरे पास नहीं। सम्भवत: अचला से मिलना इतना बुरा भी नहीं। इससे कम से कम मुझे एक ऊँचे किस्म के पहल का अवसर मिलेगा कि 'मैं कश्मीर के नए महाराजा के साथ अपने सम्बन्ध स्थापित करूँ।' वह जानता था हवा के बहने की दिशा, और सचमुच ही यह कोटरानी के घर के अनुकूल न था।

मंजिम, शाहमीर, जोगी तथा अन्य दो सेवक प्रात: काल अचला के

शिविर की ओर चल दिए। शाहमीर की घृणा जोगी की उपस्थिति से तब बड़ गई जब उसने मंजिम का घेरा देखा। एक रसोइया और एक सेविका जिसने अपना श्यामल मुख शाल की एक तह से ढाँप रखा था। उनके साथ दो सामान के अश्व थे जिन पर खान पान की सामग्री लदी थी। एक मुसलमान के रूप में शाहमीर जानता था कि नंगे जोगी पर अचला की प्रतिक्रिया क्या होगी। जितना भी वह टालना चाहता शाहमीर की दृष्टि उतनी ही अधिक अटक जाती जोगी के असाधारण रूप से बड़े अंग पर। यह स्थिर और लचीला था। उसके अपने से भिन्न। यह जानकर कि जोगी अपनी आयु के पैंतीस से अधिक के वर्ष में था और वह स्वयं पचपन वर्ष से अधिक के वर्ष में, उसे कुछ विश्राम मिला। उसे इस बात को सोचकर भी सुख मिला कि जोगी अधिक आयु न जियेगा। उसका विश्वास था की अचला की तलवार पहले जोगी के शरीर के टुकड़े करेगी।

सायं काल तक वे अचला के शिविर में पहुँच गए। उसके रक्षकों ने मंजिम को टोका और पूरे दल को बंधक बनाया। उसने उनके आने का अनुमान किया था। मुखौटा पहने शमन उसकी बगल में बैठा था। उसकी आँखें तीव्र थी, ज्यों ही वह मंजिम की हर गति को देखता जा रहा था। मंजिम झुक गया। अचला को एक सजी धजी बहुमूल्य तलवार भेंट की, जिसने एक नजर उसे देखा तक नहीं।

"मेरे स्वामी सम्राट, हम आपके पास महारानी कोटरानी की ओर से कश्मीर की ओर से स्वागत, आवभगत करने के लिये आए हैं। आज हम उत्सव करेंगे और कल हम काम की बात करेंगे।"

अचला ने शमन की ओर देखा जो कि जोगी और मंजिम को घूर रहा था। जोगी दृढ़ता से बोला, "बेटा मुक्ति हाथ में है। आज की रात आनंद करो।"

शमन अपनी जादुई शक्तियों को जोगी से अधिक मानता था, अतः बोला, "बाबा, यहाँ तुम्हारा कोई स्थान नहीं है।"

जोगी ने उत्तर दिया, "मैं एक कब्रिस्तान में रहता हूँ, मृत्यु से नहीं डरता, पर मृत्यु ने मुझे सिखाया है कि जीवन के लिए स्वस्थ प्रेम। मुक्ति अब आपके और अचला के पास है। हर क्षण की रक्षा हो न कि पुरस्कार मात्र की।"

शमन शाहमीर की तरफ चुपचाप मुडा, जिसने चापलूसी से नमन किया और फिर कहा, "सलाम अले कुम।"

"तुम कोई मुसलमान नहीं, एक काफिर हो।" घृणा से अचला ने कहा। आगे कहा, "तुम एक आत्म सेवी अवसरवादी हो। तुम ने अपने बच्चों का विवाह

काफिरों से किया है। तुम्हारे घुड़सवारों ने मेरी सेना के विरुद्ध लड़ा। तुम उम्माह के प्रति निष्ठावान नहीं।"

शमन ने अचला के कान में कुछ बुदबुदाया। उसने तुरंत अपना पाला बदला और विश्रांत हो गया।

"शाहमीर मेरा परामर्श दाता मुझे बता रहा है कि तुम हैदर को एक सच्चे मुसलमान के रूप में बड़ा कर रहे हो। अतः तुम वास्तव में पूरी तरह से अयोग्य नहीं।"

मंजिम की ओर मुड़ते हुए, अचला ने कहा, "क्या तुम्हें मुझे विष देने के लिए भेजा गया है जैसे कि दुलचा के दूत को विष दिया गया था?"

"मैं वह काम नहीं करता। मेरा एक सम्मान है, जो बना हुआ है। आपका काम है विजय हासिल करना और शासन करना। मेरा काम है विवाह सम्बन्ध जोड़ना।"

शाहमीर ने हस्तक्षेप किया और मंजिम की अधिवक्तृता की। "एक मुसलमान के नाते मैं इस बात का प्रमाण देता हूँ कि यह एक निष्ठावान व्यक्ति है। आपके षड्यंत्र जैसी चीजों के विषय में मंजिम से डरने की कोई जरूरत नहीं है।"

शमन ने पुनः कुछ अचला के कान में कहा और पुनः उसने अपना पाला बदला।

"मंजिम, तुम्हारी प्रसिद्धि तुम्हारे लिए बोलती है। अतः आज की रात तुम अपना सत्कार दिखाओ। कल हम समर्पण की शर्तों पर बात करेंगे।"

छोटी-सी भीड़ शमन की सर्वज्ञता पर आश्चर्य से भर उठी। जो लगता था कि घाटी में सब कुछ और हर किसी को जानता था। कश्मीरी सहज विश्वासी थे अतः शमन और ऐसे रहस्यमय लोगों के रहस्यमयी शक्तियों पर विश्वास करते थे। अचला को निर्देश देकर शमन चला गया।

मंजिम को काम करना था। उसने वाजा अर्थात रसोइये को शाम के पकवान तैयार करने को कहा। यद्यपि यह शिविर का भोजन था, यह कश्मीर के मधुर मदिरापान से आरंभ हुआ। अंगूरों की सुगंध में मधु मिश्रित थी। अचला इस्लामी था पर कोई परहेज न था शराब से। सेवक ने चुपचाप और निपुणता से भूख बढ़ाने की सामग्री लाई। और स्पष्ट था कि अचला को पसंद आ गया था और भेड़ूँ का मांस भी। उसने उनको फाड़ा और मांस निकाल कर खाया। वाजा ने पकवानों को लाना निरंतर रखा और सेविका आगे और पीछे दौड़ती रही। खाने

वालों की भूख की गति के साथ सामंजस्य रखा। शाहमीर ने जम कर खाया पर अचला को बहुत ही भूख थी। जब भोजन समाप्त हुआ तो सेविका ने मीठे चावलों का पुलाव लाया। इसके बाद आया सौंप और पान सुपारी ताकि भोजन हज्म हो। अचला शराब उँड़ेलता गया, अब अधिक मसालेदार किस्म की। ज्यों ही सेविका लड़की और लाने के लिए नीचे झुक गई, वह हल्के से फिसल गई। जब वह थाली उठाते हुए अपना संतुलन बनाने लगी, वह अचला के ऊपर गिर गई।

"एक हजार बार क्षमा मेरे स्वामी!" सेविका बुदबुदाई। अपनी गलती के लिए लज्जित।

"क्या तुम अंधी हो? क्या नौकरों को कश्मीर में शिक्षा नहीं दी जाती?"

सेविका घुटनों के बल आ गई। "मेरे स्वामी! मुझे क्षमा करें। मैं आपके चरणों की धूल भी नहीं।"

उसने अपने भाग्य के निर्णय को देखने के लिए सिर उठाया। उसकी आँखें अचला के नेत्रों से मिली। उसने अपनी रक्तिम आँखों से उसे वापस घूरा और उसे गर्दन से पकड़ लिया। उसके सिर का पर्दा दूर हटकर गिर गया। जोगी ने श्यामल जोगिनी अपने साथ सेविका के रूप में लाई थी। अचला ने उसे बालों से अपने बाएँ हाथ से पकड़ा और उसे एकत्रित दल से कई गज दूर तक घसीटते हुए ले गया, और भौंकने लगा, "तुम अपवित्र कुतिया! तुम्हारा गला काट डालूँगा। कोई स्त्री अचला को हाथ लगाने की शक्ति नहीं रखती।"

वह उसके सम्मुख झुकी दृष्टि के साथ खड़ी रही। तब अपने होंठों से ललचाने की गतिविधि की। भौंहों का धनुष जगाया। उस के मुख पर हल्की सी उष्ण हवा फैंकी और एक मीठी ध्वनि में फुसफुसाई। "मैं तुम्हें वह आनंद दूँगी जो तुमने कभी इससे पूर्व प्राप्त न किया होगा। क्या तुम मुझ में पीछे से प्रवेश करना चाहोगे?"

हो सकता है कि यह शराब का खुमार हो या जोगी की सुपारी का प्रभाव, पर अचला को सहसा लगा कि वह संसार की सबसे सुंदर स्त्री को देख रहा है। उसका पौरुष सहसा कठोर हो उठा। यह स्त्री वह थी जो कि कश्मीर की स्त्रियों के विषय में बताया जाता था। उसने अपने दूसरे प्रेमियों को बकरा जैसा बना रखा था। अचला अपने सैन्य अभियान पर बहुत देर से था। उसने मंजिम को इंगित किया कि शाम की सभा समाप्त है, और अभी सेविका को बालों से पकड़कर रखा, और शिविर की ओर जाने लगा। अपने नेत्र के कोने से उसने देखा कि जोगी उसे प्रोत्साहित करते हुए देख रहा था। जोगी ने क्या कहा- हर

क्षण रक्षा। ठीक है वह कश्मीर शासन की रक्षा कर रहा था। यह सेविका प्रथम क्षुधा वर्धक थी उस सुख की जो आजीवन मिलने वाला था।

जब वे शिविर में पहुंचे, उसने लड़की को पलंग पर फैंका और स्वयं को निर्वस्त्र करने लगा। धोबिन ने धीमे से अपने सिर का वस्त्र उतारा और तब अपना अपना अधोवस्त्र खोला। तंग सिली कंचुकी जिसमें स्तनों की उभरी गोलाई आकर्षक दिख रही थी। तब उसने अपनी लुंगी एक ही गति में उतार फैंक समर्पण की धेनु मुद्रा में आ गई। हाथों और घुटनों के बल, अपना मुख नीचे किए, उसके केश बिस्तर पर बिखर रहे थे। लाल और काला सर्प का चिह्न उसकी कमर पर एक विरोधाभास उत्पन्न कर रहा था। उसके चलायमान स्तन वृक्ष पर टंगे आमों की भाँति लटक रहे थे। उसके गोल नितम्ब अचला को खुला निमंत्रण दे रहे थे। वह विजयी सांड की तरह उसके भीतर प्रविष्ट हुआ। अपने वाम हस्त से पकड वह उसके गिर्द पहुँचा, तब बलपूर्वक उसकी योनिस्थल की अस्थि को पकड़ उसके भीतर गहरे प्रवेश कर ऊपर उठा, नितम्बों पर तीव्रता से मारा, वह उसके साथ एक लय से अनुगमन करने लगी। उनकी संयुक्ति में एक सद्भाव था। वह अनुभव करने लगा कि उसकी योनि उसके लिंग को सख्ती से पकडे हैं, मानो हाथ दूध दुह रहे हों। उसने जितना प्रयास किया वह पूर्ण न हुआ, उसकी साँस पर परिश्रम से वह अधिकाधिक थकने लगा। धोबिन उसे और और उकसा रही थी। वह शोर मचा रही थी। दहमन मार, दहमन मार। और मारो, और तेज मारो। वह उसे कश्मीरी में जोगी के बारे में कुछ बताए जा रही थी, और धतूरे और लक्ष्मण के विषय में भी, जो कि उसे खिलाया गया था, पर अचला कुछ भी नहीं समझ पा रहा था।

मुसलमानों में एक कहावत है कि "शाप है उस पर जो स्वयं को धरती और स्त्री को स्वर्ग बनाता हो। अचला को भयभीत करते हुए धोबिन ने सहसा अपने दाहिने हाथ से स्वयं को एक वृत्त में उठाया, अपने शरीर को घुमा दिया, ताकि वह उपरोन्मुख हो, उसके लिंग को सख्ती से अपने पद्म में पकड़े हुए उत्तोलन के लिए। उसने स्वयं को अपनी कोहनियों का सहारा देकर, अपनी बलिष्ठ टांगें उसके कमर में डाल दी, उसको सशक्त रूप से अपनी ओर और फिर जमीन पर खींचते हुए। अचला गिरा और स्वयं को उसके नीचे पाया। अभी भी उसका लिंग उसकी सख्त पकड़ में था। अब वह स्वामिनी थी और वह दास था, जिस पर वह चढ़ी थी। धोबिन ने अपने हाथ से उसकी छाती दबा दी और फिर उसके लिंग को अपनी योनि की मांसपेशियों से चीरने लगी। उसके अंतिम औषधीय रति के चरम पर पहुँचने के विचार ढक्कन के खुलने की भाँति थे।

कि जिसके खुलते ही ज्वालामुखीय स्खलन हो कर बहने लगा। गर्म लावा बहकर पृथ्वी पर गिर गया और हर विस्फोटक बहाव के साथ अचला के शरीर में ऐंठन होने लगी। जब यह सब हो गया अचला गहरे मद में गिर पड़ा। धोबिन ने वस्त्र पहने और रात्रि में विलीन हो गई।

अगली प्रातः अचला देर से जाग गया। उसे प्रसन्नता और विश्रांति का अनुभव हो रहा था। मानो ऐसा कुछ है ही नहीं जो वह प्राप्त नहीं कर सकता। सूर्य प्रखर था, आकाश नीला। एक तीक्ष्ण सी हवा बह गई जहां उसकी सेना का शिविर था। वह अपने शिविर से बाहर आया। सब कुछ वैसा ही था जैसा कि होना चाहिए था। उसके लोग अपने अश्वों को देख रहे थे। कुछ अपने शस्त्रों को ठीक कर रहे थे और कुछ अपनी तलवारें तेज कर रहे थे। शिविर के मध्य में मंजिम, जोगी था और शाहमीर था। उनकी एक तरफ दूरी पर कश्मीरी रसोइया अलाव पर भोजन पका रहा था। लड़की पुनः अपना मुख छिपाए सब को चाय और मीठी रोटी दे रही थी। शमन यह सब एक दूरी पर से देख रहा था। जब अचला आया, सब उठ खड़े हुए और उसे अभिवादन किया। लड़की उसके पास आई, उसने उसे घूरा और चाय ली। पर उसने ऐसा कुछ न दिखाया कि वह उसे जानती है। हूरी को कृतज्ञ होना चाहिए कि मैंने उसे जीने दिया। एक प्रयोजन से प्रेरित वह मंजिम पर भौंका, "आज हम काम पर बात करेंगे। आपने मेरे लिए क्या संदेश लाया है? क्या तुम शर्तहीन ढंग से समर्पण करने को तैयार हो?"

"महारानी इसे समर्पण के रूप में नहीं लेती। वह इसे एक बड़े गठबंधन के रूप में मानती है। उसका कमजोर पति, उसका पूर्व पति, लद्दाख भाग गया है, जो कभी भी नहीं लौटेगा। उसे एक पुरुष चाहिए ताकि कश्मीर पर शासन कर सके। वह वही करेगी सदा जो कि कश्मीरी लोगों के लिए शुभ होगा। कोई भी बलिदान देगी उनके लिए। यह गठबंधन अर्थ पूर्ण होगा। उदयनदेव नहीं अतः वह उसका बलिदान चौसर के टुकड़े की तरह देगी। एक भगोड़े राजा को कोई भी शरण न देगा। और इन्हीं दिनों में से किसी दिन कोई उसका सिर आपके पास लाएगा। न्याय के लिए। वह आपसे विवाह बंधन बांधेंगी बिना किसी शर्त।"

अचला को और भी आराम की अनुभूति हुई। यह प्राप्ति बहुत सरल होने जा रही है।

"क्या वह इस्लाम में आएगी?"

"हाँ। बिल्कुल। उसकी एकमात्र इच्छा है अब आपको रिझाना। कश्मीर के महाराजा के रूप में आप का भव्य स्वागत होगा, जैसा कि आपने कभी नहीं

देखा होगा। कश्मीर की स्त्रियाँ, परियाँ आपके साथ खेलेंगी, जो अंतहीन लीला करेंगी।"

"उसके बेटे?"

"आपने अच्छा प्रश्न पूछा। महारानी ने दो सुंदर युवा को जन्म दिया है, पर वह आज भी सशक्त और युवा है। वह आपके कई पुत्रों को जन्म देगी जो इस भूमि पर शासन करेंगे। जहां तक उसके पुत्रों का प्रश्न है वह सार्वजनिक रूप से उन्हें छोड़ देगी।"

"अभी तक तुमने अच्छी बातें कही हैं, आगे?"

शाहमीर ने आराम से हस्तक्षेप किया।

"महामहिम, महारानी ने एक व्यक्तिगत पत्र आपके लिए भेजा है। इस में उन्होंने लिखा है कि वह आपका स्वागत खीरभवानी के निकट करेगी, जहां एक नाग है तथा अन्य सामान भी। गठबंधन वहाँ होगा और विवाह भी।"

अचला शमन की ओर मुड़ा, उसने हामी भरी।

"कोई चाल नहीं अब, ठीक?" अचला ने कहा, "यह स्त्री चालबाजी के लिए जानी जाती है और उस पर विश्वास नहीं किया जा सकता।"

शाहमीर ने सर्वोत्तम आश्वस्त किया।

"महामहिम, मैं व्यक्तिगत रूप से प्रमाणित करता हूँ कि वह पूर्ण रूपेण निस्सहाय है। वह हिंसा से घृणा करती है और कश्मीर में शांति लाना चाहती है। वह एक पालकी में शस्त्र रहित आएगी, न साथ वाला, न रक्षक; सिर्फ आठ कहार और पुरोहित देवस्वामी। वह चाहती है कि आप भी वही करो। अब वे साथी जो आपके साथ युद्ध लड़ने आए थे, अपने अपने गाँव वापस लौट जाए। वे सबसे बड़ा प्रमाण होंगे कि सामान्य स्थिति हो गई है।"

अचला ने शमन की ओर देखा, जो आया और उसके कान में फुसफुसाया। वे वास्तव में बहस कर रहे थे। शाहमीर टूटे शब्दों को सुन सका जो यह इंगित कर रहे थे कि शमन को यह विचार मान्य नहीं। उसने वार्ता में हस्तक्षेप किया।

"महामहिम, विजेता को क्षमा और करुणा दिखानी होती है। हम कश्मीर को एक सेनाविहीन स्थल बनाएँ। सशस्त्र सेना से मुक्त, ताकि प्रजा को चूहों की भाँति छिपना न पड़े। यदि आप घाटी में अपने जिहादियों तथा सहभागियों के साथ घुसेंगे, आप को क्या लगता है, कौन आपका स्वागत करेगा? क्या कोटरानी तब अपनी प्रसिद्ध तिजोरी आप को सौंपेगी? जब मन मिल रहे हैं तो बल की कोई

आवश्यकता नहीं है। परस्पर के प्रयोजन का गठबंधन और ऐसा मिलन जिससे भविष्य के शासक उत्पन्न होंगे। मंजिम ने पहले ही आपको योजना के बारे में कहा है कि आपके विवाह को एक भव्य समारोह बनाया जाएगा। ऐसा कि आप और आप के अधिकारी परम आनंद को भोगेंगे। क्या मधुमक्खी शहद को नष्ट करती है जब कि वह आराम और निपुणता से शहद चूस सकती है?अगर कश्मीरियों ने आपको अपने परिवार का मुखिया स्वीकार किया है, तो क्या एक पिता के रूप में आप उनके रक्षक हैं अथवा भक्षक?"

अचला ने उस माधुर्य का स्मरण किया जो उसने पूर्व रात्रि में स्वाद किया था, और कि यह तो अभी आरंभ था। उसे महारानी कोटरानी के विषय में बताया गया था और प्राप्ति उसकी थी। इस में बात थी कि महारानी और उसके विचलित लोगों को जिहादियों द्वारा परेशान किया गया था। कोई आवश्यकता न थी भूमि को और उसके लोगों को जला डालने की। दुलचा के विपरीत वह तो कश्मीर में रहकर इसे अपना आधार बना देना चाहता था। महारानी स्वयं उसकी सुंदर गद्दी होगी, जिसपर वह शान से चढ़ेगा। शाहमीर के लोभ शमन की चेतावनी से अधिक सशक्त थे। शमन उपयोगी था पर वह शासक न था, अतः उसे औकात में लाना आवश्यक था।

अचला ने शाहमीर को सम्बोधित किया।

"मैं महारानी का निवेदन स्वीकार करता हूँ, पर यदि जरा भी कुछ फेर हुआ तुम अपनी जिंदगी से उसका मूल्य चुकाओगे।"

शाहमीर ने सिर नवाया और सौदा हो गया। वार्ता अब तौर तरीकों पर आई। सेना को घाटी से बाहर लौट जाने को कहने की बात स्वीकार की गई। एक परांडा भेजा जाएगा, जिसमें अचला, शमन और उसके अत्यावश्यक अधिकारी लाए जाएँगे। मंजिम उनके परिधान पहनवाएगा और नाव तक साथ जाएगा। शाहमीर बरात का स्वागत खीर भवानी के समीप के घाट पर करेगा। और दूल्हे को कोटरानी के खीर भवानी से आने तक प्रतीक्षा करने के स्थल तक ले जाएगा। वह निरस्त्र होगी जैसा कि समझौता हुआ है। एक पालकी में आएगी। देवस्वामी उनके संग होंगे। शाहमीर उसे कलिमा देगा और तब इस्लामी विवाह होगा।

अचला ने अपनी सेना को समाप्त किया। सहयोगी जो उसके संग हो लिए थे, विशेषकर मुग्धापुर की निष्ठा विहीन सेना को समाप्त किया गया और उन्हें अपने गाँव में भेज दिया गया। उसने अपने विशिष्ट जिहादियों को वापस भेज कर कहा कि वे दर्रे से जाकर कश्मीर के बाहर शिविर में रुकें। उसने अपने साथ मात्र अपना कुलीन रक्षक ही रखा।

कश्मीरियों का दल घर की ओर लौटा। अपनी लक्ष्य प्राप्ति से परम प्रसन्न। मंजिम विशेषकर अपने बनाए इस गठबंधन पर विचलित था। यहाँ तक कि शाहमीर भी, जिसे सफलता के कम ही अवसर दिख रहे थे, मान रहा था कि जोगी और धोबिन को संग लाने ने काम बना दिया। भाँपते हुए कि उस पर नजर रखी जा रही है और शाहमीर की चिढ़ के होते हुए भी जोगी निकट आता गया और उसके साथ वार्तालाप आरंभ किया।

"तुम मुझे पसंद नहीं करते, हैं न?" उसने कहा।

भीतर काँप उठा वह। जोगी को पसंद करने के विचार से ही उसकी चाम में झुरझुरी होती, पर वह इतना अधिक कूटनीतिज्ञ था कि ऐसे प्रश्न का सीधा उत्तर नहीं दे सकता था।

"सच में, मैं तुम्हें नहीं जानता और तुम मुझे नहीं जानते, अतः इसमें पसंद नापसंद की बात ही नहीं। तथापि मैं तुम्हारे कार्य कलाप पसंद नहीं करता।"

जोगी हंस पड़ा।

"कभी न कहो कि मैं नहीं करता हूँ। मेरे स्थान पर ठहर जाओ और तुम सही जगह पर होंगे। देखो, तुम्हें मुझे नहीं देखना चाहिए, यदि मैं तुम्हें असुविधा में डालता हूँ। तुम्हारा यौन जीवन कैसा है?"

शाहमीर सख्त सा हो उठा। कश्मीरी अपने और अपनी पत्नी के बीच के सम्बन्धों के विषय में चर्चा करते, किंतु वह अहंकारी था और उसे लगा कि उसका पौरुष दांव पर है।

"मैं इस प्रश्न का उतर नहीं दूँगा। मेरा बड़ा परिवार है। वह पर्याप्त प्रमाण है अल्लाह की मुझ पर कृपा का।"

"मैंने सुना है कि आप बाजों के द्वारा शिकार खेलना पसंद करते हैं। बाज को मांस चाहिए, प्यार नहीं। अगर आप बाज को दुलार देंगे, वह विरोध करेगा, क्योंकि उँगलियों का तेल इसके पंखों को हानि पहुँचाएगा। इसकी पहचान है कि यह एक शिकारी है। यह बच्चे भी दे पर इसके स्वभाव में काम नहीं।"

शाहमीर समझ गया जोगी उसकी चाम में उतर रहा है।

"समाज नैतिकता के लिए है। अगर काम नग्न होकर विहार करना और अर्धरात्रि का व्यभिचार है, इस पर प्रतिबंध लगना चाहिए और दण्डनीय होना चाहिए। काम पापमय हो सकता है। स्त्रियों पर नियंत्रण होना चाहिए कि उनकी लालसाएँ पुरुषों को पथभ्रष्ट न करें। यह स्वभाव की बात नहीं अपितु चरित्र की बात है।"

जोगी शाहमीर के इस वक्तव्य पर ऐसे पर टूट पड़ा, ठीक बिल्ली जैसे

चूहे पर टूट पड़ती है।

"जब तुम अग्नि का स्वभाव जानते हो, तुम इसका उचित प्रयोग भी जानते हो। कभी आप इसका प्रयोग प्रकाश के लिए करते हो और कभी गर्मी सेंकने के लिए। कभी तुम इस पर भोजन पकाते हो और कभी कुछ जलाने के लिए इसका उपयोग करते हो। कभी भगवान को कुछ हवि करने के लिए। यौनता को न जानना इसके विविध लाभों और इसके खतरों से भी अवगत न होना है। मैं कहता हूँ यौन सम्बन्ध सर्वाधिक पवित्र कर्म है।"

शाहमीर समझ गया कि वह हार गया पर वह जिद्द पर था।

"प्रजनन मेरे लिए ठीक है। यौन जीवन को कोई भय नहीं है यदि आप स्वयं को स्वच्छ रखो।"

"क्या तुम यौन सम्बन्धों के बाद थकान अनुभव करते हो?"

शाहमीर इस वार्तालाप का एक प्रिय अंत करना चाहता था अतः वह प्रसन्न हुआ कि अंत में उसने कुछ ऐसा पूछा जिसका उत्तर वह दे सकता था।

"सत्य यह है कि जब मैं युवा था मैं बहुत बार यौन सम्बन्ध करता था, पर हाँ अब मुझे एक अच्छी नींद चाहिए इससे निवृत्त होने पर।"

"आपको कैसा लगेगा यदि मैं बता दूँ कि बाद में यौन शक्ति अधिक बढ़ती है। ओज, वीर्य और दौर्बल्य नहीं। तुम्हें एक समय पर एक शक्तिमान् व्यक्ति की तरह अनुभव करना होगा। यही एक भिन्नता पशु को मनुष्य से अलग करती है। यह एक क्षणभंगुर शारीरिक शक्ति है जो काम को सर्वशक्तिमान बनाता है। न कि मात्र प्रजनन की प्रकृत इच्छा।"

"मैं ग्रामीण अनपढ़ नहीं हूँ, जो तुम्हारे इस वक्तव्य पर फिदा हो जाऊँगा। यौन कर्म कोई जादू अथवा चमत्कार नहीं है।"

जोगी को चर्चा में सुख मिल रहा था और मंजिम भी खिंचा चला आया, देखने के लिए दो विपरीतों में बहस कैसे हो रही है।

"बताओ तो जरा मुझे कि तुम्हारी आयु क्या है और तुम क्या समझते हो कि मेरी आयु क्या होगी?" जोगी ने पूछा।

"छोटे से पिल्ले, मैं पचास के पार हूँ। और तुम्हें शर्म होनी चाहिए अपनी आयु से दुगुनी आयु के व्यक्ति से इस विषय की बातें कर रहे हो। यह विषय तुम्हारे युवा मित्रों में तुम्हें छेड़ना चाहिए, जो सदा ही सम्भवतः अपनी एड़ियों पर ही होते हैं।" शाहमीर ने गम्भीर होकर कहा।

जोगी ने अपमान पर कोई प्रतिक्रिया न की।

"तुम्हें कैसा लगेगा यदि मैं कहूँ कि मैं पचहत्तर वर्ष का हूँ। मैं जानता

हूँ कि तुम सदा ही चाहते हो कि यदि तुम्हें एक छोटी आयु की पत्नी मिल जाए, तुम्हें अपना यौवन और वीर्य पुनः प्राप्त होगा। पर वह उतर नहीं है, है न?"

शाहमीर स्तब्ध हो गया। जोगी जिसका शरीर लड़कों जैसा था, वास्तव में उससे पच्चीस वर्ष बड़ा था। उसके यौवन का रहस्य क्या था? क्या वह सत्य बोल रहा था?' शाहमीर मंजिम की ओर प्रशनाकुलता के साथ मुडा।

जोगी समझ गया कि वह जीत गया।

"तुम्हारे अंदर तेजाब है जो तुम्हें जला रहा है। और तुम्हारे आसपास के लोगों को भी जला डालेगा। इससे पहले कि समाज पर नैतिक नियमों और दण्डों को लगाया जाए, यह उत्तम होगा कि स्वयं को पहले संतुलित करो। मेरे पास आओ मैं तुम्हें सिखाऊँगा कि कैसे अपने काम केंद्र को जागृत करना चाहिए। अगर तुम को इसकी धुन सवार है तो तुम जान जाओगे कि मैं कहाँ मिलूँगा।"

मंजिम मुँह दबा कर खिलखिला उठा।

"शाहमीर मैं यह प्रमाण के साथ कह सकता हूँ कि जोगी में यौवन के प्रपात हैं और इसकी अति प्राकृतिक शक्तियाँ वास्तविक हैं। तुम्हें इस के निमंत्रण पर समादृत अनुभव करना चाहिए। यह रईसों से प्राय: दूरी रखता है स्वयं को सामान्य जन के संग रखता है।"

"मंजिम मैं अचला नहीं हूँ। जोगी के क्रियाकलापों में कोई रुचि नहीं। नहीं मैं इस के बहकावे में ही आऊँगा।"

मंजिम मौन हो गया पर शाहमीर ने एक खिलखिलाहट पीछे से सुनी। वह पीछे मुड़कर देखने लगा पर वहाँ वह सेविका लड़की ही थी और रसोइया उसका अनुगमन करता हुआ। धोबिन का मुख ढका था और रसोइया अपने ही विचारों में निमग्न था।। अत: यह समझना कि यह डराने वाली आवाज किसने निकाली, कठिन था। वार्तालाप समाप्त। दल ने अपनी गति तेज कर ली, ज्यों ही वे अपने घर के निकट पहुँच गये।

जब वे दुर्ग पर पहुँच गए, उनके समाचार को हर्ष के साथ लिया गया। शाहमीर का सम्मान बढ़ गया। वह अपने अचला के साथ वार्तालाप के और केंद्रीय भाग जो उसने निभाया था, के आख्यान को और और बढ़ा चढ़ा कर बता रहा था। उसे चीते को बांधने वाला बताया गया। कोटरानी ने विवाह समारोह तथा नए स्वामी के स्वागत के लिए तुरंत निर्देश दिये। मंजिम को निर्देश हुआ कि वह कपड़े सीने वाले के साथ काम करे कि अचला की पोशाक और उसके निकटतम अधिकारियों के लिए भी सी जाए। कोटरानी जोगी की तरफ मुड़ गई।

"मैं आपकी कृपा की ऋणी हूँ। क्या मेरे बस की कोई आपकी इच्छा

है जो मैं पूरी कर सकती हूँ। देवस्वामी शीघ्र ही आ रहे होंगे, सम्भवत: हम साथ में ही पूजा कर सकते हैं।"

जोगी ने झिड़का, "शक्ति? क्या शक्ति है तुम्हारे पास? मैं तुम्हारी इच्छा पूरी करने आया तुम्हारे शत्रु को जीतने की। देवस्वामी को भूल जाओ, मेरे मार्ग पर चलो। मैं अचला और उसके लोगों को भस्म कर दूँगा। देव स्वामी कुछ नहीं कर सकता।"

कोटरानी को गत सम्मेलन की स्मृति हो आई जो उसने देखा था।

"मुझे क्या करना चाहिए, आप के अनुसार?"

"मैं आप को कालचक्र तंत्र सिखा सकता हूँ, जो आपको सैंकड़ों, हजारों पवित्र योद्धाओं पर स्वामित्व देगा। आप चक्रवर्तिन यानी साम्राज्ञी तथा वज्र सेना की नेता होंगी। ये सर्वोत्तम भयावह बर्बर योद्धा बर्बर आक्रांताओं को समाप्त कर देगी। यह पवित्र युद्ध सभी युद्धों का अंत करेगा।"

"फिर हम उनसे भिन्न कैसे हैं? उनका तरीका है सर्वोच्च आध्यात्मिक शक्तियों को भ्रष्ट कर शक्ति को अनंत युद्ध से प्राप्त करना। तब हम उन के साथ ही क्यों न हो ले। नहीं देवस्वामी ने मुझे सिखाया है कि यदि अग्नि ब्रह्माण्ड को जला रही हो, अच्छा है कि माँ काली के समय के घेरे में कूदो न कि लपटों को और तेज करो।"

"तुम अंतिम अग्नि की शक्ति का आकलन कम कर के करती हो।" जोगी बोला।

"एक बार जलाई आग भस्म करती है। यह आत्म नाश का काम है, क्योंकि यह सृजन नहीं कर सकता। मैं समय की अनिवार शक्ति पर आरूढ़ होना सुरक्षित समझती हूँ।" कोटारानी ने कहा। और कहा, "जो भी हो आपका धन्यवाद। अचला मुझे चाहता है, मैं उसे सम्भालूँगी। और भी जो व्यक्ति मुझे चाहता है, अकेली मैं उसे सम्भालूँगी।"

"तब तुम अपने शत्रु से स्वयं निपटो, और मैं अपना रास्ता लूँगा। अगली बार मेरा प्रयोग करने का प्रयास न करना।"

उसकी बात ठुकराई गई। जोगी पाँव पटक कर बाहर आया, कोटरानी को बेचैन करते हुए वह चल दिया। जोगी का अराजक और विस्फोटक स्वभाव भी उसकी चिंता थी जबकि।

कोटरानी विवाह पूर्व एक रात खीर भवानी पहुँच गई। यह एक तुलमुल की कुटिया थी और यहाँ के पुरोहितों का घाटी में एक गौरव था। देवस्वामी और अन्य पुरोहित इस कुंड और तीर्थ की पुरातनता से परिचित था। और कुछ ही को

देवी माँ के मंत्रों का वाचन करने की अनुमति थी। देवस्वामी और पुरोहित जल कुंड, जिसमें देवी माँ विराजमान है, के समीप बैठे थे। सारी रात्रि प्रार्थनाएँ चली, कोटारानी ने ब्रह्मांड की साम्राज्ञी को देवस्वामी के सतर्क मार्गदर्शन में अर्घ्य दिया। यह जल पुरातन काल से अपने रंग बदलता रहता है। पुरोहित इन रंगों में निहित संदेश बताते। कि काला अत्यंत कष्ट की सूचना है राज्य के लिए। इस दिन जल का रंग दूधिया था, जो यह सूचना दे रहा था कि घाटी में शुभ समय आ रहा है। स्पष्ट था कि देवी माँ ने भी होने वाले सम्बन्ध को आशीष दिया है।

कोटा को दूसरे अनुष्ठान के लिए मंदिर से बाहर आने को कहा गया। भीतर मात्र दूध और माधुर्य का ही भोग लग सकता था। पर अब उसे बताया गया कि वह कार्तिकेय की पूजा करें। दिव्य शस्त्रों को देवी माँ के समक्ष रखा गया। देवस्वामी ने कोटरानी से कहा कि एक एक को उठाकर मंत्रोच्चार करें और उन पर जल छिड़कें। अंततः जब रात्रि गहरा गई एक छोटा सा दल हारी पर्वत की ओर चल पड़ा। वहाँ पर चंद्र के प्रकाश में चोटी पर एक यज्ञ महाकाली को सामर्गित किया गया, जो पण्डित अटल के नेतृत्व में किया गया अपनी मंत्र शक्ति के लिए जाने जाते थे। पहले कोटा की आत्मा को कल्पना कर उसे एक मूर्ति में समाहित कर दिया गया। तब देवी माँ के रौद्र रूप का आह्वान किया गया। उसे उसके प्रिय भोगों, बकरे की कलेजी समेत से पूर्ण तृप्त किया गया, तथा पीले चावल मत्स्य, मदिरा और भांग का भोग लगाया गया। तब देवी माँ की शक्ति को कोटा की आत्मा में अवतरित किया गया। और अंततः वह आत्मा पुनः कोटा में स्थापित की गई। उसके बाद सम्भोग का भोग लगाया जाना था और हर कोई जानता था कि वह अचला से विवाह के पश्चात् लगेगा। सपाट फर्श की नाव अगली प्रातः एक मील की दूरी पर, जैसा कि पूर्व निर्धारित था, घाट पर पहुँची। मंजिम ने अचला के लिए साज सज्जा का सामान, परिधान लाए थे और उसके अधिकारियों के लिए भी। वे सचमुच राजसी लिबास में भव्य लग रहे थे। तथापि, जब वे छोटी सी नाव पर बैठ गए एक छोटी सी समस्या आन पड़ी। यह एक राजसी परिवार के लिए बनी थी, सेना के लिए नहीं। अचला मान गया कि शमन और उसके एक दर्जन अधिकारी ही उसके साथ आएँगे। शेष सिपाही अलग से आएँगे। भूमि पथ से समय लगेगा, पर उसके लोग समारोह पर समय से पहुँच जाएँगे।

राजसी मेहमानों से लदी नाव चल दी। अचला सम्मान के स्थान पर कालीन पर बैठा था। तकियों का सहारा लेकर। हरम की एक स्त्री जिसने परिष्कृत मलमल पहना था, उसके पैर दबा रही थी। उसके अधिकारियों समेत

उसको शराब दी गई जो उन्होंने अपने मजहब में मनाही के बावजूद भी दबा दबा कर पी। जब नाव किनारे आ गई अचला और उसके अधिकारी उद्दाम मन:स्थिति में थे। अचला ने मंजिम के कंधों का सहारा लिया। शराब से उसका मुख रक्तिम था। गद्दियों के ऊपर एक शिविर बांधा गया था उसका स्वागत करने के लिये। अचला मंजिम की सहायता से लड़खड़ाता हुआ शिविर में आ गया, और एक कुर्सी पर लुढ़का सा दिया स्वयं को। दूसरी कुर्सी कोटा के लिए आरक्षित थी।

खीर भवानी के भीतर से ऊँचा शंखनाद होने लगा। द्वार खोले गए दुल्हन को लाए जाने के लिए, जो एक पालकी में आ रहीं थीं, जिसे नग्न वक्ष वाले आठ जन लिए हुए थे। समझौते के अनुरूप पालकी खुली थी ताकि कुछ भी उसमें गोपनीय न हो। पालकी का नेतृत्व देवस्वामी कर रहे थे। उनका भी कहारों की तरह वक्ष खुला था। वह स्वयं को त्रिशूल, जो उसके हाथ में था के सहारे सामने ले आया। शाहमीर प्रसन्न हुआ जब उसने देखा कि कोटरानी ने काले वस्त्र पहने हैं। यह उसके निर्णय कि वह इस्लाम अपनाएगी के अनुरूप था। और अचला को अधिक भाता कश्मीरियों द्वारा पहने जाने वाले चमकीले लिबासों की अपेक्षा।

जब वह हमारे वस्त्र पहनेंगी, वह हम में से ही एक है। योजना अनुसार सब कुछ जा रहा है, उसने सोचा। सब कुछ ठीक होगा और कश्मीर में शांति होगी।

पालकी ढोने वालों ने पालकी को अचला के सामने रोका। शमन उसके सामने था। कोटरानी का तख्त उसके बाएँ से। मंजिम ने महारानी को बाएँ से सहारा दिया और देवस्वामी ने उसका दाँया हाथ पकड़ा। उसका मुख आवरण से ढका था तथा वह अपने पाँव पर अस्थिर थी। विचलित कोटा को अचला के निकट लाया गया, जब तक कि उसने अंततः उसका सामना किया। शाहमीर निकट आ गया ताकि विवाह की रस्म अदा कर सकें। अभ्यस्त हाथों से मंजिम ने कोटरानी के सिर से आवरण हटा दिया ताकि अचला अंततः देख लें कि उसने किसकी स्पृहा की और युद्ध लड़ा।

मंजिम ही बता सकता है कि आगे क्या विभ्रम घटित हुआ। सहसा शाहमीर ने देखा अचला की आँखें खुली, चौड़ाई, उसने कोटरानी पर दृष्टि डाली और देखा एक स्त्री पागल। उसकी त्वचा काली, उसकी जीभ बाहर लटकी पागल कुत्ते की भाँति और उसके खुले लटकते बाल। उसने बहुत ही अधिक सुरा पी रखी थी, उसकी साँसों से सुरापान की गंध आ रही थी। एक निमिष में उसने देवस्वामी का त्रिशूल लिया और इससे पूर्व कि वह कोई प्रतिक्रिया

करता, वह चीखी, 'जय काली' और त्रिशूल को अचला के सीने में गहरा उतार दिया। शमन ने भागने का प्रयास किया पर जीव ने उसे भागने न दिया। उसने त्रिशूल वापस खींचा और पुनः उसके उसकी गर्दन में उतारा। शमन की अंतिम दृष्टि जिससे मिली वह था कहारों को गद्दी के सहायक खम्बों को उखाड़ कर उस वस्त्र में से कुल्हाड़ियों का छिपा हुआ संग्रह निकालना। इससे पहले कि अचला के अधिकारी अपनी तलवारें उठाते, कुल्हाड़ियों ने सारा कार्य निष्पादित किया था। यह लगभग आरंभ होने के साथ ही समाप्त भी हो गया। शाहमीर ने इस स्त्री की ओर पुनः देखा, और कोटरानी के दिव्य मुख ने वापस देखा। उसके भाल पर लाल रक्त सा चिह्न था पर यह वह सिंदूर हो सकता था जो कश्मीरी त्रिपुण्ड के रूप में लगाया करते। 'यह अभी अभी क्या हुआ?'

देवस्वामी को यह जानने का कुतूहल कि यह शमन है कौन, वहाँ ले गया। इस मृतक की पहचान ने उसकी साँस ही मानो छीन ली। वह कोटरानी को बिना एक शब्द बोले लाश के पास ले गया और उसने उसके मुख को देखा। मरण की शांति में भी व्रण का एक भाव था। यह रावण का पुत्र था। जो बहुत कम अवसरों पर अपने पिता अर्थात् उसके परित्यक्त भाई के साथ कोटरानी के पास आया था। सम्भवतः वह राज्य का दावा करना चाहता था, रामचंद्र का पुत्र होने के नाते, जो उसके हिसाब से कोटरानी ने छीन लिया था। उसका भतीजा अपने पिता से पाले बदलने में भिन्न न था, यदि इसमें अपने सितारे भी किसी अवसरवादी को देने पड़े। अतः यह कोई आश्चर्य न था कि अचला को अंदर का ज्ञान था, और उसका बल इस पाँचवें स्तंभ से बढ़ गया था। उसका शमन कश्मीर की ऊँचाई पर स्थित शक्तियों से जुड़ा था और उसे जो कुछ जानना चाहिए था, वह वह सब जानता था। कोटरानी ने उसके मुख पर मुखौटा वापस रख दिया। ठीक है वह जैसे जिया, अपनी पहचान किसी भी सीमा तक बेचकर वैसे ही मर जाए बिना किसी मानवीय पहचान के।

जब अचला की मुख्य सेना आ गई, जो अपने नेता का विवाह उत्सव मनाने की आशा कर रहे थे। उल्टे उन्होंने अपना निर्भीक नेता तथा उसके अधिकारियों को मृत पाया। शहतूत के वृक्षों में उनकी मुंडे तुडे शव निर्जीव पड़े थे। गिद्ध आकाश में मंडरा रहे थे। पहले वे खीर भवानी पर आक्रमण करने को तैयार हुए, पर तब उन्होंने कोटारानी का आकार अश्व पर आरूढ़ देखा, उसके पीछे धनुर्धारी तैयार। एक तरफ उन्होंने शाहमीर के घुड़सवार देखें। जो कि उसके तुरंत आदेशों पर आए थे। सबसे अंतिम तिनका मारा उन आठ कहारों ने जिन्होंने खीर भवानी से कोटरानी को पालकी में लाया था। और जिन्होंने इस सारी योजना

का सर्वाधिक खतरनाक भाग प्रतिपादित किया था। उन्होंने अपनी छोटी तलवारें अपने दाएँ हाथों में थामी और एक मोटी छड़ी जिसका सिरा अति तीव्र, तीक्ष्ण था को बाएँ हाथ में लिया। वे भूमि पर मार रहे थे और एक ऊँची तीखा शोर कर रहे थे। ये लोग अचला की सेना के निकट आए, तब घूम गए और उनके अधोवस्त्र उतार लिए। अचला के लोगों को राजसी कश्मीरी सलाम बजाते हुए और शोर मचाने लगे, "कुत्तों! हमारी धरती को चूमो। अचला! जब बहत्तर हूरें पूछेंगी कि क्या हुआ तेरी वेदी का तो बताना कि कश्मीरी योनियां पत्थर के लिंगों कों चीर सकती हैं। जय कोटारानी!जय काली!"

यह शाहमीर के घुड़सवारों को नेतृत्व करने का इंगित था। तारतार का अब बहुत हो चुका। वे भाग गए और तुर्कमेनिस्तान की ओर वापस। शाहमीर के आदमी वीर थे। उन्होंने घुमक्कड़ों को समाप्त कर डाला। उनकी सफलता की कहानियों से कहाँ पर जख्मों पर नमक की तरह पड़ रहा था, वह हर्षातिरेक उत्पन्न कर रहा था, और बार बार दोहराया जाता। यहाँ तक कि कोटा भी राजसी सलाम और भागते हुए तुर्क।

उस रात कश्मीर में दूर दूर तक के हर घर में दीप जलाए गए। मंदिरों में निरंतर घंटे बज रहे थे कि बट्ट कोटरानी की अचला पर निर्णायक विजय हुई का महान उत्सव कर रहे थे। हर स्थल पर पकवान और भोजन था। कोकुर और उसके साथी घर घर नृत्य करते हुए गया, और अंतिम रूप से अर्धचन्द्राकार जो कि तुर्कमेनिस्तान का सेना का चिह्न था, में उनके अधोवस्त्र उतारने का नाटक खेलते रहे। एक ही घर अंधेरे में था। रानी के महल पर छाया पड़ी थी और वहाँ के लोग मातम कर रहे थे। कई दिनों तक कोई नहीं जानता था कि क्या हुआ है पर शीघ्र ही सबको उतर मिला। उदयन और ब्रह्मा सीधे युद्ध क्षेत्र से अमरनाथ की गुफा में गए। वहाँ शिव से प्रार्थना करने। अब शंख बजाने और द्वार खोल दिए गए ब्रह्मा और उदयनदेव और उनके थोड़े से सहयात्रियों का स्वागत करने के लिए। रानी बाहर आई सम्मान के साथ उदयनदेव का स्वागत करने के लिये। घुटनों के बल बैठकर, झुककर राज्य के स्वामी और अपने घर के मुखिया के सम्मुख विनम्र होकर। मानो पूर्व के पर्वत पर पूनम का चाँद चढ़ा हो। सारी कालिमा को मिटा कर। उदयनदेव ने कोटरानी के गले में मंगलसूत्र पहनाया। और वह उसके साथ हो लेने के लिए खड़ी हो गई। कोकुर नेपथ्य में था, मानो जादू से महल के दीप उसी क्षण जल उठे।

उदयनदेव की वापसी पर वह और कोटरानी पुनः खीर भवानी गए और

पूरे सात दिन तक पूजा अर्चना करते रहे। देवी माँ को कई उपहार समर्पित किए गए। पर एक जिस पर पुरोहितों को बहुत कुतूहल हुआ, वह कोटरानी की ओर से था। यह एक बारीक कारीगरी में सजाया गया डिब्बा, जिसमें एक चौसर का पट्ट था। पुरोहितों को निर्देश हुआ कि इसे खीर भवानी के समीप ही भूमि में गाढ़ दिया जाए। देवी जब तीर्थ में भ्रमण करते आएँगी तो इसे देखेंगी।

उस रात शयन पूर्व उदयन देव ने कोटरानी से पूछा, "क्या तुम ठीक हो इस सारे अनुभव के बाद?"

"देवस्वामी ने मुझे बताया कि सही प्रशिक्षण से कोई भी एक मनुष्य होने से रुककर एक हत्यारा बन सकता है। कम ही मुझे लगता था कि मैं उसका अंत कर पाऊँगी। उदयन! मैं अभी भी काली माँ के मंत्रों की शक्ति से काँप रही हूँ। मैं उस भीषण काम को सिर्फ हमारे बच्चों के विचार से ही कर पाई।" कोटा ने कहा।

"मुझे भी लग रहा था कि गाजी मुझे मार डालेंगे, मेरे विचार में भी वहीं था कि जिसको मैं प्यार करता हूँ, न कि मैं क्या खो दूँगा। क्या जटा को प्रसन्नता होगी जब वह बड़ा हो जाएगा? क्या तुम सुरक्षित रहती यदि हमारी योजना सफल न हुई होती?" उदयन ने उत्तर दिया।

"मैं आशान्वित हूँ कि कश्मीर अब सुरक्षित होगा और निर्भयता के साथ हम अपने बच्चों का भविष्य निर्माण करेंगे। मुझे देवस्वामी से कुछ रोचक प्राप्त हुआ। क्या तुम्हें पता है कि जोगी और देवस्वामी सहपाठी रहे हैं और जोगी को शारदापीठ से बहिष्कृत किया गया था।"

"हाँ। यह मेरे समय से पूर्व की बात है पर मेरे वरिष्ठों ने किस्सा सुनाया। लगता है कि जोगी नैतिकता के मूल्य पर भी शक्ति प्राप्त करना चाहता था, उसके विचार से वर्जित वाममार्ग को व्यवहार में लाने से देवी माँ बहुत शीघ्र प्रसन्न होती हैं। और एक युवा स्त्री को तस्करी से अपने कक्ष में लाया मैथुन क्रिया के लिए, साधना हेतु। देवस्वामी को ज्ञात हुआ और उसने इसकी सूचना दी। यह एक कांड था जो दबा दिया गया, किंतु पूरा नहीं दब पाया।" उदयन ने कहा।

"जोगी का क्या हुआ जब वह पकड़ा गया?"

"वह दूर पर्वतों पर चला गया जहां यह साधना चलती थी। वह उसकी रुचि का था।"

"यह चिंताजनक है कि जोगी बड़ी शक्तियों की लालसा करता है।

देवस्वामी ने मुझे बताया कि उसके पास और बड़ी शक्तियाँ हैं जिनको वह विद्या अर्थात् उच्चतम ज्ञान के अतिरिक्त कहीं भी प्रयोग में नहीं लाता।" कोटरानी ने कहा।

"नैतिकता सिद्धियों को प्राप्त करने के लिए अनिवार्य नहीं है, पर शिव को प्राप्त करने के लिए सभी प्रकार के सम्मोहनों से विरत होना है। जोगी ने देवी माँ को वश कर लिया है, यह न जानते हुए कि देवी माँ को स्वातंत्र्य चाहिए। देवी माँ को गलत ढंग से जागृत करने से वह शिष्य को अपना अहंकार न तोड़ने के लिए भस्म कर देगी।"

जोगी के इन आशयों के विषय में कोटरानी के मन में कई विचार आ गए। यही समय था कि वह अपने पति से वह बात पूछे जो उसे व्याकुल किए जा रही थी।

"उदयन मुझे बताओ तुमने मुझसे विवाह क्यों किया। क्या इस लिए कि तुम अपने वचनानुसार राज्य को पुनः प्राप्त कर अपने भाई का प्रतिशोध लो?"

उदयन देव एक बुद्धिमान व्यक्ति था, समझ गया कि कुछ है जो कोटरानी को व्यथित कर रहा है। "नहीं। यदि वहीं मेरा लक्ष्य होता तो मैं सीधे रिनचिन की मृत्यु के बाद दावा करता। तुम मेरे स्वप्न में आई और मुझे लगा कि तुममें और मुझमें कुछ एक सा है। हम दोनों कश्मीर का विचार करते हैं, वहीं बात हमें साथ लाई और वहीं हमें साथ रखे हैं।"

"उदयन मुझे क्षमा कर दो मुझे नहीं पता कि मुझे क्या हो गया है। जब से मैं महारानी बन गई हूँ तब से लग रहा है कि हर कोई मेरे पास मुझे अपनाने आता है। तुमको, ब्रह्मा को, सारस को छोड़कर कर और किसी पर विश्वास करना कठिन है। कृपया मेरे निकट आ जाओ।"

उदयन ने कोटरानी को आलिंगनबद्ध किया और उसे हल्के से मसल-सा दिया।

"लोग कहते हैं कि तुम कश्मीर की सबसे महान रानी हो, पकड़ में लेती हो पर पकड़ में न आती कभी।" उसने उसके कान में उत्साहित करते हुए और गर्व से कहा।

देवस्वामी द्वारा उधार दी हुई पुस्तकों में लीन, अपनी आसपास की दुनिया से अनभिज्ञ, सिर्फ अपनी विद्वता की आँख से संसार को देखते हुए, जीवन के उच्चतम आयामों के सिद्धांतों से भरा हुआ, किंतु फिर भी क्या होने जा रहा है उसका भान करने वाला उदयन देव कोटरानी को सदा ही वांछित सुख देता था। कितनी वीरता से उसने स्वयं को आक्रामक के सामने दाने की तरह डाला।' वह

सोच रही थी। योजना लगभग असफल हो गयी थी शाहमीर के वापस लौटने से। संसार की आँखों में शाहमीर ने उदयन को एक कायर राजा के रूप में निरूपित किया था। पर यह वह था जिसने अचला को अपनी सुरक्षा छोड़ देने को ललचाया था। यदि सोग्दिन का महान बलिदान न हुआ होता, उदयन मारा गया होता। इस विचार से ही कोटरानी अनायास ही काँप उठी। उसने अपना सिर उदयन के सिर पर रख दिया, उसका हाथ खींचा, उसे कस के पकड़ कर गहरी निद्रा में सो गई।

तरंग-15

# केंद्र

तार्तार के आक्रमण के बाद कोटरानी ने अपने मंत्रिमंडल का विस्तार करने का विचार किया। एक ऐसा कदम जिसपर जनता ने हर्ष जताया। कुमार भट्ट, शारदापीठ के मुख्य इतिहासकार को नया विदेश मंत्री नियुक्त किया गया। शारदापीठ से विद्वानों को परामर्श दाताओं के रूप में राज्य में लाने की बहुत लंबी परम्परा थी। शाहमीर अपने हिस्से का दायित्व नहीं छोड़ना चाहता था, किंतु ब्रह्मा ने इस परिवर्तन का समर्थन किया था। कहते हुए कि शाहमीर अचला के आक्रमण का अनुमान लगाने में विफल रहा, और दो भागीदारियों को पृथक करने की अनिवार्यता पर बल दिया। कि एक व्यक्ति इन दो भारों का वहन नहीं कर सकता।

अपने परम मित्र के राजनीतिक समर्थन को खोने से शाहमीर के पास अब कम विकल्प रहे थे। प्रजा को रानी का यह कर्म मान्य लगा। शाहमीर के लिए यह माना जाने लगा था कि उसने अचला की मृत्यु के संदर्भ में मुख्य भूमिका निभाई, पर इसे रोकने का प्रयास न किया। उसके पुत्रों जमशेद और अली शेर को मान्यता मिली और उन्हें महत्वपूर्ण जागीरें दी गई जो कि दुर्ग के साथ मिला हुआ था। शाहमीर को सेना का विस्तार करने का दायित्व दिया गया, और उसे धन दिया गया ताकि वह यह लक्ष्य प्राप्त कर सकें।

कोटरानी ने यानिव की उन्नति की। यह एक खुला रहस्य था कि उसे कोष का ध्यान रखने को कहा गया। शाहमीर बहुत ही असमंजस में था कि कश्मीरियों में उसकी लोकप्रियता अत्यधिक ऊँची हो गई थी पर राज्य के भीतर उसकी स्थिति कम कर दी गई थी। यानिव का नियंत्रण सर्वश्रेष्ठ हीरे पर होने ने उसे पागल कर दिया था। वह सर्वाधिक निपुण शासक था कश्मीर का, और उसके लिए यह असह्य था कि एक व्यापारी पर उससे अधिक विश्वास किया

जा रहा था। यदि वह रणभूमि से भागा था तो उदयनदेव भी तो भागा था। यदि वह एक अच्छा सेनाध्यक्ष न था उसे वहाँ बने रहने क्यों दिया गया और विदेश मंत्रालय उससे लिया गया। गुप्त योजना जो कोटरानी ने बनाई थी, उसे भी उसको नहीं बताया गया था। इन अफवाहों के पीछे कौन था कि वह एक अच्छा आदमी है पर एक कमजोर कड़ी। साफ है कि कोटरानी उस पर विश्वास नहीं करती इसलिए कि वह मुसलमान है? उसने अपना सब कुछ दिया पर उसकी कोई गिनती नहीं। वह घिनौना यहूदी अपने हाथ सोने चाँदी में से चला रहा है, जबकि वह सुंदर तातियाना उसने खरीदी थी और उपहार में दी थी। यह तो असह्य था। कमतर महसूस करते हुए उसने मंजिम को काम पर लगाया और दृढ़ता से घाटी में रणनीतिक गठबंधन बनाने लगा। इन सबमें सबसे दुर्जेय था उसके लड़के अली शेर का विवाह लक्ष्मक की पुत्री के साथ, जो कि पूर्व सेनाध्यक्ष था। ब्रह्मा ने कोटरानी को सचेत किया कि इस गठबंधन से शाहमीर ने विश्वास प्राप्त किया है उनके सेना अधीनस्थ का। अब उसे महाराजा महारानी के आसपास जाने में लक्ष्मक से डरने की आवश्यकता नहीं।

तिलकशूर ने जमशेद की पुत्री से विवाह कर किया। उसने एक सफल गठबंधन बनाया शामला के कोटा राजा के साथ, और उस स्पंदन शील जनपद को अपने प्रभुत्व के नीचे रखा। उसने बहुत प्रयास किया कि कृषकों का एक नया प्रवासी दल चक वंश उसके साथ हो जाए, जिनका नेता लामर एक बलवान पुरुष था जो लगभग उसी के समय में दरद देश से चुपचाप कश्मीर में घुस आया था। यह भाग्य की बात रही होगी कि सहदेव ने उनको त्रहा गाँव का नियंत्रण दिया था, जो कि क्रमराज्य जनपद में था। प्रतिद्वंद्वी लावण्य विशेषकर डामर मुखिया मकबूल लोन जिसको बुलबुल ने सूफी मत में मतांतरित किया था; उनको भी विजित किया गया था सताकर और उपहार देकर। शाहमीर ने कराला के लोगों को भी बलपूर्वक अपने नियंत्रण में लाया।

तथापि शीघ्र ही उसने अपना साहसिक और सार्वजनिक कदम उठाया। अपने अधिग्रहण को सुरक्षित रखने के लिए उसने चक्रधर द्वीप को दुर्ग बना दिया और प्रजा को दिखा दिया कि उसकी सेना के सहारे से उसका परिवार अभेद्य है। जबकि शाहमीर की भागीदारी दरबार में कम कर दी गई थी, उसकी सैन्य शक्ति बढ़ गई थी और कोई भी उसका कोई अहित करने का साहस नहीं कर पाता था। जब वह बाज से शिकार करने निकलता ढेरों पक्षी नीचे आ गिरते। कश्मीरियों को लगता था कि मानो शाहमीर के पास एक आकाशीय सेना है जो घाटी पर दृष्टि गढ़ाए हैं, कि निर्बल और नाजुक पर कब झपट्टा मारे।

शाहमीर को संदेह हुआ कि राजदरबार से उसका पतन उदयनदेव के साथ उसकी असफलता से जुड़ा है। नियुक्त सेना के विषय में न जानते हुए, उसने महाराजा को तंग करना शुरू किया। उसने ब्रह्मा के साथ भी दूरी बनानी आरंभ की कि उसे लगा कि उसी ने उसे नीचे किया। सबसे चिंताजनक कोटरानी के लिए यह था कि शाहमीर ने रावण के साथ सम्बन्ध दृढ़ किए थे। जो कि कश्मीरियों के द्वारा पूर्ण रूपेण बहिष्कृत हो चुका था, जब उन्हें यह ज्ञात हुआ कि उसका पुत्र एक षड्यन्त्रकारी था। अपने सूत्रों के माध्यम से रानी को यह पता चला कि शाहमीर मस्जिद में एक बहुत बड़ा जन सम्मेलन करनेवाला है। सोग्दिन को खोने के बाद उसने राजा सप्रू को निर्देश दिया कि वह इस सम्मेलन में जाकर उसे सारी बात की सूचना दे।

जब राजा सप्रू मस्जिद में पहुँचा तो उसने समझ लिया कि एकत्रित लोगों की संख्या देखकर कुछ असाधारण होने वाला है। उसने अन्य लोगों को पहचान लिया। बढ़ई और पत्थर तराश वहाँ थे। कोकुर, मंजिम और चाण्डाल भी वहाँ थे। आदतन हाल के एक कोने में अलग बैठे हुए। राजा ने ब्राह्मण अग्रहारों के सम्मेलनों को प्राय: देखा था जहां उन्हें मुफ्त भोजन दिया जाता। पर वे विचार विमर्श के स्थल पर थे जहां बहुत कम लोगों को होने का अवसर मिलता। यहाँ सहस्रों लोग लंकर में आ जा रहे थे। काठ की थालियाँ लेकर भीतर से चावलों से भर कर लाते और मांस के बड़े बड़े टुकड़े उस पर। यह किसी भी प्रकार से बकरे का मांस नहीं हो सकता था, कश्मीरियों का प्रधान भोजन। ये लोग किसी भी तरह से स्थानीय नहीं थे। राजा सप्रू ने संदेह किया कि यह ऊँट का मांस था, जो कश्मीरियों के लिए विदेशी था। बहुत से उपस्थित लोगों के पास तलवारें थीं, जो कि साधना के स्थान से बिल्कुल भी सम्बन्धित न थी। वे कश्मीरी बिल्कुल भी नहीं दिख रहे थे। उनके दाढ़ी थी और मध्य एशियाई परिधान। उनका पहनावा बता रहा था कि वे अभी अभी आप्रवासी हैं, सम्भवत: तुर्कमेनिस्तान के। सद्य: आए सैय्यद भी वहाँ थे, जो अभी अभी घाटी में प्रविष्ट हो गए थे। सबको एक अभिमान की दृष्टि से देखते हुए, जैसे कि पैगम्बर के सीधे अनुयायियों के अनुरूप। जो सूफियों की पवित्र जगह थी अब मजहब के सैनिकों ने वह घेर लिया था। बहुत ज्यादा राज्य के संसाधनों को शाहमीर ने मस्जिद में इन तथाकथित सूफियों में लगा दिया था।

गतिविधियों का अंत न था, जैसा कि राजा ने देखा। मस्जिद के भीतर से नाइद आया उसे पहले तो राजा पहचान ही न पाया। नाइद की अब पूरी दाढ़ी थी। उसने अपना पहनावा बदला था और एक लंबा उत्तरीय हरे रंग का पहना

था, जो कि तुर्कों का प्रिय था। उसने मंजिम और कोकुर का ऐसे स्वागत किया, मानो वह यजमान हो। उनको बिल्कुल सामने की पंक्ति में ले गया, जहां एक मंच बन गया था। एक अनौपचारिक सेना मानो भीड़ को संगठित और निर्देशित कर रही थी। नाइद को पहचान कर उन्होंने उसे जाने दिया। वह सचमुच ही मस्जिद का एक बहुत ही महत्वपूर्ण व्यक्ति था।

कश्मीर में अधिकांश सम्मेलनों में, कार्यक्रम देर रात्रि को आरंभ होता, जबकि लोगों ने खा पी लिया होता। जब भीड़ बैठ गई तो विशिष्ट व्यक्ति आ गए। शाहमीर और आश्चर्य के साथ एकांतप्रिय रावण, और अंत में कुछ अधिक ही क्षुब्ध करने वाला फकीर, उनके साथ था हैदर, जिसके हाथ में था कुरान। चाण्डाल ने अपनी असहमति फकीर की उपस्थिति पर व्यक्त की सीटी बजाकर। दर्शकों में से कुछ ने उसका समर्थन किया उपहास करते हुए। जबकि अन्यों ने उन्हें चुप रहने के लिए कहा।

सर्वप्रथम रावण बोला।

"कश्मीर का संकट आरंभ हुआ जब एक औरत यहाँ की शासक बन गई। इससे बाहरी आक्रमणों को आमंत्रण मिला जो यह समझ गए कि औरत कमजोर होती है। मुझे गद्दी पर बैठने से रोका गया जबकि मेरा वैधानिक अधिकार बनता था। और आज हैदर को भी वह अधिकार देने से रोका जा रहा है। मैंने इस्लाम कुबूल किया है और मेरे संग सहस्रों ने भी किया है। क्या हमें अपनी ही धरती पर दोयम दर्जे का नागरिक होना होगा क्योंकि हमने अपना मजहब चुनने में स्वतंत्रता का प्रयोग किया?"

कश्मीरियों को भाई बहन के झगडे का सब पता था। और रावण के टूटे सपनों का भी सभी को पता था। राजनीति हर कश्मीरी के रक्त में थी। अतः उन्हें यह सुनकर जरा भी आश्चर्य न हुआ कि रावण राजा बनना चाहता था। तथापि भीड़ में हर कोई उसके साथ सहमत न था।

"किस आक्रमण की बात कर रहे हो? पिछले आक्रमण को तुम्हारे बेटे ने ही तो करवाया था। वह अचला का दाहिना हाथ था।" दर्शकों में से एक ने चिल्ला कर कहा।

रावण पर कोई प्रभाव न पड़ा।

"मैंने अपना बेटा खो दिया, जिसे मेरी अपनी बहन ने ही मार डाला। मैं किसी को उसकी स्मृति का अपमान नहीं करने दूँगा। न ही मैं उसके हत्यारे को क्षमा करूँगा। आज एक अवैध शासक हम पर शासन कर रहा है। जबकि यह मेरा और हैदर का अधिकार है।"

भृंगी का राजा सप्रू उठ खड़ा हुआ।

"रानी ने तुम्हारे पुत्र को नरक से बचा लिया। क्या तुमने तिलक को विस्मृत कर दिया है। कृतघ्न कश्मीरी। जो एक अनुवादक के रूप में गया और अंततः मसूद गजनी की सेना का मुखिया बना? भारत में उसने अपने ही लोगों पर आक्रमण किए। तुम्हारा पुत्र तो उससे भी पतित होने जा रहा था, जो तुर्की शत्रु की ओर से लड़ रहा था।"

भीड़ सहमति में बुदबुदाई। कुछ ने रावण की पहल को स्वीकार किया कि उसे अधिकार च्युत किया गया था। कश्मीर इस सीमा तक विकसित हो गया था कि रानियों द्वारा शासन चलाना सामान्य बात थी। डामरों को कोई हिचक न थी महाराजा चुनने में यदि उनके रक्त में से एक अच्छा नेता न उत्पन्न हो। अतः जन्म जात विशेषाधिकार पहने ही प्रश्न चिह्नों के अंतर्गत आ चुका था।

फकीर उठ खड़ा हुआ। अपनी मुट्ठी हवा में घुमाते हुए।

"आत्मघातियों! मैं कश्मीर में लौट आया हूँ। मुझे बाहर धकेला गया क्योंकि मैं खड़ा हुआ और इस्लाम को बचाया। रिनचिन द्वारा इस्लाम अपनाने से कश्मीर इस्लामी सदा के लिए हो गया। तथापि रिनचिन और बुलबुल के जाने के बाद अब मुसलमानों को रौंदने का प्रयास किया जा रहा है। ब्राह्मण हमारे युवा लोगों को नए मार्ग सिखा रहे हैं। यह स्वीकार करने योग्य नहीं क्योंकि उनका ज्ञान विधर्मी है और नवीनता है धर्मपरिवर्तन! कश्मीर में अनैतिकता जो व्याप्त है अस्वीकार्य है। अंततः तुम क्या आशा कर सकते हो उनसे जो लिंगों की पूजा करते हों? आपकी एक सुंदर महारानी है जो शासन चला रही है और जोगी, जो उसका यौन गुरू, है उसको प्रयोग में लाती है ताकि राजदरबार को प्रदूषित करें। ब्रह्मा के साथ उसका क्या रहस्यमय सम्बन्ध है? क्या वह उसका यार है?इस असंतुष्ट लोमड़ी के कितने प्रेमी हैं? क्या आपको ज्ञात है कि उसने कितनी बार पहल की है शाहमीर के लिए कि वह उसके साथ हमबिस्तर होना चाहती है। किस प्रकार की रानी गुप्त रूप से कहेंगी कि उसके पति की हत्या का प्रबंध हो ताकि वह अपना सिर उसके वक्ष पर रख उसे अपना सारा प्यार दे दें?"

फकीर के मुख में झाग आ रही थी।

"हम नाम में मुसलमान होकर घटिया हिंदू रीति रिवाज अपने सामाजिक व्यवहार में नहीं अपना सकते। हमें इस्लाम में बताए नियमों को अपनाना चाहिए ताकि हम हकीकी मुसलमान हों। हमारे सूफी भाई संख्या में बढ़ रहे हैं। हमारे पास हमारी अपनी सेना है, सोन फौज। वे यह सुनिश्चित करेंगे कि हमारे मूल्यों और हमारी जीवन पद्धति को विगलित न किया जाए। मैं लौट आया हूँ। इस बार

हम लड़ेंगे यदि किसी ने भी मुझे चुनौती देने का साहस किया। हमें अनुशासन और नैतिकता कश्मीर में वापस लानी है। आपको अपनी स्त्रियों में कोटेह और अनिष्ठा, तथा इस्लाम और शुचिता के मध्य चुनाव करना होगा।" बहुत से उपस्थित लोगों ने तालियाँ बजाई। अपनी मुट्ठियों को हवा में लहराते हुए। "कश्मीरी अधिकतर मौन लोग थे, किंतु दढ़ियल सूफी आग उगल रहे थे। 'अल्लाह ओ अकबर।" वे चीखें। कुछ ने हवा में तलवारें भी बांझी। अपने काल्पनिक शत्रुओं को काटते और मारते हुए।

फकीर पुनः बोलता रहा। "यदि हिंदू एक तरफ से घोड़े पर आरूढ़ होता है, तो आप दूसरी तरफ से आरूढ़ होंगे। यदि वह एक प्रकार से अपनी पगड़ी बांधता है, तुम दूसरे प्रकार से बाँधोगे। वह अपनी कमीज के बटन जहां से टाँकता है तुम उसके उलट टांकोगे। तुम सिर्फ उसका उलट ही नहीं करोगे जो हिंदू करता है अपितु जो वह नहीं करता है वह करोगे।"

"सच्चे विश्वासी के लिए यह बड़ा पुरस्कार है, जो उनकी प्रतीक्षा यहाँ पर कर रहा है। बट्ट लोग सोना जमा करते हैं और फिर ब्राह्मण उसको मूर्तियों पर लगाते हैं। हम मूर्तियों को भंग करेंगे और फिर उस सोने को मुक्त करेंगे। हम रानी का खजाना लूटेंगे और फिर उसे अल्लाह के नाम पर दान में देंगे। ठीक यह गजनी के मैदान में लोगों के चौराहे की तरह की तरह होगा। जहां यह मुडा तुड़ा कुचला गया सोना जमीन पर देखेंगे। यह सोना आपको मुफ्त में मिलेगा।"

'एक बहुत बड़ा पुरस्कार सच्चे विश्वासी को मिलेगा '

'यह मुफ्त मिलेगा 'ये पंक्तियाँ भीड़ गाने लगी।

चाण्डाल खड़ा हुआ और निवेदन किया कि उसकी बात सुनी जाए।

"मुझे कुछ गंध आ रही है। मुफ्त में कुछ नहीं मिलेगा। विष्ठा भी नहीं। मैं एक सरल प्रश्न पूछता हूँ। क्या कुत्तों को शुद्ध कश्मीर में रहने दिया जाएगा?"

फकीर की भौंहें तन गई।

"कुत्ते कश्मीर में संकट हैं। वे झुंडों में घूमते हैं। मैंने कहा न कि हमें कश्मीर को साफ करना है और यह काम कुत्तों से क्यों न आरंभ करें।"

चाण्डाल ने मुँह बनाया और धीरे से बोला

"तुम एक सफेद भेड़िया कहलाते हो और तुम कुत्तों से घृणा करते हो। ब्राह्मण भी यही सोचते हैं कि कुत्ते प्रदूषित करते हैं। तुम कुत्तों की हत्या करना चाहते हो जबकि ब्राह्मण जब भोजन करता है तो प्रथमतः कुत्ते के लिए एक ग्रास अर्पित करता है। 'हून्य म्यट 'वह यह ग्रास गली के कुत्तों को खाने को देता है। तुम्हारी शुचिता में सहिष्णुता नहीं है जो आज के कश्मीर में है।"

"तुम खुदा की आंखों में एक किरकिरी हो। जब तुम इस्लाम में आओगे, तुम अपने साथियों के बराबर हो जाओगे। और उन सबको इस्लाम के नियमों का पालन करना होगा। तुम एक अस्पृश्य या ब्राह्मणों को प्रदूषित करने वाले नहीं रहोगे। तुम कुत्तों की चिंता क्यों करते हो? अपने विषय में सोचो।"

"मुझे नहीं लगता कि मैं ब्राह्मण के समान बनना चाहता हूँ। वह मेरी छाया से उससे अधिक डरता है जितना कि मैं उसकी छाया से। तथापि मैं एक सीधा सादा आदमी हूँ, यदि कुत्ते स्वतंत्र होकर घूम सकते हैं तो मैं भी स्वतंत्र हूँ। यदि नहीं तो फिर यदि आज कुत्ते हैं तो कल मैं हूँगा। कोई भी जो रेत में अनाज नहीं हैं वह सफेद भेड़िये का शिकार बनेगा।"

चाण्डाल फकीर के साथ हंसा। उसको दांत दिखाते हुए, इससे पहले कि वह चुपचाप बैठ जाए।

शाहमीर को लगा उन्होंने गति को खोया है। वह उठा और मंच के मध्य में आ गया।

वह धीरे से बोलने लगा, "आज हमारे साथ हैदर है जो कि एक अच्छे युवा के रूप में बड़ा हो गया है। आज एक अच्छा दिन है इसके पिता को स्मरण करने का जिसे हम कश्मीर का शेर कहते थे। असली मुद्दा क्या है? ब्राह्मणों के पास भूमि है पर वे इसे नहीं जोतते। क्या अच्छा न होगा यदि भूमि जोतने वाले को मिल जाए? क्या जोतने वाले कठिन परिश्रम नहीं करेंगे? क्या हम सभी सम्पन्न न होंगे? नाइद को देखो। यह एक युवा है जिसे प्रसन्नता के लिए एक पत्नी के संग की आवश्यकता है। एक भूमि का टुकड़ा भी चाहिए। एक साधा जीवन जीने के लिए। पर जो कुछ उसके पास है वह है भूख और क्रोध आज के शासन के विरुद्ध। क्या हमारे युवकों को बेहतर नहीं मिलना चाहिए?यह समय है कोटरानी के जाने और हैदर के आने का। यह समय है नया कश्मीर का। नया कश्मीर में रिनचिन ने हमें विधि और व्यवस्था दी, हैदर हमें सामाजिक न्याय देगा। जो भी पहले सच्चे इस्लामी शासक को उचित लगता है।

कश्मीरी शाहमीर के सम्मोहन भरे भाषण को ठीक से समझ न पाए। तथापि उन्हें यह उत्तम ध्वनित हुआ। उन सभी को भूमि मिलने वाली थी। वे मुफ्त के सोने से अमीर होने वाले थे। शाहमीर ने हैदर को हाथ पकड़ कर लाया और कुरान को ऊँचा उठा रखा।

"आओ मेरे साथ पिछला सब कुछ भूल कर, हमारे सम्मुख नहीं कुछ भी किंतु एक भव्य भविष्य। अल्लाह हमारी तरफ होगा। बलिदान देने होंगे पर सब को उसका पुरस्कार मिलेगा।"

फकीर और रावण प्रथम थे जो शाहमीर और हैदर के साथ हो गए वे चारों एक कुरान को ऊँचा उठाकर खड़े हो गए। भीड़ चमत्कृत हो गयी। मंजिम चुप भीड़ को देखता रह गया जब नाइद मंच की ओर नाटकीय ढंग से जाने लगा। उसके हाथ दोनों तरफ लहरा रहे थे। वह एक बतख की चाल चल रहा था।

"मैं नया कश्मीर का भाग बनना चाहता हूँ, मुझे भूमि और सोना चाहिए। मुझे एक पत्नी चाहिए। मुझे मेरा पुरस्कार चाहिए। मुझे यह सब अभी चाहिए।"

फकीर ने नाइद से कहा कि वह अपना जनेऊ उतार कर एक तरफ रख दें। तब उसने उसे उसके पीछे कलिमा पढ़ कर दोहराने को कहा। लाइल्लाह इललाह मुहम्मदुर रसूल अल्लाह। अल्लाह के अतिरिक्त कोई भी ईश्वर नहीं है। मुहम्मद अल्लाह का पैगम्बर हैं।

भीड़ में से दढ़ियल लोगों ने गरज कर कहा, "लाइला ह इलललाह। अर्थात् अल्लाह के अतिरिक्त कोई ईश्वर नहीं।

शाहमीर सर्वप्रथम नाइद के पास गया और उसे गले लगा लिया। बोला, "आज से तुम शेख कहलाओगे, तुम मेरे समान हो, आओ मेरे साथ हो लो।"

शाहमीर ने नाइद को लाया और कुरान पकड़ने को कहा। वह कुछ कुछ हास्यास्पद लग रहा था, वह अपने दुबले शरीर के साथ फैले हुए पंजों पर खड़ा हुआ और कुरान को पकड़ने का प्रयास किया। पर उसमें एक नए किस्म की तीव्रता थी। वह सचमुच विश्वास कर रहा था कि अंततः वह भूमि और सम्पत्ति प्राप्त करने वाला है। 'मैं शाहमीर के समान हूँगा। लोग मुझे शेख कह कर पुकारेंगे। यह नया कश्मीर का सवेरा है।'

वह खुशी में चिल्ला उठा, "भेड़ें प्रतीक्षा करती हैं। भेड़िया भेड़ों पर टूट पड़ता है। हमारा नेता फकीर है। हम जियेंगे, भ्रमण करेंगे, शिकार करेंगे, साथ साथ सफेद भेड़िये के संरक्षण में।"

नाइद का पहला काम था बांध को तोड़ने का। पत्थर तराश जिसका काम था मंदिर और पवित्र मूर्तियों का, पीछे हटा। पर जब उसके भाई बढ़ई ने नाइद का अनुगमन किया तो वहाँ एक ज्वार उठा। फकीर बराबर कलिमा पढ़े जा रहा था जब तक कि गला बैठ न गया। जनेऊ के पवित्र धागों का जमीन पर ढेर लग गया, ज्यों ज्यों अधिकाधिक युवक मंच की ओर दौड़ने लगे। कोई भी पीछे नहीं रहना चाहता था। दढ़ियल लोग भेड़िया मुस्कान मुस्कुरा रहे थे। पागल हो हो के इस्लामी नारे लगा रहे थे। युवा इतने अधिक थे कि वे पाँच पाँच को अपने कंधों पर उठा रहे थे। शाहमीर, रावण, हैदर, फकीर और नाइद। कुरान ऊपर आकाश में था कि वे उसे देखने के लिए ऊपर देख रहे थे। मानो कोई

चमत्कार होने वाला हो। भीड़ वृत्तों में आसपास घूमने लगी। कोई संतूर के तार छेड़ने लगा। तब फकीर कुछ गाने लगा। और कश्मीरी साथ साथ गुनगुनाने लगे, अपने नए मध्य एशियाई भाइयों के संग। यह सूफी समूह गान था:

सच में जिन पुरुषों ने और जिन स्त्रियों ने समर्पण किया (ईश्वर के प्रति)
अल्लाह हू या हू
और पुरुष जो विश्वासी हैं और स्त्रियाँ जो विश्वासी हैं
अल्लाह हू या हू
पुरुष जो मजहबी हैं और स्त्रियाँ जो मजहबी हैं
अल्लाह हू या हू
पुरुष जो सच बोलते हैं और स्त्रियाँ जो सच बोलती हैं
अल्लाह हू या हू
पुरुष जो धीर हैं और स्त्रियाँ जो धीर हैं
अल्लाह हू या हू
पुरुष जो विनम्र हैं और स्त्रियाँ जो विनम्र हैं
अल्लाह हू या हू
पुरुष जो दान देते हैं और स्त्रियाँ जो दान देती हैं
अल्लाह हू या हू
पुरुष जो रोजे रखते हैं और स्त्रियाँ जो रोजे रखती हैं
अल्लाह हू या हू
पुरुष जो अपनी पाकीजगी रखते हैं और स्त्रियाँ जो अपनी पाकीजगी रखती हैं
अल्लाह हू या हू
पुरुष जो खुदा को बहुत याद करते हैं और स्त्रियाँ जो खुदा को याद करती हैं
अल्लाह हू या हू
खुदा ने उनके लिए बहुत बड़ी माफी और बड़ा पुरस्कार तैयार किया है।

नर्तक भ्रांतचित्त गाए जा रहे थे, "बड़ा पुरस्कार, बड़ा पुरस्कार।"

कुछ सूफियों ने तलवारें काटी और गोल गोल घूमने लगे। फकीर का पीला चेहरा और बड़ा-सा सिर पसीनों से लथपथ था। उसने अपनी कमीज को फाड़ कर उसके टुकड़े-टुकड़े किए और भीड़ पर फैंक दी। जो उसे पाने के लिए संघर्ष करने लगे, मानो खुदा ने मन्ना भेजा हो। दो तलवार धारी भूमि पर

गिर गए मानो उन्हें अनुभव की तीव्रता से दौरा पड़ा हो। तब मोची दल में सम्मिलित हुआ अपना मांस काटने बड़ा छुरा पकड़े हुए। उसका आप्रवासी परिवार सारासान मूल का था, और उसकी त्वचा बहुत काली थी। फकीर ने उसका हाथ ऊपर उठा कर पकड़ा।

"कसाई! घाटी में पूजा का अर्थ है प्रार्थना, आज से तुम्हारा नाम होगा पुज।"

भीड़ ने अपनी स्वीकृति की गर्जना की। कसाई एक नयी प्रतिमा बन गया, जो सम्मान प्राप्ति का अधिकारी था।

यह सब सचमुच प्राणपोषक था। बीसियों और युवक आगे आ गए, जो सार्वजनिक रूप से स्वयं का मुंडन और खतना करवाने को उद्यत हो गए। नाइद की कैंची चलती रही। जब रात्रि बीत गई, सैंकड़ों लोग इस्लाम में परिवर्तित हो चुके थे। वे अपने अपने गाँव गए, अपने परिवारों में बताया कि कैसे एक नई व्यवस्था अब शीघ्र ही होगी। और सभी के पास भूमि होगी और सब समान होंगे।

जब राजा सप्रू मस्जिद से निकला उसने देखा मंजिम, नाइद और कोकुर एक जबरदस्त बहस में उलझे हैं।

"क्या तुम निश्चित रूप से समझ गए हो कि तुम ने क्या किया?" कोकुर ने नाइद से पूछा।

उसने क्रोध के साथ उत्तर दिया, "तुम सदा ही यह सोचते हो कि तुम सही हो। पर अब में एक ऊँचाई पर हूँ। ब्राह्मण अब हमें सामाजिक रूप से, आर्थिक और धार्मिक माँगें कर कर के नहीं दबा सकते।"

"किस प्रकार का भूसा भर दिया गया है तुम्हारे दिमाग में, अंततः यह एक ब्राह्मण ही था जिसने तुम्हें अलग किया, तुम्हारा ध्यान रखा, जब तुम्हें चेचक हो गया था, तुम छोटे थे जब। तुम अंधे हो गए होते। सम्भवतः आज जीवित भी न होते। यदि वे न होते।" कोकुर ने ये शब्द अपनी बाँहें ऊपर उठाकर लगभग चीखते हुए कहे।

नाइद वापस चिल्लाया, "बेवकूफ तुम। ब्राह्मणों के लिए मेरा कोई अस्तित्व ही नहीं। कुलीन मेरे प्रति अंधे हैं। जब एक ब्राह्मण मेरी बगल से गुजरता है वह अपना सफेद पाजामा ऊपर उठाता है ताकि हमारी सच्चाई का दाग उस पर न लग जाए। फकीर मेरी गरीबी से नहीं डरता। वह इसको खोजता और गले लगाता है।"

कोकुर एक कलाकार था। उसके साथ वाचिक द्वंद्व कोई जीत नहीं सकता था।

"फकीर एक कृमि है। वह गंद ढूँढता है, ताकि अपने शिकार का रक्त पी सकें। वह उस गंद को मधु या दूध में परिवर्तित करने वाला नहीं। तुम्हारे लिए पुरस्कार मिले गनीमत है, जो लूट कर लाया गया है।"

नाइद ने उत्तर दिया, "बहुत-सी शास्त्र की पुस्तकों जिन पर ब्राह्मण अंतहीन शास्त्रार्थ करते रहते हैं, से अच्छा नहीं है कि एक पुस्तक हों केवल। सात करोड़ देवताओं से एक ही भगवान हो। और ये संस्कृत मंत्र अब और नहीं।"

"नाइद तुम ने एक भी पुस्तक नहीं पढ़ी है। तुम्हें उनसे डरने या घृणा करने का कारण नहीं। हम संस्कृत नहीं जानते, पर क्या अरबी या फारसी एक अच्छी भाषा है? अपनी बुद्धि को मत मारो किसी के झूठे प्रचार से।"

नाइद के भीतर कुछ बदल गया था। उसकी कटुता भरी सनक भावनाओं से भर गई थी।

"मुझे नाइद मत कहो।" वह चीख कर बोला, "तुमने मेरा नाम सुना तो। यह शेख है। कोकुर मैं अगर तुम होता तो किसी अन्य स्थान पर चला जाता। हम घाटी से सारी विकृतियाँ हटा देंगे। हमें पवित्रता चाहिए।"

मंजिम ने हस्तक्षेप किया।

"शेख, यह प्रथम बार है कि हमारे दल का एक व्यक्ति दूसरे को भयभीत कर रहा है। लिहाज कहाँ गया। हम सदा ही उससे अधिक सम्मान चाहते हैं जितना कि हमें मिलता है। क्या इससे हम कश्मीरी आपस में बंधे नहीं हैं?"

नाइद चिल्लाने लगा।

"तुम नहीं समझते! मैं भूतकाल से निकल गया हूँ! मैं भ्रातृत्व का भाग हूँ। उम्माह का! मंजिम तुम बहुत उपयोगी हो सकते हो, पर कोकुर, यह हम अंतिम बार मित्र रूप में मिल रहे हैं।"

कोकुर ने एक भारी मन से कहा।

"नाइद...शेख, यह पथभ्रष्टता जिस पर तुम सफेद भेड़िये के द्वारा लाए गए हो, से हम पर सिर्फ जुल्म आएगा। सफेद भेड़िया कश्मीर को तोड़ कर ही मर जाएगा, ठीक जैसे उसने हमारी मित्रता को काट डाला;और शाहमीर, मगरमच्छ उसकी लाश पर पलेगा।"

"फकीर ईश्वर का व्यक्ति है। उस पर आरोप मत लगाओ।" नाइद अपनी सबसे ऊँची आवाज में चिल्लाया।

"बुलबुल एक ईश्वर का व्यक्ति था, जिसने हमें एक साथ लाया। पर यह तेरा फकीर, यह एक अपढ, कट्टरपंथी, स्त्री द्रोही है जो कि मजहब के नाम पर तलवार बांझता रहता है।" कोकुर ने पूरी शक्ति से उतर दिया।

नाइद के मुख से झाग आने लगी, "उसको बदनाम कर रहे हो पहले ही।! ठीक है अब उसके मित्र हैं, समर्थक हैं और विश्वास करने वाले हैं उस पर। पहला आदमी, जो उसको बदनाम करेगा, मरेगा।"

"तुम सच को बदनामी कहते हो।"

नाइद को यह अमान्य था, "सभी महान लोग जो पवित्र होते हैं, अन्याय के विरुद्ध होते हैं, उनको व्यक्तिगत आक्रमण झेलने ही होते हैं। हम एक नया कश्मीर बनाने वाले हैं, जिसका आधार समानता होगी। तुम अपनी जिंदगी से खेल रहे हो मुर्गी चूस।"

"तो 'शेख 'यह है नया कश्मीर। तुम और तुम्हारे मित्र शिकायत का मुखौटा पहन कर ब्राह्मणों को लूटने निकले हो। समानता के मुखौटे में तुम अपनी अयोग्यता को छिपा रहे हो। और पवित्रता के नारे लगा कर हर न मानने वाले की आवाज दबा रहे हो?

शेख ने एक शांत और भावविहीन आवाज में कहा, "तुम्हें याद है जब मैं भूख से मर रहा था? मेरे पास भोजन न था, तब भी जब मैं सड़क पर जा रहा था तो मैं दांतों में तिनके से खुरच रहा था, दुनिया को दिखाने के लिए कि मैं ने मांस खाया है, और उसके तिनके जो दांतों में फँसे हैं खुरच रहा हूँ। क्या इसी कश्मीरी समुदाय का कोई होना चाहेगा। जो दर्प से चलता है न कि समानता के भाव से। कभी भी नहीं। मेरे साथ सदा ही छल किया गया, कहा गया ये मेरे कर्म हैं। तुम समझते हो क्या कि फकीर मेरा अवसर है। वह मुझे समानता एक अधिकार की तरह दे रहा है। मेरे बच्चों के पास भी यह जन्मसिद्ध अधिकार की तरह होगा। तुम अपना स्वातंत्र्य और अपनी गुणवत्ता अपने पास रखो। यदि जीवन में समानता नहीं तो जीवन सुरक्षित नहीं। मेरे बराबर के अधिकार होंगे और कोई उनसे मना नहीं करेगा, क्योंकि फकीर मेरे लिए लड़ेगा।"

कोकुर पर प्रभाव न पड़ा।

"तुम नीम हकीम को असली से अलग करो। इच्छा ही समानता है। कोई पैगम्बर भौतिक समानता नहीं ला सकता, न शैव, न बौद्ध, न ही इस्लाम। यही सार है।

मामला राज्य का है राजनीति का है। धर्म का नहीं। तुम एक मृगतृष्णा के सम्मोहन में फँसे हो। तलवार सबसे भयानक प्रकार की असमानता उत्पन्न करती है दमित और दमनकर्ता के मध्य। सबसे पहला शिकार ही तुम्हारी अपनी आत्मा है, तुम्हारा स्वातंत्र्य है। तुम्हारे बेटे अपने कश्मीरी पड़ोसियों के बेटों से लड़ते लड़ते बड़े हो जाएँगे। एक अभिनेता जानता है कि तलवारों की जंग क्षणिक

उत्तेजक होती हैं, पर प्रेम कहानियाँ दर्शकों को बांधे रख सकती हैं। यह तुम्हारा फकीर की बातों में आना घृणास्पद और संकटपूर्ण है! तुमने अपनी मृत्यु और अपने आसपास के लोगों की मृत्यु का प्रबंध कर लिया है।"

नाइद ने खानक्वाह की ओर पीठ की।

"जब फकीर कहता है कि तलवार जरूरी है, मैं उस पर विश्वास करता हूँ। कोई भी औचित्य दरकार नहीं जब यह अल्लाह का फरमान है। बहुत हुआ अब। ओ तुम विकृत। मैं अब अपने मित्रों के साथ फकीर के पास जाता हूँ और यदि मेरे लौटने पर तुम यहाँ हुए तो तुम्हारी जिंदगी का अंतिम दिन होगा यह।"

हवा में यह भय लहरा कर नाइद वापस मस्जिद में गया। मंजिम कोकुर को पकड़ कर उसे तेजी से वहाँ से दूर ले गया। मंजिम गठबंधन कराने में निपुण था। पर उसका सबसे निकट का अभी अभी एक अप्राकृतिक मृत्यु मरा था।

राजा सप्रू विश्वास नहीं कर सका कि संसार को क्या हो रहा है। उसके ससुर के भाषण और कार्य कलाप ने उसे क्षोभ में डाल दिया था। जब वह घर आया उसने हर एक बात गुहारा को सुनाई।

"वास्तव में तुम्हारे पिता ने अपने भाग्य को अयोग्य इस्लामी अवसरवादी लोगों से बांध दिया है। वह भोले कश्मीरियों को कोटारानी और उदयनदेव के साथ युद्ध करने में मोहरा बना रहा है। और ब्राह्मण इस्लामी लोगों के बलि के बकरे बन गए हैं। वह दुलचा से भिन्न नहीं।"

गुहारा अत्यंत विचलित और भावुक हो उठीं।

"वह मेरा पिता है और मैं सदा ही उसके प्रति निष्ठावान हूँ। यदि उसकी महत्वाकांक्षाएँ है तो वे तो सबकी होती हैं। वह दरबार में अन्य लोगों से बुरा नहीं। कम से कम वह गरीबों की सहायता करता है। जो अन्यों के विषय में जो कहा जा सकता है उससे कहीं अधिक है।"

राजा सप्रू समझ गया कि पहली असहमति उसकी उसकी पत्नी के साथ है यह।

"गुहारा, यह राजनीतिक महत्वाकांक्षा का विषय नहीं। यह तो कश्मीर को नष्ट करने की बात है। यह तो कश्मीरी बंधुओं के प्रति हिंसा को उचित ठहराने वाली भयावहता है। ब्राह्मणों को राजाओं की सहमति से मंदिरों की भूमि दी गई थी पर शाहमीर ने कहा है कि मुसलमानों को अधिकार है यह भूमि बलपूर्वक लेने का। यदि सहस्रों वर्ष बाद भी आएँगे ब्राह्मण अपनी लूटी गई भूमि को वापस लेने के अधिकारी होंगे। शाहमीर ने क्या आरंभ किया है? हिंसा का एक आवर्त और प्रतिकार, जिसका कोई अंत नहीं, है न? कश्मीरियों ने इस्लाम और

मुसलमानों को प्यार और सत्कार से स्वीकार किया। उसके उलट मुसलमान इस्लाम का दुरुपयोग करते हैं। और धर्मांतरित लोगों को अपने ही बंधु कश्मीरियों के विरुद्ध उकसा रहे हैं। राजनीति? हाँ?पर ब्राह्मणों को उठ खड़ा होना होगा, वर्ना कश्मीर नरक बन जाएगा। जहन्नुम।"

गुहारा का विवाह राजा सप्रू से हो गया था बहुत पूर्व यह जानते हुए कि वह बहुत ही अनुशासित व्यक्ति है और बहुत आग्रही। उसने उसकी शक्ति को देखा। उसने इस बात को अपने पति से नहीं स्वीकारा होता। वह अपने पिता की असफलताओं से बहुत ही अधिक परिचित थी। वह जानती थी कि वह यह युद्ध नहीं जीतेगी।

उसने उसे शांत किया, "मैं अपनी माँ से बात करूँगी। वह सदा ही मेरे साथ सत्यनिष्ठ हैं। और बताएगी कि मेरा पिता खानक्वाह में क्या करने गया था।"

"उसका जवाब जो भी हो, क्या होगा जब हमारे प्यार का प्रतीक अब भयप्रद और घृणास्पद हो गया है। फकीर की भीड़ स्वयं को सूफी बोलती है, पर उनकी तलवारें जिहादियों की हैं।" राजा सप्रू ने कहा।

वे दोनों इस बात को स्वीकार कर कि ये सारी बातें कोटरानी से कहनी होंगी, अत: वे अगले दिन वहाँ की ओर चल दिए। उन्होंने उसे अन्य लोगों से घिरे हुए पाया जो उसे इन घटनाओं के बारे में सूचित किए जा रहे थे। मानो एक छोटा सा युद्ध परिषद हो। सुबह के कुछ घंटों तक यह परामर्श चलता रहा। कश्मीर ने बाहर से बड़े-बड़े आक्रमण झेले थे पर यह पहली बार था कि भीतर से आतंक उत्पन्न हुआ था। पूरी घाटी में फकीर की बातों का भूकंप अनुभव किया जा रहा था। डामर इन सूचनाओं को पाकर सचेत हो गए और अपने दूत शाहमीर के पास भेज दिए। उसने उनको आश्वासन दिया कि डामरों के लिए कोई परिवर्तन नहीं होगा, जो कि कश्मीर के प्रधान भूस्वामी हैं। उनकी स्थिति को यथावत रखा जाएगा, और उन्हें बहुत आवश्यक भागीदारी निभानी होगी। तथापि यह आवश्यक था कि वे यह समझ जाएं कि लोगों की शिकायतें उचित थीं। यह भी कि राजा वैधानिक हो वर्ना लोग स्व शासन की माँग करेंगे। डामर यह समझ गए कि जब तक वे किनारे रहेंगे, यह मामला शाहमीर के लोगों और कोटरानी के समर्थकों के बीच है। डामर तूफान में मछलियों को पकड़ने में निपुण थे; आश्वस्त कि वे अप्रभावित रहेंगे, वे उनकी नाक के नीचे हो रहे परिवर्तनों पर ज्यादा गहराई से न गए। अंत में कोटरानी के साथ सारी रात की बैठक का एक निष्कर्ष था कि खानक्वाह का सम्मेलन एक गृहयुद्ध की घोषणा थी रानी के विरुद्ध और इससे तदनुसार निपटना था।

इस भय के उपजने पर कोटरानी ने उदयन देव के साथ, देवस्वामी से मिलने की आवश्यकता अनुभव की। उदयनदेव प्रायः उनके पास जाने वालों में से था। संग में कुमार भी था। उदयनदेव राजा भले ही था पर कोटरानी शारदापीठ की प्रिय पुत्री थी। पुरोहित वृद्ध थे पर अधिकतर को उसकी स्मृति थी। कुछ प्रयाण कर गए थे, पर बहुत थे जिनसे वह मिल सकती थी। एक विशेष यज्ञ का आयोजन किया गया जिसमें 501 पुरोहितों ने भाग लिया और शारदा सहस्रनाम, अर्थात् भगवती शारदा के एक सहस्र नामों का गायन किया।

कोटारानी और कुमार से देवस्वामी निजी रूप से अपने पुस्तकालय में मिले, जहां ज्योतिष भी उपस्थित था। प्रणाम इत्यादि के पश्चात् देवस्वामी ने कोटा से पूछा कि उसे क्या चाहिए?

"हमारे राज्य ने इतना दुख झेला है। 120000 पुरुष और स्त्रियाँ दुलचा के हथों मारे जाने का भय अभी यथावत है। अब भीतर से नए गृहयुद्ध का भय उपजा है। फकीर वापस लौट आया है और उसे शाहमीर और रावण, जो अब एक कृतघ्न, विद्रोही हो गया है, का समर्थन मिल गया। सोग्दिन ने मुझे इस विषय में सावधान किया था और इसका समाधान भी दिया था जो था उनको शक्तिशाली ढंग से कहना कि भागो, धर्म परिवर्तन करो नहीं तो मरो। क्या करूँ मैं?"

"भागो, धर्म परिवर्तन करो या मरो वाली नीति तो घृणा और द्वित्व पर आधारित है, उससे धर्म युद्ध होगा। वह कश्मीर के समाज का आधारभूत नियम नहीं। हमारा आधार है लिहाज।"

"शक्ति का संतुलन उनके पक्ष में गया है क्योंकि उन्होंने लोभ और भय से अर्जित किया। मैं उनके नैतिक अभियान की शिकार हो गई हूँ। मैं रातों में जाग जाग जाती हूँ कि हमारा राज्य समाप्त हो रहा है।" कोटरानी ने यह स्वीकार किया। "क्या उपाय है इस अंतहीन आतंक का?"

कुमार का विद्वता पूर्ण मुख तीव्र हो उठा। जो बता रहा था उसके भीतर हो रहे गहरे विचार मंथन को।

"रानी तुम्हारा यह युद्ध तथाकथित सैद्धान्तिक पवित्रतावादियों के साथ है। जिसका आधार होना चाहिए सही निदान। क्यों और कैसे उस पर मैं बाद में आऊँगा। पर यह विनाशकारी भय कश्मीर को ही नहीं है अकेले, अपितु यह भय पूरी मानवता को है। कश्मीरी जीवन पद्धति पर भय उसी समय फारस में उपजा, जबसे हमारा अभिलिखित इतिहास है जो कि 5000 वर्ष पूर्व का था। ये हमारे विरोधी चचेरे भाई थे। असुर। ये भी कश्यप ऋषि की संतान हैं, जो कि कश्मीर

का संस्थापक है। ये वास्तव में नैतिकता के विट हैं और बलात्कार को प्रकट रूप से व्यवहृत कर उसे पवित्रता का मार्ग बताते हैं। यथार्थ में ये अपने साम्राज्य को भौतिक गौरव, शक्ति, दर्प, कटुता और अज्ञान के आधार पर स्थापित करते हैं। हम उनसे पृथक् हुए और देव हो गए। जो कि प्रकृति के दिव्य गुणों पर विश्वास करते हैं। हमने ज्ञान के माध्यम से इस प्रकृति के वैविध्य को जाना और उसे ही जीवन पद्धति और पावित्र्य तथा सिद्धियों को प्राप्त करने का मार्ग बनाया। एक सर्वसमायोजन वाला समाज हमारा जो 'वसुधैव कुटुंबकम' वाला सिद्धांत रखता है अर्थात् संसार पूरा एक परिवार ही है। उसका स्थानापन्न आया जिसने अच्छा और बुरा अलग अलग कर उसको प्रचारित कर, पूरे तन मन से, एक सीधा-सा उपयोगी विचार बनाया, हमारी जीवन पद्धति के विरुद्ध।

चरम पर आ गई बात तब जब दस राजा एक हो गए हमारे एक राजा से लड़ने के लिए। भरत वंश का अंत होने जा रहा था कि एक चमत्कार घटित हो गया। हमारा राजा जीत गया और तमाम मुसीबतों के होते हुए भी और असुरों को दूर पश्चिम में धकेला। आज तक भी उनके वंशज जिनकी स्मृति में भी यह दशराज्ञा का युद्ध ही हमसे निरंतर चल रहा है।

"आपका आशय है कि युद्ध गत 5000 वर्ष से चल रहा है, और यह सैन्य इस्लाम नहीं है। पर इस्लाम ने जानबूझकर इस प्रतिशोध की विचारधारा को लिया है।" आश्चर्य चकित कोटरानी ने पूछा।

कुमार ने उत्तर दिया, "अभिलिखित इतिहास पूर्व के हमारे कष्ट इतिहास का लंबा रुदन है। इस्लाम उसका वर्तमान वाहक है, पर यह पहला नहीं है, अंतिम भी नहीं होगा। यह उनके बीच युद्ध है जो धरती के स्वामी होंगे और जो ब्रह्माण्ड के स्वामी होंगे। फारस सदा ही कश्मीर का एक साझीदार, एक मित्र, एक प्रतिस्पर्धी, एक चचेरा भाई या फिर एक भय रहा है। छठी शताब्दी में राजा अनुश्रवण ने अपना दरबारी वैद्य बुर्जुया को पंचतंत्र के अनुवाद के लिए यहाँ भेजा। जिसमें अति प्राचीन कथाएँ हैं। कश्मीरी पंडित विष्णु शर्मा की प्रशंसा करनी होगी जिसने जीवन के महान आचरण की बातें कथाओं में समझाई, जो कि लोग ब्राह्मणों के शुष्क प्रवचन की तुलना में अधिक पढ़ना चाहते हैं। पंचतंत्र का नाम कलिला वा दीमना रखा गया। और अंततः यह अरब और उसके भी आगे पहुँच गया। इसका मूल्य इतना महान आंका गया कि राजा ने अपने राज्य की सारी सम्पदा बुर्जुया को दी पर बुर्जुया ने राजा का उत्तरीय लेना चाहा, इस प्रकार प्रतीक रूप से उसकी प्रभुसता का भागीदार हुआ। फारस का पतन एक सत्य अन्वेषी तथा कश्मीर के सत्यों का लाभ लेने वाले के बदले इसको हड़पने

में हो गया। यह न समझते हुए कि यह उस सब को नष्ट करता जा रहा है जिसके कारण पहले यह हमारी ओर आकर्षित हो गया था। जब तक कश्मीर अफगानिस्तान पर शासन कर रहा था, हम विलग थे, पर जब अफगानिस्तान धर्म परिवर्तित हो कर फारस के अधीन हो गया, उनका भय अग्र द्वार तक आया।"

"अर्थात् फारस शत्रु से फिर मित्र फिर पुनः शत्रु बना। क्या करना चाहिए इसके प्रति?" कोटरानी ने पूछा।

देवस्वामी भीतर आए। "व्यावहारिक स्तर पर, हमारे मूल्य, सत्य की त्रयी, सौंदर्य और आनंद, अस्तित्व के युद्ध में उनकी भौतिक त्रयी सोना, भूमि और स्त्री जुटी है। हमारी उच्च स्तर की कल्याण की कामना हमें ईश्वर से जोड़ती है और हमें सृजनात्मकता देती हैं। उनको सीमित से जोड़ती है और उन्हें बलात् कब्जा करने की प्रवृति देती है। हमें अपनी धार्मिक वृत्ति और शक्ति को बचाना है, प्राकृतिक ढंग से न्याय और स्वातंत्र्य के शस्त्रों से। सबसे बड़ा पाप है अज्ञान, अर्थात् अपर्याप्त ज्ञान। सतर्क रहने से बचना और जो बुरा है उसकी उपेक्षा करना। सबसे बड़ा फंदा होगा यदि हम बुराई को मारने के फंदे में फँस गए। केवल बहुत ही विशिष्ट परिस्थितियों में। उपअनुबंधित अस्तित्व के रूप में जब अस्तित्व पर भय हो, सर्वोत्तम हैं अलग थलग रहो। सही उतर है कि समावेशी हो जाओ, बहिष्कार की भावना के प्रति। सम्बन्धित रहो नकली समानता के प्रति। व्यक्तिगत स्वातंत्र्य और परिपूर्णता के प्रति, इस धरती पर जीवनोपरांत विश्वास के ढोंग के प्रति।"

कोटारानी ने स्वीकार किया, "यह बहुत कठिन है, पर मैं मान सकती हूँ कि क्यों आप पुनः पुष्टि कर रहे हैं कि सुरक्षा उच्चतम सत्यों से जुड़नी चाहिए, निम्न व्यावहारिक विचारों को माने बिना। यह भी आवश्यक है कि सही विचारों वाले मुसलमानों को भी इस संक्रमण से बचाया जाये, जो इस्लाम को प्रयोग कर उसे अपना जीवन यापन का तरीका बना रहें हैं। अब मैं इन जिहादियों को कैसे अलग थलग रख सकती हूँ, या उनके दिमाग शिक्षा से खोल सकती हूँ?"

कुमार ने इससे निकलने वाले अर्थ निकाल लिए।

"रानी जरा मुझे उतर पश्चिम की चुनौतियों पर आने दीजिए वापस और आपके व्यक्तिगत चुनौती के व्यावहारिक उतर पर। कश्मीर का महानतम तथा सम्भवतः भारत का भी सम्राट था ललितादित्य। वह एकमात्र राजा है जिसका प्रसंग भारत में आता है एक ब्रह्मांडीय सम्राट के रूप में। उसने चीन का रणनीतिक चौकोर पूरी तरह से समझ लिया था। इसी तरह से अरब, फारस और

रूस का भी। उसने सिंध में अरबों को मात दी थी। उसने चीन के साथ ही मैत्री की, इस सीमा तक कि 200000 चीनी सैनिकों का प्रबंध कर बहुत ही भयावह तिब्बत के बौटों से लड़ने के लिए। ललितादित्य कहाँ मर गया? फारस की बाहरी परिधि में। उसकी कोई आरामकुर्सी या तख़्त न था बल्कि वह युद्ध में अग्रिम पंक्ति पर था। आज भी हम उसकी ईरानी सेना पर विजय को स्मरण करते हैं। उसका गर्व और सम्मान करते हैं। जब आज कोई हमारी तुलना उससे करता है तो साफ नजर आता है कि हमारे पास कोई अर्थ पूर्ण भविष्य नीति नहीं है। आगे की कोई नीति नहीं है। इस एक का अनुरक्षण करना अत्यधिक मूल्यवान है और उस इस एक का न होना तो महासंकट है।"

"आपका आशय है कि कश्मीर विवादपूर्ण सभ्यताओं: फारस, अरब, रूस, चीन के साथ युद्ध में प्रथम पंक्ति में है। यह युद्ध हृदयों, मनों, भौतिक सामग्री, मानव शक्तियों तथा सैन्य शक्तियों के बीच है। यह आरंभ हुआ 5000 वर्ष पूर्व और यह आगे 5000 वर्ष तक चलता रहेगा। कश्मीर का अग्रिम पंक्ति में होना सदा गत्यात्मक बना रहेगा और शासक को चाहिए कि अपनी सीमाएँ और और बाहर तक फैलाते रहे, अंदर धकेले जाते रहने के विरुद्ध।" कोटा ने वक्तव्य दिया।

"आप सही कह रही हैं, रानी। सीमांतों पर शासन करना और उनका नियंत्रण करना बहुत दुष्कर है। यह शासन कमजोर हृदय के व्यक्ति के लिए नहीं है। इससे समझ में आता है कि क्यों देवस्वामी सदा ही आपसे यज्ञों का समर्थन करने को कहते हैं। और ऋषि सदा ही कश्मीर की ओर झुकते हैं धर्म का प्रचार करने के लिये। यहाँ से ही उन्हें सुरक्षा प्राप्त हुई तो वे संदेश लेकर जापान, फारस, अफगानिस्तान गए। क्या हमने कश्मीर को पराजित किया जब हमने अपने महान गुरुओं को फारस और चीन भेजा। हाँ हमने ऐसा किया क्योंकि हमने उन्हें सुरक्षा न दी। उन्हें उसकी माँग करनी चाहिए थी; पराए देश को भूमि देकर हमने अपने पड़ोसियों की एक बहुत बड़ी संख्या को हिंसक सिद्धांतों पर बडने दिया और अब वह हमें ही खाने को दौड़ रहे हैं। तलवार के पीछे का हाथ शत्रु का मन है। आपको उस स्तर पर युद्ध जीतना है।"

कोटा ने तब वह प्रश्न पूछा जो उसे सर्वाधिक परेशान कर रहा था।

"यदि हम इतने शक्तिशाली नहीं हैं, अथवा हमारे पास इतने संसाधन नहीं हैं कि हम यह मानसिक और सैन्य युद्ध सहिष्णुता के लिए नहीं जीत सकते तो क्या होगा? इसी के विषय में सोग्दिन ने मुझे सचेत किया था। क्या हमें भागना होगा? क्या यह कश्मीरी बट्ट का अंत है?"

देवस्वामी उठे और कुछ बीज देवदार के कोटा की हथेली में रखे।

"विस्थापन यदि हुआ तो यह मानव का अंत होगा। यह एक मारक आँधी है, एक राक्षसी तरंग है पर यह स्थिरता के पंजों से मुक्ति भी हो सकती है। जागतिक दृष्टि में मूर्खता लाने की। शैव दृष्टि के परिप्रेक्ष्य से सत्य के हर प्रकार का स्वागत करना चाहिए। यदि ऐसा होता है तो विस्थापन की देवी को प्रणाम कर कहना चाहिए कि हे देवी! मैं एक कश्मीरी बट्ट हूँ, मैं यह कभी भी विस्मृत न करूँ कि मैं कौन हूँ और मुझे उचित भूमि पर ले जा जहां मैं एक बार पुनः अंकुरित होऊँ और व्यक्त करूँ कि मैं कौन हूँ। एक व्यक्ति जिसे आत्मनिर्भरता की अनन्य शक्ति का सिंचन है। हमारे अपने पूर्वज सरस्वती नदी के तटों से यहाँ आए। कभी न भूलें कि जो रचा जा सकता है वह अपार है, पर जो नष्ट किया जा सकता है वह सीमित है। उसी असम में हमारी विजय तय है। यह कभी न भूलो कि फारस में द्वैत के रचयिता इस से निगले गए और अंततः भारत के वैविध्य में में अभयारण्य खोजना पड़ा। निश्चित रूप से इस ब्रह्मांड में अंतिम स्थिति आत्म चेतना की ही रहेगी। शिवोहं।

कोटा अभ्यस्त थी देवस्वामी के लंबे उत्तरों की। चाहे प्रश्न कितने ही लघु क्यों न हो।

"कश्मीर ऐतिहासिक रूप से स्त्रीदेश है, जहां स्त्री शासन करती है। और कहाँ पर कश्मीरी स्त्री को इतना स्वातंत्र्य और सौभाग्य मिलेगा जितना यहाँ मिलता है?"

"इसमें कोई रहस्य नहीं कि यहाँ पर हम सभी त्र्यंबक की पुत्री के अनुयायी हैं, जिसने हमारे आधारभूत सिद्धांतों की स्थापना की।" देवस्वामी ने उतर दिया। "जिस दिन कश्मीरी स्त्री अपनी शक्ति खो देगी, उस दिन वह अपनी श्रेष्ठता खो देगी और पराधीन हो जाएगी। ये सारे रहस्य डेजिहोर में निहित हैं, जब तक वे इसे पहनेंगी, उन्हें बराबर इस बात की स्मृति रहेगी उनके पास किस चीज की शक्ति है। स्त्री के लिए समाज में सच्चे नेतृत्व के लिए उन्हें अपनी श्रेष्ठता और देवी माँ, अर्थात् अपनी स्त्री शक्तियों का अभ्यास नहीं त्याग करना चाहिए। हमारी स्त्री की बनावट दासता के लिए, न ही समानता के लिए अपितु भयमुक्त समता के लिए है। तुम उसकी जीवित प्रमाण हो रानी।"

"मैंने गलत किया रानी, कि रिनचिन को कश्मीर मण्डल में प्रवेश करने दिया। और आक्रमण होंगे और मैं कश्मीर मण्डल की सुरक्षा की कोई प्रतिभूति नहीं दे सकता। कश्मीर का पतन अफगान और असुरों की भाँति हो सकता है, अथवा तो कश्मीर अफगान को पुनर्जीवित कर सकता है। काल चक्र में दोनों

घटित होंगे। रानी तुम्हें अपने लोगों के प्रति अपने कर्तव्य का निर्वहन करना है और अपने राजपाठ के प्रति; और मुझे मेरी देवी माँ के प्रति अपना कर्तव्य निर्वहन करना है।"

"आपके कहने का आशय है कि देवी माँ कश्मीर छोड़ कर जाएँगीं? "कोटा ने पूछा।

"कश्मीरा देवी इस भूमि से नत्थी है और वह उस रूप में रहे जिसे सम्भवतः कश्मीरी पसंद न करें। यह मत भूलो कि नग्न शिखर जो झील को निहार रहे हैं, उसका एक कारण है। बहुत सारे राजाओं ने वहाँ अपने महल बनाने की सोची थी पर धन्यवाद कि वे इस विचार से विरत हो गये।"

"चंद्र और जटा का क्या होगा?" भयभीत कोटरानी ने पूछा।

वे अंत तक भाई बने रहेंगे साथ साथ।" ज्योतिष ने रहस्यात्मक ढंग से कहा।

"आपके शब्दों ने मुझे सांत्वना दी, ज्योतिष जी। प्रायः राजगद्दी भाई से भाई को पृथक् करती है। मेरा अपना भाई मुझ से छिन्न गया क्योंकि उसने सोचा कि वास्तव में राजगद्दी उसकी थी।"

कुमार ने अंतिम शब्द कहे।

"रानी स्मरण रखो देवस्वामी ने क्या कहा। दुष्टात्मा और अज्ञान हमारे भीतर हैं, इसका चक्रिक विस्तार न हमें कुंठित करें न ही सचेत, न हमें मौन ही करें। आज कश्मीर इस आक्रामकता का विस्तार अनुभव कर रहा है, पर यह पूरी मानवता को ढांपेगा। कुछ युद्ध जीते जाएँगे और कुछ हारे जाएँगे। पर इतिहास हमें बताता है कि लंबे युद्ध में सतर्कता बनी रहनी चाहिए। सबसे बड़ी रोकथाम है आत्मविश्वास से चालित आक्रामकता, जिसका आधार ज्ञान और चेतना हो। प्रजा के किसी भी व्यक्ति को यहाँ तक कि अंतिम व्यक्ति से भी छल न करो।"

"ये बातें मेरे लिए बहुत बड़ी सहायता की बातें हैं, मैं भयभीत आई थी पर मैं अपने संकल्प में दृढ़ हूँ। कि कितनी भी हमारी विजय की सम्भावनाएँ या परिणाम क्षीण क्यों न हों, समावेशी वैविध्य बलात् और छद्म पवित्रता से बनाई गई बहिष्कार की नीति पर अंततः विजय प्राप्त करेगी। वसुधैव कुटुम्बकम अंततः विजयी होगा और सृजन की शक्ति, जो हमारे भीतर है, हमें महामानव बनाकर सारे संसार में भिन्नता लाएगी। मैं, कोटा, लंबी लड़ाई लड़ने से कभी भी नहीं पीछे हटूँगी।"

रानी उठ खड़ी हुई। अब यह समय था इस वार्ता का का अंत करने का। ब्राह्मण बाहर पंक्ति में रहे और अपनी प्रिय रानी को प्रणाम कहा। कोटरानी के

साथ उदयन देव भी हो लिए और वे अपने परिचारक वर्ग के साथ चल दिए। उदयनदेव इस यात्रा से अभिभूत था। एक पण्डित उन्हें प्राचीन पुस्तकालय में ले गया था जहां उसने प्राचीन विमान निर्माण की नियमावली देखी थी। जिसमें विमानों की बनावटों का वर्णन था। कुछ बात थी कि उसने बनावट की नकल की। इंजिन पारे के ईंधन से चला करते थे। रेखाचित्र चित्रात्मक थे और वर्णन अधूरे ढाँचे नुमा। किंतु वे उदयनदेव की कल्पना को प्रज्वलित करने के लिये पर्याप्त था कि वह अपने राज्य के आकाश में एक दिव्य विमान में उड़ने की फंतासी करने लगा। कोटा उदयन देव के विषय में प्रसन्न थी और कि ज्योतिष ने उसे कहा था कि वह यह सुनिश्चित करें कि उसके पति को कोई क्षति न हो। वह उसके कंधे पर हौले से झुकी और कंधे को दबा दिया हल्के से। यह समय था नए आक्रमण का सामना सिर के बल करने का और वह इस लक्ष्य में अभिन्न व्यक्ति होगा। वे कतई समर्पण नहीं करेंगे, यदि उनका सब कुछ समाप्त होता दिखे, तब भी कश्मीरी बट्ट अंत में विजयी होंगे। उन्हें भयभीत होने की आवश्यकता नहीं, धर्म उनके साथ है।

तरंग-16

# आरोहण

जब कोटरानी और उदयनदेव पर्वतीय मार्ग को पार कर अपने दुर्ग पर वापस पहुँचने वाले थे, राजधानी के बाहर चाण्डाल खेतों और बागों में से जा रहा था। उसका माथा उस भार से झुक गया था, जो उसने अपने सिर पर लाद रखा था। उसके गर्दन की मांसपेशियाँ बाहर निकल आई थी, भार को सहने के कारण। उसके पास एक सशक्त डंडा था जिससे वह उस पर्वतीय क्षेत्र पर चढ़ने के लिये अपने भार का संतुलन करता। दूर से उसने एक शक्ल को आते हुए देखा। जिसने अपने सिर पर एक टोकरी ले रखी थी। यह कोई स्त्री होनी चाहिए। इस स्त्री ने अपना भार अपने बाएँ हाथ में रखा था अतः यह स्पष्ट है कि इसमें अधिक भार नहीं था। निश्चित रूप से इतना भार तो था ही नहीं जितना कि चाण्डाल का था। वह आश्चर्य करने लगा कि यह कौन हो सकती है। क्यों कि शाम घिर आई थी और इस पहाड़ी पर इस समय स्त्री का यहाँ अकेले होना दुर्लभ ही था। उसने एक लाल उत्तरीय पहना था जो कि पहनना बुद्धिमानी न थी, क्योंकि यह ध्यान आकर्षित करता था।

वे चलते गए, अपने अपने भार समेत। उसे खबर न थी कि वह उसके पीछे हैं। उसने उसे सचेत करने का कोई प्रयास भी न किया। कोई कारण न था। पर कुछ समय बाद चाण्डाल को कुछ हल्का शोर सुनाई दिया। चाण्डाल रात्रि की पहरेदारी करता था क्योंकि उनका अपना काम भी रात्रि में अच्छे से होता था, तथा इस ने अपने कानों की श्रवण शक्ति पर्याप्त प्राप्त कर ली थी। हल्के कदम उसे सुनाई दिए और एक क्षण में उसका सर्वाधिक भय उपस्थित हुआ। एक बड़ा सा भालू उसके आसपास आ गया और पगडंडी पर आकर स्त्री के पीछे कूद कर जाने लगा। उसे इसकी खबर नहीं और वह इस छः फुट लंबे जानवर की शिकार थी।

चाण्डाल ने अपना भार धरती पर धर दिया। उसका मन दौड़ रहा था। उसने कुछ पत्थर उठाए। उसने उनको फूंकते हुए डरा कर उसे भगाने की ध्वनियाँ की। अपने काम में खलल पा भालू पीछे मुड़ा और स्त्री भी। भालू को देख उसने अपना भार छोड़ दिया। भालू अर्थात् हापुत को देख वह स्तम्भित हो गई। देशी भालू। कश्मीर का माना हुआ आतंक। यह सिर्फ मनुष्यों और पशुओं को मारता ही नहीं अपितु मक्का को भी नष्ट करता है। फलों और मधु भण्डार को भी नष्ट करता है। यह भालू पुनः स्त्री की ओर मुड़ने वाला था कि इस की नाक पर एक प्रक्षेपण हुआ। वह क्रोध में तिलमिला उठा ही था कि एक ओर पत्थर उसके भाल पर पड़ा। पत्थरों की वर्षा ने उसके मुँह को छलनी कर दिया क्योंकि चाण्डाल अपने लक्ष्य पर त्रुटिविहीन ढंग से टूट पड़ा। भालू के जख्मों से रक्त बह रहा था। क्रुद्ध वह अपने मारने वाले की ओर दौड़ पड़ा।

कश्मीरी भालू अपने मनुष्य प्रतिद्वंद्वी को अपने तीव्र रूप से वृत्ताकार, रेजर जैसे पंजों से थप्पड़ मारकर मारता है। वह प्रायः अपने शत्रु को चीर कर उस में से जीवन निकाल कर मार डालता है। यह करते हुए वह उसे दांतों से चबाता भी रहता है।

चाण्डाल ने देखा कि भालू ने स्वयं को अपनी जाँघों पर उठाकर उसकी तरफ आया। वह उससे ऊँचा था और चौड़ा भी। वह दौड़ रहा था तथा उसके काले बाल ध्वनि कर रहे थे। यह एक भयावह दृश्य था। उसकी आँखें एक पुण्य मय व्यक्ति को देख मौलिक घृणा से जल रही थीं। चाण्डाल उसकी दुर्गंध को ग्रहण कर सका, "तुम से कहीं अधिक दुर्गंध मुझमें से आ रही है।" वह बुदबुदाया और बहुत ही तेजी से दौड़ कर पगडंडी के अंत के एक वृक्ष तने के पीछे सुरक्षा के लिए छिप गया। भालू ने उस पर छलांग लगाई, पर चाण्डाल ने अपनी मोटी छड़ी से उस पर मार कर भालू की थूथन पर नीचे गिरा दिया। भालू इस साहस से पगला उठा और वह दूसरी ओर से चढ़ा। चाण्डाल ने निपुणता से अपनी पगड़ी उस के मुख पर फैंकी। अस्थायी रूप से अंधा वह भालू लंबी पगड़ी को खोल न सका, क्योंकि उसके पंजे कपड़े में फँसते, और यह जानवर उसमें उलझ गया। चाण्डाल उसके सिर पर एक सशक्त पुरुष के मुक्के मारने लगा। हर मार किसी तगड़ी हड्डी पर पड़ती। इन मुक्कों को न झेल सकने पर भालू भाग गया। यह द्वंद्व ज्यों ही आरंभ हुआ था, समाप्त भी तत्काल हो गया।

चाण्डाल रुक गया। उसकी छाती साँस लेने का प्रयास कर रही थी और उसके हृदय में एड्रिनेलिन का स्राव हो रहा था। वह भूमि पर आराम करने के लिए बैठ गया। भयग्रस्त स्त्री दौड़ते हुए आ गई।

"अरी ओ शहतूत कहीं की। मेरे पास न आना। मुझसे दुर्गंध आती है।" उसने उदासी के साथ कहा।

"मुझे कोई अंतर नहीं पड़ता। मैं एक धोबिन हूँ। मैं सारा दिन गंद धोती रहती हूँ। क्या तुम ठीक हो?"

"तुम यह क्या करती हो। जंगल में एकाकी घूमती और लाल वस्त्र पहनती हो। क्या तुम्हारी माँ ने तुम्हें नहीं बताया है कि भालू स्त्रियों की कामना करते हैं, उनका अपहरण करते हैं और उनको अपनी गुफा में ले जाते हैं। क्या तुम सतारा की पत्नी की भाँति मरना चाहती हो। वह एक भालू की हमजोली बन कर मर गई।"

"हम हांजी हैं, नाविक। हमारी कथाएँ नदियों और झीलों की हैं। हम पहाड़ी नहीं। मैं एक नए ग्राहक से धोने के लिए कपड़े लेने गई थी और देर हो गई।"

"हाँ, पर मैं तुम्हें बताना चाहता हूँ कि भालू बड़े खतरनाक होते हैं और उनकी अपनी पसंद होती है। कोई खोबानी पसंद करता है, कोई शहतूत और कोई मक्का। सामान्यत: वे देर रात को निकलते हैं, पर कुछ इस भालू को परेशान कर गया कि यह हमारे मार्ग में आया। चलो हम चलें क्योंकि मेरे पास अब एक और भालू से भिड़ने की शक्ति नहीं बची है।"

चाण्डाल ने धोबिन की सहायता की सामान उठाने में, इससे पहले कि वह अपना उठाए। उसने सोचा कि स्त्री उससे आगे आगे चलेगी। पर उसने उसके भार उठाने की प्रतीक्षा की और उसके बगल बगल चली। यदि वह उसकी दुर्गंध से परिचित थी पर उसने उससे छल न किया।

"तुम एक बहादुर व्यक्ति हो, तुम ने मेरा जीवन बचाया।"

चाण्डाल हंस पड़ा, "मेरे हिसाब से जब आप एक जंगली जंतु को देखो, आप उससे लड़ते हो। फिर या तो वह बचता है, या तुम।"

"पर वह तुम्हारे पीछे नहीं आ रहा था, वह तो मेरे पीछे आ रहा था।" धोबिन ने सौम्यता के साथ कहा।

"हम चाण्डाल बड़े होते ही हैं पत्थर मारते हुए। यही एक शस्त्र है जो हर कश्मीरी अपनी रक्षा के लिए प्रयोग में लाता है। जब मैं एक भालू को देखता हूँ, मैं उस पर पत्थर मारता हूँ। मैं इसमें प्रशिक्षित हूँ। वीरता कुछ नहीं होती है। बस एक सहज वृत्ति है।" उसने उत्तर दिया।

"तथापि, मैं तुम्हारी कृतज्ञ हूँ। क्या तुम्हारा कोई सम्बन्धी तुम्हारे साथ तुम्हारी झोंपड़ी में रहता है?"

"मेरे सारे सम्बन्धी दुलचा से लड़ते हुए मर गए। हम द्वारों पर चौकीदार थे तो उसके लोगों ने हमें मिटा दिया। मैं एक मात्र जीवित बचा। मैंने सेनाध्यक्ष रामचंद्र के अधीन काम कर प्रतिशोध लिया। मैं त्रहगाम गाँव में रहता हूँ। तुम किस परिवार की हो?"

"मैं अपनी चाचा चाची और उनके बच्चों के साथ वितस्ता नदी के तट पर एक नाव में रहती हूँ। जहां यह रस्सी के पुल के निकट मुड़ती है। मैं काम में सहायता करती हूँ और कपड़े धो कर धन अर्जित करती हूँ।"

उसने धोबिन से नहीं पूछा कि उसके माता-पिता को क्या हो गया है। उनकी पीढ़ी ही टूट गए सम्पर्कों की पीढ़ी थी, सब हिंसा के शिकार। इन व्रणों को भरने में अभी और कई पीढ़ियाँ लगेंगी। जब परिवार पुनः पूर्ण परिवार हो जाएँगे, और पूर्ण रूप से सब ठीक हो जाए। विवाहों में सम्बन्धी होंगे और शोभा बढ़ाएँगे। समाज को तुर्कों और जिहादियों ने काट डाला था। और दशकों बाद यह पुनः जीवन प्राप्त करेंगे।

दोनों धीरे-धीरे चल रहे थे उन अभ्यस्तों की तरह जिनके लिए मात्र चलना ही यातायात का एकमात्र साधन था। वे एक ही घाटी के थे पर भिन्न संसारों में। वह एक जल की व्यक्ति थी और उसका जीवन नदी पर केंद्रित था; वह एक भूमि का व्यक्ति था, पृथव्य और जड युक्त। उन्होंने अपने जीवन में हर विषय पर बातें की। उन में बहुत कुछ सामान्य था। दोनों उस समाज को देख रहे थे जिसके चरणों में वे थे। वार्तालाप ख़जांची की तरफ मुड़ गया। चाण्डाल बहुत ही आश्चर्य में पड़ गया जब उसने उस पर बात की।

"हाँ। हम सम्बन्धी हैं। अब वह हवा में उड़ रहा है इसका यह अर्थ नहीं कि हम उसकी जड़ें नहीं जानते। मैं तुम्हें बताऊँ कि बहुत समय पहले, हम सब कश्मीरी नाव वाले लोग थे। सिर्फ उनको छोड़ कर जो थोड़ी बहुत खेती करते थे। सिर्फ ब्राह्मण अथवा उनसे भी पहले बौद्ध गुफाओं या विहारों में रहते थे। मेरे लोग सीधे मनु के वंशज, प्रथम नाव निर्माता बड़े बड़े चूने के पत्थर नावों पर निर्माण स्थलों पर ले जाते। फल, सब्जियाँ, मक्का सारे उत्पादों का व्यापार नाविक करते थे। फिर पैदा हुआ एक वर्ग लुटेरों का वितस्ता पर। वे छोटी और तेज नावों में आकर बहुत बड़ी और धीमी नावों पर आक्रमण करते। जो चाहते वह लूटते और लूटने के बाद नावों को जला डालते। वे यह माले गनीमत अपने महलों में ले जाते जो उन्होंने नदी के तट पर बनाए होते। ये सारे ऊँचे परिवार जो आज आसमान छू रहे हैं, वे किसी न किसी समय पर लुटेरे थे। आज ये ही लोग बड़े व्यापारी और कुलीन लोग हैं। जहां तक हमारा सम्बन्ध है हम अपने

सिद्धांतों पर टिके रहे और पीछे हो गए। इस सीमा तक कि जब कोई एक हांजी को देखता है वह सोचता है कि वह किसी समुद्री जीव से मिल रहा है, न कि किसी मनुष्य से।

चाण्डाल हंस दिया।

"मुझे लगता है कि मुझे लुटेरों का कोई भय नहीं। मैं उनसे अपनी झोंपड़ी में मिलता, किसी से भी, पर दुख है कि लुटेरे व्यस्त हैं, उस भालू की तरह व्यवहार कर रहे हैं। वे बागों और खेतों पर हमला करना चाहते हैं, झोंपड़ियों पर नहीं।"

"क्या तुम्हें मेरा शरीर पसंद है?" स्त्री ने अकस्मात् पूछा।

"हाँ तुम बहुत ही आकर्षक हो।" आश्चर्य चकित चाण्डाल हकलाया सा।

"मेरा शरीर बहुत ही मोहक, मनोहर है। यह निरंतर तैरने से होता है, बहुत ही युवा अवस्था से। कोई पुरुष मुझे रोक नहीं सकता। मैं तुम्हें ऐसी कथाएँ बताऊँगी कि तुम विश्वास न करोगे। हर शाम हांजी पुरुष मेरे चाचा से मिलने आते हैं। प्रकृत्या तम्बाकू पीने और बातें करने। वे प्राय: मुझसे पूछते हैं कि मैं कब विवाह करूँगी और उनमें से एक ने मुझे विवाह का प्रस्ताव देने का भी साहस था।"

"तुमने क्यों ठुकराया?"

"मैं उसे जानती हूँ। वह मुझसे विवाह करना चाहता है ताकि वह मुझे अपनी भूमि के पुरुषों को किराये पर दे सके । हो सकता है कि वह मुझे ख़जांची को बेच देगा। पुरुष सोचते हैं कि वे स्त्रियों के स्वामी हैं। वे इतने बेकार होते हैं।"

"चाण्डाल क्षुब्ध हुआ। यह हमारे गाँव में सोच से भी परे हैं। यदि किसी पुरुष को किसी अकेली अविवाहित लड़की के संग देखा गया तो, यहाँ तक बहुत ही अबोधता की स्थिति में भी, उसे ऐसी मार पड़ेगी कि जिंदगी भर के लिए याद रखेगा। हमारी स्त्रियों की गरिमा हमारा सिरमौर है। और पूरे गाँव की सम्पदा। न कि मात्र किसी एक की या परिवार की।"

वह हंस दी।

"हम अलग दुनिया के हैं। और जिसका अर्थ हमारे संसार में हैं आपके में नहीं। मैं नदी की बच्ची हूँ और अधिकतर समय जल में व्यतीत करती हूँ। उससे बाहर कम। हम नंगे रहते हैं जब तक कि हम युवा नहीं होते। जब हम प्रथम बार कपड़े पहनते हैं, यह बड़ी आयु का समारोह होता है। हम इतने पाखंडी नहीं होते जितने कि आप भूमि के लोग होते हो। जो अपना नंगापन छिपाते हैं।"

"मैं नंगापन समझता हूँ पर नंगेपन का अर्थ संकीर्णता नहीं।"

धोबिन ने अब विषय बदला।

"चाण्डाल, बताओ जरा एक निश्चित दिन में तुम क्या खाते हो?"

"एक अच्छे गए वर्ष में कृषक मुझे तीन मास का मक्का उस काम के बदले देते हैं जो मैं उनके लिए करता हूँ। शेष नौ माह मैं फल और सब्जियाँ खाता हूँ। कभी कभी कोई मछली पकड़ता हूँ। कभी जब कोई विवाह हो तो, मुझे झूठन में से मांस का टुकड़ा मिलता है।"

"भूमि तुम्हें खिलाती है। हमारे पास केवल नदी है। हम गर्मियों में खूब खाते हैं पर यदि कोई बाढ़ वाढ न आए। पर जब घाटी छः मास से अधिक के लिए जमती है तो, हम सिर्फ सूखी मछली खाते हैं। जब हमारे पास मछली समाप्त होती है, तुम्हें क्या लगता है, हम क्या खाते होंगे?"

वह बोलती गई, "यह तब होता है कि आप भूमि के लोग, जिनके पास बड़ी आपूर्ति होती है अपनी कोठरियों में अनाज की, हमारी स्त्रियों के लिए बाजार ढूँढते हो और हमारी स्त्रियाँ अपने बच्चों और पुरुषों के लिए बेची जाती हैं। पर स्त्रियाँ ही बदनाम होती हैं बेचारी। मैं आपको कस्बे के एक एक पुरुष का नाम बताऊँगी जो नाव वालों के पास आया है। तुम्हें नाम जान कर आश्चर्य होगा। कहा तो जाता है कि तम्बाकू और वार्तालाप के लिए आते हैं पर वास्तव में यह व्यापार होता है जो कि नाव के पिछले कक्ष में सम्पन्न होता है। बहुत से नाव वालों ने अपनी नावों को सुंदर नाम तक देने आरंभ किए हैं ताकि संतुष्ट ग्राहक उस दिशा विशेष में जा सकें जहां वह सौंदर्य विशेष से मोहित हुए थे।"

चाण्डाल चमत्कृत हुआ। वह इतना सादा सरल जीवन जीता था कि क्या वह इस में कुछ कर सकता है। वह अपने दैनिक काम में ही उलझा रहता और यह उसके लिए एक नया ही संसार था। वह एक सहज प्रश्न सीधे तौर उससे पूछने से डर रहा था, जो उसके मन में उठा था।

"हम सामान्य जन के लिए जीवन कठोर है। कृषक की अपनी मुसीबतें हैं, जब फसल नहीं उगती तो भूमि के लोगों के लिए भी अत्यंत कष्टदायक होता है यह। सत्य तो यह है कि ऐसे अवसरों पर लोगों ने अपनी पुत्रियों तक को बेचा है।" चाण्डाल बोला।

धोबिन ने हस्तक्षेप किया, "इस में कुछ सत्य तो है। इसी लिए मुझे वितृष्णा होती है जब कोई मेरे सौंदर्य की प्रशंसा करता है। चाण्डाल, क्या तुमने सोचा है कभी कि कश्मीरी स्त्रियाँ इतनी सुंदर क्यों होती हैं?"

चाण्डाल ने अपना सिर हिला कर कहा कि 'नहीं 'विशेषकर स्त्रियों को लेकर उसके पास कोई सोच न थी।

"इसलिए कि हम ठण्ड में रहते हैं।। यह मारक ऋतु। हर पीढ़ी में कुछ न कुछ संकट होता है, जब भोजन खत्म होता है तो कुरूप स्त्रियाँ चुनी जाती हैं।"

वह चाहने लगा कि वार्तालाप को अधिक आशावादी बना लें।

"क्यों नहीं तुम एक अच्छे व्यक्ति से विवाह कर लेती हो। कोई तो अच्छा होगा नाविकों में। तब जीवन के ऊँच नीच साझा किए जा सकते हैं।"

धोबिन तीव्र होकर बोली।

बहुत से अच्छे हांजी पुरुष और स्त्रियाँ भी हैं। पर वे सब व्यवस्था में बंदी हैं। मैं तो भाग जाऊंगी, तुम देखते रहो। शायद मैं भूल करूँ पर एक दिन तो यह होने ही वाला है। मैं एक दिन स्वयं एक भूमि की व्यक्ति हूँगी, भूमि के व्यक्ति की लालसाओं का सामान नहीं। तभी तो मैं धोबिन बन गई कि मैं भूमि के लोगों से मिल सकूँ।"

चाण्डाल के धड़ को देखते हुए वह बोलती गई, "तुम बहुत शक्तिशाली हो। इतने ही जितने कि नाविक होते हैं। वे अपने लम्बे खम्बों से नाव को धकियाते हैं जिससे उनकी टांगों और शरीर के ऊपर के भाग में शक्ति आती है। पर आपकी मांसपेशियाँ भिन्न हैं।"

"यह पहाड़ों पर सिर पर बहुत भार लेकर चढ़ने से होता है। वापस धीरे से आने से ताकि फिसल न जाऊं। वह सारा प्रतिरोध टांगों में भरने से मेरी टांगों की मांसपेशियाँ बाहर निकल आई हैं।"

"तुम जीवन से क्या अपेक्षा करते हो?"

"इससे पूर्व यह प्रश्न मुझसे किसी ने नहीं पूछा। मैं नहीं समझता कि यह प्रश्न कोई पूछता भी है। हम करते हैं जो करने के लिए जन्मे होते हैं, या करने को कहा जाता है। इससे पूर्व मुझसे पूछा गया किसी के द्वारा कि किसी विषय विशेष के विषय में मेरा क्या विचार है पर किसी ने नहीं पूछा कि मुझे क्या चाहिए।"

"पर तुम्हें कुछ तो चाहिए। सोचो चाण्डाल, क्या चाहिए तुम्हें? एक पत्नी, एक पुत्र। हर पुरुष चाहता है यह। एक टुकड़ा भूमि जिससे खाने को अन्न प्राप्त हो। प्रत्येक कश्मीरी को यह चाहिए, पर सिर्फ ब्राह्मणों को ही मठ, मंदिर मिलते हैं राजा से। डामर अपना जीवन देंगे पर भूमि का एक कण नहीं देंगे।"

"मुझे नहीं पता मुझे क्या चाहिए। मैं सब कुछ देखता हूँ, पर तटस्थ होकर। मैं जीवन का दृष्टा हूँ। मैं इस में सम्मिलित नहीं हूँ सिर्फ किनारे पर हूँ। कामनाएँ जीवन का भार हैं। कम कामनाएँ, कम बोझ।"

स्त्री हंस दी।

"क्या तुम्हें पता है कि तुम एक बहुत ही सुंदर व्यक्ति हो? यदि तुम्हारे पास जमीन का एक टुकड़ा होता, तुम एक स्त्री से विवाह कर सकते थे। शायद मैं तुम से विवाह करती। क्या तुम्हें वह अच्छा न लगता?"

चाण्डाल के मन में कुछ आया।

"जानती हो तुम दूसरी व्यक्ति हो जिसने मुझे कहा है कि मैं एक सुंदर पुरुष हूँ।"

उसकी भृकुटी तन गई और उसे ईर्ष्या हो आई।

"और तुम एक संत होने का ढोंग कर रहे हो। स्पष्टतया तुम्हारा कोई चाहने वाला रहा है। वह कौन हैं?"

"नहीं नहीं, तुम नहीं समझी, यह हमारी रानी है। उसी ने यह मुझसे कहा?" स्त्री हंस दी।

"भालू ने तुम्हारा दिमाग फेर दिया है। तुम रानी से मिले और उसने तुमसे कहा कि तुम एक सुंदर व्यक्ति हो?"

"तुमने मुझे कहा कि मेरे साथ आओ, कोई प्रश्न पूछे बिना। अब मैं चाहता हूँ कि तुम मेरे संग आओ। मैं यह निश्चित करना चाहता हूँ कि मैंने तुम्हारी बात ठीक से सुनी। अगर मेरे पास एक भूमि का टुकड़ा होगा तुम मुझसे विवाह करोगी।"

वह हंस दी।

"चाण्डाल, जब तुम भूमि वालों में होंगे, मैं तुम्हारे पुत्रों को जन्म देने में लग जाऊंगी। एक पुत्री भी, ताकि उसको इस नदी का ज्ञान दे सकूँ।"

"चलो हम रानी के पास अभी जाएँ।" चाण्डाल ने उसके दोनों हाथ पकड़ कर कहा। वहाँ पहुँचने में कुछ दिन लगेंगे पर चाण्डाल को इंकार नहीं किया जा सकता।

कुछ दिनों के जबरदस्त सफर के पश्चात वे दुर्ग के द्वार पर पहुँचे। कोटरानी भीतर थी जब एक परिचारक ने उसे सूचित किया एक पागल चाण्डाल है द्वार पर जो उससे मिलने का निवेदन कर रहा है। रानी को यह संदेश पहुँचा कि वह एक सुंदर व्यक्ति है। तुरंत कोटरानी को याद आया और आदेश दिया कि उसे तुरंत अंदर आने दिया जाए। सेवक आश्चर्य चकित हो कर आज्ञा पालन करने

गया। चाण्डाल चाहता था कि स्त्री को भी भीतर लाने की अनुमति मिले। पर शीघ्र ही उसके पाँव ठंडे पड़ गए।

"तुम मेरे संग भीतर क्यों नहीं आना चाहती?" चाण्डाल ने पूछा।

"सम्भवत: वह मुझे पसंद न करे "सहसा संकोच में उसने कहा।

"वह तुम्हें क्यों पसंद न करेगी?" उसने हताश हो पूछा।

"स्त्रयोचित सहज ज्ञान। यदि उसने तुम्हें कहा है कि तुम एक सुंदर व्यक्ति हो, जबकि मैं इस पर विश्वास नहीं करती कि उसने ऐसा कहा है, वह तुम्हें दूसरी स्त्री के साथ देखना पसंद नहीं करेगी। और उसने मेरे बारे में भी कुछ खराब बातें सुनी हों। मैंने एक सुरक्षित जीवन नहीं जिया है।" उसने असहजता से कहा।

सेवक ने हस्तक्षेप कर कहा कि रानी को प्रतीक्षा में नहीं रखा जा सकता। चाण्डाल ने स्त्री का हाथ पकड़ा और इससे पूर्व कि वह न मानती वे रानी के कक्ष की ओर जा रहे थे।

जब वे दोनों कक्ष में गए उनकी साँस थम गई। कक्ष ऐसे सजा था कि उन्होंने अपने निर्धन जीवन में कभी न देखा था। वे दोनों अपने निपट दैन्य के विषय में सचेत हो उठे इस आसपास को देखकर। चाण्डाल अपने स्वभाव अनुसार कालीन के दूरस्थ कोने के समीप बैठ गया ताकि मूल्यवान कालीन पर वह न बैठे, जो कि कक्ष में रखी दो कुर्सियों से पर्याप्त दूर था। धोबिन उसके समीप बैठ गई। उसका मुख उसके शाल से ढका था।

कोटारानी सारस के संग आ गई। जब उसने चाण्डाल को देखा, उसने हताशा में अपने दांत दबाए। वह कक्ष के कोने पर चली गई और धीरे से उसके समक्ष बैठ गई। सारस चुपचाप अपनी स्वामिनी के संग बैठ गई।

"तुम सदा ही मुझे अपने पास आने को विवश करते हो। राजाओं में भी ऐसी शक्ति नहीं। पहले बताओ क्या तुम ठीक हो, वारय छुख्अ? "

चाण्डाल ने अपने हाथ जोड़े और शीश नवाया। वह लाल पड़ गया कोटरानी से यह सम्मान प्राप्त कर।' मन ही मन बोला, 'क्या पुत्री पाई थी रामचंद्र ने' वह रामचंद्र के लिए किसी भी समय अपने जीवन का बलिदान देता और वह जानता था कि वहीं वह कोटरानी के लिए भी करेगा।

कोटारानी ने अतिथियों के लिए कहवे का आदेश दिया और उसके बन जाने तक प्रतीक्षा की। चाण्डाल के साथ स्त्री शाल के नीचे से पीने लगी। कठिनाई से साँस लेते हुए। कोटारानी मामूली बातें करने लगी जब तक कि चाण्डाल उसके पास आकर उससे मिलने का उद्देश्य व्यक्त न करें। अंतत: वह बोला।

"रानी। आपको स्मरण है कि एकबार आपने कहा था कि एक दिन कोई स्त्री तुमसे विवाह करेगी। वह स्त्री मुझे मिल गई है पर इससे पूर्व कि मैं इससे विवाह कर परिवार बनाऊँ, मुझे भूमि का एक खण्ड चाहिए। आपके पिता ने एक दिन मुझसे कहा था ब्राह्मणों को इसलिए भूमि मिलती है क्योंकि वे संसार में शुभता लाते हैं। मैं एक ब्राह्मण नहीं हूँ पर मैंने आपके पिता के लिए उस सब के साथ सेवा की है जो कुछ मेरे पास था। क्या मुझे भूमि मिलेगी कि मैं परिवार बना सकूँ? मैं वचन देता हूँ कि मैं उस भूमि से उससे दुगुना उपजाऊँगा जितना कि उसमें से आज उपजता है। ताकि किसी को हानि न हो। मैं इस वचन का दास बनूँगा।"

कोटा ने उसके मुख का अध्ययन किया। वह उस दिन की अपेक्षा आज बिल्कुल ही भिन्न दिख रहा था, जब उसने उसे पहली बार देखा था। उसका मुख साफ। उसके तीक्ष्ण कश्मीरी लक्षण उसके मुख का तेज दिखा रहे थे। उसकी भौंहें वह सब बता रही थी, जो कुछ वह करता था। उसने अपने शब्दों का अभ्यास उससे कहने से पूर्व सहस्रों बार किया होगा।

"कश्मीर में दास नहीं होते। कश्मीर में सब को स्वतंत्रता है क्योंकि यही मनुष्य के सुख का आधार है। इसी स्वातंत्र्य के कारण कश्मीर संसार का सिरमौर है। तथापि स्वतंत्रता का अर्थ नहीं कि चीजें मुफ्त में मिलेंगी। जो कुछ तुमने मेरे पिता के लिए किया, वह तुम्हारा कर्तव्य था कश्मीर की रक्षा करने के लिये। यदि मैं तुम्हें जमीन दूँगी, मुझे यह किसी से लेनी होगी। मैं इन विषयों में बल का प्रयोग नहीं करती।"

चाण्डाल का मुख उतर गया। समाज के नियम अलंघ्य हैं। कैसे सोचा उसने कि उसमें उनके प्रति प्रतिरोध क्षमता है?

कोटा ने चाण्डाल के मुख को निहारा। "तुमने इस भाग्यशाली स्त्री का परिचय हमसे नहीं कराया जो तुम्हारी साथी है आज, और सम्भवतः शेष जीवन भी। क्या मैं इसे देख सकती हूँ?" उसने सौम्य आवाज में कहा।

चाण्डाल ने हामी भरी। बिल्कुल स्तब्ध। उसके सपनों की हवा निकल गई थी। कोटा झुक गई और धोबिन का शाल हटाया। दोनों स्त्रियों की आँखें मिल गई और मौन होकर वे एक दूसरे को देखती रह गई। तब रानी ने उस स्त्री पर शाल वापस डाल दिया जिसने उसे बहुत समय पूर्व उस रात ब्रह्मा के साथ बहुत चोट पहुँचाई थी। एक स्त्री जिसने अचला के प्रसंग में एक अभिन्न कर्तव्य निभाया था।

"सारस लगता है चाण्डाल ऐसी स्त्री से विवाह करने वाला है जिसका

राज्य ऋणी है। जो कुछ इसने कश्मीर की रक्षा धर्म निर्वाह के लिए किया है वह कर्तव्य से भी ऊपर है। ऋण चुकाना होगा।"

धोबिन ने सुना। अपने शाल में छिपी सोचने लगी, 'ओ महान रानी! इसमें कोई बदले की भावना नहीं है ब्रह्मा के सम्बन्ध में जो कुछ हुआ। एक युवा स्त्री की गलती। इसके हर कर्म में शुभ ही शुभ है।'

चाण्डाल पुनर्जीवित हो उठा। "कौन सा ऋण रानी? आप किस सम्बन्ध में कह रही हैं?"

"चुप। हर स्त्री के अपने रहस्य होते हैं। और यह रहस्य तुम्हारी होने वाली और मेरे बीच में है। महाराजा ने एक बार भी मुझ से मेरे अतीत के विषय में नहीं पूछा है। और तुम भी नहीं पूछोगे। एक स्त्री की हैसियत से मैं तुम्हें इस बात का आश्वासन देती हूँ कि तुम्हें एक असाधारण पत्नी मिली है, जिसने अपने धर्म को तब बहुत जबर्दस्त ढंग से निभाया जब उसकी अत्यधिक आवश्यकता थी। सदा ही उसका ध्यान रखना।" रानी ने कहा।

"मुझे लगता है मेरे परिवार के पास एक छोटा सा भूमि का टुकड़ा सोपोर से कुछ दूरी पर है। मैं इसके कागज तुम्हारे तथा तुम्हारे बच्चों के नाम सदा सदा के लिए करके उस पर विधिवत मुहर लगा दूँगी। तथापि इस भूमि के साथ एक छोटा सा दायित्व भी मिलेगा तुम्हें। क्या तुम उसके लिए तैयार हो?" रानी ने कहा।

चाण्डाल ने हामी भरी। उसने देखा धोबिन ने शाल उतार दिया था और वह रानी को स्तब्ध होकर देख रही थी।

"मुझे आदेश दो ओ महारानी! मैं उसका अभी पालन करूँगा।"

कोटा हंस दी। "वहाँ एक छोटा सा मंदिर है। तुम जानते हो मेरा अर्थ किस मंदिर से है। यह सुनिश्चित करना कि तुम और तुम्हारे भविष्य की पीढ़ियाँ उसका ध्यान रखेंगे और वहाँ हर उत्सव पर भोग अर्पण करेंगे। तुम मुझे वचन दो कि एक दिन तुम मुझे इस मंदिर में ले जाओगे। चूँकि अब तुम सोपोर के इस गाँव में रहोगे, मुझे लगता है कि अब तुम सोपोरी कहलाओगे। और भी कि आज से तुम चाण्डाल नहीं कहलाओगे। अपितु मैं तुम्हारा नाम चाँद रखती हूँ। अर्थात् चंद्रमा। यह नाम मैंने अपने सबसे बड़े पुत्र को दिया है। ईश्वर तुम्हारे परिवार को पुष्पित, पल्लवित करे।"

धोबिन धीरे से रोने लगी। यह पहली जल की व्यक्ति होगी जिसको भूमि मिली है। वह एक भूस्वामिनी होगी, कुछ वैसा जिसके विषय में कोई स्वप्न में भी नहीं सोच सकता। उसका एक पति होगा जिसने उसकी जीवन रक्षा की।

उसका सम्मान होगा। यह सब कुछ बहुत कुछ है। रानी ने उसका हाथ लेकर चाँद के हाथ में देकर उसे जोर से भींच दिया।

"चाँद बताओ तुम को यह विश्वास कैसे प्राप्त हुआ कि मैं तुम्हें भूमि का दान कर दूँगी?"

चाँद संकोच के साथ बोला।

"जब मैं छोटा था तो मेरी माँ ने मुझे एक कथा सुनाई थी। उसने कहा कि सौभाग्य की देवी ने दैत्यों का त्याग किया और देवों के पास गई। चंचल होने के नाते उसने निर्णय किया कि वह अब देवों को भी छोड़ देगी और वह गायों के पास गई। पर गायों ने मना किया क्यों कि उन्हें उसके चांचल्य का पता था। पर उसने कहा कि गाय का कोई अंग भद्दा नहीं अत: वह उनके मूत्र और गोबर में वास करेगी, तो गायों ने स्वीकार किया। ब्राह्मण गाय का मूत्र पीते हैं, यह सोच कर कि सौभाग्य की देवी उन पर प्रसन्न होंगी। मैंने गाय का मूत्र और गोबर जीवन में खूब उठाया है कि मेरा विश्वास था कि एक दिन देवी माँ का आशीर्वाद मुझ पर फलित होगा।"

रानी उसकी इस भोली भालीं कथा पर ठठाकर हंस पड़ी। चाँद की गोबर की कथा उसके जीवन का एक हिस्सा रही।

"सौभाग्य की देवी एक स्त्री है। और वह धन ला सकती है। पर वह चंचल हो सकती है यदि उसे सतत अर्जित न किया जाए। हांजी मेरे प्रिय लोग हैं। सीधे, प्यारे और निष्ठावान। वे मेरी पहली शादी में बाराती थे। उन्होंने ही उदयनदेव की सुरक्षा की और अचला के उन अधिकारियों को टरका दिया जो उस के साथ आना चाहते थे। अब चूँकि उनकी एक बेटी का विवाह होने वाला है, मैं उसको विवाह का परिधान पसंद करने में मदद करूँगी। चाँद तुम सेवक के साथ जाओ और वस्त्र पहनकर आओ। देवस्वामी हमारे पास एक पुरोहित भेजेगा और तुम दोनों अपने पूरे जीवन इस विवाह के विषय में चर्चा करते रहोगे। अब आओ बहुत बातें करनी हैं और बहुत कुछ मुझे तुम से सीखना है।"

रानी और सारस धोबिन को अपने साथ ले गई। चाँद सुन रहा था कि तीनों स्त्रियाँ हंस हंस रही थी उस पर जो कुछ भी वे आपस में गोपनीय बातें कर रही थी। सेवक उसे पुरुष कक्ष में ले गया। वह उन सब असाधारण स्थितियों पर विचार कर सोच रहा था कि यह सब देवी का ही प्रताप है। हम अपना पुरस्कार धर्म के माध्यम से प्राप्त कर सकते हैं, और आत्म निर्भरता एक न्यायप्रिय रानी से।

तरंग-17

# खेल

कोटारानी ने आदेश किया कि चाण्डालों, हांजियों, मुसलमानों एवं समाज के अन्य वर्गों से छोटे बच्चों को लाया जाएँ ताकि शारदापीठ में उपस्थित रह सकें। अमीरों और ब्राह्मणों ने इस पर अप्रसन्नता व्यक्त की क्योंकि यह उनका अधिकार था उनकी समझ से पर किसी ने रानी का विरोध न किया। कोटरानी ने जोर शोर से लावण्यों से भी प्रणय करना आरंभ किया। देखकर कि इस से उसको लोकप्रियता प्राप्त हुई है शाहमीर ने अपने असंतोष को तीव्र किया। उसने अंततः अपना हाथ वयस्क हैदर को अपने साथ दरबार में लाकर ही खोला, और सदा ही उसको सार्वजनिक रूप से प्रतीक्षारत अथवा होने वाला राजा कह कह कर सम्बोधित किया। हैदर गहराई तक एक मजहबी युवा बन गया था। उसने हल्की दाढ़ी बढ़ाई थी और वह गोल टोपी पहनने लगा था। सदा ही कुरान को लेकर चलता। वह अपनी आँखें फेर के रखता, सारी बातें शाहमीर को करने देता। उदयन देव उसे नापसंद करता था। पर वह जानता था कि कोटरानी अपने दोनों पुत्रों से समान प्रेम करती है और हैदर के हाथों शाहमीर को सम्मानजनक संदेश भेजता और कहता कि उसे पुनः दरबार में लाए पर वह अरुचिपूर्ण रहा।

जटा ने शारदापीठ से स्नातक किया। कोटरानी और उदयनदेव के जीवन में प्रसन्नता लाई। उसने अपनी परीक्षा दी जहां उसने अपनी उत्तम योग्यता और आचरण दिखा कर उत्तीर्ण कर लिया स्वयं को। एकमात्र व्यक्ति जिससे हैदर बातें करता, वह था जटा। जो उससे बंध गया था और प्रायः उसको मुस्कुराने के लिए विवश करता। शाहमीर ने एक बार हैदर को जटा से न मिलने देने का प्रयास किया पर असामान्य क्रोध से उसने अपने भाई से मिलने देने का आग्रह किया। उसके बाद शाहमीर ने हस्तक्षेप न किया। हैदर के व्यवहार को ध्यान में रखते हुए और आशा करते हुए कि वह उसी तरह बड़ा हो जाएगा जैसे कि वह चाहेगा।

जटा दीर्घकाय लंबा युवक बन गया था, और कुछ तरीकों में वह हैदर का अग्रज प्रतीत होता था। वह समझ गया कि हैदर कुरान घंटों पढ़ने के कारण दबाव में रहता है, अत: उसके बड़े भाई के दरबार में आने पर, जटा ने कई बार प्रयास कि वह उससे अपने दुस्साहसों की बात करे, भीमा के साथ तथा हैदर के साथ जो कि हैदर के लिए दूसरी ही दुनिया थी।

कोटरानी को परास्त करने के लिए शाहमीर ने लावण्यों पर विशेष ध्यान दिया, जो कि नास्तिक थे। यह उसने कूटनीति, पक्षपात, धन देकर और सताकर किया। वह उनका वास्तव में ही संरक्षक बन गया। अत: जब कम्पन, उनके एक नेता ने महारानी की आज्ञा की अवज्ञा की, तो यह देखा गया कि शाहमीर रानी के संकल्प की परीक्षा ले रहा था। कोटरानी ने एक गुप्त परिषद बुलाई और जहां न्याय मंत्री उसके साथ सीधे तौर पर था।

"एक राजा के आदेश को न मानना, इसका अर्थ है विद्रोह और कृतघ्नता। कम्पन को बंदी बनाकर उसकी सम्पत्ति को जब्त किया जाए।"

"जब्त किस के द्वारा? समस्या है कि शाहमीर सशस्त्र सेना का मुख्य है। यह स्पष्ट नहीं है कि कौन उसके प्रति निष्ठावान है। और कौन हमारे प्रति।"

उदयन देव बोला, "शाहमीर की मुसलमान घुड़सवार सेना बहुत बड़ा कोई मामला नहीं। कम्पन का दुर्ग अत्यंत पर्वतीय क्षेत्र में हैं जहां घोड़ों का विशेष महत्व नहीं। यह हाथ से हाथ का द्वंद्व होगा। किश्तवाड़ रेजीमेंट, जिसका मुखिया कैपटेन अवतार हैं, वे पर्वतीय युद्ध लड़ने के आदी हैं। अवतार युवा है। पर वह भावपूर्ण है तथा उसके लोग मेरे प्रति निष्ठावान हैं। इस प्रकार डामर इस में नहीं उलझेंगे क्योंकि हमें नहीं पता वह किस तरफ है।"

"इस बात में बात है। मैं यह बता दूँगी कि मैं शारदापीठ जा रहा हूँ और एक सेना की टुकड़ी का नेतृत्व कर रही हूँ। तुम और ब्रह्मा यहीं बने रहो ताकि ऐसा लगे कि सब कुछ सामान्य है। जब हम शहर के बाह्य क्षेत्र में पहुँच जाएंगे तो हम चक्कर लगाएँगे और रात्रि के अंधकार में कम्पन के दुर्ग की ओर जाएँगे। इस प्रकार हमारे पास चकमा देने का एक तरीका होगा।"

पर्वतीय मार्ग तंग था तथा वहाँ कुछ दिनों के लिए जाना बहुत भारी था। सामान्य रूप से कश्मीर का यह पाषाणीय मार्ग कुछ नर्म था। और यहाँ पस्सियां गिरती थी। किशतवाड़ी महारानी के पीछे पीछे चलते हुए और उसके अग्रिम दल का भी अनुगमन करते हुए, वे ऊँचाई की ओर चलते जा रहे थे चुपचाप। पर उनके सर्वोत्तम प्रयासों के होते हुए भी उन्होंने एक धीमी गड़गड़ाहट सुनी। जब इस दल ने ऊपर की ओर देखा तो देखा कि कुछ पत्थर पहाड़ी की तरफ से

नीचे गिरते चले आ रहे हैं। अवतार ने अपना दल आगे भेजा ताकि महारानी को कोई चोट न लगे। गड़गड़ाहट अब गर्जना बन गई। प्रत्येक के नेत्रों के समक्ष। बड़े बड़े पत्थर गिरने लगे और यह रास्ता पूरा मिट गया। दल दो भागों में बंट गया। छोटा दल कोटारानी को पकड़े रहा और बड़ा हिस्सा पीछे छूट गया।

चिंता तब भयावहता में परिवर्तित हुई जब पर्वत के दूसरी तरफ से लावण्यों का एक दल निस्सहाय महारानी पर टूट पड़ा। तंग रास्ते ने कोटारानी और उसके दल को कुछ लाभ दिया। क्यों कि वे अपने आक्रमणकारियों को एक दूरी पर रोके रख पाए। पर धनुर्धारियों ने उसके मुख्य सैनिक दल को बंदी बनाए रखा ताकि वे उस तक न पहुँच पाए? उदयनदेव को एक संदेश भेजने के बाद उसने दो दिनों तक युद्ध जारी रखा। अंततः उसे बंदी बना कर लावण्य दुर्ग में पहाड़ी की तरफ रखा गया। एक कूटभाषा वाला संदेश शाहमीर को तुरंत भेजा गया, "कबूतर बाज की प्रतीक्षा में है।"

उदयन देव ने परिषद की बैठक बुलाकर उसकी अध्यक्षता की जिसमें किश्तवाड़ के अपमानित अधिकारी थे। शाहमीर और कम्पन के बीच गठबंधन सही नहीं गया। सैन्य अभियान के विरुद्ध निर्णय लेते हुए, महारानी पर खतरे को देखते परिषद यह मान गया कि कुमार भट्ट कम्पन के साथ वार्ता करने की पहल करेगा। कुमार को यह अधिकार दिया गया कि वह कोई भी चीज या किसी भी चीज के मूल्य पर यह वार्ता करेगा ताकि कोटरानी को मुक्त कराया जा सके। उसने निवेदन किया कि वह एकाकी यात्रा करेगा। सिर्फ कोकुर उसके साथ उसके सेवक के रूप में रहे।

कुमार पर बहुत सी आँखें लगी थी, जब वह पर्वत की तरफ यात्रा पर चल दिया। उसकी यात्रा की क्षण-क्षण की खबर कम्पन को भेजी जाती। दुर्ग पर पहुँच कर उसे भीतर प्रवेश दिया गया और उसे सत्कार दिया गया जो उसके लिए उचित था। पहले एक सेवक आया और उसके चरण धोये। तब उसे भोजन खिलाया गया। तब उसे कहा गया कि कम्पन उससे मिलेगा और उसे भीतर उसके कक्षों में प्रवेश करने को कहा गया। काले केशों वाला सुदर्शन, कम्पन का चौकोर मुख एक बड़ी मछली के छोटे से तालाब में होने का विश्वास जता रहा था। शाहमीर ने उसे सब कुछ बता दिया था। अतः वह कुमार के बोलने पर आश्चर्य में पड़ गया।

कुमार बोला, "माहरा, एक स्त्री के आदेशों का पालन कर हम अपना सिर विनम्र कर जी रहे हैं। पर आज आपने हमारे पुरुषत्व की विजय करा दी। मैं आपके पास एक निवेदक के रूप में आया हूँ। यह सत्य ही कहा गया है कि

कश्मीरियों को समय के परिवर्तन के साथ ढल जाना चाहिए, और परिवर्तन हम पर आन पड़ा है। मैं आप के साथ हो जाना चाहता हूँ, इसीलिए आप के पास आया हूँ। यदि यह बेचारा विद्वान आपके किसी काम आए तो।"

कम्पन ने व्यक्ति को घूरा।

"मैं सोच रहा था कि तुम यहाँ महारानी की मुक्ति के विषय में वार्ता करने आए हो।"

कुमार ने विनम्रता से बात की।

"मैं इतना बुद्धिमान हूँ कि समझूं कि यह एक हारा हुआ दाव है। यदि आप महारानी को रखते हो तो क्या सम्भव चीज है जो उनके बदले में दी जा सकती है? जब उसको आपने एक बार बंदी कर लिया तो सम्भावित रूप से आप उसे मुक्त भी कर सकते हैं। कम्पन को तर्क मानना पड़ा। यदि उसने कोटारानी को मुक्त कर दिया, वह लौट कर वह सब वसूलेगी जो कुछ भी उसकी फिरौती के तौर पर दिया गया। कम्पन और उसके अधिकारियों का शिरोच्छेद होगा। शाहमीर तो जानता ही होगा कि जब उसने कम्पन को किस चीज को बदले में मांगना होगा। कम्पन मात्र एक मोहरा था शाहमीर के बड़े खेल का।

कुमार ने देखा कि कुछ प्रगति हो रही है वार्ता में और वह आगे बड़ा।

"माहरा, एक काम में मैं आप के बहुत काम आ सकता हूँ। यदि आप की आज्ञा हो। मैं आपका सेवक कारावास में जाऊँगा। पुनरप्रमाणित कर तथा सांत्वना देकर मैं महारानी से वह रहस्य प्राप्त करूँगा कि राजकोष कहां है और मेरे स्वामी!आप को वह दूँगा। आप जानते हैं कि महारानी मुझ पर विश्वास करती है। यदि आप मुझे उसके साथ कुछ समय व्यतीत करने की आज्ञा दो, मैं उनका विश्वास जीत कर यह सुनिश्चित करूँगा कि वह मेरे साथ अपने रहस्य कह दे।"

कम्पन की आँखें चमक उठी। दुलचा के दुखद अभियान के पश्चात महारानी ने वह सारा कोष प्राप्त किया था, जो वह ले जाने का प्रयास कर रहा था। एक छोटा सा भाग राजसी दुर्ग में रखा गया था, पर बहुत बड़ा भाग किसी अपरिचित स्थान पर दबा दिया गया था। कम्पन को इस प्रस्ताव में लाभ दिखाई दिया। शाहमीर और महारानी अपनी शक्तियों का खेल खेलते रहे, कम्पन को कोष चाहिए। इससे भविष्य के सभी कम्पनों की स्मृति सुनिश्चित होगी। वह लावण्यों में प्रमुख होगा। जो डामरों में प्रमुख होंगे वे महाराजा को चुनने वाले होंगे। राजनीतिक षड्यंत्र बहुत खतरनाक था, अनिश्चित व्यापार; कोष ठोस था। सुरक्षित और सदा रहने वाला।

कम्पन बहुत सचेत होकर बोला।

"कुमार, मैं समझ गया क्यों महारानी ने तुमको चुना। तुम्हारे कंधों पर एक अच्छा सिर है। हाँ, संसार परिवर्तित हो रहा है। पर कुछ चीजें परिवर्तन को प्राप्त नहीं होती। धन उनमें से एक है। कुमार, मैं एक बुरा व्यक्ति नहीं हूँ। कोष को प्राप्त करो और उसका दस प्रतिशत तुम ले लो।"

वह उत्साहित हो मुस्कुरा दिया। आश्चर्य के साथ सोचते हुए कि क्या कुमार इतना बुद्धिमान है कि कोष प्राप्त करते ही उसका तुरंत अंत निश्चित है।

कुमार विनत हुआ।

"मैं सायं को महारानी के पास जाऊँगा। उस लड़के के साथ जो मेरी प्रतिदिन की पूजा के लिए जल पात्र लाता है। मैं जानता हूँ कि महारानी को उस समय मंत्रोच्चार अच्छा लगता है। मैं उसे शिव महिम्न स्तोत्र सुनाऊँगा। इससे उसका मन खिलेगा। मैं उसे प्रस्ताव दूँगा और कहूँगा कि इस पर चिंतन कर वह सो जाए। वह किसी भी स्त्री की तरह सतर्क है पर मुझे विश्वास है कि प्रात: तक वह यह समझ जाएगी कि जो कुछ मैंने सुझाया है वह बहुत व्यावहारिक है। और वह इस पर मोल भाव करने की आशा भी करेगी। आप मुझ पर पूरा विश्वास रखें, कल आप को मैं एक अच्छा समाचार दूँगा।"

कम्पन प्रसन्न हुआ। जब वह इस अभियान के लिए चल पड़ा था, उसे ऐसा कोई विचार न था कि भाग्य उसे महारानी के साथ साथ कश्मीर का वह बहुश्रुत कोष भी देगा। वह इतिहास में एक उदाहरण रूप कम्पन माना जाएगा तथा परिवार का नाम सदा के लिये चमक उठेगा। जहां दुलचा असफल हुआ, वहाँ वह सफल हो जाएगा। उसने अपने कप्तान को निर्देश दिया कि वह कुमार और उसके सेवक के साथ बहुत ही सुरक्षा के घेरे में रखा गया महारानी का कारावास के प्रकोष्ठ तक जाए और फिर वह अपने कक्ष में चला गया। इस सब पर कुछ उत्सव मनाना बनता था। उसने अपने सेवक से कह दिया कि उसके लिए सुरा और उसकी प्रिय लड़की प्यारी को लाया जाए। कम्पन के पास एक छोटा सा सुंदरियों का एक संग्रह था। आज की रात्रि आनंद करने की थी और कल की प्रात: एक नयी तरंग लेकर आएगी।

कुमार के साथ कोकुर था और रक्षाकर्मी अनुगमन कर रहे थे, उन को महारानी तक ले जाया गया। वह एक अंधेरे, तंग भाग में थी दुर्ग के। कप्तान ने रक्षा कर्मियों को कहा कि वे काष्ठ का वह अवरोध एक तरफ हटा दे जिसने द्वार को अवरुद्ध किया था। कुमार अपने सेवक के संग आया और दरवाजा बंद होने की ध्वनि भी अपने पीछे सुन ली। महारानी की पीठ उनकी तरफ थी। वह एक इंच भी न हिली।

कोकुर ने पहल की। महारानी की ओर देख उसने अपने होंठों पर उंगली रख दी। कुमार एक ऊंची आवाज में बोला किसी भी छिपकर सुनने वाले के लिए। बताते हुए कि वह महारानी को मुक्त कराने के अभियान पर है। पर इससे पहले कि उस बात पर वह बात करे, उसे यह निश्चित हो कि महारानी उस सबसे बिल्कुल उबर चुकी है, जो कुछ भी उसके साथ हुआ है। वह अर्थात् कुमार उसे सांत्वना देना चाहता था। सम्भवतः वह उसे शिव महिम्न स्तोत्र सुना कर उसको इस समय के दुख से उबार सकता था, बिना किसी अनुक्रिया की प्रतीक्षा किए। कुमार उच्चारण करने लगा।

इस बीच कोकुर के अभ्यस्त हाथ ने एक लंबा कपड़ा जल के कुंभ से निकाला। उसे अपने और कुमार और महारानी के मध्य एक दीवार के रूप में लटकाया। यद्यपि कुमार ने पहले ही अपनी पीठ रानी की ओर कर ली थी, ताकि उसे एकांत मिले। कोकुर ने महारानी के लंबे केश पकड़े और उनको लड़कों के जितना एक चाकू से काटकर बनाया। तब उसने कुछ लेप लिए, जिनमें राख मिली थी, और उसके चिकनी, कोमल त्वचा में पर लगा दिया। उसने एक भिन्न प्रकार का मिट्टी का लेप उसके हाथों में और हथेलियों पर लगाया ताकि वह एक घट्टा लगे। विभिन्न प्रकार के परिधानों को पहनाने में निपुण कोकुर ने पहले पुरुष और स्त्री का वेश तैयार किया और अब वह किन्नर का वेश बनाने लगा। उसने एक काली बालों की टोपी और रत्न जड़ित पोशाक जो ऐसे चमक रही थी कि जैसे महारानी की पोशाक चमकती है। उसकी कला ने उसे सिखाया था कि सहायक सामान पर्याप्त होना चाहिए। दर्शक रत्नों को देखते रहेंगे, पहनने वाले का मुख नहीं। तब उसने ध्यान से कुछ कानों की बालियाँ पहना दी। जब वह छोटा था उसके कान छेदे गए थे। उसके समय के लड़के लड़कियों में एक सामान्य बात।

उसने चुपचाप महारानी का लबादा पीछे से खोल दिया। कोकुर ने महारानी के वक्ष पर एक पट्टी इतनी कस कर बांधी कि वह कष्ट से श्वास ले पा रही थी। तब उसने उसे अपनी कमीज पहनने को दी। उसके नीचे महारानी का वक्ष सपाट लग रहा था, ठीक एक पुरुष की भाँति। फिर उसके पीछे खड़े होकर कोकुर ने अपना पाजामा उतार लिया, और उसे पकड़ा दिया, और महारानी ने अपने लिबास के नीचे चुपचाप उसे पहन लिया। जब उसने अपना पाजामा बांधा तो अपने लबादे को उतारा और उसे कोकुर को पकड़ाया। उसने उसे पहना इससे पूर्व कि वह रानी के बाल फर्श से उठाए और उन्हें उस कुंभ में डाल दें जिसमें अतिरिक्त कपड़े थे। अंतिम था काला सुरमा कोकुर की आँखों में ताकि

उसकी पलकें लंबी हों और कपोलों पर लालिमा का लेप। कोकुर दरवाजे की ओर पीठ कर बैठ गया, उसका मुख एक राजसी कोण में स्थित।

कोटारानी सदा से ही बहुत तन्वंगी रही थी। और कुमार देख कर आश्चर्य में पड़ गया कि वह कितना अधिक उस व्यक्ति जैसी लग रही थी जो उसके साथ कोठरी में आया था। उसे कठिनाई हो गई थी मंत्रों को यों उच्चारते रहने में। पर उसने अपनी ध्वनि बहुत सम रखी। जानते हुए कि बाहर सुरक्षा कर्मियों के कान दरवाजे पर दबे हुए हैं। जब उसने समाप्त किया उसने एक अतिनियंत्रित ध्वनि में कहा, "ओम नमः शिवाय, ओम नमः शिवाय। अरे महारानी, हम शिव की पूजा करते हैं क्योंकि हम उसके ही विस्तार में रहते हैं। और किसी का अस्तित्व नहीं। मैंने यहाँ आकर अपना जीवन खतरे में डाला है आपको बचाने के लिए और अपने प्रियजन के बीच वापस लाने के लिए। महारानी आपको अब राजकोष से अलग होना चाहिए फिरौती के रूप में और आप मुक्त हो जाएँगी।"

"जिस कोष की तुम बात कर रहे हो वह कश्मीर के लोगों का है, इसे फिरौती में नहीं दिया जा सकता न ही इसे चोरों के हवाले किया जा सकता है।" कोटारानी ने डपट दिया।

कुमार ने प्रतिवाद किया, "महारानी, लोग रती भर भी कोष की परवाह नहीं करते। वह आपको चाहते हैं। जरा सोचो। यदि दुलचा कोष ले जाता तो, क्या आज हम जिस हाल में हैं उससे कुछ बदतर होते? मनुष्य आवश्यक रूप से सिद्धांतों के अनुरूप नहीं चलते। स्वार्थ सर्वोपरि है। यदि आप सुरक्षित नहीं हैं तो कैसे लोग सुरक्षित होंगे? उनकी सुरक्षा सर्वोपरि है। बाकी सबकुछ बदला जा सकता है।"

वार्तालाप आगे पीछे एक लिखित कथा की तरह चला। महारानी को अपना भाग अच्छी तरह से समझ में आया। यह आशा उससे करनी न थी कि वह शीघ्र मान जाएगी, कुमार ने धैर्य धरा और हर एक विद्वता पूर्ण तर्क दिया महारानी को कारण समझाने के लिए, कि फिरौती देनी सबसे अच्छा तरीका है। अंत में दोनों पक्ष मान गए कि अब देर हो रही है, और उन्हें अब आराम करना चाहिए। महारानी अपना निर्णय कल प्रातः देंगी। कुमार ने द्वार खटखटाया और रक्षा कर्मी भीतर आए। उन्होंने महारानी को उनकी ओर पीठ किए दुखी देखा। कुमार ने विदा ली पर लड़का अधिक ही कुछ सम्मान पूर्ण था। उसने महारानी के आस पास जाकर उसे दण्डवत किया। कोकुर ने देखा महारानी उसके चरणों को छू रही है। उसने वापस अपने अभिनय में उसके शीश को आशीष में थपथपा दिया। उसने उसकी आँखें आर्द्र देखी, फिर एक निमिष में वह गायब था। तब

कुमार के पीछे पीछे आदर के साथ लड़का चला, सिर पर जल कुंभ लिए सोने के इस कक्ष से बाहर निकल आया।

जब लावण्य सुबह देर तक सोते रहे, ब्राह्मणों ने अपनी पूजा, प्रार्थना और ध्यान सूर्योदय से पूर्व कर लिया। उनके लिए पवित्र समय। उसी समय कुमार और कोटरानी दुर्ग की प्राचीरों पर पहुँच गए। सुरक्षा कर्मी सुबह की नींद में पड़ गए जो कि प्रायः आती है। उन्होंने कोटरानी को भागते नहीं देखा, एक लड़के के वेश में। प्राचीर पर एक अचरज भरा प्रतीक्षारत व्यक्ति था, यह था ब्रह्मा। जिसने चुपचाप प्राचीर को एक रस्सी से फाँदा था। जो एक तरफ लटकी थी। उसकी आँखें सदा की तरह मुस्कुराती। उसने अपनी नाक को सिकोड़ने का अभिनय किया जब कोकुर के गंदे कपड़े देखे, जो कोटरानी ने पहने थे। शारिका भी ब्रह्मा को सीधा नहीं कर पाई थी। वह आज भी वही न सुधरने वाला व्यक्ति था। पर कोटरानी उसे देख असीम रूप से हर्षित हो उठी। ब्रह्मा उसे देख कहीं अधिक हर्षित हो उठा। असम्भव योजना सम्भव हो गई थी। सर्वप्रथम कोटरानी रस्सी से कूद गई। वह प्रसन्न थी कि सारस का दिया भोजन और प्रतिदिन के सूर्य नमस्कार का अभ्यास करने से वह स्वस्थ और लचीली थी। ब्रह्मा उसका अनुगामी था। कुमार जो कि विद्वान था की सहायता करता हुआ, जिसे कभी कभी अपनी टांगों पर हाथ रखना पड़ता था स्वयं को स्थित रखने के लिये। तब वे जंगल में घुस गए जहां ब्रह्मा ने किश्तवाड़ की टुकड़ी के बड़े अधिकारियों को रखा था। अत्यधिक प्रसन्न अपनी महारानी को पुनः प्राप्त कर वे तुरंत खिसक गए अपने मूल शिविर में जहां वे एक उचित योजना बनाते लावण्य लोगों की कृतघ्नता के विरुद्ध।

उस रात्रि यह टुकड़ी एक नदी के समीप शिविर का निर्माण कर रुक गई। हर कोई अत्यधिक क्लांत था, इस बलपूर्वक भागने के कारण। सिपाही रक्षाकर्मियों पर रक्षा का दायित्व सौंप सो गए। ब्रह्मा ने कुछ निजी समय कोटा के संग बिताया और उसने देखा कि उसके मुख पर बहुत हल्की झुर्रियाँ थी। पर इससे उसका सौंदर्य चंद्रमा के प्रकाश में और अधिक मृदुल हो उठा था।

"मेंढक के बच्चे, मैंने कभी नहीं सोचा था कि तुम इससे तैर जाओगे।"

"कोकुर ने यह सम्भव किया, ब्रह्मा। एक वह आदमी सारी सेना को पराजित कर सकता है। सर्वप्रथम जब मैंने उसे देखा था, जब हम सहदेव को चोरी छिपे देख रहे थे। वह दिखता और लगता है बिल्कुल ही भिन्न जबकि वहीं सबसे सच्चा कश्मीरी है। मैं उसके विषय में सोचना बंद नहीं कर सकती कि क्या है कि उसे अपने धर्म का निर्वाह करना पड़ा।"

"वह दिन जैसे कल का दिन लगता है। जबकि जीवन बीत गया। क्या तुम अपने किए चुनावों से प्रसन्न हो?"

"मैं तुम्हारा प्रश्न समझ सकती हूँ। मैंने तुम्हें अपना हृदय दिया। रिनचिन को मेरा शरीर मिला और उदयन मेरा निरंतर साथी है। आप पुरुष तुलनात्मक दृष्टि से देखते हो और जानना चाहते हो कि क्या सर्वाधिक मूल्यवान है। पर मेरे लिए सबसे अधिक आवश्यक है कि मैंने सर्वोत्तम टिकाऊ चुनाव किया, जो मैं कर सकती थी। जिसका आधार था मेरी आकांक्षाएँ। क्या मेरे बोध में आया और क्या मैंने ग्रहण किया। मैंने अपने धर्म का अपनी शक्ति अनुरूप सर्वोत्तम रूप से पालन किया। मैं अपने निजी तालमेल से रह सकती हूँ, क्योंकि उनकी शासक के रूप में, मेरे लिए मेरे लोगों का महान शुभ ही मेरा ध्येय है। तुम क्या चाहते हो कि मैं कहूँ? तुम अपने प्रश्न का उत्तर कैसे दोगे?"

"हम दोनों को बहुत दुख मिला है पर धर्म ने हमें चालित रखा। जब मैं उस दिन की स्मृति करता हूँ जब हमने सहदेव की जासूसी की थी, तब से मैं देख रहा हूँ कि तुम अपने विश्वास और संकल्प में बहुत आगे बढ़ गई हो। मैं भी आगे बढ़ गया हूँ और मेरा तुम्हारे प्रति प्रेम भी। पहले तुम मेरा पीछा करती थी पर अब मैं तुम्हारा पीछा करता हूँ। मैंने शारिका से हमारे मध्य की सारी बातें कही हैं। वह मुझ पर विश्वास करती है और उसे विश्वास है कि मेरा तुम्हारे प्रति प्रेम किसी भी तरह मुझे उसके प्रति निष्ठाहीन नहीं बनाएगा। वह कहती है हम ग्रहकटे प्रेमी हैं और सुख के समयों में पुनः मिलेंगे।"

"जब हम मिलेंगे तब मैं वह वचन निभाऊँगी, जो मैंने तुमसे किया था। चलो अब हम आराम करें।" कोटा ने अपने मुख पर सुंदर चिह्न के साथ कहा।

महारानी एक बिस्तर पर सो गई जो अधिकारियों ने उसके लिए बनाया था। सितारों के नीचे ब्रह्मा को सुखद नींद आई। सोने से पूर्व कोटरानी ने कुछ प्राणायाम का अभ्यास किया। अपने हृदय में वायु को भर कर कुछ विश्रांति का अनुभव करने के लिये इतने बीहड़ अनुभव के बाद। वह सो गई कोकुर के विषय में सोचते सोचते अपने स्वप्नों में उसने उसे उस कोठरी में सोया हुआ देखा। क्या यह सुरक्षा कर्मी आया रानी का निरीक्षण करने के लिए द्वार खटखटाने? कोकुर बेसुध था। उसने भांग ली थी। रक्षाकर्मी ने कोकुर को उकसाया, वह मत्त और उनींदा लग रहा था। रक्षाकर्मी के पास तलवार थी, पर उसकी त्वचा लाल थी और उसके दूसरे हाथ में फंदा था। क्या कोटारानी सचमुच स्वप्न देख रही थी?"

आगंतुक ने कोकुर का अभिवादन किया। "तुम्हें मुझ में क्या नजर आता है?"

"मैं यम को देख रहा हूँ। जीवन के बाद का देवता। जो समय को काटता है।" कोकुर ने उत्तर दिया।

व्यक्ति ने हामी भरी।" मुझे देख, क्या तुम्हें मुझसे डरने की आवश्यकता लग रही है, या यह तुम्हारे भीतर है?"

"अभिनेता के लिए भय एक भाव है। अन्य रसों से पृथक नहीं। मुझमें कुछ भी नहीं, सिर्फ कि मैं भिन्न उत्पन्न हुआ हूँ। मैं एक समलैंगिक हूँ।"

पुनः उस व्यक्ति ने हामी में सिर हिलाया। "यह कोई असामान्य स्थिति नहीं। शिव अपनी क्रीड़ा में कभी कभी दोनों स्त्री और पुरुष सिद्धांतों को रखते हैं, बनिस्बत कि एक ही के। जैसे कि तुम बने और फिर पुनः बने हो स्पंदन से तुम्हारी स्त्री पुरुष दोनों शक्तियाँ तीव्रता से कोटिशः बार मिलती हैं और तुमको महानतम सृजनात्मकता प्रदान करती है। तुम्हारे भीतर शिव शक्ति मिले हैं। संयुक्त। जबकि सामान्य लोगों को यह संयुक्ति दूसरे लिंग में प्राप्त करनी पड़ती है। तभी तुम इतने प्रतिभाशाली कलाकार हो सामान्य लोग नहीं।"

"तुम फिर फकीर की व्याख्या कैसे करते हो?"

"उसके विषय में स्पंदन मात्र उलझन में समाप्त हो गए हैं। पर खैर, मैं तुम्हारा दृश्य देखने आया था, मैं कहता हूँ कि तुम्हारा अंतिम दृश्य सर्वोत्तम था। क्या तुम्हें भय नहीं कि तुम्हारी कला खोजी जाएगी और छल असफल हो जाएगा।"

कोकुर अपनी कला पर गर्व करता था।

"मैं ढोंग करने में सिद्धहस्त हूँ। मुझ से बेहतर कोई नहीं। रानी को लगने लगा कि मैं सचमुच की रानी हूँ।"

उस व्यक्ति ने पुनः हामी भरी।

"यदि किसी को जाना ही हो तो शिखर पर जाना चाहिए, तुम वास्तव में गए हो।"

"हम कहाँ जा रहे हैं?" सहसा कोकुर ने पूछा।

"अरे मेरे घर, जहां तुम नहाओगे, आराम करोगे और स्वयं को शुद्ध भी करोगे। और फिर कुछ नया करोगे। और वह व्याधपतंग से बेहतर ही होगा जरूर। बहुत बहुत बेहतर।"

"मैं यहाँ बंदी हूँ। मुझे नहीं लगता कि मेरे लिए यहाँ से जाना सरल है।"

"वास्तविक शब्दावली में तुम एक अनुबंधित स्थिति में हो। पर वह तो खैर हर कोई है। वास्तव में जैसे कि मैंने तुम्हें अभी बताया कि सामान्य व्यक्ति तुम से कहीं अधिक अनुबंधित है। यदि तुम चाहोगे एक क्षण में तुम मुक्त हो जाओगे।"

कोकुर उलझन में पड़ गया, "कैसे मैं चाहूँगा?"

वह व्यक्ति झुक गया। "मुझे तुम इस शरीर से तुम्हें मुक्त करने का आदेश दो और फिर मैं तुम्हारा आदेश मानूँगा।"

कोटा ने स्वप्न में कोकुर को मुस्कुराते हुए देखा। उसके राजसी नाटक को सबने आत्मसात् किया था। पहले रानी और अब यह आदमी उसके निर्णय की प्रतीक्षा कर रहा था। उसने अपने अभिनेता का हाथ हिलाया और व्यक्ति को आगे की कार्रवाई करने को कहा। "हे यम, मुझे पितामह के पास ले चलो।" एक प्रकाश की रश्मि चमक उठी और कोटरानी ने देखा कि कोकुर शून्य में तैर रहा है। वह उसे उसके पार्थिव शरीर से बाहर देख पा रही थी। शव के आसपास रक्षाकर्मी थे। व्यर्थ में उसे छलनी करते हुए। रक्षाकर्मी जिसने उसका सिर काटा था क्रोध में चीख रहा था। आदेश दूरी पर चिल्ला कर दिए जा रहे थे।

कोटारानी इसका हिस्सा न थी, जबकि उसे सब कुछ पता था। कोकुर शून्य में था और उसके माता-पिता वहाँ उसके अगल, बगल थे। स्वागत करने वालों में महान अभिनेता थे, जो उसके पूर्व वर्ती थे, उसके लिए खड़े होकर करतल ध्वनि कर रहे थे। वहाँ अन्य भी उसका स्वागत करने पंक्ति में खड़े थे। सभी ने श्वेत परिधान पहने थे। यह ऐसा ही था कि बहुत ही उत्तम, उच्च कोटि का अभिनय कर के वे उसका अभिनंदन कर रहे थे। कोटरानी ने देखा अपने पिता कम्पनेश रामचंद्र को जिसके साथ एक राजसी सौंदर्य की स्त्री थी। वे सब उसके लिए मुस्कुरा रहे थे। कोकुर का पिता उसे एक हंसमुख व्यक्ति से मिलाने गया और उसे परिचय दिया। "यह तुम्हारा पितामह है।" कोकुर के पितामह ने उसकी पीठ थपथपाई। "आओ वीर। हम सब को तुम पर गर्व है। शीघ्र ही तुम हमारे साथ पितृ लोक में होंगे।"

"मैं मर गया," उसने सुना कोकुर ने घोषणा की। "यह कैसा अंत!" तब कोटा रानी के भीतर एक अंधेरा छा गया कि कोकुर पर अंतिम बार के लिए पर्दा गिर गया।

कोकुर का भव्य बलिदान। कोटरानी का स्तब्ध करने वाला पलायन। कुमार भट्ट का उत्कृष्ट छल और ब्रह्मा की वीरता ने कश्मीरियों का मन पर ऐसे छा गया जैसे कि पहले कभी नहीं छा गया था। यह उसका श्रेष्ठ उदाहरण था जिस पर कि कश्मीरी विश्वास करते थे। एक में सब और सब में एक। ब्रह्मा और कुमार महारानी के दो दांत माने जाने लगे।

महारानी की पुनः एक पक्षी के समानता की जाने लगी जिसे एक घोंसले

में पकड़ा गया था और शिकारी ने पिंजरे में डाल दिया। तथापि अपने मित्रों की सहायता से वह स्वतंत्र होकर उड़ गई। उसे साम्राज्ञी माना जाने लगा। उसके बाद कई अभिनेताओं ने अपना मंचीय नाम कोकुर रखा, इस आशा से कि उसका जादू उनका स्पर्श करेगा पर कोकुर एक ही था। और कोई उसके गुप्त गुण को प्राप्त न कर पाया।

अपनी मुक्ति के बाद कोटारानी ने उदयन की आँख में सीधे देख कर पूछा, "यह एक बाल बाल बचने वाला अवसर था। हमने पहले भी भय का सामना किया है और हम शाहमीर और फकीर का सामना एक साथ करेंगे। उदयन, क्या तुम खुश हो कि तुमने मुझसे विवाह किया, इसके बावजूद कि लोग हमारी शादी के विषय में क्या कहते हैं?"

"कोटारानी, मैं तुम्हारा पति हूँ। जिसका धर्म है तुम्हारी रक्षा करना। मैंने अभी तक वैसा कुछ न किया है। मैं एक पढ़ाकू पण्डित हूँ अतः ब्रह्मा को बेहतर माना गया तुम्हें बचाकर लाने के लिए जाने में। तुम एक महान शासक हो और अपनी प्रजा के लिए बहुत ही अच्छी हो। मैं विचारों को पसंद करता हूँ और उनको क्रियान्वित करने लिए मुक्त हूँ। हम सभी तो अपनी इच्छा का अनुसरण करते हैं। कौन परवाह करता है कि लोग हमारे विवाह के विषय में क्या कहते हैं, जबकि हम कश्मीरियों की सर्वोत्तम सेवा कर रहे हैं जितनी कि हमारी शक्ति के अंतर्गत है।"

कोटरानी ने उदयन को अपने समीप खींचा और फिर उसे कसकर पकड़े रखा। वह जानती थी उदयन देव के रूप में उसे वरदान मिला था और उसका शरीर स्वस्थ और मन भी स्वस्थ था। जबकि वह एक युद्ध के लिए अंत तक तैयार हो गई।

इस बीच कम्पन शाहमीर के महल में गया था। पूर्व में बहुत से चापलूस थे पर अब उसे धोखा मिला अनुभव होने लगा। कम्पन के दांत किटकिटा रहे थे जब वह सारा वृत्तांत सुना रहा था और उनके सम्भावित परिणाम भी। शाहमीर एकाकी पड़ गया था और वह जानता था कि पराजय निष्ठुर है। उसने कुछ ज्यादा ही अपना हाथ आजमाया और मुंह की खाई। कृतघ्नता की एक ही सजा थी और वह थी मृत्यु। उसे इस पर शीघ्रता से सोचना और योजना बनानी थी। पर पहले उसे इस कम्पन को अच्छे से तौलना था। शाहमीर ने कम्पन में एक सिद्धांत विहीन अवसरवादी को देखा पर यह देखने में असफल रहा कि यह व्यक्ति मूलतः एक कायर था। शाहमीर अपनी सहायता करना चाहता था अतः वह कम्पन को कुछ भी न दे सकता था सिवाय इस परामर्श के कि वह अपना ध्यान

रखें जब तक कि स्थितियाँ ठीक न हो।

जब उनका वार्तालाप समाप्त हुआ शाहमीर को सूचना मिली कि फकीर उससे मिलना चाहता था। जब वह प्रविष्ट हुआ शाहमीर को परम आश्चर्य हुआ कि वह किस प्रकार बदल गया है। यह व्यक्ति अपने पीलेपन से अपनी शक्ति दिखा रहा था। वह सामान्य से दुबला था और वह डायन जैसा दिख रहा था, जिसने कभी सूर्य नहीं देखा। वह अपने अनुयायियों के एक दल के साथ था। सब ने काले वस्त्र पहने थे। शेख के पास एक तलवार थी। बढई, पुज तथा सूफी थे। उन सबके साथ अपने अपने शस्त्र थे। यह सोन फौज था। इनका अपना सैन्य बल। अभी यह महारानी की सेना के विरुद्ध खड़ा नहीं हुआ था, यह शाहमीर को उत्साहित करने के लिए एक दिखावा था। फकीर ने अपने अनुयायियों को दूर हटाया और शाहमीर के साथ बैठ गया।

"भाई, मैंने समाचार सुना और आपकी सहायता के लिए आ गया। समय आ गया है दावा बोलने का और हैदर को नए महाराजा के रूप में घोषित करने का। वह अपने अधिकारपूर्ण तख्त पर कब्जा जमाने का कदम उठाये।"

शाहमीर ने अपने अतिथि को ध्यान पूर्वक देखा। फकीर सदा ही भव्यता का स्वाँग करता था। पर इस क्षण वह कुछ अधिक ही अतिविश्वास से ग्रस्त था।

"हैदर मुझे मेरे अपने बेटों से अधिक प्रिय है, तथापि ऐसी घोषणा से उसे बहुत हानि होगी। हम उसका सहारा कैसे बनेंगे? छोटा सा मुसलमान घुड़सवारों का दल है, उसकी भी इस क्षण कोई विशेष शक्ति नहीं, प्रभाव नहीं। हम किसी की भी निष्ठा पर विश्वास नहीं कर सकते हैं।"

"मुझे लगता है कि इस में एक सौदा किया जा सकता है। मैं आपको वह दूँगा जो आपको चाहिए और आप मुझे वह दो जो मुझे चाहिए। आप हैदर की गद्दी के पीछे की शक्ति बनना चाहते हैं, और मैं हिंद चाहता हूँ। हम अपनी अपनी आकांक्षाएँ पूरा कर सकते हैं।" फकीर सब के ऊपर हर्ष से हंसा।

"तुम कैसे सोचते हो महारानी के विषय में जिसके मन में भी इस सबके विषय में विचार होंगे। और कैसे सोचते हो कि तुम हिंद को पाओगे?"

फकीर पुनः हंस पड़ा। "पहले हम एक स्वीकार पर तो पहुँचे, जब वह होगा शेष टुकड़े स्वयं ही जुड़ेंगे।"

"क्या साझेदारी हैं जो तुम मुझसे करना चाहते हो?"

"शरिया के विषय में मैं शासन करूँगा और अन्य दूसरे विषयों में हैदर यानी कि आप शासन करेंगे।"

शाहमीर अलग विचार का था। "तो वैसे ही जैसे पहले था।"

"नहीं, अब की बार यह भिन्न होगा। कश्मीर में पहली बार मैंने मुसलमानों को सिखाया कि सख्त इबादत का रास्ता लें। पवित्रता का रास्ता ले, पर मुसलमानों ने विरोध किया और भागते रहे। इस बार में यहाँ के लोगों का धर्मांतरण करूँगा, जिसमें बहुत पुरस्कार हैं। मैं ब्राह्मणों का उदाहरण दूँगा और शेष लोग स्वयं संदेश पाएँगे कि हराम की पूजा पद्धति सहन नहीं की जाएगी।"

"ब्राह्मण तुम्हारे लिए इतने महत्वपूर्ण क्यों हैं?" शाहमीर ने कुतूहल वश पूछा।

"कश्मीर के ब्राह्मण बड़े सख्त जान हैं पर मैं उनको अपने जीवन में तोड़ कर ही रहूँगा और फिर पूरे कश्मीर में शरिया लागू करूँगा। गजनी, दुलचा और अचला यह नहीं कर पाए। हर बार ब्राह्मण अपना समाज पुनः बनाने में सफल हुए। एक बार मैं कश्मीर पर नियंत्रण कर लूँ तो मैं पैगम्बर मुहम्मद के पैगाम को पूरा करने के काम में लग जाऊँगा। कि गजव ए हिंद का लक्ष्य पूरा हो।"

"तुम कैसे सोचते हो कि ब्राह्मणों को तोड़ोगे? वे मृत्यु से नहीं डरते।"

"वहीं शस्त्र प्रयोग कर जो उन्होंने मेरे विरुद्ध प्रयोग में लाया। लज्जा। मैं धीरे धीरे उनको ऐसी लज्जा से भर दूँगा कि वे अपनी पहचान पूरी तरह से त्याग देंगे। हम उनको गाने पर विवश कर देंगे कि 'न बट्टोहं, न बट्टोहं' यह है उन नियमों की सूची कि जिन के अधीन बट्टों को रहना होगा।"

फकीर ने कागज का एक टुकड़ा और शाहमीर को थमाया। उस हस्तलिपि को पढ़ा जिसे एक कातिब से लिखवाया गया था।

हिंदू कोई नया मंदिर या मूर्ति नहीं बनाएँगे, उस क्षेत्र के किसी मंदिर में जिस पर मुसलमान शासक का शासन हो।

वे अपने प्रार्थना स्थानों या मंदिरों में मुसलमान यात्रियों को निवास करने से नहीं रोकेंगे।

यदि उनका कोई सम्बन्धी इस्लाम स्वीकार करने की प्रवृति दिखाता है, उसे वे नहीं रोकेंगे।

वे लगाम वाले घोड़े पर नहीं चढ़ेंगे।

वे कोई तलवार अथवा धनुष एवं तीर नहीं उठाएँगे।

वे हीरे की अँगूठियाँ नहीं पहनेंगे।

वे खुलेआम नशीला मद्य नहीं विक्रय करेंगे।

वे मुसलमानों के बीच खुलकर अपने रीति रिवाज नहीं मनाएँगे।

वे अपने घर मुसलमानों के पड़ोस में नहीं बनाएँगे।

वे अपने मृतकों को जलाएँगे नहीं।

इसमें यह भी था कि कोई कश्मीरी पण्डित इन दस शर्तों में से किसी का उल्लंघन करेंगे, उन्हें बचाया नहीं जा सकता और मुसलमान आधिकारिक तौर पर उनकी हत्या करेंगे और उनकी सम्पत्ति हड़पेंगे कि वे युद्ध में काफिर थे।

शाहमीर क्षुब्ध हो उठा।

"हम यहाँ जीवित रह पाने के लिए संघर्ष कर रहे हैं। महारानी एक युद्ध की तैयारी कर रही है और तुम यह आदेश निकाल रहे हो जो कि मरने की सुनिश्चिति है। रिनचिन ने कश्मीरियों को न्याय देकर जीता। बुलबुल ने अपने प्रेम और सहिष्णुता के संदेश से। हमें थोड़ी बहुत सफलता मिली है कि हम ने एक विस्तृत लाभ भूमि और उसके बाद स्त्रियाँ देने की घोषणा देने से प्राप्त की। तुम्हें क्या लग रहा है हमें इस प्रकार से क्या कुछ मिलेगा?"

'आसमान की हद तक।'

शाहमीर समझ गया कि वह एक मजहबी उन्मादी से व्यवहार कर रहा है, धरती का सबसे खूँखार जानवर। वह सीधे बिंदु पर आया।

"तुम्हें इस सब में कौन सहायता करता है?"

फकीर ने अपना रहस्य खोला।

"इसमें कुछ समय लग गया पर चेक वंश ने मुझे अपना गुरु माना है। आज वे मेरे लिए अपनी जान भी देने को भी तैयार हैं। सबसे आवश्यक बात यह कि वे सीमा पार बहुत बड़ी संख्या में, हमारे संकेत की प्रतीक्षा कर रहे हैं। वे नया कश्मीर में विश्वास करते हैं।"

शाहमीर को सम्भावनाएँ खुलती हुई दिखी। उससे भिन्न लामर चक ने बहुत ही विनम्र रूप बना रखा था। अपने सम्बन्ध भूमि और लोगों के साथ बनाए रखे थे। जबकि शाहमीर ने दरबार में अपने सम्बन्ध बनाए थे। चकों ने अपना पारिवारिक विस्तार फैलाया था और अब उनके पास बहुत कुछ था। शारीरिक रूप से चक लोग सताने वाले थे। अपने घुड़सवारों, चकों और उनके बाहरी गठबंधनों तथा छिछोरे जिहादियों, जिनका फकीर नेतृत्व करता था, वह लावण्यों को वापस अपने शिविर में ला सकता था। तब उसके पास ऐसा गठबंधन होगा जो सफल होगा।

"चकों ने यह क्यों प्रदान किया?" शाहमीर ने पूछा।

फकीर ने सच सच कहा

"लामर चक एक किसान नहीं है। उस में और उसके भाई में एक युद्ध हुआ गद्दी के लिए जिसमें लामर हार गया। जब उसने रामचंद्र का रुख रिनचिन के प्रति देखा तो सोचा कि बेहतर है वह किसान बने। जब मैं कश्मीर से गया

और दर्दिस्तान से वापस लौटा मैंने देखा कि उसका भाई अपनी गद्दी पड़ोसी चक कबीलों से हारने वाला था। मैंने उसके भाई के ओर से सुलह की पहल की और उनकी सहायता की नए सिरे से मैत्री बनाने में।"

"चक चाहते क्या हैं? क्या हैं उनकी आकांक्षाएँ?" शाहमीर ने पूछा।

"वे मेरी सेवा करना चाहते हैं केवल। तथापि उनकी ओर से कुछ मान्यता तो ठीक होगी। सम्भवतः ब्राह्मणों की भूमि कुछ उनको दी जा सकती है। कुपवाड़ा के समीप मंदिर और उससे जुड़ी सम्पत्ति। त्रहगाम में कुछ सम्पत्ति भी छोड़ सकते हैं।"

"चक लोग अच्छे नहीं माने जाते हैं। वे अपने पड़ोसियों और उस स्थान पर कष्ट लाते हैं जो वे ग्रहण करते हैं। वे रसिक लोग हैं और स्त्रियों का अपहरण करने में जाने जाते हैं। यह भी कहा जाता है उनके बारे में कि दर्दिस्तान में व्यापारियों को गुलामों को बेचते हैं। ऐसे भयानक लोग अपने आस पास के लोगों को सताते हैं।"

फकीर हंस दिया।

"ठीक यही कारण है कि क्यों हमें उन्हें कुपवाड़ा और त्रहगाम में स्थान देना चाहिए। वहाँ कश्मीरियों को सताए जाने की जरूरत है। आपको भी अपने भविष्य के भागीदारों के प्रति इतना नकारात्मक नहीं होना चाहिए। चकों को भूमि दो जो कि उन्हें चाहिए और हम उनसे जो चाहिए, ले सकते हैं।"

शाहमीर समझ गया। लामर कश्मीर में किसान था। उसके लिए भूमि अनन्य थी। उसे अपने भाई के परिवार को समायोजित करने लिए भी भूमि की आवश्यकता थी। शाहमीर संयोगों पर विश्वास नहीं करता था पर आश्चर्य में था कि कैसे तीनों आप्रवासी दल, रिनचिन और उसके बौट, लामर चक, और वह आपस में अब गुँथ गए थे। ये सभी शत्रुओं से भाग रहे थे जो इनको नष्ट करने के लिये तुल गए थे, और कश्मीर में इनको अभयारण्य मिला था। एक क्षेत्र लिए उसे वह शपथ याद आई जो इन सभी ने रामचंद्र के समक्ष निष्ठावान रहने के लिए ली थी। उसने इस स्मृति को आते ही दबा दिया। उसने अपने सम्मुख बैठे फकीर की तरफ ध्यान वापस खींचा। उसका स्वभाव क्या है? तीव्र, क्रूर, अवसरवादी, और इस्लाम के एक दल को हवा देता हुआ जिसने उसे कभी भगा दिया था। शाहमीर ने ये कहानियाँ सुनी थी पर उनकी ओर कम ध्यान दिया। तथापि उसे उस व्यक्ति को ठीक से जानने की आवश्यकता महसूस हुई यदि उसके संग कामकाजी सम्बन्ध बनाने थे।

"तुम एक बहुत बड़े व्यक्ति हो आज कि तुम सब कुछ और कुछ अधिक ही लाते हो, यद्यपि कोटरानी के पास धन है।" शाहमीर बोला। और बोला, "डामर अपनी आत्मा उसको बेच देंगे जो उनको सबसे अधिक मूल्य देगा। हम कोटरानी से मुकाबला नहीं कर सकते।"

फकीर हल्के से मुस्कुराया। एक क्रूर मुस्कान।

"मैं ख़जांची के पास गया, उसे एक सरल व्यापार प्रस्तुत किया। इस्लाम अपनाओ और नीलम की खान के स्वामी बनो वह और मैं बिलकुल सहमत हैं कि यानिव, एक यहूदी है, नाली का कीड़ा, यहूदी के नियंत्रण में वस्तुतः नया कश्मीर में बहुत सी सम्पत्ति हो सकती है। यहूदियों को कश्मीर से निकाल बाहर करना होगा। मैंने उसे यह भी कहा कि मैं उसे सही फारस के व्यापारियों से मिलाऊँगा जो उसे उसके पाए हुए नीलमों के लिए सर्वाधिक लाभ प्रदान करेंगे। जरूर वह हमारे पक्ष को वित्तीय सहायता देगा। ख़जांची ने प्रस्ताव स्वीकार कर लिया। इससे उसे नया लाभ और यानिव को रौंदने का संतोष भी प्राप्त होगा। उसकी पत्नी मंजरी को तो यह और भी बेहतर लगा। वह कोटरानी से घृणा करती है। इस्लाम में जन्म लेकर समानता प्राप्त होती है, इसका उसने अच्छा उतर दिया। उन दोनों ने तत्काल कलिमा पढ़ा। सचमुच सब कुछ का हुकुम हो चुका है।"

"मौलवी, सब कुछ तुमने अल्लाह के बड़े गौरव के लिए किया है। पर मैं आपके लिए क्या कर सकता हूँ? अंततः तुम हम सब के लिए बहुत ही आवश्यक हो और तुम बस खानक्वाह में रहोगे वह आरामदायक नहीं है।" शाहमीर ने कहा।

फकीर ने अपनी दाढ़ी को छुआ, "मैं समझ सकता हूँ कि तुम अभी उस सूची के लिए तैयार नहीं हो, जो मैंने प्रस्तावित की। कोई बात नहीं। दूसरी बार यह सूची और लंबी हो जाएगी। धैर्य हमारे पास है और समय हमारे पक्ष में है। हम तब तक चोट करते रहेंगे जब तक कि शारदा का महल गिर कर शरिया कश्मीर न हो जाए। मैं तुमको सिखाऊँगा छिपाना, धोखा देना और आश्चर्य में डालना। मुझे मेरे लिए कुछ नहीं चाहिए। व्यक्तिगत रूप से मैं अपने लड़कों के साथ प्रसन्न हूँ जो कि अपने युवा मन बना रहे हैं और भविष्य का निर्माण कर रहे हैं, जब उम्माह पूरे विश्व पर शासन करेगा। पर एक विषय है कि धर्मान्तरण की हुई बट्ट स्त्रियाँ अपनी निष्ठाहीनता के लिए जानी जाती हैं और अपने सम्बन्ध बराबर बनाए हुए हैं काफिरों और उनके रिवाजों के साथ। इन में बहुत सी नई मुसलमान स्त्रियाँ ममस्वामिन् मंदिर जाती हैं, जबकि तुम्हारी पुत्री ने तो महापाप

किया है। उसके पति को मुसलमान होना पड़ेगा, वर्ना उसे उसको छोड़ कर किसी मुसलमान से विवाह करना होगा। मुझे अली बता रहा था कि वह उसे अपनी बना सकता है, तब उसे एक नया परिवार मिलेगा।"

शाहमीर ने साँस ली।

"मेरी सबसे बड़ी पुत्री मेरे जीवन का सबसे बड़ा दुख है। मैं उसकी सारी शिकायत उसकी माँ से करता हूँ जिसने उसे ढील दी। मैं तो खैर लड़कों को बड़ा करने में लगा हुआ था। राजा सप्रू कभी भी मुसलमान नहीं होगा। गुहारा मर जाएगी यदि उसने उसे त्याग दिया। वह सदा ही मन की मालकिन रही है और कश्मीर की हवा ने उसे बिगाड़ दिया है।"

"तब वह तुम्हारी पुत्री नहीं। और तुम्हारी समस्या भी नहीं। वह मेरी समस्या है और मैं जानता हूँ कि मुझे क्या करना है। तुम्हारी पुत्री को सबक सिखाना होगा।"

शाहमीर ने दुर्बल विरोध किया, "वह अपनी माँ की सबसे प्रिय पुत्री है।"

फकीर ने शाहमीर को गंदे ढंग से घूरा। यह एक परीक्षा थी और शाहमीर संघर्ष कर रहा था। अपनी पुत्री और एक समर्पित पारिवारिक व्यक्ति जो कि वह था और उस सब के बीच जो कुछ वह पाना चाहता था, के बीच तड़पते हुए। धीरे और अप्रत्यावर्तनीय ढंग से उसका मन उसके लोभ से बिंध गया। कि यह महज एक विषय था, एक स्त्री से जुड़ा हुआ। अत: इसका कोई महत्व नहीं। इसमें थोड़ा सा ढीला रहने से आगे बड़े समझौते होने सम्भव हैं। वे साथ साथ कल को व्यापार कर सकते हैं। शाहमीर सांसारिक व्यवहार चलाएगा जबकि फकीर शरिया लागू करने में सर्वोच्च होगा। उसने अपना सिर स्वीकृति में नीचे किया। फकीर समझ गया कि शाहमीर ने उसके नियमों को स्वीकार कर लिया है। यही करता था वह जब उसे किसी को तोड़ना होता था। पहले व्यक्ति को खिलाओ, यहाँ तक कि राजगद्दी भी, और जब उसने मूली ले ली तो उस पर अपनी लाठी मारो। वह अपने लक्ष्य को प्राप्त कर निकल गया। शाहमीर ने सहजता की साँस ली। इस आदमी ने उसे असहज कर दिया बल्कि भयभीत कर दिया। तथापि उसने उस समय बहुत ही आवश्यक सहायता प्रदान की थी, जब वह जीवन के लिए संघर्ष कर रहा था। शाहमीर को अब वह सारी बातें स्मरण हो आई।

वह अपने महल की बालकोनी में आया और घाटी को निहारा। बाजों को अभ्यास के लिए बाहर लाया गया था। और वे खा भी रहे थे। शाहीन, उसका बहुमूल्य काला बाज, हवा में यों ही चक्कर लगा रहा था शिकार की खोज में।

तब कुछ देख कर वह नीचे की ओर आया। शाहमीर उत्तेजना से उसे देखने लगा जब बाज ने सोहन चिड़िया को चिढ़ाया।। चिड़िया तीव्रता से ऊपर उड़ गई। बाज ने धीमे से उड़ान भरी, ऊँचाई प्राप्त की और अपने पंख मोड़े एक गोता मारने के लिए। अंतिम क्षण में जब बाज मारने के लिए समीप आ गया, सोन चिड़िया ने एक काला तरल पदार्थ बाज की आँखों में उँड़ेला। बाज भूमि पर बहुत अधिक गति से गिर गया और चिड़िया गुस्से में चीं चीं करती उड़ गई। पालने वाला बाज की तरफ दौड़ा, वह करने के लिये जो आवश्यक था। एक सम गति में पालक ने शाहीन का गला अपने चाकू से रेत डाला।

शाहमीर इस घटना से हिल उठा। वह भीतर गया और अपने पोतों को अपने पास बुलाया। उनके नाम थे शिरिशटक और हिमदा। लोग उनकी आकृति को सूर्य और चंद्रमा से तुलना करते। शाहमीर अपनी पत्नी की प्रशंसा करता, जिसने उसे बहुत अच्छे बच्चे दिये थे। उस कष्ट के बावजूद जो गुहारा ने दिया। उसने अपने पुत्रों का विवाह अच्छे से किया था और उनकी पत्नियों ने उसे बहुत अच्छे पोते दिए थे। शीघ्र ही शाहमीर उनकी घोड़ासवारी में घुल गया। उसका हास्य लौट आया। उसे अपना परिप्रेक्ष्य वापस मिला। शाहीनों की कोई कमी न थी। जब एक गिर गया, बहुत सारे अन्य थे शिकार पर भेजे जाने के लिए। वास्तव में अगर महत्व है तो वह है उसके पुत्रों और पौत्रों का। उस के दादा का एक महत्वाकांक्षी सपना था उसके लिए और उसका भी वैसे ही अपने पौत्रों के लिए वैसा ही सपना था। रक्त बहाना था ताकि रक्त परम्परा सम्पन्न रहे, पर वह एक मूल्य जो दूसरों को चुकाना होगा। उसको तो फकीर की साझेदारी में अपने सपनों को पूरा करना है।

## पंचमग्रंथ- पुनः जन्म

### तरंग-18

# अवरोहण

शेख विचार की मनःस्थिति में था अपने नए इस्लामी मित्र पुज के संग। वह पुनः आश्वस्त होना चाहता था कि यह जो इस्लामी पथ नया खुल गया था, उसका कहीं अंत ही न हो। वह यह भी परीक्षण कर रहा था कि उसकी नए मित्र पुज के साथ बढ़ रही मित्रता भी बहुत प्रेरक थी।

"अगर तुम्हें भूमि चाहिए, तुम्हें यह बलात् प्राप्त करनी होगी, क्योंकि कोई तुम्हें यह देगा नहीं। यदि तुम्हें शक्ति और सत्ता चाहिए तो एक परिवार होना ही होगा। कैसे परिवार होगा जब स्त्री नहीं है? यदि तुम पण्डित होकर एक पत्नी के पति होते तो तुम्हारी पत्नी तुम्हें उतने ही बच्चों को पैदा करने देती जितने कि वह चाहती। पर यदि तुम्हारे पास कई पत्नियाँ होंगी तो तुम चार गुना शक्तिशाली होंगे, चार गुना तेज। कौन सा पक्ष तुम्हें लगता है जीतेगा, आज का स्त्रोचित कश्मीरी अथवा कल का पुरुषोचित इस्लामी? यह इतना सरल है।" उसने विजेता की भाँति निष्कर्ष दिया।

शेख ने अपने नए मित्र के तर्क का परीक्षण किया।

"तुमको अपनी भूमि के लिए लड़ना है। यदि किसी को चार पत्नियाँ मिलती हैं उसका अर्थ है किसी को नहीं मिलती हैं। हम वापस गरीब अमीर हो गये। कौन यह तय करता है कि किस को मिलेगा और किसको नही?"

"शिखर पर बैठा व्यक्ति तय करता है। वह सदा ही विजित होता है। इस बात के बावजूद कि कोई युद्ध जीतता है अथवा नहीं। यदि कोई अविश्वासी के विरुद्ध जीतता है, उनकी भूमि और स्त्री माले गनीमत है, यदि नहीं जीतता है तब भी शहीद की सम्पत्ति और विधवा स्त्री को प्राप्त कर सकता है। अस्ल बात है जीवन को तेजी से आरंभ करना और किसी ओर से पहले शिखर पर पहुँचना। कुंजी है आपस में लड़ना बंद करना। सबसे आवश्यक है, कि एक बार आप

शिखर पर पहुँच गए तो किसी ओर को प्रशिक्षित करें जो युद्ध कर सकें ताकि वह जनअत में बहतर हूरों को प्राप्त कर सकें। जब आप असली को भूमि जोतोगे।" पुज ने कलात्मक ढंग से निष्कर्ष निकाला।

"मैंने इसे समानता के कारण चुना, पर तुम इसमें मुझसे पूर्व बहुत देर से हो और मुझसे बेहतर यह खेल समझते हो।" शेख ने कहा। "स्वयं से धर्मांतरण मेरी स्थिति को नहीं बदलेगा, जब तक कि मैं इस नए कर्म में तुरंत काम न करूँ और प्रथम पंक्ति में नहीं मिलूँ। कोकुर सही कहता था कि यह समानता नहीं अपितु दमन है। कश्मीर में अमीर लड़ते हैं पर किसान सिर उठाकर उनकी ओर देखता तक नहीं। वह बात अब नहीं होगी पुज। अगर कुछ पाने के लिए मुझे बहुत भयानक धर्मांतरित होना है तो तब मेरे नाइद की कैंची के बदले छुरा आ गया।"

शेख पुज के साथ, नाइद की सेना और अन्य बहुत जो सोन फौज के थे, एक लक्ष्य ओर चल पड़े जो इस विचार विमर्श से निकल आया था। उसके पास एक आवश्यक भाग था। वह नाइयों के दल का मुखिया था। जो बाल काटते और खतना करते एक दिन में 500 से 1000 लोगों को। कोई विरोध तो स्निप स्निप। वह उनका शुद्धीकरण करता। फकीर ने निर्णय लिया कि चीजें शीघ्रातिशीघ्र करनी हैं। शेख फकीर के साथ पूर्ण सहमत था। अब चूँकि कोकुर गया है अत: जोगी को भी समाप्त करना होगा और एक संदेश भेजना होगा लोगों में कि कोटरानी की ढील सहन नहीं की जाएगी। और भी बहुत उन की हिट लिस्ट में थे, जो फकीर ने उसे दी थी, पर जोगी पहले नंबर पर था। जब वे शिव मंदिर पहुँचे और इसमें प्रवेश किया तो देखा कि जोगी शमशान भूमि पर बैठा। वह गहरे आराम में था। उसने आँखें मूँदी थी। पर किसी प्रकार उसने उनकी उपस्थिति भाँपी।

"कौन हो तुम। क्या चाहिए तुमको?"

"मैं शेख हूँ और मुझे तुम चाहिए।"

"किसलिए? इस धरती पर जो अंतिम चीज है जो तुम्हें चाहिए, वह मैं हूँ।"

"नया कश्मीर में जोगी, तुम्हारी कोई जगह नहीं। तुम्हारी जादूगरी भोले लोगों पर चलती है। उन पर नहीं जिन्होंने अल्लाह के अंतिम शब्द स्वीकार किया है। हम अज्ञान की जगह पर प्रकाश लाते हैं। अपने अंत के लिए तैयार हो जाओ।"

अगर जोगी डर गया पर उसने वह दिखाया नहीं।

"मैं बहुत उत्सुक हूँ जानने के लिए कि कैसे तुम मेरा अंत करोगे, जबकि

मैं इतने वर्ष यह काम न कर सका। रही बात अज्ञान की यदि तुम स्वयं को नहीं जानते, शेष सब व्यर्थ है।"

"स्वयं, वयं, बकवास। मैं संसार के सबसे बड़े संस्थान से सम्बन्ध रखता हूँ। मैं इसका ऋणी हूँ। यह मुझे कहता है कि मुझे क्या करना है और मेरा कर्तव्य है इस संस्थान की सेवा करना।"

"तुम सिर्फ स्वयं के हो जो कि ब्रह्माण्ड का द्वार है। सत्य के ब्रह्मांड से कोई अन्य सत्य महान नहीं है, जिससे सब कुछ प्राप्त होता है। मैं स्वयं इसका एक प्रमाण हूँ कि जब व्यक्ति सर्वोच्च शक्ति चाहता है, उसे मिलती है। पर प्रेम शक्ति को भगा देता है। मेरा एकमात्र मोक्ष उस एक दिन में हैं जब मेरी मुक्ति की प्रार्थनाएँ सुनी जाएँगीं। पर मैं नहीं जानता वह कब घटित होगा।"

"जब मेरी तलवार तुम्हारा ज्यादा ही बड़ा सिर काट डालेगी। वह स्पष्टता लाएगी जो तुममें नहीं है।" शेख ने भय दिया।

"मैं अपने सारे जीवन में तलवार की धार पर चला हूँ तलवार मुझे डरा नहीं सकती। मेरा शरीर मेरा मंदिर है। पर यह मैं नहीं हूँ। जो भी मुझे लेता है मैं उसका भाग बन जाता हूँ। मुझमें शक्ति है, पर मुक्ति की नहीं और एक गलत व्यक्ति में मैं बहुत खतरनाक हो सकता हूँ। मेरे शरीर का समर्पण तुम्हारे कार्मिक बन्धन में परिणत होगी।"

शंकालु लोग जरा सा पीछे हटे, पर पुज ने हस्तक्षेप किया।

"शेख काटो इसे।"

शेख उत्साहित हो गया।

"जोगी मैं तुमसे नहीं डरता। क्या शक्ति है तुम्हारे पास? दिखाओ मुझे अपने भगवान की शक्ति!क्या कोटरानी ने तुम्हें राजसी रक्षा दी है, उसको सम्भोग के रहस्य सिखाने के बदले? तुम क्या करते हो जब वह लोमड़ी गर्म होती है और उदयन उसे संतुष्ट नहीं कर पाता है?"

जोगी हंस दिया।

"मेरे रहस्यों की तुम जैसे थाह नहीं ले सकते। मैं स्वयं को तुम में देखता हूँ, क्या तुम्हें मुझमें अपना स्वयं दिखाई देता है?"

"तुम व्यभिचारी! मैं तुममें सिर्फ बुराई ही देखता हूँ।"

जोगी ने सख्त मारा।

"अभी भी तुम यौन रूप से दुखी हो?" उसने अपने नेत्र शेख में गढ़ाए।

"क्यों तुम मुझ पर ये रूमानी नजरें मार रहे हो? तुम नीच" शेख चिल्लाया।

"यह बड़ा ही सरल है। झपकी झपकी झपकी और देखो तुम कैसे मुस्कुराने लगोगे तुरंत। तुम प्रसन्नताओं का अनुभव करोगे।"

"तुम विकृत। फकीर सही कह रहा था कि तुम एक ढोंगी हो जो उन को यौन कार्यों में उलझाता है जो तुम्हारे झूठे क्रिया कलापों के अनुयायी बनते हैं।"

"कहाँ से मैंने सुना है, अरे हाँ चाँद से, तुम्हारे नेता सफेद भेड़िये के विषय में कि उसे पेट की अग्नि की समस्या है। है न उसे। तुम क्यों स्त्री से घृणा करने वाले को मानते हो, जो सोचता है कि वह ईश्वर के विषय में बोलता है? सच में तुम भी अच्छे सम्भोग और बुरे सम्भोग में अंतर जानते हो। मैं तो अद्‌भुत सम्भोग का परम ज्ञाता हूँ।" जोगी ने निश्चिंत हो कहा।

शेख ने अपना दाहिना हाथ जोगी पर घुमाया। वह अभ्यास कर रहा था और अली ने उसे कहा था कि वह गर्दन पर वार करें। जोगी का कटा सिर भूमि पर उछला और शांत हो गया। उसकी कोयले सी आँखें अपने कातिल को टुकुर-टुकुर देख रही थी। शेख ने आँखों में देखा और देखा अपना ही मुख उसे देखते हुए। उसके कारण उसकी समझ में न आया। उसकी कमर में एक जूडी सी चढ़ी। उसने सिर को पैर से मारा, जो लुढ़कता हुआ दूर चला गया। इसमें कुछ भी नहीं था। यह इतना सरल था जैसे बाल काटना। उसने तलवार को पोंछा और अपने लोगों को आदेश दिया कि "उसे दफना दो। हमें कोई हिस्सा नहीं चाहिए।"

"उसके सिर का क्या करें?" आदमी ने पूछा।

"इसको बैठ ने के आसन में दफनाओ और यह इसकी बुद्धिमता की तलवार के शिखर पर इसका सिर रख दो। हो सकता है इससे इसमें कुछ बुद्धि आए।"

उन में से एक ने कहा कि सम्भवतः उनके लिए उसे दाह संस्कार करना ही शुभ रहेगा, पर किसी की बात पर ध्यान न दिया। शेख ने कहा था और वह अंतिम अधिकार रखता था। वे वैसा करने से डर गए जैसा करने को उन्हें कहा गया था। शेख उससे कहीं अधिक सीधे खड़ा हो गया जैसा कि वह कभी हुआ था। एक निश्चित अधिकार उसके पूर्व रोंदू आवाज में भर गया था। उनका काम हो गया। दल वापस खानक्वाह की तरफ चल दिया। जहां शेख ने समाचार प्रसारित किया। उसे एक वीर का सम्मान दिया गया। फकीर दयालुता की मुस्कान मुस्कुराया। अपनी दाढ़ी को सरकाते हुए, ज्यों ही दल ने कातिल को अपने कंधों पर उठाया और एक आवाज में शोर मचाया। "शेख, शेख, शेख।

कोटरानी के सम्भोग गुरु को काट डालने वाला।" पहला काम सम्पन्न हो गया था। अब यह समय था शेख के लिए कुछ शेष बचा काम कर डालना।

दो दिन पश्चात, शेख को एक सूचना मिली कि गुहारा और राजा सप्रू शारिका के घर से लौट रहे हैं। जहां वे मदन त्रयोदशी का समारोह मनाने के लिए गए थे। उदयनदेव और कोटरानी भी संक्षिप्त समय के लिए आए थे। आदित्य ने निर्णय किया था कि वह ब्रह्मा के परिवार के साथ रहेगा। जबकि गुहारा और राजा सप्रू दलदल को रस्सी के पुल से पार कर रहे थे घर वापस आते हुए। उन्हें शेख और उसके सशस्त्र दल ने टोका। अली भी उनके साथ था। पर उसने गुहारा की नजरों से अपना मुँह फेर कर रखा जिसने कि उस समय नए वस्त्र धारण किए थे और केशों में एक पुष्प लगा लिया था। शेख ने समय व्यर्थ न किया। उसके आदमी राजा सप्रू पर टूट पड़े और उसे एक वृक्ष से रस्सियों से बांध दिया। जब गुहारा ने दख्ल देना चाहा अली और उसके आदमियों ने उसकी बाँहें पीछे को मोड़ ली। लगभग उनको अपने जोड़ों से निकालते हुए। वह रोने लगी कि वह गर्भवती है पर उन आदमियों ने उसका स्कार्फ उसके मुख में ठूँस दिया और वह साँस न ले सकी। वह निस्सहाय हो देखती रही जब शेख उसके पति के सामने खड़ा हो गया।

"तुम ओ जिद्दी बट्ट, बड़ी देर से तुम्हें दण्डित करने का था। मैं तुम्हारा गला रेत दूँगा, और तुम्हारा खून बहेगा मरने तक। मैं तुम्हारी पत्नी के साथ खुशियाँ मनाऊँगा, तुम्हारे मजे के लिए। तुम उसकी चिल्लाहट और हंस गान सुनकर खुश हो जाओगे। जब हम सब फारिग हो जाएँगे, हम उसके छोटे छोटे टुकड़े कर देंगे। यह हर मुसलमान लड़की के लिए सबक होगा कि वे कभी भी किसी काफिर से विवाह के बारे में सोचेंगी भी नहीं।"

शेख ने जैसा बोला, वैसा ही किया। उसने पुज को संकेत किया, जिसने राजा सप्रू का गला कान से कान तक काटा। तब वह गुहारा की ओर लपका। उन आदमियों ने उसे भूमि पर धकेला मर रहे राजा सप्रू के सामने। और उसके कपड़े उतारे। नाइद/शेख ने अपनी पतलून उतारी और उसका बलात्कार करने लगा। 'तो यही होता है सम्भोग?' काश उसे जोगी देख सकता अब। गुहारा का विरोध व्यर्थ का था। उसकी पीड़ा की चिल्लाहट में विचार राजा सप्रू के थे। वह विलाप कर रही थी।

"मेरे राजा, मेरे राजा! मुझे क्षमा कर दो।"

राजा सप्रू की आँखें अब काँच की हो गई थी पर कहा जाता है कि आँखें और कान बहुत देर तक काम करते रहते हैं। गुहारा की चीखें बंद करवाने के

लिए शेख ने उसका गला पकडा और उसे कस कर चीर दिया। श्वासावरोध के कारण वह श्वास लेने के लिए संघर्ष करती रही। शेख को आनंद के क्षण बडते लगे। उसे चरम आनंद मिला जब गुहारा को मृत्यु का आवेग आया। वह समझ गया कि पुज एकदम सही कह रहा था कि हिंसा से प्राप्ति होती है और भयावह हिंसा से तो अत्यधिक प्राप्ति होती है। हत्या और बलात्कार सम्पन्न। दल आगे बड़ा, पीछे आवाज करती मक्खियों और कीड़ों को अपना काम आन मिला, उस सब पर आरंभ करने के लिए जो कुछ मनुष्यों ने कर रखा था।

सारस ने अपनी प्रातः काल की सैर करते हुए राजा सप्रू और गुहारा के शव देख लिए। जब वह महल में दौड़ती हुई आई, वह स्तम्भित थी। यह भयानक समाचार घाटी में आग की तरह फैल गया। अनौपचारिक रूप से पता लगाया कि क्या मीर अपनी पुत्री को स्वयं ही दफनाना चाहेंगे, पर उस पर उन को सीधा सा इंकार मिला अली से कि छोटे मुसलमानों के गाँव के कब्रिस्तान में उसकी देह को दफनाने का स्थान नहीं मिलेगा। राजा सप्रू हिंदू था और गुहारा मुसलमान अतः उलझन यह उत्पन्न हो गई कि किस मंदिर में इन का अंतिम संस्कार किया जाएगा। अंततः ममस्वामी मंदिर में निर्णय किया गया। यह ऐसा मंदिर था जहां यहूदी और हिंदू साथ साथ प्रार्थना करते थे। यह सोचते हुए कि इस सभा में वे भी होंगे जो मुसलमान हो गए हैं, पर तब भी हिंदू मंदिरों में जाया करते थे। उन्होंने तुरुषकराज भैरव की अवधारणा के साथ उसकी स्थापना की थी। वे शिव का मुसलमान उल्लास तुरुष्क भैरव में परिकल्पित करते। शमशान में एकमात्र व्यक्ति शाहमीर के घर से जो था वह थी गुहारा की माँ। वह प्रार्थना करने लगी, "हमें माफ कर दो, हमें उतरदायी माने बिना, तुम्हारा नाम गफ्फार है, हमें माफ कर दो।"

सारिका जो गुहारा के गर्भ के विषय में जानती थी, ब्राह्मण के कान में धीरे से बोली, "एक छोटी सी प्रार्थना अजन्मे बालक के लिए भी करनी है। ब्राह्मण ने सिर हिला कर जताया कि ठीक है वह समझ गया। -यह पहली बार नहीं था और यह अंतिम बार भी न होगा कि एक महान आशा को जन्म से पहले ही समाप्त किया गया कश्मीर में। विविधता मृत्यु का बहुत बड़ा खतरा लिए थी पर- कोटरानी और उदयन देव अंतिम संस्कार में सम्मिलित हुए, ब्रह्मा बच्चों के साथ रहा। पुरोहित ने एक छोटी सी चिंदी कोटरानी को पकड़ा दी जो राजा सप्रू की छाती पर चिपकाई गई थी। 'उदयनदेव और कोटरानी, यहीं हश्र तुम्हारा भी होगा। अगला नंबर आपका।'

कश्मीरियों को कौओं की तरह माना जाता है। जहां एक कांव कांव करने

लगा, सभी आकर इस कांव कांव में सम्मिलित होंगे, और जोरों की कांव कांव करेंगे। पर आज भृंगी वंश के नाते रिश्तेदार मृत्यु के सन्नाटे में थे। यानिव और उसके मुट्ठी भर यहूदी भी तातानिया के साथ मंदिर आए थे। कश्मीरी अंतिम संस्कार में सफेद झक पहन कर आए थे, जैसी कि परम्परा थी। इसके ठीक विपरीत गुहारा की माँ सिर से पाँव तक काले रंग के कपड़े पहन कर आई थी। चेहरे पर नकाब था। उसकी सारी शांति तार तार थी। वह एक तरफ से दूसरी तरफ छटपटाहट में भाग भाग रही थी। उसका विलाप सबसे ऊँची आवाज में था। एक एक बात उसके विलाप की सबका हृदय फाड़ कर रख रही थी। वह अल्लाह से गुहार लगा रही थी कि उन दरिंदों को कभी न छोड़ें, जिन्होंने यह अपराध किया था और ये विलाप शमशान के आर पार सुनाई दे रहे थे। शवों को सफेद कफनों में लपेटे साथ साथ रखा गया था। ब्राह्मण ने राजा सप्रू का जनेऊ और गुहारा को बुलबुल द्वारा सुरक्षा के लिए दिया गया तावीज का धागा साथ साथ रखा। दोनों शवों को लपेटे फूलों के ऊपर से तेज लपटें उठी और ताबीज और जनेऊ समाप्त हुए।

तरंग-19

# महामारी

कोटरानी का युद्ध परिषद दाह संस्कार के बाद मिला। उदयन ने कहा कि वह बेचैन अनुभव कर रहा है और उसे उसके बिना ही चलाना होगा। उसे कुछ आराम चाहिए था। कोटा ने आग्रह किया कि उसे उपस्थित रहना चाहिए क्योंकि स्थिति आपातकालीन है, किंतु अस्वाभाविक रूप से उदयन ने न माना। वह उसके विषय में चिंतित थी और विदीर्ण थी कि क्या करें। किंतु उसके कर्तव्य बोध ने उसे पति को वहीं छोड़ बैठक में जाने को बाध्य किया। उदयन की अनुपस्थिति को चिह्नित कर सीधे वे काम की बात पर आए।

ब्रह्मा बोला, "महारानी, यह बैठक सेनाध्यक्ष के बिना ही हो रही है, वह कृतघ्न हो गया है और अब वह शासक बनना चाहता है। वह फकीर और शेख से जुड़ गया है जो घाटी में आतंक के कर्ता बन गए हैं।"

महारानी न्याय मंत्री की ओर प्रश्नांकित दृष्टि से देखने लगी। उसने कहा, "यदि हम अपने पूर्वजों के दाय को सुरक्षित रखना चाहते हैं तो महारानी एक अबोध स्त्री और उसके प्रति की हत्या के लिए क्षमा नहीं कर सकती। जो भी दोषी हैं उसे उचित रूप से दण्डित करना होगा।"

ब्रह्मा ने जो कुछ भी हुआ था, उस पर दुख जताते हुए सिर हिलाया।

"एक पिता के नाते शाहमीर अपनी पुत्री के बलात्कार और हत्या की अनुमति देने में शामिल रहा है। वह सदा ही उसके प्रति निष्ठा रखती थी। फकीर ने उसकी बुद्धि का हरण कर दिया और उसने अपनी बुद्धि को छुट्टी दी।"

"सांप ने अंततः फन उठाया और अब आवश्यकता है अब वज्रपात करने की।" कोटा ने स्थिरता के साथ कहा।

महारानी ने एक छोटा अवकाश लिया ताकि अलग से वह उदयन देव के साथ परामर्श कर इस पर कोई अंतिम निर्णय ले सकें। परिषद प्रतीक्षारत रही जब

वह राजसी कक्ष की ओर गई। शीघ्र ही कप्तान अवतार एक तुरंत गम्भीर संदेश लेकर आ गया। दल छितर गया। ब्रह्मा और कुमार अवतार के साथ तुरंत चले गए। जब वे निजी कक्षों में प्रविष्ट हो गए उन्होंने महारानी को महाराजा की बगल में, जो कि बिस्तर पर पड़े थे, बहुत पीली पड़ी देखा। उन्होंने उनको प्रवेश करते सुना और धीमे से कहा, "उदयन नहीं रह...।"

उदयन को बड़ा सा हृदयघात हुआ और 7 फरवरी 1339 को उनका देहांत हुआ। उसका शासन पंद्रह वर्ष दो माह और दो दिन रहा। उसने अपने संसार को त्याग दिया जिसे रिनचिन और शाहमीर ने अपवित्र कर दिया था। कोटारानी उसके अकस्मात् निधन के दुख से उबर गयी थी।

"हे प्रभु, महाशिवरात्रि तो शिव शक्ति के मिलन का उत्सव है। यह तो प्रसन्नता और हर्ष का उत्सव है जब बच्चों के गीत गाये जाते हैं। उनको उपहार और धन दिया जाता है खर्चने के लिए। पुरुष द्यूत खेलते हैं। विवाहिताएँ अपने पतियों के स्वास्थ्य और कल्याण की कामनाएँ करती हैं। पर मेरे लिए यह दिन सदा ही उदयन के बिछोह के दिन के रूप में रहेगा।"

दुखी उस दल ने रानी को सांत्वना देने का प्रयास किया। पहला निर्णय जो उन्होंने लिया वह था कि यह दुखद घटना चार दन तक गुप्त रखी जाए क्योंकि शिवरात्रि पर महाराजा की मृत्यु कश्मीरियों द्वारा बहुत ही अशुभ माना जाता। एक संदेश वाहक को शारदापीठ भेजा गया कि देवस्वामी तुरंत आ जाए। और एक अलग दाह संस्कार किया गया। यह उस रीति के तीव्र विरोध में था कि बड़ा पुत्र राजा को मुखाग्नि देगा। हर दिन और ज्यादा कुलीनों को इस वृत्त में लाया जाता। यह वृत्त अब बढ़ता जा रहा था जब तक कि निष्ठावानों की एक भीड़ न बन गई। महारानी ने देवस्वामी को कुछ समय रुकने को कहा पर उसने कहा उसे बहुत सा काम करना है, अतः चला गया। वह उदयन की अस्थियों को ले कर श्राद्ध सम्पन्न करेगा। उसने यह भी कहा कि वृद्ध ज्योतिषी अब सठिया गया है और बहुत माँग करता रहता है। निकलते हुए देवस्वामी ने कोटरानी से कहा कि गुरु के रूप में वह सदा ही उसकी कार्मिक यात्रा में साथ रहेगा और कश्मीरियों के संग सदा ही देवी माँ रहेंगी।

कोटारानी को उदयनदेव के साथ अपना अंतिम वार्तालाप जीवंत रूप से स्मरण हो रहा था। वह परम तेजस्वी था।

"तुम जानती हो कि मैं देवस्वामी के साथ एक विमान के निर्माण पर काम कर रहा हूँ। मुझे लगता है कि हम एक पारे का इंजन बनाने के बहुत निकट

पहुँच गए हैं। यदि तुम और मैं कश्मीर के ऊपर से उड़ेंगे तो क्या देखेंगे? सब बंद दरवाजों के पीछे हैं। कुछ अपनी कुटीरों में और कुछ अपने दुर्गों में। हर किसी के लिए सुरक्षा अपने अपने ढंग से भिन्न है। शाहमीर को सत्ता में और फकीर को उम्माह में दिखती है। तुम्हारे लिए यह पालन पोषण और प्रत्येक की सुरक्षा और स्वप्न का अनुगमन करने, सहिष्णु राज्य में है। मैं तुम्हारी नीति का सर्वोत्कृष्ट प्रमाण हूँ। कुलीनों की कुलीनता बचनी चाहिए और हम जिस पर विश्वास करते हैं और हमें जो करना है वह है धर्म। शेष हमें देवी माँ पर आस्था रखनी है।"

उदयन स्वप्निल रहा हो पर वह सही था। व्यक्ति को अपना धर्म निर्वाह करना चाहिए। अब यह समय है जनता में जाने का। कोटारानी ने उदयन की मृत्यु के बाद सभी शक्तियों को ग्रहण किया। दुखद रूप से जटा और हैदर पार हो गए थे। पर कुलीनों ने दबाव डाला कि वे एक अपरीक्षित को गद्दी देने की अनिश्चितता में नहीं फँसना चाहते थे। ब्रह्मा और कुमार की शक्तियाँ बढ़ाई गई और दोनों अब महारानी के मुख्य परामर्श दाता थे। राजसी विधवा के लिए अब बहुत सहानुभूति थी। सब स्मरण करते कि कैसे उसने उनको पाला। और जनता उसके आगे प्रणत होती। लावण्य उसे अपनी के रूप में देखते। स्त्री होने के नाते वह बहुत लचीली थी।

सूचना थी कि शाहमीर ब्रह्मा का उत्थान नहीं सह सका। पर वह हवा का रुख समझ गया और सिर नीचे किए रहा। बुलबुल का धर्मांतरित किया एक लावण्य मकबूल लोन का महारानी के साथ हो जाना दिखा रहा था और शाहमीर यह समझ गया कि महारानी के प्रति जनता की बहुत सहानुभूति है। अपने पति के देहावसान से वृद्ध हो चली कोटरानी अपनी प्रजा पर केंद्रित रही जिनके विषय में उसे लगता वे भी अनाथ हो गए हैं। वह विशेष ध्यान स्त्रियों पर केंद्रित करने लगी, उनको कलाएँ सिखाने काम आरंभ किया ताकि वे सर्दियों के मौसम में अपना काम कर कुछ आय प्राप्त कर सके। 'जैसे ग्रीष्म की वर्षा धूल साफ करती है और उष्णता पौधों को पोषित करती है, उसने अपनी प्रजा को वापस समृद्ध किया।

इस बीच राजा सप्रू और गुहारा की मृत्यु में जाँच खिंचती गई। इस प्रतीक्षा में कि कातिलों का दल अपराध स्वीकार करेगा। कोटरानी शाहमीर, फकीर और शेख पर अपने संदेह के आधार पर ही आगे नहीं बढ़ना चाहती थी ताकि राज्य में भविष्य में ऐसी और घटनाएँ न हो। तीनों इस बीच चुप बने रहे, उनके बारे में बहुत कम सुना गया।

समय व्यतीत हुआ और सर्दियों के बाद वसंत आया। चीन और साइबेरिया लौटने वाले पक्षियों के झुण्डों के झुण्ड से घाटी पट गई। भूरी गुल, महान जलकाग, सीधे सिर वाले कलहंस सभी अपनी तैयारी करने लगे दक्षिण से उतर की ओर जाने की। वे कश्मीर की झीलों की तटों पर आराम करते। सायं अद्‌भुत दृश्य होता। जब संध्या घाटी पर छा जाती पक्षी दलदलों से, जहां वे कुछ अनाज के दाने और मछलियों को खाते और आगे की वापसी की यात्रा के लिए स्वस्थ और पुष्ट हो जाते, ऊपर आकाश में उठते। वहाँ अपनी संख्या अधिकाधिक बढ़ा कर वृत्ताकार बनाते। उनकी चीखों से पर्वत पट जाते। अंततः वे अपनी संरचना में करते, बिना किसी टकराव के इस जटिल और रोचक संरचना में सब को समाहित करते। तब जब सूर्य अंतरिक्ष में पर्वतों के पीछे अस्त होता और रात्रि त्वरित गति से पर्वतों को ढाँपती, पक्षी नीचे गोता मारते, अपने पंखों को सपाट कर जल में उतरते और प्रशांत हो तैरते। अधिक से अधिक नीचे उतरते, प्रत्येक को निश्चित रूप से पता होता दिखता कि रात के लिए वह किसे अपना पड़ोसी चुनेंगे। यह दृश्य भीषण सुंदर, प्रत्येक को, जो इसे देखता अवाक् रह जाता। यदि किसी को देवी माँ का हाथ देखने का प्रमाण देखने की इच्छा थी तो वह निश्चित रूप से इन पक्षियों की उड़ान पद्धति को देख कर पा सकते थे, जो कि सहस्रों, शतकों की संख्या में एक समता में, कलात्मक बनावट में उड़ते कि आकाश रूपी पट्ट पर अति सुंदर चित्रकला उकेरते। जब अंधेरा छा जाता, चुप्पी छा जाती। कि परिधि पर कुछ अवचेतन दृष्टि गढ़ाए रखते कि कोई आक्रांता आकर आक्रमण का दुस्साहस कर जल में क्रीड़ारत संख्या को परेशान न करे।

हैगाम और होकरसर ऐसे दो गाँव इन पक्षियों के प्रिय थे और सर्वप्रथम रहस्यमय रोग की सूचना इन्हीं दो गाँव से आई। घरेलू मुर्गियाँ गंभीर रूप से संक्रमित हो गई थी और मर रही थी। पहले लक्षण थे उनके खराब हो रहे अंडे और टूटते पंख। फिर अगले अड़तालीस घंटों में लगभग सभी संक्रमित मुर्गियाँ मर जाती। कोटरानी ने आदेश ब्राह्मणों के लिए निकाला कि ग्रामीणों को टीका लगाया जाए। अपने देशी ज्ञान में वे कुछ सीमा तक सफल हुए।

अतः यह कोई पूरा आश्चर्य न था जब शाहमीर तक समाचार पहुँचा कि उसे वहीं बीमारी हो गई है और उसका अंत निकट था। कोटरानी की परिषद यह निर्णय लेने के लिए मिले कि क्या करना चाहिए। शाहमीर के कृतघ्न व्यवहार के बावजूद वह अभी भी राज्य का सेनाध्यक्ष था और घाटी में लोग उसे मानते थे। सभी परिणामों पर विचार विमर्श कर यह तय किया गया कि औषधीय सहायता पहुँचाना ही सर्वोत्तम मानवीय कृत्य होगा। प्रश्न उठा कि कौन जाएगा

तब किश्तवाड़ टुकड़ी के कप्तान को भेजना उचित समझा गया। पर ब्रह्मा प्रसन्न न था।

"यह एक भूल है सैन्य अधिकारी को भेजना जबकि शाहमीर और हममें तनाव है। मैं जाऊँगा।"

कोटरानी नहीं मानी।

"ब्रह्मा मैं शाहमीर पर विश्वास नहीं करती। मैं स्वयं को कभी भी क्षमा नहीं करूँगी यदि तुम्हें कोई क्षति हुई। ज्योतिषी ने कहा ये लोग बुरे षड्यंत्र करेंगे।"

ब्रह्मा ने कोटरानी के साथ तर्क वितर्क करने का प्रयास किया।

"मेरी शाहमीर के साथ सर्वाधिक सम्बन्ध हैं, यद्यपि कुछ दूरियाँ भी आ गई हैं हमारे मध्य। मैं तुम्हारा भी सर्वोत्तम प्रतिनिधि हूँ; लोग देखेंगे कि हम शाहमीर का ध्यान रखते हैं। इससे मुझे उससे विचार विमर्श करने का अवसर मिलेगा और उसे वापस लाने का भी। जहां तक सुरक्षा का प्रश्न है कप्तान मेरे साथ रहेगा अत: भय की कोई बात नहीं है। अंतत: यह मेरा धर्म है, चूँकि मैं रक्षा बंधन से बाध्य हूँ तुम्हारी रक्षा के लिए।"

कोटरानी के परामर्श दाता ने ब्रह्मा का प्रस्ताव मान लिया और चल दिया। ब्रहा महारानी के साथ पीछे अकेले बैठा था। वह उसके समीप आ गई और उसे कस कर गले लगाया।

"उदयन देव को खोने के बाद मैं तुमको संकट में डालने की सोच भी नहीं सकती।"

ब्रह्मा ने कोटरानी के दुख को न्यून किया

"मूर्ख, मैं शाहमीर को मित्र के रूप में वापस प्राप्त कर लूँगा। अंतत: वही तो है जिसने मुझे दुलचा के आक्रमण में बचाया।"

कोटरानी ने ब्रह्मा को कसकर पकड़ा। उसे न जाने देने की इच्छा के साथ। उसने उसका चुम्बन लिया।

"ब्रह्मा, तुम रक्षक बनना चाहते हो, अपने विषय में अत्यधिक ध्यान रखो। यह वही शाहमीर नहीं है। मैं तुम्हें वापस आने पर मिलूँगी।" वह बुदबुदाई और बाई ओर मुड़ गई।

ब्रह्मा बाहर आया जहां उसकी प्रतीक्षा अवतार कर रहा था। यह छोटा सा दल चक्रधारा पर्वत पर स्थित शाहमीर के घर की ओर अश्वों पर आरूढ़ हो तीव्र गति से चल दिया। जब ब्रह्मा वहाँ पहुँचा, वह आश्चर्य में पड़ गया कि वहाँ कितने लोग थे। ऐसा लग रहा था कि जैसे मानो वहाँ एक तैय्यार सेना थी। उनमें

बहुत से ऐसे थे जो घाटी के न थे। सेनाध्यक्ष के रूप में शाहमीर का प्रभुत्व सभी द्वारों पर था। यह स्पष्ट था कि राज्य की सेना के साथ संकट की स्थिति लाई गई थी, उनमें बाहरी व्यक्तियों की बाढ़ लाई गई थी, जो अपने स्थानीय सहायकों के संग छिप रहे थे। लोग छोटे छोटे दलों में एकत्रित हो रहे थे। फारसी में बतियाते हुए। वहाँ एक बड़ा ही दल एक व्यक्ति के गिर्द, जो घर के द्वार के सामने बैठा था। ब्रह्मा निकट आया और देख कर चकित हो गया कि यह फकीर था। उसने सुना था कि यह निष्कासित वापस घाटी में लौट आया है। पर उसे लगता था कि यह कहीं खानक्वाह के क्षेत्र में छिपा बैठा है। यह बहुत ही भिन्न अनुभव था उसे व्यक्ति का रूप में देखना। फकीर घृणित रूप से पीला था। उसका रक्तहीन शरीर को रक्त की आवश्यकता थी। उसका असामान्य रूप से बड़ा सिर घृणा से फट रहा था। फकीर में एक खालीपन था जो उसे संसार के प्रति अंधा कर रहा था। ब्रह्मा ने यह समझ लिया।

पहले फकीर बोला।

"रानी ने अपना निष्ठावान कुत्ता सूंघने के लिए भेजा है। क्या शाहमीर के शत्रु उसके मरने के क्षणों को देखने और उत्सव मनाने आए हैं।?"

"किसने तुम्हें यहाँ रखा है, शाहमीर का क्या हाल है?" हरे कपडे पहने एक समर्थक ने पूछा।

"यह आदमी हमारा मजहबी नेता है, इसके शब्द महान हैं यहाँ, ध्यान रखो।"

फकीर पुनः बोला।

"तुम यहाँ शाहमीर की दशा पता करने आए हो पर उसकी दशा बहुत ही बिगड़ी है। उसे कम्पन के दौरे पड़ते हैं। उसे भयावह खांसी है और उसे बहुत ज्यादा बुखार है।"

"मैं उसे देखना चाहता हूँ, मुझे उसके पास ले चलो ताकि हम देख सकें कि हम उसे क्या सहायता पहुँचा सकते हैं।"

"वह असम्भव है, वह पूरी तरह एकांत में हैं। उसका परिवार बलपूर्वक बाहर निकाल दिया गया है। नहीं तो उन्हें भी यह खतरनाक बीमारी हो सकती है। सिर्फ मैं जाता हूँ उसके पास क्योंकि अल्लाह मेरी रक्षा करता है।"

"अल्लाह ओ अकबर "भीड़ चिल्लाई।

ब्रह्मा बिल्कुल भी न डरा।

हम शाहमीर से मिलने आए हैं और हम उससे मिलेंगे। उसे एक हत्यारे,

जिसे कश्मीर से निष्कासित किया गया था, की देखभाल में नहीं रखा जा सकता।"

भीड़ बड़बड़ाई और एक समर्थक ने ब्रह्मा के इन शब्दों पर अपनी तलवार निकाल ली। पर फकीर ने उन्हें वापस भेजा।

"भाइयों, मैं एक सताया गया व्यक्ति हूँ। मेरे तन पर एक कमीज तक नहीं जो मेरी हो। इसलिए कि मजहब बचे। मुझे इस जीवन इस काफिर के हाथों दुख झेलना पड़ा। पर अल्लाह मुझे मेरा पुरस्कार देगा। और बहुत ही निश्चित रूप से वह आप को आपका पुरस्कार देगा।"

भीड़ ने गुंजाया, "एक बड़ा सा पुरस्कार बहुत ही निश्चित रूप से हमें मिलेगा।"

ब्रह्मा ने अपने शब्द दोहराए।

"मैं शाहमीर से मिलना चाहता हूँ तुरंत।"

"मैं शांति का व्यक्ति हूँ जिनाब। मुझे तुम डरा क्यों रहे हो? क्या तुम मेरे पास कोई शस्त्र देख रहे हो? इस उकताहट के बाद भी मैं आप में से एक को ले जाना चाहता हूँ। मैं समझता हूँ कि यह युवा कप्तान मेरे पीछे आए। वह वापस आएगा और आपको शाहमीर के बारे में सूचित करेगा। यह तय है कि उसके जीवन का अंत होने वाला है। न उसे मेरा आशीर्वाद प्राप्त है न ही अल्लाह की ओर से कोई सुरक्षा ही। उसे यह रोग लगेगा और भयानक मृत्यु मरेगा।"

अवतार आगे बढ़ा।

"मैं नहीं डरता अगर तुमको यह रोग नहीं लगा है तो यह मनुष्यों को नहीं लगता है। मुझे ले चलो।"

ब्रह्मा ने उसे रोका। जब खतरे का मामला था तो वह खतरा नहीं उठा सकता था और अपने स्थान पर किसी और को नहीं भेज सकता था।

"हम दोनों ही अंदर जाएँगे। अपने लोगों को बोलो कि हमारी प्रतीक्षा करे।"

फकीर ब्रह्मा के शब्दों पर मुस्कुराया। अपने दाँत दिखाते हुए।

"अभी देर नहीं हुई है ज्यादा कलिमा पढ़ने और मुसलमान होने में। अल्लाह की रक्षकों साथ आप जा सकते हैं और शाहमीर से मिल सकते हैं।"

"अल्लाह शाहमीर को न बचा सका। मेरा विश्वास मुझ में हैं। मार्ग दिखाओ।"

"अल्लाह और उसकी शक्तियों पर संदेह मत करो। अगर अल्लाह

शाहमीर को चाहता है तो यह अल्लाह की मर्जी और आदेश है, न कि अल्लाह की असफलता। मैं उसका एक सेवक रहूँगा जो समानता और नैतिकता का पालन करता है।"

"तुम सेवक नहीं हों बल्कि तुम भगवान के साथ खेलते हो। कश्मीरी बट्ट तुमको सफेद भेड़िया कहते हैं, जिसने गडरिये के कपड़े पहने हैं। और सही कहते हैं वे।"

तुम कश्मीरी अपने ऋषियों को गुफाओं में त्याग देते हो और अपनी नाभि पर विचार करवाते हो। यह काम तो बंदरों और चूहों का है खैर मैं न दिल से दूर हूँ न ही नजरों से। मैं तो लोगों को दमन के विरुद्ध जगाऊँगा लोगों के यदि यह शहादत भी माँगे।"

ब्रह्मा ने सौम्यता से उत्तर दिया।

"मैं जानता हूँ ऋषि सत्य के अन्वेषक होते हैं। और मनुष्यता के दृष्टा। शांति, नैतिकता, तथा करुणा के व्यक्तिगत आदर्श। न कि कातिल जो स्वयं को स्वयं ही रक्षक होने का अभिषेक करते हैं। ठीक है, हम बाहर वाद विवाद करेंगे, अभी हम भीतर जा सकते है?"

फकीर खड़ा हुआ। अपना शाल अपने शरीर पर लपेटा और भीतर की ओर चल दिया। उसके पीछे पीछे ब्रह्मा और अवतार भी चले। यह एक विशाल घर था और वे ऊपर की ओर एक तंग, मुड़ती सीढ़ी पर गली में गए। रुकने पर फकीर ने एक दरवाजा खटखटाया और वे एक कमरे में प्रविष्ट हुए। इससे पूर्व कि वे शाहमीर के पास पहुँचे फकीर ने अवतार को सचेत किया कि उसे अपनी तलवार दरवाजे पर ही रख देनी होगी। अवतार ने विरोध किया पर ब्रह्मा ने उसे सचेत किया कि उसे यह मान्य होना चाहिए। फकीर ने तलवार अपने हाथ में ली।

ब्रह्मा और अवतार शाहमीर के पास गए। जो कि बिस्तर पर आराम कर रहा था। उसका चेहरा दूसरी ओर था।

"कौन है?" उसने दुर्बल आवाज में पूछा।

ब्रह्मा शाहमीर की इस दशा से बहुत प्रभावित हुआ।

"शाहमीर, मैं ब्रह्मा हूँ। मैं आपका हाल पूछने आया हूँ। महारानी ने मुझे आदेश दिया है कि आपका इलाज करने में कोई कसर न रखी जाए। ब्राह्मण अपने सर्वोत्तम वैद्य भेजेंगे, यदि आप आदेश करें।

"मुझे लगता है अब बहुत देर हो गई। मेरा शरीर ज्वर से भुन गया है। मेरी

जीभ सूख गई है। मैं पसीनों में टूट जाता हूँ और हर मांसपेशी और जोड़ों में दर्द है।" शाहमीर फुसफुसाया।

"देर नहीं होती कभी भी। शाहमीर तुमने और तुम्हारे परिवार ने मेरा जीवन बचाया, जब दुलचा कश्मीर में आया। मैं सदा ही आपका ऋणी हूँ। ब्राह्मण चमत्कार करते हैं पर उन्हें आपकी अनुमति चाहिए। मैंने उनको उन लोगों को बचाते हुए देखा हैं जिन्हें मरा हुआ समझ कर छोड़ दिया गया था।" ब्रह्मा ने पुनः आश्वासन दिया।

"ब्रह्मा, अच्छा किया जो तुम आ गए। महारानी एक अच्छी स्त्री है, यद्यपि हमारे बीच मतभेद है। मेरे निकट आओ और मुझे उठा कर तकिए से टिका दो ताकि तुमसे बात करते हुए मैं तुम्हें देख भी सकूँ "

ब्रह्मा बिस्तर के दूसरी तरफ गया। उसने और अवतार ने आराम से शाहमीर को उठाया, पर ज्यों ही उन्होंने ऐसा किया, फकीर ने अवतार की तलवार को अपने हाथों में मारा। शाहमीर उठा और तलवार लेकर ब्रह्मा के सीने में उसे उतार दिया। अवतार ने ब्रह्मा को अपने खाली हाथों से बचाने का प्रयास किया, पर फकीर ने उन्हें पीछे से पकड़ लिया। कुंडली मारे सांप की तरह शाहमीर अपने बिस्तर से उठा, पहले ही खून से लथपथ तलवार अवतार में उतार दी।

'उसने उनके शस्त्र उनके ही शरीरों में उतार दिए और अपनी मानसिक बीमारी शांत की। उनके सिरों से खून निकला और आँखों से पानी। उनके जीवन ने उनके शरीर को छोड़ा और जो विद्वेष शाहमीर के अंदर था उसने उसका मन छोड़ा। शाहमीर ने रक्त स्नान किया उनके दो सिर एक टूटे बर्तन के दो टुकड़े और उनके घाव दो दिए के चिह्न जैसे '

'जमात!' फकीर ऊंची आवाज में चिल्लाया।

जो लोग बाहर थे भीतर आए, अगुवाई शेख कर रहा था। जब उन्होंने दो मर रहे व्यक्ति फर्श पर रक्तरंजित देखे तो वे उन पर अपनी तलवारें चलाने लगे। वे लकड़बग्घा की भाँति अपने शिकार में से टुकड़े निकालते हुए, जबकि शाहमीर और फकीर उनका तमाशा देख रहे थे। मुस्कुराते हुए। शेख, पुज और अली ने उनके वे क्षतविक्षत शरीर उठाए और बाहर लाकर उन दुखी सेवकों के सामने फैंक दिया जो ब्रह्मा और अवतार के साथ दया के इस अभियान में आए थे। आतंकित सेवकों से शरीर उठवाए गए और घोड़ों पर लगवा कर, शाहमीर और उसके अनुयायियों की बाहर हँसी के बीच महारानी के पास लौट गए।

एक स्तम्भित दरबार जो आपात बैठक के लिए मिला। इसमें सभी

कुलीन, डामर, ब्राह्मण भी सम्मिलित हुए। कक्ष के बीचोंबीच ब्रह्मा और अवतार के शरीर सफेद वस्त्र में लपेट कर रखे गए। शारिका अपने पति के निकट बैठी थी, पत्थराई कि अंततः उसके पति को यह हुआ क्या।

सर्वप्रथम न्याय मंत्री बोला, "यह एक पूर्व नियोजित हत्या की घटना है। निर्णय था मृत्यु। शाहमीर अनुपस्थित था। अतः यदि किसी को उसके बचाव की बात करनी हो तो करे। हाँफने की ध्वनि सुनाई दी, जब कुछ हाथ उठे। लुस्टा था, तिलकशूरा था और निर्लज्ज कम्पन भी इस ऐतिहासिक बैठक में बैठने को आया था। लुस्टा तत्पर था बचाव करने को।

"महाशयों और रानी, मैं अवरोध के लिए जोश की ध्वनि में कहूँगा। हम शाहमीर की निंदा करने को तैयार हैं। पर हम में से वहाँ उपस्थित कौन था जब यह घटना घटी? मैं सब को स्मरण कराना चाहता हूँ यहाँ कि ब्रह्मा और शाहमीर मित्र थे। और एक ने तो महारानी के पुत्र को पाला। अतः दोनों एक हिसाब से एक दूसरे के बहुत निकट हैं। महारानी को शाहमीर को बाई आँख माना होगा ठीक जैसे कि वह ब्रह्मा को दाई आंख मानती थी। कौन जाने शयनकक्ष में क्या हुआ। कौन सी गलतफहमी उत्पन्न हुई। किसने किस पर वार किया। सम्भव है उनमें वाद विवाद हुआ कि कौन गद्दी पर बैठेगा। दोनों ने अपनी बात पर अड़ना शुरू किया। सबसे बढ़िया ढंग से इसे यों कहा जा सकता है कि भाग्य ने एक को मारा और दूसरे को उसका यंत्र बना दिया। जब दुर्भाग्य आ धमका है, हमें इस पर अपने बढ़ चढ़ कर निर्णय नहीं लेने होंगे। जब भाग्य ने यह अभिषेक किया है कि हैदर भविष्य का शासक हैं तो फिर हम क्या चुनौती दे सकते हैं?"

"ओ जर्जर बूढ़े!" ब्रह्मा का बेटा भीम बोला जिसकी आँखें दुख से लाल थी, चीखा। "तुम्हें शाहमीर ने भ्रष्ट कर रखा है। जैसे कि उनको भी किया है जो तुम्हारे साथ बैठे हैं। शाहमीर की बेटियों ने तुमसे विवाह किया है और तुम्हारे दिमाग का खतना किया है। ये अपरिचित हैं जो हमारी भूमि पर आए। ये सब अपराधी थे, अपने देश से भगाये और भागे, हमारे यहाँ अभयारण्य प्राप्त हुआ। यहाँ ये हर एक निष्ठा की शपथ से मुकर गए हैं। हर विश्वास को तोड़ा है। बल्कि वे इतने भयानक नहीं जितने कि तुम क्योंकि देखने में तुम हम में से एक हो पर, पर तुम उनके यहाँ बिक गए हो। सच्चाई के छद्म वेश में तुम हमें बौना बना रहे हो। कश्मीर का नरक बनना आरंभ हो गया है कि हम बात करते हैं और तुम्हें सुनने को तड़प रहे हैं। प्रतिकार उतना ही इस्लाम में भी वैध है। एक आँख के लिए एक आँख। अगर आज हमने कुछ न किया, हम सदा के लिए नष्ट हो जाएँगे।"

लुस्टा बोला।

"पुनः कहता हूँ कि मैं तुम्हारी पीड़ा समझ सकता हूँ, पर यह मत भूलो कि शाहमीर की पत्नी ने तुम्हें दूध पिलाया जब तुम एक दूध पीते शिशु थे। तुम शाहमीर के बिना हो ही नहीं सकते थे। चलो हम शांति के मार्ग पर चलें।"

"हम देव और परियाँ हैं इस भूमि की। हमारे पूर्वज यहाँ प्रागैतिहासिक समय से रहे हैं। किसी ने हमारे विषयों में हस्तक्षेप अथवा अवरोध किया। शाहमीर आया और फिर फकीर। हमारे समुदाय के कुछ दलों ने बुलबुल का मजहब इस्लाम अपनाया और इसके सहवासी और नियम कायदे। पर उसकी मृत्यु के बाद शाहमीर और फकीर ने हमें एक जानवर की तरह नष्ट किया। उन्हें ऐसे ही मार गिराना है जैसे दरिंदों को मारा जाता है।"

भीड़ में एक हड़बड़ाहट थी और बहुत से सिर स्वीकृति में हिल रहे थे। भीड़ की सहानुभूति स्पष्ट रूप से ब्रह्मा के पुत्र और उसकी विधवा पत्नी के साथ थी, जो कि अपने पति की लाश के संग बैठी थी।

बरामदे में सहसा कुछ हलचल हुई। भीड़ चली गयी क्योंकि एक राजसी व्यक्ति कुछ देर से आ गया था। यह रावण था। दशकों पूर्व राजदरबार छोड़ने के बाद वह वृद्ध हो चला था। पर उसमें तब कुछ ऐसा था कि एक व्यक्ति जिसे अपने अधिकार से वंचित किया गया था। उसके उपहास से ज्ञात हो रहा था कि वह परवाह नहीं करता, पर वह करता था। उसने अब एक लंबी श्वेत दाढ़ी रखी थी इस बात के बावजूद भी लोगों की उसके प्रति क्या भावनाएँ हैं। आवभगत से यह पता चल रहा था कि उपस्थित लोगों में वह सबसे वरिष्ठ है और उसे बोलने का अधिकार है।

"जो हुआ, सो हुआ। यदि यह विशाल सभा यह शास्त्रार्थ करेगी कि कश्मीर में क्या हुआ और क्या नहीं, गलत हुआ या सही तो उसका कोई अंत नहीं। मैं एक बात जानता हूँ, शाहमीर को ज्वर था या वह स्वाँग कर रहा था, एक परिवर्तन उसमें आया है। सब कुछ होते हुए भी वह पागल नहीं है। तुम सोच रहे होंगे कि तुम्हारे साथ बुरा हुआ, पर शाहमीर सोचता है कि उसे परेशान किया गया। वह समझता है कि ब्रह्मा को उसकी हत्या करने को भेजा गया था। उसने मुझे इस संदेश के साथ भेजा है कि वह अन्य को भी शहीद कर देगा और इस क्रोध की भयानक अग्नि से कोई नहीं बचेगा।"

न्याय मंत्री ने बहुत देर तक रावण को घूरा बोलने से पहले।

"मैंने अपने पेशे में खूब देखा है अपराधी विधि को नीचे करने लिए धमकियाँ देते हैं। मैंने यह भी खूब देखा है कि सत्य न्याय करने की प्रक्रिया

में मारा जाता है। बहुत ही कम विषयों में ऐसी घटनाओं के प्रत्यक्षदर्शी होते हैं। पर पारिस्थितिक प्रमाण पर विश्वास करना होता ही है। सबसे प्रथम ब्राह्मणों ने निर्विवाद और प्रामाणिक रूप से कहा है कि यह महामारी मनुष्यों को नहीं होती, पर जब होती है तो मारक होती है। रावण तुम इस बात के प्रत्यक्षदर्शी हो कि शाहमीर जीवित है यह सिद्ध करता है कि उसका रोग झूठ और पूर्व सुनियोजित षड्यंत्र था। दूसरा हत्या का आरोप एक लाल मुर्गाबी है अर्थात् सफेद झूठ। ब्रह्मा ने कभी भी तलवार नहीं उठाई। वह नहीं जानता था कि उसे कैसे चलाना है। अवतार एक सैनिक था। यदि वह चाहता शाहमीर और फकीर का मांस निकालता। यह स्पष्ट है कि जब वे तीनों शाहमीर के कक्ष में गए, नागरिक नियम यह है कि वह तलवार अपने साथ नहीं ले जा सकता था। उसने उसे फकीर को पकड़ाया होगा, जिसके विषय में हम जानते हैं कि पूर्व में उसने हत्याएँ की हैं। और अंत में यदि शाहमीर सचमुच निष्पाप है और अपना बचाव कर रहा है तो फिर यह क्यों?"

सख्त कदमों से मंत्री शवों के पास गया। वह शारिका के सम्मुख बैठ गया ताकि उसे शवों से बचाया जा सके, और एक कफन फाड़ दिया। एक वेदना की ध्वनि भीड़ में से उठी। शवों को अमाप्य रूप से क्षत विक्षत किया गया था। आँखें निकाल ली गई थी। खोपड़ी में खोखले छेद किए गए थे, जिनमें गहरे घाव किए गए थे। उनके अण्ड कोश काटे गए थे। वक्ष का हर इंच छेद दिया गया था। पर क्या सचमुच अधिक घृणास्पद था कि शवों पर काटने के निशान थे। मंत्री ने त्वरित गति से सफेद वस्त्र शवों पर डाल दिया।

संत्रास शाहमीर का संदेश है। एक मनुष्य एक दरिंदा बन गया। उसने दर्शाया है कि वह बोलता कुछ है और उसका अर्थ कुछ और होता है। और करता कुछ तीसरा ही काम है। कोई व्यक्ति विधि से ऊपर नहीं। शाहमीर अर्थात् सेनाध्यक्ष हमारे राज्य का भी नहीं। उसने अपना विश्वास और राज्य को सुरक्षा देने का अपना विश्वास तोड़ा है। वह स्वयं को सताया और परेशान दिखाता है। पर हर अपराधी ऐसा ही करता है। मेरा कर्तव्य है कि मैं यह माँग करूँ कि महारानी उसको, फकीर को और शेख को मृत्यु दण्ड दे। महारानी अब यह आप का यह कर्तव्य है कि अपनी परम योग्यता का परिचय देकर यह दण्ड आप निर्धारित करें।"

दरबार ने मंत्री को इतना क्रुद्ध कभी न देखा था। पर हर कोई ब्रह्मा की हत्या से प्रभावित था। शाहमीर के पक्षपोषक छोटे से वृत्त में रावण के संग गए।

यह जानते हुए कि उन्होंने जनता की राय का यह युद्ध हारा। रावण ने फिर भी अंतिम शब्द कहे :

"शाहमीर को मृत्यु दण्ड देना कश्मीर को मृत्यु दण्ड देना होगा। लोग ब्राह्मणों के विरुद्ध विद्रोह करने को तैयार हैं। राज्य का कोई सेनाध्यक्ष नहीं। घुड़सवार शाहमीर के साथ हैं और हैं चक। फकीर ने बहुत से जिहादियों को लाया है कि दुलचा ने जो नहीं किया वह काम वे पूरा करें। यह समय है व्यावहारिक होने का और एक सहमति करने का। शाहमीर और उसके लोगों की वैधानिक शिकायतें हैं जिनको सुना जाना चाहिए। उनके वैधानिक अधिकार हैं जिन्हें रौंदा नहीं जा सकता।"

इस बिंदु पर मकबूल लोन कक्ष के मध्य में आया। वह बहुत ही लोकप्रिय लावण्य था। कम्पन की गलती के बाद वह उनका वास्तविक नेता बन गया था।

"मैं शाहमीर के झाँसे में आ गया। जैसे कि हम सब। वह बाहर का व्यक्ति है। वह भीतर आया और देखा कि हम बंटे हुए हैं। उसने जालसाजी से हमारे बँटे होने का लाभ लेकर हमारा शोषण किया और खुद को वहाँ तक ले गया जहां से आज वह हमारे ही अस्तित्व को भयभीत करता है। एक समय होता है वार्ता करने का और एक समय होता है युद्ध करने का। मैं अब बिल्कुल भी द्विविधा में नहीं यह समझने के विषय में कि कश्मीर का क्या हुआ, शाहमीर के आने पर चकों के आने पर और अन्य ऐसे लोगों के आने पर। उनका एक ही लक्ष्य है और वह है बाहर से अपने भाइयों को लाकर कश्मीर में बसाने का। और कश्मीर को अपने नियंत्रण में लेने का। हमारी सहिष्णु जीवन पद्धति, 'जियो और जीने दो 'अब फकीर के आतंकी तरीकों से नष्ट हो रहा है। मैं एक मुसलमान हो गया पर मैं पहले एक कश्मीरी हूँ। मैं एक कश्मीरी हूं और अपनी संस्कृति पर गर्व करता हूँ और इस अज्ञात गिद्ध संस्कृति को अनुमति नहीं दूँगा जो मृत्यु पर पलती है। मैं निर्विवाद रूप से महारानी के साथ हूँ। लावण्य इतने शक्तिहीन नहीं कि वे शाहमीर, फकीर और उसके जिहादियों को टका सा जवाब नहीं देंगे।"

सभी आँखें महारानी पर टिक गईं। वह रो रही शारिका के पास गई और उसे अपने साथ लगाया। सिकुड़े होंठों और फटे हृदय से कोटरानी ने अपना राजसी निर्णय घोषित किया।

"मैं तुमसे ब्रह्मा को मृत्यु के पास भेजने के लिए क्षमा याचना करती हूँ। मैं यह निर्णय सुनाती हूँ सभी वर्गों के गुरु के रूप में कि शाहमीर, फकीर और

शेख को मृत्यु दण्ड दिया जाए। लैला ने प्रेम दिया और वह प्रेम की अधिकारी हैं और उसे हर गम में सारी सहायता मिलेगी। जो भी दल अब शाहमीर के साथ मैत्री करेगा वह राज्य का शत्रु माना जाएगा। वे बंदी बना लिए जायेंगे और उनकी सम्पत्ति उनसे छीन ली जाएगी। यह एक दैत्याकार अपराध था। और किसी भी स्थिति में इसके लिए कोई क्षमा नहीं मिल सकती।

रावण और उसके दरबारी मुड गए और एक शब्द कहे बिना चले गए। कोटा देख रही थी कि क्या रावण कुछ दुख ब्रह्मा के लिए व्यक्त करेगा, उसके बालपन का आदर्श। पर उसने कुछ न कहा। यदि उसको कोई भावना अपनी विधवा बहन के प्रति थी उसने वह न दिखाई।

**प्यारी माँ,**

आज वह असह्य पीड़ा है मुझे जो नरक को सबसे घृणास्पदों के लिए आरक्षित करता है। हर घाव जो ब्रह्मा को लगा था, उसने मेरे हृदय को एक हजार बार अधिक छलनी कर दिया जितना कि शारिका को किया होगा। शारिका मेरे विषय में क्या सोच रही होगी, क्या अनुभव कर रही होगी? मैं उसके लिए खून के आंसू रोती हूँ। जब आज मैंने रावण को देखा मैंने उससे पूछना चाहा, "क्या गद्दी इतनी महत्वपूर्ण है कि तुमने अपनी आत्मा राक्षसों को बेच दी? मैं यह कह कर कि, "यह ले और देख क्या यह किसी को पूर्णता देती है, देखना चाहती थी उसकी मुखाकृति।' देवस्वामी कहते हैं कि सृजन में ही हमारे दुर्गुण निर्मित हो गए होते हैं। मैं एक क्षत्रिय योद्धा हूँ और मेरा धर्म है अधर्म को समाप्त करना और ब्रह्मा के हत्यारों के लिए मेरी दण्ड की घोषणा से मुझे शांति मिली है। उसकी मृत्यु का प्रतिशोध लिया जाएगा और न्याय होगा। वास्तव में उसकी दैहिक मृत्यु ने मुझे इस मिलन बिंदु के ओर निकट लाया कि मेरे अस्तित्व के एक एक टुकड़े के कट जाने से मैं तुम्हारे और और निकट आती जा रही हूँ। अब मैं समझती हूँ कि किस के लिए पिता जी ने मुझे तैयार किया जब प्रशिक्षण दिया कि मन को अलिप्त कर वहाँ देवी माँ को रखो, युद्ध करो और कोई पीड़ा अनुभव न करो। एक बार मैं शाहमीर की गद्दारी का अंत कर कश्मीर में शांति की पुनः स्थापना करूँ, मैं चंद्र और जटा को एक साथ लाऊँगी और पूछूँगी कि विवाह के विषय में उनकी क्या योजना है और गद्दी उनको सौंपूँगी।

अब मैं अपनी विशाल भूमि में भ्रमण करना चाहती हूँ, इसके सौंदर्य को निहारना चाहती हूँ और लोगों से मिलना चाहती हूँ। उनको प्यार देना चाहती हूँ जो उन्होंने मुझे दिया। मंदिरों में घूमना चाहती हूँ, तब अपनी एक पत्रिका लिखना चाहती हूँ ताकि उसमें कश्मीर के सभी आश्चर्यों का वर्णन करूँ। तुम वह सब

पढ़ सको जो तुमने नहीं देखे। हांजी बड़े प्यारे लोग हैं। मैं उनकी एक नाव में वितस्ता का विहार करूँगी। हम चार होंगे। सारस, चाँद, जो कठिन जीवन के होते हुए भी सदा आशान्वित रहता है और उसकी सुंदर-सी योगिनी पत्नी। वे कहते हैं कि मैं कश्मीर की महान रानी हूँ। सम्राज्ञी। कौन जाने यह सच है भी अथवा नहीं पर एक बात तय है कि योगिनी एक दिन कश्मीर की देवी के रूप में प्रसिद्धि पाने वाली है। वह अपने ही ढंग की निर्भीक और निडर व्यक्ति है और चाँद की महान साथिन। मुझे उसमें आंतरिक पवित्रता का भान होता है और उसके साथ एकत्व का भाव भी। मैं उसे अपनी छोटी बहन की तरह मानती हूँ और मेरा विश्वास है कि उस रात वह भी एक शिकार बन गई उस शमशान में जैसे कि मैं। और वह अपने धर्म को सर्वोत्तम ढंग से निभाती है।

माँ कभी सोचती हूँ कि मेरी एक पुत्री होती। मुझ पर अपनी कृपा दृष्टि बनाए रखना माँ। जैसे कि तुम सदा ही रखती हो।

प्यार तुम्हें को.

यह युद्ध था। कोटरानी ने बाहर संदेश भेजा, "कोई शांति नहीं जब तक कि विजय न मिले।"

अंतिम युद्ध की तैयारियाँ आरंभ हुई। लावण्य रक्षण के प्रभारी लोन के निरीक्षण में हो गए। सामग्रियों को जुटाना था, प्रशिक्षण देना था। निष्ठावानों को शक्तिशाली बनाना था। शाहमीर के पास कश्मीर की परिधि का नियंत्रण था। द्वारों की शक्ति थी। जिसका अर्थ था उसके नियंत्रण में व्यापारी थे जो उसके लिए वह सब लाते जो उसकी आवश्यकता थी। शाहमीर धीरे से एक अजगर की तरह घेरा बना रहा था, लोन भीतर का केंद्र बनाकर उसे विस्तार दे रहा था जब तक कि दोनों शक्तियों की भिड़ंत न हो और फिर एक ही बचेगा।

जब जयपीडापुर से एक समाचार आया राजद्रोह का। लगता है वहाँ चावलों की कमी हो गई थी और जनता ने स्थानीय राजस्व कार्यकर्ताओं के विरुद्ध द्रोह किया। अपने लोगों के लिए चिंतित और दुखी कि कहीं तनाव बढ़ न जाए, रानी वहाँ चली गई। वहाँ उसने अंदरकोट नामक दुर्ग में निवास किया, ताकि स्वयं वह इस कार्य को निर्दिष्ट कर सकें। पर पता लगा कि यह सूचना गलत थी। स्थानीय डामर को शाहमीर ने भ्रष्ट कर यह दबाव डाला था कि दूसरे प्रकार का दबाव रानी पर वह डाले। जानकर कि यह षड्यंत्र था उसने डामर को पद से हटाया और वापस राजधानी लौट गई। गहरे भविष्य ज्ञान से भरी उसने अपनी सेना को सशक्त ढंग से लगाया। किंतु यद्यपि वे बहुत ही शीघ्रता वापस

गए पर यह गति उसकी हृदय गति से कहीं धीमी थी।

महारानी की अनुपस्थिति ने शाहमीर और उसके लोगों के लिए मार्ग खोल दिया था, जिन्होंने श्रीनगर पर कोटरानी की अनुपस्थिति में आक्रमण किया था। लावण्यों ने वीरता के साथ लड़ा और धीरे धीरे से उसको और उसके लोगों को शहर से खदेड़ दिया। लावण्यों ने अली के घुड़सवारों को धकेल कर उन्हें अपने अधिकार में लिया। लोन ने अली से युद्ध किया और उसे मार डाला। अतः लावण्य और घुड़सवारों को समर्पण करना पड़ा।

दबाव में शाहमीर ने अपने सामंती सम्बन्धियों को दूत भेजे। जब लावण्य जीतने ही वाले थे, लुस्टा पता ने कहाँ से आया और एक शक्तिशाली प्रतिघात किया। लावण्यों को घेरा और उन्हें पराजित किया। ख़जांची के धन ने बहुत ही सही काम कर लिया था लुस्टा को शाहमीर के लिए खरीद सकने का। महारानी और उसकी सेना राजधानी की तरफ बढ़ गई पर अब देर हो चुकी थी। कुमार उनकी तरफ दौड़ा एक गुप्त सुरंग से। शारिका, सारस, भीम और अन्य निष्ठावानों के जैसे चाँद इत्यादि के साथ, तथापि शत्रु ने जटा को पकड़ लिया था। कुमार ने बुरा समाचार लाया कि लोन को अपने बहुत सारे वीर योद्धाओं के साथ मार डाला गया है और राजधानी जीत ली गई है।

कोटरानी के पास कोई विकल्प न था सिवाय इसके कि वह अंदरकोट लौट आए। जो कि एक दलदल भरी झील के मध्य स्थित था तथा अलंघ्य था, लंबी घेराबंदी के लिए, जब तक नए विकल्प न उपस्थित होते, जब तक कि महारानी और उसका रुग्ण दल दुर्ग पर पहुँच गया। उन्होंने पक्की सड़क पार कर ली और पीछे से दरवाजा भिड़ा दिया, असुरक्षा के गहरे भाव के साथ। कब तक यह अस्थायी प्रबंध चलता, जब तक कि अगली चुनौती न आन पड़ती जिसका कि कुछ पता न था। पर अभी के लिए दुर्ग ने विश्रांति दी मारक शक्तियों के आने से।

युद्ध के बाद की शांति में, विजयी शेख का एक रोचक आगमन हुआ। मंजिम उसके पास अपनी आधिकारिक हैसियत से आया था। एक प्रमुख डामर अपनी पुत्री इंद्राक्षी शेख को विवाह के लिए देना चाहते था। मंजिम ने उसे बडे सम्मान से शेख सम्बोधित किया बिना विगत की ओर जरा भी कोई संकेत किए। फकीर शेख के साथ बैठा, यह देखने के लिए कि वार्ता कैसे चलेगी। जब मंजिम ने बात समाप्त की तो देखा कि शेख ने फकीर की ओर मार्गदर्शन के लिए देखा। उसने सहमति में सिर हिलाया।

"पुत्र, डामर समझते हैं कि शेख के साथ रिश्ते का क्या मूल्य है। पर

हमें सब कुछ विधिवत करना है। तुम्हें लड़की को मेरे पास लाना होगा। मैं उसे शिक्षित करूँगा, बजाय स्कूल जाने के। जब वह धर्मांतरण करेगी, मैं विवाह का अनुबंध बनाऊँगा। तभी विवाह सम्पन्न होगा। उसे समझना होगा कि विवाह के बाद उसका असली काम बच्चे पैदा करना है। मातृत्व सबसे गरिमामय है और इससे सम्मान प्राप्त होता है।"

मंजिम शर्तें समझ गया।

"दुल्हन का पक्ष विवाह के लिए तत्पर है। कन्या सुंदर है। यदि उसकी पढ़ाई समस्या है तो उसका भी उपचार हो सकता है।"

फकीर पुनः मुस्कुराया।

"मंजिम, जब लड़की आएगी यह तुम्हारी जिम्मेदारी होगी कि उसने ढंग से कपड़े पहने हों। और यह भी कि वह सचमुच कुँआरी हो। तुम जानते हो कि हमारा शेख एक पवित्र व्यक्ति है और इस्लाम उसे ऐसी लड़की से विवाह करने की अनुमति नहीं देता जो कुँआरी न हो। तुम तो कश्मीरी स्त्रियों को जानते हो उनके बारे में कुछ निश्चित नहीं, है कुछ निश्चित?"

"इंद्राक्षी बहुत ही पवित्र लड़की है। उस का घर का नाम लाल सेब हैं। क्योंकि वह जरा सी गलती पर लाल पड़ती है। उसके माता-पिता ने उसे ऐसे बड़ा किया है कि वह आत्मा की पवित्रता से दिल खुश कर देती है। उसके जबरदस्त लाल केश अद्‌भुत सुंदर हैं।"

फकीर ने इन बातों को रद्द कर दिया।

"शब्द, शब्द, शब्द। तुम कभी भी कश्मीरियों पर विश्वास नहीं कर सकते, कर सकते हो क्या मंजिम? हमारा तरीका महान है। सब कुछ अनुबंध में लिखा रहता है। यह बात कोई भी सीधे जान सकता है। यदि कोई पक्ष चूक करें तो, उसके लिए स्वतः दण्ड विधान है। स्त्री गलती करती है तो मार खाती है। पुरुष स्त्री से श्रेष्ठ है, जो कि सभी कश्मीरी स्त्रियों को समझना और जानना होगा। यही नया कश्मीर में होगा।"

मंजिम ने विनम्र हामी भरी। वह किसी भी या सभी शर्तों पर काम कर सकता है। पर लड़की को यह मानने के लिए तैयार करना होगा कि उसके जीवन में आगे क्या है। वह अपनी भावनाओं को अपने सौदों के आगे नहीं लाता। वह अव्यावसायिक होगा। पर वह शेख के जीवन को जानता है और उसका इस लड़की के लिए क्या अर्थ है। वह एक कलाकार है। वह कथाएँ लिखती और पढ़ती है। कोटारानी उसका आदर्श है। उस पर वह एक दिन पुस्तक लिखने वाली है। यह उसके लिए बहुत कठिन स्थिति बनने वाली है। पर कश्मीरी लड़कियों

में जिजीविषा है। मंजिम ने स्वयं को सांत्वना दी कि वह ठीक रहेगी।

शेख ने अंतिम शब्द कहे-

"मंजिम अपनी दलाली कम रखो। यदि एक अच्छा काम करोगे तो हो सकता है कि अच्छी दलाली तुम्हें मिले। सिर्फ सहदेव के पास ही हरम नहीं हो सकता है। शेख पहला कौर खाएगा लाल सेब का। फिर मैं पूर्ण प्राप्ति करूँगा। कश्मीर में जीवन का पूरा आनंद लिया जाना चाहिए।"

मंजिम ने उस व्यक्ति को देखा जो उसका मित्र था, नाई से कातिल बना। बलात्कारी और अब नैतिकता का सिपाही।

"तुम मेरे सबसे सम्मानित ग्राहक हो, जो तुम चाहोगे ठीक वैसा ही होगा।"

तरंग-20

# बिछोह

कोटारानी रणनीति बना रही थी इस अनुमान को लगा कर कि शाहमीर का अगला कदम क्या होगा। उसका मुख पीला पड गया था और आँखों के आसपास झुर्रियाँ पड़ गई थी। यानिव भी वहाँ था। उसने तातियाना और सोपोरियों को भी सम्मिलित होने को कहा। चाँद एक दूरी पर बैठा था, जैसी कि उसकी आदत थी।

"वह हैदर को महाराजा बना देगा, रावण उसका आदेश देगा, शेष डामर अनुगमन करेंगे। जटा को एक बंदी के रूप में वह प्रयोग करेगा और आपसे हैदर के पक्ष में राज्य त्याग देने के लिए कहेगा।"

"क्या वह इतने से संतुष्ट होगा? यदि मैं कश्मीर की राजगद्दी छोड़ देती हूँ तो क्या शांति होगी?"

"नहीं वहीं नहीं चाहेगा वह सिर्फ। स्मरण करो, उसने सोचा आखिरकार वह राजकोष लेगा, पर वह तो दुर्ग में हैं ही नहीं। लुस्टा ले गया जो थोड़ा बहुत उसे वहाँ मिला। शाहमीर और फकीर के पास विद्रोहियों की बड़ी सेना है, जिनके नीचे वे सब धर्मांतरित हो गए हैं जिनको बताया गया है कि बड़ा पुरस्कार उन्हें मिलेगा। इन लोगों को लूट में लगाया जाएगा क्योंकि यदि वे दरिंदे को नहीं खिलायेंगे, वे असंतुष्ट होंगे और उनका अंत प्रमाणित होंगे।"

"शत्रु के बार बार आक्रमण के कारण लोगों ने बहुत मुसीबतें झेली हैं। सहदेव ने शाहमीर को गलत तरह से समझ लिया, जब उसने उसका स्वागत कश्मीर में किया, और सारी सुख सुविधाओं को उपलब्ध कराया। मैंने रिनचिन को गलत तरह से समझ लिया, यदि हम पुनः गलत हुए तो क्या होगा? हम ने सोग्दिन को एक पागल चेतावनियाँ देनेवाला समझ कर रद्द कर दिया, पर वह सही चेतावनियों की घंटी बजा रहा था। हम नए आप्रवासियों की निष्ठा के प्रति

सचेत, सावधान न थे, या नए धर्मान्तरितों के विषय में। हम अपनी सभ्यता और मूल्यों के प्रति सावधान न रहे। कुमार यदि आप सत्य को ठीक से नहीं समझ सकते तो? हमने राजधानी छोड़ दी और उनके षड्यंत्र में फँस गए। मैं अपने पिता की कमी अनुभव करती हूँ और नहीं समझ में आता किसका मुँह ताकूँ। यानिव, क्या कहते हो तुम इस पर?"

यानिव ने गहरी साँस ली।

"महारानी, शाहमीर ने अपनी इच्छा पूरी कर ली, अब वह सफेद भेड़िये से छूट नहीं सकता। मुझे लगता है कि हमें भयावह के लिए तैयार होना है।"

"तुम डर रहे हो कि मेरा अंत निकट है,"

"यह सम्भव है। हमें नहीं भूलना चाहिए कि शाहमीर ने आपको दाना बना दिया आपको ऐसा चित्रित कर कि आप लोगों और बड़े से पुरस्कार के बीच में बाधा हो," यानिव ने दुख के साथ कहा।

कुमार ने क्षणभर सोचा।

"महारानी, चीन किसी और की तुलना हमें बहुत अधिक धारता है। हमने वहाँ अपने 500 बट्ट, हमारे रत्न भेजे हैं विगत 1500 वर्ष से। वे ऋण मानते हैं और ललितादित्य महान के समय में उन्होंने हमें 200000 सेना अभियान के लिए सहायता में भेजे।"

"क्या हम उनसे सहायता माँगें?"

"महारानी, मुझे नहीं लगता है कि उनका सम्राट तोगुन तैमूर जिसके यहाँ बगावत और विद्रोह चल रहा है, वह हमारी मदद करेगा। साथ में दिल्ली के सुल्तान मुहम्मद बिन तुगलक ने पहले ही अपना दूत, मोरोको का इब्नेबतूता चीन के दरबार में लगा रखा है। वे कभी कश्मीरी बट्ट की सहायता करें पर आज नहीं करेंगे।"

"यदि यानिव सही कह रहा है तो क्या करना चाहिए कि बट्ट विजेता हों?" कोटा ने कुमार से पूछा।

कुमार ने धीरे से उतर दिया।

"हमारे लोगों का इतिहास हमें यह बताता है कि सब कुछ जो खोया है पुनः प्राप्त किया जा सकता है। वह सब जो पहले रचा गया था, उसे पुनः रचा जा सकता है। सत्य अव्यय हैं। हमारा ज्ञान को बचाने के पथ पर चलना, यही तो प्रतिभूति है हमारी निरंतरता, गुणात्मकता और उत्थान का। पर मुझे लगता है कि इस प्रश्न का सही उतर देने वाला व्यक्ति यानिव है।"

"रानी यह कोई रहस्य नहीं, और कश्मीरी इससे कुछ भिन्न नहीं करते

आज कल। यहूदी निर्वासन में जीवित रहे अपने धर्म के नियमों के पालन यानी तोरा से, अपनी प्रतिज्ञा से अपनी पवित्र मातृ भूमि की सतत स्मृति से। अपनी विशिष्ट जीवन पद्धति से। यह एक रहस्योद्घाटन था डेविड सितारे के साथ हमारे डेजिहोर का अद्‌भुत साम्य है। अब मन एक कश्मीरी यहूदी हूँ और ममास्वामिन मंदिर मेरा मंदिर है। जब तक आगामी कश्मीरी पीढ़ियाँ यह बात स्मरण रखती हैं अथवा समझती है और इसका अभ्यास भी करती है कि क्या बहुमूल्य है, मात्र उन्हीं के लिए नहीं अपितु मानवता के लिए, अंतरगुम्फित शिवशक्ति ब्रमाण्डीय चेतना और उसकी संयुक्ति उस चेतना के साथ जो आपके अंदर है, वे जियेंगे, पनपेंगे और विजयी होंगे।" यानिव ने व्यक्त किया।

कोटारानी ने अपना निर्णय सुनाया।

"यानिव, मैं चाहती हूँ कि तुम एक भयावह लक्ष्य का संधान करो। मैं चाहती हूँ तुम इस दुर्ग से बच्चों को बाहर निकाल लो। सारस मैं तुम्हें मुक्त करती हूँ चीन वापस लौटने के लिए।"

"महारानी मैं एक वृद्ध महिला हूँ अब और मेरा हृदय पीड़ा से भरा है। मेरी माँ का घर विराट भूमि चीन में ढूँढने और बच्चों के संग होने में मैं यानिव के साथ जाऊँगी। प्रति रात्रि मैं उन्हें एक कथा सुनाऊँगी और प्रत्येक प्रातः वे कश्मीर की ओर मुख कर विद्या की देवी को प्रणाम कहेंगे। निर्वासन में भी कश्मीरियों का भविष्य सुरक्षित होगा, जब तक कि वे अपनी मातृभूमि में बिना किसी भय के लौट आए।" सारस ने रोते हुए कहा।

कुमार ने पूछा, "महारानी आपका ध्यान कौन रखेगा? सारस पूरा जीवन आपके संग संग रही है।"

"हाँ वह रही है और सदा रहेगी, पर अब वह उन का ध्यान रखेगी जो कश्मीर और मेरे लिए अत्यधिक आवश्यक हैं। वहीं एक है जो यह सुनिश्चित करेंगी कि बच्चे कश्मीर की कथाएँ सुनें और सुनाएँ। हमारा इतिहास हमें आत्म चेतना प्रदान करता है। जो हमारी सर्वाधिक बहुमूल्य सम्पदा है।"

"महारानी मैं आपके द्वारा दिए गए इस उत्तरदायित्व से बहुत विनम्र अनुभव करता हूँ।" यानिव बोला।

कोटा ने कहा, "घाटी एक लहर से समाप्त हो रही है जो हमारी सभ्यता को डुबो रही है। आप एक दिन मुझे नूह की कथा कह रहे थे, कितनी समान है यह कथा जलप्लावन और मनु की कथा के। किसी दिन वे कहेंगे कि कैसे तुम नूह थे और तुमने हमारे बच्चों को सुरक्षित स्थानों में लाया।"

"कश्मीर ने मुझे शरण प्रदान की जब मुझे वह चाहिए थी, अब मुझे फिर

से जाना है। मैं अपना जीवन बच्चों को बड़ा करने में समर्पित कर दूँगा। पर हम दुर्ग को छोड़ कैसे पाएँगे? शाहमीर हमारे एक एक कदम पर दृष्टि रखे हुए हैं।" यानिव ने दुख के साथ कहा।

"हाँ वह देख रहा है पर वह नाविकों को नहीं देख रहा जो झील में हैं। और धोबिन उनमें से एक है। वह एक नाव का प्रबंध रात्रि में करेगी जब मैं ध्यान बाँटने का काम करूँगी। उसमें तुम सब के लिए और युवा बच्चों के लिए पर्याप्त स्थान है, जो तुम्हारे संग रहेंगे। तत्पश्चात् चाँद आपको पिछले मार्ग से, जो उसे विदित हैं, घाटी के बाहर ले जाएगा।" कोटरानी ने समझाया।

"हम कहाँ जाएँगे?"

कुमार बोला।

"हमारे पूर्वज सरस्वती नदी के तटों से आए। उन लोगों से दक्षिण में सरस्वती नदी के विषय में पूछो, उनके संग रहो और बच्चों को बड़ा करो वहाँ। वे उनको प्रशिक्षित करेंगे ऐसे कि वे कभी भी अपनी सत्ता न खोयेंगे।"

"महारानी आप अपने बारे में क्या योजना रखती हैं? "

"मैं स्वयं यह सोचती हूँ कि मैं व्रत करूँगी और स्वयं जाकर शाहमीर का सामना कर विजय प्राप्त करूँगी।"

"महारानी, क्या यह बुद्धिमानी होगी, यह देखते हुए कि उसने ब्रह्मा का क्या किया?" कुमार ने पूछा।

"कुमार, यह बुद्धिमानी से भी बढ़कर है। मैं आश्वस्त हूँ कि यही आगे का मार्ग है। या वह हार मानेगा, या मैं समय के घेरे से छलांग मारूँगी। दोनों प्रकार से मैं विजयी हूँगी। मुझे आशा है कि मेरे साथ आपके आशीर्वाद हैं। यानिव तुम्हें अपने काम के लिए धन और सामान चाहिए, निकट आओ।"

"यानिव कोटरानी के निकट गया। उसने अपने उत्तरीय में हाथ देकर एक छोटा सा डिब्बा बाहर लाया। उसने डिब्बा खोला और देखा उसमें सूर्यवंश दमक रहा था।

कोटरानी धीरे से बोली

"यह मेरा उपहार है तुम्हारे और बच्चों के लिए। सूर्यवंश के सहारे तुम और तुम्हारे आगामी पीढ़ियाँ संसार के राजाओं के जौहरी बनोगे। आय का एक भाग बच्चों पर व्यय करना।"

यानिव ने आदेश पर अपना मस्तक नवाया और धीरे से बोला, "तो आप सूर्यवंश को कश्मीर से बाहर भेज रही हैं, पर ज्योतिषी ने कहा था कि यह कश्मीर छोड़ कर कभी नहीं जाएगा। वह गलत था?"

कोटारानी ने दृढ़ता से कहा।

"प्रत्येक बच्चा कश्मीर का भविष्य हैं और सूर्यवंश कश्मीर के साथ जा रहा है। कदापि न भूलो, तुम जो कश्मीरी पद्धति कहते हो, 'सत्य, शिव और सुंदर 'ज्ञान और चेतना से। देवी माँ हम सब को और बच्चों को सौभाग्य प्रदान करें।"

कुमार ने भावात्मक हो कहा।

"महारानी, मैं तटस्थता के साथ कह सकता हूँ कि आप को कश्मीर की महानतम रानी के रूप में सदा देखा जाएगा। और भारत के इतिहास में भी आकर्षक न कि बंदी। इससे अधिक नहीं माँगा जा सकता था, इससे अधिक की आशा न की जा सकती थी, इससे अधिक कुछ किया भी न जा सकता था। आपने हमें भविष्य की आशा दी है।"

"कुमार, तातानिया, यानिव, चाँद और उसकी पत्नी ने नमन किया और महारानी को एकाकी विचारमग्न छोड़ चल दिये।

कोटरानी ने अपना सिर झुका दिया, सम्भवतः इस कारण कि कोई उसके नेत्रों में अश्रुधार न देखें। उसने अपने गले में पहना पेंडुलम खोला। यह उसकी माँ का चित्र था जो चित्रकार संतोषी ने बनाया था, और उसे दिया था। उसकी कला उत्कृष्ट थी। अपनी माँ के चित्र को देख, अपने यौवन की स्मृतियों की बाढ़ उसके मन में आई। उसका पिता, गुरु, सारस, ब्रह्मा और फिर उसके बच्चे। उसके भीतर पीड़ा और एकाकीपन की टीस उठी, पर इसी के साथ शांति आ गई। कोटरानी ने अपनी दैनंदिनी उठाई।

**प्यारी माँ,**

तुम निर्भीक थी और अपनी बेटी के लिए ऊँचाई निर्धारित की। बहुत सी गलतियाँ हुई थी मेरे गद्दी प्राप्त करने से पूर्व। मेरे पिता ने मुझे बाहर से शत्रु के वार के प्रति सतर्क रहने का प्रशिक्षण दिया, पर हम भीतर के शत्रु के प्रति सचेत न रह सके। मुझे रिनचिन का दिया नीलम कभी भी स्वीकार नहीं करना चाहिए था और फकीर के मामले में ढील नहीं देनी चाहिए थी। उनकी हत्यारी कट्टरपंथी और पापमय महत्वाकांक्षा की जुगलबंदी ने कश्मीर के लोकाचार के साथ छल किया है। प्रथम बार एक सामान्य कश्मीरी अपने साथी कश्मीरी की हत्या करने पर तुल गया है। मैंने लंबे काल तक शासन किया। मैं तुम्हें वचन देती हूँ कि मेरे उनके सिर पर रहते हुए बट्ट कभी भी समर्पण नहीं करेंगे और उनके कश्मीर का स्वप्न कभी नहीं मरेगा।

प्यार तुम्हें, को.

अश्रु धीमे से बहते रहे। कश्मीर उसके हृदय में था, और उसका हृदय

कश्मीर में था। उसने इसके भाग्य में अपना भविष्य देखा, अपना भाग्य इसके भविष्य में। जैसे कि कहा गया है युगों पूर्व, जब वह शारदापीठ में थी। एक ओस्कर को देख उसे अपने प्रश्न का उत्तर मिला था। और सही उतर मिला था। अब वह उसे जी रही थी।

देवस्वामी की नींद उत्तरोत्तर खराब होती जा रही थी ऐसे दुःस्वप्न देख देख, जो उसने इससे पूर्व कभी न देखे थे। उसने देखा मानव अमानवीय बन रहे हैं और फिर उपमानव बन रहे हैं और फिर उनकी बौद्धिक विकास समाप्त हो रहा है। भयानक भूकंप घाटी को हिला कर रख गया। पर्वत नीचे आ गए। शिलाएँ लुढ़क गई ऐसे मानो उनकी वर्षा हो रही हो। मनुष्य द्वारा बनाया हर कोई ढाँचा ऐसे चूर करते हुए मानो मोटर्रार में अनाज हो। वनों में वाडवाग फैली और उनको भस्म कर गई। आकाश में धूम्र ऐसे उठा मानो एक घुटता कम्बल, सूर्य को अवरुद्ध किए। उसकी आँखें मरुस्थल की रेत से भर उठी। दिन को रात्रि बन गई। बिजलियाँ और वज्रपात मानो भुक्खडों की तरह ढूंढ ढूंढ रहे हों कि जो कुछ भी है उसे नष्ट करें। शक्तिशाली शिलाओं से निर्मित मंदिर मोम की तरह मुड़ गए और भूमि में धँस गए। जीवित जीव वाष्प हो गए क्षणभर में। उनकी आत्माएँ सामूहिक रूप से आकाश में चीख रही असह्य पीड़ा में अंतिम क्षणों की। इन सभी दुःस्वप्नों में कोटरानी एक दूरी पर होती, उसके नाम को पुकारती, उसको देवी से प्रार्थनाएँ करने की गुहार लगाती हुई, कि वह उसकी प्रजा की रक्षा करे।

देवस्वामी ने रक्षा के लिए मंत्र उच्चारण का प्रयास किया कि दुःस्वप्न समाप्त हो, किंतु उसके अधर न हिल पाए। मानो उसे सन्निपात हो गया हो। मानो देवी की ही इच्छा हो कि वह कश्मीर नाश का एक दृष्टा बना रहें। वह अंतिम व्यक्ति था जो खड़ा था। वह व्यक्ति जो यदि अग्नि प्रज्वलित करें तो संसार को शमशान बना दे। क्रुद्ध वितस्ता रक्तवर्णा थी। कुंडली से मुक्त सर्प, बड़ी बड़ी शिलाएँ इसका मार्ग रोक रहे थे। इसे बलपूर्वक उपर आकाश में उछाल रहे थे। छलकता जल गिरता उठता व्याकुल। गर्जना करते मानो घाटी से बाहर का मार्ग खोज रहे, जहां दैत्य शक्तियाँ इसे दबाने को तत्पर थी। तब वर्षा हुई। रक्तिम तेजाब शिलाखंडों को भस्म करते हुए, जो कुछ भी हरित घास भूमि पर है उसे भस्म करते हुए कश्मीर स्वर्ग से नरक में परिवर्तित हो गया था। देवस्वामी ने देखा परिवर्तन का चक्र नए सिरे से घूम गया है। एक एक तंतु जम गया नये जीवों को निर्मित करने के लिए। छायाओं में दैत्यों के भ्रूण उत्पन्न होने को उद्यत थे। फेर फार का वर्णन करना भीषण था। ये जीव परिवर्तन चक्र से ही नहीं बंधे थे

अपितु कार्मिक विधि से भी। ज्यों ज्यों वे बढ़ने लगे वे पूर्व के दैत्यों की गुणवत्ता में गिरने लगे। यह कश्मीरी वंश, जाति का अंत था।

जब देवस्वामी जाग गए, वह उठ न पाए। उसका हृदय तेज था और उसके अंग उसके आदेश मानने को तैयार न थे। विनाश की देवी ने अपना रूप प्रकट किया और वह भयंकर था। अनियंत्रित वह शक्ति के साथ उठकर और अपने भयानक क्रोध को व्यक्त करेंगी। वह जानता था कि उसे क्या करना है। वह अपने बिस्तर से बाहर सरक आया और अपने एक शिष्य को बुलाया। शिष्य आया और देखा कि कुछ है जो कि ठीक नहीं है। देवस्वामी ने युवक से कहा कि तुरंत मंदिर में देवी के यज्ञ की तैयारी की जाए। समय अत्यधिक आवश्यक था कि यदि कश्मीर को गलत हाथों से बचाना था। शक्तिशाली त्रिपुरा शक्तियों को

कश्मीर के पर्वतों में जागृत करना था, यदि कश्मीरियों को लम्बे समय तक बचाये रखना था। यज्ञ सप्ताह तक चलता रहा। यज्ञ के अंतिम चरण में, मंदिर में एक प्रार्थना की गई, जिसमें एक दर्जन ब्राह्मण, कश्मीरा देवी के उन्मुख हो, जो एक शारदा माता की मूर्ति थी काष्ठ के चौखटे में और वह पालकी में थी। ज्यों ही देवस्वामी ने प्रार्थना की ब्राह्मणों ने पालकी को आराम से झूला झुलाया एक तरफ से दूसरी तरफ। पर सदा ही दो मूर्तियों को एक दूसरे के उन्मुख। जब ब्राह्मणों ने इस अप्रतिष्ठा के संस्कार को सम्पन्न किया, ताकि देवी को ले जाया जा सके। देवस्वामी ने जाने की तैयारियाँ आरंभ की। एक ही अंतिम काम शेष था कि शारदापीठ मंदिर की घंटियों को तेज और उच्च ध्वनि में बजाया गया। पूरी घाटी में मंदिरों के पुरोहितों ने वह सब करना बंद किया जो वह किया करते थे। उन्हें इस ध्वनि पद्धति को समझने, पहचानने का प्रशिक्षण दिया गया था, पर यह इससे पूर्व कभी नहीं बजी थी। तब वे अपने अपने मंदिरों की ओर दौड़ पड़े और पागलों की तरह बजाने लगे। देवी घाटी से जा रही थी! पर्वतों ने यह ध्वनि चीह्नी, और वापस प्रतिध्वनि की, "साम्राज्ञी हम आपकी प्रतीक्षा कर रहे हैं।"

सभी ब्राह्मण मुख्य भवन में एकत्रित हुए थे और देवस्वामी की प्रतीक्षा कर रहे थे। जब वह अपने पीछे पीछे पालकी के संग प्रविष्ट हुए, दर्शकों में बुदबुदाहट हुई। उसने हाथ जोड़े और बोलने लगा,

"आज मेरा अंतिम भाषण है और मैं आपको योद्धा कहकर सम्बोधित करता हूँ। सत्य के योद्धा। आतंक ने कश्मीर पर आक्रमण किया है पर हमारे लिए

यह नई बात नहीं। प्रागैतिहासिक काल से जब हम ईश्वर को धन्यवाद देते हैं तो कहते हैं, 'आतंकहीनम् जगदस्तु सर्वम्' कि सारा जगत् आतंक मुक्त हों। योद्धाओं आप को एक लंबा युद्ध लड़ना है। आप शारदा संस्कृति के प्रतिनिधि हो। जिसका निर्माण करने लिए साढे तीन हजार साल की अद्वितीय सतत प्रगति अपने लोगों को दी। हमारे आसपास संसार परिवर्तित हो रहा है और भविष्य को देखते हुए लगता है कि दो प्रकार के कश्मीरी होंगे। वे कश्मीर जो कश्मीर के शरीर के लिए पागल रहेंगे और फिर ऐसे कश्मीरी जो प्रात: शारदा माता को नमन करेंगे और तीव्रता से शारदा चेतना का चिंतन मनन करेंगे। वे जो शिलाओं की भाँति अपरिवर्तित हैं वे अपने को इस धरती से बांधेंगे और भूमि, स्वर्ण और अन्य सांसारिक सम्पत्ति के लिए लड़ेंगे। जो वितस्ता नदी की भाँति बह रहे हैं, वे अपनी चिंता हमारी सभ्यता से जोड़ेंगे। और सदा उस तत्व से प्रेरित होते रहेंगे जिससे कश्मीर का निर्माण हुआ है। एशिया का मुकुट और संसार के लिए मार्ग दर्शक प्रकाश। बद्ध मूल रहने से आराम मिलता है किंतु चलते रहने से स्वातंत्र्य और प्रगति मिलती है। स्मरण रखो कि हमारे पूर्वज स्वयं सरस्वती के तटों से यहाँ आए, जब वह सूख गई। क्या हम पुन: अपने घर सरस्वती के तटों की ओर निहार रहे हैं?"

"कश्मीर का महान ज्ञान वैयक्तिक सशक्तिकरण है जिसका आधार है सत्य अन्वेषण के महान तकनीक। आपका आकाश 5000 वर्ष पूर्व तकनीकों का है जो इच्छा से आरंभ होकर आपको ज्ञान और क्रिया, सौंदर्य और चेतना के शारदा पथ पर ले जाता है, वह पथ जो मानव विकास की चरम परिणति कर पूर्णता और मुक्ति प्रदान करता है। अब मैं विदा लेता हूँ, यह सुनिश्चित करने कि ब्राह्मण सदैव ही देवी के प्रति अपना कर्तव्य अपनी पवित्र भूमि पर करने के योग्य हों। जब आप विदा ले तो यह न भूलें कि शिक्षकों के रूप में आपका उत्तरदायित्व है जिसे पूरा करना है। आपको उन्हें सिखाना हैं जो यह जानना चाहते हैं कि बंधन और मोक्ष अथवा सत्य और अज्ञान यह क्या है।"

संक्षिप्त प्रवचन समाप्त हुआ। ब्राह्मण लोग देवस्वामी से होते हुए गुजरे कि उसके आशीष ले सकें। उसने उन सबको एक एक अखरोट और देवदार का बीज दिये। जब पंक्ति समाप्त हुई, वह शारदापीठ से बाहर निकल गए। उसने मुड़कर न देखा किंतु उन दस ब्राह्मणों का अनुगमन किया जो पालकी में देवी को लिए उसके आगे आगे चल रहे थे। वे ग्यारह एक निश्चित गति से चलते रहे साथ में थी भेदती ध्वनि झंझरी झांझ की।

मस्जिद में शेख अपने दिमाग को तोड़ रहा था। फकीर उसे सदा ही बड़ा

सोचने की चुनौती देता था। उनका आंदोलन जागतिक था। वह और उपयोगी कैसे हो सकता था। उसके एक जासूस ने उसे बताया कि देवस्वामी एक दर्जन ब्राह्मणों के साथ गाँव-गाँव जा रहे हैं। लगता है वह बीरू गाँव की ओर जाएँगे। शेख को एक तीव्र भावानुभव हुआ। देवस्वामी कुछ बातों में बहुत बड़े हैं, कोटरानी से भी बड़े। क्या होगा यदि देवस्वामी धर्मांतरित होगा? तब प्रश्न है शारदापीठ का। शेख पढ़ नहीं पाता था और पुस्तकों का उसके लिए कोई अर्थ न था। फकीर ने उसे कहा कि किसी भी विषय के विषय में अंतिम शब्द पहले ही लिखे जा चुके हैं। किसी और पुस्तक की कोई आवश्यकता नहीं जब अंतिम शब्द हैं। शारदापीठ में जो पुस्तकें हैं उन्हें नष्ट करना है और वहाँ के ब्राह्मणों को बलपूर्वक आंदोलन में भागीदार बनाना है।

मानवता को एक ही विधि के नीचे ले आने की आवश्यकता है। यह काल्पनिक भविष्य शेख को हर्षित कर गया। यह विचार कि हर किसी को स्वर्ग में तारों की तरह सजाया जा सकता है, हर कोई व्यक्ति जो बना है उसके लिए अल्लाह के निर्देश हैं, शेख के लिए अद्‌भुत था। फकीर सर्वाधिक प्रेरणा दायक व्यक्ति था, जिससे शेख मिला था, और वह फकीर के साथ सहमत था कि बड़ा सोचने के लिए व्यक्ति को उग्र होना होता है ताकि संसार में परिवर्तन ला सके।

शेख एक क्रिया का व्यक्ति था। अपनी उँगलियों से कैंची चलाने की नकल करते हुए उसने अपने दल को आदेश किया कि वे वराहमूल जाएं। पूरा एक दिन परिश्रम पूर्ण घुड़सवारी का लगा उन्हें, पर उन्हें सरलता से वह गली मिल गई। शीघ्र ही उन्हें देवस्वामी और उसका दल अपने आगे आगे चलते दिखा। वे पर्वत की ओर रुख किए थे और वे स्पष्ट था कि देवस्वामी गुफा की ओर जा रहा था। शेख ने इसे बहुरूप गुफा के रूप में पहचान लिया, जो घाटी में काफी प्रसिद्ध थी। वे बहुत निकट थे कि ब्राह्मणों को गाते हुए सुन रहे थे। देवस्वामी की समझ में आ गया था कि उनका पीछा एक दल द्वारा घोड़ों पर सवार होकर किया जा रहा है। किंतु उसने कोई प्रतिक्रिया न की, न ही पीछे मुड़कर देख ही लिया। अंत में वे गुफा में प्रविष्ट हुए और दृष्टि से ओझल हो गए। पर ब्राह्मणों के शिव के गुणगान पूरी घाटी में गूंजते रहे।

अरे विनाश के देवताओं,
अपनी डरावनी और हृदय विदारक दृष्टि
मुझ पर मत डालो।
मैंने मृत्यु के देवताओं को जीत लिया है।
और चैतन्य से मेरा विलय पूर्ण है।

मृत्यु का देवता मुझे सीमित नहीं कर सकता
चूँकि मैं स्वयं ब्रह्माण्ड की विराट उपस्थिति हूँ
इससे वे डरते हैं।
मैं सर्वव्यापी हूँ, मेरी शक्तिशाली पहचान है।
ओ प्रभु! तुम्हारे सशक्त, आध्यात्मिक उद्घाटन से।
युक्त हूँ तीव्र भावों से, सूक्ष्म तरंगों से प्रेम और भक्ति के प्रताप से
मैं आप में विलीन हूँ, शिवोहं।"

शेख ने इस दिव्य पाठ को पहचान लिया। भैरव स्तोत्र, शिव स्तुति और इसने उसे क्षणभर लिए उलझन में डाल। वे उसे पढ़ रहे थे कि वह उनसे डर रहा था। वह उन्हें बताएगा कि कौन वास्तव में डर रहा था। उसने भीतर के दल के विषय में सोचा तो चाहा कि वह उन पर आक्रमण करें। पर फकीर ने उसे बताया है कि धैर्य बहुत आवश्यक है। घंटों बीत गए, जब तक कि वह अब और प्रतीक्षा नहीं कर सकता। उसने आज्ञा दी कि वृक्षों की शाखाओं को द्वार पर रखा जाए। और उनमें से एक ने जलता हुआ तीर उस काष्ठ ढेर में मारा, ताकि लकड़ी के जलने को देख ब्राह्मण चूहों की भाँति निकल आएँगे। अग्नि तीव्र हो उठी। लकड़ियाँ चटक चटक गई। और बरे पतों के धुंए से गुफा का अगला द्वार पट गया। 'अब यह किसी भी क्षण होगा', पर वे व्यर्थ ही प्रतीक्षा करते रहे। कोई ब्राह्मण नहीं लौटा। शेख को क्रोध आया। स्पष्ट है कि गुफा का दूसरा द्वार भी था। देवस्वामी पिछले द्वार से भाग गया है। ठीक ब्राह्मणों की तरह जिनकी बाजू में चाल होती है। वे लकड़ियों की आग के शीतल होने की प्रतीक्षा करने लगे, तब शेख अपने लोगों का नेतृत्व करें गुफा में प्रवेश करेगा।

यह बड़ा था पर उथला। उन पुरुषों ने उस चौकोर कक्ष के जैसी जगह के इर्द-गिर्द देखा, जिसमें एक दर्जन के लगभग लोग समा सकते थे। और आगे अंदर की ओर बढ़ते हुए उन्हें एक कक्ष मिला जिसमें पत्थर का एक शिवलिंग दृश्य था। स्थान और और तंग होता गया जब तक कि व्यक्ति मात्र बगल बगल चल सकता था। दूसरी तरफ की शिलाएँ सिंदूर पुती थीं। अब मार्ग और अधिक संकरा हो गया अब शारीरिक रूप से आगे बढ़ना असम्भव हो गया। वहाँ दूसरा निकास न था। ब्राह्मण सीधे सीधे हवा में घुल गए थे। मानो वे इस पर्वत में विलीन हो गए हों। चकित लोग बाहर आए, अपनी आँखों को मिचमिचाकर बाहर के तेज प्रकाश के साथ सामान्य करने के लिये। सूर्य इन लोगों को घूर रहा था जब जब इसकी किरणें ने छितर गए धूल कण हवा में उठाए। गुफा के द्वार से

दूर लहराते हुए धूल। सूर्य की प्रकृति में उलटाना आधार भूत नियम है। इसने पदार्थ को पुनः तरंगों में बदला। बहुत कम अवसरों पर धरती पर ऐसा होता है और यह उत्सव मनाने का क्षण होता है, कि सूर्य स्वयं साक्ष्य हो एक दुर्लभ घटना का।

शेख को विदित था कि वह अभियान से खाली हाथ लौट नहीं सकता था। उससे बहुत ही ऊँची आशाएँ थी। देवस्वामी की रहस्यमय रूप से अदृश्य होना बहुत लोगों के मन में शंका उत्पन्न करेगा। जुबानें फुसफुसाना शुरू करेंगी कि उसने देवस्वामी को भागने दिया। अंततः वह एक सद्यः बना मुसलमान है। उसे दुगुनी मेहनत करनी है और दुगना विश्वास बनाना है कि वह क्या है। उसने अपने लोगों कहा कि वे सीधे शारदापीठ जाएँगे। लोग बड़बड़ाए। कि यह कई दिनों का पहाड़ियों पर कठिन चलने का काम था। और वे इस लंबे अभियान की तैयारी के साथ चले भी नहीं हैं। तथापि कोई उसके आदेश की अवमानना नहीं कर सकता था। उसने मन में तय किया कि शारदापीठ को भस्म करना होगा। पुस्तकें जलानी होंगी और मंदिर को भूमि पर ढहा कर लाना होगा। पत्थर बिखराने होंगे, ठीक वैसे जैसे दुलचा ने किया था। उन लोगों ने पर्वत चढ़ना आरंभ किया। सूर्य तप रहा था। और जब यह पर्वतों पर अस्त होने लगा तो यह उनके लिए कुछ आरामदायक था। सायं को कुछ चैन आता तो वे लोग अगले गाँव पहुँचने की सोचते और वहाँ रात्रि का पड़ाव लगाने की भी सोचते। वे भूखे होते और सीधे ग्रामीणों से वे अपना सत्कार करवाते। सत्कार रात्रि के लिए किसी का साहचर्य तक वे इसमें प्राप्त करते। गाँव के मुखिया को आभारी होना चाहिए कि घाटी में नए नियमों के प्रति सत्कार आदर दर्शाने का उसे अवसर दिया जा रहा है। अब वे नियम उनकी युवा स्त्रियों तक बढ़ गए हैं।

जब वे गाँव पहुँचे तो उन व्यक्तियों ने पत्तों की तेज सरसराहट और बौछार सुनी और मुड़कर देखने लगे ही थे उन्होंने हापुत अर्थात भालू उन पर झपटते देखा। वे तुरंत बिखर गए। हापुत विशेषकर आकर्षक सब्ज रंग के कपड़े पहने व्यक्ति की ओर आकर्षित हुआ। शेख ऊपर के पथ पर जितना तेज दौड़ सकता था दौड़ा। उसकी साँसें छोटी होने लगी, वह पीड़ा से फटने फटने लगा, पर हापुत अपरिवर्तित उसके पीछे दौड़ते हुए विशेष गति से आया। उसने बड़ी देर से उनका पीछा किया था और कोई जल्दी न थी उसे। अंत में मानो दौड़ने से थक हापुत ने गति बढ़ाई और एक शक्तिशाली आघात से शेख को पीछे से मारा और उसे छितरा कर भूमि पर गिरा दिया। हापुत ने उसे ताबड़तोड़ मारा और ऊपर गिरा

दिया। शेख ने अपनी कटी आँखों से घूर कर देखा कि हापुत गर्मी से पगला गया है। भय ने शेख को आवृत किया और सन्निपात ग्रस्त भी। 'यह नहीं होना चाहिए, जीवन में अब मुझे वह सब मिलना शुरू हुआ है जो मुझे चाहिए। क्या न्याय कहीं नहीं है? कैसे मैं इस जानवर का शिकार बन सकता हूँ?'

यह एक मौलिक, अव्यक्त स्थिति थी कि शेख बिना किसी आवाज के मदद के लिए पुकार रहा था, कोई मदद और सभी मदद। ऊं नमः शिवाय, हे राम, अल्लाह ओ अकबर उसके मन से गुजरे। हापुत का मुख निकट आया और एक क्षणांश में उसके मन में आया कि वह जोगी को देख रहा है कि वह उसे घूर रहा है। माउजी, माँ, शेख ये अंतिम शब्द चिल्लाया और मृत्यु ने उसे वह सब प्रदान किया जो जीवन ने उसे नहीं दिया था। समानता और निरपेक्ष अवसर ऊपर और नीचे आने के, जब वह फिर अपने कर्मों का लेखा लेकर जन्म लेगा।

जब शेख की मृत्यु का समाचार राजधानी पहुँचा, शाहमीर और फकीर के बीच विचार करने को बहुत कुछ था।

फकीर बोला, "शेख एक शहीद है, वह एक अभियान पर था और अपना जीवन अपना कर्तव्य निभाते हुए दि या। उसको बहत्तर हूरें मिलेंगी, जिनकी छातियाँ उभरीं होंगी। जो उसे पूरी तरह से संतुष्ट करेंगी।"

शाहमीर ने कहा, "यह परिवर्तन अर्थ रखता है। कश्मीरी बहुत भावुक लोग हैं और एक पेंडुलम की तरह झूल सकते हैं। हमें शीघ्र आगे बढ़ना है।"

फकीर ने कहा, "डरने की कोई बात नहीं। हमारा शिकार हमारी प्रतीक्षा कर रहा है। चूहा बिल्ली की प्रतीक्षा में काँपता रहता है। लोमड़ी थरथराती है जब सोचती है कि शक्तिशाली शेर आ गया। हमने कोटा को घेरा है, दुर्ग को और अब कोटा अर्थात् रानी को भी घेरेंगे। मुझे विश्वास है कि कोष यहाँ छिपा है।"

फकीर अपनी चतुर भाषा के प्रयोग पर स्वयं ही मुग्ध था। वह अब कुछ ब्राह्मणों वाली और विद्वानों वाली चालें चलना चाहता था।

"स्त्रियाँ हीरों पर सबसे ज्यादा भरोसा करती हैं। यह उनके छिछोरे स्वभाव में ही है। यही कारण है कि मुझ पर उनका प्रभाव नहीं पड़ता।"

"स्त्रियाँ सत्ता की भूखी होती हैं। उसने रिनचिन के साथ सत्ता के लिए विवाह किया। उसने हैदर को सत्ता के लिए अस्वीकार किया। उसने विवाह किया और पुनः उदयनदेव को सत्ता के लिए वापस लिया। यही उसकी कुंजी रही।" शाहमीर ने कहा।

"तुम्हें उसे जीवित पकड़ना चाहिए ताकि कोष का पता लगे। कोष नहीं तो कोई पुरस्कार नहीं।"

शाहमीर ने अपना सिर हिलाया।

"अंदरकोट झील के मध्य में अभेद्य हैं। लोग ऐसा घेराव अधिक देर तक नहीं करेंगे। लुस्टा को देखो- हाँ उसने हमें बचाया। पर क्या वह उसका उद्देश्य था? अथवा उसने इस अवसर को पाकर स्वयं को समृद्ध किया? यदि दूसरी तरफ से उसे अधिक धन मिलेगा, वह गया फिर।"

मुझे सोचने दो कैसे लुस्टा को खरीदा जा सकता है। आपको आक्रामक होना होगा।" फकीर ने कहा।

बैठक समाप्त हुई। शाहमीर अपनी राह चला गया, अपनी सेना से परामर्श करने के अभियान का अगला कदम क्या रहेगा, तो बहुत अधिक आश्चर्य से पता चला कि उसे कि उसकी पत्नी उससे कुछ कहना चाहतीं हैं। वह अपने कमरों में ही सदा रहती थी। यह उसका सौभाग्य होता उसके पास जाना। यह एक असामान्य भेंट थी और उसने उसे बहुत ध्यान से देखा जब वह कक्षा प्रवेश कर रही थी।

लैला ने उसे अभिवादन किया जब वह कक्ष प्रविष्ट हुई। जैसा कि उसकी आदत थी वह भूमि पर बैठ गई कुछ गज की दूरी पर उससे। अपना चेहरा फेरे हुए। यह सत्कार का तरीका और विनम्रता कि अपने स्वामी और पति से आँख न मिलाए। पर शाहमीर ने देखा कि उसकी आँखें लाल थीं। वह स्पष्टतया बहुत ही दुखी थी।

उसने हिचकते हुए कहा।

"शारिका ने मुझे एक सुरक्षित स्थान पर मिलने को कहा। उसके पास एक प्रश्न था जिसका उतर मेरे पास न था। क्या तुमने ब्रह्मा की हत्या की?"

शाहमीर एक क्षण के लिए मौन हुआ और फिर एक उचित आवाज में बोला।

"ब्रह्मा गया। उसकी मृत्यु की परिस्थितियों को लेकर अब क्या अर्थ निकलेगा? अच्छा किया जो तुमने शारिका को सांत्वना दी।"

"जब शारिका जा रही थी तो उसने कहा कि कश्मीर में हर कोई आत्मदर्शन कर सकता है। जिस व्यक्ति से मैंने विवाह किया है मैं उसे नहीं जानती, मुझे संदेह है कि कितना तुम गुहारा के विषय में जानते हो, पर तुमने मुझे आश्वस्त भी किया था कि तुम उसके हत्यारे को कितना जानते हो। अब तुम ब्रह्मा के प्रश्न का उत्तर देने से नकार करते हो।"

शाहमीर भयभीत होने लगा।

"बेवकूफ औरत, तुम देख नहीं रही यहाँ हो क्या रहा है? यह सब

राजनीति है। पहले उन्होंने मुझे नीचे किया क्यों कि मैं एक मुसलमान हूँ। मैंने हार न मानी। और अब वे मुझे नष्ट करना चाहते हैं। उन्होंने मेरे लिए मनगढ़ंत आरोपों के लिए मृत्यु दण्ड की घोषणा की है। अब वे मुझ पर मेरी पत्नी के माध्यम से आक्रमण करना चाहते हैं। क्या तुम समझदारी में मेरे बराबर हो जो तुम मुझे प्रश्न पूछने का साहस कर रही हो।?"

लैला पर इसका प्रभाव न पड़ा।

"अगर तुम निर्दोष होते तो तुम महारानी के पास जाकर अपना बचाव करते। अगर तुम निर्दोष हो तो जुबान क्यों रुकती है तुम्हारी? तुम्हें पता है तुम नींद मे बोलते हो। वह तुम्हारी आत्मा बोल रही होती है कि तुमने अपनी किस्मत उस हत्यारे को सौंप दी है "

"फकीर शुद्ध है। वह शुद्ध इस्लाम में विश्वास करता है। वह मेरी सफलता के लिए वचनबद्ध है। वह सही कह रहा है कि कश्मीरियों के साथ हमें छिपाना है, छल करना है और उन्हें हैरान कर देना है। पुनः क्या तुम मेरी समझदारी पर प्रश्न कर रही हो?जाओ वापस अपने घर के सोफे पर बैठ जाओ; तुम बहुत ही खतरनाक रास्ते पर हो।" शाहमीर चीखा।

लैला ने अपना सिर मोड़ा और सीधे उसकी आँखों में घूरा।

"तुम भूल गए कि फारस में क्या कहा जाता है? यदि पहली ईंट ही टेढ़ी रखी गई तो दीवार सदा ही टेढ़ी रहेगी।"

शाहमीर अपनी पत्नी में इस परिवर्तन पर विश्वास न कर सका। उसने धीरे से कहा।

"तुमने समझा नहीं मैंने जो अभी कहा? यह कोई निवेदन न था, मैं तुम्हें आदेश करता हूँ। मैं यह बगावत बर्दाश्त नहीं करूँगा।"

"सिर्फ तुम्हीं कश्मीर नहीं आए कि तुम्हारा एक स्वप्न था, मेरा भी एक स्वप्न था और मेरा स्वप्न गुहारा की मृत्यु के साथ ही समाप्त हुआ। तब मैं समझ गई कि तुम शैतान के साथ मिल गए हो। शारिका सही कहती है कि फकीर कश्मीर को अंत की ओर ले जा रहा है। और तुम उसके इच्छुक मतावलंबी हो।"

शाहमीर पुनः चिल्लाने लगा।

"फकीर समझता है कि कश्मीरी मुसलमानों को अलग लगना चाहिए। गुहारा के विषय में मैं तुम से प्रश्न कर सकता हूँ तुमने उसे ऐसा पाला कि वह बागी बन गई। उसने संगीत सीखा, और नृत्य तक भी। मुझे बताया गया है कि मैं अपने दादा की आशाओं को प्राप्त करने की कगार पर हूँ। जब मैं जंगल में था मुझे नींद आ गई। यह महादेवी थी। कश्मीर की महान देवी। जिसने शब्दों

के अमृत से मेरा अभिषेक किया, "जब तक तेरा वंश चलेगा तब तक तुम्हारा ही आधिपत्य कश्मीर पर रहेगा।' मैं कश्मीर में अपने स्वप्नों के लिए आया और इन को मैंने सारा जीवन पोषित किया है। मैं तुम्हें अपने इतने किए धरे का मजाक नहीं उड़ाने दूँगा, और उस सब का भी जिसके लिए मैं जीवित खड़ा हूँ। मेरे स्वप्न पर प्रश्न न दागो! "

"विशेष हाँ, विशिष्ट नहीं!" उस पागल औरत ने रुकना नहीं माना। बोली "मैं तुम्हारे दादा को तुमसे अधिक जानती थी। वकार शाह महान और न्याय परायण व्यक्ति था। उसने बहुत तप किया, जिससे उसने ज्ञान और अंदर की पवित्रता की प्राप्ति की। उसने आध्यात्मिक प्रशिक्षण प्राप्त किया और सत्य का मार्ग अपनाया। वह कश्मीर के घुमंतू ऋषियों के साथ शास्त्रार्थ करता था और उनके ज्ञापन विस्मित होता था। जब उसने आशा व्यक्त की तुम कश्मीर के शासक बनोगे उसने सत्य और शुद्धता के अर्थ में शासन करने की बात की। उसके लिए धन और सता का क्या अर्थ है? आज उसे क्या कहता जब जान जाता कि उसका पोता सता प्राप्त करने के लिए एक हत्यारा बन गया है? तुमने पूरी तरह से अपने दादा के शब्दों को घुमा दिया और गलत ढंग से उसका अर्थ लगा कर अपनी अंधी महत्वाकांक्षा को न्यायसंगत ठहराने के लिए प्रयोग किया है। ठीक फकीर की तरह जिसका शुद्ध इस्लाम उल्टा इस्लाम है।"

शाहमीर ने अपने होंठ दबाएँ और वहाँ की ओर लपका जहां उसकी पत्नी भूमि पर बैठी थी। उसने उसे केशों से पकड़ा और उसके पेट में लातें मारने लगा। उसके पीछे और जाँघों पर भी मारने लगा। उसकी पत्नी चिल्लाई, चीखी पर शाहमीर नहीं रुका अपने वहशीपने में। अंत में जब वह थक चुका, उसने उसे भूमि पर दे मारा।

"मैं एक नर्म दिल व्यक्ति हूँ और मैं अब तुम्हें तलाक देता हूँ। तुम्हारे विवाह अनुबंध का ध्यान रखा जाएगा और सभी खर्चे इद्दाह पर दिए जाएँगे।" शाहमीर ने एक स्पष्ट ध्वनि में कहा।

उसने उसकी ओर देखा और जरा भी कटुता के बिना कहा, "हाँ बस, यह सब समाप्त है अब?"

शाहमीर ने उतर नहीं दिया।

"अल्लाह मेरे विषय में सोच रहा था जब उसने मुझे शारिका के पुत्र को दूध पिलाने का अवसर दिया। तब मुझे नहीं पता था कि मुझे उस दूध पिलाने वाले बच्चे के घर में शरण माँगनी होगी। लोभ ने उस कृतज्ञता को समाप्त कर दिया है जो तुम्हारे हृदय में होनी चाहिए थी। तुम शेष जीवन में एक एकाकी

व्यक्ति हो जाओगे; संसार अब जान गया कि तुम अपने सबसे अच्छे मित्रों की भी हत्या कर सकते हो। संसार यह भी जानेगा कि तुम्हारी पत्नी को तुम्हारे परिवार से कहीं और शरण ढूँढनी पड़ेगी, जिसका तुम ने बहुत ही बुरा किया है। मुझे एक पारपत्र दो मैं अपने परिवार के पास लौट जाऊंगी।" उसने कहा।

शाहमीर मौन रहा। मानो उसकी पत्नी थी ही नहीं। उसका निवेदन सुन वह कक्ष के कोने में गया और एक पत्र लिखा, उस पर हस्ताक्षर किए, मुहर डाली और उसकी ओर दे मारा। उसके साथ ही उसने वह कुतुबनुमा भी फेंका जिसने उसका मार्ग दर्शन यहाँ आने में किया था। उसकी पत्नी ने पत्र उठाया और पीड़ा के साथ बाहर आ गई। यही अंतिम समय था जब उन्होंने एक दूसरे को देखा।

जब शाहमीर ने अपनी शादी का अंत किया, कोटा के दोनों बेटे एक बार पुनः एक कक्ष में थे। जटा को पकड़ कर ले जाने के बाद हैदर के पास ले जाया गया था और एक सशस्त्र रक्षक वहाँ बाहर नियुक्त था। हैदर ने कुछ न कहा था पर स्पष्ट था कि वह जटा को मिल कर प्रसन्न था। यहाँ तक कि ऐसे अपशगुन भरे समय में भी। जमशेद और अली कमरे में आ गए और देखा कि हैदर एक कोने में कुरान पढ़ रहा है, जो कि वह प्रायः करता था। जटा खिड़की से बाहर देख रहा था। यद्यपि शस्त्रविहीन, तब भी वह एक रक्षात्मक मुद्रा में आ गया।

जमशेद सर्वप्रथम बोला।

"तो हमारे पास शावक हैं, शीघ्र ही हमारे पास शेरनी भी होगी।"

"जैसा पिता, वैसा पुत्र" जटा ने वापस बोला, तुमको कोई और नहीं मिला गंदा काम करने के लिये, सो तुम ही आ गए।"

अली शेर ने तलवार खींच ली।

"लाशें देखी जाती हैं, सुनी नहीं।"

उस क्षण, धुँध जो लग रहा कि हैदर के आसपास जम गई है, वह एकदम छँट गई।

"रुको, मैं कहता हूँ रुको!" कुरान को पकड़े हुए वह स्वयं अली शेर और जटा के मध्य आ गया।

"हैदर, यह तुम्हारी जंग नहीं है।" जमशेद चिल्लाया और निकट आया। "हाँ जटा की माँ तुम्हारी भी माँ है, पर वह कश्मीरी बट्ट है और तुम हमारे मुसलमान भाई हो। हमारे साथ मिलों और आओ हम काफिर को मार डालें, जैसा कि कुरान का निर्देश है।"

हैदर वे विरोध किया, "तुम नहीं समझते हो। मैं कश्मीर का महाराजा हूँ,

जब मैं आज्ञा कर रहा हूँ तो मुझे आशा है तुम तुरंत रुकोगे। मैं तुम्हारा भाई नहीं हूँ। इस गलत काम में तो बिलकुल भी नहीं, जो तुम अभी करने वाले हो।"

जमशेद ने हैदर की ओर अविश्वास से घूरा।

"महाराजा कश्मीर का? मूर्ख तुम! तुम एक मोहरा हो जिसे फकीर और मेरे पिता ने अपने प्रयोजन के लिए प्रयोग में लाया है। क्या तुम सचमुच ही सोच रहे हो कि यह सारी बातें कि तुम प्रतीक्षारत राजा हो, सच मानते हो?"

"मैं रिनचिन और कोटरानी का बेटा हूँ। अब चूँकि उदयन देव भी नहीं रहे, मैं स्वयं को विधि अनुसार राजा घोषित करता हूँ। कोई भी तलवार जिसे मेरे मुँह पर लहराया गया, वह अधिकार मुझ से ले सकती है।"

"तुम और तुम्हारे साथ कौन तुम्हें महाराजा घोषित करता है?"

जटा आगे आया।

"मैं जटा, उदयनदेव, हैदर को विधि अनुसार कश्मीर का महाराजा मानता हूँ। गद्दी का और कोई भी वैधानिक अधिकारी नहीं है। दूर हटो "

इस नई बात से थोड़ा सा चिंतित जमशेद ने एक कदम पीछे लिया, यद्यपि अली शेर डटा रहा।

"काम छोड़ कर हम जटा के लिए आए, तुम्हारी बातें हमें रोक नहीं पाएँगी। जमशेद ने तुम से इस्लाम के आधार पर निवेदन किया, और तब भी तुम एक काफिर का पक्ष ले रहे हो, जो कि साफ तौर पर इस्लाम में वर्जित है।

हैदर ने और दबाव दिया, उसका मुख सामान्य से कहीं अधिक तीव्र था।

"इस्लाम को अपने सड़े हुए स्वार्थ के लिए बीच में मत लाओ। तुम्हें इस्लाम के विषय में क्या पता है? क्या तुमने इसे पढ़ा है? क्या तुमने कभी भी इसे समझने का प्रयास किया बुलबुल के चरणों में बैठकर।?"

"फकीर ने हमें पढ़ाया है। बुलबुल अब असंगत है। फकीर समझता है कि कुरान के बारे में दूसरे अर्थ का अनुमान नहीं लगाया जा सकता; यह सारा लिखा हुआ है। दुभाषियों की इसमें कोई आवश्यकता नहीं।" जमशेद ने बहस की।

"जो बुलबुल को सठियाया बूढ़ा समझता है उचित है उसके लिए कि वह चुप ही रहे। बुलबुल प्रेम और शांति की वकालत करता है। सिर्फ एक रुग्न व्यक्ति जैसे कि फकीर ही प्रेम और शांति के विषय में दूसरे अर्थ लगाता है, और कुरान तथा इस्लाम का दुरुपयोग करता है।" हैदर बोला।

"तुम ओ बेवकूफ! तुम फकीर को नहीं समझते। उसके पास जमात की शक्ति है। वह लोगों को जमा कर सकता है। लोग बड़ी संख्या में आते हैं। तुम

जानते हो कि यह इस्लाम की बात नहीं, पर भीड़ नहीं न जानती। वे विश्वास करते हैं कि इस्लाम खतरे में हैं। और फकीर उन को जमा करने में माहिर हैं। तुम्हें क्या लगता है कि तुम्हारे साथ कौन है, कुलीनों को छोड़ कर।?" अली शेर ने टांग अड़ाई।

"वे सभी संख्या वाले लोग यदि फकीर की ही सुनते रहेंगे तो कब्रिस्तान पहुँच जाएँगे। हमारी महारानी जितने मर्जी उतने लोगों को एकत्रित कर सकती है। उसकी जनसभा में घृणा नहीं होती। शासक के रूप में वह जानती है कि घृणा लोगों को सुरक्षा और विकास नहीं दे सकती।" जटा ने व्याख्या की।

"ओ जटा बट्टा," अली शेर ने चिढ़ाया, "फकीर के बारे में कुछ भी गलत बोलने का साहस न करो। उसे हमारा मजहबी नेता माना जाता है। तुम्हारे शब्द सिर्फ तुम्हारे सिर पर मृत्यु दण्ड की पुष्टि कर रहे हैं। कब्रिस्तान हमें परेशान नहीं करता। एक मरे हुए शहीद के ज्यादा अधिकार हैं जिंदा कश्मीरी बट्ट के मुकाबले में।"

"मैं आपसे बेहतर जानता हूँ फकीर को," हैदर ने संकल्प किया, "उसे किसी का आदर्श नहीं होना चाहिए। कम से कम उसे तो नहीं जिसे महाराजा बनना हो। मेरे पिता ने उसे निकाल बाहर किया, जब मैं घाटी पर शासन करूँगा, मैं सबसे उसे बाहर फेंकूँगा फिर से। वह एक हत्यारा है और जीवन भर के लिए उसे दण्डित करना होगा।"

"तुम्हारा पिता एक हत्यारा था। तुम कौन होते हो प्रचार करने वाले? जमशेद ने विरोध किया।

"मेरे पिता ने अपने पाप का प्रायश्चित किया। मैं संकल्प बद्ध हूँ उसकी गलतियों से सीखने के लिए। प्रश्न है कि क्या तुम अपने पिता की गलतियों से सीखने के लिए तैयार हो।"

"मेरे पिता ने शुद्ध इस्लाम को माना है। बिना शर्त। स्पष्ट रूप से आपने नहीं किया है ऐसा। और जब कयामत का दिन आयेगा तुम काफिरों के साथ एक हो जाओगे।"

"मैं तब अवसर देखूँगा। मुझे फकीर को अपना रक्षक बनाने की कोई आवश्यकता नहीं न ही कश्मीरियों को। जो कोई भी कुरान को युद्ध का ग्रंथ मान कर लहराता है वह समझ का मारा है और एक विरोधी है।"

"जानते हो, सारा प्रशिक्षण और सारी शिक्षा के बाद भी तुम अंततः माँ के पुत्र ही सिद्ध हुए। जो उसी के स्तन चूसने के इतर कुछ न पसंद करेगा। एक ऐसी माँ जिसने तुम्हें अस्वीकार किया। कश्मीर के लड़कों को माँ से जाना जाता

है। तुम तो अंततः चंद्र ही हो। हैदर नहीं हो।" अली शेर ने हैदर से कहा।

"मुझे अपने कश्मीरी रक्त पर गर्व है। मुझे इस्लाम पर गर्व है। मेरे पिता को बुलबुल ने कहा था कि इस्लाम का अभिभावक बने। अपनी माँ से मैंने सीखा है कि मैं अपने लोगों का अभिभावक बनूँ और सामाजिक सौहार्द बना रहे। मैं ये दोनों करूँगा और इन दोनों में मुझे कोई द्वंद्व नजर नहीं आता। मुझे गर्व है कि मैं पहला प्राकृतिक रूप से उत्पन्न मुसलमान महाराजा हूँ कश्मीर का।" हैदर बोला।

अली शेर हंस दिया। "तुम किस पर शासन करोगे इस छोटे से कमरे को छोड़कर? कौन सी कार्रवाही तुम कर सकते हो कश्मीर के शासक के रूप में। हो गई बहुत बातें। हमारा लक्ष्य जटा था किंतु तुमने तुम्हारी उपयोगिता अब समाप्त कर ली है।"

अब जटा बोला, "मैं अपने भाई से प्यार करता हूँ और आज जान गया कि मेरा भाई मुझसे प्यार करता रहा है। जो घृणा तुम्हारे नेत्रों में मैं देख रहा हूँ वह अविवेकी है। ध्यान रखो कि किसी दिन तुम दोनों भाई एक दूसरे पर टूट न पड़ो।"

"तुम ब्राह्मणों की तरह बहुत बोलते हो!" और यह कहते हुए अली शेर ने अपनी तलवार हैदर पर लहराई हैदर ने सहज बुद्धि से अपनी बाँह उठाकर अपने को बचाने का प्रयास किया। पर अली शेर की तलवार उसके वक्ष में मारक ढंग से उत्तर गई और कुरान उसके हाथों से छूट गया। निरस्त्र जटा पर जमशेद का वार पड़ा और ढेर हो गया। मृत्यु में व्रणित उसके अंतिम शब्द हैदर के लिए थे, "भाई हमारा कश्मीरी रक्त साथ साथ बहा, माँ, माजी, तुम आज अपने पुत्रों पर गर्व करती...।"

तरंग–21

# सदैव

मंजिम कोटरानी के समक्ष सम्मानपूर्वक खड़ा रहा जो कि एक छोटी सी कुर्सी पर विराजमान थी। उसके कुछ दरबारी एक दूरी से यह दृश्य सावधानी से देख रहे थे। दरबारी रानी और मंजिम के आसपास एक सुरक्षात्मक घेरे में एकत्रित थे। सामान्य समय के अर्थवृत्त से हटकर। हर कोई मंजिम के राजनीतिक संदेश के विषय में जानता था। शाहमीर के बलों ने एक घेरा डाला था झील के बीच दुर्ग पर, और मंजिम पहला व्यक्ति था जिसने कई मास में सेतु पार कर लिया। मंजिम पुज के साथ आया था। सहस्रों लोग उन्हें देख रहे थे दोनों तटों से। उसने देखा महारानी कृशकाय हो गई है। भोजन की कमी रही होगी और स्पष्ट रूप से वह दुख और अभाव में भागीदार थी।

मंजिम रानी के प्रति सम्मान के साथ सम्बोधित हुआ।

"ओ महारानी, मैं आपके पास शाहमीर का संदेश लेकर आया हूँ। वह आपको अपने साथ गद्दी पर बिठाने के लिए आमंत्रित करता है और अपने सीने में राज्य की देवी के साथ आप को उतारने के लिए भी, और उसके दिल में सहिष्णुता के गुण के साथ रहने के लिए आमंत्रित करता है। आप केवल उसके पुत्रों के ऊपर ही नहीं अपितु उसके जीवन पर भी प्रभुसता प्राप्त करोगी।"

महारानी ने शांत होकर उत्तर दिया।

"मेरी युवावस्था से तुम यह चिंता करते आए कि तुम मेरी सगाई तय करोगे। क्या तुम यह सोच सकते हो कि तुम मुझ पर तीन बार दलाली कमाओगे?"

"महारानी, मैं शाहमीर और उसके पुत्रों के प्रति कर्तव्य बद्ध हूँ क्योंकि मैंने उन्हें बहुत पहले के समय में ग्राहक बनाया। मैं अब बूढ़ा हूँ और यह मेरा अंतिम काम है। मैंने सदा ही अपना धर्म निभाते हुए उचित रूप से दाम लिया

है, पर मुझे लग रहा है कि मैं अपना धर्म नहीं निभा रहा। हमारे सांस्कृतिक समाज से लिहाज गायब है। यह मिलन का उद्देश्य नहीं पर युद्ध को रणभूमि को बिस्तर तक लाने का आशय है।"

कोटरानी की आँखें छोटी हो गई।' मंजिम क्या संकेत कर रहा था रणभूमि से बिस्तर तक?"

"मंजिम, मैं जानती हूँ कि मैं अब अंतिम व्यक्ति बच गई हूँ।"

वह मौन हो गई, गहरी श्रद्धा में, फिर मानो स्वयं को सक्रिय करने के लिये बोली, "मंजिम मैं एक योद्धा महारानी हूँ। विजय मेरी होगी इस नई किस्म की शादी में। मैं उससे मिलने का निमंत्रण स्वीकार करती हूँ।"

भयावह मौन पसर गया। किसी ने मानो श्वास लेने का साहस न किया।

मंजिम ने सूत्र पकड़ा।

"महारानी, यदि शर्तें मानी गई तो दोनों पक्ष विजय का दावा कर सकते हैं। आप अपने को भारत और कश्मीर की महान महारानी के रूप में इतिहास में अंकित होंगी। वह निवेदन करता है कि आप अपनी एक ही स्त्री सेवक के साथ आएँ। क्या आप रावण को आपका वैधानिक अभिभावक बनाना पसंद करेंगी और दो में से एक गवाह बनना भी?मैं आपका दूसरा गवाह बनूँगा।"

"मंजिम, डर क्यों? अंततः मैं ही तो शाहमीर की गुफा में घुस रही हूँ। ऐसा तो है नहीं कि मेरा प्रेमी मेरे पास आ रहा है।"

मंजिम चुप हो गया। उसके निर्देश साफ थे, वह मात्र एक प्रतिनिधि था, सम्बन्धों की शर्तों के विषय में उसके पास कोई विवेक न था। पुज ने हस्तक्षेप किया।

"आपका बचपन का नाम है मेंढक का बच्चा। तुम फिसलती हो और तुम पर विश्वास नहीं। अतः शर्तें हमारी हैं। कोई गलती फिर काटा जाएगा।"

"तुम्हारा अर्थ है पहले संत्रास फिर काट डालना।" एकत्रित अमीरों ने चिल्ला कर कहा। "मानवीय तौर तरीके जो आपने कश्मीर में सीखे थे अब उनके स्थान पर अब आपके बर्बर अरबी पूर्वजों की पद्धति आएगी।"

रानी अपरिवर्तित रहीं।

"मेरे साथ सिर्फ इंद्राक्षी होगी। वह मेरी वैधानिक अभिभावक भी होंगी। उसे पता लगेगा कि क्या करना है।"

मंजिम आश्चर्य में पड़ गया, "इंद्राक्षी क्यों?"

कोटरानी ने पहेलीनुमा उत्तर दिया।

"हमने उसके शेख के साथ नरक की जिंदगी से बाल बाल बचने की

कथा सुनी है। इंद्राक्षी अपने ग्रहों से रक्षित की गई। यदि मुझे आवश्यकता पड़ी उसके ग्रह मेरी रक्षा करेंगे।"

मंजिम बोला।

"मेरे ग्राहक ने यह भी कहा कि आप पारदर्शी मलमल पहन कर आएँ।"

दरबारियों ने अपना श्वास तेजी से लिया, इस पराकाष्ठा के अपमान पर, पर महारानी ने अपना हाथ उठाकर उन्हें मौन कर दिया।

"ऐसी निकृष्ट विनती क्यों?"

"वे कहते हैं कि आपके सभी प्रेमी भयानक अंत का ग्रास बन गए। शाहमीर नहीं चाहता कि आप अपने शरीर के किसी भाग में कोई शस्त्र न रखे हों। उसने सुना है कि आप लाल रानी की भाँति मारक हैं।"

महारानी बोली।

"यह सत्य है कि उसे भयभीत तो होना ही है। उसे ढाँपा नहीं जा सकता। मैं नंगी होकर होने वाले पति से मिलूँगी। धर्म मेरी रक्षा करेगा।"

मंजिम पुनः बोला।

"कष्ट झेल रही जनता को तुरंत राहत देने तथा शांति स्थापित करने के लिए, दुर्ग पर एक रथ सूर्यास्त पर आएगा, जिसमें शाहमीर के सैन्य अधिकारी होंगे। वे दुर्ग को अपने कब्जे में लेंगे, जिसके रहने वालों के सभी शस्त्र नीचे रखें। उन्हें कोई हानि नहीं होगी। वहीं रथ आपको और आपके सेवक को मस्जिद में ले आएगा। जहां विवाह होगा। जब आप मस्जिद पहुँचेंगी आप अनुबंध पर हस्ताक्षर करेंगी। जिसमें सभी शर्तें अंकित होंगी। विवाह समारोह के अंत में आपको उपहार, मेहर, जो शाहमीर ने आपके लिए रखे हैं। उसके बाद समारोह और उत्सव होगा और हम सब, धनी, निर्धन एक नए चमकदार भविष्य की राह देखेंगे।"

"मंजिम, मैं भी उत्सव करना चाहती हूँ। जल्दी करो।"

"वही तो बात है। शाहमीर ने सभी प्रबंध किए हैं। बस आपको स्वीकृति देनी है।"

कोटरानी ने क्षणभर सोचा और सरलता से कहा, "हाँ मैं उससे मिलना स्वीकार करती हूँ।"

"जय कोटरानी," मंजिम ने आशीर्वाद दिया। वह झुका और सफलता का संदेश अपने स्वामियों को पहुँचाया। शाहमीर के साथ फकीर भी प्रतीक्षारत था। उसको चुपचाप सुनने के बाद उन्होंने उसे जाने दिया। तब फकीर बोला। उसका बड़ा-सा माथा लगभग फटने को तैयार।

"वह अनैतिक स्त्री सत्ता की भूखी है। उसे कोड़े मारने चाहिए। पुज के अनुसार उस पर विश्वास नहीं किया जा सकता।' जीत होगी 'से उसका क्या तात्पर्य है?"

शाहमीर को कोटरानी का वह चेहरा याद आया जब उसने अचला का सामना किया, तो वह थरथरा गया।

"वह कुछ भी कर सकती है। कभी कभी मुझे लगता है कि वह एक डायन है।"

"मैं ऐसा प्रबंध करूँगा कि जिस कक्ष में तुम उससे मिलोगे, उसमें तिकाशना, उसे एक छेद से देखती रहेगी "फकीर ने उसे वचन दिया।' एक उसका गलत कदम कि तुम तीरंदाज को संकेत करोगे कि वह तीर मारे।"

शाहमीर को कुछ चैन हुआ।

"प्रबंध उत्तम हैं। अब कुछ भी गलत नहीं हो सकता है। तुम एक विलक्षण बुद्धि के व्यक्ति हो।"

"आज की रात्रि कोटरानी तुम्हारी होगी और कोटा महल तुम्हारा होगा, जैसा कि मैंने भविष्यवाणी की थी। हमारे मध्य पूरी समझदारी है इसकी कि किस चीज का शासन तुम्हारे पास है और कौन सा मेरे। तथापि, अब कश्मीर के कोष की समस्या है, और कश्मीर की सम्पदा का। प्रथम पाँचवा भाग मेरा है, शेष तुम्हारा।"

"क्या? लोग विद्रोह करेंगे। ब्राह्मणों तक को भी कोष का बीसवाँ भाग तक प्राप्त न हुआ। हम कश्मीरियों को भिखारी बना देंगे, और तुम्हें पता है कश्मीरी भिखारी कैसे होते हैं, जब वे दान माँगते हैं, वे दानियों को डराते हैं कि वे सार्वजनिक रूप से उनका अण्ड कोष काटेंगे यदि वे उन्हें दान न देंगे।"

फकीर साफतौर पर दुष्ट और दोषपूर्ण हो उठा।

"यह कहा गया है कि विभाजन ऐसा ही होना चाहिए? क्या आप मुझे मजहब का अनुसरण करने नहीं देंगे? क्या मैं किसी खलीफा के प्रतिनिधि जैसा नहीं? हमें लोगों से डरने की कोई आवश्यकता नहीं। उन्हें मानना ही पड़ेगा। जल्दी ही ये सरलता से हेर फेर करने वाले कश्मीरी अपने विद्रोही आदतों याद भी न करेंगे, जब तक कि मैं उन्हें आदेश न करूँ।"

शाहमीर वापस लौटा।

"नहीं, मेरा कोई आशय न था बहस का विभाजन के विषय में और कोई गलत तात्पर्य न था मेरा। ब्राह्मण तो नीच हैं और उन्हें नष्ट करना होगा। तुमने मुझे वह सिखाया है।"

फकीर ने अपना सिर हामी में हिलाया अपने शुद्धीकृत शिष्य के साथ

"सही नियम हमारे सामने हैं। हमारा कर्तव्य है कि उनका अनुसरण किया जाए। सच्चाई और ईमानदारी के साथ। बिना किसी मिलावट के "

दोनों व्यक्ति अलग हुए। बहुत सा काम शाम के गत्यात्मक कार्यक्रम के लिए करना शेष था।

कोटा दूसरी प्रात: बहुत शीघ्र जाग गई और योग और गहरे ध्यान में कुछ समय व्यतीत किया। उसने भैरव स्तोत्र शिवस्तुति का पाठ 108 बार किया। अमोघ मंत्र। यहाँ तक कि यम के लिए भी रक्षा कवच। सायं हो गई थी, जब नाव पहुँच गयी उसके लिए। जब उसके अधिकारी शाहमीर के लोगों से अलग हो गए, वह द्वीप के दूसरी तरफ थी; बच्चों को और सारस को आलिंगनबद्ध करती। और विदा लेती।

"क्या शाहमीर पर आप विजय प्राप्त करेंगी?" एक लड़की ने पूछा।

"बिल्कुल," उसने आनंद पूर्वक कहा। "मैं बदमाशों से कभी भी नहीं हारी हूँ। और मैं कभी भी हार नहीं मानती। वह कथा याद करो "चार मित्र और शिकारी 'मेरे संदर्भ में मैं समय के द्वारा पूर्ण रूप से भरी हुई हूँ, जो कि अब मेरा परम मित्र है और आग लगा सकता है।

यह सारस को विदा करने का समय था। कोटरानी ने माँ के चित्र से पैंडुलम हटाया और सारस को दिया।

"तुमने मुझे बहुत ही मूल्यवान उपहार दिया जो एक बच्चे को दिया जा सकता है। अब मैं तुम्हें इसे वापस देती हूँ सम्भाल कर रखने के लिए। यह एक लड़की को देना जब वह बड़ी हो जाए, और उन्हें कहानी सुनाना, 'बंदर और मगरमच्छ की '। और भी कहानियों के साथ।

सारस रो रही थी।

"आज तुम अपनी माँ जैसी लगती हो। सुंदर और शांत। चिंता न करो। तुम मगरमच्छ को पराजित कर दोगी। जैसे कि तुम कई बार कर गई हो। वह तुम्हारा दिल कभी नहीं जीतेगा।"

कोटा भीगी आँखों से मुस्कुराई।

"मुझे आज बहुत शक्तिशाली लगता है अपना आप कि जीवन में कभी भी इतना नहीं लगा।"

वह यानिव की ओर मुड़ गई। ईश्वर करे तुम और तुम्हारे लोगों को अपनी पवित्र मातृभूमि से मिलन हो। तुम्हारा दयालुता भरा कर्म एक महान कर्म बने।"

"आप और आप के लोग मुक्त रहें और सुरक्षित रहें। मुझे अभयारण्य प्रदान करने लिए बहुत बहुत धन्यवाद, जब मुझे उसकी परम आवश्यकता थी।"

"एक आप्रवासी दान कर्मचारी ने कश्मीर के लोगों पर इतना कहर बरपाया है। दूसरा, व्यापारी हमारा मोक्षदायक सिद्ध होता है।"

तब कोटरानी ने इंद्राक्षी से कहा।

"मेरी दैनंदिनी ले लो और इसे सम्भाल के रखो। सबसे अधिक पीले रंग में लिखे शब्द सबसे रक्तिम रंग से रंगी तलवार को पराजित करेंगे। आओ मुझे वस्त्र पहना दो ताकि मैं अपने नवीन और सातवें प्रेमी से मिलूँ। वह मुझे बिस्तर में लेना चाहता है जबकि बिना सहायता के वह बिस्तर से उठ भी नहीं सकता।"

शाहमीर का सैन्य अधिकारी एक माग्रे दुर्ग पर आया और उसे रथ पर और दूसरी ओर ले गया। मुख्य स्थल पर एक कुतूहल भरी भीड़ आसपास जमा हो गई थी अपनी रानी को देखने के लिए। उन्होंने देखा कि वह पारदर्शी मलमल पहने थी। यह दो भागों में था। बादामी रंग का। कंचुकी को सपाट कमर से पहना एक लंबा उत्तरीय अलगा रहा था। मलमल शरीर के हर मोड़ से चिपक रहा था। वह राजसी लग रही थी और आयु इतर। उसकी नंगी पीठ एक युवा लड़की की पीठ जैसी लग रही थी। अद्‌भुत मलमल अवश्य राजकोष से आई होगी क्योंकि उसका कपड़ा कमलनाल के तंतुओं से बनाया गया था। जो परम शुद्धता का प्रतीक है। प्राचीन कढ़ाई करने वाले कलाकार ने धातु धागों को भी बुना था अत: यह लगभग जाल जैसा बन गया था। हर कटाव पर उसने एक बिंदु जितना चाँदी का धागा बांधा था। एक एक हीरा हर गाँठ पर जड़ा गया था। जाल के छेद यह सुनिश्चित कर रहे थे कि पहनावे के नीचे एक बिंदु से अधिक कुछ नहीं छिपा है। पर एक दूरी से परिधान से श्री चक्र की बनावट परिलक्षित होती। जो कि पूरे वस्त्र में बार बार पिष्टपेषित थी। खुले स्थान चौड़े थे और पहनावा पूरी तरह से पारदर्शी था। आँखें उन पिष्टपेषित पद्धति के बनावट पर बार बार अपने आप ही फिसलती। धातु के धागों से प्रकाश प्रतिबिंबित होता और चमचम करता पहनावा चाँदी जैसा दिखता, जिसमें महारानी विनम्रता के धातुओं के कवच में लिपटी लग रही थी। निपुण शिल्प कार ने इसके निर्माण की प्रेरणा इंद्रजाल से ली थी। यह पहनावा उस प्रसिद्ध कथा का निष्पादन था। एकमात्र आभूषण जो कोटरानी ने पहना था, वह था डेजिहोर। एक सफेद आँख की पुतली उसके वक्ष में लगी थी।

कोटरानी रथ पर सीधी खड़ी रही, जिसे चार अशांत घोड़े चला रहे थे।

भीड़ ने दुख से भरे मुख वाली रानी को अलीधा की मुद्रा में खड़ी देखा। संग में इंद्राक्षी, उसकी सेविका। उन्हें लगा कि कुछ है जो नहीं है और उन्हें घृणा हुई अपनी महारानी का अपमान इस प्रकार होते देखने से।

"जय कोट! फहि शाहमीर!" भीड़ ने यह नारा लगाया, अर्थात कोटरानी की जय हो और शाहमीर की फाँसी हो; और उसे घेर कर उसके नाव से उतरने के साथ ही उसका अनुसरण किया। चिल्लाते हुए, "हत्यारा मीर, गाजी फकीर।" कोटा ने भीड़ का सामना किया और वीरता से सम्बोधित किया। उसके अंतिम शब्द थे।

मैं ओंकार का आह्वान करती हूँ, शंख बजे।
मैं बरछे के साथ उसका आह्वान करती हूँ।
सिद्धियाँ पर्दे को छेद दें।
मैं सिंहवाहिनी का आह्वान करती हूँ, कि अज्ञान छँटा जाए।
अगला युद्ध आरंभ होता है, सत्यमेव जाते

तथापि, जब वे मस्जिद में आ गए, उन्होंने पुज और उसके ठगों को देखा। फकीर भी अपने सोन फौज के साथ उपस्थित था। और उसने एक मरणांतक ध्वनि की। सारी भीड़ पर एक मौन पसर गया। कश्मीरियों ने एकबार अपनी राय दी थी पर अब भय था पूरे वातावरण में। भीड़ अशांत थी। चीजें बहुत दूर तक चली गई थी और यह सब वह नहीं था जिसके लिए वे इच्छा करते। पर वे क्या कर सकते थे? पुज के हाथ में चाकू था और फकीर महारानी को मस्जिद के एक छोटे से कक्ष में ले गया। कक्ष में प्रवेश करने से पूर्व कोटा ने अपना शाल इंद्राक्षी को पकड़ा दिया। पुज मुस्कुरा रहा था और इंद्राणी को उसने रोक कर कहा कि वह इससे आगे नहीं जा सकती। आज शाहमीर को अपनी स्त्री मिलती और पुज को कहा गया था कि उसे भी अपनी स्त्री मिलेगी। यह प्रदान करने का समय था। मुफ्त स्त्री, मुफ्त भूमि, मुफ्त सोना। फकीर को पीछे होना अच्छा लगता था। सशक्त पक्ष। तीन मांसल ज। जर अर्थात् धन, जमीन और जन अर्थात् स्त्री के साथ बट्टों के तीन त्रिक जिसकी ओर उसके अरबी पूर्वज आए थे। वह एक पतित मुसलमान पैदा हुआ था, जिसे बट्टों की सोच ने सड़ा दिया। फकीर ने उसे सशक्त पथ अपने पूर्वजों का दिखाया। और चटपटा तब बना दिया जब पुज ने यह अद्वितीयता की भागीदारी की, दुर्बल विरोध उनके विरुद्ध।

भीड़ में भय था। फकीर को परेशान करते हुए इंद्राणी ने भीड़ का साथ दिया जो एक दूसरे का हाथ थामे अपनी रानी का साथ देने लगे यह गाते हुए,

"ओ महान महारानी,

बंदी करती, बंध न जाती,
तुम चंद्रमा की चाँदनी हो,
सूर्य की दमक हो,
मनुष्य की बुद्धिमत्ता हो,
वायु में बल हो,
जल में स्वाद हो,
अग्नि में तेज हो,
तुम को छोड़ कर
सारा ब्रह्माण्ड शून्य है।
ओ देवी।
हम पर कृपा करो।
शिवोहं, शिवोहं।

जब शाहमीर, जो अंदर अकेला प्रतीक्षा कर रहा था, दौड़ पड़ा। उसकी भुजाएँ फैली थी। या तो कोटा को गले लगाने के लिए अथवा तो यह जतलाने के लिए कि वह निरस्त्र है, यह स्पष्ट न था।

"स्वागत है कोटरानी। मैं सचमुच सम्मानित हुआ।" उसकी आवाज में रेश्म सी समता थी, जब उसने उसका नाम उच्चारण करते हुए उसमें फारसी ध्वन्यात्मकता लाई। उसने इस मिलन के लिए एक बहुत ही अलंकृत काबा कोट पहना था। जिसपर बारंबार पदक बने थे और तेज दौड़ते शेर। उसने उसके नग्न कंधे को स्वामी भाव से छुआ। कोटरानी थरथराई। अनायास ही वापस गई। उसके चिपचिपे हाथों को जैसे एक मृत मछली, जो वितस्ता के शीत जल से थी, अनुभव हुई। उसका मुख दाढ़ी द्वारा ढाँपा हुआ, कपटी एक मगरमच्छ की भाँति।

आँखें नीचे किए कोटरानी ने दृढ़ता से कहा, मेरा नाम कोटादेवी है, मैं अभी तुम्हारी रानी नहीं हूँ। अभी मैंने तुम्हारी शर्तें नहीं मानी हैं?"

शाहमीर ने अपने समक्ष सौंदर्य को निहारा।

"हाँ तुमने माना है", उसने अपने होंठों को चाटा। उसने अंततः उसको माना।

"कोई भी स्त्री संसार में तुम्हारे समान नहीं है। तुम सबसे महान वैजयन्ती हो जो मेरे पास होगी। तुम्हारा परिधान भव्यता बिखेरता है। आयु के साथ तुम्हारा सौंदर्य और मधुर होता है, शरबत की तरह। जिसका एक घूँट एक बार आनंद दे सकता है।"

"न मैं वैजयंती हूँ और न ही शरबत।" कोटा ने उत्तर दिया। "मैं कश्मीर

हूँ। तुम नहीं समझ पाओगे कि क्या है इस पहनावे का अर्थ। मूर्ख, तुम्हारे पागलपन ने तुम्हें हर प्रकार से अंधा बना दिया है।"

शाहमीर यह पूछने पर विवश हो गया, "तुम्हारा क्या अर्थ है?"

"यह परिधान इसलिए पहना गया कि दिखे कि यहाँ हर एक व्यक्ति नगीना है," कोटादेवी ने व्याख्या की। "आत्मप्रकाशमय, जबकि हर किसी के प्रकाश रूप में दिखते हुए। यह अनंत आत्मिक युक्ति ही कश्मीर है। तुम स्वयं को कश्मीर से जोड़ना चाहते हो, अपने दोहरे चेहरे के साथ, एक तरफ मधुर, आश्रित होने की बात करते हुए, दूसरी तरफ से हिंसक।"

शाहमीर मानो उसकी कोई बात सुन न रहा हो। वह अपनी विजय के नशे में था।

"महारानी, मैं सम्मान का अनुभव करता हूँ इस बात से कि हम एक साथ जुड़ रहे हैं। तुम सदा ही विजयी पक्ष का निर्णय करने में सही रही हो। और तुम इतिहास के सही पक्षों में रहोगी। अपने पक्ष मैंने सारी बाधाएँ हटा दी हैं। मैं अब अकेला हूँ जैसे कि तुम हो। अतः हम विवाह में समान हैं। आज कश्मीरी बट्ट के शासन का अंत है और एक नया आरंभ है। समानता का आरंभ। 1339 का वर्ष नया कश्मीर के निर्माण का। चलो मैं तुम्हें तुम्हारी दहेज दिखाता हूँ। यह कुछ ऐसा है कि तुम को पसंद आएगा।"

"शाहमीर ने एक छोटा सा डिब्बा लिया और उसमें से एक सिक्का निकाल लिया। यह आकार में चौकोर था, इससे पूर्व के कश्मीर के सभी सिक्कों से अलग। शाहमीर ने गर्व से सिक्के पर उत्कीर्ण को पढ़ा," महान सुल्तान शमशाह बन "इससे हमारा शासन सदा स्मरण रखा जाएगा।"

"यह विदेशी भाषा में क्यों है? देवी इसमें क्यों नहीं है?" कोटादेवी ने पूछा।

"जब इस्लाम का शासन होगा तो देवी के चित्र की क्या आवश्यकता है? सिक्का नए आरंभ का प्रतीक होगा। शाहमीर के खानदान का आरंभ। वह खानदान जो कश्मीर पर सदा ही शासन करेगा।"

"गत 5000 वर्षों से देवी ने कश्मीर को ज्ञान का केंद्र बनाया है। एक ऐसा स्थान जहां हर मत की वह रक्षा करती आई। समय ही बताएगा कि कश्मीर को नष्ट कर प्रगति होगी अथवा तुम और फकीर ने मानव सभ्यता का उत्स घोंट दिया होगा।"

शाहमीर ने ताड़ना की उपेक्षा की।

"मैंने यह भी समझा है कि यह इतिहास का अंत है। अब कश्मीर में

सप्तर्षि लौकिक पंचांग नहीं होगा। तुम जानती हो महारानी मैं रिनचिन का सबसे निकट का विश्वास पात्र और मित्र था। उसको सम्मान करने के लिए मैं हिजरी पंचांग आरंभ करूँगा, जो करने में वह असफल रहा। रिनचिन को सदा ही याद किया जाता रहेगा।"

"हमारे पंचांग को हटा जो लागू होगा वह सदा ही हर वर्ष ग्यारह दिनों से कम पड़ेगा। हमारा पंचांग हमारा इतिहास है और तुम्हारे निर्णय से यह स्पष्ट है कि तुम कश्मीर की जड़ों को नष्ट करना चाहते हो। तुम रिनचिन का वर्णन कर रहे हो, मैं यहाँ एक प्रश्न पूछने के लिए हूँ, कि मेरे दोनों बच्चे चंद्र और जटा कहाँ हैं?"

"तुम्हें अपनी भावनाओं को आड़े नहीं आने देना चाहिए। हम यहाँ अपने बारे में बात करने के लिए हैं। हमारी सहमतियां हैं जिनका अर्थ है। युवाओं का दिन सूर्यप्रकाश में होगा।"

"युवाओं का दिन आज ही होना चाहिए। हैदर और चंद्र ही एक आशा है हमारे बीच। उसको महाराजा के रूप में सहायता करो मैं उसके पक्ष में राजगद्दी छोड़ दूँगी। इसके इतर विचार करने के लिये कुछ है ही नहीं।"

शाहमीर ने अपनी बकबक बंद कर दी, वह जान गया कि अब उसके टालमटोल वाले हथकंडे नहीं चलेंगे

"महारानी, हैदर ने निराश किया और उसे और जटा को इस अभियान के लिए शहीद किया गया। ईश्वर की कृपा से मेरे पुत्र अली शेर और जमशेद हमारे पास है, और शाहमीर का वंश कश्मीर पर शासन करेगा। जैसा मैंने कहा कि यह इतिहास का अंत है तो पीछे क्या देखना।?"

कोटरानी का हृदय फट गया जब उसने अपने पुत्रों की यह दुखद खबर सुनी। उसके चल पड़ने से पहले सारस ने उसे एक बूटी दी थी जो उसे सचेत रखेगी और उसकी हर पीड़ा को दबा देगी

"जटा और चंद्र, कश्मीर की आशा तुम्हारे पास मर गई," विलाप किया कोटा ने, "तुम शैतान, तुम ने अपने बेटों को भी हत्यारा बना दिया है। जो हाथ उनके मेरे पुत्रों पर उठे वे ही हाथ वे एक-दूसरे पर उठायेंगे, उनका भी वही हश्र होगा जो तुमने मेरे बेटों का किया।"

"आओ आओ, हमें भावुक नहीं होना है। अरे तुम ने रिनचिन से शादी रचाई जिसने तुम्हारे पिता की हत्या की," शाहमीर ने आज्ञा।

"तुम रिनचिन को सम्मानित करने की बात करते हो, जब कि उसी क्षण तुम उसके पुत्र को मार डालते हो, जिसे पालने के लिए तुम्हें सौंप दिया गया

था। तुम मुझसे विवाह करना चाहते हो जबकि तुम मुझे समाचार देते हो कि मेरे पुत्रों को तुमने मार डाला है। बीमार आदमी मेरी शर्त यह है कि फकीर को कश्मीर से निकाल बाहर कर दो। तुम मुझे और फकीर को नहीं रख सकते। मुझे अपना उत्तर दो।"

शाहमीर तीव्र रूप से सचेत था कि फकीर के पास एक तेज तीरंदाज है जो सब कुछ देख रहा है छेद के माध्यम से।

"महारानी, क्यों कश्मीरियों ने यह फकीर वाला हौवा खड़ा किया है। उसने बट्टों को पागल करने वाली कोई बात नहीं की है। यह कुछ भी नहीं है सिवाय इसके कि एक दान के प्रति समर्पित व्यक्ति का आग्रही होना।"

"फकीर एक मकड़ी है। जो अपने मुँह की लार से फैलता है जो कि उसके दिल में उत्पन्न होती है। वह अपने शिकार को फाँसता है और अंततः उसे खा जाता है। फकीर ने कश्मीर में शरण माँगी सहिष्णुता के कारण, ऐसी सहिष्णुता जो वह विषैले, रक्तपिपासु अनुयायियों से ब्राह्मणों की भूमि को चुराने का लोभ देकर निर्मित करता है। तुम सही और गलत दोनों में से चुन सकते हो। उतर क्या है तुम्हारा?"

शाहमीर को लगा कि उसे दिखाना है कि वह कमान सम्भाले है।

"मैं अब तुम्हारे अधीन नहीं। तुम मुझे बताओ तुम्हारा जवाब। क्या तुम्हें विवाह प्रस्ताव स्वीकार है? आओ मुझसे मिलो। अगर ऐसा है तो फकीर शादी को मुहरबंद करेगा।"

"जिसे तुम कहते हो कि मेरे पास आओ यानी निकाह, मुताह, अर्थात् मेरा बलात्कार करने का अधिकार एक रात्रि के लिए तुम प्राप्त करो ताकि तुम शासन करने के लिये वैध हो जाओ और यह पता लगाओ कि कश्मीर का कोष कहाँ है। तब सवेरे तुम मेरा कत्ल कर दोगे, जैसे कि तुमने हर एक का किया।" कोटादेवी ने काट खाया यह कहकर।

शाहमीर सुनकर स्तम्भित हुआ, 'उसे कैसे पता? मैं और फकीर ही इस योजना को जानते हैं। वह हरामी मंजिम ही इस योजना को प्रकट करने की स्थिति में था' पर शाहमीर फकीर का शिष्य था और जानता था कि यही समय था बल प्रयोग करने का।

"तुम्हें सदा सत्ता चाहिए थी। पर आज वह मेरे पास है। शासन के लिए एक पुरुष चाहिए होता है और मैं तैयार हूँ इतना उदार होने के लिए कि अपना सीना खोल दूँ, अपना बिस्तर तुमसे साझा कर लूँ और किस्मत भी। मेरा भाग्य

देखो, आप्रवासी से राजा। यह तुम्हारा हो सकता है यदि तुम अपना नाम मेरे नए नाम से जोड़ों। गौरवशाली शम्सुद्दीन।"

"तुम नीच आदमी, तुम इतने अभिमानी हो कि तुम अपनी छाया से भी डरते हो। मेरी बगल में सच्चे पुरुष थे। मेरा पिता, ब्रह्मा, उदयनदेव, देवस्वामी। तुम्हारे साथ कौन है? तुमने अपनी बेटी को मरवाया। तुम्हारी पत्नी ने तुम्हें त्यागा और उसके शाप तुम्हारे ऊपर तलवार की तरह लटक रहे हैं। बाहर लोग जप कर रहे हैं, 'हत्यारा मीर, गाजी फकीर।' तुम अब फकीर की छाया हो। पर नई बर्फ सदा ही पुरानी बर्फ पर पड़ती है, यह जाने बिना कि यह भी एक दिन छिपेंगी। क्या तुम सच में ही सोचते हो कि मैं तुम्हारा शासन वैध कर दूँगी। एक हजार वर्ष में भी नहीं।"

शाहमीर क्रुद्ध हो गया।

"तुम क्या पाना चाहती हो इन मूर्खतापूर्ण बातों से? मुझे स्वीकार करो। लोग बाहर खुशियाँ मनाने के लिए हैं। हम शानदार भोजन खाएँगे। हम कोष को किसी भी सूरत में खोजेंगे और प्राप्त करेंगे। सूर्यवंश ज्यादा देर तक छिपा नहीं रह सकता।"

"कोष तुम्हारी नाक के नोक पर है और तुम्हारी आँखों के सामने। पर दुलचा की भाँति, अपने अज्ञान के कारण तुम्हें यह कभी न मिलेगा। उत्सवों का मेरे लिए बहुत कम अर्थ है, मैं पिछले एक मास से अन्न नहीं ले रही। तुम क्या खिलाओगे, वह है कश्मीर का शव, क्योंकि तुमने कश्मीरियों की हृदयगति रोक दी।"

"तुम्हारे पास अब विकल्प नहीं हैं। तुम मानती हो या नहीं मानती हो, या हमारे बीच अब क्या होगा अब वह सब असंगत है। इतिहास में लिखा जाएगा कि मुझ, शाहमीर ने तुम्हारा बलात्कार सारी रात किया, सुबह जंजीरों से बांधा और बंधक बनाकर तहखाने में डाल दिया। तुम्हारे पास एक ही विकल्प है और वह है जो मैं कहता हूँ वह मानो।"

वीर महारानी ने विरोध में गर्जना की।

"मेरी शक्ति मेरी स्वतंत्र इच्छा से आती है। तुम्हारे प्रस्ताव में मेरे लिए कोई लोभ नहीं।"

"तुम्हारा उतर?" शाहमीर ने हठपूर्वक कहा।

कोटरानी घूम गई। उसने शाहमीर की आँखों में नहीं देखा था क्योंकि वह निमिष भी अपनी और उसकी ऊर्जा का विनिमय नहीं करना चाहती थी। पीछे

से शाहमीर ने उसे प्रत्याशित रूप से डूबते सूरज को निहारते देखा। सूर्य की किरणें उसके परिधान के हीरों और धातुई धागों में से प्रतिबिंबित हो रहीं थीं। और चमक कोटादेवी को चाँदी की लपट में लपेटे थी। मेघों के कण पर्वतों के शिखरों के कपोलों को मृदुता से चूमते। पवन सौम्यता के साथ वृक्षों और झीलों पर लघु लहरियों, जो एक हो कमल पत्तों पर बह रहे थे, के मध्य साँस ले रही थी। कश्मीर घाटी स्तम्भित थी और मानो प्रकृति माता स्वयं हिलने तथा सायं की छायाएँ बड़ी करने से डर रही थी। भीड़ का जाप, ओ देवी, हम पर कृपा करो, शिवोहं शिवोहं, हवा में बह रहा था। रात्रि उतर आई, अपने साथ नाश लेकर आई, एक अजगर के रूप में। पूरी घाटी में रेंगते हुए। भूख के मारे हिंसा में भोजन ढूँढते हुए। जहां कभी प्रकाश हुआ करता था, उस घाटी में अब अंधकार छा गया। पर रुको, दूर पर्वत के शिखर पर प्रकाश की एक रश्मि थी। यह एक बत्ती थी, तब एक और फिर बहुत सारी। बच्चों के दल ने घाटी को सफलतापूर्वक पार कर लिया था और शाहमीर के रक्षक से भी सुरक्षित गुजर गए थे।' हे देवी हम पर कृपा करो, हे देवी हम पर कृपा करो, शिवोहं, शिवोहं।' भीड़ का जप तेज और ऊँची ध्वनि में हो रहा था और कोटा को सुरक्षा में ढाँप रहे थे।

कोटादेवी ने धीमे से अपना डेजिहोर निकाला, तहाया उसके समक्ष हाथ जोड़े। बच्चे सुरक्षित थे एक दिन उसको अपने हृदय में खोज लेंगे। कुमार ने कहा था कि लंबा युद्ध होगा और तब वह अपने शत्रुओं के विरुद्ध पुनः उदित होंगी धर्म की एक महान रक्षक के रूप में। वह किंवदंतियों में जीवन से कहीं बड़ी बनेंगी। वह कश्मीर की ही नहीं अपितु भारत की महान रानी के रूप में मानी जाएगी अथवा पूरे ज्ञात विश्व की। देवस्वामी ने उसे वचन दिया था कि वह उपेक्षा की अवस्था में समाप्त नहीं होगी अंतः वह उसकी प्रतीक्षा करेगा ताकि वह समय के घेरे से कूद जाए। अब उसकी बारी है। और धर्म उसके साथ होने पर उसे भयभीत होने की आवश्यकता नहीं। समय अब अंततः आ गया था कि ब्रह्मा को दिए वचन का पालन वह करें। वह मूर्ख लड़का, लटकती बालियों वाला, जिसने साहस किया था उसकी चिढ़ नाम 'मेंढक का बच्चा 'दिया था, और उसे इतना बुरी तरह से दुखी किया था, पर सदा उसके संग संग रहा था। गुरु गौतम ने उसे बताया था कि प्रेम तो वह है कि आप किसी के प्रति अभंग रूप से ध्यान दो, और वह सदा ही उसका होगा। शारिका कहती थी कि तुम ग्रहों को काटते प्रेमी हो। ज्योतिष ने अधिवक्तृता की थी ब्रह्मा और वह पुनर्जन्म लेंगे। उनके कार्मिक बलिदान उनको पुनः मिलायेंगे। उसने ऊपर देखा, वहाँ संकेत था, चंद्रोदय।

"यह है मेरा उतर। मैं तुमसे और लुका छुपी नहीं खेलूँगी और तुम्हारा प्रेम स्वीकार करूँगी। मेरा प्रेम स्वीकार करो और मुझे सितारों पर ले चलो।" कोटा ने दृढ़ता से बोला और शाहमीर का सामना करने के लिये घूम गई।

कोटा के शब्द सुन शाहमीर एक विजयी मुस्कान में हंस पड़ा। तब उसने देखा महीन लाल रंग की रेखाएँ, कोटादेवी की कमर और कलाइयों में चीरा लगा था। उसने यह चीरे अपने सद्यः तीव्र किए डेजिहोर के चाकू से लगाये थे। चीरों ने बुरी तरह से और धार्मिक अभियान की पूरी शक्ति से उसके मांस को काट डाला। रक्त स्राव बड़ गया और रक्त का तालाब उसके आसपास जमा होता गया। डेजिहोर कोटादेवी के हाथ से गिर गया और वह भूमि पर अचेत हो गई। पूरी तरह से आश्चर्य चकित, क्षुब्ध शाहमीर वापस खिंच गया। उसे कोई कोष, कोई रानी और कोई संतोष उसके साथ बिस्तर में होने को न मिला। उल्टा कोटा का बलिदान एक ऐसा दाग था जिसने उस हिंसा को चिह्नित कर दिया जिसके बल पर उसके शासन का जन्म हुआ, जिसने आज तक इस शांति का स्थान घाटी को हिंसा की चपेट में बनाए रखा।

दरवाजा तोड़ा गया। भयावह क्रुद्ध इंद्राक्षी अपने पीछे लोगों को लाते हुए अंदर घुस गई।

"मैं महारानी की वैध अभिभावक हूँ, मैं इसे लेने आई हूँ।"

17 जुलाई 1339 को कश्मीर का तारा आकाश से गिर गया। इंद्राणी ने ही महारानी का सिर अपनी गोद में लेकर उसके अंतिम क्षणों में रखा। उसके अश्रु कोटरानी के बलिदान के रक्त में मिल गए। कश्मीर पर सदा के लिए मुहर लगा दी। ब्रह्मविद्या का मंत्र पढ़ा ताकि उसकी यात्रा में उसे सहायता मिले। उसने मृदुता से गुनगुनाया, "कोटादेवी! अविस्मरणीय, अमर, अमर हो!"

# उपसंहार

कल्हण के उत्तराधिकारी जोनराज ने कश्मीर के इतिहास राजतरंगिणी की निरंतरता में कोटरानी की मृत्यु के कुछ समय बाद लिखा।

"जैसे नहर कृषि के क्षेत्रों को जल सिंचन करती है, रानी ने धन जनता पर लुटा कर उन्हें पाला। वह राज्य के लिए वही थी जैसे कि इंदीवर के लिए चंद्रमा। शत्रु के लिए वह वही थी जो वही प्रकाशमान सफेद कमल के लिए होता है।"

शरणार्थी लड़की खिल उठी जब वह कैशोर्य से वयस्क हो गई न्यू इंग्लैंड कालेज में। जब वह जान गई कि 2,50,0000 लोग अमरीका में योगाभ्यास करते हैं। उसने अपनी शिक्षकों रूप में प्राप्त आय पास के पतंजलि योग केंद्र में दी। कश्मीर का विषय उसकी कक्षा में भी आन पहुँचा। जब उसके भौतिकी के शिक्षक ने मात्रा यांत्रिकी तथा सचेत ब्रह्माण्ड पर भाषण दिया। उसने बताया कि लड़के के रूप में कैसे उसकी रुचि पासादेना में उत्पन्न हुई जब उसने देखा कि क्रिसमस गली पर अलंकरण के वृक्ष इस स्थान पर कश्मीर के देवदार से होते हैं। जहां संविति पर ज्ञान और अभ्यास व्यापक और परिपक्व है। वह देवस्वामी को केलिफोर्निया के भाषण कक्ष की ओर जाते हुए देखने के विचार पर मुस्कुरा दी। शारदापीठ की धरोहर संसार भर के विद्वानों में रुचि बढ़ा रही थी।

लड़की ने अपने अध्ययन में सर्वोच्चता प्राप्त की। बहुत सम्मान प्राप्त किए और अपनी आप्रवासी छात्रवृति का अनुरक्षण किया। उसकी सबसे अच्छी मित्र और साथिन लेसोथो ने अफ्रीका से अपना वंश इतिवृत्त बताया और अमरीका की त्रिक में जो आशा बना; जीवन, मुक्ति और प्रसन्नता का लक्ष्य। जब उसे कालेज की वेलिडिक्टोरियन चुना गया, उसका भाषण ध्यान देने योग्य था। "शारदा, एंटेना और मिनर्वा से जीवन के पाठ।" स्नातक होने का दिन आया, और जब उसकी बारी आई पतो वह मंच पर आकर वह बोली।

"नमस्ते, मैं आप सबके अंतर की संविति को प्रणाम करती हूँ। मैं सर्वप्रथम 5000 वर्ष पुरानी एक सभ्यता के बारे में आप से बात करूँगी। जहां समाज में सबसे बड़ा सम्मान होता था कालेज का स्नातक होना। 1924 में, ब्रिटोन, सर रिचर्ड कार्नेक टेंपल ने ओशन ऑफ स्टोरी की भूमिका लिखी, जो अपने विराट आकार में सबसे पूर्व आया कथा संग्रह है जो संसार भर में फैला।

"एक सभ्यता कश्मीर केंद्रित है, जो कथा वाचन की जन्मभूमि अथवा घर कहलाता है। यहाँ से ही फारसियों ने कला सीखी और उसे अरब तक पहुँचा दिया। कथाओं ने अपना मार्ग मध्य पूर्व से कांसटेंटिनोपल, वेनिस और अंत में वे दिखीं बोकाशियो के पृष्ठों पर, चॉसर तथा ला फोंटेन में।"

"हाँ एक समय पर सच में शंगरीला होता था, जहां संसार में जीने के लिए वास्तविक पथ ज्ञान ही था। जहां विश्वविद्यालय के स्नातक विशिष्ट होते थे क्योंकि वे स्वयं को पहले तेरह आंतरिक आयामों में परिपक्व करते फिर दूसरे वे भौतिक आयामों में और विशेषकर हम लड़कियों के लिए ध्यान देने योग्य, जहां शक्ति अर्थात् स्त्री शासन करती है। वह शक्ति का कश्मीर सुरक्षित रखने की आवश्यकता है, क्योंकि कश्मीर की आज की शक्ति कल के संसार की रक्षा करेगी।"

स्नातक समारोह समाप्त। विद्यार्थी एकत्रित हो गए अपने गर्वित माता-पिता के साथ, उत्सव मनाने के लिए। बातें हो रही थी आकर्षक वेतनों वाली नौकरियाँ शीघ्र प्रदान करने की। विदेशी और आप्रवासी कुछ ज्यादा ही इतरा रहे थे कि उनका अमरीका का स्वप्न पूरा होने पर स्वीकृति की मुहर लग गयी थी। लड़की की साथिन के माता-पिता ने उसे आमंत्रित किया था, पर उसने सोचा कि यह ऐसा अवसर है जब सम्बंधियों को अपनी सफलता का हर्ष मनाना चाहिए। उसने स्वतंत्र होना सीखा था और उसकी योजनाएँ भिन्न थी। उसने संकल्प लिया उसे वह सब एक जन्म में ही प्राप्त करना है पर उस उत्थान की यात्रा से पूर्व उसे किसी विशेष व्यक्ति को प्राप्त करना होगा।

वह अपने डेरे पर आई और अपने स्नातक परिधान को बदल भारतीय लाल रेशम की साड़ी पहनी, जिस पर गुलाबी कमल वाली बनावट थी। उसने एक पुष्प गुच्छ प्राप्त किया था अत: अपनी साड़ी के पल्लू में उसने समान रंग के ब्लाउज पर एक लाल जवाकुसुम गूँथा। वह अपनी विश्वसनीय कार में सवार हुई और पोकोनोज पहाड़ियों पर चल दी, जो कुछ घंटों का सफर था। रेडियो पर बज रहा था, 'अलीशा कीज गर्ल ऑन फायर' और वह बोल गुनगुनाने लगी। स्ट्राउंडसबर्ग, पेन्नीसिलविया से निकलने के लिए वह गैस स्टेशन पर रुक गई,

दिशाओं के लिए और देखा कि एक सफेद केशों वाले भारतीय को जो अपनी A8 में पंप पर ईंधन भरवा रहा था।

"क्या आप मुझे केयस रोड का मार्ग बता सकते हैं कृपया?"

भारतीय ने बृहद् कुतूहल से उस लड़की का परीक्षण किया। वह एक श्वेत रंग की स्त्री थी, लंबी और सबल। यौवन उचित विश्वास से भरी और सजग, सचेत नेत्र, दिव्य स्वाभिमान से भरी, ऊँची कपोल अस्थियों की निर्मिति, ऊपर से नीचे तक लाल साड़ी में लिपटी, केसर मिले दूध जैसे वर्ण की और दाड़िम वर्ण के केश प्रपात की तरह उसके बाएँ कंधे पर गिरते हुए, वह परम आकर्षक थी कि उसे देखने के लिए सब सिर मोड़ते। उसकी गाड़ी उसकी भव्यता के साथ मेल नहीं खाती थी। तब पुरुष में बोध जगा। वह दयालुता के साथ मुस्कुराया और हर दिशा में तीव्रता के साथ सिर घुमाने लगा।

"अरे हाँ, आपका मुख कहता है कि तुम एक कश्मीर की विद्यार्थी हो। माँ तुम्हारी प्रतीक्षा कर रही है। सीधे एक मील तक जाओ आगे और फिर दाहिने से मुड़ो।"

उसकी बात का क्या करना है यह न जानते हुए लड़की कार में बैठ गई, और आगे को धीरे से गई और एक सुंदर हरी घाटी में घुस गई जिसके समंतात कम ऊँचाई के पर्वत थे। एक ऊँचे पठार पर एक जबरदस्त दृश्य था वीथी का, जहां उसके स्नातक होने का उपहार उसने देखा। एक भव्य मंदिर, जो 35 एकड़ भूमि में फैला था। सबसे प्रथम, उतरी अमरीका में, माँ शारदा देवी का।

आज मैं एक भट्टारिका हूँ, लड़की ने वहाँ निवास करते पुरोहित से कहा। वह तत्क्षण समझ गया और उसे शारदा देवी की पूजा करने के लिये भीतर ले गया। उसकी एकमात्र आप्रवासी कथा थी जो अमरीका तक आन पहुँची थी। एक आप्रवास कई लाखों में, पर उसे विस्मृत न हुआ था कि उसकी कथा में एक ब्रह्माण्ड था। उसे विस्मृत न हुआ था कि उसकी दादी ने उसे बताया था कि इंद्राक्षी उसकी पूर्वज हैं। पूजा कर चुकने पर पुरोहित ने उसके भाल पर तिलक लगाया और उसे प्रसाद दिया। वह मंदिर परिसर से बाहर आई, अब पर्वत पर चढ़ने लगी और संलग्न चमचमाते झील के उन्मुख बैठ गई। उसके जुड़े हाथ कसकर पकड़े थे कोटादेवी की दैनंदिनी और डेजिहोर को, जो उसकी दादी ने उसे भेजी थीं। जैसे कि उसकी माँ ने, वापस इंद्राणी को। उसने दैनंदिनी खोली और इसका अंतिम अंकन पढ़ा।

मेरी प्यारी मानस पुत्री,

अगर तुम्हारी कलाइयों पर जन्म चिह्न है, तब तुम मैं हूँ। इसका अर्थ है

कि मैं ने चक्रिक कालचक्र से छलांग लगाई है। इसका अर्थ है कि शंख बजना चाहिए और कमल खिलना चाहिए यद्यपि युद्ध लंबा भी चले। गुरु गौतम ने मुझे शिक्षित किया था परीक्षा में दो प्रश्नों का उत्तर देने के लिए, पर वे कभी भी मुझसे नहीं पूछे गए। पहला था कि वह क्या है जिसे जानकर मनुष्य को कुछ भी और जानने की आवश्यकता नहीं? दूसरा है जो करने से मुझे कुछ भी और करने की आवश्यकता नहीं। उतर है कश्मीर के अद्वितीय 5000 वर्ष पूर्व का कोष, अपने भीतर की शक्ति को जानने और समझने के लिये, और इसका उपयोग निर्भीक होकर अपने धर्म का निर्वाह करने के लिए। धर्म का अर्थ यह भी है कि अपने प्रिय को बहुत पूर्व दिया वचन जिसे पूरा करने की आवश्यकता है। अब तुम सब कुछ जानती हो और किसी भी बात का सामना करने को उद्यत हो।

प्यार को.

एक बार वह दृढ़ रूप से भूमि पर स्थित हो कर जब सूर्य उस पर चमक रहा था, लड़की ने शारदादेवी का ध्यान करने लगी। उसने मंत्र उच्चारा।

शारदा तुम्हारी जय हो। सारे स्वरों में तुम्हारी शक्ति निहित है। तुम कश्मीर हो स्वयं। जय हो आपकी, आपके उस पवित्र पीठ की, भूमि में जो कि वह स्वयं है। जो इस बुद्धिमता की मूर्ति है, और अपने भक्तों को बुद्धि और बोध से प्रकाशित करती है।"

उसका श्वास धीमा पड़ गया, तब कुछ अधिक ही प्राण और अपान की कुंडली बनाकर हृदय कमल में भर दी। सूर्य की अपवर्रतित किरणों की शहतीरों ने उसके शरीर को ऊर्जा और ऊष्मा से और अधिक उर्ज्वसित किया मानो उसके भीतर एक शिखा जग रही हो। सूर्य का प्रकाश तीव्र हो उठी कि प्रकाशमानता चुंधिया गई। तब एक चमक तथा एक गाँठ के खुलने के साथ वह चली गई एक शीतल चाँदी की नदी में जो उसके भीतर ऊपर बह रही थी और उसे नहला रही थी। ठीक उसकी दादी की सोने के समय की कथाओं का, उसके हृदय के नेत्र से वह गरुड़, बलवान भारतीय फीनिक्स, आधा चील और आधा पुरुष, पूर्व के अंतरिक्ष में प्रकट हुआ। वह उसकी ओर आ रहा था, एक उपग्रह की भाँति, आवारा मेघों को तितर बितर करते हुए। सूर्य को अपने विशाल डैनों से बाधित करते हुए, उसके नीचे आने वाले वृक्षों को सपाट करते हुए। उसका सख़्त श्वेत मुख, बालियों से सज्जित, में शक्ति थी समय के अग्निमय चक्र की। उसके पंख गेरुआ, स्वर्णिम प्रकाश बिखेर रहे थे और उसकी आत्मुद्भूत मंत्र था।

उसकी उबलती चील आँखें बता रही थी कि वह एक निष्ठुर गुप्तचर है और पाषाणहृदय भक्षक और विषाक्त मुख किए सर्पों और मनों को निगलने वाला है। लड़की को अपनी दादी से गरुड़ के विषय में सुनी कथाओं में क्या अच्छा लगता था कि भीषण और भारी संकटों से उबरने के बाद उसने अपनी माँ को अमरत्व का अमृत पिलाया। वह भी ऋषि कश्यप का पुत्र था, जिसने कश्मीर को रचा। यह सामग्री के लिए उचित समय था कि वह अपने प्रथम प्रेम से मिले। वापस जुड़े और अपने लोगों की रक्षा करे; निर्विवाद रूप से और दृढ़ता से अपने पूर्वजों के घर, मातृभूमि पर दावा बोल दे। वह नीचे आया और वह अपनी साड़ी को थामते हुए उस पर आरूढ़ हुई। उसने उसे गले में लिपटे जनेऊ से अपने वाम हस्त से कस कर पकड़ा, जबकि उसकी बलशाली सफेद टांगें, घुटनों तक नग्न, उसके शक्तिशाली कंधों को कसकर संतुलन के लिए पकड़ा। उसने डेजिहोर को कानों पर लहराया और जब वे स्थिर हो गए, उसने उसके विशाल पंखों का धक्का अनुभव किया जो शक्तिशाली पवन को चालित कर रहे थे। उड़ान भरते ही ध्वनि हुई 'शिवो हं' की। कोटा की दैनंदिनी उसके हाथ में सुरक्षित और उसके केश एक ध्वजा की तरह लहराते हुए। उसका शारीरिक वीर उसे ऊपर उठा कर ले गया, पोकोनो पर्वतों के दुग्ध युक्त वक्षस्थल पर और सीधे वापस उसके मूलों में और हरीतिमा भरी कश्मीर घाटी में।

www.ingramcontent.com/pod-product-compliance
Lightning Source LLC
LaVergne TN
LVHW100423051026
849518LV00004B/1365
* 9 7 8 9 3 5 5 0 0 4 4 8 2 *